La Cité des Ténèbres

Le miroir mortel

L'auteur

Cassandra Clare est une journaliste new-yorkaise d'une trentaine d'années. Elle a beaucoup voyagé dans sa jeunesse et lu un nombre incroyable de romans d'*horror fantasy*. C'est forte de ces influences et de son amour pour la ville de New York qu'elle a écrit la série à succès « La Cité des Ténèbres » et la genèse de celle-ci : « Les Origines »

Cassandra Clare

La Cité des Ténèbres

Le Miroir Mortel

*Traduit de l'anglais (États-Unis)
par Julie Lafon*

POCKET JEUNESSE
PKJ·

Directeur de collection :
Xavier d'Almeida

Titre original :
City of Glass
Book Three in *The Mortal Instrument Trilogy*

Dans la même série :

The Mortal Instruments

1. La coupe mortelle
2. L'épée mortelle
3. Le miroir mortel
4. Les anges déchus

La Cité des Ténèbres - Les Origines

1. L'ange mécanique

Loi n° 49 956 du 16 juillet 1949 sur les publications destinées à la jeunesse : mars 2012.

First published in 2009 by Margaret K. McElderry Books
An imprint of Simon & Schuster Children's Publishing Division, New York.
Copyright © 2009 by Cassandra Clare, LLC.

© 2010, éditions Pocket Jeunesse, département d'Univers Poche, pour la traduction.

© 2012, éditions Pocket Jeunesse, département d'Univers Poche, pour la présente édition.

ISBN : 978-2-266-22285-3

À ma mère :
« *Je ne retiens que les heures ensoleillées.* »

Long et dur est le chemin qui de l'Enfer conduit à la lumière.

John MILTON, *Le Paradis perdu*

Première partie :

Une pluie d'étincelles

> L'homme naît pour souffrir
> comme l'étincelle pour voler.
>
> Job 5, 7

1
Le Portail

Le froid cinglant de la semaine précédente avait laissé place à un soleil éclatant. Clary traversa en hâte la cour poussiéreuse de Luke en relevant la capuche de son blouson pour ne pas avoir les cheveux dans la figure. Si le temps s'était réchauffé, le vent qui soufflait de l'East River pouvait être brutal. Il transportait une odeur chimique à peine perceptible, qui se confondait avec la puanteur de Brooklyn, mélange d'asphalte, de vapeurs d'essence et de sucre brûlé émanant de la confiserie abandonnée, située en bas de la rue.

Simon l'attendait sous le porche, vautré dans un fauteuil défoncé. Sa console DS posée sur les genoux, il déplaçait son stylet sur l'écran à toute allure.

— Encore gagné, lança-t-il, tandis qu'elle le rejoignait en haut des marches. Je suis en train de faire un carton à Mario Kart.

Clary repoussa sa capuche, secoua ses cheveux et chercha ses clés dans sa poche.

— Où étais-tu passé ? J'ai essayé de te joindre toute la matinée.

Simon se leva et rangea sa console dans sa sacoche.
— J'étais chez Éric. On a répété avec le groupe.
Clary cessa de s'acharner sur la serrure pour lui jeter un regard interloqué.
— Tu veux dire que tu fais toujours partie...
— Du groupe ? Pourquoi pas ?
Il tendit le bras.
— Laisse-moi faire.
Clary se tint tranquille pendant que Simon tournait la clé d'un geste expert dans la vieille serrure rouillée. Sa main frôla la sienne ; il avait la peau froide, de la même température que l'air extérieur. Elle frissonna. Ils avaient mis un terme à leur ébauche de relation amoureuse la semaine précédente, et elle se sentait encore troublée chaque fois qu'elle le voyait.
— Merci.
Elle reprit sa clé sans le regarder.
Il faisait chaud dans le salon. Clary suspendit sa veste à la patère dans le couloir et se dirigea vers la chambre d'amis, Simon sur les talons. Elle fronça les sourcils. Sa valise était grande ouverte sur le lit ; ses vêtements et ses carnets, disséminés dans toute la pièce.
— Je croyais que tu partais à Idris pour deux jours, observa Simon en embrassant le désordre d'un regard consterné.
— Je ne sais pas quoi emporter. J'ai très peu de robes et de jupes. Imagine que je n'aie pas le droit de porter des pantalons là-bas !
— Quelle idée ! Tu pars à l'étranger, ce n'est pas un voyage dans le temps !

— Mais les Chasseurs d'Ombres sont tellement vieux jeu, et Isabelle ne porte que des robes...

Clary s'interrompit en soupirant.

— Laisse tomber. Je projette toutes mes angoisses au sujet de ma mère sur ma garde-robe. Parlons d'autre chose. Comment s'est passée la répétition ? Vous n'avez toujours pas de nom pour le groupe ?

— C'était sympa. On cherche un nouveau slogan, un truc un peu ironique.

Simon se hissa sur le bureau et laissa pendre ses jambes dans le vide.

— Tu as expliqué à Éric et aux autres...

— Que je suis un vampire ? Non. Ce n'est pas le genre de sujet qu'on peut aborder facilement.

— Peut-être, mais ce sont tes amis. Tu devrais les mettre au courant. Avec un peu de chance, ils verront en toi le nouveau dieu du rock, comme le vampire Lester.

— Lestat, corrigea Simon. C'est un personnage de fiction, Clary. Et puis, je ne te vois pas te précipiter pour annoncer à tes propres amis que tu es une Chasseuse d'Ombres.

— Quels amis ? Mon ami, c'est toi.

Clary se vautra sur le lit et leva les yeux vers Simon.

— Et moi, je te l'ai dit, non ?

— Tu n'avais pas le choix.

La tête penchée, Simon étudia son visage ; la lumière de la lampe de chevet se reflétait dans ses iris.

— Tu vas me manquer, dit-il.

— Toi aussi, répondit Clary, bien qu'elle attendît ce départ avec une impatience fébrile.

Elle en éprouvait des picotements dans tout le corps. « Je vais à Idris ! chantait une petite voix dans sa tête. Je vais visiter le vieux pays des Chasseurs d'Ombres et la Cité de Verre. Je sauverai ma mère... Et je serai avec Jace. »

Les yeux de Simon étincelèrent comme s'il lisait dans ses pensées.

— Redis-moi pourquoi tu dois te rendre à Idris ? demanda-t-il. Madeleine et Luke ne peuvent pas s'en charger à ta place ?

— Ma mère s'est procuré le sortilège qui l'a mise dans cet état auprès d'un sorcier, Ragnor Fell. D'après Madeleine, lui seul peut nous expliquer comment le défaire. Or, il ne l'a jamais rencontrée. Il connaissait ma mère, et Madeleine pense qu'il me fera confiance parce que je lui ressemble beaucoup. Luke ne peut pas venir avec moi. Apparemment, il ne peut pas entrer dans Alicante sans la permission de l'Enclave, qui n'est pas près de la lui accorder. Et, par pitié, ne lui en parle pas : il est vraiment furieux de ne pas pouvoir m'accompagner. S'il ne connaissait pas Madeleine, il ne m'aurait jamais laissée partir.

— Mais Jace et les Lightwood seront là-bas, eux aussi. Ils t'aideront. Jace te l'a promis, non ? Ça ne le dérange pas que tu fasses partie du voyage ?

— Bien sûr qu'il me donnera un coup de main. Et ça ne lui pose aucun problème, évidemment.

Mais Clary savait que ce n'était pas la vérité.

Elle s'était rendue directement à l'Institut après s'être entretenue avec Madeleine à l'hôpital. Avant

Luke, Jace avait été le premier à qui elle avait révélé le secret de sa mère. Il avait blêmi.

— Tu n'iras pas là-bas, avait-il décrété. Quitte à ce que je t'attache jusqu'à ce que cette lubie te soit passée, mais tu ne mettras pas un pied à Idris.

Clary avait eu l'impression de recevoir une gifle. Elle croyait qu'il serait content. Elle avait couru tout au long du trajet de l'hôpital jusqu'à l'Institut pour lui annoncer la grande nouvelle, et voilà qu'il la toisait d'un regard sévère, immobile sur le seuil.

— Mais vous, vous y allez.

— Oui, il le faut bien. L'Enclave a rappelé à Idris tous ses membres à l'occasion d'un énorme rassemblement du Conseil. Ils vont voter les mesures à prendre contre Valentin, et comme nous sommes les derniers à l'avoir vu...

Clary balaya d'un geste son explication.

— Si vous y allez, alors pourquoi je ne peux pas vous accompagner ?

Devant la simplicité de sa question, la colère de Jace redoubla.

— Parce que tu ne seras pas en sécurité là-bas.

— Et ici, alors ? J'ai manqué me faire tuer une douzaine de fois le mois dernier et, tout ce temps, je suis restée à New York.

— Valentin concentrait tous ses efforts sur les deux Instruments Mortels qui se trouvaient ici, dit Jace entre ses dents. Mais maintenant, il va reporter son attention sur Idris, tout le monde le sait...

— C'est loin d'être une certitude, intervint Maryse Lightwood en émergeant de la pénombre du couloir. La lumière implacable du hall éclaira ses traits fatigués. L'état de son époux, Robert Lightwood, qui avait été atteint par du poison démoniaque au cours de la bataille de la semaine précédente, requérait des soins constants ; Clary n'osait pas imaginer ce qu'elle endurait.

— En outre, l'Enclave veut faire la connaissance de Clarissa, reprit-elle. Tu le sais, Jace.

— L'Enclave peut aller se faire voir.

— Jace ! s'exclama Maryse, d'un ton pour une fois très maternel. Surveille ton langage.

— Ce n'est pas parce qu'ils veulent quelque chose qu'il faut toujours le leur donner, protesta-t-il.

Maryse lui lança un regard signifiant qu'elle savait exactement ce qu'il entendait par là et qu'elle n'approuvait guère.

— L'Enclave a souvent raison, Jace. Leur volonté de rencontrer Clary me semble raisonnable, après tout ce qu'elle a traversé. Elle pourrait leur révéler...

— Je leur dirai tout ce qu'ils ont besoin de savoir.

Maryse poussa un soupir et tourna ses yeux bleus vers Clary.

— Alors, si j'ai bien compris, tu tiens à nous accompagner ?

— Seulement pour quelques jours. Promis, je ne vous gênerai pas, lança Clary d'un ton suppliant en évitant le regard furieux de Jace.

— La question n'est pas là. Le tout est de savoir si tu acceptes de rencontrer l'Enclave pendant ton séjour. Ils veulent s'entretenir avec toi. Si tu refuses, je doute que nous obtenions l'autorisation de t'emmener avec nous.

— Non... dit Jace.

— J'accepte, répondit Clary avec empressement.
Un frisson lui glaça le dos. Jusqu'à présent, le seul représentant de l'Enclave qu'il lui avait été donné de côtoyer, c'était l'Inquisitrice, qui n'avait pas été d'une compagnie très agréable, c'était le moins qu'on puisse dire.
Maryse se massa les tempes du bout des doigts.
— Alors, c'est réglé.
Elle-même ne semblait pas très décidée, pourtant ; elle paraissait aussi fragile et tendue qu'une corde de violon.
— Jace, accompagne Clary jusqu'à la sortie et retrouve-moi dans la bibliothèque. J'ai à te parler.
Et, sans un mot d'adieu, elle regagna la pénombre. Clary la regarda s'éloigner avec l'impression d'avoir reçu une douche glacée. Alec et Isabelle paraissaient sincèrement attachés à leur mère, et elle était certaine que Maryse avait bon fond, mais elle n'était pas très chaleureuse.
Un pli sévère barra la bouche de Jace.
— Tu es contente ?
— J'ai besoin d'aller à Idris, que ça te plaise ou non, rétorqua Clary. Je dois le faire pour ma mère.
— Maryse fait trop confiance à l'Enclave. Elle s'est persuadée qu'ils étaient irréprochables, et je ne peux pas avancer le contraire parce que...
Il s'interrompit brusquement.
— Parce que ce serait parler comme Valentin.
Clary s'attendait qu'il explose mais il se contenta de répondre :
— Personne n'est parfait. Pas même l'Enclave.
Il appuya sur le bouton de l'ascenseur.

— C'est vraiment à cause de ma sécurité que tu ne veux pas que je vienne ? demanda Clary en croisant les bras.

La surprise se peignit sur son visage.

— Qu'est-ce que tu veux dire ? Pour quelle autre raison ?

Clary avala sa salive.

— Parce que...

« ... tu m'as dit que tu n'avais plus de sentiments pour moi, et c'est bien dommage puisque, moi, je ressens toujours la même chose. D'ailleurs, je parie que tu le sais. »

— ... je n'ai pas envie d'avoir ma petite sœur dans les pattes ? suggéra-t-il d'un ton narquois.

L'ascenseur s'arrêta dans un cliquetis. Poussant la grille, Clary se glissa à l'intérieur avant de se tourner vers Jace.

— Je n'y vais pas pour toi. Je veux aider ma mère. Notre mère ! Je n'ai pas le choix, tu comprends ? Si je ne fais rien, elle ne se réveillera pas. Tu pourrais au moins faire semblant de t'intéresser à elle.

Jace posa les mains sur ses épaules : ses doigts effleurèrent la peau nue au-dessus de son col et, malgré elle, elle frissonna. Il avait des cernes sous les yeux, remarqua-t-elle, et les joues creuses. Le pull noir qu'il portait faisait ressortir sa peau meurtrie et ses cils sombres. Elle l'aurait peint tout en contrastes, avec des dégradés de noir, de blanc, de gris et quelques touches d'or ici et là.

— Laisse-moi m'en occuper, murmura-t-il d'un ton pressant. Je l'aiderai pour toi. Dis-moi où aller, à qui rendre visite.

— Madeleine a prévenu le sorcier que c'est moi qui irai. Il attend la fille de Jocelyne, pas son fils.

Les mains de Jace s'agrippèrent à ses épaules.

— Tu l'informeras que le programme a changé. C'est moi qui irai, pas toi.

— Jace...

— Je ferai ce que tu voudras, si tu promets de rester ici.

— Je ne peux pas.

— Pourquoi ?

Il recula comme si elle venait de le repousser.

— Parce que c'est ma mère, Jace.

— C'est aussi la mienne, répliqua-t-il avec froideur. Au fait, pourquoi Madeleine n'est pas venue nous trouver tous les deux ? Pourquoi toi seule ?

— Tu sais pourquoi.

— Parce qu'à ses yeux, tu es la fille de Jocelyne, alors que je serai toujours le fils de Valentin.

Il referma la grille d'un geste brutal. Pendant quelques secondes, elle l'observa à travers les barreaux entrecroisés. Un losange en fer forgé encadrait un œil mordoré qui la fixait d'un air furieux.

— Jace...

Avec un grincement, l'ascenseur se mit en branle et l'emporta dans les ténèbres silencieuses de la cathédrale.

— Allô, Clary ? Ici la Terre ! s'écria Simon en agitant les bras. Tu es réveillée ?

— Désolée, qu'est-ce que tu disais ?

Clary se redressa et secoua la tête pour chasser ses idées noires. Elle n'avait pas revu Jace depuis leur altercation. Il n'avait pas décroché le téléphone quand elle l'avait appelé par la suite, aussi avait-elle dû organiser son voyage à Idris avec les Lightwood. Alec avait joué les intermédiaires embarrassés et réticents. Pauvre Alec, tiraillé entre Jace et sa mère, qui essayait toujours d'agir au mieux !

— Que Luke est rentré, on dirait.

Simon sauta du bureau sur lequel il était assis au moment où la porte de la chambre s'ouvrait.

— Oui, c'est bien lui.

— Salut, Simon.

Luke semblait serein ; un peu fatigué, peut-être. Il portait une veste en jean élimée, une chemise en flanelle et un vieux pantalon en velours rentré dans des bottes qui avaient connu des jours meilleurs. Il avait repoussé ses lunettes sur ses cheveux bruns tirant beaucoup plus sur le gris que dans le souvenir de Clary. Il tenait sous le bras un paquet noué avec un ruban vert, qu'il tendit à Clary.

— Je t'ai trouvé quelque chose pour ton voyage.

— Il ne fallait pas ! protesta-t-elle. Tu as déjà tant fait...

Elle songea aux vêtements qu'il lui avait achetés après que tous ses objets personnels avaient été détruits. Il lui avait aussi donné un nouveau téléphone et du matériel de dessin sans même qu'elle ait eu à demander. Désormais, tout ce qu'elle possédait était des cadeaux de Luke. « Et tu n'approuves même pas que je parte ! » D'un accord tacite, ils évitaient d'aborder le sujet.

— En le voyant, j'ai pensé à toi.

L'objet à l'intérieur de la boîte était enveloppé dans plusieurs couches de papier de soie. Clary déchira le papier et ses doigts rencontrèrent un tissu doux comme la fourrure d'un chat. Elle laissa échapper un hoquet de surprise en découvrant un manteau vert bouteille un peu rétro avec un liseré d'or, des boutons de cuivre et une large capuche. Elle le déplia sur ses genoux, en caressa amoureusement le velours.

— Ça ressemble à quelque chose que porterait Isabelle ! s'exclama-t-elle. On dirait un manteau de voyage conçu exprès pour un Chasseur d'Ombres.

— Exactement. Avec ça, tu te fondras dans la masse à Idris, observa Luke.

Elle leva les yeux vers lui.

— Tu tiens vraiment à ce que je leur ressemble ?

— Clary, tu es l'une des leurs.

Avec un sourire empreint de tristesse, il reprit :

— Et puis, tu sais comment ils traitent les étrangers. Plus tu essaieras d'entrer dans le moule...

Simon se racla la gorge, et Clary lui lança un regard coupable : elle avait presque oublié sa présence. Il examina sa montre, l'air préoccupé.

— Faut que j'y aille.

— Mais tu viens d'arriver ! J'avais pensé qu'on pourrait traîner un peu, regarder un film...

— Tu dois faire tes bagages.

Simon lui adressa un sourire radieux comme le soleil après la pluie. Elle aurait presque pu croire que tout allait bien pour lui.

— Je repasserai te dire au revoir.

— Allez, reste...

— Je ne peux pas, dit-il d'un ton sans appel. J'ai rendez-vous avec Maia.

— Oh... Bon...

Maia, songea Clary, était une gentille fille. Intelligente. Jolie. Maia était aussi une lycanthrope et elle avait un faible pour Simon. Mais peut-être que c'était dans l'ordre des choses. Peut-être que la nouvelle amie de Simon devait être une Créature Obscure. Après tout, il était l'un des leurs, à présent. En théorie, il n'était même pas censé fréquenter des Chasseurs d'Ombres.

— Dans ce cas, tu ferais mieux d'y aller.

— Oui, j'y vais.

Une lueur indéchiffrable brillait dans les yeux sombres de Simon. C'était nouveau pour Clary : avant, elle lisait toujours en lui comme dans un livre ouvert. Elle se demanda si c'était un autre effet secondaire du vampirisme.

— Au revoir, lança-t-il.

Il se pencha pour l'embrasser sur la joue en écartant une mèche de ses cheveux. Puis il marqua un temps d'arrêt et recula, l'air désorienté. Étonnée, elle fronça les sourcils mais il s'était déjà éloigné en frôlant Luke sur le seuil. Elle entendit la porte d'entrée claquer derrière lui.

— Il est vraiment bizarre, ces temps-ci ! s'exclama-t-elle en serrant contre elle le manteau en velours pour se réconforter. Tu crois que c'est cette histoire de vampire ?

— Pas forcément, répondit Luke, l'air vaguement amusé. Devenir une Créature Obscure ne change rien à ce qu'on ressent. Ni à ce qu'on est. Donne-lui le temps. C'est toi qui as rompu avec lui.

— Pas du tout. C'est lui.

— Parce que tu n'étais pas amoureuse de lui. C'est une situation délicate, et je trouve qu'il s'en sort avec élégance. La plupart des garçons de son âge bouderaient dans leur coin ou viendraient rôder sous ta fenêtre avec un transistor.

— Plus personne ne possède ce genre de truc. Ça, c'était dans les années 80.

Clary se leva péniblement du lit et enfila son manteau, qu'elle boutonna jusqu'au cou en s'émerveillant de la douceur du velours.

— J'aimerais juste que Simon redevienne normal.

Elle étudia son reflet dans le miroir et en fut agréablement surprise : le vert faisait ressortir ses cheveux roux et rehaussait la couleur de ses yeux. Elle se tourna vers Luke.

— Qu'est-ce que tu en dis ?

Il était adossé à la porte, les mains dans les poches. Une ombre passa sur son visage.

— Ta mère avait un manteau exactement comme celui-ci à ton âge, se contenta-t-il de répondre.

Clary enfonça les ongles dans le tissu velouté des manches. L'allusion à sa mère et l'expression attristée de Luke lui firent monter les larmes aux yeux.

— On passe la voir aujourd'hui, d'accord ? s'enquit-elle. J'aimerais lui dire au revoir avant de partir, et lui expliquer ce que je compte faire.

Luke hocha la tête.

— On ira à l'hôpital un peu plus tard. Et, Clary ?

— Quoi ? fit-elle sans parvenir à le regarder dans les yeux mais, quand elle se décida, elle constata avec soulagement que sa tristesse s'était dissipée.

— Être normal, ça n'a rien de si extraordinaire, dit-il en souriant.

Simon regarda le papier qu'il tenait à la main puis la cathédrale en plissant les yeux. L'Institut se détachait sur le ciel bleu, un bloc de granit avec des fenêtres en ogive, ceint par une haute muraille de pierre. Des gargouilles perchées sur les corniches le fixaient d'un œil torve comme pour le mettre au défi d'approcher la grande porte. L'édifice ne ressemblait en rien au premier aperçu qu'il en avait eu : il avait alors l'apparence d'un bâtiment à l'abandon, mais les charmes n'avaient pas d'effet sur les Créatures Obscures.

Tu n'es pas le bienvenu. Ces mots le transpercèrent comme de l'acide. Il n'aurait su dire si c'étaient les gargouilles qui avaient parlé ou la voix dans sa tête. *Cet endroit est une église, et tu es damné.*

— La ferme, marmonna-t-il d'un ton mal assuré. De toute façon, je m'en fiche, des églises. Je suis juif.

Une grille en fer s'encadrait dans le mur en pierre. Simon posa la main sur le loquet, s'attendant qu'elle soit réduite en cendres, mais rien ne se produisit. Apparemment, la grille, elle, n'était pas sanctifiée. Après l'avoir poussée, il s'avança dans l'allée menant à la porte. Il n'avait pas fait quelques pas qu'il entendit des voix familières à proximité.

Ou peut-être n'étaient-elles pas si proches. Il oubliait souvent que son ouïe, de même que sa vue, s'était considérablement développée depuis qu'il avait été transformé. Il eut d'abord l'impression que les voix se trouvaient juste devant lui, mais en suivant le chemin étroit qui contournait l'Institut, il aperçut un groupe de gens qui se tenaient à bonne distance, à l'autre bout du jardin. L'herbe y poussait librement, débordant sur les allées qui serpentaient parmi les massifs de roses jadis entretenus avec soin. Il y avait même un banc de pierre envahi par le chiendent. Avant que les Chasseurs d'Ombres n'y élisent domicile, cet endroit abritait une véritable église.

D'abord, il vit Magnus, adossé à un mur couvert de mousse. Il aurait été difficile de ne pas le voir : il portait un tee-shirt blanc moucheté de peinture et un pantalon de cuir aux couleurs de l'arc-en-ciel. Sa haute silhouette se détachait telle une orchidée multicolore sur le reste du groupe, composé de Chasseurs d'Ombres en habit noir : Alec, pâle et tendu ; Isabelle, ses longs cheveux noirs rassemblés en tresses retenues par des rubans argentés, debout près d'un petit garçon qui devait être Max, le cadet de la fratrie. Près d'eux se tenait leur mère, une version plus grande et plus maigre de sa propre fille, qui arborait la même chevelure noire. À son côté se trouvait une femme que Simon ne connaissait pas. D'abord, il crut qu'elle était très âgée, car elle avait les cheveux presque entièrement blancs, mais lorsqu'elle se tourna vers Maryse, il s'aperçut qu'elle n'avait pas plus de trente-cinq ou quarante ans.

Enfin, il repéra Jace, un peu à l'écart comme s'il n'était pas des leurs. Il avait lui aussi revêtu la tenue des Chasseurs d'Ombres. Quand Simon portait du noir, il avait l'air de revenir d'un enterrement, tandis que cette couleur faisait ressortir le côté coriace, menaçant de Jace, et sa blondeur. Les épaules de Simon se raidirent, et il se demanda si le temps ou l'oubli viendraient un jour à bout de son ressentiment pour Jace. C'était un sentiment dont il n'était pas fier, et qui pesait comme une pierre sur son cœur sans vie.

Il y avait quelque chose d'étrange dans ce rassemblement... Mais à cet instant, Jace se tourna vers lui, comme s'il venait de sentir sa présence et, même à cette distance, Simon distingua la petite cicatrice blanche sur sa gorge, juste au-dessus du col de son habit. Sa rancœur se dissipa. Jace lui adressa un signe de tête imperceptible.

— Je reviens tout de suite, dit-il à Maryse en prenant un ton que Simon n'aurait jamais employé avec sa propre mère.

C'était celui d'un adulte s'adressant à un autre adulte. Maryse lui donna son accord en agitant distraitement la main.

— Je ne comprends pas pourquoi c'est si long, disait-elle à Magnus. C'est normal ?

— Ce qui ne l'est pas, c'est la ristourne que je vous fais, répliqua-t-il en tapotant le mur du talon de sa botte. D'habitude, je demande le double.

— Ce n'est qu'un Portail temporaire qui doit seulement nous emmener à Idris. Et je compte sur vous pour le refermer derrière nous. Ce sont les termes de notre marché.

Elle se tourna vers la femme à côté d'elle.

— Et tu resteras pour vérifier qu'il s'est acquitté de sa tâche jusqu'au bout, n'est-ce pas, Madeleine ?

Madeleine. C'était donc elle, l'amie de Jocelyne. Simon n'eut pas le temps de l'étudier, cependant : Jace l'entraînait déjà à l'écart en le tirant par le bras.

Ils contournèrent la cathédrale par l'autre côté. À cet endroit, les herbes étaient encore plus hautes, et le chemin envahi par les broussailles. Jace poussa Simon derrière un gros chêne et se décida enfin à le lâcher en jetant des regards de part et d'autre pour s'assurer qu'ils n'avaient pas été suivis.

— C'est bon. On peut discuter tranquillement ici.

Effectivement, ils étaient plus au calme à cet endroit ; les murs imposants de l'Institut absorbaient les bruits du trafic en provenance de York Avenue.

— C'est toi qui m'as demandé de venir, observa Simon. J'ai trouvé ton message coincé dans le montant de ma fenêtre en me réveillant ce matin. Tu ne te sers jamais du téléphone comme les gens normaux ?

— Pas si je peux l'éviter, vampire, répliqua Jace.

Il observa Simon d'un air songeur, comme s'il lisait les pages d'un livre. Deux émotions contradictoires se peignaient sur son visage : un léger étonnement mêlé à ce qui ressemblait à de la déception.

— Alors, c'est toujours vrai ? Tu peux sortir la journée. Même le soleil de midi ne te brûle pas.

— Oui. Mais tu le savais déjà. Tu étais là.

Il n'eut pas besoin de préciser davantage : il vit, à l'expression de Jace, qu'il se souvenait du fleuve, de la camionnette, du soleil se levant sur l'eau, des cris de Clary. Il se rappelait tout cela aussi bien que Simon.

— J'avais pensé que, peut-être, ça disparaîtrait avec le temps, lança Jace sans grande conviction.

— S'il me prend l'envie de partir en flammes, je te le ferai savoir.

Simon n'avait jamais eu beaucoup de patience avec Jace.

— Si tu m'as demandé de traverser toute la ville dans le simple but de m'examiner sous toutes les coutures, la prochaine fois, je t'enverrai une photo.
— Et je l'encadrerai pour la mettre sur ma table de nuit.
Mais, manifestement, Jace n'avait pas le cœur à plaisanter.
— Écoute, si je t'ai fait venir, c'est pour une raison. Bien que je répugne à l'admettre, vampire, nous avons un point commun.
— Une coiffure sensationnelle ? suggéra Simon, cependant lui non plus n'était pas d'humeur à rire.
Quelque chose dans le regard de Jace le mettait mal à l'aise.
— Clary, dit celui-ci.
Pris de court, Simon répéta :
— Clary ?
— Clary. Tu sais. Petite, rousse, toujours mal lunée.
— Je ne vois pas en quoi on est tous les deux concernés, objecta Simon, même s'il pensait tout le contraire.
Néanmoins, il n'avait pas particulièrement envie d'avoir cette conversation avec Jace, ni maintenant ni jamais. N'existait-il pas un code masculin qui interdisait toute discussion portant sur les sentiments ? Apparemment non.
— Toi comme moi, on tient à elle, non ? déclara Jace en le jaugeant du regard. Elle est importante pour nous deux.
— Tu veux savoir si je tiens à elle ?
Le verbe « tenir » semblait pour le moins insuffisant. Simon en vint à se demander si Jace ne se moquait

pas de lui, ce qui, en l'occurrence, aurait été cruel, même venant de son rival. L'avait-il fait venir ici dans le seul but de le ridiculiser parce que ça n'avait pas marché entre Clary et lui ? Même s'il s'accrochait encore au faible espoir que la situation changerait, que Clary et Jace finiraient par éprouver l'un pour l'autre l'affection de mise entre un frère et une sœur...

Son regard croisa celui de Jace, et son espoir vacilla. Il n'affichait pas la désinvolture d'un frère parlant de sa sœur. D'un autre côté, il était clair qu'il ne l'avait pas fait venir pour se payer sa tête : sa propre tristesse se reflétait dans les yeux de Jace.

— Ne crois pas que ça me plaît de te poser ces questions, lâcha-t-il d'un ton cassant. Je dois savoir ce que tu es prêt à faire pour elle. Est-ce que tu mentirais, par exemple ?

— Mentir ? À quel sujet ? Qu'est-ce qui se passe ?

Simon comprit enfin ce qui l'avait chiffonné en voyant les Chasseurs d'Ombres rassemblés dans le jardin.

— Attends une seconde. Vous partez pour Idris maintenant ? Clary est persuadée que c'est ce soir.

— Je sais. Et je veux que tu racontes aux autres qu'elle t'a envoyé ici pour les prévenir qu'elle ne viendrait pas. Il faut leur dire qu'elle ne veut plus aller à Idris.

Il y avait de la nervosité dans sa voix, ou autre chose, une émotion si bizarre venant de Jace que Simon avait du mal à mettre le doigt dessus. Il avait l'impression qu'il le suppliait.

— Ils te croiront. Ils savent à quel point vous êtes... proches.

Le miroir mortel

Simon secoua la tête.

— Tu es incroyable. Tu me demandes de faire quelque chose pour Clary, mais en réalité c'est une faveur pour toi.

Il se détourna pour s'en aller.

— Pas question.

Jace le rattrapa par le bras.

— C'est pour elle ! J'essaie de la protéger. Je pensais que là, au moins, tu accepterais de m'aider.

Simon fixa avec insistance la main de Jace agrippée à son bras.

— Comment pourrais-je la protéger si tu ne m'expliques pas contre quoi ?

— Tu ne peux pas me faire confiance, si je te jure que c'est important ? répondit Jace sans le lâcher.

— Tu ne te rends pas compte, elle tient vraiment à aller à Idris. Si je dois l'en empêcher, il me faut une sacrée bonne raison.

Jace poussa un soupir et lâcha le bras de Simon à contrecœur.

— Ce qui s'est passé sur le bateau de Valentin, dit-il à voix basse. La rune que Clary a dessinée sur le mur... eh bien, tu as vu le résultat.

— Elle a détruit le bateau et sauvé nos vies.

— Ne parle pas si fort, souffla Jace en jetant un regard anxieux autour de lui.

— Qu'est-ce que tu insinues ? Que les autres ne sont pas au courant ? demanda Simon, incrédule.

— On est quatre à savoir : toi, moi, Luke et Magnus. C'est tout.

— Mais qu'est-ce qu'ils s'imaginent ? Que le navire a sombré au moment opportun ?

— Je leur ai raconté que le Rituel de Conversion avait mal tourné.
— Tu as menti à l'Enclave ?
Simon oscillait entre l'admiration et la consternation.
— Oui, je leur ai menti. Isabelle et Alec savent que Clary détient le pouvoir de créer de nouvelles runes, alors je ne pourrai sans doute pas cacher très longtemps ce fait à l'Enclave ou au nouvel Inquisiteur. Mais s'ils savaient qu'elle peut décupler le pouvoir des runes ordinaires et leur conférer une puissance destructrice inimaginable, ils chercheraient à en faire une combattante. Et elle n'a pas la carrure pour ça. Elle n'a pas été élevée dans ce but...
Il s'interrompit comme Simon secouait la tête.
— Quoi ?
— Tu es un Nephilim. Tu n'es pas censé agir dans l'intérêt de l'Enclave ? Si ça implique de se servir de Clary...
— Tu veux qu'elle se retrouve en première ligne face à Valentin et son armée ?
— Bien sûr que non. Mais moi, je ne suis pas l'un des vôtres. Je n'ai pas à choisir ma priorité, Clary ou ma famille.
Le visage de Jace s'empourpra.
— Tu n'y es pas du tout. Si j'estimais qu'elle pouvait être utile à l'Enclave... Or, ce n'est pas le cas. Elle se fera tuer, c'est tout...
— Même si tu étais convaincu de son utilité, tu ne les laisserais pas l'avoir.
— Qu'est-ce qui te fait penser ça, vampire ?
— Parce que tu la veux toute pour toi.

Jace blêmit.

— Alors tu refuses de m'aider ? Tu refuses de l'aider, elle ?

Simon hésita. Avant qu'il ait pu répondre, un cri perçant, désespéré déchira le silence puis cessa brusquement. Jace fit volte-face.

— Qu'est-ce que c'était ?

D'autres cris retentirent, auxquels succéda un grand bruit métallique qui fit tinter les oreilles de Simon.

— Il est arrivé quelque chose... les autres...

Jace s'était déjà éloigné dans l'allée en se faufilant à travers les broussailles. Après un moment d'hésitation, Simon le suivit. Il avait oublié à quel point il courait vite désormais, et il eut tôt fait de rattraper Jace au moment où il tournait au coin de l'église.

Un véritable chaos les attendait dans le jardin. Une brume blanche s'était levée, et une odeur forte flottait dans l'air, l'odeur caractéristique de l'ozone, à laquelle se mêlait un relent douceâtre. Des silhouettes surgissaient de toutes parts : Simon en distinguait des parcelles quand elles émergeaient d'une trouée dans le brouillard. Il aperçut Isabelle, fouettant l'air de ses tresses au moment où elle faisait claquer son fouet, qui fendit la brume comme un éclair de lumière. Elle repoussa l'assaut d'une créature énorme qui s'avançait vers elle d'un pas pesant. Simon crut d'abord qu'il s'agissait d'un démon ; or, c'était impossible, il faisait grand jour. En se rapprochant, il vit que la chose avait forme humaine mais qu'elle était bossue. Elle tenait à la main une grosse planche en bois qu'elle brandissait aveuglément en direction d'Isabelle.

Tout près de là, à travers un trou dans le mur, Simon voyait les voitures continuer leur bonhomme de chemin dans York Avenue. Au-delà de l'Institut, le ciel était dégagé.

— Des Damnés, murmura Jace, les yeux étincelant de fureur, en tirant de sa ceinture l'un de ses poignards séraphiques. Il y en a des dizaines.

Il écarta Simon d'un geste brusque.

— Reste ici, compris ?

Simon se figea quelques secondes tandis que Jace s'élançait vers le brouillard. La lumière de son poignard nimba la brume d'une lueur argentée ; des silhouettes sombres surgissaient çà et là. Simon, qui avait l'impression de les voir à travers un panneau de verre dépoli, s'efforça désespérément de comprendre ce qui se passait de l'autre côté. Isabelle avait disparu. Alec, le bras couvert de sang, embrocha un Damné et le regarda s'écrouler à ses pieds. Un autre se dressa derrière lui, mais Jace accourut, un poignard dans chaque main. Il bondit et, avec un mouvement de cisaille, trancha la tête du Damné, qui libéra un flot de sang noir. Simon eut un haut-le-cœur : le sang dégageait une odeur âcre, nauséabonde.

Il entendit les Chasseurs d'Ombres s'interpeller dans le brouillard ; les Damnés, eux, ne proféraient pas un son. Soudain, la brume se dissipa, et Simon vit Magnus, debout près du mur, l'air hagard. Des flammes bleues jaillirent de ses mains tandis qu'un trou noir s'ouvrait dans la pierre. Il se mit à scintiller comme un miroir, et des remous se formèrent à sa surface.

— Le Portail ! brailla Magnus. Traversez le Portail !

Maryse Lightwood surgit de la brume en portant son fils, Max, dans ses bras. Elle s'arrêta pour crier quelque chose par-dessus son épaule, puis plongea à travers le Portail et disparut à l'intérieur du mur. Alec lui emboîta le pas en tirant par le bras Isabelle qui traînait derrière elle son fouet éclaboussé de sang. Au moment où il la poussait vers le Portail, un Damné jaillit du brouillard en brandissant un couteau.

Simon s'élança en appelant Isabelle, buta sur un obstacle, et tomba en avant. Il se releva d'un bond et se retourna pour voir ce qui l'avait fait trébucher. C'était le corps d'une femme. On lui avait tranché la gorge, et ses yeux grands ouverts avaient pris un éclat bleuté dans la mort. Du sang maculait ses cheveux blancs. Madeleine.

— Simon, attention ! s'écria Jace.

Levant les yeux, Simon vit le Chasseur d'Ombres se précipiter vers lui en levant ses poignards séraphiques poissés de sang. Le Damné qui poursuivait Isabelle se dressa au-dessus de lui. Un rictus déformait son visage couturé. Simon fit un pas de côté au moment où le monstre allait le poignarder mais, malgré ses nouveaux réflexes, il n'eut pas le temps de l'esquiver. Une douleur fulgurante le paralysa et tout devint noir.

2
Les tours d'Alicante

« Toute la magie du monde ne suffirait pas pour trouver une place de parking dans une rue de New York », songeait Clary tandis qu'elle et Luke faisaient le tour du pâté de maisons pour la troisième fois. Ils n'avaient pas réussi à garer la camionnette, et la plupart des voitures étaient stationnées en double file. Enfin, Luke s'arrêta à côté d'une bouche d'incendie et coupa le moteur avec un soupir.

— Va les rejoindre, lança-t-il. Je t'apporte ta valise.

Clary hocha la tête, mais hésita avant d'ouvrir la portière. Elle avait l'estomac noué par l'anxiété et, pour la énième fois, elle regretta que Luke ne puisse pas venir avec elle.

— J'aurais pensé que, pour mon premier voyage à l'étranger, j'aurais un passeport sur moi.

Sa remarque ne fit pas sourire Luke.

— Je sais que tu es nerveuse, mais tout ira bien. Les Lightwood s'occuperont bien de toi.

« Oui, je te l'ai répété un million de fois », pensa Clary. Elle donna une petite tape sur l'épaule de Luke avant de descendre de la camionnette.

— À bientôt.

Elle franchit l'allée de pierre craquelée ; le bruit de la circulation s'éloignait à mesure qu'elle s'approchait de l'église. Cette fois, il lui fallut quelques instants pour chasser le charme qui protégeait l'Institut. Elle avait l'impression qu'un sortilège supplémentaire masquait la vieille cathédrale comme une nouvelle couche de peinture. Elle dut fournir un effort mental pénible pour voir la réalité. Enfin, l'édifice lui apparut tel qu'il était. La grande porte en bois luisait comme si on venait de la lustrer.

Une odeur de brûlé flottait dans l'air. Fronçant les sourcils, elle posa la main sur le loquet. « Moi, Clary Morgenstern, Nephilim, demande l'accès à l'Institut... »

La porte s'ouvrit en grand et Clary se glissa dans la pénombre. Elle jeta un regard autour d'elle, cligna des yeux, s'efforçant de déterminer ce qui avait changé à l'intérieur de la cathédrale. Elle comprit ce qui la chiffonnait au moment où les battants se refermaient derrière elle : la nef était plongée dans le noir ; la seule clarté provenait de la rosace au-dessus de sa tête. Or, chaque fois qu'elle était venue à l'Institut, des dizaines de flammes vacillaient dans les candélabres alignés le long de l'allée qui séparait les bancs.

Elle sortit de sa poche sa pierre de rune et la brandit devant elle. Un rayon de lumière jaillit de ses doigts et illumina les coins poussiéreux du vieil édifice tandis qu'elle s'avançait vers l'ascenseur près de l'autel désert. D'un geste impatient, elle écrasa le doigt sur le bouton d'appel.

Rien ne se produisit. Au bout de trente secondes, elle pressa de nouveau le bouton, encore et encore, puis colla son oreille à la grille. Silence.

Le cœur battant, Clary remonta l'allée en courant et poussa la lourde porte. Debout sur les marches de l'église, elle jeta un regard affolé autour d'elle. Le ciel s'assombrissait, et l'odeur de brûlé était de plus en plus forte. Y avait-il eu un incendie ? Les Chasseurs d'Ombres avaient peut-être été évacués. Pourtant, le bâtiment était intact...

Une voix douce, veloutée, familière, s'éleva.

— Ce n'était pas un incendie.

Une haute silhouette émergea de la pénombre, les cheveux rassemblés en épis irréguliers qui formaient une couronne sur son crâne. L'homme portait un costume en soie noire sur une chemise vert émeraude chatoyante et des bagues chargées de pierreries aux doigts. Une paire de bottes luxueuses et une bonne dose de paillettes complétaient sa tenue.

— Magnus ? chuchota Clary.

— Je sais ce que tu penses, mais il n'y a pas eu de feu. Cette odeur, c'est la brume infernale, une espèce de brouillard démoniaque qui altère les effets de la magie.

— Un brouillard démoniaque ? Alors ça signifie qu'il y avait des...

— Oui, des Damnés. Ils ont attaqué l'Institut dans l'après-midi. Il y en avait des dizaines.

— Jace. Les Lightwood...

— La brume infernale rendait mes pouvoirs inefficaces. Les leurs aussi. J'ai dû les envoyer à Idris par le biais du Portail.

— Mais personne n'a été blessé ?
— Madeleine est morte. Je suis désolé, Clary.
Clary se laissa tomber sur les marches. Elle n'avait pas très bien connu Madeleine, mais cette femme avait servi de lien ténu entre elle et sa mère – sa véritable mère, la Chasseuse d'Ombres intrépide qu'elle n'avait jamais côtoyée.
— Clary ? Qu'est-ce qui se passe ?
Luke s'avança dans l'allée, la valise de Clary à la main. Assise, les bras noués autour de ses genoux, elle écouta Magnus renouveler ses explications. Malgré sa peine pour Madeleine, elle éprouvait un immense soulagement. Jace et les Lightwood étaient sains et saufs. Elle se répéta silencieusement ces mots : « Jace est sain et sauf. »
— Les Damnés ont tous été tués ? s'enquit Luke.
— Non, répondit Magnus en secouant la tête. Une fois les Lightwood passés par le Portail, ils se sont dispersés. Apparemment, ce n'est pas moi qui les intéressais. Quand j'ai refermé le Portail, ils avaient tous disparu.
Clary leva la tête.
— Le Portail est fermé ? Mais… tu peux encore m'envoyer à Idris, n'est-ce pas ?
Luke et Magnus échangèrent un regard gêné. Luke posa la valise de Clary par terre.
— Magnus ? reprit Clary d'une voix stridente. Il faut que j'y aille.
— Le Portail est fermé, Clary…
— Alors ouvres-en un autre !
— Ce n'est pas si simple, protesta le sorcier. L'Enclave est très soucieuse de protéger Alicante contre

les intrusions à caractère magique. Leur capitale est un lieu saint à leurs yeux : c'est un peu leur Vatican, leur Cité interdite. Les Créatures Obscures ne peuvent pas y entrer sans autorisation, et les Terrestres n'y sont pas les bienvenus.

— Mais je suis une Chasseuse d'Ombres !

— Tu es tout juste une novice. En outre, les tours préviennent toute téléportation dans l'enceinte de la cité. Pour que j'ouvre un Portail menant directement à Alicante, il faudrait qu'ils t'attendent de l'autre côté. En t'envoyant là-bas sans leur permission, j'enfreindrais la Loi, et je n'ai pas envie de courir ce risque pour tes beaux yeux, ma cocotte, malgré l'affection que j'ai pour toi.

Clary se tourna vers Luke.

— Mais il faut que j'aille à Idris ! Ma mère a besoin de moi. Il doit exister un autre moyen que le Portail.

— L'aéroport le plus proche se trouve dans le pays voisin. Si on arrivait à passer la frontière – et je dis bien « si » –, on devrait entreprendre un long voyage périlleux à travers des territoires peuplés de Créatures Obscures. Il nous faudrait des jours pour gagner la ville.

Clary était au bord des larmes. « Pas question que je pleure », se dit-elle.

— Clary, reprit Luke avec douceur. On pourra communiquer avec les Lightwood. On fera en sorte qu'ils aient toutes les indications nécessaires pour se procurer l'antidote de Jocelyne. Ils contacteront Fell...

Clary se leva en secouant la tête.

— Il faut que ce soit moi. Madeleine répétait que Fell n'accepterait pas de traiter avec quelqu'un d'autre.
— Fell ? Ragnor Fell ? intervint Magnus. Je peux lui envoyer un message pour lui annoncer la venue de Jace.

Luke se ragaillardit.
— Tu entends ça, Clary ? Avec l'aide de Magnus…

Mais Clary ne voulait rien savoir. Elle s'était persuadée qu'elle pourrait sauver sa mère, et désormais elle ne pouvait plus que s'asseoir à son chevet en priant pour que quelqu'un d'autre, à des milliers de kilomètres de là, parvienne à s'acquitter de son devoir à sa place.

Elle dévala les marches en bousculant Luke, qui essayait de la retenir.
— J'ai besoin d'être seule quelques instants.
— Clary…

Malgré les appels répétés de Luke, elle s'éloigna en courant, contourna la cathédrale et prit l'allée qui bifurque vers le petit jardin situé dans la partie est de l'Institut, en suivant l'odeur de brûlé, à laquelle se mêlait celle nettement plus forte de la magie démoniaque. Le jardin était encore noyé çà et là sous des rubans de brume accrochés à un massif de roses ou à une pierre. La terre portait les stigmates de la bataille qui s'était déroulée à cet endroit et, près de l'un des bancs de pierre, une traînée rouge sombre lui fit détourner les yeux.

Soudain, elle se figea. Sur le mur de la cathédrale subsistaient les traces, reconnaissables entre toutes, de la magie runique, qui brillaient d'un éclat bleuté sur

la pierre grise. Elles formaient un rectangle semblable au rai de lumière qui filtre à travers une porte entrouverte...
Le Portail.
Un déclic se fit en elle. Elle se remémora d'autres symboles qui scintillaient dangereusement sur la coque métallique d'un navire, puis du tremblement qui avait ébranlé le monstre de fer avant qu'il ne se désagrège, et des eaux noires de l'East River se déversant à l'intérieur. « Ce ne sont que des runes, songea-t-elle. Des symboles que je suis capable de dessiner. Si ma mère peut enfermer l'essence de la Coupe Mortelle dans un bout de papier, alors je peux créer un Portail. »
Elle s'approcha du mur et sortit sa stèle de sa poche. S'efforçant de ne pas trembler, elle appliqua la pointe de l'objet sur la pierre. Puis elle ferma les yeux et, derrière les ténèbres de ses paupières, elle se mit à tracer mentalement des lignes lumineuses évoquant des portes, des voyages, des contrées lointaines, qui s'assemblèrent pour former une rune aussi gracieuse qu'un oiseau en plein vol. Clary ne savait pas si elle était ancienne ou si c'était elle qui l'avait inventée, mais elle existait désormais comme s'il en avait toujours été ainsi.
Portail.
Elle continua à dessiner, et des lignes noires comme du charbon jaillirent de la stèle. La pierre grésilla, une odeur acide de brûlé lui monta aux narines. Des éclairs bleus surgirent derrière ses paupières, elle sentit de la chaleur sur son visage comme si elle se tenait

devant un feu. Avec un soupir, elle baissa la main et ouvrit les yeux.

La rune qu'elle avait tracée s'épanouissait telle une fleur sombre sur le mur. Soudain, les lignes semblèrent fusionner puis se dérouler pour se reformer quelques instants plus tard, donnant lieu à un nouveau symbole qui évoquait une porte scintillante, plus haute que Clary. Elle n'arrivait pas à détacher les yeux de son œuvre. Elle brillait du même éclat que le Portail dissimulé derrière le rideau, dans l'appartement de Mme Dorothea. Clary tendit le bras pour la toucher...

Et recula. La mort dans l'âme, elle se rappela que, pour se servir d'un Portail, il fallait se représenter l'endroit où l'on voulait se rendre. Or, elle n'était jamais allée à Idris. On lui avait décrit un paysage de vallées verdoyantes, de forêts obscures, de montagnes et de lacs miroitants. Et Alicante, la cité aux tours de verre. Elle pouvait s'imaginer à quoi cela ressemblait, mais avec ce genre de magie, l'imagination ne suffisait pas. Si seulement...

Clary retint son souffle. Elle avait déjà vu Idris en songe et, sans s'expliquer comment, elle sut que rêve et réalité ne faisaient qu'un. Après tout, n'avait-elle pas rêvé de Jace lui disant que Simon ne pouvait pas rester parce qu'il ne faisait plus partie du monde des vivants ? Peu après, il était mort...

Elle reporta son attention sur son rêve. Elle dansait à Alicante, dans une grande salle de bal toute d'or et de blanc avec un plafond étincelant. Il y avait une fontaine – une vasque en argent avec la statue d'une sirène en son centre – et des lampions suspendus dans les arbres au-dehors. Clary était vêtue de velours vert, comme en ce moment même.

Comme si elle évoluait toujours dans son rêve, elle s'avança vers le Portail. Ses doigts rencontrèrent un rideau de lumière qui s'ouvrait sur un endroit brillamment éclairé. À présent, elle contemplait un maelström scintillant au travers duquel elle distingua bientôt l'ébauche d'un paysage, une chaîne de montagnes, un bout de ciel...

— Clary !

Luke accourut, le visage déformé par la colère et l'angoisse. Derrière lui venait Magnus ; ses yeux de chat étincelaient dans la clarté éblouissante qui baignait maintenant le jardin.

— Clary, arrête ! Les boucliers sont dangereux ! Tu vas te faire tuer !

Mais il était trop tard pour reculer. Au-delà du Portail, la lumière dorée s'intensifia. Clary pensa aux murs d'or dans la grande salle de son rêve, à leur scintillement renvoyé par le verre taillé. Luke avait tort ; il ne comprenait rien à son don. À quoi bon craindre ces boucliers quand on pouvait créer sa propre réalité rien qu'en la dessinant ?

— Il faut que j'y aille, cria-t-elle en s'avançant, les bras tendus. Je regrette, Luke...

Au moment où elle allait franchir le Portail, il la rejoignit d'un bond et la saisit par le poignet. Telle une tornade déracinant un arbre, une puissance inconnue les souleva de terre. Toujours prisonnière de Luke qui lui serrait le bras comme un étau, Clary vit les voitures et les immeubles de Manhattan disparaître dans un tourbillon tandis qu'une rafale de vent cinglante l'aspirait dans un néant nimbé de lumière.

Simon fut réveillé par un clapotis régulier. Il se redressa et une terreur soudaine lui paralysa la poitrine : la dernière fois qu'il avait été réveillé par le murmure des vagues, il était prisonnier sur le bateau de Valentin, et ce bruit ténu le ramena à ce jour funeste avec une fulgurance semblable à un seau d'eau glacée en pleine figure.

Mais un bref regard à la ronde lui révéla qu'il se trouvait dans un tout autre endroit. Il était allongé sur un lit confortable tendu de couvertures moelleuses dans une petite chambre proprette aux murs bleu pâle. Des rideaux sombres masquaient la fenêtre, mais la faible lumière qui filtrait au travers était suffisante pour que ses yeux de vampire distinguent nettement la pièce. Un tapis aux couleurs vives recouvrait le sol et une armoire à glace était adossée à un mur. Un fauteuil avait été tiré près du lit.

Simon repoussa ses couvertures et fit deux constats : d'abord, qu'il était encore vêtu du jean et du tee-shirt qu'il portait en allant retrouver Jace à l'Institut. Ensuite, que la personne assise dans le fauteuil somnolait, la tête appuyée sur la main, ses longs cheveux noirs retombant comme un châle frangé sur ses épaules.

— Isabelle ?

Tel un diable sortant de sa boîte, elle releva brusquement la tête et ouvrit les yeux.

— Ooooh, tu es réveillé ! s'écria-t-elle en se redressant. Quel soulagement pour Jace ! On était presque sûrs que tu finirais par mourir.

Le miroir mortel

— Hein ? Pourquoi ?

Simon avait le vertige et se sentait un peu nauséeux. Il parcourut la pièce du regard, cligna des yeux.

— Je suis à l'Institut ?

Dès l'instant où cette question eut franchi ses lèvres, il comprit que c'était impossible, bien entendu.

— Euh... On est où, là ?

La gêne se peignit sur le visage d'Isabelle.

— Attends, tu veux dire que tu ne te rappelles pas ce qui s'est passé dans le jardin ?

D'un geste nerveux, elle tira sur le bord en crochet du fauteuil.

— Les Damnés nous ont attaqués. Ils étaient très nombreux, et la brume infernale nous empêchait de les repousser. Magnus a ouvert le Portail, et on se précipitait tous dans sa direction quand je t'ai vu courir vers nous. Tu as trébuché... sur Madeleine. Il y avait un Damné juste derrière toi ; apparemment, tu ne l'avais pas vu, mais Jace, si. Quand il t'a rejoint, il était trop tard. Le Damné t'avait déjà poignardé. Tu perdais beaucoup de sang. Jace a tué le Damné, puis il t'a traîné jusqu'au Portail, a-t-elle conclu.

Elle parlait à toute allure, et avalait la moitié des mots, si bien que Simon devait se concentrer pour la suivre.

— Nous, on était déjà de l'autre côté, et laisse-moi te dire, tout le monde a été sacrément surpris quand Jace a débarqué avec toi qui saignais partout sur lui. Le Consul n'était pas content du tout.

Simon avait la bouche sèche.

— Le Damné m'a poignardé ?

Cela semblait impossible. Pourtant, il avait guéri après avoir eu la gorge tranchée par Valentin. Cependant, il aurait dû se souvenir... Secouant la tête, il baissa les yeux sur ses vêtements.

— Où ?

— Je vais te montrer.

Avant même qu'il ait pu réagir, Isabelle s'était assise sur le lit à côté de lui et elle avait posé ses mains froides sur son estomac. Elle releva son tee-shirt, dénudant une bande de peau pâle barrée d'une fine balafre rouge, à peine une cicatrice.

— Là, reprit-elle en passant les doigts dessus. Ça fait mal ?

— N... non.

La première fois que Simon avait vu Isabelle, il l'avait trouvée si débordante de vitalité et d'énergie qu'il avait cru avoir enfin trouvé celle qui éclipserait l'image de Clary, laquelle semblait en permanence imprimée derrière ses paupières. Quand il avait été transformé en rat par sa faute lors de la fête organisée par Magnus Bane, il avait compris qu'Isabelle était peut-être un peu trop tout feu tout flamme pour un garçon ordinaire comme lui.

— On harcèle le vampire quand il est trop faible pour se défendre, Isa ? lança une voix amusée depuis le seuil. Je suis à peu près sûr que tu violes au moins l'un des Accords.

Jace. Il était entré à pas de loup, si bien que même Simon ne l'avait pas entendu. Refermant la porte derrière lui, il sourit tandis qu'Isabelle rabattait le tee-shirt de Simon.

— Je lui montrais juste l'endroit où il a été poignardé, protesta-t-elle en regagnant son fauteuil avec précipitation. Qu'est-ce qui se passe, en bas ? Ils sont encore en train de se disputer ?
Le sourire de Jace disparut.
— Maryse est allée à la Garde avec Patrick. L'Enclave siège en ce moment même et Malachi a jugé préférable qu'elle vienne s'expliquer en personne.
Malachi. Patrick. Garde. Ces noms étranges se bousculaient dans la tête de Simon.
— S'expliquer à propos de quoi ?
Isabelle et Jace échangèrent un regard.
— Toi, répondit-il enfin. Ils veulent savoir pourquoi nous avons emmené un vampire avec nous à Alicante, ce qui, accessoirement, est contraire à la Loi.
— Alicante ? On est à Alicante ?
La panique qui submergea Simon laissa bientôt place à une douleur fulgurante au creux de son ventre ; il se plia en deux.
— Simon ! s'écria Isabelle, affolée, en tendant la main vers lui. Ça ne va pas ?
— Va-t'en, Isabelle, l'implora-t-il en se tenant l'estomac, les yeux tournés vers Jace. Fais-la partir.
Isabelle recula, l'air vexé.
— C'est bon, je m'en vais. Pas la peine de me le dire deux fois.
Et, se levant d'un bond, elle quitta la pièce en claquant la porte derrière elle. Les yeux ambre de Jace se posèrent froidement sur Simon.
— Qu'est-ce qui se passe ? Je te croyais guéri.
Simon leva la main pour le tenir à distance. Il avait un goût métallique dans la bouche.

— Ce n'est pas Isabelle, dit-il entre ses dents. Je ne suis pas blessé, j'ai... j'ai faim. J'ai perdu beaucoup de sang, alors... j'ai besoin de le remplacer.

— Bien sûr, dit Jace, du ton de quelqu'un qui vient d'être éclairé sur un détail scientifique intéressant quoiqu'un peu superflu.

Sur son visage, l'inquiétude laissa place à un mépris amusé qui mit Simon en fureur. S'il n'avait pas été aussi affaibli par la souffrance, il se serait jeté sur lui. Il se contenta de répliquer dans un souffle :

— Va te faire voir, Wayland.

— Wayland, vraiment ?

Sans se départir de son air narquois, Jace baissa la fermeture Éclair de sa veste.

— Non ! s'écria Simon en reculant. Même affamé, je n'ai pas l'intention de reboire ton sang.

Jace fit la grimace.

— Comme si j'allais te laisser faire.

Il sortit de la poche intérieure de sa veste une flasque en verre à moitié remplie d'un liquide rouge tirant sur le brun.

— J'ai pensé que ça pourrait t'être utile. Dans la cuisine, j'ai pressé dans mes doigts de la viande crue pour en extraire le sang. Je n'ai pas trouvé mieux.

Simon arracha la flasque à Jace. Les mains du vampire tremblaient tellement que le Chasseur d'Ombres dut l'aider à dévisser le bouchon de la bouteille. Le liquide à l'intérieur était infect, trop clair et trop salé pour être considéré comme du vrai sang, avec un arrière-goût désagréable propre aux viandes vieilles de quelques jours.

— Berk ! fit Simon après quelques gorgées. Du sang mort.

Jace leva les sourcils.

— C'est toujours le cas, non ?

— Quand l'animal est mort depuis longtemps, son sang prend un mauvais goût. C'est meilleur quand c'est frais.

— Mais tu n'as jamais bu de sang frais... si ?

Ce fut au tour de Simon de lever les sourcils.

— Euh... à part le mien, évidemment, reprit Jace. Et je suis sûr qu'il avait un goût fantastique.

Simon reposa la flasque vide sur le bras du fauteuil près du lit.

— Ça ne tourne pas rond chez toi, marmonna-t-il.

Il avait encore le goût du sang avarié dans la bouche, mais au moins la douleur s'était calmée. Il se sentait ragaillardi, comme s'il venait d'ingurgiter un remède aux effets immédiats ou une drogue vitale. Il se demanda si les héroïnomanes éprouvaient le même soulagement.

— Alors je suis à Idris.

— À Alicante, pour être exact. La capitale. La seule ville, à vrai dire.

Jace alla à la fenêtre et écarta les rideaux.

— Les Penhallow ne voulaient pas croire que le soleil ne t'affectait pas. Ce sont eux qui ont posé ces rideaux. Mais tu devrais venir voir.

Simon se leva du lit et rejoignit Jace à la fenêtre.

Quelques années plus tôt, sa mère les avait emmenés, sa sœur et lui, en Toscane : une semaine de plats de pâtes trop riches, de pain sans sel et de paysages brunis par l'automne. Sa mère accélérant sur les routes étroites en lacet, manquant de peu encastrer leur Fiat dans les magnifiques bâtiments anciens qu'ils étaient venus visiter. Il se rappelait s'être arrêté sur une colline surplombant une petite ville du nom de San Gimignano, aux maisons ocre et aux tours majestueuses qui semblaient monter à l'assaut du ciel. Si la cité qui s'étendait sous ses yeux avait dû lui rappeler un endroit, ç'aurait été celui-là. Mais elle avait par ailleurs un côté tellement étrange qu'elle ne ressemblait à rien de ce qu'il avait vu jusqu'ici.

La fenêtre par laquelle il regardait la ville se trouvait à l'étage d'une vaste demeure. Levant les yeux, il distingua un avant-toit de pierre et le ciel au-delà. La maison était séparée d'un autre bâtiment moins haut par un canal étroit aux eaux sombres avec quelques ponts aménagés çà et là ; c'était de là que provenait le clapotis qui l'avait réveillé. La demeure semblait bâtie à flanc de colline. En contrebas, des maisons en pierre de couleur claire, séparées par des ruelles étroites, s'agglutinaient au bord d'un cercle de verdure : des bois, cernés par des collines à l'horizon. Vues d'ici, elles évoquaient de longues bandes vertes et brunes mouchetées de couleurs automnales. Au-delà s'élevaient des montagnes escarpées couronnées de neige.

Cependant, tout cela n'avait rien d'étrange. Ce qui l'était, en revanche, c'étaient ces hautes tours, qui semblaient avoir été semées par hasard dans la ville, lesquelles étaient terminées par une flèche conçue dans un métal argenté qui réfléchissait la lumière. Elles semblaient percer le ciel comme autant de dagues étincelantes, et Simon se rendit compte qu'il avait déjà vu ce matériau auparavant chez les Chasseurs d'Ombres ; c'était le même qu'ils utilisaient pour fabriquer les lames de leurs poignards séraphiques.

— Ces tours servent à repousser les démons, expliqua Jace en réponse à la question muette de Simon. Elles contrôlent les boucliers qui protègent la ville. Grâce à elles, les démons ne peuvent pas pénétrer dans Alicante.

L'air pur et froid qui entrait par la fenêtre n'avait rien de commun avec l'atmosphère irrespirable de New York : il ne transportait aucune odeur d'ordures, de fumée, de fer ou de gens. Malgré lui, Simon aspira une grande bouffée avant de se tourner vers Jace : certaines habitudes humaines avaient la vie dure.

— Dis-moi que ma venue ici n'est qu'un accident, lança-t-il. Dis-moi que ça ne faisait pas partie d'un plan destiné à empêcher Clary de vous accompagner.

Sans lui accorder un regard, Jace réprima un soupir.

— D'accord, j'ai créé une armée de Damnés pour qu'ils attaquent l'Institut et tuent Madeleine, tout ça afin que Clary reste à New York. Et mon plan diabolique a marché comme sur des roulettes.

— Oui, il a marché, répliqua calmement Simon.

— Écoute, vampire, le plan, c'était de tenir Clary éloignée d'Idris, pas de t'amener ici. Je t'ai traîné jusqu'au Portail parce que, si je t'avais abandonné, blessé et inconscient, les Damnés t'auraient tué.

— Tu aurais pu rester en arrière avec moi...

— Ils nous auraient massacrés tous les deux. On ne pouvait même pas les compter avec la brume infernale. Même moi, je ne suis pas de taille à lutter contre cent Damnés.

— Et pourtant, je parie que ça te coûte de l'admettre.

— Tu es un crétin, dit Jace d'un ton égal. Même pour une Créature Obscure. Je t'ai sauvé la vie et, pour ça, j'ai dû enfreindre la Loi. Ce n'est pas la première fois, d'ailleurs. Tu pourrais te montrer un peu plus reconnaissant.

— Reconnaissant ? répéta Simon en serrant les poings. Si tu ne m'avais pas forcé à venir à l'Institut, je ne serais pas ici. Je n'étais pas d'accord depuis le début.

— Tu m'as bien dit que tu ferais n'importe quoi pour Clary. Ça fait partie du contrat.

Avant que Simon ait pu rétorquer, on frappa à la porte.

— Ohé ? fit Isabelle de l'autre côté du battant. Simon, tu as fini ta comédie ? Il faut que je parle à Jace.

— Entre, Isa, cria celui-ci sans quitter Simon des yeux.

Il avait dans le regard une lueur de défi qui donnait à Simon des envies de meurtre. Isabelle entra dans un tourbillon de cheveux noirs et de volants argentés. Le haut blanc corseté qu'elle portait dénudait ses bras et ses épaules couverts de runes. Simon supposait que c'était un changement agréable pour elle de pouvoir montrer ses Marques au grand jour, dans un endroit où elles n'attireraient pas l'attention.

— Alec s'en va à la Garde, annonça-t-elle sans préambule. Avant de partir, il voudrait te parler de Simon. Tu peux descendre ?

Jace se dirigea vers la porte. S'apercevant que Simon le suivait, il lui jeta un regard noir.

— Toi, tu restes ici.
— Non. Si vous devez parler de moi, je veux être là.

Pendant quelques instants, Simon crut que Jace allait perdre son sang-froid. Son visage s'empourpra, il ouvrit la bouche pour protester, les yeux étincelants. Mais, au prix d'un effort manifeste, il parvint à maîtriser sa colère, serra les dents et sourit.

— Comme tu voudras. Suis-moi, vampire. Je vais te présenter toute la petite famille.

La première fois que Clary avait voyagé par le biais d'un Portail, elle avait eu l'impression de voler, de dégringoler dans le vide. Cette fois, il lui sembla qu'on l'avait précipitée au cœur d'une tornade. Une violente bourrasque lui fit lâcher la main de Luke tandis qu'un cri s'étranglait dans sa gorge. Elle se sentit aspirée par un tourbillon noir et or.

Une surface plate, dure et scintillante comme un miroir surgit devant elle. Elle plongea dans sa direction en se couvrant le visage de ses mains. Après avoir traversé la surface du miroir, elle s'enfonça dans d'épaisses ténèbres bleutées. Privée d'air, elle suffoqua tandis qu'une torpeur glacée s'emparait d'elle...

Soudain, elle sentit qu'on l'agrippait par le col de son manteau et qu'on la tirait vers la surface. Elle battit faiblement des pieds mais n'eut pas la force de se dégager. L'obscurité indigo autour d'elle vira au bleu pâle, puis au doré, tandis qu'elle émergeait à la surface du lac – car il s'agissait bien d'un lac – pour aspirer une grande bouffée d'air. Du moins, elle essaya mais s'étrangla, et des taches noires obstruèrent sa vue ; quelque chose l'entraîna vers le fond à toute allure tandis que des algues s'enroulaient autour de ses bras et de ses jambes. Elle se débattit pour se libérer et entrevit, pendant une fraction de seconde terrible, une créature mi-homme mi-loup aux oreilles pointues comme des dagues et aux babines retroussées découvrant des crocs d'une blancheur éclatante. Elle voulut crier et avala une gorgée d'eau sale.

Quelques instants plus tard, elle sentit qu'on la sortait de l'eau et qu'on la traînait sur la berge. Des mains la plaquèrent sur le sol, face contre terre, et lui comprimèrent le dos jusqu'à ce qu'elle ait expulsé un jet d'eau saumâtre.

Elle toussait encore quand Luke la retourna. Sa silhouette se détachait sur un ciel bleu moucheté de nuages blancs. L'expression douce qui le caractérisait d'ordinaire avait disparu ; s'il n'avait plus son apparence de loup, il semblait furieux. Il la fit asseoir et la secoua brutalement jusqu'à ce qu'elle se décide à le repousser faiblement avec un hoquet de stupeur.

— Luke ! Arrête ! Tu me fais mal…

Il lâcha ses épaules, lui prit le menton d'une main pour la forcer à lever la tête et planta son regard dans le sien.

— Tu as recraché toute l'eau ?
— Je crois, répondit-elle dans un souffle.
— Où est ta stèle ?

Comme elle hésitait, il reprit d'un ton sévère :
— Clary. Ta stèle. Trouve-la.

Se détachant de lui, elle fouilla ses poches trempées puis le regarda, la mort dans l'âme.

— Je crois que je l'ai perdue dans le lac, gémit-elle en reniflant. La... la stèle de maman...
— Bon sang, Clary.
Luke se leva en se tenant la tête à deux mains. Lui aussi dégoulinait de la tête aux pieds ; l'eau ruisselait de son jean et de sa grosse veste en flanelle. Ses lunettes, d'habitude perchées sur son nez, devaient être restées au fond du lac, elles aussi. Il considéra Clary d'un air sombre.
— Tu vas bien, c'est l'essentiel. Enfin, pour l'instant. Tu te sens bien, n'est-ce pas ?
Elle hocha la tête.
— Luke, qu'est-ce qui ne va pas ? Pourquoi tu as besoin de ma stèle ?
Sans répondre, il jeta un coup d'œil autour de lui comme s'il cherchait de l'aide. Clary suivit son regard. Ils se trouvaient sur la berge d'un grand lac aux eaux bleu pâle qui scintillaient sous le soleil. Elle se demanda si c'était là l'origine de la lumière dorée qu'elle avait vue à travers le Portail entrouvert. Le lac n'avait plus rien de sinistre maintenant qu'elle se trouvait sur la terre ferme. Tout autour s'élevaient des collines verdoyantes plantées d'arbres dont le feuillage commençait à se teinter d'or et de brun. Au-delà se dressaient de hautes montagnes au sommet enneigé.
Clary frissonna.
— Luke, quand on était dans l'eau... tu t'es transformé en loup ? J'ai cru voir...
— Le loup nage mieux que l'homme, répondit-il, laconique. Et il est plus costaud. J'ai dû te porter dans l'eau, et tu ne m'as pas été d'un grand secours.

— Je sais, désolée. Tu… tu n'étais pas censé venir avec moi.

— Sans moi, tu serais morte. Magnus a pourtant été clair. Tu ne peux pas te servir d'un Portail pour pénétrer dans la Cité de Verre à moins que quelqu'un ne t'attende de l'autre côté.

— Il a dit que la Loi l'interdisait. Il n'a pas précisé que, si j'essayais d'aller là-bas, je serais parachutée à des kilomètres.

— Il t'a expliqué qu'il y a des boucliers tout autour de la ville qui empêchent de se téléporter. Ce n'est pas sa faute si tu as décidé de faire joujou avec des pouvoirs qui te dépassent. Le fait que tu détiennes un don ne signifie pas pour autant que tu saches t'en servir.

— Je suis désolée, dit Clary d'une petite voix. Qu'est-ce que c'est que cet endroit ?

— Le lac Lyn. À mon avis, le Portail nous a transportés aussi près que possible de la ville. On est dans les environs d'Alicante.

Il regarda autour de lui et secoua la tête.

— Tu as réussi, Clary. Nous sommes à Idris.

— Idris ? répéta-t-elle en fixant le lac d'un air hébété. Mais… tu viens de dire qu'on était dans les environs d'Alicante. Je ne vois aucune maison.

— On est à plusieurs kilomètres. Tu vois ces collines au loin ? La ville est de l'autre côté. En voiture, on mettrait une heure, mais on va devoir marcher, et ça nous prendra sans doute tout l'après-midi.

Luke scruta le ciel.

— On ferait mieux de se mettre en route.

Clary s'examina d'un air désemparé. La perspective de marcher une journée entière dans des vêtements mouillés ne l'enchantait guère.

— Il n'y a pas d'autre solution ?

— Tu as des suggestions, Clary ? répliqua Luke, la voix vibrante de colère. Après tout, c'est toi qui nous as conduits jusqu'ici.

Il montra du doigt l'horizon.

— Là-bas, des montagnes. On ne peut les franchir qu'en plein été. On serait morts de froid avant d'en avoir atteint le sommet.

Il se tourna pour indiquer une autre direction.

— Par là, des kilomètres de forêt qui s'étendent jusqu'à la frontière. Ces contrées ne sont pas habitées, du moins pas par les humains. Au-delà d'Alicante, il y a des terres cultivées et des maisons de campagne. On arrivera peut-être à quitter Idris, mais dans tous les cas, on devra traverser la ville. Une ville, au passage, où les Créatures Obscures ne sont pas vraiment les bienvenues.

Clary le dévisagea bouche bée.

— Luke, je ne savais pas...

— Bien sûr que tu ne savais pas. Tu ignores tout d'Idris. D'ailleurs, ça ne t'intéresse pas. Ça te contrariait qu'on t'ait laissée en plan, voilà tout, alors, comme un petit enfant, tu as fait ta crise. Et maintenant, on est là, perdus, morts de froid et...

Il s'interrompit, le visage fermé.

— Viens. En route.

Clary lui emboîta le pas dans un silence contrit. Alors qu'elle marchait, le soleil séchait sa peau et ses cheveux, mais son manteau en velours était gorgé d'eau comme une éponge. Il pesait sur elle tel un rideau de plomb tandis qu'elle trébuchait sur les pierres et dans la boue pour suivre les grandes enjambées de Luke. Après quelques tentatives pour engager la conversation, elle renonça. Il s'obstinait à ne pas répondre. Jusqu'alors, elle n'avait jamais commis de faute qui ne puisse être rachetée par une excuse. Cette fois, apparemment, c'était différent.

À mesure qu'ils progressaient, le relief était de plus en plus accidenté, avec des points d'ombre semblables à des taches de peinture noire. En y regardant de plus près, Clary s'aperçut que c'étaient des cavernes creusées dans la roche. Certaines, très profondes en apparence, se perdaient dans l'obscurité. Elle se figura des chauves-souris ainsi que toutes sortes de créatures effrayantes terrées dans les ténèbres, et frémit.

Enfin, après avoir cheminé sur un sentier étroit serpentant entre les collines, ils débouchèrent sur une large route bordée de cailloux. Le lac miroitant dans le lointain avait pris une teinte indigo dans la lumière déclinante de l'après-midi. La route traversait une plaine herbeuse puis se perdait dans les collines à l'horizon. Clary sentit son courage l'abandonner : la ville n'était toujours pas en vue.

Luke scruta les collines, la mine sombre.

— On est plus loin que ce que je croyais. Ça fait si longtemps...

— Peut-être qu'en prenant une autre route, on pourrait faire du stop ou...

— Clary. Il n'y a pas de voitures à Idris.

Devant l'air ébahi de son interlocutrice, Luke partit d'un rire amer.

— Les boucliers détraquent les machines. La technologie moderne – les téléphones portables, les ordinateurs – ne marche pas ici. Alicante s'éclaire principalement grâce à la lumière de sort.

— Oh, fit Clary d'une petite voix. Et... on est à quelle distance de la ville, à peu près ?

— Il nous reste encore du chemin.

Sans la regarder, Luke se passa la main dans les cheveux d'un geste nerveux.

— Il y a quelque chose que tu dois savoir.

Clary se raidit. Si, un peu plus tôt, elle aurait donné n'importe quoi pour que Luke lui adresse la parole, maintenant elle préférait qu'il se taise.

— Laisse tomber...

— Tu as remarqué qu'il n'y avait ni bateaux ni pontons sur le lac Lyn... bref, rien qui puisse suggérer que les habitants d'Idris fréquentent les parages ?

— Je me suis simplement dit qu'il était trop loin de tout.

— Pas si loin que ça. C'est à quelques heures de marche d'Alicante. Le fait est que ce lac... (Luke poussa un soupir.) Tu n'as jamais remarqué le motif qui orne le sol de la bibliothèque à l'Institut de New York ?

Clary cilla.

— Si, mais je n'ai pas compris ce qu'il représentait.

— C'est un ange émergeant des eaux du lac avec une coupe dans une main et une épée dans l'autre. C'est une image récurrente chez les Nephilim. D'après la légende, l'ange Raziel, sortant du lac Lyn, est apparu à Jonathan Shadowhunter, le premier Chasseur d'Ombres, pour lui remettre les Instruments Mortels. Depuis lors, ce lac est en quelque sorte…

— Sacré ? suggéra Clary.

— Maudit. Les eaux du lac sont nocives pour les Chasseurs d'Ombres. En revanche, elles n'ont aucun effet sur les Créatures Obscures. Le Petit Peuple l'appelle le Miroir des Rêves et boit son eau car elle donnerait des visions. Mais pour un Chasseur d'Ombres, absorber l'eau du lac est très dangereux. Elle cause des fièvres, des hallucinations, et peut même rendre fou.

Clary sentit tout son corps se glacer.

— Je comprends mieux pourquoi tu as autant insisté pour que je la recrache.

Luke hocha la tête.

— Et pour que tu retrouves ta stèle. Avec une rune de guérison, on aurait pu dissiper les effets de l'eau. Sans elle, on va devoir t'emmener aussi vite que possible à Alicante. Il existe des remèdes et des herbes à même de te soigner, et je connais quelqu'un qui en a sûrement en sa possession.

— Les Lightwood ?

— Non, quelqu'un d'autre.

— Qui ?

Luke secoua la tête.

— J'espère juste que cette personne n'a pas déménagé au cours des quinze dernières années.

— Mais je croyais t'avoir entendu dire que les Créatures Obscures n'avaient pas le droit de pénétrer dans Alicante sans permission.

Le miroir mortel

Le sourire qu'il lui adressa lui rappela le Luke de son enfance, qui l'avait rattrapée quand elle était tombée de la cage à poules dans le parc, celui-là même qui l'avait toujours protégée.

— Certaines règles sont faites pour être détournées.

La maison des Penhallow rappelait l'Institut à Simon : elle semblait elle aussi provenir d'un autre siècle. Les couloirs et la cage d'escalier, tout en bois sombre et en pierre, étaient très étroits ; les hautes fenêtres offraient une vue imprenable sur la ville. La décoration était manifestement d'inspiration asiatique : un shoji se dressait sur le seuil du premier étage, et de grands vases en laque ornés de motifs floraux étaient posés sur les rebords des fenêtres. Sur les murs, des sérigraphies représentaient des scènes de la mythologie des Chasseurs d'Ombres avec une touche d'orientalisme : on y voyait des seigneurs de guerre brandissant des poignards séraphiques scintillants, des créatures colorées semblables à des dragons et des démons aux yeux ronds comme des billes.

— Mme Penhallow – Jia – dirige l'Institut de Pékin. Elle partage son temps entre ici et la Cité interdite, expliqua Isabelle comme Simon s'arrêtait pour examiner un tableau. Les Penhallow sont une famille très ancienne. Et très riche.

— Je m'en étais aperçu, marmonna-t-il en levant les yeux vers les lustres chargés de pendeloques en cristal pareilles à de grosses larmes.

Derrière eux, Jace poussa un grognement.

— Bougez-vous. On n'est pas là pour faire du tourisme.

Simon envisagea de répliquer puis décida que ça n'en valait pas la peine. Il descendit à toute allure l'escalier qui débouchait sur une vaste pièce mêlant de manière insolite le moderne et l'ancien : une baie vitrée donnait sur le canal, et de la musique se déversait d'une chaîne stéréo que Simon ne parvint pas à repérer. En revanche, il n'y avait ni télévision, ni DVD, ni CD, ou tout autre objet que Simon associait avec un salon moderne. Des canapés moelleux étaient rassemblés autour d'une vaste cheminée dans laquelle un feu crépitait.

Debout près de l'âtre, Alec, en tenue de Chasseur d'Ombres, enfilait une paire de gants. Il leva les yeux au moment où Simon entrait dans la pièce, et fronça les sourcils comme à son habitude, mais ne fit aucun commentaire.

Deux adolescents, un garçon et une fille que Simon n'avait jamais rencontrés auparavant, étaient assis sur les canapés. La fille avait un air asiatique, des yeux en amande, des cheveux noirs brillants tirés en arrière, une expression malicieuse, et un petit menton pointu de chat. Si elle n'était pas d'une beauté à couper le souffle, elle attirait immédiatement le regard.

Le garçon aux cheveux noirs assis à côté d'elle était, lui, exceptionnellement beau. Il mesurait sans doute la même taille que Jace tout en paraissant plus grand, même assis. Il était svelte et musclé, avec un visage pâle, aristocratique, très mobile, des pommettes saillantes et des yeux noirs. Il dégageait quelque chose de curieusement familier, et Simon avait la vague impression de l'avoir déjà rencontré.

La fille parla la première.

— C'est le vampire ?

Elle dévisagea Simon de la tête aux pieds comme pour prendre ses mesures.

— Jamais je n'en avais vu d'aussi près... Enfin, sauf ceux que j'avais prévu de tuer, évidemment.

Elle pencha la tête de côté.

— Il est mignon, pour une Créature Obscure.

— Excuse-la, elle a le visage d'un ange et les manières d'un Moloch, déclara le garçon en souriant.

Puis il se leva et tendit la main à Simon.

— Je m'appelle Sébastien Verlac et voici ma cousine, Aline Penhallow. Aline...

— Je ne serre pas la main à un vampire, lâcha-t-elle en se radossant aux coussins du canapé. Ils n'ont pas d'âme, tu le sais bien.

Le sourire de Sébastien se figea.

— Aline...

— C'est la vérité. C'est pour cette raison qu'ils n'ont pas de reflet et qu'ils ne peuvent pas sortir le jour.

Simon recula ostensiblement dans la flaque de lumière devant la fenêtre. Le soleil qui lui chauffait le dos projetait une ombre bien nette sur le sol, qui s'étirait jusqu'aux pieds de Jace. Aline poussa une exclamation de surprise mais se garda de faire le moindre commentaire. Ce fut Sébastien qui parla en posant sur Simon un regard intrigué.

— C'est donc vrai ? Les Lightwood m'en ont parlé, mais je ne...

— Tu ne nous as pas crus ? l'interrompit Jace, prenant la parole pour la première fois depuis l'arrivée de Simon. On n'aurait jamais inventé une chose pareille. Simon est... unique en son genre.

— Une fois, je l'ai embrassé, renchérit Isabelle sans s'adresser à quelqu'un en particulier.

Aline leva les sourcils.

— Ils vous laissent vraiment faire ce qui vous chante à New York, on dirait, lança-t-elle d'un air mi-horrifié mi-envieux. La dernière fois que je t'ai vue, Isa, tu n'aurais même pas envisagé une seconde de...

— La dernière fois que tu l'as vue, elle avait huit ans, intervint Alec. Les choses changent. Bon, maman a dû partir en catastrophe, donc quelqu'un devra rendre son rapport à sa place. Étant le seul à avoir dix-huit ans, je suis aussi le seul à pouvoir y aller pendant que l'Enclave est en réunion.

— On le saura, répliqua Isabelle en se laissant tomber dans un fauteuil. Tu nous l'as déjà dit cinq fois.

Alec, trop occupé à se donner des airs importants, ignora la remarque de sa sœur.

— Jace, comme c'est toi qui as amené le vampire ici, tu en es responsable. Ne le laisse pas mettre un pied dehors.

« Le vampire », songea Simon avec amertume. Un jour, il avait sauvé la vie d'Alec, et pourtant il lui donnait du « vampire ». Même de la part d'Alec, qui était sujet à des accès de mauvaise humeur inexplicables, c'était odieux. Peut-être que son attitude avait quelque chose à voir avec le fait qu'ils soient à Idris. Alec avait probablement besoin d'affirmer encore davantage son statut de Chasseur d'Ombres.

— C'est pour ça que tu m'as fait descendre ? « Ne le laisse pas mettre un pied dehors » ? Ça ne me serait pas venu à l'idée, de toute façon.

Jace s'affala sur le canapé à côté d'Aline, qui sembla ravie.

— Tu ferais mieux de te dépêcher de rentrer de la Garde. Dieu sait quels actes de débauche on est capables de commettre sans ta présence pour nous guider.

Alec considéra Jace d'un air calme et supérieur.

— Je compte sur toi pour maintenir l'ordre. Je serai de retour dans une demi-heure.

Il disparut dans un long couloir puis, quelques instants plus tard, le claquement d'une porte résonna au loin.

— Arrête de le tourmenter, lança Isabelle en jetant à Jace un regard sévère. C'est lui qui doit rendre des comptes.

Simon ne put s'empêcher de remarquer qu'Aline était assise tout près de Jace. Leurs épaules se touchaient presque bien qu'il y eût beaucoup de place sur le canapé.

— Ça ne t'a jamais effleuré que, dans une vie antérieure, Alec ait été une vieille harpie entourée de chats qui passait son temps à houspiller les enfants du voisinage dès qu'ils posaient un pied sur sa pelouse ? répliqua-t-il.

Aline gloussa.

— Tout ça parce qu'il est le seul en âge d'entrer dans la Garde...

— C'est quoi, la Garde ? s'enquit Simon, las de ne pas comprendre de quoi ils parlaient.

Jace lui jeta un regard hostile ; sa main se posa sur celle d'Aline, qui était plaquée sur sa cuisse.

— Assieds-toi, dit-il en indiquant un fauteuil d'un signe de tête. À moins que tu n'aies l'intention de te suspendre au plafond comme une chauve-souris ?

« Super. Des chauves-souris, maintenant. » Mal à l'aise, Simon s'exécuta.

— La Garde est le lieu de réunion officiel de l'Enclave, répondit Sébastien, qui s'était visiblement pris de pitié pour Simon. C'est là qu'on légifère. C'est aussi le lieu de résidence du Consul et de l'Inquisiteur. Seuls les Chasseurs d'Ombres ayant atteint l'âge adulte sont autorisés à y pénétrer lorsque l'Enclave est en réunion.

— En réunion ? répéta Simon, se souvenant de ce qu'avait dit Jace avant de descendre. Ce… ce n'est pas à cause de moi ?

Sébastien rit.

— Non. Tout le monde est là pour parler de Valentin et des Instruments Mortels. Ils essaient de savoir ce qu'il a derrière la tête.

Jace garda le silence, mais en entendant le nom de Valentin, il se raidit.

— Eh bien, il va se mettre en quête du Miroir, non ? déclara Simon. Le troisième des Instruments Mortels. Il est à Idris ? C'est pour ça que tout le monde est ici ?

Il y eut un bref silence, puis Isabelle répondit :

— Le problème, c'est que personne ne sait où se trouve le Miroir. En fait, personne ne sait de quoi il s'agit.

— C'est un miroir. Tu sais, un panneau de verre réfléchissant. Enfin, je suppose.

— Ce qu'Isabelle essaie de t'expliquer, dit Sébastien d'un ton affable, c'est que nous ignorons tout de ce Miroir. Il est souvent mentionné dans les récits des Chasseurs d'Ombres, mais on ne sait pas où il se trouve, ni de quoi il a l'air ni, surtout, en quoi consiste son pouvoir.

— On présume que Valentin est à sa recherche, poursuivit Isabelle, mais ça ne nous aide pas beaucoup puisque nous ne savons pas où il est. Les Frères Silencieux auraient peut-être pu nous mettre sur une piste, mais Valentin les a tous tués. Il n'y en aura pas d'autres avant longtemps.

— Ils sont tous morts ? s'exclama Simon, surpris. Je croyais qu'il n'avait tué que ceux de New York.

— La Cité des Os ne se trouve pas réellement à New York. C'est un peu comme... tu te souviens de l'entrée de la Cour des Lumières à Central Park ? Ça ne signifie pas pour autant que la Cour soit sous le parc. C'est pareil avec la Cité des Os. Il existe plusieurs entrées mais la Cité elle-même...

Isabelle s'interrompit comme Aline lui faisait discrètement signe de se taire. Simon dévisagea tour à tour les personnes présentes : toutes affichaient la même méfiance, car elles venaient de prendre conscience qu'elles étaient à deux doigts de révéler les secrets des Nephilim à une Créature Obscure. Un vampire. S'il n'était pas à proprement parler un ennemi, il n'était sûrement pas digne de confiance.

Aline fut la première à rompre le silence. Posant ses beaux yeux sur Simon, elle lança :

— Alors… comment c'est, d'être un vampire ?

— Aline ! s'écria Isabelle, consternée. Ce n'est pas une question à poser !

— Pourquoi ? Il n'est pas vampire depuis très longtemps, n'est-ce pas ? Il doit donc se rappeler ce que c'est d'être humain.

Elle se tourna de nouveau vers Simon.

— Est-ce que le sang a le même goût pour toi, désormais ? Ou il a une saveur différente comme… du jus d'orange, par exemple ? Moi, j'aurais tendance à penser que…

— Ç'a le goût du poulet, répondit Simon dans l'espoir de la faire taire.

— Ah bon ? fit-elle, ébahie.

— Il se moque de toi, Aline, intervint Sébastien. Et il a bien raison. Je te demande encore pardon pour ma cousine, Simon. Ceux d'entre nous qui ont été élevés hors d'Idris sont en général plus familiers des Créatures Obscures.

— Mais tu as grandi à Idris, non ? s'étonna Isabelle. Je croyais que tes parents…

— Isabelle ! l'interrompit Jace.

Trop tard. Le visage de Sébastien s'assombrit.

— Mes parents sont morts. Une attaque de démons, près de Calais… Ce n'est rien, c'était il y a longtemps.

Il balaya d'un geste les excuses maladroites d'Isabelle.

— Ma tante – la sœur de mon père – m'a élevé à l'Institut de Paris.

— Alors tu parles français ?

Isabelle poussa un soupir.

— J'aimerais tellement connaître une autre langue ! Mais Hodge n'a jamais jugé utile de nous enseigner autre chose que le grec ancien et le latin, que plus personne ne parle.

— Je parle aussi le russe et l'italien. Et quelques mots de roumain, déclara Sébastien en souriant humblement. Je pourrais t'apprendre...

— Le roumain ? Impressionnant, lâcha Jace. Ce n'est pas une langue très usitée.

— Tu le parles, toi ? demanda Sébastien avec intérêt.

— Oh ! si peu, répliqua Jace, un sourire désarmant aux lèvres, et Simon comprit qu'il mentait. Mon roumain se limite à quelques phrases utiles du type : « Est-ce que ces serpents sont venimeux ? » Ou encore : « Mais vous semblez bien jeune pour être officier de police. »

Sébastien ne parut pas goûter la plaisanterie. Simon lui trouva un air bizarre. Ce n'était qu'une vague impression, mais il lui sembla que Sébastien cachait quelque chose derrière son calme apparent.

— J'aime voyager, dit-il sans quitter Jace des yeux. Mais c'est bon d'être de retour, n'est-ce pas ?

Jace, tout occupé à jouer avec les doigts d'Aline, marqua une pause avant de demander :

— Qu'est-ce que tu veux dire ?

— Seulement que rien n'égale Idris, même si nous autres, Nephilim, nous apprenons tant bien que mal à nous acclimater ailleurs. Tu n'es pas d'accord ?

— Pourquoi tu me poses cette question ? rétorqua Jace d'un ton glacial.

Sébastien haussa les épaules.

— Eh bien, tu as grandi ici, non ? Et tu n'étais pas revenu depuis des années, si je ne m'abuse ?

— Tu as bien compris, intervint Isabelle, qui montrait des signes d'impatience. Jace aime prétendre que personne ne parle de lui, alors qu'il sait bien que c'est tout le contraire.

— Pour jaser, on jase.

Jace jeta un regard noir à Sébastien, mais celui-ci ne parut pas s'en émouvoir. Simon ne put s'empêcher d'éprouver une certaine estime pour le Chasseur d'Ombres aux cheveux noirs. Il était rare de rencontrer quelqu'un qui reste insensible aux railleries de Jace.

— Ces derniers temps, à Idris, on ne parle que de toi, des Instruments Mortels, de ton père, de ta sœur... reprit-il.

— À propos, Clarissa était censée vous accompagner, n'est-ce pas ? renchérit Aline. J'étais impatiente de la rencontrer. Que s'est-il passé ?

Si le visage de Jace demeura impassible, il lâcha la main d'Aline et serra le poing.

— Elle n'a pas voulu quitter New York. Sa mère est à l'hôpital.

« Il ne dit jamais "notre mère". C'est toujours "sa" », songea Simon.

— C'est bizarre, observa Isabelle. Je croyais vraiment qu'elle tenait à venir.

— Et c'est le cas ! s'exclama Simon. En fait...

Jace se leva d'un bond.

— Maintenant que j'y pense, il faut que je m'entretienne avec Simon en privé.

D'un signe de tête, il indiqua la porte à double battant située à l'autre bout de la pièce, une lueur de défi dans le regard.

— Suis-moi, vampire, dit-il, et Simon eut la nette impression qu'un refus de sa part se solderait sans doute par une démonstration de violence. Allons parler un peu.

3
Amatis

En fin d'après-midi, Luke et Clary avaient laissé le lac derrière eux et marchaient d'un bon pas sur une plaine envahie par les herbes hautes qui semblait ne jamais finir. Çà et là émergeait une colline surmontée de rochers noirs. Clary était épuisée, et ses bottes glissaient sur l'herbe mouillée comme si elle progressait sur du marbre enduit de graisse. Quand ils eurent quitté la plaine pour un petit sentier de terre, elle avait les mains en sang à force de tomber.

Luke marchait devant elle à grandes enjambées. De temps à autre, il commentait un élément du paysage digne d'intérêt avec une voix d'outre-tombe, tel le guide touristique le plus déprimé du monde.

— On vient de traverser la plaine de Brocelinde, lança-t-il.

Ils atteignaient à présent le sommet d'une colline surplombant une épaisse forêt s'étirant vers l'ouest, à l'endroit où le soleil baissait.

— Et voici la forêt. Autrefois, les bois recouvraient la majorité des basses terres du pays. La plupart ont été rasés afin d'aménager des voies de communication vers la cité, et par la même occasion de se débarrasser des meutes de loups et autres nids de vampires qui y vivaient. La forêt de Brocelinde a toujours été un refuge pour les Créatures Obscures.

Ils cheminèrent en silence sur la route qui longeait la forêt sur plusieurs kilomètres. À un détour du chemin, les arbres semblèrent se raréfier, et une colline se dressa devant eux. Parvenue de l'autre côté, Clary cligna des yeux : à moins qu'elle n'ait la berlue, c'étaient bien des habitations qu'elle voyait en contrebas. Des dizaines de maisonnettes blanches proprement alignées.

— On est arrivés ! s'exclama-t-elle.

Elle s'élança et s'arrêta au bout de quelques mètres, s'apercevant que Luke était resté en arrière. Elle se retourna et le vit qui secouait la tête, planté au milieu de la route poussiéreuse.

— Non, marmonna-t-il en venant à sa rencontre. Ce n'est pas la ville.

— Alors c'est un village ? Tu m'avais pourtant dit qu'il n'y avait pas d'habitations dans les parages...

— C'est un cimetière. Tu croyais que la Cité des Os était le seul lieu de recueillement que nous ayons ? C'est la nécropole, reprit-il avec tristesse, l'endroit où nous enterrons ceux qui meurent à Idris. Il va falloir la traverser pour atteindre Alicante.

Clary n'était pas allé dans un cimetière depuis la nuit où Simon était mort, et ce souvenir la fit frissonner tandis qu'elle parcourait les allées étroites qui se déroulaient comme du ruban blanc parmi les mausolées. L'endroit était bien entretenu : le marbre luisait comme s'il venait d'être lustré, et l'herbe était fraîchement coupée. Des bouquets de fleurs blanches avaient été déposés sur les tombes : elle crut d'abord qu'il s'agissait de lis mais elles dégageaient une odeur inconnue, épicée, et elle en conclut qu'elles devaient être originaires d'Idris. Chaque tombeau évoquait une petite maison dont l'entrée était parfois protégée par une grille en fer forgé. Les noms des familles de Chasseurs d'Ombres étaient gravés au-dessus des portes. Cartwright. Merryweather. Hightower. Blackwell. Midwinter. L'un d'eux l'arrêta : Herondale.

— C'est le nom de l'Inquisitrice, dit-elle en se tournant vers Luke.

— Oui, c'est le tombeau de sa famille. Regarde.

À côté de la porte, des noms étaient gravés dans le marbre gris : Marcus Herondale. Stephen Herondale. Les deux hommes étaient morts la même année. Clary avait beau haïr l'Inquisitrice, elle ne put s'empêcher d'éprouver de la compassion pour cette femme. Perdre son mari et son fils dans un laps de temps aussi bref... Sous le nom de Stephen figuraient trois mots de latin : AVE ATQUE VALE.

— Qu'est-ce que ça signifie ?

— « Salut, et porte-toi bien. » C'est extrait d'un poème de Catulle. Ce sont les mots d'adieu que prononcent les Nephilim à un enterrement ou lors d'un décès sur un champ de bataille. Allez, viens... Mieux vaut ne pas traîner ici, Clary.

Luke la prit par l'épaule et l'entraîna loin du tombeau.

« Peut-être qu'il a raison », songea-t-elle. Mieux valait ne pas trop penser à la mort en ce moment même. Elle resta sur ses gardes tandis qu'ils se dirigeaient vers la sortie de la nécropole. Ils approchaient de la grille en fer quand elle repéra un mausolée plus petit que les autres qui se détachait tel un champignon blanc sur l'ombre d'un chêne feuillu. Le nom figurant au-dessus de la porte lui sauta au visage comme s'il était inscrit en lettres de feu. Fairchild.

— Clary...

Luke essaya de la rattraper par le bras mais elle s'était déjà éloignée en courant. Avec un soupir, il la suivit sous l'arbre. Immobile, elle lut les noms de ses grands-parents et de ses arrière-grands-parents qu'elle n'avait jamais connus. Aloysius Fairchild. Adele Fairchild née Nightshade. Granville Fairchild. Et juste en dessous : Jocelyne Morgenstern née Fairchild.

Un frisson lui parcourut le corps. Voir le nom de sa mère ravivait le cauchemar qu'elle faisait parfois : elle assistait à son enterrement et personne ne voulait lui expliquer comment elle était morte.

— Mais elle est toujours en vie ! s'exclama-t-elle en levant les yeux vers Luke. Elle n'est pas...

— L'Enclave n'en savait rien à cette époque, répondit-il avec douceur.

Clary poussa un soupir. Elle n'entendait plus Luke et ne le voyait plus. Une colline se dressait devant elle ; des tombes émergeaient de la terre tels des éclats d'os. Sur l'une d'elles, elle lut, tracé en lettres inégales sur la pierre noire : Clarissa Morgenstern, 1991-2007. Sous l'épitaphe, un dessin grossier d'enfant représentait un crâne aux orbites béantes. Clary recula dans un cri. Luke la retint par les épaules.

— Clary, qu'est-ce qui ne va pas ?

— Là... regarde... bafouilla-t-elle en tendant le bras.

Mais la vision avait disparu. Devant elle, il n'y avait qu'une étendue d'herbe verte et les mausolées blancs proprement alignés.

— J'ai vu ma propre tombe, reprit-elle en frissonnant. Sur la pierre, il était écrit que je mourrais maintenant... cette année.

Luke se rembrunit.

— C'est l'eau du lac. Tu commences à avoir des hallucinations. Viens... il ne nous reste pas beaucoup de temps.

Jace escorta Simon à l'étage, le long d'un petit couloir jalonné de portes. Il s'arrêta devant l'une d'elles, l'ouvrit d'un coup de coude, l'air furieux.

— Entre, dit-il en poussant Simon à l'intérieur.

Ils se trouvaient dans une espèce de bibliothèque tapissée de livres, meublée de vastes canapés et de fauteuils.

— Ici, on devrait être tranquilles...

Il s'interrompit comme émergeait de derrière un fauteuil le visage d'un petit garçon brun. Avec ses lunettes, il avait une expression sérieuse et tenait un livre à la main. Simon connaissait suffisamment les habitudes de lecture de Clary pour s'apercevoir, même à cette distance, qu'il s'agissait d'un manga.

Jace fronça les sourcils.

— Désolé, Max. On réquisitionne la pièce. Il faut qu'on discute entre adultes.

— Mais Isa et Alec m'ont déjà chassé du salon pour la même raison, gémit Max. Où est-ce que je suis censé aller, moi ?

Jace haussa les épaules.
— Dans ta chambre ?
D'un geste, il indiqua la porte.
— Il est temps d'aller servir ton pays, gamin. Ouste !
L'air abattu, Max s'éloigna en serrant son livre sur sa poitrine. Simon eut un pincement au cœur : quelle plaie d'être assez âgé pour s'intéresser aux histoires des adultes et en même temps trop jeune pour être autorisé à rester ! En passant près de lui, le garçon lui jeta un regard suspicieux. « C'est le vampire », semblaient dire ses yeux.
— Viens.
Jace poussa Simon devant lui et verrouilla la porte. La pièce, à présent plongée dans une semi-pénombre, sentait la poussière. Jace alla tirer les rideaux, révélant une grande fenêtre panoramique qui donnait sur le canal. L'eau venait lécher le mur de la maison à quelques dizaines de centimètres en contrebas, sous un balcon en pierre gravée de runes et d'étoiles polies par le temps.
Jace posa un regard furieux sur Simon.
— Qu'est-ce qui te prend, vampire ?
— Quoi ? C'est toi qui m'as pratiquement traîné jusqu'ici par les cheveux !
— Tu étais sur le point de leur révéler que Clary n'a jamais renoncé à son projet de venir à Idris. Tu sais ce qui se serait passé si je t'avais laissé finir ? Ils l'auraient contactée pour organiser sa venue. Et je t'ai déjà expliqué pourquoi il faut l'éviter à tout prix.
Simon secoua la tête.

— Je ne te comprends pas. Parfois, tu agis comme si tout ce qui compte, c'est Clary, et à d'autres moments...

Jace le regarda fixement. Des particules de poussière dansaient dans l'atmosphère, créant un rideau scintillant entre les deux garçons.

— Continue.

— Tu flirtais avec Aline, tout à l'heure. À ce moment-là, tu ne donnais pas l'impression que Clary comptait beaucoup pour toi.

— Ce ne sont pas tes affaires. Et puis, Clary est ma sœur, je te rappelle.

— Moi aussi, j'étais présent ce jour-là, à la Cour des Lumières. Je me souviens des paroles de la reine : « Le baiser qui délivrera cette jeune fille est celui qu'elle désire le plus en secret. »

— Pas étonnant que tu t'en souviennes. Ça te ronge la cervelle, hein, vampire ?

Simon laissa échapper un hoquet de surprise.

— Ah non ! Il est hors de question que je me dispute avec toi à ce propos. C'est ridicule.

— Alors pourquoi tu remets le sujet sur la table ?

— Parce que, si tu veux que je mente à tous tes amis Chasseurs d'Ombres, si tu veux que je prétende que c'était la décision de Clary de ne pas venir, si tu veux que je feigne de ne pas être au courant pour ses pouvoirs, tu vas devoir m'accorder une petite faveur.

— Soit. Qu'est-ce que tu veux ?

Simon resta silencieux quelques instants, les yeux fixés sur les maisons en pierre qui s'alignaient au bord du canal miroitant. Au-delà de leurs toits crénelés, il distinguait le sommet scintillant des tours.

— Je veux que tu fasses en sorte de convaincre Clary que tu n'as plus de sentiments pour elle. Et ne va pas me seriner que tu es son frère, je le sais déjà. Tu la berces de faux espoirs alors que tu sais parfaitement que vous n'avez aucun avenir ensemble. Je ne dis pas ça parce que je la veux tout à moi, mais parce que je suis son ami et que je ne veux pas qu'elle souffre.

Jace contempla ses mains délicates, aux longs doigts calleux, zébrées de fines cicatrices blanches, vestiges d'anciennes Marques. C'étaient les mains d'un soldat, pas celles d'un adolescent.

— Je le lui ai déjà dit, répondit-il enfin.
— Oh.

Simon, qui ne s'attendait pas à pareille capitulation, eut presque honte de sa requête. « Clary ne m'en a jamais parlé », fut-il tenté de dire. Mais pourquoi l'aurait-elle fait ? En y réfléchissant, ces derniers temps, elle lui semblait étonnamment silencieuse et effacée dès que le nom de Jace surgissait dans la conversation.

— Eh bien, voilà qui est réglé. Un dernier détail...
— Oui ? fit Jace avec indifférence.
— Qu'a dit Valentin quand Clary a tracé la rune sur le bateau ? *Meme* quelque chose ?
— « *Mene mene tekel upharsin* », récita Jace avec un sourire en coin. Tu ne te souviens pas ? C'est un extrait de l'Ancien Testament, vampire. C'est ton livre, pourtant.
— Le fait que je sois juif ne sous-entend pas que je connaisse la Bible par cœur.
— C'est « l'inscription sur le mur » : « Dieu a mesuré ton royaume et l'a livré ; tu as été pesé dans

la balance et ton poids se trouve en défaut. » C'est un présage de ruine. Ça parle de la chute d'un empire.

— Mais quel est le rapport avec Valentin ?

— Il n'y a pas que lui ; nous sommes tous concernés. Les pouvoirs de Clary chamboulent toutes les vérités reconnues par l'Enclave. Aucun être humain n'est capable de créer de nouvelles runes, seuls les anges ont cette faculté. Le don de Clary... eh bien, c'est un signe, apparemment. Les temps changent. Les Lois changent. Les vieilles méthodes ne seront peut-être plus jamais valables. De même que la rébellion des anges a mis un terme au monde tel qu'on le connaissait jusqu'alors en scindant le paradis en deux et en créant l'enfer, cette nouvelle ère pourrait coïncider avec la fin des Nephilim actuels. Ceci est notre guerre au paradis, vampire, et il ne peut y avoir qu'un seul vainqueur. Or, mon père a bien l'intention d'être celui-là.

Malgré le froid, Clary étouffait dans ses vêtements humides. De grosses gouttes de sueur dégoulinaient sur son visage et dans le col de son manteau. Luke, la main sur son bras, lui faisait presser le pas cependant que le jour déclinait rapidement. Alicante était en vue, à présent. La ville, bâtie dans une vallée peu encaissée, était coupée en deux par le ruban argenté d'une rivière qui semblait disparaître parmi les habitations avant de resurgir aux confins de la cité. Des maisons en pierre claire avec des toits de tuile rouge et un entrelacs de ruelles en pente, sombres, sinueuses, s'étendaient à flanc de colline. Au sommet de celle-ci s'élevait un édifice imposant en pierre noire, flanqué de quatre tours scintillantes indiquant les quatre points cardinaux. D'autres tours identiques, hautes et miroitantes comme des cristaux de quartz, émergeaient çà et là entre les habitations telles des aiguilles de verre perçant le ciel. La lumière déclinante du soleil illuminait leur surface de petits arcs-en-ciel. C'était un spectacle à la fois étrange et merveilleux. « Nul ne sait ce qu'est une ville avant d'avoir vu Alicante et ses tours de verre. »

— Qu'est-ce que tu dis ? demanda Luke.

Clary ne s'était pas aperçue qu'elle avait parlé tout haut. Gênée, elle répéta sa phrase, et Luke la considéra avec étonnement.

— Où as-tu entendu ça ?

— Ce sont les mots de Hodge.

Luke l'examina attentivement.

— Tu es toute rouge. Comment te sens-tu ?

Clary avait la nuque douloureuse, la bouche sèche, le corps fiévreux.

— Je vais bien. Remettons-nous en route, d'accord ?

Luke pointa le doigt dans une direction. À l'entrée de la ville, avant les premières habitations, Clary distingua une arche à l'ombre de laquelle était posté un Chasseur d'Ombres en habit noir.

— La Porte du Nord. C'est par là que les Créatures Obscures sont censées pénétrer dans la cité, pourvu qu'elles aient une autorisation écrite. Des gardes surveillent cet endroit jour et nuit. Si nous étions en visite officielle ou si nous avions obtenu la permission d'entrer, c'est ce chemin que nous aurions emprunté.

— Mais il n'y a pas de murailles autour de la ville,

observa Clary. Ça ne ressemble pas beaucoup à une porte, d'ailleurs.

— Les boucliers sont invisibles mais ils sont bel et bien là. Ce sont les tours qui les contrôlent. Elles sont vieilles d'un millier d'années. Tu le sentiras en passant près d'elles.

Une fois de plus, il posa un regard inquiet sur le visage rougi de Clary.

— Prête ?

Elle hocha la tête. Ils contournèrent la porte par l'est, à un endroit où les bâtiments se resserraient. Après lui avoir fait signe de garder le silence, il la guida vers un passage étroit entre deux maisons. Clary ferma les yeux, craignant de heurter de plein fouet un mur invisible au moment où ils pénétreraient dans les rues d'Alicante. Or, rien de tel ne se produisit. Elle éprouva une pression soudaine comme si elle se trouvait dans un avion en train d'amorcer un atterrissage, ses oreilles se débouchèrent, puis l'impression se dissipa, et elle se retrouva dans la ruelle qui, comme n'importe quelle autre ruelle dans le monde apparemment, sentait le pipi de chat.

Clary jeta un coup d'œil entre deux édifices et aperçut une rue plus grande bordée d'échoppes qui montait à l'assaut de la colline.

— Il n'y a personne dans le coin, observa-t-elle avec étonnement.

Dans la pénombre, le visage de Luke avait pris une teinte grisâtre.

— Il doit y avoir une réunion à la Garde. C'est le seul événement susceptible de vider les rues.

— Mais c'est une bonne nouvelle, non ? Personne ne risque de nous surprendre.

— Oui et non. La bonne nouvelle, effectivement, c'est que les rues sont presque désertes. Mais tous ceux que nous viendrons à croiser nous remarqueront d'autant plus.

— Je croyais que tout le monde était à la Garde.

Luke esquissa un sourire.

— Ne prends pas tout au pied de la lettre, Clary. Par là, j'entendais la plupart des habitants de la ville. Les enfants, les adolescents, tous ceux qui ne sont pas tenus d'assister à la réunion, n'y seront pas.

Les adolescents. Clary pensa à Jace, et son pouls s'emballa tel un cheval prenant le départ d'une course. Luke fronça les sourcils comme s'il lisait dans ses pensées.

— En ce moment même, j'enfreins la Loi en me promenant dans Alicante sans avoir signalé ma présence à l'Enclave. Si on me reconnaît, il se peut qu'on ait de graves ennuis.

Il leva les yeux vers l'étroite bande de ciel rougi visible entre les toits.

— Il ne faut pas qu'on reste dans la rue.

— Je croyais qu'on allait chez ton ami.

— On y va. Et ce n'est pas une amie à proprement parler.

— Mais qui…

— Suis-moi.

Luke s'engouffra dans un passage entre deux maisons ; il était si étroit que Clary pouvait effleurer les deux murs des doigts tout en marchant. Ils débouchèrent sur une rue pavée bordée d'échoppes, dont les bâtiments gothiques semblaient tout droit sortis d'un conte de fées. Sur les façades de pierre étaient gravées toutes sortes de créatures mythiques : des têtes de monstres revenaient constamment, en alternance avec des chevaux ailés, des espèces de huttes juchées sur des pattes de poulet, des sirènes et, bien entendu, des anges. Des gargouilles grimaçantes saillaient de chaque toit, et partout on apercevait des runes : peintes sur les portes, cachées dans le motif abstrait d'une sculpture, suspendues à des chaînes en métal qui tintaient comme des carillons dans la brise. Des runes de protection ou de chance destinées à favoriser le commerce. À force de les regarder, Clary avait le vertige.

Ils marchèrent en silence, dans l'ombre des édifices. La rue était déserte, les portes des boutiques fermées à double tour. Clary jetait des coups d'œil furtifs aux vitrines qu'ils croisaient, s'étonnant de trouver dans l'une d'elles un assortiment de chocolats hors de prix et dans la suivante un éventail tout aussi varié d'armes plus menaçantes les unes que les autres : sabres, massues, gourdins hérissés de clous, poignards séraphiques de tailles différentes.

— Il n'y a pas d'armes à feu, observa-t-elle d'une voix qui lui parut très lointaine.

— Quoi ? fit Luke.

— Les Chasseurs d'Ombres n'utilisent pas d'armes à feu, on dirait.

— Les runes empêchent la poudre de s'enflammer. Personne ne sait pourquoi. En revanche, il arrive que les Nephilim aient recours au fusil contre les lycanthropes. Pas besoin d'une rune pour nous tuer... Une balle en argent suffit, expliqua-t-il d'un ton morne.

Soudain, il leva la tête. Dans la lumière déclinante du jour, on aurait pu sans mal l'imaginer dresser l'oreille comme un loup.

— J'entends des voix. La réunion a dû se terminer à la Garde.

La prenant par le bras, il l'entraîna vers une petite place avec un puits au centre. Devant eux, un pont en arc enjambait un canal étroit dont les eaux semblaient presque noires dans la pénombre. Clary entendait à présent des éclats de voix résonner dans les rues voisines. Son vertige s'intensifia : elle avait l'impression que le sol se dérobait sous elle. Hors d'haleine, elle s'adossa au mur de la ruelle.

— Clary, chuchota Luke. Clary, tu vas bien ?

Il parlait d'une voix étrange, légèrement pâteuse. Elle leva les yeux vers lui et retint son souffle. Ses oreilles s'étaient allongées, il avait des dents effilées comme des rasoirs, et ses yeux jaunes brillaient d'un éclat féroce...

— Luke, marmonna-t-elle. Qu'est-ce qui t'arrive ?

— Clary, répéta-t-il en tendant vers elle des mains déformées aux longs ongles brunâtres. Ça ne va pas ?

Elle recula en poussant un hurlement, sans comprendre la raison de sa peur : elle avait déjà vu Luke se transformer auparavant, et il ne lui avait jamais fait le moindre mal. Mais la terreur s'immisçait en elle telle une chose vivante, incontrôlable. Luke la prit par les épaules et elle se recroquevilla sur elle-même pour se soustraire à ces yeux jaunes de bête. Il s'efforça

en vain de la faire taire en la suppliant de sa voix humaine, celle qu'elle avait toujours connue.
— Clary, je t'en prie...
— Lâche-moi ! Lâche-moi !
— C'est l'eau. Tu souffres d'hallucinations. Ressaisis-toi !

À ces mots, il l'entraîna de force vers le pont. Elle sentit des larmes inonder ses joues brûlantes de fièvre.
— Ce n'est pas la réalité. Tiens le coup, je t'en prie, reprit-il en la guidant sur le pont.

La puanteur de l'eau stagnante assaillit Clary. Des créatures semblaient se mouvoir sous les flots verdâtres. Un tentacule noir en jaillit, son extrémité spongieuse hérissée de dents acérées. Elle s'écarta de l'eau et un gémissement sourd s'échappa de sa gorge.

Luke la rattrapa au moment où ses genoux se dérobaient sous elle et la souleva dans ses bras. La dernière fois qu'il l'avait portée, elle devait avoir cinq ou six ans.

— Clary, souffla-t-il, mais ses mots se perdirent dans un rugissement inintelligible tandis qu'ils laissaient le pont derrière eux.

Ils longèrent de hautes maisons étroites qui évoquèrent à Clary les façades de Brooklyn... À moins qu'elle ne fût victime d'une hallucination dans son propre quartier ? L'air autour d'elle semblait de plus en plus vicié à mesure qu'ils progressaient, les lumières des maisons alentour flamboyaient comme des torches, des reflets lugubres, phosphorescents, dansaient sur le canal en contrebas. Clary avait l'impression que ses os se dissolvaient dans son corps.

— On y est.

Luke s'arrêta brusquement devant une maison et tambourina à la porte en appelant. D'un rouge criard, elle était ornée d'une urne dorée. Sous les yeux de Clary, elle prit la forme d'un crâne hideux grimaçant un sourire. « Ce n'est pas réel », se répéta-t-elle avec véhémence en étouffant un cri de son poing, qu'elle mordit jusqu'à sentir le goût du sang dans sa bouche. La douleur lui éclaircit momentanément les idées.

La porte s'ouvrit à la volée, et une femme en robe noire apparut sur le seuil, une expression mi-étonnée mi-furieuse sur le visage. Elle avait les cheveux longs ; un halo de mèches brun-gris s'échappait de ses deux tresses. Une lueur familière brillait dans ses yeux bleus. Une pierre de rune scintillait dans sa main.

— Qui êtes-vous ? demanda-t-elle d'un ton impérieux. Que voulez-vous ?

— Amatis, dit Luke en s'avançant dans la flaque de lumière, Clary dans les bras. C'est moi.

La femme blêmit, vacilla et s'appuya au chambranle.

— Lucian ?

Luke fit mine d'entrer mais la dénommée Amatis lui barra le passage et secoua la tête avec tant de violence que ses tresses s'agitèrent en tous sens.

— Comment oses-tu te présenter ici, Lucian ?

— Je n'avais pas vraiment le choix, répliqua-t-il en resserrant son étreinte autour de Clary.

La jeune fille étouffa un cri. Elle avait l'impression d'avoir le corps en feu ; la douleur irradiait dans chacune de ses terminaisons nerveuses.

— Va-t'en, siffla Amatis. Si tu pars sur-le-champ...

— Je ne suis pas venu pour moi. Je suis là pour elle. Elle est en train de mourir.

La femme le dévisagea d'un air interdit.

— Amatis, je t'en prie. C'est la fille de Jocelyne.

Il y eut un long silence, au cours duquel Amatis resta figée telle une statue sur le seuil. Clary n'aurait su dire si c'était la surprise ou l'horreur qui la clouait sur place. La jeune fille enfonça les ongles dans ses paumes, mais même la souffrance ne lui était plus d'aucune aide : le monde se dissolvait en couleurs délavées, tel un puzzle dont les pièces s'éparpillaient à la surface d'un lac. Elle entendit à peine la voix d'Amatis quand celle-ci, s'effaçant pour les laisser passer, déclara :

— Très bien, Lucian. Tu peux l'emmener à l'intérieur.

Quand Simon et Jace retournèrent dans le salon, Aline avait disposé sur la table basse des assiettes contenant du pain et du fromage, du gâteau, des pommes, ainsi qu'une bouteille de vin, à laquelle Max n'eut pas l'autorisation de toucher. Il s'assit dans un coin avec une part de gâteau, son livre ouvert sur les genoux. Simon eut un élan de sympathie pour l'enfant : il devait se sentir aussi seul que lui au milieu des rires et des bavardages du petit groupe.

Simon se raidit en voyant Aline effleurer le poignet de Jace pour prendre un quartier de pomme dans une assiette. « Pourtant, ça t'arrange, cette situation », songea-t-il. Malgré tout, il ne pouvait s'empêcher de penser que c'était manquer de respect à Clary.

Jace croisa son regard par-dessus la tête d'Aline et

lui adressa un sourire carnassier. Détournant les yeux, Simon examina la pièce et s'aperçut que la musique qu'il avait entendue un peu plus tôt ne provenait pas d'une chaîne stéréo mais d'un appareil tarabiscoté.

Il envisagea d'entamer la conversation avec Isabelle, mais elle bavardait avec Sébastien, dont le visage avenant était tourné vers elle. À une époque, Jace s'était moqué de l'attirance qu'éprouvait Simon pour elle, or Sébastien, lui, semblait manifestement à la hauteur. Mais les Chasseurs d'Ombres avaient appris, dès leur plus jeune âge, à gérer n'importe quelle situation, n'est-ce pas ? Pourtant, le regard de Jace lorsqu'il avait annoncé son intention de n'être rien de plus qu'un frère pour Clary avait de quoi faire douter Simon.

— On est à court de vin, annonça Isabelle en reposant la bouteille sur la table. Je vais en chercher.

Avec un clin d'œil à l'intention de Sébastien, elle disparut dans la cuisine.

— Si je peux me permettre, je te trouve bien silencieux, dit celui-ci en se tournant vers Simon avec un sourire désarmant. Tout va bien ?

Pour quelqu'un d'aussi brun, Sébastien avait le teint très pâle, comme s'il fuyait le soleil. Simon haussa les épaules.

— Jusqu'à présent, je n'ai pas pu mettre mon grain de sel. La conversation porte soit sur la politique des Chasseurs d'Ombres soit sur des gens que je ne connais pas, voire les deux.

Le sourire de Sébastien s'évanouit.

— Nous formons un cercle fermé, nous autres Nephilim, à force d'être coupés du monde.

— Tu ne trouves pas que c'est vous qui vous fermez aux autres ? Vous méprisez les humains ordinaires...

— Mépriser ? Le mot est un peu fort, protesta Sébastien. Et toi, tu penses vraiment que le monde des humains accepterait de frayer avec nous ? Nous sommes la preuve vivante qu'ils se fourvoient chaque fois qu'ils se répètent, pour se rassurer, qu'il n'y a pas de vampires, de démons ou de monstres sous le lit.

Il se tourna vers Jace qui les observait tous deux en silence depuis quelques minutes.

— Tu n'es pas d'accord ?

Jace sourit.

— *De ce crezi că vă ascultam conversatia ?*

Une lueur de curiosité amusée s'alluma dans le regard de Sébastien.

— *M-ai urmărit de când ai ajuns aici*, répondit-il. *Nu-mi dau seama dacă nu mă placi ori dacă eşti atât de bănuitor cu toată lumea.* Je n'ai rien contre le fait de pratiquer mon roumain, poursuivit-il en se levant, mais avec ta permission, je vais voir ce qui retient Isabelle dans la cuisine.

Jace le regarda s'éloigner avec une expression perplexe.

— Qu'est-ce qu'il y a ? Il ne parle pas roumain, en fin de compte ? s'enquit Simon.

— Si, répondit Jace, les sourcils froncés. Si, il le parle très bien.

Avant que Simon ait pu lui demander ce qu'il entendait par là, Alec entra, l'air aussi soucieux qu'à son départ. Ses yeux se posèrent brièvement sur Simon ; il semblait un peu perdu.

— Déjà de retour ? lança Jace.

— Je ne vais pas pouvoir rester.

Alec se pencha pour prendre une pomme sur la table de sa main gantée.

— Je suis juste revenu le chercher, reprit-il en esquissant un geste en direction de Simon. On t'attend à la Garde.

Aline parut surprise.

— Ah bon ? fit-elle, mais Jace, lâchant sa main, s'était déjà levé du canapé.

— Qu'est-ce qu'ils lui veulent ? dit-il d'un ton dangereusement calme. J'espère au moins que tu t'es renseigné avant de leur promettre de le ramener.

— Évidemment ! s'exclama Alec. Je ne suis pas stupide.

— Mouais, fit Isabelle, apparue sur le seuil et suivie de Sébastien qui tenait une bouteille à la main. Tu n'es pas toujours une lumière, il faut bien l'admettre.

Alec lui jeta un regard assassin.

— Ils renvoient Simon à New York par le Portail.

— Mais il vient d'arriver, protesta-t-elle avec une moue boudeuse. Ce n'est pas drôle !

— Ce n'est pas censé l'être, Isa. La venue de Simon est un accident et, d'après l'Enclave, le mieux est qu'il rentre chez lui.

— Parfait, déclara celui-ci. Avec un peu de chance, je serai de retour avant que ma mère ait remarqué ma disparition. C'est quoi, le décalage horaire entre ici et Manhattan ?

— Tu as une mère ?

Aline semblait abasourdie. Simon choisit d'ignorer sa question.

— Sérieux, c'est parfait, répéta-t-il. Je n'ai qu'une envie, c'est quitter cet endroit.

— Tu l'accompagnes ? demanda Jace à Alec. Et tu vérifies que tout ira bien ?

Ils échangèrent un de ces regards codés que Simon connaissait bien, parce qu'il y avait parfois recours avec Clary quand ils ne voulaient pas que leurs parents sachent ce qu'ils mijotaient.

— Quoi ? fit-il en les observant tour à tour. Qu'est-ce qui se passe ?

Alec détourna les yeux et Jace sourit d'un air placide.

— Rien. Tout va bien. Félicitations, vampire : tu vas rentrer chez toi.

4

Vampire de jour

L<small>A NUIT ÉTAIT TOMBÉE</small> sur Alicante quand Simon et Alec sortirent de la maison des Penhallow pour se diriger vers la Garde. Les rues de la ville, étroites et sinueuses, se dévidaient comme de pâles rubans de pierre sous le clair de lune. L'air était glacial, bien que Simon ne ressente que vaguement le froid.

Alec, feignant d'être seul, marchait devant lui en silence. Dans son autre vie, Simon aurait dû presser le pas en soufflant comme un bœuf pour se maintenir à sa hauteur ; à présent, il s'apercevait qu'il pouvait rattraper Alec sans la moindre difficulté.

— Ça doit te peser de devoir jouer les escortes pour moi, dit-il enfin tandis qu'Alec, l'air morose, gardait les yeux fixés droit devant lui.

Il haussa les épaules.

— J'ai dix-huit ans, je suis majeur, donc c'est moi le responsable. Je suis le seul à pouvoir pénétrer dans la Garde pendant une réunion de l'Enclave, et puis le Consul me connaît.

— Qu'est-ce que c'est, un Consul ?

— L'équivalent d'un très haut fonctionnaire au

sein de l'Enclave. Il compte les votes du Conseil et interprète la Loi pour l'Enclave. Il joue aussi les conseillers pour l'Inquisiteur. Si le directeur d'un Institut rencontre un problème qu'il ne sait pas résoudre seul, il s'adresse au Consul.

— L'Inquisiteur ? L'Inquisitrice, tu veux dire ! Je croyais qu'elle était morte.

— On lui a vite trouvé un remplaçant : l'Inquisiteur Aldertree.

Simon contempla les eaux noires du canal en contrebas. Ils avaient laissé la ville derrière eux et marchaient maintenant le long d'une petite route bordée d'arbres.

— À vrai dire, les inquisitions n'ont pas beaucoup réussi à mon peuple par le passé, observa-t-il.

Alec ne fit aucun commentaire.

— Laisse tomber. C'est juste une blague sur l'histoire des Terrestres. Ça ne peut pas t'intéresser.

— Tu n'es pas un Terrestre, fit remarquer le Chasseur d'Ombres. C'est pourquoi Aline et Sébastien étaient si curieux de te rencontrer. Même si Sébastien n'en a rien montré : il se comporte toujours comme s'il avait tout vu.

— Est-ce qu'Isabelle et lui... ? demanda Simon sans réfléchir.

Alec laissa échapper un ricanement.

— Isabelle et Sébastien ? C'est peu probable. Sébastien est un gentil garçon. Isabelle ne s'intéresse qu'à des types insortables que nos parents détesteraient à coup sûr. Terrestres, Créatures Obscures, escrocs de petite envergure...

— Merci. Je suis ravi d'être classé dans la même catégorie que des criminels.
— Je crois qu'elle fait ça pour attirer l'attention. C'est la seule fille de la famille, donc elle se sent obligée de prouver en permanence qu'elle est une dure à cuire.
— Peut-être qu'elle essaie simplement de détourner l'attention de toi, suggéra Simon d'un air absent. Vu que tes parents ne savent pas que tu es gay.
Sans crier gare, Alec s'arrêta au beau milieu de la route, et Simon faillit s'affaler sur lui.
— Eux non, mais le reste du monde est au courant, apparemment.
— Tu oublies Jace. Il ne sait pas, lui non plus, je me trompe ?
Alec soupira bruyamment. Simon le trouva pâle, à moins que ce ne soit l'effet du clair de lune.
— Je ne vois pas en quoi ça te regarde. Ou alors tu cherches à me menacer.
— Moi, te menacer ? Je ne...
— Alors pourquoi ? s'écria Alec, et la vulnérabilité qui perçait dans sa voix prit Simon au dépourvu. Pourquoi tu abordes le sujet ?
— Parce que, la plupart du temps, j'ai l'impression que tu me détestes. T'inquiète, je sais que ça n'a rien de personnel, même si je t'ai sauvé la vie. Tu détestes le monde entier, on dirait. Et puis, nous n'avons pratiquement rien en commun. Mais quand je te vois regarder Jace, et que je me vois regarder Clary, je me dis que peut-être... nous partageons quelque chose. Et que, de ce fait, tu pourrais me haïr un peu moins.

— Alors tu ne vas pas moucharder auprès de Jace ? Tu as avoué tes sentiments à Clary et...

— Et ce n'était pas une très bonne idée. Maintenant, je passe mon temps à me demander si on pourra redevenir amis comme avant ou si c'est irréparable. Peut-être qu'en rencontrant quelqu'un d'autre...

— Quelqu'un d'autre, répéta Alec, qui s'était remis à marcher à toute allure en gardant les yeux rivés sur la route.

Simon s'élança pour le rattraper.

— Tu vois très bien de quoi je parle. Par exemple, je suis persuadé que Magnus Bane t'apprécie beaucoup. Et c'est un gars plutôt cool. Il s'y connaît pour organiser des fêtes. Même si j'ai été transformé en rat cette fois-là.

— Merci pour le tuyau, répliqua sèchement Alec. Mais je ne crois pas qu'il m'apprécie tant que ça. Il m'a à peine adressé la parole quand il est venu ouvrir le Portail à l'Institut.

— Tu devrais peut-être l'appeler, suggéra Simon, bien que l'idée de conseiller à un chasseur de démons de sortir avec un sorcier lui parût pour le moins bizarre.

— Impossible. Il n'y a pas le téléphone à Idris. Ça n'a pas d'importance, de toute manière, conclut Alec d'un ton abrupt. On est arrivés. Voici la Garde.

Devant eux s'élevait une haute muraille dans laquelle s'encastrait une énorme grille gravée de runes, et bien que Simon soit incapable de les déchiffrer, il éprouva un sentiment de vertige face à la complexité et à la puissance qui émanait d'elles. La grille était gardée par deux anges de pierre au visage à la fois beau et féroce. Chacun d'eux tenait à la main une épée, et une créature – croisement improbable entre un rat, une chauve-souris et un lézard – agonisait à leurs pieds en découvrant ses dents acérées. Simon contempla la chose un long moment, et en déduisit qu'il s'agissait d'un démon, mais cela aurait tout aussi bien pu être un vampire.

Alec poussa la grille et lui fit signe d'entrer. À l'intérieur de l'enceinte, Simon cligna des yeux, l'air égaré. Depuis qu'il était devenu vampire, sa vue nocturne s'était aiguisée au point d'être aussi perçante qu'un rayon laser, mais les dizaines de torches alignées le long de l'allée menant aux portes de la Garde l'aveuglaient. Il se laissa guider par Alec le long d'un chemin pavé qui réfléchissait la lumière alentour, et quelqu'un s'avança pour leur barrer le passage, le bras levé.

— Voici donc le vampire, lança une voix grave.

Simon leva les yeux, ébloui par la clarté ; il en aurait versé des larmes s'il pouvait encore pleurer. « De la lumière de sort, songea-t-il. La lumière des anges me brûle les yeux. Pas étonnant. »

L'homme qui se tenait devant eux était très grand. Il avait le teint jaunâtre, les pommettes saillantes, le nez en bec d'aigle, le front haut sous un dôme de cheveux noirs coupés ras. Baissant les yeux sur Simon, il prit l'air dégoûté d'un employé du métro regardant passer un gros rat sur les rails dans l'espoir qu'il se ferait écraser par la prochaine rame.

— Je vous présente Simon, déclara Alec d'un ton mal assuré. Simon, voici le Consul Malachi Dieudonné. Est-ce que le Portail est prêt, monsieur ?

— Oui, répondit Malachi avec un léger accent. Tout est prêt. Viens, vampire, ajouta-t-il en faisant signe à Simon de le suivre. Plus vite nous aurons terminé, mieux cela vaudra.

Simon allait obéir quand Alec le retint par le bras.

— Un instant, dit-il au Consul. Il sera renvoyé directement à Manhattan, n'est-ce pas ? Et il y aura quelqu'un pour l'accueillir de l'autre côté ?

— Bien entendu. Puisque le sorcier Magnus Bane a étourdiment permis au vampire de venir à Idris, il se charge de son retour.

— Si Magnus n'avait pas laissé Simon franchir le Portail, il serait mort, objecta Alec d'un ton un peu brusque.

— Peut-être. C'est ce que prétendent tes parents, et l'Enclave a choisi de les croire. Contre mon avis, en fait. Néanmoins, personne ne devrait introduire inconsidérément des Créatures Obscures dans l'enceinte de la Cité de Verre.

— Cette décision n'a pas été prise à la légère, protesta Simon avec colère. Nous étions attaqués...

— Tu parleras lorsque tu y seras invité, vampire.

La main d'Alec se crispa sur le bras de Simon, et une expression mi-hésitante mi-suspicieuse se peignit sur son visage.

— Allons, Consul !

La voix qui venait de résonner dans la cour était si aiguë que Simon s'étonna qu'elle appartienne au petit homme rondouillard qui se hâtait dans leur direction. Il portait une grande cape grise par-dessus ses vêtements de Chasseur d'Ombres, et son crâne chauve luisait dans la lumière.

— Il n'est pas nécessaire d'effrayer notre invité.
— Invité ? répéta Malachi d'un ton outragé.
Le petit homme s'arrêta devant Simon et son visage s'éclaira.
— Nous sommes ravis que tu acceptes de rentrer à New York. Cela nous facilite beaucoup les choses.
Il sourit à Simon qui recula, ébahi. Jusqu'alors, il ne se rappelait pas avoir rencontré un Chasseur d'Ombres aussi heureux de le voir, même du temps où il était encore un Terrestre, et encore moins depuis qu'il avait été transformé.
— Oh, j'allais oublier ! reprit l'inconnu en se frappant le front. Je ne me suis même pas présenté. Je suis le nouvel Inquisiteur. Mon nom est Aldertree.
Il tendit la main à Simon qui, empêtré dans un tourbillon de pensées confuses, la serra de bonne grâce.
— Et tu t'appelles Simon, c'est bien ça ?
— Oui, répondit celui-ci en libérant sa main de la poigne moite et froide d'Aldertree. Pas la peine de me remercier. Tout ce que je veux, c'est rentrer chez moi.
— J'en suis persuadé !
Malgré les manières joviales d'Aldertree, un éclair passa dans ses yeux tandis qu'il parlait. Simon n'eut pas le temps de déchiffrer son expression car il se tourna précipitamment vers l'allée pavée qui contournait l'édifice.
— Par ici, si tu le veux bien, Simon.
Simon s'avança et, comme Alec faisait mine de le suivre, Aldertree leva la main.
— Nous n'avons plus besoin de toi, Alexander. Merci de ton aide.

— Mais Simon... bredouilla-t-il.
— Il s'en sortira très bien sans toi, le rassura l'Inquisiteur. Malachi, accompagnez Alexander jusqu'à la sortie, je vous prie. Et donnez-lui une pierre de rune pour retrouver son chemin s'il n'a pas pensé à en emporter une. Le trajet est un peu traître la nuit.

Et avec un autre sourire béat, il poussa Simon devant lui sous le regard médusé d'Alec.

Le monde autour de Clary était devenu flou. Luke la porta à l'intérieur de la maison et s'avança dans un long couloir, précédé d'Amatis qui éclairait leurs pas de sa pierre de rune. Prise de délire, Clary regardait le corridor se dérouler interminablement devant elle comme dans un cauchemar. Soudain, elle sentit qu'on l'allongeait sur un sol glacé et que des mains étendaient une couverture sur son corps. Des yeux bleus perçants se braquèrent sur elle.

— Elle a l'air vraiment mal en point, Lucian, observa Amatis d'une voix éraillée comme celle d'un vieux disque. Que lui est-il arrivé ?

— Elle a bu la moitié du lac Lyn.

La voix de Luke se perdit dans le lointain et, pendant quelques instants, Clary recouvra la vue. Elle était allongée sur le carrelage d'une cuisine et, quelque part au-dessus de sa tête, Luke fourrageait dans un placard. La cuisine avait des murs jaunes écaillés et un vieux fourneau en fonte était adossé à l'un d'eux. Les flammes qui crépitaient à l'intérieur lui brûlaient les yeux.

— Anis, belladone, hellébore...

Luke se détourna du placard, les bras chargés de bocaux en verre.

— Est-ce que tu veux bien faire bouillir tout ça, Amatis ? Je vais la rapprocher du fourneau, elle frissonne.

Clary essaya de lui expliquer qu'elle n'avait pas besoin qu'on la réchauffe, qu'elle était déjà brûlante de fièvre, mais elle ne parvint qu'à émettre des sons inarticulés. Elle s'entendit gémir tandis que Luke la soulevait dans ses bras, puis elle ressentit une chaleur agréable dans le côté gauche : elle ne s'était même pas aperçue qu'elle avait froid. Elle se mit à claquer des dents et sentit le goût du sang dans sa bouche. Le monde commença à tanguer autour d'elle comme de l'eau qu'on agite dans un verre.

— Le Lac des Rêves ? lança Amatis d'un ton incrédule.

Clary ne la distinguait pas nettement mais, a priori, elle se tenait près du fourneau, une longue cuillère en bois à la main.

— Qu'est-ce que vous fabriquiez là-bas ? Est-ce que Jocelyne sait où...

Puis le monde autour de Clary disparut – le monde réel, du moins, avec ses murs jaunes et la chaleur réconfortante des flammes derrière la grille du fourneau. Clary vit les eaux du lac Lyn. Du feu se reflétait sur l'onde comme sur du verre poli. Des anges marchaient sur la surface, leurs ailes blanches poissées de sang pendaient dans leur dos, les attaches brisées, et tous avaient le visage de Jace. D'autres anges étaient là, eux avaient des ailes noires comme la nuit, et ils touchaient le feu en riant...

— Elle ne cesse d'appeler son frère.

La voix d'Amatis résonnait à ses oreilles comme si elle se trouvait très loin au-dessus d'elle.

— Il séjourne chez les Penhallow, rue Princewater. Je pourrais peut-être...

— Non, il vaut mieux que Jace n'en sache rien.

« Est-ce que j'étais en train d'appeler Jace ? Pourquoi j'aurais fait une chose pareille ? » se demanda Clary, mais ce questionnement fut de courte durée, et les hallucinations reprirent de plus belle. Cette fois, elle vit Isabelle et Alec, qui semblaient revenir d'une bataille sanglante. Leur visage était souillé de terre et de larmes. Puis ils disparurent, et elle rêva d'un homme sans visage, avec des ailes noires de chauve-souris. Il sourit et du sang s'écoula de sa bouche. Clary ferma les yeux et pria pour que les visions cessent.

Un long moment s'écoula avant que des voix près d'elle ne la ramènent à la réalité.

— Bois, lui dit Luke. Clary, il faut que tu boives ça.

Elle sentit des mains sur son dos ; quelqu'un pressa un chiffon trempé sur ses lèvres. Un liquide amer au goût atroce s'écoula goutte à goutte dans sa bouche, elle manqua s'étouffer, eut un haut-le-cœur, mais quelqu'un la maintenait fermement par les épaules. Elle finit par avaler le breuvage malgré sa gorge enflée qui la faisait souffrir.

— Voilà, reprit Luke. Avec ça, tu devrais te sentir mieux.

Clary entrouvrit les yeux. Agenouillés à côté d'elle, Luke et Amatis l'observaient ; la même lueur inquiète brillait dans leurs yeux presque identiques. Son regard se posa au-delà, et elle ne vit rien – ni anges ni démons affublés d'ailes de chauve-souris –, rien d'autre que des murs jaunes et une théière rose pâle en équilibre précaire sur un rebord de fenêtre.

— Je vais mourir ? murmura-t-elle.

Luke sourit d'un air las.

— Non. Il te faudra un peu de temps pour reprendre des forces, mais tu survivras.

— Bien.

Clary était trop épuisée pour ressentir quoi que ce soit, y compris du soulagement. Elle avait l'impression qu'on lui avait ôté tous les os en laissant sa peau pendre comme un costume trop grand. Jetant un regard éteint autour d'elle, elle dit sans réfléchir :

— Tu as les mêmes yeux.

Luke cilla.

— De quoi parles-tu ?

— Les mêmes yeux qu'elle, reprit-elle en reportant le regard sur Amatis, qui semblait perplexe. Ils sont du même bleu.

Luke esquissa le fantôme d'un sourire.

— Eh bien, ce n'est guère surprenant, étant donné... Je n'ai pas eu l'occasion de faire les présentations. Clary, voici Amatis Herondale. Ma sœur.

L'Inquisiteur se tut dès qu'Alec et le Consul furent hors de portée de voix. Simon le suivit dans l'étroite allée pavée éclairée par la lumière de sort, en s'efforçant de ne pas cligner des yeux. Il avait l'impression que les murs de la Garde se dressaient autour de lui tel un navire émergeant des vagues. Des lumières brillaient aux fenêtres, teintant le ciel de reflets argentés.

D'autres fenêtres étaient percées au ras du sol, la plupart équipées de barreaux, et on ne distinguait que les ténèbres au-delà.

Enfin, ils atteignirent une porte en bois qui se découpait au bout d'un passage voûté. Aldertree s'avança pour la déverrouiller, et le ventre de Simon se noua. Depuis qu'il était devenu vampire, il avait remarqué que l'odeur corporelle des gens se modifiait selon leur humeur. Or, celle que dégageait l'Inquisiteur avait un relent amer de café, mais en beaucoup moins agréable. Simon éprouva un picotement familier dans la mâchoire l'avertissant que ses crocs voulaient sortir, et il s'écarta de l'Inquisiteur au moment où il franchissait la porte.

Le long couloir blanc qui s'étendait au-delà avait des allures de tunnel, comme s'il avait été creusé dans la roche. L'Inquisiteur pressa le pas en faisant danser la lumière de sa pierre de rune sur les murs. Malgré ses petites jambes, il se déplaçait remarquablement vite, et tournait la tête de temps à autre en plissant le nez comme pour humer l'air. Simon dut accélérer à son tour pour le rattraper. Ils passèrent devant une énorme porte grande ouverte. Au-delà, Simon distingua un amphithéâtre avec des rangées de sièges, chacun occupé par un Chasseur d'Ombres vêtu de noir. Des éclats de voix furieux résonnaient dans la salle, et il perçut des bribes de conversation en passant.

— Mais nous ignorons au juste ce que veut Valentin ! Il n'a communiqué ses intentions à personne...

— Peu importe ce qu'il cherche ! C'est un renégat et un menteur. Pensez-vous vraiment que nous gagnerions à essayer d'apaiser sa colère ?

— Savez-vous qu'une patrouille a trouvé le cadavre d'un enfant loup-garou aux abords de Brocelinde ? Il avait été vidé de son sang. Il semble que Valentin ait achevé le Rituel ici même à Idris.

— Avec deux des Instruments Mortels en sa possession, il est plus puissant que n'importe quel Nephilim. Nous n'aurons peut-être pas le choix...

— Mon cousin est mort sur ce bateau à New York ! Il n'est pas question que nous laissions Valentin s'en tirer après tout ce qu'il a fait ! Il faut lui rendre la monnaie de sa pièce !

Simon ralentit le pas, curieux d'en entendre davantage, mais l'Inquisiteur s'agitait en tous sens telle une grosse abeille irascible.

— Avance, dit-il en brandissant sa pierre de rune devant lui. Nous n'avons pas beaucoup de temps. Je dois retourner là-bas avant la fin de la réunion.

À contrecœur, Simon laissa l'Inquisiteur le pousser dans le couloir tandis que les dernières paroles entendues dans la salle résonnaient encore à ses oreilles. Le souvenir de cette nuit-là sur le bateau le hantait encore. Comme ils arrivaient devant une porte gravée d'une rune noire, l'Inquisiteur sortit une clé de son manteau, l'introduisit dans la serrure et fit signe à Simon d'entrer avec force gestes de bienvenue.

Il pénétra dans une pièce nue à l'exception d'une tapisserie représentant un ange émergeant d'un lac. Il tenait une épée dans une main et une coupe dans l'autre. Simon, qui avait déjà vu l'Épée et la Coupe auparavant, fut momentanément distrait. Ce n'est qu'en entendant la serrure cliqueter qu'il comprit que l'Inquisiteur les avait tous deux enfermés dans la pièce. Il jeta un regard autour de lui. Elle ne comprenait pas d'autres meubles qu'un banc et une table, sur laquelle était posée une cloche décorative en argent.

— Le Portail... Il est ici ? bredouilla-t-il.

— Simon, Simon...

Aldertree se frotta les mains comme un enfant à la perspective d'une fête d'anniversaire.

— Tu es vraiment si pressé de partir ? Avant, j'avais espéré te poser quelques questions...

— Pas de problème, déclara Simon avec un haussement d'épaules gêné. Allez-y, demandez-moi ce que vous voulez.

— Comme tu es coopératif ! C'est formidable ! s'exclama Aldertree. Alors, quand es-tu devenu un vampire, exactement ?

— Il y a deux semaines.

— Et comment est-ce arrivé ? Tu t'es fait attaquer dans la rue ? À moins qu'on ne t'ait mordu dans ton lit ? Sais-tu qui t'a transformé ?

— Euh... pas précisément.

— Mais, mon garçon ! s'écria Aldertree. Comment peux-tu ignorer une chose pareille ?

Il posa sur Simon un regard sincèrement intrigué. À première vue, il semblait inoffensif, à l'exemple d'un grand-père ou d'un vieil oncle excentrique. Simon avait dû s'imaginer cette odeur aigre.

— Ce n'est pas si simple, protesta-t-il.

Il s'efforça de relater ses deux visites à l'hôtel Dumort, l'une sous la forme d'un rat, l'autre sous une emprise si forte qu'il avait eu l'impression d'être prisonnier d'une pince géante.

— Bref, conclut-il, à la seconde où j'ai mis un pied dans l'hôtel, on m'a attaqué. Je ne sais pas lequel d'entre eux m'a transformé. Peut-être qu'ils étaient plusieurs.
— Oh, ça ne sent pas bon, gloussa l'Inquisiteur. C'est très fâcheux.
— Je suis bien d'accord.
— L'Enclave ne va pas être contente.
— Hein ? Qu'est-ce que ça peut lui faire, la façon dont j'ai été transformé en vampire ?
— Eh bien, ce serait différent si on t'avait attaqué, déclara Aldertree comme à regret. Mais si tu t'es livré aux vampires, c'est un peu comme si tu voulais en devenir un.
— Je n'ai pas voulu être un vampire ! Ce n'est pas pour cette raison que je suis entré dans cet hôtel !
— Bien sûr, bien sûr, déclara Aldertree d'un ton apaisant. Changeons de sujet, tu veux bien ?

Sans attendre de réponse, il poursuivit :
— Comment se fait-il que les vampires t'aient laissé vivre, jeune Simon ? Étant donné que tu t'es aventuré sur leur territoire, ils auraient dû se repaître de ton sang jusqu'au bout, puis brûler ton corps pour t'empêcher de renaître.

Simon ouvrit la bouche pour répliquer. Il aurait fallu expliquer à l'Inquisiteur que Raphaël l'avait emmené à l'Institut, puis que Jace, Clary et Isabelle l'avaient conduit au cimetière et qu'ils avaient gardé un œil sur lui pendant qu'il s'extirpait de sa tombe. Cependant, il hésita. Bien qu'il n'ait qu'une vague idée du fonctionnement de la Loi, il doutait qu'il soit dans les habitudes d'un Chasseur d'Ombres de regarder un vampire renaître ou de lui fournir le sang de son premier repas.

— Je n'en sais rien. J'ignore pourquoi ils m'ont transformé au lieu de me tuer.

— Mais l'un d'eux a dû te laisser boire son sang, sans quoi... eh bien, tu ne serais pas ce que tu es aujourd'hui. Ne va pas me dire que tu ne connais pas le nom de ton maître !

« Mon maître ? » Simon n'y avait jamais pensé en ces termes. Il avait bu le sang de Raphaël presque par accident. En outre, il avait du mal à le considérer comme son maître. Raphaël avait l'air plus jeune que lui.

— J'ai bien peur que si.

— Oh, c'est bien dommage, dit l'Inquisiteur avec un soupir.

— Qu'est-ce qui est dommage ?

— Eh bien, le fait que tu me mentes, mon garçon.

Aldertree secoua la tête.

— Et moi qui espérais que tu coopérerais. C'est vraiment terrible. Tu n'envisages pas de me révéler la vérité, même à titre de faveur ?

— Mais je vous dis la vérité !

— Quel dommage, répéta l'Inquisiteur d'un air accablé.

Il traversa la pièce et frappa à la porte sans cesser de secouer la tête.

— Qu'est-ce qui se passe ? s'enquit Simon avec inquiétude. Et le Portail ?

— Le Portail ?

Aldertree pouffa.

Le miroir mortel

— Tu ne pensais tout de même pas que j'allais te laisser filer ?

Avant que Simon puisse protester, la porte s'ouvrit à la volée et des Chasseurs d'Ombres vêtus de noir firent irruption dans la pièce. Des mains robustes le saisirent par le bras et lui jetèrent un sac sur la tête. Il donna des coups de pied à l'aveuglette et entendit quelqu'un pousser un juron. Il sentit qu'on le repoussait violemment et une voix furieuse rugit dans son oreille :

— Recommence, vampire, et je te vide de l'eau bénite dans le gosier. Ensuite, je te regarderai mourir en crachant du sang.

— Assez de menaces ! fit la petite voix de l'Inquisiteur (il semblait contrarié). J'essaie seulement de donner une petite leçon à notre invité.

Il avait dû se rapprocher car, à travers le sac qui lui couvrait la tête, Simon sentit de nouveau son odeur étrange, un peu amère.

— Simon, Simon, reprit Aldertree. Ce fut un plaisir de te rencontrer. J'espère qu'une nuit dans la prison de la Garde aura l'effet escompté et que, demain matin, tu te montreras un peu plus coopératif. J'entrevois encore un bel avenir pour nous deux, une fois que nous aurons dépassé ce petit différend.

Sa main vint se poser sur l'épaule de Simon.

— Emmenez-le au sous-sol.

Simon poussa un hurlement étouffé par le sac. Les Chasseurs d'Ombres le traînèrent hors de la pièce, puis le poussèrent dans un labyrinthe interminable de couloirs sinueux. Ils parvinrent au pied d'un escalier qu'on lui fit grimper de force. Il ignorait tout de l'endroit où ils étaient, excepté qu'une odeur de pierre humide flottait autour de lui et que l'air devenait de plus en plus moite et froid à mesure qu'ils descendaient.

Enfin, ils s'arrêtèrent. Simon perçut un bruit semblable au raclement du métal sur la pierre, puis on le poussa sans ménagement et il atterrit sur les genoux. Il entendit le cliquetis d'une porte qui se refermait, et un bruit de bottes qui s'éloignait. Il se releva péniblement, ôta le sac de toile et le jeta à terre. L'impression d'étouffer qu'il éprouvait jusqu'alors se dissipa, et il réprima l'envie d'aspirer une grande bouffée d'air car ce n'était désormais plus une nécessité mais un simple réflexe ; cependant, il avait la poitrine comprimée comme s'il manquait de souffle.

Il se trouvait dans une cellule aux murs de pierre nue, dotée d'une seule fenêtre à barreaux juste au-dessus d'un lit étroit, visiblement très inconfortable. À travers une petite porte entrouverte, il distingua une minuscule salle de bains équipée d'un lavabo et de toilettes. À sa droite, une autre porte se découpait dans de gros barreaux en fer fichés dans le sol et le plafond. Une rune noire était gravée sur la poignée en cuivre. En y regardant de plus près, il constata que chaque barreau de sa cellule était couvert de runes, y compris ceux de la fenêtre.

Même s'il se doutait que la porte était verrouillée, Simon ne put s'empêcher de vérifier. Il saisit la poignée à pleine main et recula avec un hurlement de douleur. De minces volutes de fumée s'élevèrent de sa paume ; un dessin complexe s'était imprimé sur sa peau. Il ressemblait un peu à une étoile de David à l'intérieur d'un cercle, des runes délicates tracées entre les lignes. Simon avait l'impression d'avoir été brûlé au fer rouge. Il serra le poing en gémissant.

— Qu'est-ce que c'est que ça ? murmura-t-il, bien qu'il se doutât que personne ne pouvait l'entendre.

— C'est le Sceau de Salomon, répondit une voix. Il paraît qu'on peut y lire l'un des véritables noms de Dieu. Il repousse les démons et ceux de ton espèce, étant un article de ta foi.

Simon se redressa brusquement. La surprise lui fit presque oublier sa main endolorie.

— Qui est là ? Qui a parlé ?

— J'occupe la cellule à côté de la tienne, vampire, répondit la voix après un silence (c'était la voix un peu rauque d'un homme d'un certain âge). Les gardes ont passé la journée à discuter du meilleur moyen de te confiner ici. Alors, à ta place, je ne me donnerais pas la peine d'essayer de sortir. Tu ferais mieux d'économiser tes forces jusqu'à ce que tu aies découvert ce que l'Enclave attend de toi.

— Ils ne peuvent pas me retenir ici, protesta Simon. Je ne suis pas de ce monde. Ma famille va s'apercevoir de ma disparition.

— Ils s'en sont occupés. Il existe des sortilèges très simples, que même un sorcier débutant saurait utiliser, capables de donner à tes parents l'illusion que ton absence est parfaitement justifiée. Un voyage scolaire. Une visite à un membre de la famille. C'est très faisable. Tu crois qu'ils n'ont jamais fait disparaître une Créature Obscure auparavant ?

La voix de l'inconnu ne trahissait ni menace ni révolte ; elle se contentait d'énoncer des faits.

— Qui êtes-vous ? Un vampire, vous aussi ? C'est donc ici qu'ils nous retiennent prisonniers ?

Cette fois, ses questions n'obtinrent pas de réponse. Il fit une nouvelle tentative, mais à l'évidence, son voisin avait décidé qu'il avait assez parlé. La douleur dans la main de Simon s'était calmée. Baissant les yeux, il constata que sa peau ne comportait plus aucune trace de brûlure, mais que le Sceau était toujours imprimé sur sa paume, comme si on l'avait tracé à l'encre noire. Il examina les barreaux de sa cellule et s'aperçut que, outre les runes, ils étaient couverts d'étoiles de David et de citations de la Torah en hébreu. Les gravures semblaient récentes. « Les gardes ont passé la journée à discuter du meilleur moyen de te confiner ici », avait dit l'homme. Comble de l'ironie, ce n'était pas tant sa nature de vampire qui le retenait entre ces murs que le fait d'être juif. Ils avaient consacré des heures à graver le Sceau de Salomon sur la poignée de la porte afin qu'il se brûle en la touchant. Il leur avait fallu tout ce temps pour retourner les articles de sa foi contre lui.

C'est à la lumière de ce dernier constat qu'il perdit ce qui lui restait de sang-froid. Il se laissa tomber sur le lit et enfouit sa tête dans ses mains.

La rue Princewater était plongée dans la pénombre quand Alec revint de la Garde. Les volets des maisons étaient fermés, et seuls quelques réverbères alimentés par la lumière de sort projetaient des flaques de lumière laiteuse sur les pavés. La demeure des Penhallow était la mieux éclairée du quartier : des bougies brillaient aux fenêtres, et un rai de clarté jaune filtrait à travers la porte d'entrée entrebâillée.

Jace était assis sur le muret du jardin. Il leva les yeux à l'approche d'Alec et frissonna imperceptiblement. Il ne portait qu'une veste légère et le froid était tombé au coucher du soleil. Le parfum délicat des dernières roses flottait dans l'air glacial. Alec s'assit sur le muret à côté de son ami.

— Tu m'as attendu dehors tout ce temps ?

— Qui a dit que je t'attendais ?

— Tout s'est bien passé, si c'est ce qui t'inquiète. J'ai laissé Simon avec l'Inquisiteur.

— Tu n'es pas resté pour t'assurer qu'il était reparti ?

— Tout s'est bien passé, répéta Alec. L'Inquisiteur a promis de l'escorter en personne jusqu'au...

— L'Inquisiteur a promis, l'interrompit Jace. La dernière personne qui ait occupé ce poste a outrepassé ses pouvoirs. Si elle n'était pas morte, l'Enclave l'aurait suspendue de ses fonctions, voire frappée d'une malédiction. Qu'est-ce qui nous prouve que ce nouvel Inquisiteur n'est pas un fou furieux, lui aussi ?

— Il m'a semblé très correct, protesta Alec. Gentil, même. Il s'est montré parfaitement poli avec Simon. Écoute, Jace. C'est comme ça que procède l'Enclave. On ne peut pas tout contrôler. Il faut bien leur faire confiance, sans quoi c'est le chaos.

— Ils ont beaucoup dérapé ces derniers temps, admets-le.

— Peut-être, concéda Alec, mais si tu commençais à te croire plus malin que l'Enclave et au-dessus de la Loi, tu ne vaudrais pas mieux que l'Inquisitrice ni que Valentin.

Jace tressaillit comme si Alec l'avait giflé. Celui-ci sentit son ventre se nouer.

— Pardon, dit-il en tendant la main. Je ne voulais pas.

Un rai de lumière éblouissante illumina soudain le jardin. Levant les yeux, Alec vit la silhouette d'Isabelle s'encadrer dans la porte éclairée. Il comprit à ses mains posées sur ses hanches qu'elle était furieuse.

— Qu'est-ce que vous fabriquez dehors tous les deux ? Tout le monde se demandait où vous étiez passés.

Alec se tourna vers son ami.

— Jace...

Mais celui-ci, après s'être levé d'un bond, ignora sa main tendue.

— J'espère pour toi que tu as raison au sujet de l'Enclave, se contenta-t-il de dire.

Alec le regarda regagner la maison au pas de charge. Soudain, les mots de Simon lui revinrent en mémoire. « Je passe mon temps à me demander si on pourra redevenir amis comme avant ou si c'est irréparable. »

La porte se referma, et Alec se retrouva seul dans le jardin plongé dans la pénombre. Il ferma les yeux un instant, et un visage s'imprima brièvement derrière ses paupières. Ce n'était pas celui de Jace, pour une fois. Sa vision avait des yeux verts aux pupilles fendues. Des yeux de chat.

Rouvrant les yeux, il fourragea dans sa sacoche, en sortit un stylo et un carnet à spirales qui lui tenait lieu de journal. Après avoir arraché une feuille de papier, il griffonna quelques mots en hâte et, de la pointe de sa stèle, traça une rune au bas de la feuille.

Le miroir mortel

Tout alla plus vite qu'il ne l'aurait cru : après s'être enflammé, le bout de papier s'envola comme une luciole. Bientôt, il n'en resta qu'une traînée de cendres qui s'éparpilla tel un nuage de poudre blanche sur les massifs de roses.

5
Un trou de mémoire

Clary s'éveilla au beau milieu de l'après-midi ; un rayon de lumière pâle braqué en plein sur son visage dessinait des nuances de rose derrière ses paupières. Elle sursauta et ouvrit les yeux à grand-peine.

La fièvre s'était dissipée, et avec elle l'impression que ses os se dissolvaient et se brisaient à l'intérieur de son corps. Elle jeta un regard intrigué autour d'elle. Elle se trouvait dans la chambre qu'Amatis devait réserver à ses hôtes : la pièce était petite, peinte en blanc, le lit recouvert d'un édredon en patchwork aux couleurs vives. Des rideaux en dentelle suspendus à des fenêtres en forme de hublots laissaient entrer la lumière du jour. Elle se redressa lentement, s'attendant à être submergée par un nouveau vertige. Rien ne se produisit. Elle se sentait en parfaite santé, et même bien reposée. S'extirpant du lit, elle examina sa tenue. Elle portait un pyjama froissé, d'un blanc immaculé, qui était beaucoup trop grand pour elle : les manches pendaient comiquement sur ses mains.

Elle s'avança vers l'une des fenêtres circulaires et jeta un coup d'œil au-dehors. À flanc de colline s'alignaient des maisons en pierre claire dont les toits de bardeaux semblaient avoir été coulés dans du bronze.

Ce côté de la maison, à l'opposé du canal, donnait sur un petit jardin que l'automne avait teinté d'or et de roux. Sur une treille s'enroulant contre un mur, une dernière rose perdait ses pétales brunis.

La poignée de la porte trembla, et Clary regagna en hâte son lit juste avant qu'Amatis entre avec un plateau dans les mains. Elle leva les sourcils en voyant que Clary était réveillée, mais ne fit aucun commentaire.

— Où est Luke ? demanda la jeune fille en rabattant la couverture sur elle pour être plus à son aise.

Amatis déposa sur la table de nuit le plateau chargé d'une tasse remplie d'un liquide fumant et de tartines de pain beurré.

— Tu devrais manger quelque chose. Tu te sentiras mieux.

— Je me sens bien. Où est Luke ?

Amatis s'installa dans un fauteuil près de la table, croisa les mains sur ses genoux et observa calmement Clary. À la lumière du jour, on distinguait nettement les rides de son visage : elle paraissait beaucoup plus âgée que Jocelyne bien qu'a priori elles n'aient pas une grande différence d'âge. Les cheveux bruns d'Amatis étaient striés de gris, et elle avait les yeux rougis comme si elle venait de pleurer.

— Il n'est pas là.

— Quoi ? Il n'est pas là parce qu'il est allé acheter du Coca au coin de la rue ou...

— Il est parti ce matin à l'aube après t'avoir veillée

toute la nuit. Quant à sa destination, il ne l'a pas précisée.

Le ton d'Amatis était sec et, si Clary n'avait pas été épuisée, elle se serait peut-être amusée de sa ressemblance avec Luke en ce moment même.

— Lorsqu'il vivait ici, avant son départ d'Idris et après sa… Transformation, il était à la tête d'une meute qui avait élu domicile dans la forêt de Brocelinde. Il m'a annoncé qu'il allait leur rendre visite, mais il n'a pas spécifié pourquoi. Il m'a seulement dit qu'il serait de retour d'ici quelques jours.

— Il m'a laissée seule ici ? Qu'est-ce que je suis censée faire ? L'attendre en me tournant les pouces ?

— Il ne pouvait pas t'emmener avec lui ! En outre, il ne peut pas te ramener chez toi dans l'immédiat. Tu as enfreint la Loi en venant ici, et cela n'échappera pas à l'Enclave. Tu ne peux pas compter sur sa magnanimité pour te laisser partir.

— Je n'ai pas envie de rentrer chez moi. Je suis ici pour… rencontrer quelqu'un. J'ai un devoir à accomplir.

— Luke m'a expliqué. Laisse-moi te donner un conseil : tu ne trouveras Ragnor Fell que s'il le souhaite.

— Mais…

— Clarissa, dit Amatis en plantant son regard dans le sien. Nous attendons une attaque de Valentin à tout moment. Presque tous les Chasseurs d'Ombres d'Idris sont en ville, sous la protection des boucliers. Le plus sûr pour toi, c'est de rester à Alicante.

Clary se raidit. Si le conseil d'Amatis lui semblait raisonnable, il ne parvenait pas pour autant à faire taire la petite voix dans sa tête qui lui soufflait que sa mission ne pouvait pas attendre. Il lui faudrait retrouver Ragnor Fell dans les plus brefs délais : elle devait sauver sa mère dès à présent. Réprimant un accès de panique, elle affecta un ton désinvolte.

— Luke ne m'a jamais dit qu'il avait une sœur.

— Pourquoi l'aurait-il fait ? Nous n'avons jamais été proches.

— Il m'a dit que vous vous appeliez Herondale. C'est le nom de l'Inquisitrice, n'est-ce pas ?

— Oui, répondit Amatis, le visage crispé comme si les mots lui coûtaient. C'était ma belle-mère.

Qu'avait raconté Luke au sujet de l'Inquisitrice ? Qu'elle avait un fils, qui avait épousé une femme ayant dans sa famille des « éléments indésirables ».

— Vous étiez la femme de Stephen Herondale ?

Amatis parut surprise.

— Tu connais son nom ?

— Oui, c'est Luke qui me l'a dit. Mais je croyais que sa femme était morte. Que c'était pour cette raison que l'Inquisitrice était aussi...

« Odieuse », songea-t-elle, mais l'adjectif lui sembla cruel.

— ... amère, dit-elle enfin.

Amatis prit la tasse qu'elle avait apportée ; sa main tremblait un peu.

— Oui, elle est morte. Elle s'est suicidée. Je parle de Céline, la seconde épouse de Stephen. J'étais la première.

— Vous aviez divorcé ?

— Quelque chose dans ce genre-là.

D'un geste brusque, Amatis tendit la tasse à Clary.

— Tiens, bois. Il faut que tu te remplisses le ventre.

Clary accepta distraitement la tasse et avala une gorgée de liquide ; il était épais et salé. Ce n'était pas du thé mais de la soupe, contrairement à ce qu'elle avait cru en premier lieu.

— Et qu'est-ce qui s'est passé ensuite ?

Les yeux perdus dans le vague, Amatis répondit :

— Quand Luke a été... quand il lui est arrivé ce que tu sais, Valentin s'est mis en quête d'un nouveau lieutenant. Il a choisi Stephen : nous venions alors de rejoindre le Cercle. D'après Valentin, il n'était pas convenable que la femme de son plus proche ami et conseiller soit la sœur d'un...

— Loup-garou.

— Il a employé un autre terme, déclara Amatis avec amertume. Il a convaincu Stephen d'annuler notre mariage et de se trouver une nouvelle épouse qu'il aurait soin de choisir pour lui. Céline était très jeune... très docile.

— C'est horrible.

Amatis secoua la tête avec un rire forcé.

— C'était il y a longtemps. Stephen s'est montré généreux, je trouve : il m'a donné sa maison puis il a emménagé dans le manoir des Herondale avec ses parents et Céline. Je ne l'ai jamais revu par la suite. J'ai quitté le Cercle, bien entendu. Ils ne voulaient plus de moi. La seule à me rendre visite, c'était Jocelyne. Elle m'a même raconté qu'elle était allée voir Luke... (Amatis repoussa ses cheveux grisonnants derrière ses oreilles.) J'ai appris la mort de Stephen plusieurs jours après son décès. Quant à Céline... je l'avais haïe, et pourtant j'ai eu de la peine pour elle.

Elle s'est tranché les poignets, paraît-il... Il y avait du sang partout. (Elle poussa un grand soupir.) J'ai aperçu Imogène aux funérailles de Stephen, alors qu'ils inhumaient son corps dans le mausolée familial. Elle n'a même pas eu l'air de me reconnaître. On l'a nommée Inquisitrice peu après. L'Enclave pressentait que personne, mieux qu'elle, n'aurait pu pourchasser impitoyablement les anciens membres du Cercle... et elle a vu juste. Si Imogène avait pu laver le souvenir de Stephen dans leur sang, elle l'aurait fait.

Clary se remémora le regard dur de l'Inquisitrice, et s'efforça d'éprouver de la compassion pour elle.

— Je crois que ça l'a rendue complètement folle, observa-t-elle. Elle a été horrible avec moi, et avec Jace, surtout. On aurait dit qu'elle souhaitait sa mort.

— C'est logique. Tu es le portrait craché de ta mère, et c'est elle qui t'a élevée, mais ton frère... Est-ce qu'il ressemble autant à Valentin que tu ressembles à Jocelyne ?

— Non, répondit Clary. Jace ne ressemble qu'à lui.

Un frisson lui parcourut le dos à la pensée de son frère.

— Il est ici à Alicante, songea-t-elle tout haut. Si je pouvais le voir...

— Non, dit Amatis d'un ton sans appel. Tu n'as pas le droit de sortir de la maison ni de voir qui que ce soit, et surtout pas ton frère.

— Vous sous-entendez que je suis reléguée ici comme une prisonnière ? s'exclama Clary, horrifiée.

— C'est l'affaire d'un jour ou deux et, de toute manière, tu n'es pas encore sur pied. Tu dois te reposer. L'eau du lac a failli te tuer.

— Mais Jace...
— C'est un Lightwood. Tu ne peux pas aller là-bas. À la seconde où ils te verront, ils en informeront l'Enclave. Or, tu n'es pas la seule à avoir des ennuis avec la Loi. Luke est concerné, lui aussi.

« Mais les Lightwood ne me trahiraient jamais auprès de l'Enclave, pensa Clary. Jamais ils ne feraient une chose pareille... » Les mots moururent sur ses lèvres. Elle comprenait qu'elle n'avait aucun moyen de convaincre Amatis que les Lightwood qu'elle avait côtoyés quinze ans plus tôt n'étaient plus : Robert et Maryse n'avaient plus rien en commun avec les fanatiques aveuglément loyaux qu'ils étaient alors. Cette femme était peut-être la sœur de Luke, mais c'était une étrangère aux yeux de Clary. Luke lui-même ne l'avait pas vue depuis seize ans ; il n'avait jamais mentionné son existence. Clary se radossa aux oreillers et feignit d'être fatiguée.

— Vous avez raison. Je me sens patraque. Je crois que je ferais mieux de dormir un peu.

— Bonne idée.

Amatis se pencha pour lui prendre la tasse vide des mains.

— Si tu veux prendre une douche, la salle de bains est au bout du couloir. Tu trouveras des vieux vêtements à moi dans un coffre au pied du lit. À vue d'œil, tu fais à peu près la même taille que moi à ton âge, donc ils t'iront peut-être. Contrairement à ce pyjama, ajouta-t-elle avec un pâle sourire que Clary ne lui rendit pas.

Elle devait se retenir de ne pas donner des coups de poing de frustration dans le matelas. Dès l'instant où la porte se referma sur Amatis, Clary sauta du lit et se rendit dans la salle de bains avec l'espoir qu'une douche chaude lui éclaircirait les idées. À son grand soulagement, malgré leur mode de vie vieillot, les Chasseurs d'Ombres croyaient apparemment aux vertus de la plomberie moderne et de l'eau courante. Elle trouva même un savon à la forte odeur citronnée pour débarrasser ses cheveux de l'odeur persistante du lac Lyn. Quand elle sortit de la salle de bains, emmaillotée dans deux serviettes, elle se sentait beaucoup mieux.

De retour dans la chambre, elle fouilla la malle d'Amatis. Les vêtements soigneusement pliés avaient été enveloppés dans du papier de soie. Le coffre contenait des tenues d'écolière ou ce qui y ressemblait : de gros pulls en mérinos avec une poche de poitrine rebrodée d'un insigne évoquant quatre C collés dos à dos, des jupes plissées et des chemisiers boutonnés aux manches étroites. Une robe de mariée blanche reposait entre deux couches de papier, et Clary la mit de côté avec des gestes précautionneux. En dessous, elle trouva une autre robe, en soie argentée celle-là, avec de fines bretelles rehaussées de pierreries. « C'est le genre de vêtement que ma mère aurait porté pour aller au bal avec Valentin », songea-t-elle malgré elle avant de remettre la robe à sa place en faisant glisser le tissu froid et satiné entre ses doigts. Tout au fond de la malle se trouvait une tenue de Chasseur d'Ombres qu'elle déplia sur ses genoux, intriguée. La première fois qu'elle avait vu Jace et les Lightwood, ils portaient leur uniforme de combat : des vêtements moulants coupés dans un tissu noir très solide. De près, elle constata qu'il s'agissait en réalité d'un cuir mat très fin, souple et près du corps. La tenue se composait d'une veste zippée et d'un pantalon se fermant au moyen d'un système d'attaches compliquées. Elle était complétée d'une grosse ceinture, conçue pour porter des armes.

Bien entendu, Clary aurait dû enfiler un pull et une des jupes plissées qu'elle avait trouvées dans la malle. C'était sans doute ce qu'Amatis attendait d'elle. Mais quelque chose l'attirait dans ces habits de guerrier ; elle s'était toujours demandé de quoi elle aurait l'air…

Quelques minutes plus tard, les serviettes gisaient au pied du lit et Clary s'examinait, surprise et un rien amusée, dans le miroir en pied. La tenue lui allait parfaitement : sans être trop serrée, elle épousait les courbes de ses hanches et de sa poitrine. Clary avait l'impression d'avoir des formes, ce qui était nouveau pour elle. Ces vêtements ne lui donnaient pas l'allure d'une guerrière redoutable – elle doutait que de tels vêtements existent – mais, au moins, elle semblait plus grande, et le noir créait un contraste saisissant avec sa couleur de cheveux. « Je ressemble à ma mère », pensa-t-elle, interloquée.

Jocelyne, sous ses airs de poupée, avait toujours eu un moral d'acier. Clary s'était souvent demandé ce que sa mère avait vécu autrefois pour être aussi forte et indomptable, aussi courageuse et entêtée. « Est-ce que ton frère ressemble autant à Valentin que tu ressembles à Jocelyne ? » avait demandé Amatis, et Clary aurait voulu répondre qu'elle n'avait rien en commun avec sa mère, que cette dernière était belle, contrairement à elle. Cependant, la Jocelyne qu'avait connue Amatis avait comploté contre Valentin et forgé en secret une alliance entre Nephilim et les Créatures Obscures, qui avait détruit le Cercle et sauvé les Accords. Cette Jocelyne-là n'aurait jamais consenti à rester entre les quatre murs d'une chambre pendant que le monde se désagrégeait.

Sans prendre le temps de réfléchir, Clary alla pousser le verrou de la porte, puis elle s'avança vers la fenêtre et l'ouvrit. La treille s'agrippait au mur de pierre comme… « Comme une échelle, songea-t-elle. Et on ne risque rien sur une échelle. »

Prenant une grande inspiration, elle enjamba le rebord de la fenêtre.

Les gardes revinrent chercher Simon le lendemain matin. Ils l'arrachèrent sans ménagement à un sommeil agité, peuplé de rêves étranges. Cette fois, ils ne prirent pas la peine de lui bander les yeux et, tandis qu'ils l'escortaient hors de sa cellule, il jeta un coup d'œil furtif à travers la grille du cachot voisin. S'il avait espéré entrapercevoir le propriétaire de la voix rauque qu'il avait entendue la nuit précédente, il était déçu. La seule chose visible au-delà des barreaux évoquait un tas de haillons.

Les gardes lui firent emprunter une succession de couloirs grisâtres, le poussant devant eux dès qu'il faisait mine de ralentir. Enfin, ils pénétrèrent dans une pièce dont les murs étaient tapissés de portraits d'hommes et de femmes en tenue de Chasseurs d'Ombres. Les cadres des tableaux étaient gravés de motifs runiques. Sous le plus imposant se trouvait un canapé rouge où était assis l'Inquisiteur, un gobelet en argent à la main. Il le tendit à Simon.

— Un peu de sang ? Tu dois avoir faim à cette heure.

À la vue du liquide rouge, Simon se sentit défaillir, ses veines aimantées par le sang comme des ficelles actionnées par un marionnettiste. C'était une sensation désagréable, presque douloureuse.

— C'est du sang... humain ?

— Voyons, mon garçon ! gloussa Aldertree. Ne sois pas ridicule ! C'est du sang de chevreuil bien frais.

Simon garda le silence. Il sentit un picotement dans sa lèvre inférieure : ses crocs venaient de sortir de ses gencives, et le goût de son propre sang sur sa langue lui donna la nausée.

Aldertree fit la grimace.

— Seigneur...

Puis, se tournant vers les gardes, il ordonna :

— Laissez-nous, messieurs.

Une fois les gardes partis, il s'arrêta sur le seuil et regarda Simon d'un air ouvertement dégoûté.

— Non, merci, lâcha celui-ci, la langue pâteuse. Je n'en veux pas.

— Tes crocs en ont décidé autrement, jeune homme, répliqua Aldertree d'un ton affable. Tiens. Bois.

Il tendit la coupe à Simon, et l'odeur du sang frais se répandit dans la pièce comme le parfum des roses dans un jardin. Ses incisives, à présent complètement sorties, entaillèrent sa lèvre inférieure. La douleur le réveilla comme une gifle. Arrachant le gobelet des mains de l'Inquisiteur, il le vida en trois gorgées puis, honteux, le posa sur le bras du canapé d'une main tremblante. « Inquisiteur : 1. Simon : 0 », pensa-t-il.

— J'espère que tu n'as pas passé une nuit trop désagréable dans ta cellule ? Nos cachots ne sont pas des chambres de torture, mon garçon, mais des lieux de réflexion. Il faut réfléchir pour avoir les idées claires, tu ne trouves pas ? J'espère que tu en as profité pour méditer. Tu m'as l'air d'être un jeune homme raisonnable.

L'Inquisiteur pencha la tête de côté.

— Je t'ai apporté moi-même une couverture. Je ne voulais pas que tu tombes malade.

— Je suis un vampire. Nous ne sentons pas le froid.

— Oh, fit le petit homme, l'air désappointé.

— Merci pour les étoiles de David et le Sceau de Salomon, ajouta sèchement Simon. C'est toujours agréable de rencontrer des gens qui s'intéressent à ma religion.

— Bien sûr, bien sûr ! s'exclama Aldertree. Formidables, ces gravures, n'est-ce pas ? Et à toute épreuve, évidemment ! J'imagine qu'il te suffirait de toucher la porte de ta cellule pour que la peau de ta main parte en lambeaux ! gloussa-t-il, visiblement amusé par cette perspective. Bref. Pourrais-tu reculer d'un pas, mon grand ? Juste pour me faire plaisir.

Simon s'exécuta. Rien ne se produisit, et pourtant l'Inquisiteur ouvrit de grands yeux.

— Je vois, souffla-t-il.

— Vous voyez quoi ?

— Regarde où tu es, jeune Simon.

Simon jeta un coup d'œil autour de lui : rien n'avait changé dans la pièce, et il lui fallut quelques instants pour comprendre de quoi parlait Aldertree. Il se tenait sous une lucarne au travers de laquelle filtrait un rayon de soleil éblouissant.

Aldertree se tortillait presque d'excitation.

— Tu es en plein soleil, et ses rayons n'ont aucun effet sur toi. Jamais je n'aurais cru cela possible. Enfin, on m'en avait parlé mais je n'ai jamais rien vu de tel.

Simon garda le silence.

— La question qui s'impose, évidemment, poursuivit Aldertree, est la suivante : connais-tu l'origine de ce phénomène ?

— Peut-être que je suis plus gentil que les autres vampires.

Simon regretta instantanément ses paroles. Aldertree plissa les yeux, et une veine apparut tel un gros ver sur sa tempe. Manifestement, il n'aimait pas les plaisanteries quand il n'en était pas l'auteur.

— Très amusant. Question suivante : es-tu un vampire diurne depuis que tu es sorti de ta tombe ?

— Non, répondit Simon d'un ton circonspect. Dans les premiers temps, le soleil me brûlait. Le moindre rayon me transperçait la peau.

— Certes, déclara Aldertree en hochant vigoureusement la tête, comme s'il ne devait pas en être autrement. Alors, quand as-tu remarqué pour la première fois que tu pouvais te promener en plein jour ?

— C'était le lendemain de la grande bataille sur le bateau de Valentin…

— Au cours de laquelle il t'a capturé, c'est bien ça ? Il t'a gardé prisonnier sur son bateau avec l'intention d'utiliser ton sang pour compléter le Rituel de Conversion Infernale.

— Vous savez déjà tout, on dirait. Vous n'avez plus besoin de moi.

— Oh non, loin de là ! s'écria Aldertree en levant les bras au ciel.

Simon remarqua qu'il avait de toutes petites mains, si petites qu'elles semblaient disproportionnées par rapport à ses bras dodus.

— Tu as beaucoup d'éclaircissements à m'apporter, mon cher ! Par exemple, je ne peux m'empêcher de me demander si quelque chose susceptible de modifier ta nature s'est produit sur ce bateau. Une idée ?

« J'ai bu le sang de Jace », songea Simon. L'espace d'une seconde, il fut tenté d'en faire part à l'Inquisiteur par pure méchanceté, puis la lumière se fit brusquement dans son esprit : « J'ai bu le sang de Jace. » Était-ce cela qui l'avait transformé ? Qu'il s'agisse ou non d'une possibilité, devait-il raconter à l'Inquisiteur ce que Jace avait fait pour lui ? Protéger Clary, c'était une chose ; protéger Jace en était une autre. Il ne lui devait rien.

Après réflexion, ce n'était pas la stricte vérité. Jace, en lui offrant son sang, lui avait sauvé la vie. Un autre Chasseur d'Ombres aurait-il agi de même pour sauver un vampire ? Et même s'il ne l'avait fait que par amour pour Clary, quelle importance ! Simon se souvint d'avoir dit à ce moment-là : « J'aurais pu te tuer. » Jace avait répondu : « Je t'aurais laissé faire. » Il n'osait s'imaginer quels ennuis attendaient Jace si l'Enclave apprenait qu'il avait sauvé la vie d'un vampire par ce biais.

— Je ne me rappelle plus ce qui s'est passé sur le bateau, déclara-t-il. Valentin avait dû me droguer.

Les traits d'Aldertree se décomposèrent.

— Quelle nouvelle fâcheuse ! J'en suis désolé.

— Moi aussi, dit Simon malgré lui.

— Alors tu ne te souviens pas d'un seul détail ?

— Seulement de m'être évanoui quand Valentin m'a attaqué. Je suis revenu à moi un peu plus tard sur... sur la plate-forme de la camionnette de Luke. Rien de plus.

Aldertree resserra les pans de sa cape autour de lui.

— Il paraît que les Lightwood se sont pris d'affection pour toi. Mais les autres membres de l'Enclave ne se montreront pas aussi... compréhensifs. Tu as été fait prisonnier par Valentin, tu es ressorti de cette confrontation avec un nouveau pouvoir exceptionnel, et voilà qu'on te retrouve au cœur d'Idris. Au vu des apparences, qu'est-ce qu'on en déduira, à ton avis ?

Si le cœur de Simon avait encore pu battre, il se serait emballé.

— Vous pensez que j'espionne pour le compte de Valentin.

Aldertree prit l'air outragé.

— Mon garçon, mon garçon ! Je te fais confiance, ça va de soi. Mais quant à l'Enclave, j'ai bien peur qu'elle soit plus suspicieuse. Nous avions tant espéré que tu pourrais nous aider ! Vois-tu – et je ne devrais pas te dire cela, mais je sens que je peux me confier à toi –, l'Enclave est dans de sales draps.

— Ah bon ? fit Simon, perplexe. Mais quel est le rapport avec...

— Voilà, l'Enclave est divisée... en guerre avec elle-même, pourrait-on dire, en ces heures agitées. Des erreurs ont été commises par mon prédécesseur et d'autres... Peut-être qu'il vaut mieux ne pas s'étendre sur le sujet. Mais, vois-tu, l'autorité même de l'Enclave, du Consul et de l'Inquisiteur est remise en question. Valentin semble toujours avoir une longueur d'avance sur nous, comme s'il connaissait nos projets avant l'heure. Ni le Conseil ni Malachi ne se rangeront à mon avis après ce qui s'est passé à New York.

— Je croyais que c'était l'Inquisitrice...

— C'est Malachi qui l'a nommée à ce poste. Bien sûr, il ne pouvait pas savoir qu'elle deviendrait complètement folle...

— Mais, objecta Simon avec une pointe d'aigreur, là encore c'est une question d'apparences.

La veine réapparut sur le front d'Aldertree.

— Tu es malin. Et tu as raison. Les apparences sont importantes, surtout en politique. On peut toujours manipuler les foules, pourvu qu'on ait une bonne histoire à leur servir.

Il se pencha vers Simon, les yeux rivés sur lui.

— Laisse-moi t'en raconter une. Autrefois, les Lightwood faisaient partie du Cercle. Un jour, ils ont renié leurs opinions et bénéficié de notre clémence à condition qu'ils quittent Idris pour New York, où ils dirigeraient l'Institut. Leur attitude irréprochable leur a permis de regagner la confiance de l'Enclave. Mais durant tout ce temps, ils savaient que Valentin était toujours en vie. Durant tout ce temps, ils sont restés ses fidèles serviteurs. Ils ont pris son fils sous leur...

— Ils n'étaient pas au courant...

— Tais-toi ! rugit l'Inquisiteur, et Simon n'osa pas protester. Ils l'ont aidé à retrouver les Instruments Mortels et à accomplir le Rituel de Conversion Infernale. Lorsque l'Inquisitrice a découvert ce qu'ils manigançaient, ils se sont arrangés pour l'éliminer au cours de la bataille sur le bateau. Et maintenant les voilà ici, au cœur de l'Enclave, pour nous espionner et révéler nos plans à Valentin au fur et à mesure qu'ils voient le jour. Ainsi, il pourrait nous vaincre et, au final, imposer sa volonté à tous les Nephilim. Ils t'ont emmené avec eux – toi, le vampire qui supporte la lumière du jour – pour nous distraire de leurs véritables objectifs : restaurer la gloire du Cercle et abolir la Loi.

Les yeux porcins de l'Inquisiteur étincelèrent.

— Qu'est-ce que tu penses de cette histoire, vampire ?

— Je la trouve dingue, répliqua Simon, et plus dure à avaler que le Père Noël. Je ne sais pas ce que vous espérez obtenir avec ce...

— « Espérez » ? Je n'espère pas, vampire. Je sais au plus profond de moi qu'il est de mon devoir sacré de sauver l'Enclave.

— Au moyen d'un mensonge ?

— Au moyen d'une histoire. Les grands politiciens tissent de jolies histoires pour inspirer leur peuple.

— Je ne vois pas en quoi le fait d'incriminer les Lightwood peut inspirer...

— Il faut toujours sacrifier quelqu'un. Quand les membres du Conseil se seront trouvé un ennemi commun et une bonne raison de se fier à l'Enclave, ils se serreront les coudes. Que vaut la vie d'une seule famille en comparaison de tout cela ? En fait, je doute que les enfants Lightwood subissent les conséquences de ces révélations. Ils ne seront pas inquiétés. Bon, peut-être le fils aîné. Mais les autres...

— Vous ne pouvez pas faire ça ! se récria Simon. Personne ne vous croira.

— Les gens croient ce qu'ils veulent. Et l'Enclave veut un coupable. Je peux le leur offrir sur un plateau. Tout ce dont j'ai besoin, c'est toi.

— Moi ? Qu'est-ce que je viens faire dans tout ça ?

Le visage de l'Inquisiteur était maintenant rouge d'excitation.

— Confesse tes crimes. Avoue que tu es à la solde des Lightwood et que vous êtes tous de mèche avec Valentin. Je ferai preuve de clémence à ton égard. Je te renverrai auprès de ton peuple, j'en fais le serment. Mais j'ai besoin de ta confession pour que l'Enclave me croie.

— Vous voulez que je confesse un mensonge.

Simon avait conscience de répéter les paroles de l'Inquisiteur, mais les pensées se bousculaient dans sa tête, et il n'arrivait pas à se fixer sur une seule. Les visages des Lightwood défilaient dans son esprit : Alec, reprenant son souffle sur le chemin de la Garde ; les yeux noirs d'Isabelle posés sur lui ; Max penché sur son livre.

Et Jace. Jace était des leurs comme si le même sang coulait dans ses veines. L'Inquisiteur n'avait pas prononcé son nom, mais Simon savait qu'il paierait avec les autres. Et s'il souffrait, Clary souffrirait avec lui. Comment pouvait-il se sentir lié à ces gens qui ne voyaient en lui qu'une créature méprisable, une moitié d'humain dans le meilleur des cas ?

Il observa les yeux de l'Inquisiteur ; ils étaient noirs comme du charbon. Plonger son regard dans le sien, c'était comme contempler des ténèbres insondables.

— Non, dit-il enfin. Je refuse de faire ça.

— Le sang que je t'ai donné, tu n'en auras pas d'autre tant que tu n'auras pas changé d'avis, lâcha Aldertree, dont le ton n'avait plus rien d'affable. Tu verras qu'on peut vite avoir très soif.

Simon ne répondit rien.

— Une autre nuit en cellule, alors, conclut l'Inquisiteur en se levant pour appeler les gardes. C'est calme là-bas, n'est-ce pas ? Rien de tel qu'une atmosphère paisible pour guérir les trous de mémoire.

Si Clary était persuadée d'avoir mémorisé le chemin qu'elle avait pris la veille avec Luke, elle comprit bien vite que ce n'était pas tout à fait le cas. Prendre la direction du centre-ville lui semblait le meilleur moyen de se repérer, mais une fois qu'elle eut trouvé la place au puits abandonné, elle ne put se rappeler si elle devait tourner à droite ou à gauche. Elle opta pour la gauche, et se perdit dans un dédale de ruelles sinueuses qui se ressemblaient toutes.

Enfin, elle déboucha sur une rue plus large bordée d'échoppes. Des passants se pressaient de l'autre côté sans prêter attention à elle. Quelques-uns portaient leurs vêtements de combat, mais la plupart déambulaient dans leur tenue quotidienne. Il faisait froid, et les longs manteaux d'un autre âge étaient à l'ordre du jour. Un vent cinglant soufflait sur la ville, et Clary songea avec un pincement au cœur à son manteau de velours vert suspendu dans la chambre d'amis d'Amatis.

Luke n'avait pas menti : les Chasseurs d'Ombres étaient venus des quatre coins du monde pour assister au sommet. Clary croisa une Indienne vêtue d'un somptueux sari doré, avec deux poignards incurvés pendus à une chaîne lui ceignant la taille. Un homme grand à la peau sombre, avec un visage anguleux de guerrier aztèque, inspectait la vitrine surchargée d'une armurerie ; des bracelets du même métal brillant que les tours ornaient ses poignets. Au bas de la rue, un homme en longue robe blanche de nomade du désert consultait un plan de la ville. Après l'avoir vu, Clary trouva le courage d'approcher une passante en lourd manteau de brocart pour lui demander la direction de la rue Princewater. S'il y avait un moment où les habitants de la ville ne se montreraient pas suspicieux envers une personne égarée, c'était bien celui-là.

Son instinct s'avéra juste : sans la moindre hésitation, la femme lui donna en hâte une série d'indications.

— Puis, au bout du canal Oldcastle, prenez à gauche, traversez le pont de pierre, et vous trouverez la rue Princewater.

Elle adressa un sourire à Clary.

— Vous rendez visite à quelqu'un en particulier ?

— Oui, les Penhallow.

— Oh, c'est la maison bleue aux moulures dorées dont l'arrière donne sur le canal. Elle est grande, vous ne pouvez pas la rater.

Elle se trompait. Certes, la maison était vaste, cependant Clary passa devant sans s'arrêter avant de s'apercevoir de son erreur et de rebrousser chemin pour l'observer de plus près. Elle était plus indigo que bleue en réalité mais, là encore, la plupart des gens n'avaient pas la même notion des couleurs que Clary. Le commun des mortels ne savait pas différencier le jaune citron du safran. Comme si ces deux nuances étaient interchangeables ! Quant aux moulures, elles n'étaient pas dorées mais d'un beau bronze sombre qui témoignait de l'ancienneté de la maison. Tout dans cet endroit suggérait le poids des ans…

« Ça suffit », pensa Clary. Elle laissait toujours son esprit vagabonder dans toutes les directions quand elle était nerveuse. Elle essuya ses paumes moites sur son pantalon ; le cuir était rêche au toucher, comme des écailles de serpent.

Après avoir gravi les marches du perron, elle frappa le heurtoir massif représentant les ailes d'un ange, qui résonna comme une énorme cloche dans les entrailles de la maison. Quelques instants plus tard, la porte s'ouvrit et Isabelle Lightwood apparut sur le seuil, les yeux écarquillés de stupeur.

— Clary ?

— Salut, Isabelle, lança-t-elle avec un sourire penaud.

Isabelle s'appuya contre le chambranle, l'air lugubre.

— Oh non ! fit-elle.

De retour dans sa cellule, Simon s'affala sur le lit et entendit le pas des gardes s'éloigner. Il devrait passer une autre nuit en prison pendant que l'Inquisiteur attendait qu'il se « souvienne ». « Au vu des apparences, qu'est-ce qu'on en déduira ? » avait-il dit. Même dans ses pires cauchemars, Simon n'aurait pas pu s'imaginer qu'on l'accuserait un jour d'être de mèche avec Valentin. Cet homme était connu pour haïr les Créatures Obscures. Il lui avait tranché la gorge afin de le vider de son sang, le laissant pour mort. Mais l'Inquisiteur ne connaissait probablement pas ce détail.

Simon perçut du bruit de l'autre côté du mur.

— Je dois admettre que je commençais à me demander si tu reviendrais, dit la voix rocailleuse de la veille. J'imagine que tu n'as pas donné à l'Inquisiteur ce qu'il voulait.

— On dirait que non, répondit Simon en s'approchant du mur.

Il tâta en vain la pierre pour trouver une fissure lui permettant de voir de l'autre côté.

— Qui êtes-vous ?

— C'est un homme entêté, cet Aldertree, reprit la voix, comme si de rien n'était. Il n'abandonnera pas.

Simon s'adossa au mur humide.

— Alors je vais rester ici un bon moment.

— Je présume que tu ne vas pas me dire ce qu'il attend de toi ?

— Pourquoi tenez-vous à le savoir ?

L'inconnu partit d'un rire qui évoquait le raclement du métal sur la pierre.

— Je suis ici depuis plus longtemps que toi, vampire, et comme tu peux le voir, il n'y a pas beaucoup de distractions, alors tout est bon à prendre.

Simon croisa les mains sur son ventre. Le sang de chevreuil l'avait à peine rassasié et la soif l'aiguillonnait encore.

— J'ai entendu les gardes bavarder sur ton compte, reprit l'homme. Il paraît que tu peux te promener en plein jour. Personne n'avait vu ça auparavant. Il y a pourtant des légendes qui circulent sur les créatures de ton espèce. Tu les connais ?

— Non. Ma Transformation est assez récente. Vous semblez en savoir long sur moi, dites donc.

— Les gardes aiment bien échanger les ragots. Et les Lightwood se téléportant avec un vampire blessé, c'est un morceau de choix. Cependant, je dois avouer que je ne m'attendais pas à te voir débarquer ici avant qu'ils n'aménagent la cellule exprès pour toi. Ce qui m'étonne, c'est que les Lightwood aient accepté qu'ils t'emmènent.

— Pourquoi s'y seraient-ils opposés ? répliqua Simon avec amertume. Je ne suis qu'une Créature Obscure.

— Aux yeux du Consul, oui, peut-être. Mais pour les Lightwood...

— Quoi, les Lightwood ?

Il y eut un bref silence.

— Les Chasseurs d'Ombres qui vivent en dehors d'Idris – en particulier ceux qui dirigent les Instituts – ont tendance à être plus tolérants. En revanche, l'Enclave locale est beaucoup plus... rigide.

— Et vous ? s'enquit Simon. Vous êtes aussi une Créature Obscure ?

— Une Créature Obscure ?

Simon n'en était pas certain, mais il crut déceler de la colère dans la voix de l'étranger, comme si sa question le blessait.

— Mon nom est Samuel Blackburn. Je suis un Nephilim. Il y a plusieurs années, j'ai fait partie du Cercle avec Valentin. J'ai massacré des Créatures Obscures lors de l'Insurrection. Alors tu penses bien que je ne suis pas l'un des vôtres.

— Oh…

Simon avala sa salive. Sa bouche avait un goût de sel. S'il se souvenait bien, les membres du Cercle de Valentin avaient été capturés et punis par l'Enclave, excepté ceux qui, à l'exemple des Lightwood, avaient réussi à négocier un compromis ou acceptaient l'exil en échange du pardon.

— Vous êtes resté ici depuis lors ?

— Non. Après l'Insurrection, j'ai pu m'enfuir d'Idris avant qu'on me fasse prisonnier. J'ai vécu à l'étranger pendant des années jusqu'au jour où, croyant bêtement qu'on m'avait oublié, je suis revenu. Évidemment, ils m'ont capturé dès mon arrivée. L'Enclave n'a pas son pareil pour traquer ses ennemis. Ils m'ont traîné devant l'Inquisiteur. J'ai été interrogé pendant des jours. Une fois qu'ils en ont eu terminé avec moi, ils m'ont jeté ici.

Samuel soupira.

— Les Français ont baptisé ce genre d'endroit une « oubliette ». C'est là qu'on jette les rebuts qu'on cherche à rayer de sa mémoire. Ils y pourrissent là sans importuner le monde de leur puanteur.

— OK. Je suis une Créature Obscure, donc je suis un rebut. Mais vous, vous êtes un Nephilim.

— J'étais de mèche avec Valentin. Donc je ne vaux pas mieux que toi. Je suis même pire, car je suis un renégat.

— Pourtant, beaucoup d'autres Chasseurs d'Ombres ont fait partie du Cercle. Les Lightwood, les Penhallow...

— Ils l'ont tous renié. Ils ont tourné le dos à Valentin. Pas moi.

— Ah bon ? Mais pourquoi ?

— Parce que j'ai plus peur de lui que de l'Enclave et, si tu avais un peu de jugeote, vampire, tu penserais comme moi.

— Mais tu es censée être à New York ! s'écria Isabelle. Jace nous a dit que tu avais changé d'avis et que tu préférais rester au chevet de ta mère !

— Il a menti, annonça Clary sans préambule. Il ne voulait pas que je vienne, alors il m'a menti sur l'horaire de votre départ, et il vous a raconté que j'avais changé d'avis. Tu te rappelles, tu me disais qu'il ne mentait jamais ? C'est archifaux !

— En temps normal, il dit la vérité, objecta Isabelle, qui avait blêmi. Dis-moi, tu es venue ici pour Simon ?

— Quoi ? Non. Simon est en sécurité à New York, Dieu merci. Et il doit être sacrément frustré de ne pas avoir pu me dire au revoir.

L'air médusé d'Isabelle commençait à taper sur les nerfs de Clary.

— Bon, laisse-moi entrer, Isabelle. Il faut que je voie Jace.

— Alors... tu es venue ici toute seule ? Tu as obtenu la permission de l'Enclave ? Je t'en prie, réponds oui.

— Pas tout à fait...

— Tu as enfreint la Loi ? s'exclama Isabelle d'une voix stridente. (Elle poursuivit dans un murmure :) Si Jace l'apprend, il va nous faire une crise de nerfs. Clary, tu dois rentrer chez toi.

— Non, ma place est ici, rétorqua-t-elle en s'étonnant elle-même de son obstination. Et il faut que je parle à Jace.

— Ce n'est pas le moment.

Isabelle jeta un regard anxieux autour d'elle comme si elle espérait trouver quelqu'un susceptible de l'aider à chasser Clary.

— Je t'en prie, rentre à New York. S'il te plaît...

— Je croyais que j'étais ton amie, Isa, susurra Clary dans l'espoir de la culpabiliser.

Isabelle se mordit la lèvre. Elle portait une robe blanche et ses cheveux relevés en chignon lui donnaient l'air plus jeune. Derrière elle, Clary distinguait un hall d'entrée haut de plafond, tapissé de portraits à l'huile apparemment très anciens.

— Tu es mon amie. Mais Jace... Oh, la la, qu'est-ce que c'est que cet accoutrement ? Où as-tu trouvé ces vêtements ?

— C'est une longue histoire.

— Tu ne peux pas débarquer ici comme ça ! Si Jace te voit...

— Oh, et alors ? Isabelle, je suis venue pour ma mère. Jace ne veut peut-être pas de moi ici, mais il ne peut pas me forcer à rester là-bas. Ma place est ici. Ma mère a besoin de moi. Tu agirais pareil pour la tienne, pas vrai ?

— Bien sûr ! Mais, Clary, Jace a ses raisons...

— J'adorerais les entendre.

Clary se faufila sous le bras d'Isabelle et pénétra dans le hall de la maison.

— Clary ! glapit Isabelle en s'élançant derrière elle, mais elle avait déjà parcouru la moitié du hall.

Tandis qu'il s'efforçait de lui échapper, elle constata que la maison, tout en hauteur, était bâtie sur le même modèle que celle d'Amatis, mais qu'elle était beaucoup plus vaste et richement décorée. Le hall débouchait sur une pièce dotée de grandes fenêtres donnant sur un canal. Des bateaux blancs voguaient sur ses eaux calmes, leurs voiles portées par le vent comme des aigrettes de pissenlits. Assis sur un canapé près d'une des fenêtres, un garçon semblait absorbé dans la lecture d'un livre.

— Sébastien ! cria Isabelle. Ne la laisse pas monter !

Le garçon leva les yeux, surpris, et, un instant plus tard, il se planta devant Clary afin de lui bloquer l'accès à l'escalier. Elle s'arrêta net ; jamais elle n'avait vu quelqu'un bouger aussi vite, excepté Jace. L'inconnu ne semblait même pas hors d'haleine. Il lui souriait d'un air tranquille.

— Voici donc la fameuse Clary.

Son sourire éclairait son visage, et Clary sentit sa gorge se nouer. Pendant des années, elle avait dessiné la même histoire, celle d'un fils de roi frappé d'une malédiction condamnant à mourir tous ceux qu'il aimait. Elle avait mis toute son imagination au service du beau prince romantique et mystérieux, et voilà qu'il se tenait devant elle. La même peau claire, les mêmes cheveux ébouriffés, et un regard si sombre que les pupilles semblaient se fondre avec l'iris. Des pommettes hautes et bien dessinées, des yeux bordés de longs cils noirs. Elle était sûre de rencontrer ce garçon pour la première fois, et pourtant...

Il la dévisagea d'un air perplexe.

— Je ne crois pas... On se connaît ?

Incapable de répondre, Clary secoua la tête.

— Sébastien !

Les longues mèches d'Isabelle avaient échappé à leurs épingles et retombaient sur ses épaules.

— Ne sois pas gentil avec elle, lança-t-elle, furieuse. Elle ne devrait pas être là. Clary, rentre chez toi.

Au prix d'un immense effort, Clary détacha les yeux de Sébastien et jeta un regard noir à Isabelle.

— Quoi, tu veux que je rentre à New York ? Et comment je vais m'y prendre ?

— Comment as-tu fait pour arriver jusqu'ici ? demanda Sébastien. Entrer dans Alicante, c'est presque un exploit.

— J'ai utilisé un Portail.

— Un Portail ? répéta Isabelle, étonnée. Mais il n'y a plus de Portail à New York. Valentin les a détruits tous les d...

— Je ne vous dois aucune explication, l'interrompit Clary. Pas avant que vous ayez répondu à mes questions. Pour commencer, où est Jace ?

— Il n'est pas là, répondit Isabelle au moment où Sébastien annonçait : « Il est à l'étage. »

Isabelle se tourna brusquement vers lui.

— Sébastien ! Boucle-la !

— Mais c'est sa sœur ! protesta-t-il, stupéfait. Il n'a pas envie de la voir ?

Isabelle ouvrit la bouche pour répliquer puis se ravisa. Clary comprit qu'elle pesait le pour et le contre : valait-il mieux expliquer leurs rapports complexes à un Sébastien ignorant manifestement tout de la situation, ou causer une mauvaise surprise à Jace. Pour finir, elle leva les bras au ciel, l'air désemparé.

— Très bien, Clary. Vas-y, fais ce qui te chante sans te soucier des autres. Tu n'en fais toujours qu'à ta tête, de toute façon.

Clary lança à Isabelle un regard lourd de reproche avant de se tourner de nouveau vers Sébastien, qui s'effaça sans un mot pour la laisser passer. Elle monta les marches quatre à quatre, entendit vaguement Isabelle s'en prendre au pauvre Sébastien. C'était du Isabelle tout craché : dès qu'il y avait un garçon dans les parages et qu'elle avait besoin de blâmer quelqu'un, la faute retombait sur lui.

Au sommet des marches, une alcôve vitrifiée surplombait la ville. Assis dans le renfoncement, un enfant était plongé dans sa lecture. Il leva les yeux au moment où Clary émergeait de l'escalier, l'air surpris.

— Je te connais.

— Salut, Max. Je suis Clary... la sœur de Jace. Tu te souviens ?

Le visage de Max s'éclaira.

— C'est toi qui m'as montré comment lire *Naruto*, dit-il en lui tendant son livre. Regarde, je m'en suis procuré un autre. Celui-là s'intitule...

— Max, je n'ai pas le temps de bavarder. Je jetterai un coup d'œil à ton livre plus tard, c'est promis, mais tu sais où est Jace ?

Max se rembrunit.

— Là-dedans, répondit-il en montrant du doigt la dernière porte au bout du couloir. Je voulais lui tenir compagnie, mais il m'a dit qu'il avait des histoires d'adulte à régler. Tout le monde me répète la même chose.

— Je suis désolée, marmonna Clary, l'esprit ailleurs.

Les pensées se bousculaient dans sa tête. Que dirait-elle à Jace en le voyant ? Quelle serait sa réaction ? En se dirigeant vers la porte, elle songea : « Surtout, ne pas se mettre en colère. Crier ne servirait qu'à le mettre sur la défensive. Il faut qu'il comprenne que j'ai ma place ici autant que lui. Je n'ai pas besoin d'être surprotégée, je ne suis pas en sucre ! Moi aussi, je suis forte... »

Elle ouvrit grand la porte et entra dans une bibliothèque aux murs tapissés de livres. La pièce était brillamment éclairée ; la lumière du jour se déversait par une grande fenêtre panoramique. Jace était debout au milieu de la pièce. Il n'était pas seul. Une fille aux cheveux noirs, que Clary voyait pour la première fois, se blottissait contre lui, et tous deux échangeaient un baiser passionné.

6
Tensions

P<small>RISE DE VERTIGE</small>, Clary eut soudain l'impression qu'il n'y avait plus d'air dans la pièce. Elle recula en heurtant le chambranle de son épaule. Alertés par le bruit, Jace et l'inconnue s'écartèrent l'un de l'autre.

Clary se figea. Ils avaient tous les deux le regard fixé sur elle. Elle remarqua que la fille avait des cheveux noirs et raides longs jusqu'aux épaules, et qu'elle était particulièrement jolie. Les derniers boutons de son chemisier, défaits, laissaient entrevoir la bretelle d'un soutien-gorge en dentelle. Clary crut qu'elle allait vomir. La fille reboutonna en hâte son vêtement, l'air mécontent.

— Pardon, lança-t-elle en fronçant les sourcils, mais qui es-tu ?

Clary ne répondit pas. Elle gardait les yeux rivés sur Jace, qui l'observait d'un air incrédule. Il avait pâli et les cernes sous ses yeux ressortaient sur sa peau blême.

— Aline, dit-il d'une voix blanche. Voici ma sœur, Clary.

— Oh... Oh !

Le visage d'Aline se détendit et elle sourit d'un air gêné.

— Désolée ! En voilà une façon de faire connaissance ! Salut, moi c'est Aline.

Elle s'avança vers Clary, la main tendue, sans cesser de sourire. « Je ne vais pas pouvoir la toucher », songea Clary avec un sentiment croissant d'horreur. Elle se tourna vers Jace qui, visiblement, avait déchiffré l'expression de son regard. Le visage fermé, il rattrapa Aline par les épaules et lui glissa quelques mots à l'oreille. Elle sembla surprise, haussa les épaules et se dirigea vers la porte sans un mot.

Clary se retrouva seule avec Jace, qui la regardait toujours comme si son pire cauchemar venait de prendre vie sous ses yeux.

— Jace, dit-elle en faisant un pas dans sa direction.

Il recula.

— Au nom de l'Ange, Clary, qu'est-ce que tu fais ici ?

Malgré tout, la dureté de sa voix la blessa.

— Tu pourrais au moins faire semblant d'être content de me voir.

— Je ne suis pas du tout content de te voir.

S'il avait retrouvé un peu de ses couleurs, les cernes sous ses yeux ressortaient encore telles des taches grises sur sa peau. Clary attendit qu'il poursuive, mais il se contenta de la considérer d'un air horrifié. Elle nota distraitement que les manches de son pull noir pendaient sur ses bras comme s'il avait perdu du poids, et qu'il s'était rongé les ongles jusqu'au sang.

— Ça ne te ressemble pas, dit-elle. Je déteste quand tu te comportes comme ça...

— Oh, vraiment ? Eh bien, je ferais mieux de me reprendre, alors. C'est vrai, toi tu fais toujours ce que je te demande.

— Tu n'avais pas le droit de me mentir ! s'écria-t-elle, prise d'un subit accès de rage. Tu n'avais pas le droit...

— J'ai tous les droits ! rugit-il.

Jusqu'alors, Clary ne se rappelait pas l'avoir entendu élever la voix contre elle.

— J'ai tous les droits, espèce d'idiote. Je suis ton frère et je...

— Et quoi ? Je ne t'appartiens pas, que tu sois mon frère ou non !

Derrière Clary, la porte s'ouvrit à la volée. C'était Alec, sobrement vêtu d'un long manteau bleu marine, les cheveux en désordre. Il était chaussé de bottes boueuses et son visage d'ordinaire serein affichait une expression incrédule.

— Qu'est-ce qui se passe ici ? lança-t-il en regardant tour à tour Clary et Jace avec étonnement. Vous avez l'intention de vous entre-tuer ?

— Pas du tout, répliqua Jace. Clary était sur le point de partir.

Comme par magie, sa colère retomba, et il retrouva son sang-froid habituel.

— Bien, fit Alec. Parce que je dois te parler, Jace.

— Est-ce qu'il y a encore quelqu'un dans cette maison capable de m'accueillir d'un : « Salut, content de te voir » ? marmonna Clary.

Il était beaucoup plus facile de culpabiliser Alec qu'Isabelle.

— Je suis content de te voir, Clary, dit-il, sauf que tu n'es pas censée être là. Isabelle m'a expliqué que tu étais venue par tes propres moyens, et je suis vraiment impressionné…

— Tu pourrais éviter de l'encourager ? maugréa Jace.

— Mais je dois vraiment m'entretenir avec Jace. Tu peux nous donner quelques minutes ?

— Moi aussi, je dois lui parler. C'est au sujet de notre mère…

— Et moi, je n'ai aucune envie de bavasser avec l'un ou l'autre de vous deux, grommela Jace.

— Si, si, je t'assure, le pressa Alec. Il faut vraiment qu'on parle.

— J'en doute.

Jace reporta son regard sur Clary.

— Tu n'es pas venue seule, n'est-ce pas ? demanda-t-il d'un ton circonspect, comme s'il s'apercevait que la situation était encore plus grave que ce qu'il avait cru de prime abord. Qui t'a accompagnée ?

Clary ne voyait aucune raison de lui mentir.

— Luke.

Jace pâlit.

— Mais Luke est une Créature Obscure ! Tu sais le sort que réserve l'Enclave à ceux qui ne se sont pas fait connaître avant de pénétrer dans la Cité de Verre ? Venir à Idris, c'est une chose, mais Alicante ? Sans en informer personne ?

— Non, répondit Clary à mi-voix, mais je devine ce que tu vas dire…

— Si Luke et toi ne rentrez pas immédiatement à New York, vous le saurez bien assez tôt !

Jace resta silencieux quelques instants, les yeux toujours rivés sur Clary. Le désespoir qui perçait dans son attitude la bouleversa. Après tout, c'était lui qui la menaçait, et non le contraire.

— Jace, intervint Alec d'une voix qui trahissait la panique. Tu ne t'es pas demandé où j'ai passé la journée ?

— Tu portes un nouveau manteau, observa Jace sans accorder un regard à son ami. J'en déduis que tu es allé faire du shopping. J'ignore pourquoi tu tiens absolument à m'enquiquiner avec ça, en revanche.

— Je ne suis pas allé faire du shopping ! protesta Alec avec colère. J'étais...

La porte s'ouvrit de nouveau. Isabelle entra dans un froissement de jupons blancs, puis elle referma la porte derrière elle et jeta un coup d'œil à Clary en secouant la tête.

— Je t'avais bien dit qu'il piquerait une crise.

— Ah, le fameux « je t'avais bien dit » ! s'exclama Jace. En voilà une remarque constructive !

Clary le considéra d'un air horrifié.

— Comment oses-tu plaisanter ? murmura-t-elle. Tu viens de menacer Luke, qui t'aime et te fait confiance, et tout ça parce que c'est une Créature Obscure. C'est quoi, ton problème ?

— Luke est ici ? s'exclama Isabelle, affolée. Oh, Clary...

— Non, il n'est pas ici ! Il est parti ce matin Dieu sait où. Mais je comprends mieux maintenant pourquoi il ne pouvait pas rester.

Sans accorder un regard à Jace, elle poursuivit :

— C'est bon, tu as gagné. On n'aurait jamais dû venir. Je n'aurais pas dû fabriquer ce Portail...

— Tu as fabriqué un Portail ? s'écria Isabelle, ébahie. Seul un sorcier en est capable. Et ils se comptent sur les doigts de la main, ceux qui en ont le pouvoir. Le seul Portail d'Idris est à la Garde.

— C'est justement ce dont je voulais te parler, glissa Alec à l'oreille de Jace.

L'état de celui-ci ne s'arrangeait guère ; il semblait sur le point de défaillir.

— Tu sais, ma petite course d'hier soir, reprit Alec. Le paquet que je devais remettre à la Garde...

— Arrête, Alec ! souffla Jace, et le désespoir qui perçait dans sa voix réduisit l'autre garçon au silence.

Il se mordit la lèvre et fixa son ami sans mot dire. Mais Jace ne semblait plus le voir ; il considérait Clary d'un air sévère.

— Tu as raison, dit-il enfin d'une voix étranglée, comme si les mots lui coûtaient. Tu n'aurais pas dû venir. Je t'ai expliqué que cet endroit n'était pas sûr pour toi, mais j'ai menti. La vérité, c'est que je ne veux pas de toi ici : tu es imprudente et irréfléchie. Tu sèmes la pagaille partout où tu passes. C'est dans ta nature, Clary. Tu n'as aucun tact.

— Moi, je sème la pagaille ? répéta-t-elle dans un souffle.

— Oh, Jace ! fit Isabelle avec tristesse, comme si c'était lui qui venait d'essuyer des reproches.

Il ne lui accorda pas un regard ; ses yeux restaient fixés sur Clary.

— Tu n'as aucune jugeote. Tu le sais bien, Clary.

On n'aurait jamais atterri à l'hôtel Dumort si tu avais pris la peine de réfléchir.

— Et Simon serait mort ! Ça ne compte pas ? J'ai peut-être été imprudente, mais...

— Peut-être ? répéta-t-il en élevant la voix.

— Mais je n'ai pas pris que des mauvaises décisions ! Après ce qui s'est passé sur le bateau, tu m'as dit que je vous avais sauvé la vie...

Jace devint blanc comme un linge.

— Tais-toi, Clary, TAIS-TOI, siffla-t-il avec une férocité soudaine.

— Sur le bateau ?

Alec les observa tour à tour en ouvrant de grands yeux étonnés.

— Qu'est-ce qui s'est passé sur le bateau ? Jace...

— Je t'ai juste dit ça pour que tu cesses de geindre ! rugit Jace sans se préoccuper d'Alec. Tu es une catastrophe ambulante, Clary ! Tu ne seras jamais une véritable Chasseuse d'Ombres. Tu n'es pas capable de penser comme nous, tu ne te soucies pas du bien-être des autres... D'ailleurs, tu ne penses qu'à toi ! Mais, cette fois, une guerre se prépare, et je n'ai ni le temps ni l'envie de te suivre comme un toutou pour m'assurer que tu ne nous feras pas tuer !

Clary lui jeta un regard interdit. Elle ne savait que répondre ; jamais encore il ne lui avait parlé ainsi. Elle n'aurait même jamais imaginé qu'il puisse avoir des mots aussi durs à son encontre. Bien qu'elle ait parfois provoqué sa colère par le passé, il ne lui avait jamais témoigné de haine jusqu'à présent.

— Rentre chez toi, Clary, reprit-il d'un ton las.

Tous les projets de Clary fondirent comme neige au

soleil : son vague espoir de retrouver Fell pour sauver sa mère, plus rien n'avait d'importance, les mots ne venaient plus. Elle se dirigea vers la porte. Alec et Isabelle s'effacèrent pour la laisser passer, le regard tourné ailleurs, l'air embarrassé. Clary songea qu'elle aurait dû être humiliée et furieuse, mais il n'en était rien. Elle se sentait juste vidée. Arrivée devant la porte, elle se retourna. Jace ne l'avait pas quittée des yeux. La lumière entrant par la fenêtre derrière lui n'éclairait pas son visage ; elle ne distinguait que quelques mèches blondes réfléchissant le soleil comme des fragments de verre.

— Quand tu m'as appris que Valentin était ton père, je ne t'ai pas cru, déclara-t-elle. Pas seulement parce que je refusais d'y croire, mais aussi parce que tu n'avais rien de commun avec lui. Apparemment, je me suis trompée.

Et sur ces mots, elle sortit de la pièce en refermant la porte derrière elle.

— Ils vont m'affamer, gémit Simon.
Allongé sur le sol de sa cellule, il sentait la pierre froide contre son dos. Dans cette posture, il voyait le ciel à travers les barreaux de sa fenêtre. Peu après sa Transformation, à l'époque où il croyait ne plus jamais revoir la lumière du jour, il s'était surpris à penser sans cesse au soleil, aux changements du ciel au cours de la journée : la clarté pâle du matin, le bleu vif de l'après-midi, le crépuscule bleu cobalt. Il gisait, étendu dans le noir, tandis qu'une succession de bleus défilait dans son esprit. À présent, dans sa cellule de la Garde, il se demandait si la lumière du jour et tous

ses bleus ne lui avaient été rendus que pour passer le reste de sa courte et misérable vie dans cet espace minuscule avec pour seul horizon un coin de ciel à travers les barreaux d'une petite fenêtre.

— Vous m'avez entendu ? reprit-il en élevant la voix. L'Inquisiteur a décidé de m'affamer. Plus de sang.

Simon perçut du mouvement de l'autre côté du mur, puis un soupir sonore.

— Je t'ai entendu, répondit Samuel. Seulement, je ne peux rien y faire. (Un silence, puis :) Je suis désolé pour toi, vampire, si ça peut t'aider.

— Non, ça ne m'aide pas vraiment. L'Inquisiteur m'a demandé de mentir. Il veut que je proclame que les Lightwood sont de mèche avec Valentin. Alors il me renverra chez moi... Laissez tomber. Je ne sais pas pourquoi je vous raconte tout ça. Vous n'avez probablement aucune idée de ce dont je parle.

— Détrompe-toi. J'ai bien connu les Lightwood. Nous faisions tous partie du Cercle. Les Lightwood, les Wayland, les Pangborn, les Herondale, les Penhallow. Toutes les bonnes familles d'Alicante.

— Et Hodge Starkweather, ajouta Simon en pensant au précepteur des Lightwood. Il en faisait partie, lui aussi, n'est-ce pas ?

— C'est exact. Mais il n'était pas issu d'une famille très respectée. Hodge était un garçon prometteur à une époque, mais je crains qu'il n'ait pas été à la hauteur de ses promesses. (Un silence.) Aldertree hait les Lightwood depuis l'enfance. Il n'était ni riche, ni beau, ni intelligent, et ils n'étaient pas très gentils avec lui. Je crois qu'il ne s'en est jamais remis.

— Riches ? s'étonna Simon. Je croyais que tous les Chasseurs d'Ombres étaient payés par l'Enclave. À la manière du communisme, en quelque sorte.

— En théorie, tous les Chasseurs d'Ombres touchent la même rémunération. Ceux qui occupent des postes supérieurs au sein de l'Enclave ou qui ont plus de responsabilités – les directeurs d'Institut, par exemple – reçoivent un salaire plus élevé. Ensuite, il y a ceux qui vivent en dehors d'Idris et ont choisi de gagner leur vie dans le monde terrestre ; ce n'est pas interdit, tant qu'ils reversent une partie de leurs gains à l'Enclave. Mais... (Samuel hésita.)... tu as vu la maison des Penhallow, n'est-ce pas ? Qu'est-ce que tu en as pensé ?

Simon réfléchit quelques instants.

— C'est un très bel endroit.

— C'est l'une des plus luxueuses demeures d'Alicante, tu veux dire. Ils ont une autre propriété, un manoir à la campagne, à l'instar de presque toutes les familles fortunées. Vois-tu, il existe un autre moyen pour les Nephilim de gagner de l'argent. C'est ce qu'on appelle le butin de guerre. Quand un Chasseur d'Ombres tue un démon ou une Créature Obscure, tout ce qu'ils possèdent lui revient de droit. Donc, si un riche sorcier enfreint la Loi, et qu'il est éliminé par un Nephilim...

Simon frémit.

— Alors, le meurtre des Créatures Obscures est une activité lucrative ?

— Ça peut le devenir, répondit Samuel avec amertume, pour peu qu'on ne soit pas trop regardant. Tu comprends maintenant pourquoi tant de Nephilim s'opposent aux Accords. En réglementant l'élimination des Créatures Obscures, on supprime une source de revenu non négligeable. C'est peut-être la raison pour laquelle j'ai rejoint le Cercle. Ma famille n'était pas riche, et le fait d'être méprisé pour avoir refusé de l'argent sale...

Samuel s'interrompit.

— Mais le Cercle massacrait aussi des Créatures Obscures, objecta Simon.

— Oui, mais ses membres considéraient que c'était leur devoir sacré. Ils n'étaient pas motivés par l'appât du gain. Sauf qu'aujourd'hui je ne comprends pas en quoi c'était différent.

Il poursuivit d'un ton las :

— Valentin avait le don de nous faire avaler n'importe quoi. Je me revois debout à ses côtés, les mains couvertes de sang, les yeux baissés sur le corps sans vie d'une femme, pensant que j'avais forcément bien agi puisque Valentin en avait décidé ainsi.

— Cette femme, c'était une Créature Obscure ?

Samuel soupira de l'autre côté du mur.

— Tu dois comprendre que j'aurais fait n'importe quoi pour lui plaire. Les autres aussi, y compris les Lightwood. L'Inquisiteur en est conscient, et c'est ce qu'il essaie d'exploiter. Mais tu dois savoir aussi que même si tu acceptes de jeter le blâme sur les Lightwood, il te tuera sans doute pour te faire taire.

— Peu importe. Je n'ai pas l'intention de céder. Je refuse de trahir les Lightwood.

— Vraiment ? dit Samuel d'un ton dubitatif. Pourquoi ? Tu te soucies donc de leur sort ?

— Je ne veux pas mentir à leur sujet.

— Mais tu veux rentrer chez toi, n'est-ce pas ?

Simon scruta le mur comme s'il pouvait voir l'homme qui se trouvait de l'autre côté.

— Vous mentiriez à ma place ?

Samuel se mit à tousser comme un asthmatique. Manifestement, il n'était pas en très bonne santé. Mais l'atmosphère était froide et humide et, bien que Simon ne sentît rien, un être humain normal devait en être affecté.

— Je ne suis pas le mieux placé pour donner des conseils de morale mais, oui, sans doute, je mentirais. J'ai toujours choisi de sauver ma peau avant celle des autres.

— Je suis sûr que ce n'est pas vrai.

— Tu te trompes. Avec l'âge, Simon, tu t'apercevras que, quand les gens te confient quelque chose de peu glorieux sur leur compte, ils disent généralement la vérité.

« Mais moi, je ne vais pas vieillir », songea Simon.

— C'est la première fois que vous m'appelez par mon prénom, dit-il tout haut.

— Tout arrive.

— Quant aux Lightwood, je ne les aime pas beaucoup. Enfin si, j'aime bien Isabelle et, d'une certaine manière, j'ai appris à apprécier Jace et Alec. Seulement voilà, il y a une fille dans l'histoire, et Jace est son frère.

— Il y a toujours une fille, observa Samuel et, pour la première fois, il semblait sincèrement amusé.

Dès l'instant où la porte se referma sur Clary, Jace s'affaissa contre le mur comme si ses genoux se dérobaient sous lui. Il avait le teint grisâtre, et ses traits trahissaient à la fois l'horreur, le choc et une espèce de soulagement comme s'il venait d'éviter de justesse une catastrophe.

— Jace, dit Alec en faisant un pas vers lui. Tu crois vraiment...

— Sortez, lança-t-il d'une voix sourde. Tous les deux.

— Pourquoi ? Pour te laisser gâcher ta vie tout seul ? rétorqua Isabelle. Qu'est-ce qui t'a pris, bon sang ?

Jace secoua la tête.

— Je l'ai renvoyée chez elle. C'était la meilleure solution.

— Tu ne l'as pas seulement renvoyée, tu l'as laminée ! Tu as vu sa tête ?

— Ça en valait la peine. Tu ne comprendrais pas.

— Oui, ça valait peut-être le coup pour elle. J'espère qu'il en sera de même pour toi, au final.

Jace se détourna.

— Isabelle, laisse-moi tranquille. S'il te plaît.

Elle jeta un regard ébahi à son frère adoptif. Jace ne disait jamais « s'il te plaît ». Alec posa la main sur l'épaule de sa sœur.

— Ne t'inquiète pas, Jace. Je suis sûr qu'elle s'en remettra.

Jace leva la tête et regarda Alec sans le voir.

— Ça m'étonnerait. Tant qu'on y est, qu'est-ce que tu voulais me dire ? Tu insinuais que c'était important.

— Je ne voulais pas t'en parler devant Clary...

Jace reporta enfin son attention sur Alec.

— Quoi ? Qu'est-ce qu'il y a ?

Alec hésita. Il avait rarement vu Jace aussi contrarié, et il n'osait imaginer sa réaction face à d'autres mauvaises surprises. Cependant, il ne pouvait pas lui cacher la vérité. Il devait savoir.

— Hier, annonça-t-il à voix basse, quand j'ai emmené Simon à la Garde, Malachi m'a promis que Magnus Bane l'attendrait de l'autre côté du Portail, à New York. Or, j'ai envoyé un message à Magnus. J'ai eu de ses nouvelles ce matin. Il n'a jamais récupéré Simon à New York. D'ailleurs, il prétend qu'il n'y a eu aucune téléportation depuis le départ de Clary.

— Peut-être que Malachi s'est trompé, suggéra Isabelle après avoir jeté un regard furtif à Jace. Quelqu'un d'autre aura accueilli Simon de l'autre côté. Et Magnus a peut-être tort au sujet de cette histoire de téléportation.

Alec secoua la tête.

— Je suis allé à la Garde ce matin avec maman. J'avais l'intention de questionner moi-même Malachi à ce sujet, mais en le voyant, je ne sais pas ce qui m'a pris, je me suis caché dans un coin. Je l'ai entendu ordonner à l'un des gardes d'aller chercher le vampire pour que l'Inquisiteur l'interroge de nouveau.

— Tu es sûr qu'ils parlaient de Simon ? demanda Isabelle sans conviction. Peut-être…

— Ils ont dit qu'il avait été bien bête de croire qu'on le renverrait à New York sans lui poser de questions. L'un d'eux a ajouté qu'il n'en revenait pas qu'on ait pu avoir le culot de le faire entrer à Alicante, pour commencer. Et Malachi a répondu : « Eh bien, venant du fils de Valentin, il fallait s'y attendre. »

— Oh, murmura Isabelle. Jace...

Les poings serrés, Jace se tenait immobile, et des cernes creusaient ses yeux comme s'ils menaçaient de s'enfoncer dans son crâne. En d'autres circonstances, Alec l'aurait pris par l'épaule, mais quelque chose dans l'attitude de son frère adoptif le dissuada.

— Si ce n'était pas moi qui l'avais emmené, déclara Jace d'un ton égal, comme s'il récitait les mots d'un autre, ils l'auraient peut-être laissé repartir. Ils auraient pensé...

— Arrête, Jace, ce n'est pas ta faute, intervint Alec. Tu lui as sauvé la vie.

— Oui, pour que l'Enclave puisse le torturer à sa guise. Quelle faveur ! Quand Clary l'apprendra...

Il secoua la tête.

— Elle croira que je l'ai fait venir exprès pour le livrer à l'Enclave.

— Mais non ! Tu n'avais aucune raison de lui faire ça.

— Peut-être, mais après la façon dont je l'ai traitée...

— Personne ne te croirait capable d'une chose pareille, Jace, objecta Isabelle. Aucun de ceux qui te connaissent.

Jace lui tourna le dos et se dirigea vers la fenêtre panoramique qui donnait sur le canal. Il resta là un long moment, perdu dans sa contemplation. La lumière du jour teintait d'or ses cheveux blonds. Soudain, avant qu'Alec ait le temps de réagir, il y eut un énorme fracas, et une pluie de verre brisé s'abattit dans la pièce. Jace examina sa main avec un intérêt détaché tandis que de grosses gouttes de sang éclaboussaient le sol à ses pieds.

Isabelle regarda tour à tour Jace et le trou dans la vitre autour duquel s'étaient formées de fines craquelures argentées pareilles à une toile d'araignée.

— Oh, Jace, gémit-elle d'une voix à peine audible. Qu'est-ce qu'on va dire aux Penhallow ?

Clary trouva la sortie sans savoir comment. Dans un brouillard, elle parcourut une série d'escaliers et de couloirs, se rua vers la porte d'entrée et, une fois parvenue sur le perron, faillit vomir dans les massifs de roses. N'ayant pas grand-chose à régurgiter, elle dévala les marches, franchit la grille et s'aventura dans la ville à l'aveuglette. Elle ne se rappelait plus quelle direction elle avait prise à l'aller ni comment rentrer chez Amatis, mais cela n'avait plus grande importance. Elle n'était pas pressée d'annoncer à Luke qu'ils devraient quitter Alicante le plus tôt possible, sans quoi Jace les livrerait à l'Enclave.

Et s'il avait raison ? Elle était peut-être imprudente et irréfléchie. Elle n'évaluait peut-être pas assez les conséquences de ses actes. Les visages de Simon et de Luke s'imprimèrent dans son esprit, nets comme une photographie...

Elle s'arrêta pour s'adosser à un réverbère. Avec sa petite cage en verre, il évoquait les éclairages vieillots qui jalonnaient les trottoirs de Park Slope. Bizarrement, cette pensée la réconforta.

— Clary !

Une voix inquiète la fit sursauter. Immédiatement, elle pensa : Jace, et tourna la tête. Sébastien, le garçon brun qu'elle avait rencontré dans le salon des Penhallow, se tenait devant elle, hors d'haleine comme s'il venait de courir un cent mètres.

Elle éprouva la même impression de déjà-vu que lors de leur première rencontre, mais il y avait autre chose que de l'aversion ou de la sympathie. En fait, elle éprouvait une certaine attirance pour cet inconnu. Sa beauté n'avait rien à envier à celle de Jace, sauf qu'il était aussi brun que Jace était blond. Cependant, maintenant qu'elle pouvait l'observer de plus près, elle s'apercevait que sa ressemblance avec son prince imaginaire n'était pas aussi frappante qu'elle l'avait cru de prime abord. Elle tenait juste à certains détails : la forme de son visage, sa posture, l'éclat énigmatique de ses yeux noirs...

— Tu te sens bien ? demanda-t-il avec douceur. Tu es sortie de la maison telle une...

Il s'interrompit. Clary se cramponnait toujours au réverbère comme à une bouée.

— Qu'est-ce qui s'est passé ?

— Je me suis disputée avec Jace, répondit-elle en s'efforçant de maîtriser sa voix. Tu sais comment c'est.

— Non, justement, dit-il d'un ton presque coupable. Je n'ai ni frères ni sœurs.

— Tu en as, de la chance, lâcha-t-elle en s'étonnant elle-même de l'amertume qui perçait dans sa voix.

— Tu ne penses pas ce que tu dis.

Il fit un pas vers elle et, à cet instant précis, le réverbère s'alluma en les nimbant d'un halo de lumière blanche. Sébastien leva les yeux et sourit.

— C'est un signe.

— Le signe de quoi ?

— Le signe que tu devrais me laisser te raccompagner chez toi.

— Mais je ne sais pas où c'est. Je suis sortie en douce de la maison pour venir ici. Je ne me souviens pas du chemin que j'ai pris.

— Chez qui séjournes-tu ?

Clary hésita.

— Je ne le révélerai à personne, je le jure sur l'Ange.

Elle ouvrit de grands yeux. Ce n'était pas une promesse anodine, pour un Chasseur d'Ombres.

— D'accord, dit-elle avant d'être tentée de revenir sur sa décision. Je suis logée chez Amatis Herondale.

— Je sais précisément où elle habite. En route, lança-t-il en lui offrant le bras.

Clary esquissa un sourire.

— Tu ne lâches jamais le morceau, toi.

Il haussa les épaules.

— J'ai un faible pour les demoiselles en détresse.

— Quel sexisme !

— Tu n'y es pas du tout. Je propose aussi mes services aux messieurs. Pas de favoritisme.

Et, avec un grand geste théâtral, il lui offrit de nouveau le bras. Cette fois, elle l'accepta.

Alec referma derrière lui la porte de la petite chambre mansardée et s'avança vers Jace. En temps normal, ses yeux étaient, tel le lac Lyn, d'un bleu pâle et limpide, mais leur teinte avait tendance à changer selon son humeur. En ce moment même, ils étaient de la couleur de l'East River par une journée de tempête.

Quant à l'expression de son visage, elle était tout aussi orageuse.

— Assieds-toi, ordonna-t-il en montrant un fauteuil près de la lucarne. Je vais chercher des bandages.

Jace obéit. La chambre qu'il partageait avec Alec au dernier étage de la maison des Penhallow était meublée de deux lits étroits adossés au mur. Leurs vêtements étaient suspendus à des patères fixées les unes à côté des autres. La pièce comportait une seule fenêtre qui laissait entrer un peu de lumière : la nuit tombait, et le ciel au-dehors se teintait d'indigo.

Jace regarda Alec s'agenouiller devant le sac de voyage qu'il venait de sortir de dessous son lit. Il fouilla brutalement dedans et se releva en tenant à la main la trousse à pharmacie dont ils se servaient parfois à défaut de runes. Elle contenait de l'antiseptique, des compresses, une paire de ciseaux et de la gaze.

— Tu ne voudrais pas plutôt utiliser une rune de guérison ? s'enquit Jace, intrigué.

— Non. Tu peux toujours...

Alec s'interrompit et jeta la trousse sur le lit avec un juron inaudible. Il se planta devant le petit lavabo et se lava les mains avec tant de vigueur qu'il éclaboussa tout autour de lui. Jace l'observait avec une curiosité détachée. Une douleur sourde commençait à se propager dans toute sa main.

Alec tira une chaise à lui et s'assit en face de Jace.

— Donne-moi ta main.

Jace obéit. Il devait admettre qu'elle était en piteux état. La peau des phalanges était ouverte. Du sang séché lui souillait les doigts. Alec fit la grimace.

— Tu es un imbécile.

— Merci.

Jace prit son mal en patience tandis qu'Alec, une pince à la main, s'efforçait de déloger un fragment de verre enfoncé sous la peau.

— Pourquoi tu ne te sers pas d'une rune de guérison ? Ma blessure n'a pas été causée par un démon, que je sache.

— Parce qu'il me semble que ça te ferait du bien de souffrir un peu, répondit Alec en prenant le flacon bleu d'antiseptique. Tu guériras comme un Terrestre. Lentement et péniblement. Peut-être que ça te donnera une leçon.

Il versa de l'antiseptique sur les coupures de Jace avant de conclure :

— Mais j'en doute.

— Je peux moi-même tracer une rune de guérison, tu sais.

Alec se mit à bander la main de Jace.

— Si tu tiens vraiment à ce que les Penhallow apprennent la vérité sur leur fenêtre, vas-y.

D'un geste brusque, il fit un nœud au bandage, et Jace grimaça de douleur.

— Tu sais, si j'avais su que tu réagirais comme ça, je ne t'aurais rien dit, reprit Alec.

— Et moi j'étais loin de m'imaginer que, en m'en prenant à cette fenêtre, je te mettrais dans tous tes états.

— C'est juste que...

Une fois le bandage terminé, Alec examina la main de Jace qu'il tenait toujours dans les siennes. Le linge blanc était taché de sang à l'endroit où il avait pressé les doigts.

— Pourquoi tu t'infliges ça ? Je ne fais pas allusion à cette fenêtre mais à Clary. Pourquoi tu te punis ? Les sentiments, ça ne se contrôle pas.

— Quels sentiments ? demanda Jace d'une voix dépourvue d'émotion.

— Je vois bien comment tu la regardes.

Les yeux d'Alec étaient perdus dans le vague.

— Tu ne peux pas l'avoir, poursuivit-il. Jusqu'à présent, tu ne savais pas ce que c'était que de vouloir quelque chose sans pouvoir l'obtenir.

Jace planta son regard dans le sien.

— Qu'est-ce qu'il y a entre Magnus Bane et toi ?

Alec eut un mouvement de recul.

— Je... rien...

— Je ne suis pas idiot. Après ta discussion avec Malachi, c'est vers Magnus que tu t'es tourné, avant même de nous en parler, à moi ou à Isabelle...

— Il était le seul à pouvoir répondre à ma question, c'est tout. Il n'y a rien entre nous, s'emporta Alec puis, voyant le regard de Jace, il ajouta à contrecœur : Plus maintenant, en tout cas. Ça te va ?

— J'espère que ce n'est pas à cause de moi.

Alec blêmit.

— Qu'est-ce que tu racontes ?

— Je sais ce que tu ressens pour moi. Mais si tu m'as choisi, c'est qu'avec moi tu ne cours aucun risque. En fait, je ne suis qu'un prétexte pour t'éviter de t'investir dans une vraie relation.

Jace avait conscience d'être cruel, mais il s'en fichait. Blesser ceux qu'il aimait, c'était presque aussi efficace que de se faire du mal, quand il traversait ce genre de mauvaise passe.

— Ça va, j'ai compris, rétorqua sèchement Alec. D'abord Clary, puis ta main, et maintenant moi. Va au diable, Jace.

— Tu ne me crois pas ? Très bien. Embrasse-moi.

Alec le dévisagea d'un air horrifié.

— Tu vois ? Malgré mon physique de dieu grec, tu n'envisages pas notre relation sous cet angle. Si tu repousses Magnus, ce n'est pas à cause de moi, c'est parce que tu as trop peur d'avouer aux autres tes sentiments pour lui. L'amour va souvent de pair avec le mensonge, c'est la reine de la Cour des Lumières qui me l'a dit. Tu as bon dos d'insinuer que je me mens à moi-même. Tu en fais autant.

Jace se leva.

— Et maintenant, je veux que tu recommences.

— Qu'est-ce que tu me chantes ? demanda Alec, le visage fermé.

— Mens pour moi, lança Jace en prenant sa veste suspendue à la patère. Le soleil se couche. Ils ne vont pas tarder à rentrer de la Garde. Je veux que tu leur racontes que je ne descendrai pas ce soir parce que je ne me sens pas bien. Dis-leur que j'ai trébuché à cause d'un vertige, et que c'est comme ça que j'ai cassé la fenêtre.

— D'accord, mais à une condition : je veux savoir où tu vas.

— À la Garde. Je vais faire évader Simon.

La mère de Clary avait toujours appelé « l'heure bleue » la période qui sépare le crépuscule de la tombée de la nuit. Elle prétendait que la lumière était plus intense et plus mystérieuse à cette heure, et que c'était le moment idéal pour peindre. Clary n'avait jamais vraiment compris ce qu'elle entendait par là jusqu'à ce qu'elle déambule dans les rues d'Alicante.

À New York, l'heure bleue ne l'était pas vraiment. La lumière naturelle était éclipsée par les lampadaires et les néons. Jocelyne devait penser à Idris en disant cela. Ici, la lumière se fractionnait en un arc-en-ciel de violets sur les pavés dorés de la ville, et les réverbères diffusaient une clarté si éblouissante que Clary avait l'impression de ressentir de la chaleur quand elle passait dessous. Elle regrettait que sa mère ne soit pas avec elle. Jocelyne lui aurait montré les quartiers d'Alicante qui avaient une place dans ses souvenirs.

« Pourtant, elle ne t'a rien raconté de cette période de sa vie. Elle l'a tenue secrète. Et peut-être que tu n'en sauras jamais rien. »

Elle en eut un pincement au cœur.

— Je te trouve bien silencieuse, dit Sébastien.

Ils traversaient un pont enjambant le canal. Sur la pierre étaient gravées une multitude de runes.

— Je pensais aux ennuis qui m'attendent à mon retour. Je me suis enfuie par la fenêtre, et Amatis a dû s'apercevoir de mon absence.

Sébastien fronça les sourcils.

— Pourquoi tu es partie en douce ? Tu n'as pas le droit de rendre visite à ton frère ?

— Je n'étais même pas censée venir à Alicante. Je devais rester chez moi, bien sagement.

— Ah ! Voilà qui explique beaucoup de choses.

— Ah bon ?

Elle lui jeta un regard intrigué. Des ombres bleutées se dessinaient sur ses cheveux bruns.

— Tout le monde changeait de couleur quand ton nom survenait dans la conversation. J'en ai déduit qu'il y avait des tensions entre ton frère et toi. Tu ne l'apprécies pas ?

— Hein ?

Ces dernières semaines, elle avait tellement réfléchi à ses sentiments pour Jace qu'elle n'avait pas vraiment pris le temps d'étudier cette question.

— Désolé. C'est la famille... On ne se pose pas les questions en ces termes-là.

— Bien sûr que je l'apprécie, répliqua-t-elle brusquement. C'est juste que... il me met hors de moi. Il me donne sans cesse des ordres...

— En pure perte, apparemment.

— Comment ça ?

— Il me semble qu'en fin de compte tu fais toujours ce que tu veux.

Venant d'un étranger, cette remarque la surprit.

— C'est vrai. Mais je ne pensais pas qu'il se mettrait dans un état pareil.

— Il s'en remettra, lâcha Sébastien avec dédain.

Clary l'observa avec insistance.

— Et toi, tu l'aimes bien ?

— Oui. Mais je ne crois pas que ce soit réciproque, répondit Sébastien d'un ton chagrin. Quoi que je dise, j'ai l'impression de l'agacer.

À l'angle de la rue, ils tournèrent pour déboucher sur une grande place pavée bordée de hauts bâtiments étroits, au centre de laquelle s'élevait la statue en bronze de l'ange Raziel, qui avait donné son sang pour créer la race des Chasseurs d'Ombres. À l'extrémité nord de la place se dressait une énorme construction en pierre blanche. Un grand escalier de marbre menait à une galerie bordée de colonnes, derrière laquelle se trouvait une porte à double battant. Dans la pénombre du crépuscule, l'édifice offrait un spectacle saisissant... et bizarrement familier. Clary avait l'impression d'avoir déjà vu cet endroit auparavant. Sa mère l'avait-elle peint ?

— C'est la place de l'Ange, expliqua Sébastien, et voici la Grande Salle de l'Ange. C'est là qu'ont été signés les Accords, puisque les Créatures Obscures ne sont pas autorisées à pénétrer dans l'enceinte de la Garde. On l'a rebaptisée la Salle des Accords. C'est un lieu de réunion où se tiennent les réjouissances : mariages, bals, ce genre d'événements. En résumé, c'est le cœur de la ville. Il paraît que tous les chemins y mènent.

— Ça ressemble un peu à une église... Mais vous n'en avez pas, ici ?

— Ce n'est pas nécessaire. Les tours nous protègent. Nous n'avons besoin de rien d'autre. J'aime venir ici. C'est un endroit... paisible.

Clary le considéra avec surprise.

— Tu n'habites pas ici ?

— Non, je vis à Paris. Je suis juste venu rendre visite à Aline. C'est ma cousine. Ma mère et son père, mon oncle Patrick, sont frère et sœur. Les parents d'Aline ont dirigé l'Institut de Pékin pendant plusieurs années. Ils sont revenus s'installer à Alicante il y a dix ans.

— Les Penhallow ne faisaient pas partie du Cercle, si ?

L'étonnement se peignit sur le visage de Sébastien. Il se tut tandis que, laissant la place derrière eux, ils s'engageaient dans un dédale de rues plongées dans l'obscurité.

— Pourquoi tu me poses cette question ? dit-il enfin.

— Euh... eh bien, parce que les Lightwood en étaient membres.

Au moment où ils passaient sous un réverbère, Clary regarda Sébastien à la dérobée. Avec son long manteau noir et sa chemise blanche, il ressemblait à une illustration en noir et blanc d'un gentleman de l'époque victorienne. Ses cheveux noirs qui bouclaient sur ses tempes donnaient furieusement envie de le dessiner.

— Il faut que tu comprennes qu'un grand nombre de jeunes gens d'Idris et d'ailleurs faisaient partie du Cercle. Mon oncle Patrick l'a rejoint dans les premiers temps de son existence, mais il l'a quitté quand il s'est aperçu que Valentin ne plaisantait pas. Les parents d'Aline n'ont pas non plus pris part à l'Insurrection : mon oncle est parti à Pékin pour fuir Valentin, et c'est là-bas, à l'Institut, qu'il a rencontré ma tante. Lorsque les Lightwood et les autres membres du Cercle ont été jugés pour avoir trahi l'Enclave, les Penhallow ont voté pour qu'on les traite avec clémence. C'est grâce à eux qu'on les a envoyés à New York et qu'ils ont évité une malédiction. Ils leur ont toujours été très reconnaissants.

— Et tes parents ? Ils en faisaient partie ?

— Pas vraiment. Ma mère était plus jeune que Patrick. Il l'a envoyée à Paris juste avant son départ pour Pékin. C'est là qu'elle a rencontré mon père.

— « Était » ?

— Elle est morte. Mon père aussi. C'est ma tante Élodie qui m'a élevé.

— Oh... fit Clary, se sentant bête. Je suis désolée.

— Je n'ai pas beaucoup de souvenirs d'eux. Quand j'étais plus jeune, j'aurais aimé avoir un frère ou une sœur plus âgés qui puissent me parler d'eux.

Sébastien observa Clary d'un air songeur.

— Je peux te poser une question ? Pourquoi es-tu venue à Idris si tu savais que ton frère le prendrait mal ?

Avant qu'elle ait pu répondre, la ruelle étroite qu'ils suivaient déboucha sur une placette au centre de laquelle trônait un puits à l'abandon illuminé par le clair de lune.

— La place de la Citerne, annonça Sébastien, visiblement déçu. On a fait plus vite que prévu.

Clary jeta un coup d'œil du côté du pont qui enjambait le canal et distingua la maison d'Amatis au loin. Toutes les fenêtres étaient éclairées. Elle poussa un soupir.

— Merci, je vais me débrouiller, maintenant.

— Tu ne veux pas que je t'accompagne jusqu'à...

— Non. Sauf si tu veux avoir des ennuis, toi aussi.

— Tu crois que je vais m'attirer des ennuis pour t'avoir raccompagnée chez toi en gentleman ?

— Personne n'est censé savoir que je suis à Alicante. C'est un secret. Et puis, ne te vexe pas, mais tu es un étranger.

— J'aimerais te connaître un peu mieux.

Il lui lança un regard à la fois timide et malicieux, comme s'il craignait d'essuyer un refus.

— Sébastien, lança-t-elle avec une lassitude soudaine, je suis flattée, mais je n'ai pas l'énergie d'investir dans une nouvelle amitié. Désolée.

— Je ne voulais pas...

Mais elle s'éloignait déjà en direction du pont. À mi-chemin, elle tourna la tête. Sous le clair de lune, il paraissait étrangement triste avec ses cheveux qui retombaient sur son visage.

— Ragnor Fell.

Il la dévisagea sans comprendre.

— Hein ?

— Tu m'as demandé la raison de ma présence ici. Ma mère est très malade ; elle risque de mourir. Le seul à pouvoir l'aider, c'est un sorcier du nom de Ragnor Fell. Seulement voilà, je ne sais pas où le trouver.

— Clary...

— Bonne nuit, Sébastien, dit-elle en se détournant.

Clary eut beaucoup plus de mal à escalader la treille qu'elle n'en avait eu à descendre. Ses bottes glissaient sur le mur humide, et ce fut avec un immense soulagement qu'elle parvint à se hisser sur le rebord de la fenêtre.

Son euphorie fut de courte durée. Elle n'avait pas mis un pied par terre que la pièce fut soudain inondée de lumière. Amatis était assise au bord du lit, le dos très droit, une pierre de rune à la main. Cette dernière brillait d'un éclat aveuglant qui accentuait les contours anguleux de son visage et les rides au coin de sa bouche. Elle examina Clary en silence pendant un moment interminable, puis déclara :

— Dans ces vêtements, tu es le portrait craché de Jocelyne.

Clary se redressa péniblement.

— Je... je suis désolée d'être sortie comme ça...

Amatis referma la main sur la pierre de rune, et Clary cilla dans la pénombre.

— Change-toi, ordonna la femme, puis rejoins-moi dans la cuisine. Et ne t'avise pas de ressortir par la fenêtre ou tu la trouveras verrouillée à ton retour.

Clary hocha la tête, la gorge nouée. Amatis se leva et sortit sans un mot. Clary se débarrassa en hâte de sa tenue de Chasseuse d'Ombres et enfila ses propres vêtements, à présent secs, qui étaient suspendus à une colonne du lit. Le tissu de son jean était un peu raide, mais elle se réjouit de remettre son vieux tee-shirt. Puis, après avoir rejeté en arrière sa tignasse ébouriffée, elle descendit l'escalier.

La dernière fois qu'elle avait vu le rez-de-chaussée de la maison d'Amatis, elle était en proie à des hallucinations. Elle se rappelait des couloirs s'étirant indéfiniment et une énorme horloge de grand-père dont les tic-tac résonnaient tels les battements d'un cœur moribond. À présent, elle se trouvait dans un petit salon accueillant simplement meublé avec un vieux tapis en patchwork sur le sol. Les couleurs vives et les dimensions étroites des lieux lui rappelaient un peu son propre salon à Brooklyn. Elle traversa la pièce sans bruit et entra dans la cuisine où le fourneau allumé dispensait une lumière réconfortante. Amatis était assise à la table, un châle bleu drapé autour des épaules. Par contraste, ses cheveux semblaient encore plus gris.

— Salut.

Clary s'arrêta sur le seuil. Elle avait du mal à déchiffrer l'humeur d'Amatis.

— Je n'ai pas besoin de te demander où tu étais, dit-elle sans lever les yeux de la table. Tu es allée voir Jonathan, n'est-ce pas ? Il fallait s'y attendre, j'imagine. Peut-être que, si j'avais des enfants, je serais capable de déterminer quand on me ment. Mais j'espérais tant ne pas décevoir mon frère, pour une fois !

— Quoi ?

— Tu sais ce qui s'est passé quand il a été mordu par un loup-garou ? lança Amatis en regardant droit devant elle. Oh, ça devait arriver : Valentin faisait toujours courir des risques idiots à ses disciples, ce n'était qu'une question de temps. Quand mon frère a été mordu, il est venu me trouver. Il avait peur d'avoir contracté le mal lycanthropique. Et moi...

— Amatis, vous n'êtes pas obligée de me raconter tout ça...

— Je l'ai chassé de chez moi en lui demandant de ne pas revenir avant d'être sûr qu'il n'était pas atteint. J'ai reculé... je ne pouvais pas m'en empêcher. (Sa voix tremblait.) Il voyait bien l'horreur qu'il m'inspirait, c'était écrit sur mon visage. Il craignait, en devenant un loup-garou, que Valentin lui ordonne de mettre fin à ses jours, et j'ai répondu... j'ai répondu que c'était peut-être la meilleure solution.

Clary laissa échapper un hoquet de surprise. Amatis leva les yeux. Tout en elle trahissait le dégoût de soi.

— Luke avait toujours été si bon, malgré tout ce que Valentin lui imposait... Parfois, j'avais l'impression que Jocelyne et mon frère étaient les seules personnes foncièrement bonnes que je connaisse. Je ne pouvais pas me résoudre à l'idée qu'il devienne un monstre...

— Mais Luke est tout sauf un monstre.

— À l'époque, je ne savais pas. Après sa Transformation, il s'est enfui, et Jocelyne s'est efforcée sans relâche de me convaincre qu'il était resté le même, qu'il était toujours mon frère. Sans elle, je n'aurais jamais consenti à le revoir. Je l'ai autorisé à se cacher dans la cave lorsqu'il est revenu à Alicante, juste avant l'Insurrection, mais je voyais bien qu'il ne me faisait pas entièrement confiance depuis que je lui avais tourné le dos. Je crois qu'il ne le pourra plus jamais.

— Il vous a fait suffisamment confiance pour venir frapper à votre porte quand j'étais malade, objecta Clary. Il vous a laissée seule avec moi...

— Il n'avait pas d'autre endroit où aller. Et regarde le résultat ! Je n'ai pas pu te garder entre ces murs une seule journée.

Le cœur de Clary se serra. En fin de compte, elle aurait préféré être réprimandée.

— Ce n'est pas votre faute. J'ai menti et je suis sortie en douce. Vous n'y pouvez rien.

— Oh, Clary. Tu ne comprends pas ? On peut toujours agir, mais les gens comme moi se convainquent systématiquement du contraire. Je me suis persuadée qu'il n'y avait rien à faire pour Luke et que je ne pouvais pas empêcher Stephen de me quitter. J'ai même refusé d'assister aux réunions de l'Enclave : je me disais que je ne pouvais pas influencer leurs décisions, alors que je déteste leurs agissements. Et quand je me décide enfin... eh bien, je fais tout de travers.

Ses yeux étincelèrent à la lueur du feu.

— Va te coucher, Clary, conclut-elle. Dorénavant, tu pourras aller et venir à ta guise. Je n'essaierai pas de t'en empêcher. Après tout, comme tu l'as dit, je n'y peux rien.

— Amatis...

Elle secoua la tête.

— Non. Va te coucher. S'il te plaît.

À ces mots, elle se détourna et fixa obstinément le mur. Clary tourna les talons et remonta les marches quatre à quatre. Arrivée dans sa chambre, elle ferma la porte d'un coup de pied et se jeta sur le lit. Elle avait envie de pleurer, mais les larmes ne vinrent pas. « Jace me déteste, pensa-t-elle. Amatis me déteste. Je n'ai pas eu le temps de dire au revoir à Simon. Ma mère est mourante. Et Luke m'a abandonnée. Je ne me suis jamais sentie aussi seule, et c'est entièrement ma faute. » Les yeux secs, elle s'absorba dans la contemplation du plafond et songea : « À quoi bon pleurer quand il n'y a personne pour te consoler ? Et surtout, quand tu n'es même pas capable de te réconforter toi-même ? »

7

Là où les anges ont peur de s'aventurer

SIMON FUT RÉVEILLÉ au beau milieu d'un rêve de soleil et de sang par une voix qui l'appelait.

— Simon ! Simon, debout !

Il se leva d'un bond – parfois, il s'étonnait encore de la rapidité de ses mouvements – et se retourna dans les ténèbres de sa cellule.

— Samuel ? chuchota-t-il en scrutant l'obscurité. Samuel, c'est vous ?

— Approche-toi de la fenêtre, Simon.

À présent, la voix, vaguement familière, trahissait une certaine irritation. Simon la reconnut sur-le-champ et, jetant un coup d'œil à travers les barreaux, il vit Jace agenouillé dans l'herbe, une pierre de rune à la main, qui le regardait en s'efforçant de dissimuler son agacement.

— Tu faisais un cauchemar ou quoi ?

— Peut-être que je ne suis toujours pas réveillé.

Simon avait les oreilles qui bourdonnaient. S'il avait encore eu un pouls, il aurait pensé que c'était le sang qui battait dans ses veines, mais la pulsation semblait à la fois plus ténue et plus proche.

La pierre de rune dessinait des jeux d'ombre et de lumière étranges sur le visage blême de Jace.

— Alors c'est là qu'ils t'ont mis. Je ne savais même pas qu'ils se servaient encore de ces cellules.

Il jeta un coup d'œil de part et d'autre.

— D'abord, je me suis trompé de fenêtre. J'ai flanqué une sacrée frousse à ton camarade d'infortune, c'est moi qui te le dis ! Belle gueule, malgré la barbe et les haillons. Il me rappelle les clochards de chez nous.

À cet instant, Simon découvrit l'origine du bourdonnement. La rage. Il sentit vaguement l'extrémité de ses crocs frotter contre sa lèvre inférieure.

— Je suis ravi que tout ça t'amuse, lâcha-t-il.

— Tu n'es pas content de me voir, c'est ça ? Je dois admettre que je suis surpris. On m'a toujours dit que ma présence suffisait à illuminer une pièce. Je croyais que c'était doublement valable dans une prison humide.

— Tu savais ce qui allait arriver, pas vrai ? « Ils te renverront directement à New York », hein ? « Aucun problème. » Sauf qu'ils n'en avaient pas du tout l'intention.

— Je n'étais pas au courant.

Jace soutint son regard sans ciller.

— Je sais que tu ne me croiras jamais, mais je pensais dire la vérité.

— Soit tu mens, soit tu es un idiot.

— Alors je suis un idiot.

— Je suis tenté de croire que tu cumules les deux.

— Je n'avais aucune raison de te mentir. Et cesse de montrer les crocs. Ça me rend nerveux.

— Tant mieux. Si tu veux savoir pourquoi, c'est parce que je flaire l'odeur du sang.

— C'est mon eau de Cologne. Eau de coupure récente.

Jace leva sa main gauche emmaillotée dans de la gaze tachée de sang.

Simon fronça les sourcils.

— Je croyais que, chez vous, on guérissait vite.

— Ma main est passée à travers une fenêtre, et Alec met un point d'honneur à ce que je cicatrise comme un Terrestre, histoire de me donner une leçon. Tu vois, je t'ai dit la vérité. Ça t'épate, hein ?

— Non. J'ai d'autres chats à fouetter. L'Inquisiteur me harcèle de questions, et je n'ai pas les réponses. Il persiste à m'accuser d'avoir mis mes pouvoirs de vampire au service de Valentin. Il croit que j'espionne pour son compte.

Une lueur d'inquiétude s'alluma dans les yeux de Jace.

— Aldertree a dit ça ?

— Il insinue que l'Enclave n'en pense pas moins.

— Ça sent mauvais. S'ils décrètent que tu es un espion, les Accords ne s'appliqueront plus à ton cas. Pas s'ils se convainquent que tu as enfreint la Loi, en tout cas.

Jace jeta un regard furtif autour de lui avant de poursuivre :

— On ferait mieux de te faire sortir d'ici.

— Et ensuite ? Où me cacherez-vous ?

Simon s'étonna de sa réaction. Il n'avait qu'une

envie, quitter cet endroit, et pourtant les mots avaient jailli de ses lèvres.

— Il y a un Portail ici, dans l'enceinte de la Garde. Si on le trouve, je te renverrai…

— Et tout le monde saura que tu m'as prêté main-forte. Jace, ils n'en ont pas qu'après moi. À vrai dire, je doute qu'ils s'intéressent à une Créature Obscure. Ils essaient de prouver que les Lightwood sont toujours en contact avec Valentin et qu'ils n'ont jamais quitté le Cercle.

Même dans la pénombre, Simon vit Jace blêmir.

— Mais c'est ridicule. Ils ont combattu Valentin sur le bateau. Robert a failli y laisser la vie…

— D'après l'Inquisiteur, ils auraient sacrifié les Nephilim qui se battaient à leurs côtés pour donner l'illusion qu'ils étaient les ennemis de Valentin. Ils ont perdu l'Épée Mortelle, et c'est tout ce qu'il a retenu. Regarde, tu as essayé de mettre en garde l'Enclave, et ils n'en ont pas tenu compte. Maintenant, l'Inquisiteur cherche un bouc émissaire. S'il peut faire passer ta famille pour des traîtres, alors personne ne pourra blâmer l'Enclave pour ce qui s'est passé, et il sera libre de mener tranquillement sa barque sans rencontrer la moindre opposition.

Jace enfouit la tête dans ses mains, et tira distraitement sur ses cheveux.

— Je ne peux pas te laisser ici. Si Clary l'apprend…

— J'aurais dû me douter que c'était ça qui t'inquiétait, répliqua Simon avec un rire amer. Alors ne lui dis rien. De toute façon, elle est à New York, D… (Il s'interrompit, incapable de prononcer le mot « Dieu ».)

Tu avais raison. Je suis content qu'elle ne soit pas venue.

Jace releva la tête.

— Hein ?

— Ces gens de l'Enclave sont des fous. Qui sait ce qu'ils lui feraient subir s'ils avaient vent de ses pouvoirs ? Tu avais raison, répéta Simon et... (Et, comme Jace ne répondait pas, il ajouta :) Et tu ferais mieux de savourer ce moment. Je ne le redirai pas de sitôt.

Jace lui jeta un regard hébété, et Simon se remémora avec un frisson de malaise l'expression de son visage sur le bateau, alors qu'il agonisait, couvert de sang, sur le sol froid.

— Alors tu veux rester ici ? dit-il enfin. Jusqu'à quand ?

— Jusqu'à ce qu'on ait trouvé une meilleure solution. Mais il reste un petit détail à régler.

Jace leva les sourcils.

— Lequel ?

— L'Inquisiteur a décidé de m'affamer. Je me sens déjà très faible. Demain, je serai peut-être... On verra bien. Mais je n'ai pas l'intention de céder. Et je ne veux plus jamais boire ton sang, ajouta-t-il en hâte. Du sang d'animal fera l'affaire.

— Je peux t'en procurer.

Jace hésita.

— Est-ce que tu as révélé à l'Inquisiteur que je t'avais laissé boire mon sang ?

Simon secoua la tête. Les yeux de Jace étincelèrent.

— Pourquoi ?

— Tu as assez d'ennuis comme ça, je suppose.

— Écoute, vampire, protège les Lightwood si ça te chante, mais ne t'occupe pas de moi.

Simon leva la tête.

— Pourquoi ?

Comme Jace le dévisageait de l'autre côté des barreaux, Simon put presque s'imaginer la situation inverse : lui dehors, et Jace à l'intérieur de la cellule.

— Parce que, répondit-il, je ne le mérite pas.

Clary fut réveillée par un drôle de bruit. On aurait dit le tintement de cailloux sur une toiture en métal. Elle se redressa, jeta un regard ahuri autour d'elle. Le bruit se répéta. Après avoir repoussé sa couverture à contrecœur, elle alla ouvrir la fenêtre et un courant d'air glacé transperça son pyjama. Elle se pencha au-dehors en frissonnant.

Quelqu'un était debout au milieu du jardin et elle eut un coup au cœur en croyant reconnaître la haute silhouette mince aux cheveux ébouriffés. Puis l'intrus leva la tête et elle s'aperçut qu'il était brun. Pour la deuxième fois, elle avait espéré que ce soit Jace et ce n'était que Sébastien.

Il tenait à la main une poignée de cailloux. Il sourit en la voyant et montra du doigt la treille. Elle secoua la tête et indiqua le bas de la maison : « Retrouve-moi devant la porte. » Après avoir refermé la fenêtre, elle dévala l'escalier. La matinée était bien avancée : le soleil entrait par les fenêtres, mais toutes les lumières étaient éteintes et la maison demeurait silencieuse. « Amatis doit encore dormir », pensa-t-elle.

Elle se dirigea vers la porte et poussa le loquet. Sébastien se tenait sur la première marche du perron, et elle éprouva de nouveau cette vague impression de déjà-vu. Elle esquissa un sourire.

— Tu jettes des pierres contre ma fenêtre. Je croyais qu'on ne faisait ça que dans les films.

— Joli pyjama, observa-t-il. Je t'ai réveillée ?

— Peut-être.

— Désolé mais ça ne pouvait pas attendre. Tu ferais mieux de remonter t'habiller. On passe la journée ensemble.

— Je te trouve bien sûr de toi, rétorqua-t-elle.

Mais pour les garçons dotés du physique de Sébastien, l'assurance allait sans doute de soi.

Elle secoua la tête.

— Je regrette mais c'est impossible. Je ne peux pas quitter la maison. Pas aujourd'hui.

Un pli de contrariété barra le front de Sébastien.

— Tu es sortie hier, non ?

— Je sais mais c'était avant...

« Avant qu'Amatis ne me mette plus bas que terre. »

— Je ne peux pas, un point c'est tout. Et, s'il te plaît, n'essaie pas de me convaincre, tu veux bien ?

— D'accord. Je n'insiste pas. Mais laisse-moi au moins t'expliquer la raison de ma venue. Et ensuite, promis, si tu veux que je parte, j'obéirai.

— Qu'y a-t-il ?

Il leva la tête, et elle se demanda comment des yeux aussi noirs pouvaient briller comme de l'or.

— Je sais où tu peux trouver Ragnor Fell.

Il fallut moins de dix minutes à Clary pour remonter les marches quatre à quatre, enfiler ses vêtements, griffonner un mot pour Amatis et rejoindre Sébastien, qui l'attendait au bord du canal. Il sourit en la voyant accourir vers lui, hors d'haleine, son manteau vert sous le bras.

— Je suis là, lança-t-elle en s'arrêtant devant lui. On y va ?

Sébastien insista pour l'aider à s'habiller.

— Personne ne m'avait jamais aidé à mettre mon manteau auparavant, observa-t-elle en dégageant ses cheveux qui s'étaient coincés dans son col. À part peut-être les serveurs dans les restaurants. Tu as été serveur ?

— Non, mais j'ai été élevé par une Française, lui rappela Sébastien, ce qui implique certaines manières.

Clary sourit malgré sa nervosité. Sébastien n'avait pas son pareil pour la mettre de bonne humeur, songea-t-elle avec un vague étonnement. Il était même trop doué.

— Où allons-nous ?

— Fell habite à l'écart de la ville, répondit Sébastien en prenant la direction du pont.

Clary lui emboîta le pas.

— C'est loin ?

— Trop loin pour marcher. Nous allons devoir trouver un moyen de transport.

Clary s'arrêta net.

— Quoi ? Sébastien, il faut rester prudent. On ne peut pas révéler nos projets au premier venu. C'est un secret.

Sébastien la considéra d'un air pensif.

— Je te jure sur l'Ange que l'ami qui nous emmène n'en soufflera mot à personne.

— Tu en es sûr ?

— Sûr et certain.

« Ragnor Fell », pensa Clary tandis qu'ils traversaient les rues bondées. « Je vais rencontrer Ragnor Fell. » En son for intérieur, l'excitation rivalisait avec l'inquiétude. Madeleine avait décrit Ragnor Fell comme un personnage hors du commun. Et s'il n'avait pas la patience ou le temps de l'écouter ? Si elle ne parvenait pas à le convaincre de son identité ? S'il ne se souvenait pas de sa mère ?

Pour ajouter à sa nervosité, chaque fois qu'elle croisait un garçon blond ou une fille brune aux cheveux longs, elle croyait reconnaître Jace ou Isabelle. Mais celle-ci choisirait probablement de l'ignorer si elles se rencontraient, pensa-t-elle avec tristesse, et Jace était sans doute chez les Penhallow en train de batifoler avec sa nouvelle petite amie.

— Tu as peur qu'on nous suive ? demanda Sébastien en surprenant son regard au moment où ils s'engageaient dans une petite rue à l'écart du centre-ville.

— J'ai l'impression de croiser sans arrêt des gens que je connais, admit-elle. Jace ou les Lightwood.

— Je ne crois pas que Jace ait quitté la maison des Penhallow depuis son arrivée. Il passe le plus clair de son temps à bouder dans sa chambre. Et puis il s'est salement blessé à la main hier...

— Il s'est blessé ? Mais comment ?

Oubliant de regarder où elle marchait, Clary trébucha contre une pierre. Sur la route qu'ils avaient empruntée, les pavés avaient laissé place au gravier sans qu'elle s'en aperçoive.

Le miroir mortel

— On y est, annonça Sébastien en s'arrêtant devant une palissade.

Il n'y avait pas de maisons alentour : à la zone résidentielle avait brusquement succédé la campagne avec cette palissade d'un côté et, de l'autre, un chemin caillouteux qui descendait vers la forêt.

Un portail fermé par un cadenas s'encadrait dans la clôture. Sébastien sortit de sa poche une grosse clé et l'ouvrit.

— Je reviens tout de suite, lança-t-il en refermant le portail derrière lui.

Clary colla son œil à un interstice dans le bois de la palissade et distingua une cabane rouge au toit de bardeaux qui semblait dépourvue de porte et de fenêtres...

Le portail s'ouvrit et Sébastien réapparut avec un sourire jusqu'aux oreilles. Il tenait un harnais à la main. Un grand cheval blanc et gris avec une marque en forme d'étoile sur le front le suivait docilement.

— Ce cheval est à toi ? s'exclama Clary. Qui a un cheval, de nos jours ?

Sébastien caressa amoureusement sa monture.

— Chez les Chasseurs d'Ombres, beaucoup de familles ont un cheval à l'étable. Au cas où tu ne l'aurais pas remarqué, il n'y a pas de voitures à Idris. Elles ne marchent pas bien avec tous ces boucliers dans les parages.

Il tapota le cuir clair de la selle, orné d'un blason représentant un serpent qui sortait d'un lac en ondulant. Le nom Verlac était inscrit au-dessous.

— En route !

Clary recula.

— Je ne suis jamais montée à cheval.

— C'est moi qui conduirai Wayfarer, la rassura-t-il. Tu seras assise devant moi.

Le cheval hennit doucement. Clary remarqua avec un certain malaise qu'il avait des dents énormes. Elle s'imagina ces dents s'enfoncer dans sa jambe et pensa à toutes ses camarades au collège, qui rêvaient de posséder un poney. Elles devaient être folles. « Un peu de courage, se dit-elle. Maman n'aurait pas hésité, elle. »

— Bon, lança-t-elle en soupirant. Allons-y.

Les bonnes résolutions de Clary durèrent le temps que Sébastien, après l'avoir aidé à se mettre en selle, se hisse à son tour derrière elle. Il éperonna sa monture qui s'élança au triple galop sur la route caillouteuse, la contraignant à s'agripper si fort à la selle qu'elle laissa des marques d'ongles dans le cuir.

La route s'étrécissait à mesure qu'ils s'éloignaient de la ville, et bientôt d'épais bouquets d'arbres apparurent de chaque côté tels des murs de verdure bloquant la vue. Sébastien tira sur les rênes, le cheval ralentit, et le cœur de Clary se remit à battre normalement. Tandis que sa panique refluait, elle prit peu à peu conscience du corps de Sébastien contre le sien, de ses bras autour d'elle et de son odeur, agréable et poivrée, très différente de celle de Jace, qui sentait le savon et le soleil. Non que le soleil ait une odeur, mais s'il fallait en trouver une...

Clary serra les dents. Même en présence de Sébastien, alors qu'elle était en route pour rencontrer un puissant sorcier, elle se surprenait à penser à Jace. Elle s'efforça de se concentrer sur le paysage. Les arbres se raréfiaient et, à présent, la campagne s'étendait de chaque côté de la route, offrant une vue charmante bien qu'austère avec ses vastes étendues d'herbe traversées çà et là par un chemin de pierres. De délicates fleurs blanches, semblables à celles qu'elle avait pu observer dans la nécropole avec Luke, parsemaient les collines comme des flocons de neige.

— Comment tu as fait pour découvrir où habite Ragnor Fell ? demanda Clary comme Sébastien, d'un geste habile, faisait faire une embardée à sa monture pour éviter une ornière.

— Ma tante Élodie possède un sacré réseau d'informateurs. Elle sait tout ce qui se passe à Idris, même si elle n'y met jamais les pieds. Elle déteste quitter l'Institut.

— Et toi ? Tu viens souvent à Idris ?

— Non. La dernière fois, j'avais à peine cinq ans. Je n'avais pas revu mon oncle et ma tante depuis, alors je suis content d'être là. C'est l'occasion de rattraper le temps perdu. Et puis, Idris me manquait. Rien ne s'en rapproche. C'est la terre qui veut ça. Elle nous manque quand nous sommes loin.

— Jace avait le mal du pays, lui aussi. Mais je croyais que c'était le fait d'avoir été élevé ici.

— Il a grandi dans le manoir des Wayland, n'est-ce pas ? C'est à deux pas de l'endroit où nous allons.

— Tu m'as l'air bien au courant.

— N'exagérons rien ! répliqua Sébastien en riant. Mais c'est vrai que la magie d'Idris opère sur tout le monde, même sur ceux qui, à l'instar de Jace, ont de bonnes raisons de détester cet endroit.

— Pourquoi dis-tu ça ?
— Eh bien, c'est Valentin qui l'a élevé, non ? Il a dû vivre un enfer.

Clary hésita.

— Je ne sais pas. À vrai dire, il en garde un souvenir mitigé. Je crois que Valentin était un père horrible par certains côtés, mais que Jace n'a connu rien d'autre que le peu d'affection et de gentillesse qu'il lui témoignait.

Une vague de tristesse la submergea.

— Il me semble qu'il a longtemps gardé un souvenir ému de lui, reprit-elle.

— Je n'arrive pas à croire que cet homme soit capable de gentillesse. C'est un monstre.

— Jace est son fils. Et ce n'était qu'un enfant à l'époque. Je crois que Valentin l'aimait, à sa manière.

— Non, lâcha Sébastien d'un ton brutal. C'est impossible.

Clary sursauta et fut tentée de se retourner, mais elle se ravisa. Tous les Chasseurs d'Ombres étaient un peu chatouilleux au sujet de Valentin – elle frémit en songeant à l'Inquisitrice – et elle ne pouvait pas leur en vouloir.

— Tu as sans doute raison.

— On est arrivés, annonça Sébastien avec tant de brusquerie que Clary se demanda si elle l'avait blessé.

Il se laissa glisser de son cheval mais, quand il leva les yeux vers elle, il souriait.

— On a été plus rapides que prévu, déclara-t-il en attachant les rênes du cheval à la branche la plus basse d'un arbre.

D'un geste, il fit signe à Clary de descendre et, après un moment d'hésitation, elle se laissa tomber dans ses bras en se cramponnant à lui malgré elle, les jambes flageolantes après la longue chevauchée.

Elle sentit le souffle chaud de Sébastien contre sa nuque et frissonna. Ses mains s'attardèrent sur son dos, et il la lâcha à contrecœur. Consciente qu'elle rougissait, elle pria intérieurement pour que la blancheur de sa peau ne la trahisse pas.

— Alors... c'est ici ? lança-t-elle en jetant un regard autour d'elle.

Ils avaient fait halte dans un petit vallon niché entre deux collines. Un rideau d'arbres noueux masquait une clairière. Leurs branches décharnées se détachant sur le ciel bleu étaient d'une beauté presque sculpturale mais, hormis ce détail...

— Il n'y a rien ici, lâcha-t-elle en fronçant les sourcils.

— Clary. Concentre-toi.

— Tu veux dire que c'est un charme ? Mais, d'habitude, je n'ai pas besoin de...

— À Idris, les charmes sont en général plus puissants qu'ailleurs. Il faut souvent faire plus d'efforts.

Il la prit par les épaules et la fit pivoter doucement.

— Regarde la clairière.

Clary procéda à la pirouette mentale qui lui permettait de dissocier le charme de ce qu'il dissimulait. Elle s'imagina en train de frotter de l'essence de térébenthine sur une toile afin d'ôter les couches de peinture qui masquaient le tableau en dessous. Soudain apparut une petite maison en pierre avec un toit pointu et une cheminée crachant un mince ruban de fumée. Une allée sinueuse bordée de cailloux menait à la porte. Sous les yeux de Clary, la fumée cessa de décrire des volutes et prit la forme d'un point d'interrogation tremblotant.

Sébastien éclata de rire.

— Je crois que ça signifie : qui est là ?

Clary resserra les pans de son manteau autour d'elle. Le vent ne soufflait pas bien fort, et cependant elle se sentait glacée jusqu'aux os.

— Tu as froid ? s'enquit Sébastien en passant le bras autour de ses épaules.

Aussitôt, le point d'interrogation qui se dessinait au-dessus de la cheminée se désagrégea pour former de petits cœurs. Clary se déroba à l'étreinte de Sébastien, à la fois gênée et coupable comme si elle venait d'être prise en faute. Elle pressa le pas dans l'allée, Sébastien sur les talons. Ils en avaient parcouru la moitié quand la porte s'ouvrit brusquement.

Bien qu'elle fût obsédée par l'idée de retrouver Ragnor Fell depuis que Madeleine lui avait révélé son nom, Clary ne s'était jamais demandé de quoi il avait l'air. Si on lui avait posé la question, elle aurait décrit un homme massif et barbu avec une allure de Viking. Mais l'individu qui s'avança sur le seuil était grand et mince, avec des cheveux noirs coiffés en épi. Il portait un tee-shirt moulant en résille dorée et un pantalon de pyjama en soie. Il posa sur Clary un regard vaguement intrigué en tirant sur une pipe aux proportions gigantesques. Bien qu'il ne ressemblât en rien à un Viking, elle le reconnut immédiatement. Magnus Bane.

— Mais...

Sébastien paraissait aussi surpris que Clary. Il regarda Magnus bouche bée, l'air hébété.

— Vous êtes... Ragnor Fell ? bégaya-t-il. Le sorcier ?

Magnus ôta la pipe de sa bouche.

— Non, je suis Ragnor Fell, le danseur exotique.

— Je...

Sébastien semblait à court de mots. Quant à Clary, si elle ne savait pas trop à quoi s'attendre, elle ne pensait certainement pas tomber sur Magnus.

— Nous sommes venus vous demander de l'aide, reprit son compagnon. Je m'appelle Sébastien Verlac, et voici Clarissa Morgenstern. Sa mère est Jocelyne Fairchild...

— Ça m'est bien égal de savoir qui est sa mère, rétorqua Magnus. Je ne reçois que sur rendez-vous. Revenez un autre jour. Mars, ce serait parfait.

— M... Mars ? bredouilla Sébastien, horrifié.

— Vous avez raison. C'est trop pluvieux, comme mois. Que pensez-vous de juin ?

Sébastien se redressa d'un air digne.

— Je ne crois pas que vous ayez conscience de l'importance...

— Sébastien, ne te donne pas cette peine, lâcha Clary avec dégoût. Il essaie de t'emmêler les pinceaux. Il ne peut pas nous aider, de toute façon.

Sébastien parut encore plus décontenancé.

— Mais je ne vois pas pourquoi...

— Bon, ça suffit, décréta Magnus en claquant des doigts.

Sébastien se figea, la bouche grande ouverte, la main tendue.

— Sébastien !

Clary s'avança pour le toucher, mais il était aussi rigide qu'une statue. Seul le mouvement imperceptible de sa poitrine prouvait qu'il respirait encore.

— Sébastien ? répéta-t-elle.

Cependant, elle avait déjà compris que c'était sans espoir : il ne pouvait ni la voir ni l'entendre. Furieuse, elle se tourna vers Magnus.

— Je n'arrive pas à croire que tu aies fait une chose pareille ! C'est quoi, ton problème ? Je ne sais pas ce qu'il y a dans cette pipe, mais elle a dû te griller le cerveau ! Sébastien est de notre côté.

— Et moi, je ne suis du côté de personne, Clary chérie, répliqua Magnus en agitant sa pipe. C'est ta faute si je l'ai figé. Tu étais à deux doigts de lui révéler que je ne suis pas Ragnor Fell.

— Mais tu n'es PAS Ragnor Fell !

Magnus cracha un nuage de fumée et la dévisagea d'un air songeur.

— Viens. J'ai quelque chose à te montrer.

Tenant la porte de la maisonnette, il lui fit signe d'entrer. Après avoir jeté un regard incrédule à Sébastien, elle le suivit à l'intérieur.

Le cottage était plongé dans la pénombre. Dans la faible clarté qui filtrait par les volets, Clary distingua les contours d'une vaste pièce où flottait une odeur étrange de détritus brûlés. Magnus claqua des doigts une deuxième fois et des flammes bleutées en jaillirent.

Clary eut un hoquet de surprise. La pièce était sens dessus dessous : les meubles avaient été fracassés, les tiroirs ouverts, leur contenu vidé par terre, les livres déchirés, les vitres brisées.

— Hier soir, j'ai reçu un message de Fell me demandant de le rejoindre ici, déclara Magnus. À mon arrivée, j'ai trouvé sa maison dans cet état. Tout avait été détruit, et ça empestait le démon.

— Mais les démons ne peuvent pas fouler le sol d'Idris !

— Je n'affirme rien, je constate. C'était une odeur d'origine démoniaque. Ragnor était allongé par terre. Mort. Qui savait que tu étais à sa recherche ?

— Madeleine, murmura Clary. Mais on l'a tuée, elle aussi. Sébastien, Jace, Simon. Les Lightwood...

— Ah, fit Magnus. Si les Lightwood sont au courant, l'Enclave aussi, et Valentin a des espions parmi ses membres.

— J'aurais dû me taire au lieu de questionner tout le monde à son sujet, gémit Clary, horrifiée. C'est ma faute. J'aurais dû prévenir Fell...

— Dois-je te rappeler que tu n'arrivais pas à mettre la main sur lui ? Écoute, Madeleine et toi, vous considériez juste Fell comme un moyen d'aider ta mère. Vous ne pensiez pas qu'il pourrait intéresser Valentin pour d'autres raisons. S'il ignore comment réveiller ta mère, il sait probablement que son état a un rapport avec un objet qu'il convoite. Un livre de sortilèges très particulier.

— Comment tu as découvert tout ça ?

— C'est Ragnor qui me l'a dit.

— Mais...

Magnus l'interrompit d'un geste.

— Les sorciers ont des moyens de communiquer entre eux. Ils possèdent leur propre langage.

Il leva la main dans laquelle brûlait la flamme bleue. Des lettres de feu apparurent sur les murs, comme de l'or liquide gravé dans la pierre, formant des mots illisibles.

— Qu'est-ce que ça veut dire ? demanda Clary.

— Juste avant de mourir, Ragnor a écrit ce message afin que le premier sorcier qui franchirait cette porte apprenne ce qui lui était arrivé.

Magnus se tourna vers Clary, et les lettres d'or illuminèrent ses yeux de chat.

— Les serviteurs de Valentin l'ont attaqué pour récupérer le Livre Blanc. Avec le Grimoire, il compte parmi les traités de magie les plus célèbres jamais écrits. La formule de la potion absorbée par Jocelyne et celle de son remède se trouvent dans ses pages.

Clary écarquilla les yeux.

— Alors il était caché ici ?

— Non. Il appartenait à ta mère. Ragnor lui a seulement suggéré où le cacher pour que Valentin ne mette pas la main dessus.

— Où ?

— Dans le manoir familial des Wayland. Ils vivaient tout près de chez tes parents, c'étaient leurs plus proches voisins. Ragnor a conseillé à ta mère de dissimuler le livre chez eux, là où Valentin n'irait jamais le chercher. Dans la bibliothèque, plus précisément.

— Mais Valentin a occupé le manoir des Wayland pendant des années ! Il aurait dû le trouver...

— Il était caché dans un autre livre qu'il ne risquait pas d'ouvrir.

Magnus eut un sourire en coin.

— *Recettes simples pour les ménagères*. On ne peut pas nier que ta mère a le sens de l'humour.

— Alors tu es allé chez les Wayland ? Tu as cherché le livre ?

Magnus secoua la tête.

— Clary, des boucliers protègent le manoir. Ils ne sont pas seulement censés éloigner l'Enclave mais aussi et surtout les Créatures Obscures. Si j'avais le temps de me pencher sérieusement sur la question, je parviendrais peut-être à les neutraliser, mais...

— Alors personne ne peut entrer dans ce manoir ? s'écria Clary, désemparée.

— Je n'ai pas dit ça. Personnellement, je connais au moins une personne qui en soit capable.

— Tu parles de Valentin ?

— Je parle de son fils.

Clary secoua la tête.

— Jace n'acceptera jamais de m'aider, Magnus. Il ne veut pas de moi ici. Je doute même qu'il veuille encore m'adresser la parole.

Magnus lui lança un regard pensif.

— Et moi, je crois qu'il n'y a pas grand-chose que Jace te refuserait si tu le lui demandais.

Clary ouvrit la bouche pour protester, puis se ravisa. Magnus avait deviné les sentiments d'Alec pour Jace, et ceux de Simon pour elle. Ce qu'elle éprouvait pour Jace devait se lire sur son visage en ce moment même, et Magnus n'avait pas son pareil pour déchiffrer les expressions. Elle détourna les yeux.

— Admettons que j'arrive à le convaincre d'aller

récupérer ce livre au manoir avec moi, et ensuite ? Je ne sais pas jeter un sort ni fabriquer un antidote...

Magnus ricana.

— Tu crois que je t'ai raconté tout ça pour le plaisir ? Une fois que tu seras en possession du Livre Blanc, je veux que tu me l'apportes immédiatement.

— Ce livre t'intéresse ?

— C'est l'un des manuels de sortilèges les plus puissants au monde. Bien sûr qu'il m'intéresse. En outre, il appartient de droit aux Enfants de Lilith. C'est à un sorcier qu'il revient.

— Mais j'en ai besoin... pour guérir ma mère...

— Il ne t'en faut qu'une seule page, que tu pourras garder. Le reste est pour moi. En échange, je préparerai l'antidote pour toi et je l'administrerai à Jocelyne. C'est honnête, comme marché.

Il tendit la main.

— Tope là.

Après une hésitation, Clary lui serra la main.

— J'espère que je ne vais pas le regretter.

Magnus se tourna gaiement vers la porte ; sur les murs, les lettres s'éteignaient déjà.

— Les regrets ne servent à rien, tu ne trouves pas ?

Dehors, le soleil semblait particulièrement éblouissant après les ténèbres de la maisonnette. Clary cligna des yeux et retrouva la scène qu'elle avait laissée en entrant : les montagnes au loin, Wayfarer en train de mâchonner paisiblement des touffes d'herbe, et Sébastien immobile comme une statue, la main toujours tendue. Elle se tourna vers Magnus.

— Tu veux bien le défiger maintenant, s'il te plaît ?

Magnus sourit.

— Je dois dire que j'ai été surpris en recevant le message de Sébastien ce matin. Il prétendait te faire une faveur, rien de moins. Comment l'as-tu rencontré ?

— C'est un cousin d'amis des Lightwood. Un gentil garçon, je t'assure.

— Gentil ? Beau comme un dieu, oui ! observa Magnus en posant un regard rêveur sur l'intéressé. Tu devrais le laisser ici. Je pourrais m'en faire un portemanteau.

— Non. Tu ne peux pas le garder.

— Pourquoi donc ? Il te plaît ?

Les yeux de Magnus étincelèrent.

— En tout cas, toi tu lui plais, reprit-il. Je l'ai vu essayer de te prendre la main comme un écureuil se jetant sur des noisettes.

— Parlons plutôt de tes amours. Des nouvelles d'Alec ?

— Il refuse d'admettre que nous sommes ensemble, alors je l'ignore. L'autre jour, il m'a envoyé un message. Il était adressé au « sorcier Bane », comme si j'étais un parfait étranger. Il en pince toujours pour Jace, à mon avis, bien que cette relation-là n'ait aucune chance d'aboutir. Mais j'imagine que tu es familière de ce genre de problème.

— Oh, la ferme, marmonna Clary en jetant un regard noir à Magnus. Écoute, si tu refuses de défiger Sébastien, je ne bougerai pas d'ici et tu ne récupéreras jamais le Livre Blanc.

— Oh, ça va, tu as gagné. Je peux te demander un service en contrepartie ? Ne lui révèle pas ce que je t'ai confié, ami des Lightwood ou pas.

À ces mots, Magnus claqua impatiemment des doigts. Sébastien reprit vie comme le personnage d'une vidéo sur pause qu'on remettrait en marche.

— ... il refuserait. C'est une question de vie ou de mort.

— Avec vous autres Nephilim, c'est toujours une question de vie ou de mort, répliqua Magnus. Allez-vous-en. Vous commencez à m'ennuyer.

— Mais...

— Ouste ! fit Magnus d'un ton menaçant.

Des étincelles bleues jaillirent de ses longs doigts, et une odeur de brûlé envahit soudain l'atmosphère. Ses yeux de chat étincelèrent. Même si elle savait qu'il jouait la comédie, Clary ne put s'empêcher de reculer.

— Je crois qu'on devrait lui obéir, Sébastien.

— Mais, Clary...

— Partons, insista-t-elle en le prenant par le bras pour l'entraîner de force vers Wayfarer.

Il la suivit à contrecœur en marmonnant. Clary jeta un coup d'œil par-dessus son épaule avec un soupir de soulagement. Magnus était planté sur le seuil de la maisonnette, les bras croisés sur la poitrine. Posant son regard sur elle, il sourit et lui adressa un clin d'œil imperceptible.

— Je suis vraiment désolé.

Sébastien posa la main sur l'épaule de Clary tandis que, de l'autre, il la prenait par la taille pour l'aider à se mettre en selle. Ignorant la petite voix qui lui soufflait de ne pas remonter sur ce cheval – ni sur aucun autre, d'ailleurs –, elle se laissa hisser sur la selle en essayant de s'imaginer qu'elle se tenait en équilibre sur un gros canapé bringuebalant et non sur une créature de chair et d'os qui risquait de la mordre à tout moment.

— Pourquoi ? demanda-t-elle comme il enfourchait sa monture avec une facilité à la fois agaçante et rassurante.

À l'évidence, lui savait ce qu'il faisait, songea-t-elle tandis qu'il se penchait pour prendre les rênes.

— Pour Ragnor Fell. Je ne m'attendais pas à un tel refus. Les sorciers sont capricieux. Tu en as déjà rencontré ?

— Oui. Magnus Bane. C'est le Grand Sorcier de Brooklyn.

Elle se retourna pour lancer un dernier regard à la maisonnette qui disparaissait dans le lointain. La fumée sortant de la cheminée formait de petites silhouettes dansantes. Des Magnus miniatures ? À cette distance, Clary n'aurait pas pu en jurer.

— Est-ce qu'il ressemble à Fell ?

— Oh, énormément. Ne t'inquiète pas pour Fell. Je savais qu'on risquait d'essuyer un refus.

— Mais je t'avais promis mon aide, protesta Sébastien, l'air sincèrement contrarié. Eh bien, heureusement que j'ai autre chose à te montrer ; la journée ne sera pas complètement perdue.

— Qu'est-ce que c'est ? demanda-t-elle en se tournant vers lui.

Le soleil, à présent haut dans le ciel, auréolait d'or les cheveux noirs de Sébastien. Il sourit.

— Tu verras.

À mesure qu'ils s'éloignaient d'Alicante, des murs de feuillage se dressaient de part et d'autre de la route, s'ouvrant çà et là sur des panoramas d'une beauté improbable : lacs bleu glacier, vallées verdoyantes, montagnes grises, fleuves argentés, ruisseaux bordés de fleurs. Clary se demandait à quoi ressemblait la vie dans cette contrée. Sans la présence rassurante des gratte-ciel autour d'elle, elle se sentait nerveuse, presque vulnérable.

Non que les environs soient inhabités. De temps à autre, le toit d'un grand bâtiment de pierre émergeait d'entre les arbres. Sébastien lui expliqua en criant dans son oreille que c'étaient des propriétés de campagne appartenant à des familles fortunées. Elles évoquaient à Clary les vastes demeures anciennes qui bordent l'Hudson, au nord de Manhattan, un lieu de villégiature où les riches New-Yorkais venaient passer l'été un siècle plus tôt.

Devant eux, la route caillouteuse avait laissé place à un chemin de terre. Clary fut tirée de sa rêverie au moment où, parvenu au sommet d'une colline, Sébastien tira sur les rênes de Wayfarer.

— Nous y sommes, annonça-t-il.

Clary ouvrit de grands yeux. Elle se trouvait devant un tas de décombres noircis qui, au vu de ce qu'il en restait – un bout de cheminée toujours pointé vers le ciel et un pan de mur dans lequel s'ouvrait une fenêtre –, avaient jadis dû être une maison. Du chiendent s'épanouissait parmi les fondations, vert sur le noir de la pierre.

— Je ne comprends pas. Pourquoi sommes-nous ici ?

— Tu ne devines pas ? s'étonna Sébastien. C'est ici que ta mère et ton père ont vécu, et que ton frère a vu le jour. Ce sont les ruines du manoir des Fairchild.

Pour la énième fois, la voix de Hodge résonna dans la tête de Clary. « Après avoir allumé un grand feu, il s'est jeté dedans avec sa femme et son enfant. Sur sa terre calcinée, personne n'a rien bâti depuis. On prétend qu'elle est maudite. »

Sans un mot, elle sauta au bas du cheval et dévala la pente de la colline malgré les appels de Sébastien. Le terrain s'aplanissait à l'endroit où s'élevait jadis la maison ; les pierres noircies de l'allée craquèrent sous ses pieds. Parmi les herbes hautes, elle repéra un escalier qui s'arrêtait abruptement à un mètre du sol.

— Clary...

Sébastien la rejoignit bientôt mais elle s'aperçut à peine de sa présence. À pas lents, elle fit le tour de la propriété. Des arbres calcinés, à moitié morts. Un vaste terrain en pente, qui devait être ombragé, autrefois. Elle distingua au loin le toit d'un autre manoir, juste au-delà de la cime des arbres. Le soleil se reflétait sur des fragments de verre indiquant l'emplacement d'une fenêtre sur le seul pan de mur encore debout. Elle s'avança parmi les ruines, se représenta la répartition des pièces, dénicha même un vaisselier, renversé mais presque intact, et quelques débris de porcelaine parmi la terre noire.

Autrefois, une belle demeure s'élevait à cet endroit et des gens bien vivants l'habitaient. Sa mère y avait vécu, s'y était mariée, y avait eu un enfant. Puis Valentin avait tout réduit en cendres et, en laissant croire à son épouse que son fils était mort, contraint cette dernière à dissimuler la vérité à sa fille... Une tristesse immense envahit Clary. Plus d'une vie avait été brisée à cet endroit. Elle porta la main à sa joue et s'étonna presque de la sentir humide : elle s'était mise à pleurer sans s'en apercevoir.

— Clary, je regrette. Je pensais que tu voudrais voir le manoir.

Sébastien s'était frayé un chemin parmi les décombres pour la rejoindre en soulevant des nuages de cendre avec ses bottes. Il semblait inquiet.

— Oh, mais je suis contente de l'avoir vu. Merci.

Le vent qui s'était levé rabattait les mèches sombres de Sébastien sur son visage. Il sourit d'un air piteux.

— Ça doit être dur de s'imaginer tout ce qui s'est passé ici. Ta mère a dû faire preuve d'un courage incroyable.

— Oui, souffla Clary. Elle a toujours été courageuse.

— Toi aussi, dit-il en effleurant son visage.

— Sébastien, tu ne sais rien de moi.

— Ce n'est pas vrai.

D'un geste délicat, presque timide, il prit son menton dans sa main.

— J'ai tellement entendu parler de toi, Clary ! Je sais que tu as affronté ton père pour récupérer la Coupe Mortelle, et que tu es entrée dans un hôtel infesté de vampires pour voler au secours de ton ami. C'est Isabelle qui m'a tout raconté. Sans compter les rumeurs. La première fois que j'ai entendu ton nom, j'ai eu envie de te connaître. J'étais certain que tu étais quelqu'un d'extraordinaire.

— J'espère que tu n'es pas trop déçu, répliqua-t-elle avec un rire forcé.

— Non, pas du tout, murmura-t-il en l'attirant contre lui.

Clary fut trop surprise pour réagir, même lorsqu'il se pencha vers elle et qu'elle comprit, un peu trop tard, ce qu'il s'apprêtait à faire. Instinctivement, elle ferma les yeux tandis qu'il posait ses lèvres sur les siennes, et un frisson lui parcourut le dos. Une envie brutale d'être embrassée pour ne plus penser à rien s'empara d'elle. Elle noua ses bras autour de son cou, à la fois pour ne pas perdre l'équilibre et pour se serrer contre lui.

Les cheveux de Sébastien étaient doux au toucher sans être soyeux comme ceux de Jace. Pourquoi fallait-il qu'elle pense à lui en ce moment même ? Elle chassa son image de son esprit. Sébastien lui caressa la joue. Ses gestes étaient tendres, malgré ses doigts calleux. Évidemment, Jace avait les mêmes mains rugueuses, à cause des combats : peut-être en allait-il de même pour tous les Chasseurs d'Ombres...

De nouveau, elle s'efforça de repousser cette pensée, mais rien n'y fit. Elle voyait même les yeux fermés les pleins et les creux de ce visage qu'elle n'avait jamais réussi à dessiner, bien qu'il reste gravé dans sa mémoire ; les jointures délicates de ses mains, ses épaules couvertes de cicatrices...

Le désir qui l'avait submergée reflua instantanément. Elle se raidit tandis que Sébastien pressait ses lèvres sur les siennes et enlaçait sa nuque. Elle avait l'impression que c'était encore plus mal que de désirer sans espoir quelqu'un qu'elle ne pourrait jamais avoir.

Et soudain, dans un sursaut d'horreur, comme si elle venait d'être précipitée dans un trou noir, elle recula et manqua trébucher. Si Sébastien ne l'avait pas retenue, elle serait tombée. Il la dévisagea d'un air hagard, les joues cramoisies.

— Clary, qu'est-ce qui ne va pas ?

— Rien, répondit-elle d'une voix à peine audible. Rien du tout. C'est juste que... je n'aurais pas dû... je ne suis pas prête...

— Tu trouves que c'est allé trop vite ? On peut ralentir...

Il avança la main vers elle et, involontairement, elle recula de nouveau. Il paraissait abasourdi.

— Je ne vais pas te manger.

— Je sais.

— Il s'est passé quelque chose ? s'enquit-il en repoussant ses cheveux en arrière et, cette fois encore, elle réprima l'envie de se dérober à ses caresses. Est-ce que Jace...

— Jace ?

Avait-il deviné qu'elle pensait à lui ?

— Jace est mon frère. Qu'est-ce qu'il vient faire là-dedans ? Ou veux-tu en venir ?

— Je croyais juste...

Il secoua la tête ; sur son visage, la tristesse le disputait à la confusion.

— Peut-être que quelqu'un t'a fait du mal.

Doucement mais fermement, Clary repoussa sa main qui s'attardait sur sa joue.

— Non. (Elle hésita.) Ce n'est pas bien, c'est tout.

— Comment ça ? fit-il, incrédule. Clary, il y a quelque chose entre nous. Tu le sais aussi bien que moi. Dès l'instant où je t'ai vue...

— Sébastien, arrête...

— Tu es celle que j'attends depuis toujours, je l'ai senti. Et tu l'as senti, toi aussi, je l'ai vu. Tu ne peux pas le nier.

Clary ne ressentait rien de tel. Elle avait seulement eu l'impression, au détour d'une rue dans une ville étrange, de tomber sur sa maison. En somme, elle n'avait rien éprouvé d'autre qu'un sentiment surprenant et légèrement désagréable de familiarité. Comme quand on pense : « Qu'est-ce que ça fait là, ça ? »

— Tu t'es fait des idées, dit-elle simplement.

La rage soudaine, incontrôlable qu'elle lut dans ses yeux la prit par surprise.

— Ce n'est pas vrai ! s'écria-t-il en lui saisissant les poignets.

Elle tenta de se dégager.

— Sébastien...

— Ce n'est pas vrai.

Ses yeux lançaient des éclairs et son visage blême était un masque de colère.

— Sébastien, répéta-t-elle en s'efforçant de garder son calme. Tu me fais mal.

Il se décida à la lâcher et elle s'aperçut qu'il respirait avec peine.

— Je suis désolé, murmura-t-il. Je croyais...

« Eh bien, tu t'es trompé », avait envie de dire Clary, mais elle ravala ses mots de peur qu'il se remette en colère.

— On devrait rentrer, lâcha-t-elle. Il va bientôt faire nuit.

Il hocha distraitement la tête, apparemment aussi gêné qu'elle par sa réaction. Se détournant, il se dirigea vers Wayfarer, qui paissait tranquillement à l'ombre d'un arbre. Clary hésita quelques instants avant de le suivre. Elle n'avait pas d'autre alternative, de toute façon. Elle jeta un coup d'œil furtif à ses poignets : les doigts de Sébastien y avaient laissé une marque rouge. Mais, le plus bizarre, c'étaient ces taches noires, semblables à de l'encre, sur sa peau.

Sans mot dire, Sébastien l'aida à se remettre en selle.

— Je suis désolé, je n'insinuais rien du tout, déclara-t-il enfin. Jace ne ferait jamais rien qui puisse te nuire. Je sais que c'est pour ton bien qu'il a rendu visite à ce vampire emprisonné dans la Garde...

Soudain, le monde sembla s'arrêter. Clary entendit sa propre respiration siffler à ses oreilles et contempla ses mains, figées comme celles d'une statue sur le pommeau de la selle.

— Un vampire ? murmura-t-elle.

Sébastien posa sur elle un regard surpris.

— Oui. Simon, celui qu'ils ont ramené de New York avec eux. Je croyais que tu étais au courant. Jace ne t'a rien dit ?

8

Un parmi les vivants

Simon fut tiré de son sommeil par un rayon de soleil se reflétant sur un objet qu'on avait dû glisser par les barreaux de sa fenêtre. Il se leva, le corps ankylosé par la faim, et vit qu'il s'agissait d'une flasque en métal de la taille d'un thermos à café. Un bout de papier avait été enroulé autour du bouchon. Simon le déplia et lut :

> *Simon,*
> *C'est du sang de bœuf, tout frais de chez le boucher. J'espère que ça fera l'affaire. Jace m'a répété ce que tu as dit, et je veux que tu saches que je te trouve très courageux. Tiens le coup, on trouvera un moyen de te sortir de là.*
>
> *XOXOXOXOXOXOX Isabelle*

Simon sourit à la vue des X et des O qui s'alignaient au bas de la page. Visiblement, les débordements d'affection d'Isabelle n'avaient pas trop pâti des circonstances actuelles. Il dévissa le bouchon de la flasque.

Il avait englouti plusieurs gorgées de sang quand un frisson entre les omoplates le fit se retourner.

Raphaël se tenait au milieu de la pièce, les mains nouées derrière le dos. Il portait une veste sombre et une chemise blanche impeccablement repassée. Une chaîne en or brillait à son cou. Simon manqua s'étrangler. Il déglutit à grand-peine et observa Raphaël avec des yeux ronds.

— Comment es-tu entré ?

Le sourire de Raphaël avait toujours quelque chose de carnassier, même quand il ne montrait pas les crocs.

— Ne t'affole pas.

— Je ne m'affole pas, protesta Simon.

Ce n'était pas tout à fait vrai. Il n'avait pas revu Raphaël depuis la nuit où, au moyen de ses ongles, il s'était extirpé de sa tombe creusée en hâte dans le Queens, ensanglanté et couvert de bleus. Il revoyait encore Raphaël lui jeter des sachets de sang après les avoir ouverts avec ses dents, comme un animal. Ce n'était pas un souvenir qu'il chérissait. Il aurait préféré ne plus jamais avoir affaire au vampire.

— Le soleil brille encore. Comment…

— Je ne suis pas vraiment là, l'interrompit Raphaël d'une voix suave. Ce n'est qu'une projection. Regarde.

Il passa la main à travers le mur de pierre à côté de lui.

— Je suis comme la fumée. Je ne peux pas te faire de mal. Et réciproquement, bien sûr.

— Moi, je n'ai rien contre toi, répliqua Simon en reposant la flasque sur le lit. Je veux juste connaître la raison de ta visite.

— Tu as quitté New York très soudainement. Tu sais que tu es censé informer le chef vampire de ton secteur de tes absences, n'est-ce pas ?

— Le chef vampire ? Tu parles de toi, là ? Je croyais que c'était quelqu'un d'autre...

— Camille n'est pas encore rentrée. Pour le moment, je la remplace. Tu saurais tout cela si tu prenais la peine de t'intéresser à nos lois.

— Mon départ de New York n'était pas prévu. Et, ne le prends pas mal, mais je ne me considère pas comme l'un des vôtres.

— *Dios*, marmonna Raphaël en baissant les yeux comme pour dissimuler son amusement, tu es têtu.

— Comment tu arrives à dire ça ?

— C'est l'évidence même, non ?

— Non, je parle de ce mot.

La gorge de Simon se serra.

— Toi, tu arrives à le dire et moi, je ne peux pas.

Une lueur malicieuse s'alluma dans les yeux de Raphaël.

— Quoi, *Dios* ? L'âge. La pratique. Et la foi, ou la perte de la foi : c'est un peu la même chose, d'une certaine manière. Avec le temps, tu apprendras, petit novice.

— Ne m'appelle pas comme ça.

— Mais c'est ce que tu es. Tu es un Enfant de la Nuit. N'est-ce pas pour cela que Valentin t'a fait prisonnier et vidé de ton sang ? Pour ce que tu es ?

— Tu sembles bien informé.

Raphaël plissa les yeux.

— J'ai aussi entendu dire que c'est en buvant le

sang d'un Chasseur d'Ombres que tu avais acquis ce don. C'est vrai ?

Simon sentit ses cheveux se dresser sur sa tête.

— C'est ridicule. Si le sang d'un Chasseur d'Ombres pouvait donner aux vampires la faculté de sortir en plein jour, ça se saurait depuis longtemps. Le sang des Nephilim serait devenu un mets de choix. Et la paix entre vampires et Chasseurs d'Ombres serait impossible. Donc, c'est une chance qu'il n'en soit rien.

Un petit sourire étira les lèvres de Raphaël.

— Très juste. En parlant de mets de choix, tu te rends compte, n'est-ce pas, que tu as pris beaucoup de valeur ? Je ne connais pas une Créature Obscure sur cette terre qui n'aimerait pas mettre la main sur toi.

— Y compris toi ?
— Évidemment.
— Et qu'est-ce que tu ferais si tu y parvenais ?

Raphaël haussa les épaules.

— Peut-être suis-je le seul à penser que le fait de supporter la lumière du soleil n'est pas un cadeau, contrairement à ce que croient les autres vampires. Nous ne sommes pas les Enfants de la Nuit sans raison. Je pourrais bien, à l'instar de l'humanité à notre encontre, te considérer comme une abomination. Je crois que tu représentes un danger pour notre espèce. Tu ne vas pas rester éternellement dans cette cellule. Un jour, tu devras sortir et affronter le monde à nouveau. M'affronter, moi. Mais laisse-moi te dire une chose. Je jure de ne te faire aucun mal, et de ne pas essayer de te retrouver, si à ton tour tu promets de rester à l'écart une fois qu'Aldertree t'aura libéré. Si tu acceptes de t'exiler si loin que personne ne puisse te retrouver, et de ne jamais contacter ceux que tu as connus dans ta vie mortelle, alors je tiendrai parole. Je ne peux pas te faire proposition plus honnête.

Mais Simon secouait déjà la tête.

— Je ne peux pas abandonner ma famille. Ou Clary.

Raphaël poussa un grognement.

— Ils ne font plus partie de ta vie. Tu es un vampire, désormais.

— Mais je ne veux pas en être un !

— C'est reparti ! Tu ne tomberas jamais malade ni ne mourras, tu resteras éternellement jeune et fort. Tu ne vieilliras pas. De quoi te plains-tu ?

« Éternellement jeune », songea Simon. Cette perspective n'était pas déplaisante, a priori, mais qui aurait voulu avoir seize ans jusqu'à la fin du monde ? C'était une chose que d'avoir toujours vingt-cinq ans, mais seize ? Rester toute sa vie ce garçon dégingandé, ne jamais avoir le corps et le visage d'un adulte... Sans compter qu'avec son air juvénile il ne pourrait jamais commander un verre dans un bar.

— En outre, ajouta Raphaël, tu n'es même pas obligé de renoncer au soleil.

Simon n'avait aucune envie de s'aventurer de nouveau sur ce terrain-là.

— J'ai entendu les autres parler de toi à l'hôtel Dumort. Je sais que tu portes une croix tous les dimanches pour rendre visite à ta famille. Je parie qu'ils ne sont même pas au courant que tu es un vampire. Alors ne viens pas me seriner que je dois renoncer à ma vie d'avant. C'est hors de question.

Les yeux de Raphaël étincelèrent.

— Ce que pense ma famille n'a aucune importance. Ce qui compte, c'est ce que moi je crois. Un vrai vampire accepte d'être mort. Toi, tu agis comme si tu faisais toujours partie des vivants. C'est en cela que tu es un danger pour nous. Tu refuses d'admettre que tu n'es plus en vie.

Le soir tombait quand Clary referma la porte de la maison d'Amatis derrière elle. Après avoir tiré le verrou, elle resta un long moment adossée au battant, les yeux mi-clos, le corps lourd de fatigue, les jambes douloureuses. La voix d'Amatis résonna dans le silence.

— Clary ? C'est toi ?

Immobile, Clary se laissa dériver dans les ténèbres apaisantes qui s'étendaient derrière ses paupières closes. En cet instant, elle avait tellement le mal du pays qu'elle pouvait presque sentir l'odeur métallique des rues de Brooklyn. Elle voyait sa mère assise dans son fauteuil, la lumière pâle qui filtrait à travers les fenêtres ouvertes de l'appartement éclairant sa toile tandis qu'elle peignait.

— Clary ?

La voix s'était rappochée. Clary ouvrit les yeux ; Amatis se tenait devant elle, les mains sur les hanches, ses cheveux grisonnants ramassés en un chignon sévère.

— Ton frère est là. Il t'attend dans la cuisine.

— Jace ?

Clary fit de son mieux pour ne pas trahir sa colère et son étonnement. Elle ne voulait pas laisser éclater sa rage devant la sœur de Luke. Amatis lui lança un regard interrogateur.

— Quoi, je n'aurais pas dû le laisser entrer ? Je croyais que tu voulais le voir.

— Non, tu as bien fait, répondit Clary en s'efforçant de maîtriser sa voix. Je suis fatiguée, c'est tout.

— Hum... fit Amatis, l'air dubitatif. Bon, je suis à l'étage si jamais tu as besoin de moi. Je vais faire une sieste.

Clary se demandait pourquoi diable elle aurait besoin d'Amatis, mais elle se contenta de hocher la tête et se dirigea en traînant les pieds vers la cuisine inondée de lumière. Une corbeille de fruits – oranges, pommes et poires – trônait sur la table, ainsi qu'une grosse miche de pain, du beurre, du fromage et une assiette de... cookies ? Amatis avait préparé des cookies ?

Jace était assis à la table, appuyé sur les coudes. Ses cheveux blonds étaient ébouriffés et le col entrouvert de sa chemise laissait voir un réseau épais de lignes noires sur sa peau. Il tenait un cookie dans sa main bandée. Alors Sébastien n'avait pas menti : il s'était bel et bien blessé.

— Bon, tu es rentrée, lança-t-il. Je commençais à croire que tu étais tombée dans le canal.

Clary le dévisagea sans mot dire ; elle se demanda s'il pouvait lire la colère dans son regard. Il s'adossa à sa chaise, un bras nonchalamment posé sur le dossier. Sans son pouls qui battait à toute allure à la base de sa gorge, elle aurait cru à ses airs détachés.

— Tu as l'air épuisée, ajouta-t-il. Où as-tu passé la journée ?

— Je suis allée faire un tour avec Sébastien.

— Sébastien ?

La surprise qui se peignit sur le visage de Jace était jubilatoire.

— Il m'a raccompagnée hier soir, expliqua Clary.

Son esprit martelait les mêmes mots comme les battements d'un cœur malade : « Dorénavant, je serai ton frère et rien d'autre. »

— Jusqu'à maintenant, il a été le seul dans cette ville à me témoigner un peu de gentillesse, poursuivit-elle. Donc, oui, j'étais avec Sébastien.

— Je vois.

Impassible, Jace reposa son cookie dans l'assiette.

— Clary, je suis venu te présenter mes excuses. Je n'aurais pas dû te traiter comme ça.

— Non, en effet.

— Je suis aussi venu te demander si tu envisageais de rentrer à New York.

— Encore !

— Tu n'es pas en sûreté ici.

— Qu'est-ce qui t'inquiète à ce point ? demanda-t-elle d'une voix atone. Tu as peur qu'ils me jettent en prison comme Simon ?

Si l'expression de Jace ne changea pas, il recula sa chaise comme si elle l'avait poussé.

— Simon ?

— Sébastien m'a raconté ce qui lui est arrivé. Il m'a dit que tu l'as amené ici et qu'ensuite tu les as laissés l'emprisonner. Tu fais tout pour que je te déteste, ma parole !

— Tu as confiance en Sébastien ? Tu le connais à peine, Clary.

— Alors ce n'est pas vrai ?

Il soutint son regard avec la même expression figée que Sébastien quand elle l'avait repoussé.

— Si.

Clary s'empara d'une assiette sur la table et la lui jeta au visage. Il se baissa pour l'esquiver en envoyant valser sa chaise, et l'assiette se fracassa sur le mur juste au-dessus de l'évier en répandant une pluie de porcelaine. Il bondit au moment où elle réitérait son geste sans même prendre la peine de viser : la deuxième assiette rebondit sur le réfrigérateur avant de se casser en deux moitiés aux pieds de Jace.

— Comment as-tu osé ? Simon avait confiance en toi. Où est-il, maintenant ? Qu'est-ce qu'ils vont lui faire ?

— Il va bien. Je lui ai parlé hier soir...

— Et ça, c'était avant ou après qu'on s'est vus ? Tu te comportais comme si tout allait pour le mieux dans le meilleur des mondes...

— C'est l'impression que je t'ai donnée ?

Jace étouffa un rire amer.

— Je dois être meilleur acteur que je ne le pensais, reprit-il avec un sourire narquois, qui fit enrager Clary. Comment osait-il se moquer d'elle ? Elle tendit la main vers la corbeille de fruits puis se ravisa brusquement, écarta la chaise d'un coup de pied et se jeta sur lui, sachant que c'était la dernière chose à laquelle il s'attendrait.

La violence et la soudaineté de son geste le prirent de court ; il recula et se cogna contre le comptoir de la cuisine tandis qu'elle s'affalait à moitié sur lui en tendant les bras à l'aveuglette, sans même savoir ce qu'elle ferait ensuite...

Mais c'était sans compter sur la rapidité de Jace. Son poing rencontra sa main tendue et, nouant ses doigts autour des siens, il la força à baisser le bras. Elle prit soudain conscience de la proximité de leurs corps.

— Lâche-moi !

— Tu vas me frapper si j'obéis ? demanda-t-il d'une voix à la fois rauque et douce, les yeux brillants.

— Tu le mérites !

Il partit d'un rire désabusé.

— Tu penses vraiment que j'avais tout manigancé ? Tu me crois capable d'une chose pareille ?

— Tu n'aimes pas Simon, tu ne vas pas prétendre le contraire.

Jace lui lâcha la main. Elle recula comme il tendait vers elle la paume de sa main droite. Il lui fallut un moment pour comprendre qu'il montrait la cicatrice irrégulière au creux de son poignet.

— Tu vois cette cicatrice ? Je me suis entaillé le poignet pour donner mon sang à ton ami le vampire. J'ai bien failli y laisser ma peau. Et maintenant tu m'accuses de l'avoir abandonné sans le moindre scrupule ?

Clary examina la cicatrice de Jace ; une parmi tant d'autres, de toutes formes et de toutes tailles.

— Sébastien m'a raconté que c'est toi qui avais amené Simon ici, et qu'ensuite Alec l'avait escorté jusqu'à la Garde avant de le livrer à l'Enclave. Tu aurais dû te douter...

— C'était un accident. Je lui avais donné rendez-vous à l'Institut pour discuter de toi. Je pensais qu'il pourrait peut-être te convaincre de renoncer à ce voyage. Si ça peut te consoler, il n'a même pas voulu en entendre parler. Peu après son arrivée, nous avons été attaqués par des Damnés. J'ai dû le traîner jusqu'au Portail. C'était ça ou le laisser mourir.

— Mais pourquoi l'avoir confié à l'Enclave ? Tu aurais dû savoir...

— On l'a conduit à la Garde parce que c'est là que se trouve le seul Portail d'Idris. Ils nous avaient promis de le renvoyer à New York.

— Et vous les avez crus ? Après ce qui s'est passé avec l'Inquisitrice ?

— Clary, cette femme était une anomalie dans le système. C'était peut-être ton premier aperçu de l'Enclave, mais moi j'ai l'habitude... L'Enclave, c'est nous. Les Nephilim. Nous sommes assujettis à la Loi.

— Sauf que vous ne la respectez pas.

— Non, c'est vrai, admit Jace d'un ton las. Et tu sais le pire ? C'est de me rappeler les colères de Valentin à ce sujet. Il répétait que l'Enclave était corrompue, qu'elle avait besoin d'une bonne purge. Et, par l'Ange, je suis bien d'accord avec lui.

Clary garda le silence, d'abord parce qu'elle n'avait rien à objecter, ensuite parce qu'à sa stupéfaction Jace l'attira contre lui sans même réfléchir à son geste. Et elle le laissa faire. À travers le tissu blanc de sa chemise, elle distinguait les contours de ses Marques qui s'enroulaient sur sa peau. Elle éprouva l'envie furieuse d'appuyer la tête contre son torse et de sentir ses bras autour d'elle.

— Il a peut-être raison sur ce point, déclara-t-elle enfin. Mais du point de vue de la méthode, il se trompe, et tu le sais.

Jace ferma les paupières à demi. Des ombres grises, vestiges d'insomnies, se creusaient sous ses yeux.

— Je ne sais plus rien. Ta colère est justifiée, Clary. Je n'aurais pas dû faire confiance à l'Enclave. J'avais tellement envie de croire que l'Inquisitrice était une exception, qu'elle agissait sans leur autorisation, et qu'il y avait encore du mérite à être un Chasseur d'Ombres.

— Jace ? chuchota Clary.

Il ouvrit les yeux. Ils étaient maintenant si près l'un de l'autre que même leurs genoux se touchaient et qu'elle sentait les battements de son cœur contre elle. « Éloigne-toi », se disait-elle en son for intérieur, mais ses jambes refusaient de lui obéir.

— Quoi ? fit-il d'une voix tendre.

— Je veux voir Simon. Est-ce que tu peux m'emmener auprès de lui ?

Il s'écarta d'un mouvement brusque.

— Non. Tu n'es même pas censée être à Idris. Il est hors de question que tu ailles là-bas !

— Mais il va finir par croire que tout le monde l'a abandonné !

— Je suis allé le voir. J'avais l'intention de le faire évader, quitte à arracher ses barreaux de mes propres mains. Mais il a refusé.

— Il veut rester en prison ?

— Apparemment, le nouvel Inquisiteur en a après moi et ma famille. Aldertree essaie de nous faire porter le chapeau. Comme il ne peut pas torturer l'un de nous – l'Enclave ne le tolérerait pas – il tente de faire avouer à Simon qu'on est tous de mèche avec Valentin. Simon pense que, si je l'aide à s'enfuir, l'Inquisiteur saura tout de suite que c'est moi, et ce sera encore pire pour les Lightwood.

— C'est très noble de sa part, mais son plan à long terme, c'est quoi ? Rester en prison jusqu'à la fin de ses jours ?

Jace haussa les épaules.

— On n'a encore rien décidé.

Clary poussa un soupir d'exaspération.

— Ah, les hommes ! Bon, écoute. Ce dont tu as besoin, c'est d'un alibi. Il faut que les Lightwood et toi, vous vous trouviez à un endroit où tout le monde pourra vous voir pendant que Magnus ira délivrer Simon pour le ramener à New York.

— Désolé de te décevoir, Clary, mais Magnus ne se laissera jamais convaincre. Il a beau trouver Alec très mignon, il ne se mettra pas l'Enclave à dos pour ses beaux yeux.

— Il acceptera peut-être de nous aider en échange du Livre Blanc.

Jace ouvrit de grands yeux.

— Hein ?

Clary l'informa brièvement de la mort de Ragnor Fell, de la présence de Magnus chez lui et du manuel de sortilèges. Perplexe, Jace l'écouta jusqu'au bout.

— Magnus prétend que ce sont des démons qui ont assassiné Fell ?

— Non, il a décelé une odeur d'origine démoniaque sur les lieux. D'après lui, Fell aurait été tué par les « serviteurs de Valentin ». Il n'a rien dit de plus.

— Certaines pratiques de magie noire dégagent une odeur démoniaque, observa Jace. Si Magnus est resté vague, c'est sans doute parce qu'il n'est pas très content qu'un sorcier exerce la magie noire dans les parages alors que c'est interdit par la Loi. Mais ce n'est pas la première fois que Valentin s'offre les services d'un Enfant de Lilith pour faire son sale boulot. Rappelle-toi l'enfant sorcier qu'il a tué à New York.

— Il avait besoin de son sang pour accomplir le Rituel. Oui, je m'en souviens.

Clary frémit à cette pensée.

— Jace, est-il possible que Valentin veuille ce livre pour les mêmes raisons que moi, à savoir réveiller ma mère ? reprit-elle.

— Peut-être. Ou, à en croire Magnus, il le convoite juste pour le pouvoir qu'il pourrait en retirer. Dans l'un ou l'autre cas, on a intérêt à mettre la main dessus avant lui.

— Il y a des chances pour qu'il se trouve dans le manoir des Wayland, à ton avis ?

— Je sais qu'il est là-bas, répondit-il, à la stupéfaction de Clary. Ce bouquin de recettes, je l'ai déjà vu dans la bibliothèque. C'est le seul livre de cuisine qu'elle contienne.

Clary en avait le tournis ; elle s'était presque interdit d'y croire.

— Jace... si tu m'emmènes au manoir et qu'on trouve le livre, je rentrerai avec Simon à New York et je ne reviendrai pas, je te le jure.

— Magnus avait raison : cet endroit est protégé par des sortilèges destinés à égarer les visiteurs. Je peux t'y emmener mais c'est loin d'ici. Il nous faudra marcher pendant au moins cinq heures.

Clary prit la stèle pendue à la ceinture de Jace et la brandit entre eux ; aussitôt, elle répandit la même lumière blanche et ténue que les tours de verre.

— Qui parle de marcher ?

— Tu reçois d'étranges visiteurs, vampire, observa Samuel. D'abord Jonathan Morgenstern puis le chef vampire de New York. Je suis impressionné.

« Jonathan Morgenstern ? » Il fallut un moment à Simon pour comprendre qu'il s'agissait, bien sûr, de Jace. Assis par terre au milieu de sa cellule, il retournait distraitement la flasque vide dans ses mains.

— Apparemment, je suis plus important que je ne l'aurais cru.

— Et Isabelle Lightwood qui t'apporte du sang ! De la livraison de luxe !

Simon leva la tête.

— Comment savez-vous que c'est Isabelle qui me l'a apporté ? Je ne vous ai rien dit...

— Je l'ai vue par la fenêtre de ma cellule. Elle ressemble trait pour trait à sa mère. Enfin, lorsqu'elle était jeune.

Après un silence gêné, Samuel ajouta :

— Tu sais sans doute que ce sang n'est qu'une solution temporaire. Tôt ou tard, l'Inquisiteur se demandera pourquoi tu n'es pas mort de faim. En voyant que tu te portes comme un charme, il en déduira que tu as une combine et, de toute façon, il t'éliminera.

— Alors il ne me reste plus qu'à m'en remettre à Jace : il m'a promis qu'ils trouveraient un moyen de me sortir de là.

Comme Samuel ne répondait rien, Simon reprit :

— Je lui demanderai de vous libérer, vous aussi. Je ne vous laisserai pas moisir ici.

Samuel réprima un ricanement.

— Oh, je doute que Jace Morgenstern accepte de me secourir. En outre, cette prison est le cadet de tes soucis, vampire. Bientôt, Valentin attaquera la ville et nous serons probablement tous massacrés.

— Comment pouvez-vous en être aussi sûr ?

— Nous étions proches, à une époque. Je connaissais ses projets. Il a l'intention de neutraliser les boucliers d'Alicante et de frapper l'Enclave en plein cœur.

— Mais je croyais qu'aucun démon ne pouvait franchir ces boucliers. Ils sont indestructibles, paraît-il.

— C'est ce qu'on dit. Il faut du sang de démon pour les désactiver, et cela ne peut être fait que de l'intérieur. Or, comme aucun démon ne peut pénétrer dans la ville... Eh bien, c'est le paradoxe idéal, a priori. Cependant Valentin prétend qu'il a trouvé le moyen de contourner cet obstacle, et je le crois. D'une façon ou d'une autre, il parviendra à détruire ces boucliers, puis il envahira la ville avec son armée de démons, et ils nous tueront jusqu'au dernier.

L'assurance tranquille qui perçait dans la voix de Samuel glaça le sang de Simon.

— Vous semblez terriblement résigné. Réagissez ! Vous devriez avertir l'Enclave.

— Je l'ai déjà fait pendant mon interrogatoire. J'ai répété cent fois que Valentin prévoyait de détruire les boucliers ; on ne m'a pas écouté. L'Enclave est persuadée qu'ils résisteront éternellement, tout ça parce qu'ils ont tenu un millénaire. Mais il en allait de même pour Rome avant l'invasion barbare. Un jour ou l'autre, toutes les murailles tombent.

Samuel partit d'un rire amer.

— Les paris sont lancés, vampire. Qui te tuera le premier ? Valentin, les autres Créatures Obscures ou l'Enclave ?

Quelque part entre leur point de départ et leur destination, Clary lâcha la main de Jace. Quand la tornade l'eut recrachée, elle atterrit lourdement par terre, se redressa avec lenteur et jeta un regard autour d'elle. Elle était assise au milieu d'un tapis persan masquant le sol d'une vaste pièce aux murs de pierre. Des meubles recouverts d'un drap blanc étaient disposés çà et là ; dans la pénombre, ils évoquaient de gros fantômes bossus et malhabiles. Des rideaux en velours étaient suspendus aux fenêtres ; la saleté leur avait donné une teinte grisâtre, et des particules de poussière dansaient sous le clair de lune.

— Clary ? Tu vas bien ?

Jace émergea de derrière une énorme forme dissimulée sous un drap, qui devait être un piano majestueux.

— Oui, répondit-elle en grimaçant de douleur. (Son coude la faisait souffrir.) Amatis va probablement me tuer à mon retour, étant donné que j'ai cassé toutes ses assiettes et ouvert un Portail au beau milieu de sa cuisine.

— Si ça peut te consoler, lança-t-il en l'aidant à se relever, tu m'as vraiment impressionné.

— Merci.

Clary parcourut la pièce du regard.

— Alors c'est ici que tu as grandi ? On dirait le décor d'un conte de fées.

— J'aurais plutôt penché pour un film d'horreur. Bon sang, je n'avais pas revu cet endroit depuis des années ! Dans mon souvenir...

— Il n'y faisait pas aussi froid ?

Clary frissonna, boutonna son manteau. Cependant, le froid qui s'insinuait en elle n'était pas uniquement physique ; elle avait l'impression que ces murs n'avaient jamais connu ni chaleur, ni rires, ni lumière.

— Non, la corrigea Jace. Il a toujours fait froid ici. J'allais dire qu'il n'y avait pas autant de poussière.

Il sortit une pierre de rune de sa poche, qui s'illumina entre ses doigts. Sa clarté laiteuse éclaira son visage en faisant ressortir ses pommettes saillantes et le creux de ses tempes.

— Ici, c'est le bureau. Nous, on cherche la bibliothèque. Suis-moi.

Il la guida le long d'un couloir tapissé de miroirs renvoyant leur reflet. Clary n'avait pas conscience jusqu'alors d'être aussi dépenaillée : son manteau était couvert de poussière et elle avait les cheveux en bataille. Elle essaya de les aplatir discrètement et entrevit le sourire narquois de Jace dans l'un des miroirs. Pour une raison mystérieuse – sans doute quelque magie propre aux Chasseurs d'Ombres –, sa coiffure était impeccable.

De chaque côté du couloir s'alignaient des portes, ouvertes pour certaines ; Clary entraperçut d'autres pièces, aussi poussiéreuses et abandonnées en apparence que le bureau. Michael Wayland n'avait pas de famille, d'après Valentin, aussi conclut-elle que personne n'avait hérité de la demeure après la « mort » de ce dernier. Elle avait pourtant présumé qu'il était revenu vivre entre ces murs mais, manifestement, ce n'était pas le cas. Tout en ces lieux évoquait la morosité et l'absence. Or, à Renwick, Valentin avait désigné le manoir comme sa « maison », il l'avait montré à Jace par le biais du Portail-miroir – souvenir idyllique de champs verdoyants et de belles pierres – mais, là encore, il avait menti, songea Clary. À l'évidence, il n'avait pas investi les lieux depuis des années ; peut-être avait-il décidé de laisser la demeure tomber en ruine, à moins qu'il n'y vînt à l'occasion pour arpenter comme un fantôme ses couloirs obscurs.

Ils s'arrêtèrent devant une porte au bout du couloir. Jace l'ouvrit d'un coup d'épaule et s'effaça pour laisser entrer Clary. Elle s'était attendue à trouver la même bibliothèque qu'à l'Institut et, en effet, cette pièce, sans en être la réplique, lui ressemblait un peu : on y trouvait les mêmes murs tapissés de livres, les mêmes échelles montées sur roulettes permettant d'accéder aux plus hautes étagères. En revanche, il n'y avait ni dôme ni bureau. Des rideaux de velours vert rigidifiés par la poussière étaient suspendus aux fenêtres dont les panneaux de verre, dans des camaïeux de vert et de bleu, scintillaient au clair de lune comme du givre coloré. Au-delà, on ne distinguait que les ténèbres.

— Voici donc cette fameuse bibliothèque, chuchota Clary, sans trop savoir pourquoi elle baissait la voix.

Il régnait une atmosphère particulière dans cette grande maison vide. Jace la regarda sans la voir, les yeux assombris par le voile du souvenir.

— Je m'asseyais près de cette fenêtre pour faire les devoirs que mon père me donnait chaque jour. À chaque journée correspondait une langue différente : français le samedi, anglais le dimanche... mais je ne me souviens plus quel jour était dédié au latin... Est-ce que c'était le lundi ou le mardi ?

Soudain, Clary eut une vision de Jace enfant, assis sur le rebord de la fenêtre, un livre en équilibre sur les genoux, le regard tourné vers... vers quoi ? Y avait-il des jardins au-delà de cette fenêtre ? Une vue dégagée ? Un mur d'épines infranchissable comme autour du château de la Belle au bois dormant ? Elle se l'imaginait lisant tandis que la lumière du dehors projetait des reflets verts et bleus sur ses cheveux blonds, son petit visage trop sérieux pour un garçon de dix ans.

— Je ne m'en souviens pas, répéta-t-il, le regard perdu dans le vague.

Clary posa la main sur son épaule.

— Ce n'est pas grave, Jace.

Il sursauta comme s'il venait de s'éveiller d'un rêve et fit quelques pas dans la pièce en s'éclairant de sa pierre de rune. Il s'agenouilla pour inspecter une rangée de livres et, quand il se redressa, il tenait l'un d'eux à la main.

— Le voilà ! *Recettes simples pour les ménagères*.

Clary le rejoignit en hâte et lui arracha l'ouvrage des mains. C'était un livre ordinaire avec une couverture bleue. Quand elle l'ouvrit, des particules de poussière s'envolèrent de ses pages comme autant de mites.

Un gros trou carré avait été découpé au centre du livre. Tel un écrin protégeant un bijou, il contenait un ouvrage plus petit relié de cuir blanc, dont le titre en latin était inscrit en lettres d'or. Clary reconnut les mots « livre » et « blanc », mais en feuilletant ses pages, elle constata avec surprise qu'elles étaient couvertes d'une écriture minuscule et tremblée dans une langue inconnue.

— C'est du grec ancien, dit Jace en jetant un coup d'œil par-dessus son épaule.

— Tu sais le déchiffrer ?

— Je ne le lis pas bien, admit-il. Ça fait des années. Mais Magnus saurait, j'imagine.

Il referma le livre et le glissa dans la poche du manteau vert de Clary avant de se tourner de nouveau vers les rayonnages en effleurant du bout des doigts les rangées d'ouvrages.

— Tu aimerais en emporter ? s'enquit-elle gentiment. Si tu veux...

Jace rit.

— Je ne pouvais lire que ceux qu'il me désignait. Sur ces étagères, il y a des livres que je n'avais même pas le droit de toucher.

Sur la plus haute étagère, il indiqua une rangée de volumes reliés de cuir marron.

— Un jour, j'ai pris un de ceux-là, histoire de comprendre pourquoi on en faisait tout un plat. J'ai découvert que mon père tenait un journal sur moi. Il l'avait intitulé : « Notes sur mon fils, Jonathan Christopher ». Il m'a fouetté avec sa ceinture en apprenant que je l'avais lu. Jusqu'alors, je ne savais même pas que j'avais un deuxième prénom.

Une brusque bouffée de haine pour son père submergea Clary.

— Eh bien, Valentin n'est pas ici, que je sache.
— Clary... dit Jace d'un ton menaçant.

Mais elle s'était déjà hissée sur la pointe des pieds pour prendre un livre sur l'étagère interdite, qu'elle laissa tomber à ses pieds.

— Clary !
— Oh, arrête un peu !

Elle réitéra son geste, et un deuxième livre, puis un troisième atterrirent par terre en soulevant un nuage de poussière.

— À ton tour.

Jace la considéra quelques instants, puis un léger sourire étira ses lèvres et, d'un grand geste du bras, il fit tomber tous les livres qui restaient sur l'étagère. Il éclata de rire... et s'interrompit brusquement en levant la tête comme un chat dresse l'oreille en percevant un bruit lointain.

— Tu as entendu ?

« Entendu quoi ? » allait demander Clary quand, soudain, elle se figea. Il y avait bel et bien un bruit, qui s'intensifiait à présent. On aurait dit le grincement d'une machine qui se met en marche. Cela semblait provenir de l'intérieur du mur. D'instinct, elle recula d'un pas au moment où la paroi devant eux coulissait, révélant une ouverture grossièrement creusée dans la pierre. Au-delà, un escalier se perdait dans les ténèbres.

9

Mauvais sang

— Je ne me souvenais même pas qu'il y avait une cave ici, dit Jace en jetant un coup d'œil par l'ouverture.

Il leva sa pierre de rune ; elle éclaira les parois noires et luisantes d'un passage creusé dans un matériau lisse que Clary ne reconnut pas. Les marches suintaient d'humidité. À l'odeur de moisi se mêlait un relent étrange, métallique, qui n'augurait rien de bon.

— À ton avis, qu'est-ce qu'il y a, là-dessous ? demanda-t-elle.

— Je n'en sais rien.

Jace posa le pied sur la première marche comme pour en tester la solidité, puis s'engagea dans l'escalier avec un haussement d'épaules. À mi-chemin, il se tourna vers Clary.

— Tu viens ? Tu peux m'attendre en haut si tu préfères.

Elle jeta un regard à la bibliothèque déserte, frémit et se précipita derrière lui. L'escalier s'enroulait en cercles de plus en plus étroits, comme s'ils progressaient à l'intérieur d'une énorme conque. L'odeur s'intensifiait à mesure qu'ils descendaient, et bientôt les marches débouchèrent sur une vaste salle dont les murs rongés par l'humidité étaient maculés de taches sombres. Le sol couvert de pentagrammes et de runes était jonché de pierres blanches.

Jace fit un pas et quelque chose craqua sous ses pieds.

— Des os, chuchota Clary.

Ce qu'ils avaient d'abord pris pour des pierres était en réalité des ossements de toutes formes et tailles, répandus sur le sol.

— Qu'est-ce qu'il fabriquait ici ? s'étonna-t-elle.

La pierre de rune, brûlante dans la main de Jace, nimbait les alentours d'une clarté inquiétante.

— Des expériences, répondit Jace d'un ton morne. La reine de la Cour des Lumières a dit...

— D'où proviennent ces os ? D'animaux ?

Jace éparpilla un tas d'ossements de la pointe du pied.

— Non. Pas tous.

La poitrine de Clary se serra.

— Je crois qu'on devrait remonter.

Ignorant sa suggestion, Jace leva la pierre de rune dans sa main. Elle se mit à briller plus intensément, répandant une vive lumière blanche qui éclaira les coins de la salle. L'un d'eux était dissimulé derrière une tenture. Il y avait quelque chose derrière, une forme recroquevillée...

— Jace, murmura Clary. Qu'est-ce que c'est que ça ?

Il ne répondit pas. Clary s'aperçut qu'il avait dégainé un poignard séraphique qui scintillait dans la lumière telle une lame de glace.

— Jace, non...

Trop tard. Il s'avança vers la tenture d'un pas décidé, l'écarta de la pointe de sa lame puis la jeta à terre. Elle s'affaissa dans un nuage de poussière.

Jace chancela et la pierre de rune lui glissa des mains. Avant qu'elle ne tombe par terre, Clary entrevit son visage livide, figé d'horreur. Ramassant la pierre, elle la brandit au-dessus d'elle, impatiente de découvrir ce qui avait à ce point bouleversé Jace.

D'abord elle ne distingua qu'une forme humaine enveloppée dans un linge blanc. Des menottes attachées à de gros anneaux de métal scellés dans le sol emprisonnaient ses poignets et ses chevilles. « Comment peut-il encore être en vie ? » songea Clary, horrifiée, tandis qu'un goût de bile lui emplissait la bouche. La pierre de rune trembla dans sa main, et sa lumière vacillante éclaira les membres décharnés du prisonnier, qui portait les stigmates d'innombrables tortures. Son visage squelettique était tourné vers elle, révélant des orbites béantes à la place des yeux. Puis un bruissement s'éleva, et elle s'aperçut que ce qu'elle avait pris pour des haillons était en réalité des ailes qui saillaient de son dos comme deux croissants de lune d'un blanc immaculé, seule touche de pureté dans cette salle sordide.

Elle laissa échapper un hoquet de surprise.

— Jace ! Tu as vu...

— J'ai vu.

— Tu m'avais pourtant dit que les anges n'existaient pas... que personne n'en avait jamais vu...

Jace jura entre ses dents et se pencha vers la créature recroquevillée sur le sol, puis recula d'un bond, comme s'il venait de heurter un mur invisible. Baissant les yeux, Clary vit que l'ange était accroupi au centre d'un pentagramme fait de runes entrelacées gravées à même la pierre ; elles répandaient une lumière diffuse, phosphorescente.

— Les runes, chuchota-t-elle. Elles font obstacle...
— Mais il doit bien y avoir un moyen de l'aider... protesta Jace.

L'ange leva la tête. La mort dans l'âme, Clary constata qu'il avait, comme Jace, des cheveux blonds et bouclés qui accrochaient la lumière. Son visage lacéré évoquait un tableau de maître abîmé par des vandales. Soudain, il ouvrit la bouche et un son presque musical s'en échappa, une seule note à la fois, douce et perçante, qui ressemblait vaguement à une plainte...

Un flot d'images défila devant les yeux de Clary. Elle serrait toujours la pierre de rune dans sa main, mais celle-ci ne brillait plus. Elle fut brusquement transportée dans un rêve éveillé où les souvenirs affluaient sous la forme de fragments d'images, de couleurs, de sons.

Elle se trouvait au centre d'une cave propre et nue ; une grande rune avait été tracée en hâte sur le sol. Debout à côté du symbole, un homme tenait un livre ouvert dans une main et une torche dans l'autre. Quand il leva la tête, Clary reconnut Valentin. Un Valentin beaucoup plus jeune, au visage lisse et séduisant. Il se mit à psalmodier des incantations, et la rune s'enflamma. Bientôt, les flammes moururent, révélant une forme recroquevillée dans la cendre : un ange aux ailes déployées, couvertes de sang, tel un oiseau abattu en plein ciel.

La scène changea. Valentin se tenait à présent près d'une fenêtre avec une jeune femme rousse à son côté. Un anneau en argent d'aspect familier étincela à son doigt comme il l'enlaçait. Le cœur serré, Clary reconnut sa mère. Ses traits de jeune fille avaient quelque chose de doux et de vulnérable. Elle portait une chemise de nuit blanche et, indubitablement, elle était enceinte.

— Les Accords ne sont pas seulement la pire idée que l'Enclave ait jamais eue, mais aussi la plus grande calamité qui puisse frapper les Nephilim, disait Valentin d'un ton courroucé. La perspective d'être enchaînés à ces créatures...

— Valentin, protesta Jocelyne en souriant, assez de politique, je t'en prie.

Elle noua les bras autour du cou de son mari avec une expression aimante qui se reflétait dans le regard de celui-ci, mais Clary crut y déceler une autre émotion, et un frisson lui parcourut le dos...

Valentin était maintenant agenouillé au milieu d'une clairière. La lune éclairait le pentagramme noir qu'il avait tracé dans la terre. Les branches des arbres formaient une voûte épaisse au-dessus de sa tête ; les feuilles de celles qui surplombaient le pentagramme avaient noirci. Une femme aux longs cheveux soyeux était assise au centre de l'étoile à cinq branches. Elle avait un corps mince et gracieux, ses bras blancs étaient nus, et son visage était dissimulé par la pénombre. Elle tendit la main gauche et, comme elle ouvrait les doigts, Clary vit que sa paume était entaillée. Un mince filet de sang s'écoulait de la blessure ; elle le récolta, goutte à goutte, dans une coupe d'argent posée au bord du pentagramme. Le sang paraissait noir au clair de lune, à moins qu'il ne le soit réellement.

— L'enfant né avec ce sang dans les veines aura un pouvoir plus grand que celui des Démons Supérieurs qui peuplent les abysses entre les mondes, annonça-t-elle d'une voix douce et mélodieuse. Il sera plus puissant qu'Asmodée, plus fort que le *shedim* des tempêtes. Avec l'entraînement adéquat, il n'est rien dont il ne sera capable. Je dois cependant t'avertir que son pouvoir le privera de son humanité.

— Mes remerciements, dame d'Édom, dit Valentin et, au moment où il s'avançait pour prendre la coupe remplie de sang, la femme leva la tête.

Clary constata alors que si, par ailleurs, elle était d'une beauté saisissante, elle avait, en guise d'yeux, deux orbites vides par lesquelles émergeaient des tentacules noirs. Clary étouffa un cri de frayeur...

La forêt et la nuit disparurent. Jocelyne faisait maintenant face à quelqu'un qu'elle masquait à la vue de Clary. Elle n'était plus enceinte, et sa chevelure retombait en désordre sur son visage épouvanté.

— Je ne peux pas rester avec lui un jour de plus, Ragnor. J'ai lu son journal. Savez-vous ce qu'il a fait à Jonathan ? Même lui, je ne le pensais pas capable de ça.

Ses épaules s'affaissèrent.

— Il a utilisé du sang de démon. Jonathan n'est plus un être humain, c'est un monstre...

Elle se volatilisa. À sa place, Valentin faisait les cent pas autour d'un cercle de runes ; un poignard séraphique étincelait dans sa main. « Pourquoi t'obstines-tu à ne pas me parler ? marmonna-t-il. Pourquoi ne me donnes-tu pas ce que je veux ? » Il brandit son couteau, l'ange se tordit de douleur, et un liquide doré comme un rayon de soleil s'écoula de sa blessure. « Si tu refuses de m'apporter des réponses, reprit Valentin, tu peux au moins me donner ton sang pour moi et ma famille. Il nous sera plus utile qu'à toi. »

À présent, Clary se trouvait dans la bibliothèque du manoir des Wayland. Le soleil entrait par les fenêtres, inondant la pièce de verts et de bleus. Des voix et des éclats de rire lui parvenaient de la pièce voisine où l'on donnait une fête. Agenouillée près des rayonnages, Jocelyne jeta un coup d'œil autour d'elle avant de sortir un livre de sa poche et de le glisser sur une étagère...

Elle disparut et Clary vit la cave où elle se trouvait en ce moment. Le même pentagramme était tracé sur le sol, et au centre de l'étoile gisait l'ange. Valentin se tenait près de lui et, cette fois encore, il tenait à la main un poignard séraphique. Il semblait plus âgé à présent ; ce n'était plus un jeune homme. « Ithuriel, lança-t-il. Nous sommes de vieux amis maintenant, n'est-ce pas ? J'aurais pu t'enterrer vivant sous ces ruines, et pourtant je t'ai emmené ici avec moi. Pendant toutes ces années, je t'ai gardé à mes côtés dans l'espoir qu'un jour tu me révélerais ce que je veux savoir. »

Il se rapprocha du prisonnier en brandissant son poignard dont la lumière fit scintiller la barrière de runes. « En t'invoquant, j'espérais que tu m'expliquerais pourquoi Raziel nous a créés, nous, la race des Chasseurs d'Ombres, sans nous accorder les dons des Créatures Obscures : la rapidité des loups, l'immortalité du Petit Peuple, les pouvoirs magiques des sorciers, l'invulnérabilité des vampires. Il nous a laissés nus, sans autre protection contre les hôtes de l'enfer que ces Marques tatouées sur notre peau. Pourquoi leurs pouvoirs devraient-ils être supérieurs aux nôtres ? Pourquoi ne pouvons-nous pas bénéficier de ce qu'ils possèdent ? »

Assis au centre de l'étoile qui l'emprisonnait, l'ange demeura immobile comme une statue de marbre, les ailes repliées. Ses yeux n'exprimaient rien d'autre qu'une immense tristesse muette. Valentin fit la grimace.

— Soit. Garde le silence. Il y aura d'autres occasions.

Il brandit son poignard.

— Je détiens la Coupe Mortelle, Ithuriel, et bientôt j'aurai l'Épée en ma possession. Mais sans le Miroir, je ne peux pas commencer l'invocation. Il ne me manque plus que lui. Dis-moi où il se trouve, et je te laisserai mourir.

La scène se désintégra, et Clary entrevit d'autres images désormais familières puisqu'elles provenaient de ses cauchemars : des anges avec des ailes blanches ou noires, des lacs miroitants, de l'or, du sang et Jace, se détournant d'elle, se détournant toujours. Elle tendit le bras pour le retenir, et pour la première fois la voix de l'ange résonna dans sa tête.

Ce ne sont pas les premiers rêves que je te montre.

La vision d'une rune surgit du néant, tel un feu d'artifice derrière ses paupières. Cette rune-là, elle la voyait pour la première fois : puissante, élémentaire, elle évoquait un simple nœud. Elle disparut en un éclair et, à cet instant, le chant de l'ange se tut. Clary réintégra son corps ; elle chancela dans l'obscurité de la salle malodorante. L'ange gisait dans son coin, immobile et silencieux, les ailes repliées, telle une sculpture à l'effigie du malheur.

Clary laissa échapper un sanglot. « Ithuriel. » Le cœur serré, elle tendit les bras vers le prisonnier malgré la barrière de runes. Depuis des années, il agonisait seul dans ces ténèbres, enchaîné et affamé, mais la mort ne voulait pas le délivrer...

Jace était tout près d'elle. Elle comprit à son air bouleversé qu'il avait eu les mêmes visions qu'elle. Il contempla le poignard séraphique dans sa main puis reporta le regard sur l'ange. Son visage aveugle était tourné vers eux et semblait les supplier en silence.

Jace fit un pas, puis un autre. Son regard restait fixé sur l'ange et Clary eut l'impression que tous deux communiquaient sans l'aide des mots. Les yeux de Jace étincelaient comme des disques d'or.

— Ithuriel, chuchota-t-il.

Le poignard dans sa main s'illumina comme une torche. Sa lumière était aveuglante. L'ange leva la tête, comme si la clarté générée par la lame venait de lui rendre la vue. Il tendit les bras, et les chaînes qui retenaient ses poignets cliquetèrent.

— Clary, dit Jace. Les runes.

Pendant un bref moment, elle le dévisagea sans comprendre. Du regard, il lui signifia d'approcher. Elle lui tendit la pierre de rune, sortit sa stèle de sa poche, et s'agenouilla près des runes. Elles semblaient avoir été creusées dans la pierre avec un objet pointu.

Elle jeta un coup d'œil à Jace. L'expression de son regard la surprit ; elle y lut une confiance aveugle en elle et ses capacités. De la pointe de la stèle, elle traça plusieurs lignes sur le sol qui se dilatèrent comme si elle trempait le bout d'une allumette dans du soufre.

Une fois sa tâche terminée, elle se leva. Les runes scintillaient devant elle. Jace s'avança à son côté. Il avait rempoché sa pierre de rune, et la seule source de lumière émanait de son poignard séraphique. Il tendit la main, et cette fois parvint à franchir la barrière de runes.

L'ange lui prit le poignard. Il ferma ses yeux aveugles et, l'espace d'un instant, Clary crut le voir sourire. Retournant l'arme dans sa main, il en appuya la pointe sur son sternum. Étouffant un cri, Clary fit mine de s'élancer, mais Jace la retint d'une poigne de fer juste au moment où l'ange se poignardait.

Sa tête retomba en arrière, sa main lâcha le couteau, dont le manche saillait de sa poitrine, à l'endroit où se trouvait son cœur... si les anges avaient un cœur, ce dont Clary n'était pas certaine. Soudain, des flammes jaillirent de la blessure et le corps de la créature s'embrasa. Les chaînes qui retenaient ses poignets rougeoyèrent comme du fer laissé trop longtemps dans l'âtre. Clary songea aux peintures médiévales représentant des saints extatiques sur le bûcher. Les ailes de l'ange se déployèrent avant de s'enflammer à leur tour.

N'y tenant plus, Clary détourna les yeux et enfouit son visage contre l'épaule de Jace.

— Ça va aller, murmura-t-il en la serrant contre lui, la bouche dans ses cheveux.

Mais l'air était saturé de fumée, et elle avait l'impression que la terre tremblait sous ses pieds. Jace chancela, et elle comprit alors que ce n'était pas l'effet du choc : le sol bougeait vraiment. Les pavés se craquelèrent autour d'eux, et une pluie de poussière s'abattit du plafond. L'ange n'était guère plus qu'une colonne de fumée ; les runes autour de lui brillaient d'un éclat aveuglant. Clary les étudia pour en déchiffrer le sens, puis posa sur Jace un regard paniqué :

— Le manoir... il était enchaîné à Ithuriel. S'il meurt, le manoir...

Elle n'eut pas le temps de finir sa phrase : Jace l'entraînait déjà vers l'escalier branlant. Elle trébucha, se cogna le genou sur une marche, mais il la releva et elle se remit à courir au mépris de sa jambe endolorie, les poumons pleins de poussière.

Après avoir gravi les marches quatre à quatre, ils déboulèrent dans la bibliothèque. Dans son dos, Clary entendit un grondement étouffé au moment où le reste de l'escalier s'effondrait. À la surface, la situation n'était guère plus enviable : les murs de la bibliothèque tremblaient, les livres dégringolaient de leurs étagères. Les débris d'une statuette étaient éparpillés sur le sol. Jace s'empara d'une chaise et, avant que Clary ait pu poser la moindre question, la jeta sur une des fenêtres à vitraux qui se brisa dans un déluge de verre.

Au-delà s'étendait une pelouse éclairée par la lune et délimitée par un rideau d'arbres. Ils semblaient si loin ! « Je ne peux pas sauter d'aussi haut ! » pensa Clary. Elle allait en faire part à Jace quand elle vit ses yeux s'agrandir d'effroi. L'un des bustes en marbre qui s'alignaient sur les étagères supérieures bascula dans le vide ; elle l'esquiva au dernier moment, et il s'écrasa à un cheveu de l'endroit où elle se tenait une seconde plus tôt.

Une seconde plus tard, Jace la souleva dans ses bras et, après l'avoir portée jusqu'à la fenêtre, il la jeta dans le vide comme un vulgaire sac à patates. Elle tomba dans l'herbe, dévala la pente roulée en boule et finit sa course contre une butte qu'elle heurta de plein fouet, puis elle se redressa en secouant sa chevelure pleine de brindilles. Un instant plus tard, Jace la rejoignit et se releva d'un bond pour scruter le manoir. Clary suivit son regard mais il l'entraînait déjà vers un creux entre deux collines en lui serrant le bras à lui en faire des bleus. Sans lui laisser le temps de réagir, il la poussa devant lui et se jeta sur elle pour faire écran de son corps. Un énorme grondement résonna dans la nuit ; on aurait dit un tremblement de terre ou une éruption volcanique. Un nuage de poussière blanche s'éleva. Pendant un bref moment d'hébétude, Clary crut qu'il s'était mis à pleuvoir, et comprit qu'il s'agissait en fait d'une pluie de verre et de gravats ; les restes du manoir effondré tombaient autour d'eux comme une grêle de balles.

Jace se serra contre elle ; son cœur battait si fort à ses oreilles qu'il couvrait presque le fracas du manoir qui s'effondrait.

Le vacarme se tut peu à peu, comme de la fumée se dissipant dans l'air, et laissa bientôt place aux cris stridents des oiseaux affolés. Par-dessus l'épaule de Jace, Clary les vit tournoyer dans le ciel nocturne.

— Jace, dit-elle à mi-voix. Je crois que j'ai perdu ta stèle.

Il s'écarta un peu d'elle en se hissant sur les coudes, et la regarda avec insistance. Même dans l'obscurité, elle distinguait son propre reflet dans ses yeux. Il avait le visage couvert de suie et de poussière, et le col de sa chemise était déchiré.

— Ce n'est pas grave. Tant que tu n'es pas blessée.

Sans réfléchir, elle effleura ses boucles du bout des doigts ; il se raidit et son regard s'assombrit.

— Tu avais un brin d'herbe dans les cheveux, expliqua-t-elle, la bouche sèche, tandis que l'adrénaline refluait dans ses veines.

Les derniers événements – la découverte de l'ange, l'effondrement du manoir – lui semblaient moins réels que ce qu'elle lisait à présent dans le regard de Jace.

— Tu ne devrais pas me toucher, lâcha-t-il.

Clary suspendit son geste.

— Pourquoi ?

— Tu le sais bien, marmonna-t-il en roulant sur le dos. Tu as vu ce que j'ai vu, non ? Le passé, l'ange. Nos parents.

Clary ne se rappelait pas l'avoir entendu prononcer ces mots auparavant : « Nos parents. » Elle hésita à lui prendre la main, craignant sa réaction. Il contemplait le ciel d'un air absent.

— Oui, j'ai vu.
— Alors tu sais ce que je suis, murmura-t-il d'une voix tenaillée par l'angoisse. Je suis en partie démon, Clary. Tu comprends ce que ça signifie ?

Son regard la transperça comme un poignard.

— Tu as vu ce qu'a fait Valentin, non ? Il a expérimenté ce sang sur moi avant même que je vienne au monde. Je suis un monstre. Une part de moi-même incarne ce que, toute ma vie, j'ai cherché à détruire.

Les paroles de Valentin resurgirent dans la mémoire de Clary : « Elle me reprochait d'avoir fait de son fils un monstre. »

— Mais les sorciers sont en partie démons – regarde Magnus – et ça ne fait pas d'eux des mons...

— On parle de Démons Supérieurs, là. Tu as entendu ce qu'a dit cette femme.

« Son pouvoir le privera de son humanité. »

— Ce n'est pas vrai, protesta Clary d'une voix tremblante. C'est impossible. Ça ne tient pas debout...

— Mais si ! Ça explique tout !

Le désespoir et la colère se peignaient sur le visage de Jace. Sous le clair de lune, Clary vit scintiller sa chaîne en argent autour de son cou.

— Oui, ça explique que tu sois un Chasseur d'Ombres hors pair, loyal, intrépide, honnête, soit tout ce qu'un démon n'est pas !

— Ça explique mes sentiments pour toi, lâcha-t-il d'une voix atone.

— Je ne comprends pas.

Jace la fixa un long moment en silence. Malgré l'espace qui les séparait, elle avait l'impression de le sentir contre elle, comme si son corps était encore collé contre le sien.

— Tu es ma sœur. Mon sang, ma famille. Mon rôle est de te protéger...

Il partit d'un rire amer.

— ... de te protéger des garçons qui ont de vilaines pensées sur ton compte. Or, j'ai exactement les mêmes.

— Mais tu m'as dit que, dorénavant, tout ce qui t'intéressait, c'était d'être mon frère.

— J'ai menti. Les démons mentent, Clary. Tu sais, le poison démoniaque provoque parfois des lésions internes. On ne sait même pas qu'on est blessé, alors qu'on saigne à l'intérieur. Être ton frère, c'est la même souffrance.

— Mais Aline...

— Je devais au moins essayer. C'est ce que j'ai fait, expliqua-t-il d'une voix blanche. Mais je ne désire personne d'autre que toi. Je n'ai même pas envie de désirer quelqu'un d'autre.

Il tendit le bras, caressa une mèche de ses cheveux.

— Maintenant, au moins, je sais pourquoi.

— Moi non plus, je ne veux personne d'autre que toi, dit Clary dans un souffle.

Jace se hissa sur les coudes. L'expression de son visage avait changé. Une lueur indolente, qu'elle ne lui avait jamais vue, s'était allumée dans son regard. Il effleura sa bouche en suivant le contour de ses lèvres du bout des doigts.

— Tu devrais peut-être m'empêcher de continuer, chuchota-t-il.

Clary ne protesta pas. Elle n'avait pas envie qu'il

arrête ; elle était lasse de dire non, de s'interdire d'écouter son cœur. Qu'importait le prix à payer.

Il se pencha vers elle, frôla sa joue de ses lèvres, et ce simple effleurement la fit trembler de la tête aux pieds.

— Si tu veux que j'arrête, dis-le maintenant, murmura-t-il.

Comme elle ne répondait rien, il déposa un baiser sur sa tempe.

— Ou maintenant, reprit-il en effleurant des lèvres sa pommette. Ou…

Mais Clary l'avait déjà attiré contre elle, et le reste de sa phrase fut noyé sous ses baisers. Collés l'un à l'autre, ils roulèrent dans l'herbe. Elle sentait des pierres s'enfoncer dans son dos et son épaule l'élançait, mais plus rien ne comptait que Jace. Soudain, les doigts de Clary rencontrèrent un objet métallique et, surprise, elle recula. Jace se figea.

— Qu'est-ce qu'il y a ? Je t'ai fait mal ?

— Non, c'est ce truc, répondit-elle en effleurant l'anneau d'argent pendu à son cou.

Elle l'examina de plus près. Le métal noirci, le motif en forme d'étoile… Elle connaissait cette bague. L'anneau des Morgenstern. Ce même anneau qui brillait au doigt de Valentin dans le rêve que l'ange leur avait montré. Il en avait fait cadeau à son fils, conformément à la tradition.

— Désolé, dit Jace en effleurant sa joue du bout du doigt avec une intensité rêveuse dans le regard. J'avais oublié que je portais cette fichue bague.

Soudain, le sang de Clary se glaça dans ses veines.

— Jace, implora-t-elle à mi-voix. Jace, arrête.
— Arrête quoi ? C'est cette bague qui te gêne ?
— Non. Ne me touche pas. Arrête-toi une seconde.

Les traits de Jace se figèrent. Son expression rêveuse laissa place à un air perplexe. Pourtant, il ne répliqua pas ; sa main retomba.

— Jace, reprit-elle. Pourquoi ? Pourquoi maintenant ?
— De quoi tu parles ?
— Tu prétendais qu'il n'y avait plus rien entre nous. Que... que si on se laissait aller, on ferait beaucoup de mal autour de nous.
— Je te l'ai déjà expliqué. J'ai menti. Tu crois que je n'ai pas envie de...
— Non. Non, je ne suis pas bête à ce point. Je vois bien que oui. Mais quand tu m'as dit que tu comprenais enfin pourquoi tu éprouvais ces sentiments-là pour moi, qu'est-ce que tu entendais par là ?

Si, au fond, elle connaissait la réponse, elle devait l'entendre de sa bouche. Jace prit sa main et la porta à sa joue.

— Tu te souviens, chez les Penhallow, quand je t'ai accusée de semer la pagaille partout où tu passes ?
— Non, j'avais oublié. Merci de me le rappeler.

Ignorant son sarcasme, Jace reprit :

— Je ne parlais pas de toi, Clary, mais de moi. Ça, c'est moi.

Il détourna le visage.

— Au moins, maintenant, je sais ce qui ne va pas chez moi. C'est peut-être pour cette raison que j'ai autant besoin de toi. Si Valentin m'a transformé en monstre, il n'est pas impossible qu'il ait fait de toi une espèce d'ange. Lucifer aimait Dieu, non ? C'est ce que prétend Milton, en tout cas.

— Je ne suis pas un ange. Et tu ne sais même pas ce que Valentin a fait du sang d'Ithuriel. Il a très bien pu s'en servir sur lui...

— Il a dit que ce sang était pour lui et sa famille, répliqua Jace d'un ton tranquille. C'est de là que viennent tes pouvoirs, Clary. D'après la reine de la Cour des Lumières, nous sommes tous les deux des expériences.

— Je ne suis pas un ange, Jace, répéta-t-elle. J'oublie de rendre les livres à la bibliothèque. Je télécharge illégalement de la musique. Je mens à ma mère. Je suis une fille très ordinaire.

— Non, pas pour moi, déclara-t-il en plantant son regard dans le sien.

Il ne subsistait plus rien de son arrogance habituelle dans son attitude : elle ne l'avait jamais vu aussi désarmé et cependant, cette vulnérabilité s'accompagnait d'un profond mépris pour lui-même.

— Clary, je...

— Lâche-moi !

— Quoi ?

La flamme qui brûlait dans les yeux de Jace s'éteignit et, l'espace d'un instant, la stupéfaction se peignit sur son visage. Comme c'était dur de soutenir son regard en lui résistant ! Tout en l'observant, elle songea que, même si elle ne l'avait pas aimé, cette part d'elle qui appréciait la beauté en chaque chose – et en cela elle était bien la fille de sa mère – l'aurait quand même désiré. Mais c'était précisément parce qu'elle était la fille de sa mère que c'était impossible.

— Tu m'as très bien entendue. Laisse mes mains tranquilles.

S'écartant de lui, elle serra les poings pour empêcher ses mains de trembler. Immobile, il la dévisagea d'un air furibond.

— Tu veux bien m'expliquer ce qui t'arrive ?

— À t'entendre, tu me désires parce que tu es mauvais. En gros, tu t'es trouvé une autre raison de te haïr. Tu te sers de moi pour te prouver que tu ne vaux rien.

— Je n'ai jamais dit ça !

— Soit. Alors je veux entendre de ta bouche que tu n'es pas un monstre, que rien ne cloche chez toi et que tu voudrais de moi même si tu n'avais pas ce sang-là dans tes veines.

Retenant leur souffle, ils se défièrent du regard puis il se releva avec un juron. Clary l'imita en titubant un peu. Le vent cinglant lui donnait la chair de poule et elle avait l'impression d'avoir les jambes en coton. De ses doigts engourdis, elle boutonna le col de son manteau en refoulant ses larmes. Pleurer n'arrangerait rien.

Des particules de poussière et de cendre flottaient encore dans l'air, et l'herbe alentour était jonchée de débris : fragments de meubles ; pages de livres ; un bout d'escalier miraculeusement intact. Clary se tourna vers Jace qui shootait dans les décombres avec une joie mauvaise.

— On est fichus, lança-t-il.

— Quoi ?

— Tu te souviens ? Tu as perdu ma stèle. Tu n'as plus aucun moyen de fabriquer un Portail, maintenant, annonça-t-il avec une jubilation amère, comme si la situation le réjouissait pour quelque raison obscure. Je ne vois pas d'autre solution : il va falloir marcher.

Même en temps normal, la promenade n'aurait guère été agréable. Accoutumée aux lumières de la ville, Clary avait du mal à croire qu'Idris puisse être aussi sombre une fois la nuit tombée. Les ténèbres épaisses qui bordaient chaque côté de la route semblaient grouiller de créatures invisibles et, même avec la pierre de rune de Jace, elle n'y voyait qu'à quelques pas devant eux. La lumière des phares et des réverbères lui manquait, ainsi que les bruits de la ville. Hormis le crissement régulier de leurs bottes sur le gravier et, de temps à autre, l'exclamation de surprise qu'elle laissait échapper en trébuchant sur une pierre, un silence de mort planait sur les lieux.

Au bout de quelques heures, les pieds de Clary commencèrent à fatiguer. Elle avait la bouche sèche. La température avait considérablement chuté, et elle cheminait en frissonnant, le dos voûté, les mains enfouies dans les poches de son manteau. Cependant, tout cela aurait été supportable si Jace avait daigné lui adresser la parole. Il n'avait pas prononcé un mot depuis qu'ils avaient quitté le manoir, sauf pour aboyer des ordres, lui montrer où tourner lorsqu'ils parvenaient à un embranchement sur la route, ou lui indiquer une ornière.

Enfin, le ciel commença à s'éclaircir à l'est. Clary, qui avançait telle une somnambule, releva brusquement la tête.

— Il est tôt pour que le jour se lève.

Jace la dévisagea avec dédain.

— C'est Alicante. Le soleil ne se lèvera pas avant au moins trois heures. Ce que tu vois, ce sont les lumières de la ville.

Trop soulagée de toucher au but pour se formaliser de son attitude, Clary pressa le pas. Parvenus à un croisement, ils s'engagèrent sur un large chemin de terre à flanc de colline, qui serpentait le long de la pente avant de disparaître derrière un virage. Bien que la ville ne soit pas encore en vue, la nuit semblait plus claire, et une étrange lueur rougeâtre illuminait le ciel.

— On y est presque, lança Clary. Il existe un raccourci par la colline ?

Jace fronça les sourcils.

— Il y a quelque chose de bizarre, dit-il brusquement.

Il s'élança sur la route en soulevant de petits nuages de poussière qui prenaient une teinte ocre dans la lumière. Clary lui emboîta le pas malgré ses pieds meurtris. Parvenu au détour du virage, Jace s'arrêta net, et Clary faillit s'affaler sur lui. En d'autres circonstances, l'incident lui aurait peut-être semblé comique.

Le ciel à présent écarlate éclairait la colline comme en plein jour. Des panaches de fumée s'élevaient de la vallée en contrebas en se déployant comme les plumes d'un paon noir. Émergeant de la fumée, les tours de verre d'Alicante semblaient percer le ciel comme autant de flèches enflammées. À travers l'épaisse nappe, Clary distinguait l'éclat des flammes ; à cette distance, les foyers disséminés dans Alicante évoquaient une poignée de joyaux étincelants éparpillés sur un linge noir.

Cela semblait incroyable, et pourtant c'était vrai : postés sur la colline, ils contemplaient une ville en flammes.

Deuxième partie :

De sombres étoiles

ANTONIO : Ne voulez-vous pas rester plus longtemps ? Ne voulez-vous pas que je vous accompagne ?

SÉBASTIEN : Non, si vous le permettez. Mon étoile rayonne d'une sombre lumière au-dessus de ma tête. La malveillance de mon destin pourrait troubler le vôtre. C'est pourquoi je dois vous prier de me laisser endurer seul mes souffrances. Ce serait mal récompenser votre amitié que de vous en imposer une seule.

William SHAKESPEARE, *La Nuit des rois*

10
Fer et feu

— Il est tard, gémit Isabelle en tirant les rideaux en dentelle de la fenêtre du salon. Il devrait déjà être rentré.

— Sois raisonnable, Isabelle, lança Alec de ce ton supérieur qu'il employait parfois pour lui rappeler qu'il était le frère aîné et que, si elle était sujette à l'hystérie, lui gardait toujours son calme.

Nonchalamment vautré sur l'un des fauteuils trop rembourrés qui flanquaient la cheminée, il semblait vouloir lui montrer jusque dans sa posture qu'il ne s'inquiétait pas le moins du monde.

— Tu connais Jace quand il est contrarié, il faut qu'il sorte. Il a dit qu'il partait se promener. Il finira bien par rentrer.

Isabelle soupira. Elle déplorait presque l'absence de ses parents, qui n'étaient pas revenus de la Garde. Quel que soit le sujet des discussions, la réunion du Conseil s'éternisait.

— Ce n'est pas parce qu'il connaît bien New York qu'il saura se repérer ici...

— Il connaît Alicante mieux que toi.

Assise sur le canapé, ses cheveux noirs rassemblés en une grosse tresse, Aline était absorbée dans la lecture d'un ouvrage relié de cuir bordeaux qu'elle avait posé sur ses genoux. Isabelle, qui n'était pas une grande lectrice, enviait cette capacité à se plonger dans les pages d'un livre. Elle aurait eu d'autres raisons de jalouser Aline. D'abord, sa beauté délicate et menue ; Isabelle était si grande qu'elle dépassait d'une tête tous les garçons. Cependant, elle avait récemment découvert que les autres filles n'étaient pas seulement là pour être enviées, ignorées ou méprisées.

— Il a vécu ici jusqu'à l'âge de dix ans, poursuivit Aline. Vous, vous n'êtes venus que deux ou trois fois.

Isabelle porta la main à sa gorge. Le pendentif ornant son cou venait d'émettre une pulsation brusque, or il ne vibrait qu'en présence d'un démon et ils étaient dans l'enceinte d'Alicante. Il ne pouvait pas y avoir de démons dans les parages. Le bijou devait être défectueux.

— De toute façon, je ne crois pas qu'il soit parti se balader en ville.

Alec leva les yeux.

— Tu penses qu'il est allé voir Clary ?

— Elle est encore là ? s'étonna Aline en refermant son livre. Je croyais qu'elle était rentrée à New York. Chez qui séjourne-t-elle, au fait ?

Isabelle haussa les épaules et se tourna vers Sébastien.

— Demande-le-lui.

Allongé sur le canapé en face d'Aline, Sébastien était lui aussi plongé dans un livre. Il leva les yeux.

— Vous parliez de moi ?

« Ce garçon est la douceur incarnée », observa Isabelle avec une pointe d'agacement. D'abord, elle s'était laissé charmer par son physique avantageux, ses pommettes saillantes et ses yeux noirs, impénétrables, mais à présent, sa personnalité affable et compatissante lui tapait sur les nerfs. Elle n'aimait pas les garçons qui ne se mettaient jamais en colère. Dans l'esprit d'Isabelle, la rage était synonyme de passion, donc d'un bon moment.

— Qu'est-ce que tu lis ? demanda-t-elle d'un ton brusque. Une des bandes dessinées de Max ?

— Oui, répondit Sébastien en baissant les yeux sur l'exemplaire d'*Angel Sanctuary* en équilibre sur le bras du canapé. J'aime bien les dessins.

Isabelle poussa un soupir exaspéré. Son frère lui jeta un regard noir.

— Sébastien, euh... Jace sait que tu es allé te promener avec Clary ? s'enquit-il.

Sébastien parut amusé.

— Ce n'est pas un secret d'État. Je lui en aurais parlé si je l'avais croisé.

— Je ne vois pas où est le problème, fit remarquer Aline d'un ton sec. Sébastien n'a rien fait de mal. Il voulait montrer Idris à Clarissa avant son départ, et alors ? Jace devrait se réjouir que sa sœur s'occupe un peu.

— Il est très... protecteur, parfois, déclara Alec après une brève hésitation.

Aline fronça les sourcils.

— Il devrait la lâcher un peu ! Ce n'est pas bon pour elle d'être trop couvée. Vous auriez dû voir sa tête quand elle nous a surpris ! À croire qu'elle n'avait jamais vu personne s'embrasser auparavant ! Qui sait ? C'est peut-être le cas.

— Tu n'y es pas du tout, lâcha Isabelle en repensant au baiser que Jace avait échangé avec Clary à la Cour des Lumières.

Ce souvenir l'indisposait : Isabelle n'aimait pas ressasser ses problèmes, et encore moins ceux des autres.

— Alors qu'est-ce qu'il se passe ? demanda Sébastien.

Il se redressa sur son siège en repoussant une mèche de cheveux noirs, et Isabelle s'aperçut qu'il avait la paume entaillée.

— Il me déteste sans raison ? reprit-il. Je ne comprends pas ce que j'ai pu f...

Une petite voix l'interrompit.

— C'est mon livre.

Max se tenait sur le seuil de la pièce, vêtu d'un pyjama gris. Ses cheveux bruns étaient ébouriffés comme s'il sortait du lit. Il fixait d'un œil noir le manga posé près de Sébastien.

— Quoi, ça ? dit-il en lui tendant l'exemplaire d'*Angel Sanctuary*. Tiens, petit.

Max traversa la pièce au pas de charge et lui arracha la bande dessinée des mains.

— Ne m'appelle pas « petit », lâcha-t-il en jetant un regard courroucé à Sébastien.

Celui-ci se leva en riant.

— Je vais chercher du café, annonça-t-il en se dirigeant vers la cuisine. (Puis, s'arrêtant sur le seuil, il demanda à la cantonade :) Quelqu'un veut quelque chose ?

Un chœur de refus lui répondit. Avec un haussement d'épaules, il disparut derrière la porte.
— Max ! s'exclama Isabelle sur un ton de reproche. Ne sois pas impoli.
— Je n'aime pas qu'on me prenne mes affaires, protesta-t-il en serrant le manga contre lui.
— Grandis un peu. Il te l'a juste emprunté, répliqua-t-elle plus sèchement qu'elle ne l'aurait voulu. (Elle s'inquiétait encore pour Jace, et se rendait bien compte qu'elle passait ses nerfs sur son petit frère.) De toute façon, tu devrais déjà être au lit. Il est tard.
— J'ai entendu du bruit sur la colline. Ça m'a réveillé.
Max cligna des yeux ; quand il ne portait pas ses lunettes, le monde devenait flou autour de lui.
— Isabelle...
Le ton suppliant de sa voix retint l'attention de sa sœur.
— Quoi ? fit-elle en se détournant de la fenêtre.
— Ça arrive que des gens escaladent les tours de verre ?
Aline éclata de rire.
— Non, voyons ! D'abord, c'est illégal, ensuite, pourquoi ferait-on une chose pareille ?
Isabelle jugea qu'Aline n'avait pas beaucoup d'imagination. Elle-même aurait pu trouver toutes sortes de raisons d'escalader les tours, ne serait-ce que pour cracher sur les passants.
Max fronça les sourcils.
— Et pourtant, il y avait quelqu'un. Je sais ce que j'ai vu...
— Tu as dû rêver, l'interrompit sa sœur.

Les traits de l'enfant se décomposèrent. Sentant venir la crise, Alec se leva et le prit par la main.

— Viens, Max, dit-il avec douceur. Il est l'heure de retourner se coucher.

— On devrait tous en faire autant, déclara Aline en se levant à son tour.

Elle rejoignit Isabelle à la fenêtre et, d'un geste autoritaire, elle tira les rideaux.

— Il est presque minuit. Qui sait quand ils rentreront du Conseil ? Ça ne sert à rien de rest...

Le pendentif d'Isabelle se remit brusquement à vibrer et, soudain, la fenêtre devant laquelle se tenait Aline vola en éclats. D'énormes griffes souillées de sang et de liquide noir surgirent de l'obscurité et l'emportèrent avant qu'elle ait pu pousser un cri.

Isabelle s'empara de son fouet, posé sur la table près de la cheminée, et fit un pas de côté pour éviter Sébastien qui revenait en courant de la cuisine.

— Va chercher des armes, aboya-t-elle comme il parcourait la pièce d'un regard ahuri.

Puis elle s'élança vers la fenêtre. Près de la cheminée, Alec s'efforçait de retenir Max qui se débattait en criant pour échapper à son frère. Il le poussa vers la porte. « Bien, pensa Isabelle. Fais sortir Max de la pièce. »

Un vent glacé s'engouffrait par la fenêtre cassée. Isabelle releva sa jupe et fit tomber à coups de pied les derniers fragments de verre en remerciant les semelles épaisses de ses bottes. Puis elle glissa la tête par l'ouverture, franchit la fenêtre d'un bond et atterrit dans l'allée pavée en contrebas.

À première vue, elle semblait déserte. Il n'y avait pas de réverbères le long du canal ; la seule lumière émanait des fenêtres des maisons voisines. Isabelle progressa avec prudence, son fouet en électrum enroulé contre sa hanche. Ce fouet était un cadeau d'anniversaire de son père pour ses douze ans. Il avait fini par faire partie d'elle-même, comme un prolongement de son bras droit.

Les ténèbres s'épaississaient à mesure qu'elle s'éloignait de la maison. Elle prit la direction d'Oldcastle Bridge, le pont qui enjambait le canal. Sous le pont, il faisait noir comme dans un four. Soudain, elle vit une forme blanche remuer dans l'obscurité.

Isabelle s'élança, coupa par la haie d'un jardin, bondit et atterrit sur le petit quai de brique qui s'étendait sous le pont. Son fouet éclaira les ténèbres d'une vive lumière argentée, et elle vit Aline étendue, immobile, au bord du canal. Un énorme démon couvert d'écailles se dressait au-dessus d'elle, l'écrasant de tout son poids, la gueule penchée sur son cou.

Or, ça ne pouvait pas être un démon. Ils n'étaient jamais entrés dans Alicante. Sous le regard éberlué d'Isabelle, la créature leva la tête et flaira l'air comme si elle venait de sentir sa présence. Isabelle s'aperçut qu'elle était aveugle : une rangée de dents acérées émergeait de son front, là où auraient dû se trouver ses yeux. Sur la partie inférieure de sa tête, sa gueule béante s'ouvrait sur des crocs dégoulinant de bave, pareils à des défenses d'éléphant. Le monstre balaya l'air de sa longue queue, et Isabelle constata en se rapprochant qu'elle était hérissée de petits os aussi coupants que des rasoirs.

Aline remua et poussa un gémissement étouffé. Le soulagement d'Isabelle, qui l'avait crue morte jusqu'à cet instant, fut de courte durée. Comme Aline se tordait de douleur, son corsage déchiré laissa voir des sillons ensanglantés sur sa poitrine, et Isabelle vit que la créature avait planté ses griffes dans la taille de son jean.

Une vague de nausée la submergea. Le démon n'avait pas l'intention de tuer Aline... du moins pas tout de suite. Le fouet d'Isabelle s'anima dans sa main telle l'épée flamboyante d'un ange vengeur. Elle s'élança et l'abattit sur le dos du démon, qui poussa un hurlement de douleur et s'écarta d'Aline. Il se rua sur son assaillante, ses deux gueules grandes ouvertes, en lacérant l'air de ses griffes. Reculant à tâtons, elle fit claquer son fouet une deuxième fois et le blessa à la tête, au ventre et aux pattes. Ses multiples blessures libérèrent un jet de sang et d'ichor. Une longue langue fourchue jaillit de sa gueule supérieure ; elle était terminée par un aiguillon semblable à celui d'un scorpion. D'une torsion du poignet, Isabelle abattit son fouet, qui s'enroula autour du monstrueux appendice. Le démon poussa un long hurlement tandis que le lien en électrum flexible se resserrait autour de sa langue, qui tomba avec un bruit mouillé, répugnant, sur les briques du quai. Se détournant, il battit en retraite en ondulant comme un serpent.

Isabelle s'élança à sa poursuite. Il avait parcouru la moitié du quai quand une silhouette sombre se dressa devant lui. Un objet étincela dans l'obscurité, et le démon s'affaissa en se tordant de douleur.

Isabelle s'arrêta net. Aline se tenait au-dessus de la bête, une dague à la main. Les runes sur la lame étincelèrent au moment où elle l'abattait sur le démon qui se tortillait à ses pieds. Elle le frappa encore et encore, jusqu'à ce qu'il cesse de remuer, et il disparut. Quand elle leva la tête, son visage ne trahissait aucune émotion. Elle ne fit pas mine de ramener les pans de son corsage déchiré sur sa poitrine. Du sang s'écoulait abondamment de ses blessures.

— Aline... tu vas bien ? demanda Isabelle.

Aline lâcha son arme. Sans un mot, elle se détourna et disparut dans la pénombre du pont. Prise de court, Isabelle poussa un juron et s'élança derrière elle. Elle regrettait d'avoir opté pour une robe en velours ce soir-là, mais au moins elle portait ses bottes. Juchée sur des talons hauts, elle n'aurait sans doute pas pu rattraper Aline.

L'extrémité du quai débouchait sur un escalier en fer qui menait à la rue Princewater. La silhouette indistincte d'Aline se profila au sommet des marches. Isabelle la suivit tant bien que mal, gênée par le tissu lourd de sa robe. Arrivée en haut de l'escalier, elle la chercha des yeux...

... et resta bouche bée. Elle se tenait à l'entrée de la grande rue qui bordait la maison des Penhallow. Aline avait disparu parmi la foule qui se bousculait. Des démons semblables à la créature lézard qu'Aline avait achevée sous le pont évoluaient par dizaines au milieu des fuyards. Deux ou trois corps gisaient déjà sur la chaussée, dont un vieillard, la cage thoracique ouverte. « Évidemment, pensa-t-elle, l'esprit embrumé par la panique. Tous les adultes en âge de se battre sont à la

Garde. En ville, il ne reste que les enfants, les vieux et les malades... »

La nuit résonnant de cris se teintait de rouge, et une odeur de brûlé avait envahi l'air. Les gens se précipitaient hors de chez eux, puis s'arrêtaient net en voyant la rue grouillante de monstres.

C'était impossible, inimaginable. Jamais par le passé un démon n'avait franchi les boucliers des tours. Et pourtant, ils étaient des dizaines, des centaines, voire plus, à envahir les rues de la ville comme une marée nauséabonde. Isabelle avait l'impression d'être piégée derrière un panneau de verre : elle observait la scène, incapable de bouger. Immobile, elle regarda un démon s'emparer d'un garçon qui s'enfuyait et le soulever dans les airs en enfonçant ses dents pointues dans son épaule.

Le gamin poussa un hurlement, mais son cri se perdit dans la clameur générale qui enflait peu à peu : mugissements des démons, appels désespérés, bruits de pas sur le pavé, craquements de verre brisé. Plus bas dans la rue, quelqu'un cria quelque chose qu'Isabelle ne comprit pas. Elle leva les yeux. Les hautes tours veillaient sur la ville comme d'ordinaire mais, au lieu de refléter la lueur argentée des étoiles ou le rougeoiement de la cité en flammes, elles étaient grises comme la peau d'un cadavre. Leur éclat s'était terni. Un frisson parcourut Isabelle. Pas étonnant que les rues grouillent de monstres : les tours d'Alicante avaient perdu leur magie. Les boucliers qui protégeaient la ville depuis un millénaire n'étaient plus.

Si Samuel gardait le silence depuis des heures, Simon, lui, était bien réveillé. Incapable de trouver le sommeil, il contemplait les ténèbres d'un œil morne quand un cri retentit.

Il leva brusquement la tête. Rien. Il jeta un regard égaré autour de lui : avait-il rêvé ce cri ? Il dressa l'oreille ; même s'il avait désormais l'ouïe fine, il n'entendit que le silence. Il était sur le point de se rallonger quand les hurlements reprirent de plus belle, lui perçant les tympans comme autant d'aiguilles. Ils semblaient provenir de l'extérieur.

Après s'être juché sur le lit pour regarder par la fenêtre, il vit l'étendue d'herbe et, au-delà, les lumières lointaines de la ville qui scintillaient faiblement à l'horizon. Il plissa les yeux. Quelque chose avait changé, les lumières lui semblaient moins brillantes que dans son souvenir, et des points rougeoyants se déplaçaient dans l'obscurité. Un pâle nuage de fumée ondoyait au-dessus des tours, et une odeur de brûlé flottait dans l'air.

— Samuel ! appela Simon, paniqué. Samuel, il se passe quelque chose.

Il entendit des portes s'ouvrir à la volée, des bruits de bousculade, des éclats de voix. Collant son visage aux barreaux, il vit défiler des paires de bottes qui couraient en trébuchant sur les cailloux. Des Chasseurs d'Ombres s'interpellaient en prenant la direction de la ville.

— Les boucliers ne fonctionnent plus !
— On ne peut pas abandonner la Garde !
— On s'en moque ! Nos enfants sont là-bas !

Leurs voix s'éloignaient déjà. Simon recula de la fenêtre et chuchota :

— Samuel ! Les boucliers...

La voix de Samuel lui parvint distinctement de l'autre côté du mur.

— Je sais. J'ai entendu.

Il ne semblait pas effrayé. Plutôt résigné, voire vaguement satisfait que les événements lui donnent raison.

— Valentin a profité de la réunion pour attaquer la ville. Bien vu.

— Mais la Garde... c'est une forteresse. Pourquoi ils ne restent pas à l'abri ?

— Tu les as entendus. Tous les enfants sont en ville. Ils ne peuvent pas les abandonner.

« Les Lightwood. » Simon pensa à Jace, puis se représenta avec une netteté terrifiante le petit visage pâle d'Isabelle encadré par une masse de cheveux noirs, sa détermination au combat, les X et les O de petite fille concluant le mot qu'elle lui avait écrit.

— Mais vous aviez prévenu l'Enclave ! Pourquoi ils ne vous ont pas cru ?

— Parce que les boucliers sont leur seule religion. Pour eux, douter de leur pouvoir équivaut à nier qu'ils ont été choisis et qu'ils bénéficient de la protection de l'Ange. Autant se considérer comme un Terrestre ordinaire.

Simon revint à la fenêtre, mais la fumée s'était épaissie, et un brouillard gris pâle lui masquait désormais la vue. Il n'entendait plus de cris au-dehors ; quelques voix lui parvenaient encore, mais elles semblaient bien loin.

— On dirait que la ville brûle.

— Non, répondit tranquillement Samuel. Je crois que c'est la Garde. Sans doute un feu démoniaque. Valentin prendra d'assaut la forteresse s'il le peut.

— Mais... bredouilla Simon. Mais quelqu'un va venir nous chercher, dites ? Le Consul ou... ou Aldertree. Ils ne nous laisseront pas mourir ici.

— Tu es une Créature Obscure. Je suis un traître. Tu penses réellement qu'ils vont venir nous sauver ?

— Isabelle ! Isabelle !

Alec secoua sa sœur. Elle leva lentement la tête ; le visage blême de son frère se détachait sur les ténèbres derrière lui. Son arc sanglé dans son dos dépassait de son épaule. C'était le même arc dont s'était servi Simon pour tuer le Démon Supérieur Abbadon. Elle ne se souvenait pas d'avoir vu Alec venir à sa rencontre ; c'était comme s'il s'était matérialisé devant elle, tel un fantôme.

— Arrête, murmura-t-elle d'une voix tremblante en se dégageant. Alec, arrête. Je vais bien.

— On ne dirait pas.

Il leva la tête et jura entre ses dents.

— Il faut déguerpir d'ici. Où est Aline ?

Isabelle regarda autour d'elle ; aucun démon en vue. Assise sur les marches du perron de la maison d'en face, une femme poussait des cris d'orfraie. Le cadavre du vieil homme gisait toujours au beau milieu de la rue, et la puanteur dégagée par les démons était omniprésente.

— Un démon a essayé de la... de la...

Isabelle retint sa respiration. Foi d'Isabelle Lightwood, elle n'était pas du genre à céder à l'hystérie, quelle que soit la situation.

— On a réussi à le tuer, puis elle s'est enfuie. J'ai tenté de la suivre, mais elle courait trop vite.

Levant les yeux vers son frère, elle ajouta :

— Des démons dans la ville. Comment est-ce possible ?

— Je ne sais pas, répondit-il en secouant la tête. Les boucliers ne fonctionnent plus, on dirait. J'ai croisé quatre ou cinq démons Onis en sortant de la maison. L'un d'eux rôdait près des buissons. Les autres se sont enfuis, mais ils pourraient revenir. Viens. Retournons à l'intérieur.

La femme assise sur le perron sanglotait toujours. Ses pleurs les accompagnèrent tandis qu'ils se hâtaient vers la maison des Penhallow. Si la rue avait été désertée par les démons, des explosions, des cris et des bruits de pas leur parvenaient des rues voisines. Au moment où ils gravissaient les marches, Isabelle jeta un coup d'œil derrière elle ; elle vit un long tentacule surgir de l'obscurité et soulever du sol la femme éplorée. Ses sanglots se muèrent en hurlements. Isabelle allait faire demi-tour, mais Alec la saisit par le bras et la poussa à l'intérieur avant de verrouiller la porte derrière lui. La maison était plongée dans le noir.

— J'ai éteint les lumières pour éviter que d'autres n'arrivent, expliqua-t-il en guidant sa sœur vers le salon.

Max était assis par terre près de l'escalier, les bras noués autour des genoux. Debout devant la fenêtre,

Le miroir mortel

Sébastien clouait des planches qu'il avait prises près de l'âtre pour condamner la fenêtre cassée.

— Voilà, dit-il en posant son marteau sur une étagère. Ça devrait tenir quelque temps.

Isabelle se laissa choir à côté de Max et lui caressa les cheveux.

— Ça va ?

— Non, répondit-il en ouvrant de grands yeux apeurés. J'ai essayé de regarder par la fenêtre, mais Sébastien m'a forcé à me coucher par terre.

— Il a eu raison, intervint Alec. Il y avait des démons dans la rue.

— Ils sont encore là ?

— Non, ils se sont dispersés dans les rues. Il va falloir qu'on réfléchisse à un plan d'action.

Sébastien fronça les sourcils.

— Où est Aline ?

— Elle s'est enfuie, annonça Isabelle. C'est ma faute. J'aurais dû...

Alec l'interrompit d'un ton sec.

— Tu n'y es pour rien. Sans toi, elle serait morte. Bon, on n'a pas le temps de se lamenter. Je vais partir à la recherche d'Aline. Je veux que vous restiez ici tous les trois. Isabelle, veille sur Max. Sébastien, finis de sécuriser la maison.

— Il est hors de question que tu y ailles seul ! protesta Isabelle avec indignation. Emmène-moi avec toi !

— C'est moi l'adulte ici. Faites ce que je vous dis, ordonna Alec d'un ton calme. Nos parents vont sans doute revenir de la Garde d'une minute à l'autre. Mieux vaut que vous restiez à l'abri. On serait vite séparés dehors. Je ne prends pas le risque. (Il se tourna vers Sébastien.) Compris ?

Celui-ci avait déjà sorti sa stèle.

— Je vais marquer la maison pour la protéger.

— Merci.

Alec se dirigea vers la porte, jeta un dernier regard à Isabelle, puis sortit.

— Isabelle, chuchota Max de sa petite voix. Tu saignes.

Elle baissa les yeux. Elle ne se souvenait pas de s'être blessée au poignet, pourtant Max disait vrai : du sang tachait la manche de sa veste blanche. Elle se leva.

— Je vais chercher ma stèle. Je reviens tout de suite t'aider avec les runes, Sébastien.

— Ce n'est pas de refus, lança-t-il en hochant la tête. Les runes ne sont pas ma spécialité.

Réprimant l'envie de lui demander ce que pouvait bien être sa spécialité, Isabelle monta à l'étage. Elle se sentait fourbue et avait bien besoin d'une rune d'énergie. Elle pouvait toujours se marquer elle-même, bien qu'Alec et Jace aient toujours été plus doués qu'elle avec ce genre de runes.

Une fois dans sa chambre, elle chercha sa stèle et quelques armes supplémentaires. Tout en glissant des poignards séraphiques dans ses bottes, elle pensa à Alec et au regard qu'il lui avait lancé avant de franchir la porte. Ce n'était pas la première fois qu'elle voyait son frère partir en sachant qu'elle ne le reverrait peut-être plus. C'était un fait qu'elle acceptait depuis toujours, une part de sa vie. Il avait fallu qu'elle rencontre Simon et Clary pour comprendre que, chez la plupart des gens, il n'en allait pas de même. Ils ne vivaient pas avec la mort pour compagne permanente, avec ce souffle glacé au creux de la nuque même par les journées les plus ordinaires. Elle avait toujours éprouvé beaucoup de mépris envers les Terrestres, comme tous les Chasseurs d'Ombres : elle les trouvait mous, stupides, grégaires dans leur complaisance vis-à-vis d'eux-mêmes. À présent, elle se demandait si toute cette haine ne dérivait pas du fait qu'elle était jalouse. Comme ce devait être agréable, dès qu'un proche passait la porte, de ne pas trembler pour lui !

À mi-chemin dans l'escalier, sa stèle à la main, elle sentit que quelque chose clochait. Le salon était désert. Max et Sébastien avaient disparu. Il y avait une Marque de protection inachevée sur l'une des planches que Sébastien avait clouées. Le marteau dont il s'était servi n'était plus là.

Son ventre se noua.

— Max ! cria-t-elle en pivotant sur elle-même. Sébastien ! Où êtes-vous ?

La voix de Sébastien lui parvint de la cuisine.

— Isabelle... par ici.

Isabelle fut tellement soulagée qu'elle en eut le vertige.

— Sébastien, ce n'est pas drôle, dit-elle en entrant dans la cuisine. Je croyais que vous...

Elle laissa la porte se refermer derrière elle. Il faisait sombre dans la pièce. Elle chercha Max et Sébastien dans l'obscurité mais ne distingua que des ombres.

— Sébastien ? répéta-t-elle d'une voix hésitante. Sébastien, qu'est-ce que tu fabriques dans le noir ? Où est Max ?

— Isabelle.

Elle crut déceler du mouvement devant elle, une silhouette plus claire se détachant sur la pénombre. La voix de Sébastien se fit suave, chaleureuse, presque caressante. Elle ne s'était pas aperçue jusqu'alors qu'il avait une aussi jolie voix.

— Isabelle, je regrette.

— Sébastien, tu es bizarre. Arrête ça tout de suite.

— Je regrette. Vois-tu, de tous, c'est toi que je préférais.

— Sébastien...

— De tous, répéta-t-il du même ton tranquille, c'est toi qui me ressemblais le plus, a priori.

Et à ces mots, il abattit son marteau sur elle.

Alec parcourut les ruelles obscures de la ville dévorée par les flammes sans cesser d'appeler Aline. En quittant le quartier de Princewater pour gagner le cœur de la cité, il sentit son pouls s'accélérer. Les rues évoquaient un tableau de Bosch grandeur nature : des créatures grotesques et macabres grouillaient dans tous les coins, et des scènes d'une violence abjecte se jouaient sous ses yeux. Des étrangers affolés le bousculaient sans lui accorder un regard et s'éloignaient en hurlant sans la moindre idée de leur destination. La puanteur des démons et de la fumée imprégnait l'atmosphère. Certaines maisons étaient en flammes ; d'autres n'avaient plus de vitres. Les pavés étaient jonchés d'éclats de verre. En s'approchant d'un bâtiment, il distingua sur un mur ce qu'il prit d'abord pour une tache de peinture décolorée ; c'était en réalité une énorme traînée de sang frais qui avait éclaboussé le plâtre. Il fit volte-face, jeta un coup d'œil dans chaque direction, mais ne vit rien qui puisse expliquer l'origine de ce sang, et s'enfuit à toutes jambes.

Alec était le seul des enfants Lightwood à se souvenir d'Alicante. Il n'était qu'un bambin lorsqu'ils avaient quitté la ville, et pourtant il avait gardé des images des tours étincelantes, des rues envahies par la neige en hiver, des guirlandes éclairées suspendues aux maisons et aux échoppes, de l'eau jaillissant de la fontaine de la sirène dans la Grande Salle. Il avait toujours éprouvé un pincement au cœur en y repensant, et caressé l'espoir que sa famille rentrerait un jour au bercail. Or, voir la ville dans cet état était un déchirement. En tournant dans un boulevard qui menait à la Salle des Accords, il vit une meute de Bélials s'engager dans un passage voûté en poussant des sifflements féroces. Ils traînaient derrière eux une forme indistincte qui se tordait de douleur sur les pavés. Il s'élança à leur poursuite mais ils avaient déjà disparu. Avachi au pied d'une colonne, un corps gisait, immobile, dans une mare de sang. Des fragments de verre brisé craquèrent sous les bottes d'Alec tandis qu'il s'agenouillait pour retourner le cadavre. Après avoir jeté un bref regard à son visage bouffi, violacé, il se détourna avec un frisson, soulagé que ce ne soit pas quelqu'un de sa connaissance.

Un bruit lui fit tourner la tête. Il sentit la puanteur de la créature avant même de la voir ; une énorme silhouette voûtée s'avança vers lui de l'autre côté de la rue. Un Démon Supérieur ? Alec n'attendit pas d'en avoir le cœur net. Il traversa la rue en courant, se dirigea vers l'une des plus hautes maisons et sauta sur le rebord d'une fenêtre cassée. En quelques minutes, il parvint à gagner le toit. Après avoir ôté le gravier de ses mains égratignées, il scruta la ville qui s'étendait à ses pieds.

Les tours en ruine répandaient une lueur terne sur les rues grouillantes, où des créatures bondissaient, rampaient, rôdaient dans l'ombre des immeubles comme des cafards tapis dans les ténèbres d'un appartement. La nuit résonnait de cris : hurlements de frayeur, appels portés par le vent, rugissements de triomphe des démons. De la fumée s'élevait des maisons en pierre claire et couronnait les flèches de la Salle des Accords. Levant les yeux vers la Garde, Alec vit une foule de Chasseurs d'Ombres descendre la colline en s'éclairant de leur pierre de rune. L'Enclave venait se joindre à la bataille.

Il s'avança au bord du toit. À cet endroit, les habitations étaient très proches les unes des autres, leurs avant-toits se touchaient presque ; il était donc facile de sauter d'une maison à l'autre. Il progressa à travers les toits en franchissant d'un bond la courte distance qui les séparait. Le vent glacé qui lui fouettait le visage lui procurait une sensation de bien-être et chassait la puanteur des démons.

Il courait depuis quelques minutes quand il fit deux constats : le premier – il se dirigeait vers les flèches blanches de la Salle des Accords. Le second – quelque chose brillait entre deux ruelles. On aurait dit une pluie d'étincelles bleues. Alec avait déjà assisté à ce phénomène auparavant. Il contempla la scène pendant quelques instants, puis reprit sa course.

Le toit le plus près de la place était en pente raide. Il se laissa glisser jusqu'au bord en trébuchant sur les bardeaux cassés. En équilibre précaire, à deux pas du vide, il jeta un coup d'œil en contrebas.

La place de la Citerne se trouvait juste en dessous, mais son champ de vision était en partie masqué par un énorme poteau en fer qui se dressait face au bâtiment en haut duquel il s'était réfugié. Une enseigne en bois suspendue au poteau se balançait dans la brise. Au-dessous, la place grouillait de démons Iblis, ces êtres dotés d'une forme humaine mais dont le corps était constitué d'une substance semblable à un panache de fumée noire d'où émergeaient deux yeux jaunes et perçants. Ils avaient formé un rang et s'avançaient lentement vers une silhouette vêtue d'un long manteau gris qu'ils acculaient peu à peu contre un mur. Alec observa l'homme sans bouger, et le reconnut à son dos étroit, à ses cheveux noirs en bataille, aux flammes bleues qui jaillissaient de ses doigts comme des lucioles surexcitées.

Magnus. Le sorcier déchaînait ses pouvoirs contre les Iblis. Un rayon bleu toucha en pleine poitrine un démon qui fondait sur lui. Avec le bruit d'un seau d'eau qu'on jette sur un feu pour l'étouffer, il chancela et disparut dans une explosion de cendres. D'autres vinrent prendre sa place – les Iblis n'étant pas des créatures très intelligentes – et Magnus déchaîna un autre déluge de flammes bleues. Plusieurs Iblis tombèrent, mais un autre démon, plus malin que ses semblables, eut l'idée de l'attaquer de biais. Il fondit sur lui, prêt à frapper...

Le miroir mortel

Alec ne prit pas le temps de réfléchir ; il sauta dans le vide en se rattrapant au bord du toit, puis se laissa descendre le long du poteau en métal pour ralentir sa chute, et atterrit en douceur. Surpris, le démon fit volte-face et tourna vers lui ses yeux jaunes étincelant comme des gemmes. L'espace d'un instant, Alec songea que, s'il avait été Jace, il aurait eu un bon mot avant de tirer son poignard séraphique de sa ceinture pour le planter dans le monstre. Celui-ci poussa un cri étouffé et fut renvoyé dans sa dimension en répandant sur Alec une pluie de cendres.

— Alec ? fit Magnus en ouvrant de grands yeux.

Il s'était débarrassé des derniers Iblis, et la place était maintenant déserte à l'exception d'eux deux.

— Tu... tu viens de me sauver la vie ?

Alec savait qu'il aurait dû répondre : « Évidemment, je suis un Chasseur d'Ombres, c'est mon devoir. » C'est ce que Jace aurait dit à sa place. Il avait toujours la bonne repartie. Or, malgré lui, Alec lança d'une voix vibrante de colère :

— Pourquoi tu ne m'as pas rappelé ? J'ai essayé de te joindre plusieurs fois.

Magnus le dévisagea comme s'il avait perdu l'esprit.

— La ville est assiégée. Les boucliers ne fonctionnent plus, les rues grouillent de démons, et tu veux savoir pourquoi je ne t'ai pas rappelé ?

— Exactement ! rétorqua Alec avec une moue renfrognée.

Exaspéré, Magnus leva les bras au ciel, et quelques étincelles jaillirent de ses doigts.

— Tu es un idiot.

— C'est pour ça que tu ne m'as pas rappelé ? Parce que tu me trouves stupide ?

— Mais non, fit Magnus en s'avançant vers lui. Si je ne l'ai pas fait, c'est que j'en ai assez que tu ne me fasses signe que lorsque tu as besoin d'un service. C'est fatigant de te voir faire les yeux doux à quelqu'un d'autre qui, en l'occurrence, ne t'aimera jamais, lui.

— Parce que toi, tu m'aimes ?

— Imbécile de Nephilim, répliqua Magnus d'un ton patient. À ton avis, qu'est-ce que je fais là ? Pourquoi j'ai passé mon temps, ces dernières semaines, à soigner tes crétins d'amis dès qu'ils se blessaient ? Pourquoi je t'ai tiré de toutes les situations ridicules dans lesquelles tu t'es fourré ? Sans compter que je vous ai aidés à remporter une bataille contre Valentin. Et tout ça gratis !

— Je n'avais pas vu les choses sous cet angle, admit Alec.

— Évidemment. Tu ne vois rien !

Les yeux de Magnus étincelaient de rage.

— J'ai sept cents ans, Alexander. Je sais quand ça ne marche pas. Tes parents ne savent même pas que j'existe.

Alec lui jeta un regard incrédule.

— Je croyais que tu avais trois cents ans !

— Bon, huit cents. Mais je ne les fais pas. Bref, on s'éloigne du sujet, là. Ce que je voulais dire...

Alec ne sut jamais la suite : à cet instant précis, une douzaine d'Iblis déferlèrent sur la place. Il les regarda s'avancer, bouche bée.

— Et zut !

Magnus suivit son regard. Les démons les encerclaient déjà en les fixant de leurs prunelles jaunes.

— Tu cherches à changer de sujet, Lightwood.

— Tu sais quoi ? cria Alec en dégainant un deuxième poignard séraphique. Si on s'en sort, je te promets de te présenter à toute ma famille.

Magnus leva les bras, et de petites flammes couleur azur jaillirent de ses doigts, éclairant d'une lueur bleutée son visage souriant.

— Marché conclu, dit-il.

11
Tous les hôtes de l'enfer

— Valentin, souffla Jace.

Livide, il observa la ville en contrebas. À travers l'écran de fumée, Clary crut distinguer le dédale des rues étroites remplies de fuyards qui, vus d'ici, ressemblaient à des fourmis affolées. Mais en scrutant de nouveau l'obscurité, elle ne vit rien d'autre que d'épais nuages noirs qui dégageaient une odeur de brûlé.

— Tu crois que c'est Valentin le responsable ? demanda-t-elle. C'est peut-être un simple incendie...

— La Porte du Nord est ouverte.

Jace montra du doigt un point à l'horizon. Compte tenu de la distance et de la fumée, Clary ne voyait pas grand-chose.

— Elle est toujours fermée, en temps normal, reprit-il. Et les tours ne brillent plus. Les boucliers ont dû être désactivés.

Il tira un poignard séraphique de sa ceinture.

— Il faut que j'aille là-bas.

La gorge serrée, Clary murmura :

— Simon...

— Ils ont dû le faire évacuer de la Garde. Ne t'inquiète pas, Clary. Il est probablement mieux là où il est. Les démons le laisseront sans doute tranquille. Ils ne s'en prennent pas aux Créatures Obscures, d'habitude.

— Je suis désolée, chuchota-t-elle. Les Lightwood… Alec… Isabelle…

— Jahoel, cria Jace, et le poignard séraphique s'illumina dans sa main bandée. Clary, je veux que tu restes ici. Je reviendrai te chercher.

La colère qui brillait dans ses yeux depuis qu'ils avaient quitté le manoir s'était dissipée. Le combattant avait repris le dessus.

Clary secoua la tête.

— Non. Je viens avec toi.

— Clary…

Jace s'interrompit. Un instant plus tard, Clary entendit une pulsation sourde dominée par un bruit pareil au crépitement d'un énorme feu de joie. Il lui fallut un bon moment pour en deviner l'origine, dissocier les deux sons comme un musicien décompose en notes un morceau de musique.

— Ce sont des…

— … loups-garous, dit Jace en regardant derrière elle.

Suivant son regard, elle les vit déferler sur la colline voisine comme une ombre qui s'étalait. Leurs yeux étincelants brillaient dans l'obscurité. Ils étaient des centaines, voire des milliers. Leurs hurlements, qu'elle avait d'abord pris pour le crépitement d'un feu, résonnaient dans la nuit noire.

Son ventre se noua. Elle connaissait les loups-garous.

Elle avait combattu à leurs côtés. Mais ceux qui se précipitaient vers eux n'étaient pas les loups de Luke ; personne ne leur avait demandé de prendre soin d'elle, de ne pas l'attaquer. Elle repensa à la férocité de la meute de Luke quand elle était lâchée sur un ennemi, et soudain elle eut peur.

À côté d'elle, Jace poussa un juron. Pas le temps de dégainer une autre arme. Il l'attira contre lui, l'enlaçant de son bras libre, et brandit Jahoel dans son autre main. La lumière du poignard était aveuglante. Clary serra les dents...

Les loups fondirent sur eux telle une vague tandis qu'une clameur assourdissante s'élevait. Les premières bêtes de la meute bondirent, tous crocs dehors, et Jace agrippa la taille de Clary...

Au dernier moment, les loups s'écartèrent en libérant un espace d'un bon mètre autour d'eux. Clary suivit des yeux, incrédule, deux bêtes, l'une au poil lustré et moucheté de noir, l'autre, énorme, à la fourrure gris acier. Elles atterrirent sans bruit derrière eux et reprirent leur course sans même leur accorder un regard. Ils étaient cernés par les loups, et cependant aucun d'eux ne les approcha. Ils défilaient telle une armée d'ombres tandis que la lune jetait des reflets d'argent sur leur pelage, déferlant comme une vague sur Jace et Clary, puis s'écartant au dernier moment. Les deux Chasseurs d'Ombres auraient tout aussi bien pu être des statues vu le peu d'attention que leur prêtaient les lycanthropes qui passaient, la gueule béante, les yeux fixés sur la route devant eux.

Bientôt, ils disparurent à l'horizon. Jace se tourna pour regarder filer les retardataires qui tentaient de rattraper leurs compagnons. Le silence revint, seulement troublé par la clameur étouffée provenant de la ville. Jace lâcha Clary et son bras qui tenait Jahoel retomba.

— Rien de cassé ?

— Qu'est-ce qui se passe ? murmura-t-elle. Ils ne se sont même pas arrêtés.

— Ils vont à Alicante.

Jace dégaina un autre poignard séraphique, qu'il lui tendit.

— Tiens, tu en auras besoin.

— Alors tu ne me laisses pas ici ?

— À quoi bon ? On n'est en sécurité nulle part. Mais… (Il hésita.) Tu seras prudente ?

— Promis, répondit Clary. Qu'est-ce qu'on fait maintenant ?

Jace contempla la cité en flammes au-dessous d'eux.

— On court.

Ce n'était pas facile de suivre le rythme de Jace, et maintenant qu'il courait à toute allure, c'était presque impossible. Clary sentait qu'il se forçait à ralentir pour l'attendre, et que cela lui coûtait.

La route s'aplanissait au pied de la colline et serpentait parmi un bouquet d'arbres aux branches touffues, créant l'illusion d'un tunnel. Quand Clary déboucha de l'autre côté, elle aperçut devant elle la Porte du Nord. Au-delà, elle distingua des flammes ainsi qu'une épaisse nappe de fumée. Jace l'attendait, posté sous l'arche. Il tenait Jahoel dans une main et un second poignard séraphique dans l'autre, et pourtant leurs deux halos combinés se perdaient dans la clarté éblouissante de la cité en flammes.

— Les gardes ! s'écria-t-elle, pantelante, en le rejoignant. Où sont-ils passés ?

— L'un d'eux est là-bas, derrière ce bosquet.

Jace indiqua du menton la direction par laquelle ils étaient arrivés.

— Ils l'ont mis en pièces. Non, ne regarde pas. (Il baissa les yeux.) Tu tiens mal ton poignard. Comme ça, ajouta-t-il en joignant le geste à la parole. Et tu vas devoir invoquer un ange. Cassiel me paraît indiqué.

— Cassiel, répéta Clary, et le poignard s'illumina.

Jace la dévisagea calmement.

— J'aurais aimé avoir le temps de te préparer à tout ça. Bon, en théorie, quand on a aussi peu d'entraînement que toi, on ne devrait pas pouvoir se servir d'un poignard séraphique. Je m'en suis étonné par le passé, mais maintenant qu'on sait ce qu'a fait Valentin...

Clary n'avait aucune envie d'évoquer ce sujet.

— Ou alors tu as peur qu'avec un bon entraînement je devienne meilleure que toi.

Jace esquissa un pâle sourire.

— Quoi qu'il advienne, Clary, reste avec moi. Compris ?

Il planta son regard dans le sien comme pour exiger une promesse silencieuse.

Sans qu'elle puisse s'expliquer pourquoi, le baiser qu'ils avaient échangé dans l'herbe, sur la propriété des Wayland, lui revint en mémoire. Il lui sembla que ce moment était à des millions d'années, comme si c'était arrivé à quelqu'un d'autre.

— Je reste avec toi.

— Bien, dit-il en se détournant. Allons-y.

Ils franchirent la porte côte à côte. Comme ils pénétraient dans la ville, elle prit conscience de la clameur de la bataille comme si elle l'entendait pour la première fois : un mur de sons où se mêlaient cris humains et rugissements de bêtes, fracas de verre brisé et crépitements de flammes. Elle sentit son sang battre dans ses oreilles.

La cour au-delà de la porte était déserte. Des silhouettes recroquevillées gisaient çà et là sur les pavés ; Clary se força à détourner le regard. Jace l'entraîna vers une rue voisine ; apparemment, il ne tenait pas à rester à découvert. À cet endroit, les vitrines des échoppes avaient été saccagées et leur contenu éparpillé dans la rue. Une forte odeur de détritus flottait dans l'air. Clary la reconnut sur-le-champ. Elle signalait la présence de démons.

— Par ici, souffla Jace.

Ils s'engagèrent dans une autre ruelle étroite. Un feu brûlait à l'étage d'une des maisons bordant la chaussée mais, visiblement, l'incendie n'avait pas gagné les autres bâtiments. Bizarrement, Clary se remémora des photos du Blitz à Londres qui montraient la destruction frappant au hasard.

Levant les yeux, elle s'aperçut que la forteresse dominant la ville était cernée par un nuage de fumée noire.

— La Garde !

— Je te l'ai dit, ils ont évacué...

Jace s'interrompit au moment où ils pénétraient dans une rue plus large. Là, plusieurs corps gisaient sur la route. Certains étaient des enfants. Jace s'élança et, après une hésitation, Clary le suivit. En se rapprochant, elle constata qu'ils étaient trois. Aucun d'eux, songea-t-elle avec un soulagement mêlé de culpabilité, n'était assez âgé pour être Max. Non loin se trouvait le corps d'un vieil homme, les bras écartés comme s'il avait tenté de faire barrage de son propre corps pour protéger les enfants.

Soudain, Jace se figea.

— Clary... Retourne-toi. Lentement.

Clary obéit. Derrière elle, il y avait une pâtisserie dont la vitrine était cassée. Les restes des gâteaux en exposition étaient éparpillés parmi les éclats de verre et le sang ; leur glaçage formait de longues traînées roses sur les pavés. Une énorme créature informe et visqueuse s'extirpa de la vitrine. Deux rangées de dents émergeaient de son corps allongé, moucheté de débris de verre, comme s'il s'était roulé dans du sucre.

Le démon atterrit sur les pavés et rampa dans leur direction. À la vue de ce corps suintant et flasque, Clary se sentit prise de nausée. Elle recula et manqua s'affaler sur Jace.

— C'est un Béhémoth, expliqua-t-il sans quitter des yeux la créature. Ils mangent tout et n'importe quoi.

— Même les... ?

— Oui, même les humains. Reste à l'arrière.

Sans se faire prier, Clary se réfugia derrière Jace en gardant le regard fixé sur le Béhémoth. Quelque chose chez ce monstre la dégoûtait encore plus que tous les démons qu'elle avait croisés jusque-là. Il se mouvait comme une limace aveugle, et suintait... Par chance, il n'avançait pas très vite. Jace n'aurait pas beaucoup de mal à l'éliminer.

Comme s'il lisait dans ses pensées, il se jeta sur le démon en fendant l'air de son poignard séraphique. La lame s'enfonça dans le dos de la bête avec le même bruit que lorsqu'on écrase un fruit trop mûr d'un coup de talon. Un spasme le parcourut, puis il disparut et se reforma brusquement, à quelques pas de l'endroit où il se trouvait un instant plus tôt.

Jace recula.

— C'est bien ce que je craignais, marmonna-t-il. C'est un démon semi-corporel. Ce sera difficile de le tuer.

— Alors laisse tomber, gémit Clary en le tirant par la manche. Au moins, il se déplace lentement. Ça nous laisse le temps de fuir.

Jace la suivit à contrecœur. Ils s'apprêtaient à revenir sur leurs pas, quand le démon se matérialisa juste devant eux, pour leur barrer le passage. Il avait grossi, semblait-il. Il émit un bruit étouffé, semblable aux stridulations furieuses d'un insecte.

— J'ai l'impression qu'il n'a pas envie qu'on s'en aille.

— Jace...

Mais il se ruait déjà sur la créature en faisant tournoyer son poignard pour la décapiter. Elle disparut de nouveau pour réapparaître un instant plus tard, cette fois derrière lui, et se dressa de toute sa hauteur, révélant un ventre couvert de stries comme celui d'un cafard. Jace fit volte-face et planta son poignard dans son abdomen. Un liquide verdâtre, épais comme du mucus, éclaboussa la lame.

Jace recula avec une grimace de dégoût. Le Béhémoth avait repris ses stridulations ; du liquide s'écoulait encore de sa blessure, mais il continuait à progresser d'un air décidé.

— Jace ! cria Clary. Ton poignard...

Jace baissa les yeux. Le mucus produit par le démon avait recouvert la lame de Jahoel, ternissant son éclat. Sous le regard ébahi de Jace, le poignard s'éteignit comme un feu enterré sous le sable. Il le laissa tomber avec un juron avant que la substance visqueuse n'ait pu l'atteindre.

Le Béhémoth repartit à l'assaut. Jace se baissa et, s'interposant entre lui et le démon, Clary lança son poignard qui alla se ficher juste en dessous des dents de la créature avec un bruit répugnant.

Elle recula, horrifiée, au moment où le démon était secoué d'un autre spasme. Apparemment, il devait dépenser une certaine quantité d'énergie pour se reformer chaque fois qu'il était blessé. S'ils parvenaient à l'atteindre plusieurs fois de suite...

Du coin de l'œil, Clary vit un éclair de fourrure brun et gris s'avancer à toute allure dans leur direction. Ils n'étaient plus seuls dans la rue. Jace se retourna, les yeux écarquillés.

— Clary ! Derrière toi !

Clary fit volte-face, Cassiel à la main, au moment où le loup se jetait sur elle, les babines retroussées sur ses crocs. Jace cria quelque chose qu'elle n'entendit pas, mais elle lut de la peur dans ses yeux, et s'écarta brusquement pour laisser le passage au loup. Il passa près d'elle, toutes griffes dehors, le corps arc-bouté, et plaqua le Béhémoth au sol avant de le déchiqueter de ses crocs.

Le démon poussa un hurlement ou quelque chose d'approchant : une espèce de gémissement suraigu évoquant le bruit d'un ballon qui se dégonfle. L'écrasant de tout son poids, le loup avait enfoui le museau dans sa masse visqueuse. Il frémit, se débattit dans un dernier effort pour se reformer, mais le loup ne lui en laissa pas le temps. Ses crocs s'enfoncèrent un peu plus profondément, et il arracha de gros morceaux de chair tremblotante comme de la gelée, sans se soucier du liquide verdâtre qui jaillissait de la créature. Un dernier spasme agita le Béhémoth, ses dents acérées claquèrent comme il se débattait, puis il disparut, ne laissant derrière lui qu'une flaque gluante.

Le loup émit un grognement de satisfaction et se tourna vers Jace et Clary, les yeux brillants. Jace dégaina un autre poignard de sa ceinture et le brandit d'un air menaçant. Le loup gronda, les poils hérissés le long de son échine. Clary retint Jace par le bras.

— Non... arrête.

— C'est un loup-garou, Clary...

— Il a tué ce démon pour nous sauver ! Il est de notre côté.

Avant que Jace puisse la rattraper, elle s'avança lentement vers le loup, les mains tendues, et lui parla d'une voix douce :

— Pardon. On est désolés. On sait que tu ne nous veux aucun mal.

Elle s'arrêta comme la bête la considérait d'un air impassible.

— Qui... qui es-tu ? reprit-elle.

Jetant un regard à Jace par-dessus son épaule, elle fronça les sourcils.

— Pose ça, tu veux ?

Jace parut sur le point de lui expliquer en termes non équivoques qu'il ne fallait jamais déposer les armes face au danger mais, avant qu'il ait pu prononcer un mot, le loup poussa un grognement et se dressa de toute sa hauteur. Ses pattes et son dos s'allongèrent, sa mâchoire se rétracta ; quelques secondes plus tard, une jeune fille se tenait devant eux. Elle portait une tunique blanche crasseuse, ses cheveux crépus étaient tressés à l'africaine et une cicatrice lui barrait la gorge.

— Comment ça, qui je suis ? maugréa-t-elle avec une grimace. Je n'arrive pas à croire que vous ne m'ayez pas reconnue. Les loups n'ont pas tous la même apparence, vous savez. Ah, les humains !

Clary poussa un soupir de soulagement.

— Maia !

— Eh oui. Comme d'habitude, je viens vous sauver la mise, répliqua-t-elle en souriant.

Elle était couverte de sang et d'ichor ; si les traînées rouge et noir étaient moins visibles sur sa fourrure de loup, elles juraient sur sa peau sombre. Elle porta la main à son ventre.

— Pouah, dégoûtant ! Dire que j'ai mâché ce truc ! J'espère que je ne suis pas allergique.

— Qu'est-ce que tu fabriques ici ? demanda Clary. On est contents de te voir, hein, mais...

— Vous n'êtes pas au courant ? s'écria Maia en dévisageant tour à tour Jace et Clary avec stupéfaction. C'est Luke qui nous a fait venir.

— Luke ? Luke est ici ?

Maia hocha la tête.

— Il nous a demandé de le rejoindre à Idris. On a pris l'avion jusqu'à la frontière et parcouru le reste du chemin à pied. Les autres meutes se sont téléportées dans la forêt, où on s'était tous donné rendez-vous. Luke nous a expliqué que les Nephilim avaient besoin de notre aide... Vous ne saviez pas ?

— Non, répondit Jace, et je doute que l'Enclave en ait été informée. Ils n'aiment pas trop réclamer l'aide des Créatures Obscures.

Maia se raidit, les yeux étincelant de colère.

— Sans nous, vous auriez tous été massacrés. Il n'y avait personne pour protéger la ville à notre arrivée...

— Tais-toi, intervint Clary en jetant un regard noir à Jace. Je te remercie du fond du cœur de nous avoir sauvés, Maia, et Jace aussi, même s'il préférerait se crever un œil que de l'admettre. Pas la peine de mettre de l'huile sur le feu, s'empressa-t-elle d'ajouter en voyant l'expression de Maia, on n'a pas de temps à perdre. Il faut qu'on aille tout de suite chez les Lightwood, ensuite j'essaierai de retrouver Luke...

— Les Lightwood ? Je crois qu'ils se sont réfugiés dans la Salle des Accords. C'est là qu'on emmène tout le monde. J'ai vu Alec, en tout cas, et puis le sorcier, celui avec les cheveux coiffés en épis. Magnus.

— Si Alec est là-bas, alors les autres aussi.

En voyant l'air soulagé de Jace, Clary dut se retenir de le prendre dans ses bras.

— Ce n'est pas bête de rassembler tout le monde là-bas, reprit-il. C'est un endroit sûr.

Il glissa son poignard séraphique dans sa ceinture.

— Allons-nous-en d'ici.

Clary reconnut l'intérieur de la Salle des Accords dès l'instant où elle entra. C'était l'endroit qu'elle avait vu dans son rêve, lorsqu'elle avait dansé avec Simon puis avec Jace.

« C'est là que j'essayais d'aller quand j'ai franchi le Portail », songea-t-elle en balayant du regard les murs blancs et le plafond haut avec son énorme verrière à travers laquelle elle distinguait le ciel nocturne. La salle, quoique très vaste, lui semblait plus petite et moins luxueuse que dans son rêve. La fontaine ornée d'une sirène trônait en son centre ; si elle fonctionnait encore, elle paraissait ternie, et les marches qui y conduisaient étaient occupées par des rescapés, blessés pour la plupart. Des Chasseurs d'Ombres se pressaient dans tous les coins, s'arrêtant de temps à autre pour examiner un visage dans l'espoir de retrouver un parent ou un ami. Le sol était souillé de boue et de sang.

Ce qui frappa Clary en particulier, c'était le silence qui régnait dans la salle. Chez les Terrestres, dans les heures qui suivaient une catastrophe, les gens s'interpellaient, poussaient des hurlements. Or, on n'entendait pas un bruit. Les survivants étaient assis en silence ; certains avaient la tête dans les mains, d'autres regardaient dans le vague. Les enfants étaient blottis contre leurs parents, mais aucun ne pleurait.

Clary remarqua aussi, tandis qu'elle traversait la salle, Jace et Maia à ses côtés, un groupe d'individus débraillés qui formaient un cercle près de la fontaine. Ils se tenaient à l'écart de la foule, et en les voyant Maia sourit.

— Ma meute ! s'exclama-t-elle en se précipitant

vers eux, ne s'arrêtant que pour jeter un coup d'œil à Clary. Je suis sûre que Luke est quelque part dans les parages, ajouta-t-elle avant de rejoindre le groupe, qui se resserra autour d'elle.

L'espace d'un instant, Clary se demanda ce qu'il adviendrait si elle décidait de suivre la jeune lycanthrope. L'accueilleraient-ils comme l'amie de Luke ou la traiteraient-ils avec méfiance, au même titre que n'importe quel Chasseur d'Ombres ?

— Reste là, dit Jace comme s'il venait de lire dans ses pensées. Ce n'est pas une bonne...

Clary n'eut pas le temps de répliquer, car elle entendit quelqu'un crier le nom de Jace, et Alec s'avança vers eux, pantelant, en jouant des coudes parmi la foule. Il avait les cheveux en désordre et ses vêtements étaient tachés de sang. Le soulagement et la colère se peignaient sur son visage. Il agrippa Jace par le devant de sa veste.

— Où étais-tu passé ?

— Quoi ? fit Jace, indigné.

Alec le secoua sans ménagement.

— Tu étais censé aller faire un tour ! Qu'est-ce que tu as fabriqué pendant six heures ?

— C'était une longue promenade.

— Je vais te tuer, marmonna Alec en lâchant la veste de Jace. J'y songe sérieusement.

— Ce serait contre-productif, non ?

Jace jeta un regard autour de lui.

— Où sont passés les autres ?

— Isabelle et Max sont chez les Penhallow avec Sébastien. Mes parents sont partis les chercher. Aline est ici avec ses parents, mais elle ne parle pas beaucoup. Elle a passé un mauvais quart d'heure avec un démon Rahab près d'un canal. Isa lui a sauvé la vie.

— Et Simon ? demanda Clary, inquiète. Tu l'as vu ? Il aurait dû revenir de la Garde avec les autres.

Alec secoua la tête.

— Non, il n'est pas là. Mais je n'ai pas vu non plus l'Inquisiteur et le Consul. Il doit être avec eux. Ils ont peut-être fait halte quelque part ou…

Il s'interrompit. Un murmure venait de parcourir la salle. Clary vit le groupe de lycanthropes lever la tête comme une meute de chiens de chasse flairant un gibier. Elle se retourna…

Et vit Luke s'avancer, épuisé et couvert de sang. Oubliant sa colère, elle courut au-devant de lui, trop heureuse de le savoir en vie. Il parut surpris en l'apercevant, puis sourit, la souleva dans ses bras comme quand elle était petite fille et la serra contre son cœur. Une odeur de sang et de fumée s'accrochait à ses vêtements. Elle ferma les yeux pendant quelques secondes et repensa à la manière dont Alec s'était agrippé à Jace à son arrivée. C'était pareil dans toutes les familles : quand on s'était inquiété pour quelqu'un, on le prenait dans ses bras en le sermonnant un peu, et la colère retombait vite. Ce qu'elle avait dit à Valentin était la stricte vérité. Luke était sa famille.

Il la reposa à terre avec une grimace de douleur.

— Doucement, marmonna-t-il. Un démon m'a eu à l'épaule près du pont de Merryweather.

Il s'interrompit pour examiner le visage de Clary.

— Et toi, tu vas bien ?

— Quel spectacle touchant ! fit une voix glaciale derrière eux.

Clary se retourna. Un homme de haute stature s'avança vers eux en faisant voler les pans de sa cape bleue. Son visage à moitié dissimulé sous un capuchon évoquait celui d'une statue, avec ses pommettes saillantes, son profil d'aigle et ses paupières épaisses.

— Lucian, reprit-il sans accorder un regard à Clary. J'aurais dû deviner que c'était toi qui avais orchestré cette... cette invasion.

— Invasion ? répéta Luke, et soudain, sa meute vint se poster juste derrière lui.

Ils avaient bougé si vite qu'ils semblaient surgis de nulle part.

— Ce n'est pas nous qui avons envahi la ville, Consul. C'est Valentin. Nous essayons seulement de vous aider.

— L'Enclave n'a pas besoin de vous. Vous avez enfreint la Loi en pénétrant dans la Cité de Verre. Tu devrais le savoir.

— Vous êtes en mauvaise posture, ça crève les yeux. Si nous n'étions pas venus, la plupart d'entre vous seraient morts à l'heure qu'il est.

Luke parcourut la salle des yeux ; plusieurs groupes de Chasseurs d'Ombres s'étaient rapprochés pour les écouter. Certains soutinrent son regard tandis que d'autres baissaient la tête, l'air honteux. Cependant, constata Clary avec étonnement, aucun d'eux ne se mit en colère.

— Si je suis venu aujourd'hui, c'est pour te prouver quelque chose, Malachi, reprit Luke.

— Quoi donc ? rétorqua le Consul avec froideur.

— Vous avez besoin de notre aide pour vaincre

Valentin. Je ne parle pas seulement des lycanthropes mais de toutes les Créatures Obscures.

— Que pouvez-vous contre Valentin ? lâcha Malachi avec dédain. Je te croyais plus malin, Lucian. Tu étais des nôtres, autrefois. Pour affronter tous les dangers et protéger le monde du mal, nous avons toujours été seuls. Nous combattrons Valentin avec nos propres armes. Les Créatures Obscures feraient mieux de s'écarter de notre chemin. Nous sommes des Nephilim : nous menons seuls nos batailles.

— Ce n'est pas tout à fait vrai, intervint une voix suave.

Magnus Bane s'avança, vêtu d'un long manteau scintillant. Il portait une ribambelle d'anneaux aux oreilles et affichait un air narquois.

— Vous avez fait appel aux sorciers plus d'une fois par le passé, et vous les avez payés grassement.

Malachi fronça les sourcils.

— Je ne me rappelle pas t'avoir invité à séjourner dans la Cité de Verre, Magnus Bane.

— Tu ne l'as pas fait. Les boucliers sont désactivés.

— Vraiment ? répliqua le Consul d'un ton lourd de sarcasme. Je n'avais pas remarqué.

— C'est terrible, ironisa Magnus en feignant l'inquiétude. Quelqu'un aurait dû vous prévenir. (Il se tourna vers Luke.) Dis-lui, toi, que les boucliers sont désactivés.

Luke semblait exaspéré.

— Malachi, pour l'amour du ciel, nous sommes forts. Nous sommes nombreux. Comme je te l'ai déjà dit, nous pouvons vous aider.

La voix du Consul monta d'un ton.

— Et moi je te dis que nous ne voulons pas de votre aide !

Un petit groupe s'était rassemblé pour assister à la querelle opposant Luke au Consul. Une fois certaine que personne ne prêtait attention à elle, Clary rejoignit discrètement Magnus et lui glissa à l'oreille :

— Viens, il faut que je te parle. Profitons-en pendant qu'ils se chamaillent.

Magnus lui lança un regard interrogateur, puis hocha la tête et l'entraîna à l'écart en fendant la foule. Apparemment, aucun des Chasseurs d'Ombres et des loups-garous rassemblés n'avait à cœur de barrer le passage à ce sorcier qui les toisait du haut de son mètre quatre-vingt-cinq, avec ses yeux de chat et son sourire inquiétant.

— Qu'est-ce qu'il y a ? demanda-t-il.

— J'ai le livre.

Clary sortit l'ouvrage de la poche de son manteau déchiré en imprimant des traces de doigts sales sur sa couverture ivoire.

— Je suis allée dans le manoir de Valentin. Il était dans la bibliothèque, comme tu l'as dit. Et... (Elle se tut en repensant à l'ange emprisonné dans la cave.) Aucune importance. Tiens, prends-le, ajouta-t-elle en tendant le Livre Blanc à Magnus.

Il le lui prit des mains et en feuilleta quelques pages en ouvrant des yeux émerveillés.

— C'est encore mieux que ce qu'on m'avait raconté, annonça-t-il, ravi. J'ai hâte de me pencher sur ces sortilèges.

— Magnus !

Le ton sec de Clary le ramena à la réalité.

— Ma mère d'abord. Tu as promis.
— Et je tiendrai ma promesse, déclara le sorcier avec un hochement de tête solennel.
— Il y a autre chose, ajouta-t-elle en pensant à Simon. Avant que tu t'en ailles...
— Clary ! fit une voix pantelante derrière elle.
Étonnée, Clary tourna la tête et se retrouva nez à nez avec Sébastien. Il était sanglé dans sa tenue de Chasseur d'Ombres qui lui allait à merveille, songea-t-elle, comme s'il était né pour la porter. Alors que tout le monde autour de lui était dépenaillé et couvert de sang, il était indemne à l'exception de deux égratignures sur sa joue gauche.
— Je m'inquiétais pour toi. Je suis passé chez Amatis en chemin vers ici, mais tu n'y étais pas et elle m'a dit qu'elle ne t'avait pas vue...
— Je vais bien.
Clary jeta un coup d'œil à Magnus, qui serrait le Livre Blanc contre sa poitrine.
— Et toi ? reprit-elle. Ton visage...
Elle tendit la main pour toucher sa blessure qui saignait encore. Sébastien haussa les épaules et repoussa son bras.
— Une femelle démon m'a attaqué près de la maison des Penhallow. Mais je vais survivre. Qu'est-ce qui se passe ?
— Oh, rien. Je bavardais avec Ma... Ragnor, répondit précipitamment Clary, s'apercevant avec horreur que Sébastien ne connaissait toujours pas la véritable identité de Magnus.
— Maragnor ? fit-il en levant les sourcils. Bon. Qu'est-ce que c'est que ça ?

Il lança un coup d'œil intrigué au Livre Blanc. Clary regrettait que Magnus n'ait pas pris l'initiative de le cacher. Il le tenait de sorte que les lettres imprimées sur la couverture soient bien visibles.

Magnus considéra Sébastien pendant quelques instants en le jaugeant de ses yeux de chat.

— C'est un livre de sortilèges. Rien qui puisse intéresser un Chasseur d'Ombres, donc.

— Il se trouve que ma tante collectionne ces ouvrages. Je peux y jeter un coup d'œil ?

Sébastien tendit la main. Avant que Magnus ait pu refuser, Clary entendit quelqu'un l'appeler par son nom, et vit Jace et Alec s'avancer vers eux au pas de charge. Ni l'un ni l'autre ne semblait réjoui de voir Sébastien.

— Je croyais t'avoir demandé de rester avec Max et Isabelle ! s'écria Alec. Tu les as laissés seuls ?

Sébastien, qui avait les yeux fixés sur Magnus, se tourna lentement vers Alec.

— Tes parents sont arrivés comme tu l'avais prévu, répliqua-t-il froidement. Ils m'ont envoyé te prévenir que tout le monde allait bien. Ils sont en chemin.

— Eh bien, fit Jace d'un ton lourd de sarcasme. Merci d'avoir transmis le message dès ton arrivée.

— Je ne vous ai pas vus tout de suite. J'ai d'abord repéré Clary.

— C'est parce que tu la cherchais.

— Je devais lui parler seul à seul.

Il se tourna vers Clary, et l'intensité de son regard la mit mal à l'aise. Elle ne pouvait malheureusement pas lui expliquer qu'il ne devait pas la dévisager ainsi en présence de Jace et, en outre, il avait peut-être une

Le miroir mortel

information importante à lui confier. Elle hocha la tête.

— D'accord. Juste une seconde.

Voyant Jace se figer, elle ajouta :

— Je reviens tout de suite.

Mais Jace ne la regardait pas ; il avait les yeux rivés sur Sébastien.

La prenant par le poignet, il l'entraîna vers la foule. Elle jeta un coup d'œil en arrière. Ils avaient tous le regard fixé sur elle, y compris Magnus. Elle le vit secouer imperceptiblement la tête. Elle s'arrêta net.

— Sébastien ! Stop. Qu'y a-t-il ? Qu'est-ce que tu as à me dire ?

Sans lâcher son poignet, il répondit :

— J'ai pensé qu'on pourrait aller faire un tour dehors histoire de discuter en privé...

— Non. Je veux rester ici.

La voix de Clary tremblait un peu, comme si elle hésitait. Se dégageant d'un geste brusque, elle reprit :

— Qu'est-ce qui t'arrive ?

— Le livre que Fell tenait à la main... Le Livre Blanc... Tu sais où il se l'est procuré ?

— C'est de ça que tu voulais me parler ?

— C'est un manuel de sortilèges extrêmement puissant. Il y a beaucoup de gens qui le cherchent, et depuis très longtemps.

Clary poussa un soupir exaspéré.

— Très bien, Sébastien. Voilà : ce sorcier n'est pas Ragnor Fell mais Magnus Bane.

— Magnus Bane ?

Sébastien pivota sur ses talons pour observer Magnus avant de poser un regard accusateur sur Clary.

— Tu le savais depuis le début, pas vrai ? Tu connais Bane.

— Oui, et je te demande pardon. Mais il ne voulait pas que je te révèle son identité. Et il est le seul à pouvoir m'aider. C'est pourquoi je lui ai donné le Livre Blanc. Il contient un sortilège susceptible de sauver ma mère.

Les yeux de Sébastien étincelèrent, et Clary eut le même sentiment de malaise qu'après l'avoir embrassé, comme si, faisant un pas avec la certitude de fouler la terre ferme, elle était tombée dans le vide.

— Tu as donné le Livre Blanc à un sorcier ? s'exclama-t-il en l'agrippant de nouveau par le poignet. Une sale Créature Obscure ?

Clary se figea.

— Comment peux-tu dire une chose pareille ? s'indigna-t-elle en baissant les yeux sur la main de Sébastien qui lui enserrait le poignet. Magnus est mon ami.

Sébastien desserra son étreinte.

— Pardon. Je n'aurais pas dû. C'est juste... Tu connais bien Magnus Bane ?

— Mieux que je te connais, c'est certain, rétorqua-t-elle d'un ton glacial.

Tournant la tête vers l'endroit où elle avait laissé Magnus, Jace et Alec, elle constata avec surprise que Magnus avait disparu. Restés seuls, Alec et Jace les observaient d'un air désapprobateur.

Suivant son regard, Sébastien se rembrunit.

— J'aimerais bien savoir où il est parti avec ton livre.

— Ce n'est pas mon livre, aboya Clary. Je le lui ai donné. Et ce ne sont pas tes affaires, de toute façon. Écoute, c'était très gentil de ta part de m'aider à chercher Ragnor Fell hier, mais là, tu me donnes froid dans le dos. Je retourne auprès de mes amis.

Elle s'apprêtait à s'éloigner quand il lui barra le passage.

— Je regrette. Je n'aurais pas dû dire ça. Seulement, voilà... tu ne sais pas tout, Clary.

— Explique-moi.

— Allons dehors, je te raconterai toute l'histoire, dit-il d'un ton pressant. Clary, je t'en prie.

Elle secoua la tête.

— Il faut que je reste pour attendre Simon.

C'était en partie la vérité.

— D'après Alec, ils ramènent les prisonniers ici...

— Clary, personne ne t'a prévenue ? Ils les ont laissés là-bas. Je l'ai entendu de la bouche de Malachi. Ils ont évacué la Garde, mais ils n'ont pas emmené les prisonniers avec eux. D'après Malachi, ces deux-là sont de mèche avec Valentin, de toute façon. On ne pouvait pas les libérer, c'était trop risqué.

Soudain, Clary se sentit prise de vertige, au bord de la nausée.

— Tu mens.

— Je te jure que c'est la vérité.

La main de Sébastien se referma de nouveau sur son poignet, et elle chancela.

— Je peux t'emmener à la Garde. Je t'aiderai à le sortir de là. Mais tu dois me promettre que...

— Elle n'a rien à te promettre, Sébastien, intervint Jace. Lâche-la.

Stupéfait, Sébastien s'exécuta. Clary se tourna vers Jace et Alec, qui affichaient un air sévère. La main de Jace était posée sur le manche du poignard séraphique qui pendait à sa ceinture.

— Clary fait ce qu'elle veut, protesta Sébastien avec une expression figée, inquiétante sur le visage. Or, là, elle veut venir avec moi. Nous allons sauver son ami. Celui que vous avez jeté en prison.

Alec blêmit, mais Jace secoua la tête.

— Je ne t'aime pas, observa-t-il d'un air songeur. Je sais que tout le monde t'apprécie, Sébastien, mais pas moi. C'est peut-être justement parce que tu fais trop d'efforts pour gagner l'estime d'autrui. Ou alors j'ai l'esprit de contradiction. Mais je ne t'aime pas, et je n'aime pas ta façon de t'agripper à ma sœur. Si elle veut aller chercher Simon à la Garde, très bien. Elle ira avec nous, pas avec toi.

— C'est à elle de choisir, non ? rétorqua Sébastien avec la même expression.

Tous deux se tournèrent vers Clary. Elle jeta un coup d'œil vers Luke, qui se disputait toujours avec Malachi.

— Je veux rester avec mon frère.

Une lueur indéchiffrable s'alluma dans le regard de Sébastien, mais une fraction de seconde plus tard, elle avait disparu. Si Clary ne put l'identifier, elle sentit ses cheveux se dresser sur sa nuque, comme si une main glacée venait de l'effleurer.

— Ça va de soi, lâcha-t-il avant de s'effacer pour les laisser passer.

Alec prit la tête du trio en poussant Jace devant lui. Ils étaient à mi-chemin de la porte quand Clary ressentit une vive brûlure au niveau du poignet. Elle baissa les yeux, s'attendant à trouver une marque rouge à l'endroit où les doigts de Sébastien l'avaient agrippée, mais ne vit rien à l'exception d'une traînée de sang sur sa manche, qui avait dû frôler la blessure qu'il avait au visage. Fronçant les sourcils, elle pressa le pas pour rattraper les autres.

12

De profundis

Les mains de Simon étaient poissées de sang.

Il s'était brûlé les paumes à force de s'acharner vainement sur les barreaux de sa cellule, et avait fini par s'effondrer sur le sol, hors d'haleine. Les yeux fixés sur ses mains, il avait regardé d'un air hébété les lésions se refermer et la peau noircie se desquamer aussi vite que sur une vidéo diffusée en accéléré.

De l'autre côté du mur, Samuel priait. Simon, lui, ne le pouvait pas. Il avait déjà essayé auparavant : le nom de Dieu lui brûlait la langue et s'étranglait dans sa gorge. Il se demanda pourquoi il pouvait formuler des mots par la pensée sans pour autant être capable de les prononcer. Lui qui possédait la vie éternelle et le pouvoir de se promener au soleil de midi ne pouvait même pas réciter sa dernière prière.

La fumée avait commencé à s'immiscer dans le couloir. Une odeur de brûlé lui montait aux narines, et il entendait le crépitement du feu qui s'étendait. Pourtant, il se sentait étonnamment détaché. Quelle ironie d'avoir obtenu la vie éternelle pour « mourir » brûlé vif à l'âge de seize ans !

Le miroir mortel

Une voix étouffée lui parvint par-dessus le craquement des flammes. « Simon ! » La fumée dans le couloir était un signe avant-coureur de la chaleur qui l'oppressait maintenant comme un mur.

— Simon !

C'était la voix de Clary. Il l'aurait reconnue entre toutes. Il se demanda si ce n'était pas le fruit de son imagination, un souvenir sensoriel de l'être qu'il avait le plus aimé dans sa vie, l'accompagnant jusqu'au seuil de la mort.

— Simon ! Espèce d'idiot. Je suis là ! À la fenêtre !

Simon se leva d'un bond. Son cerveau n'aurait pas pu imaginer ça... À travers l'écran de fumée, il vit quelque chose bouger derrière les barreaux. En se rapprochant, il s'aperçut que des mains s'y cramponnaient. Il monta sur le lit, et cria par-dessus le chuintement des flammes.

— Clary ?

— Oh, merci mon Dieu !

Une main se tendit vers lui, le saisit par l'épaule.

— On va te sortir de là.

— Comment ? s'écria Simon, non sans raison, mais il y eut un remue-ménage au-dehors, et les mains de Clary disparurent, bientôt remplacées par d'autres plus grandes, indubitablement masculines, aux phalanges couvertes de cicatrices et terminées par de longs doigts de pianiste.

— Tiens le coup.

La voix de Jace était calme, confiante comme s'ils bavardaient à l'occasion d'une fête et non à travers les barreaux d'un donjon en flammes.

— Tu devrais peut-être reculer, reprit-il.

Simon s'exécuta docilement. Les mains de Jace agrippèrent les barreaux. Il y eut un craquement sonore, et la fenêtre céda avant de s'écraser juste à côté du lit. Une pluie de gravats s'abattit dans la cellule, formant un nuage blanc.

Le visage de Jace s'encadra dans l'ouverture.

— Viens, Simon ! cria-t-il en se penchant.

Simon prit les mains de Jace et se laissa hisser vers la surface. Prenant appui sur le rebord de la fenêtre, il se glissa au-dehors. Un instant plus tard, il s'affalait dans l'herbe humide. Levant les yeux, il vit un cercle de visages anxieux au-dessus de lui.

— Tu as une sale mine, vampire, observa Jace. Qu'est-ce qui est arrivé à tes mains ?

Simon s'assit dans l'herbe. Ses blessures s'étaient refermées, mais la peau était encore noire à l'endroit où il avait agrippé les barreaux. Avant qu'il ait pu prononcer un mot, Clary le serra dans ses bras.

— Simon ! Je ne savais même pas que tu étais à Idris. Jusqu'à hier soir, je te croyais à New York...

— Eh bien, moi non plus je ne savais pas que tu étais ici. (Il jeta un regard noir à Jace.) En fait, on m'a explicitement affirmé le contraire.

— Je n'ai jamais rien dit de tel, protesta Jace. Je me suis simplement gardé de rétablir la vérité. Et puis je viens de t'éviter d'être brûlé vif, alors tu n'as pas le droit de te mettre en colère.

Brûlé vif. Simon se détacha de Clary et jeta un regard autour de lui. Ils se trouvaient dans un jardin cerné sur deux côtés par les murailles de la forteresse, et sur les deux autres par un bosquet touffu. Une allée de gravier serpentait entre les arbres en direction de la ville ; elle était bordée de torches, éteintes pour la plupart. Il leva les yeux vers la Garde. D'ici, on aurait à peine pu deviner qu'il y avait un incendie : un mince panache de fumée noire se déroulait dans le ciel, et la lumière qui brillait aux fenêtres avait un éclat particulier, mais les murs épais de l'édifice avaient réussi à garder le secret.

— Il faut libérer Samuel, décréta-t-il.
— Qui ça ? lança Clary.
— Je n'étais pas le seul prisonnier. Samuel se trouve dans la cellule voisine de la mienne.
— Le tas de haillons que j'ai vu par la fenêtre ? s'enquit Jace.
— Oui. Il est un peu bizarre, mais c'est un brave homme. On ne peut pas le laisser ici.

Simon se releva péniblement.
— Samuel !

Pas de réponse. Il courut jusqu'à la fenêtre basse, munie de barreaux, qui jouxtait celle par laquelle il s'était évadé, et ne distingua qu'une épaisse nappe de fumée.

— Samuel ! Vous êtes là ?

Une forme voûtée remua dans les ténèbres. D'une voix altérée par la fumée, Samuel répondit :

— Laissez-moi tranquille ! Allez-vous-en !
— Samuel ! Vous allez mourir ici !

Simon tira de toutes ses forces sur les barreaux. Rien ne se produisit.

— Laissez-moi ! Je veux rester !

Simon jeta un regard désespéré autour de lui.

— Bouge de là ! dit Jace en le rejoignant.

Il donna un grand coup de pied dans les barreaux qui tombèrent dans la cellule de Samuel. Celui-ci poussa un cri rauque.

— Samuel ! Vous vous sentez bien ?

L'espace d'un instant, Simon eut la vision d'un Samuel coincé sous les barreaux.

— Allez-vous-en ! brailla le prisonnier.

Simon lança un coup d'œil à Jace.

— Je crois qu'il pense vraiment ce qu'il dit.

Jace secoua sa tête blonde, l'air exaspéré.

— Il fallait que tu te trouves un copain de cellule à moitié timbré, hein ? Tu ne pouvais pas te contenter de compter les moutons ou d'apprivoiser un rat, comme n'importe quel prisonnier normal ?

Sans attendre de réponse, Jace rampa dans l'ouverture.

— Jace ! cria Clary.

Elle se précipita vers lui, Alec sur les talons, mais il s'était déjà engouffré dans la cellule. Elle jeta un regard furieux à Simon.

— Pourquoi tu n'as pas essayé de l'arrêter ?

— Il ne pouvait pas laisser mourir ce pauvre homme, intervint Alec, à la surprise générale, bien que lui-même paraisse un peu inquiet. C'est mal connaître Jace...

Il s'interrompit au moment où deux mains émergeaient de la fumée. Alec en saisit une tandis que Simon prenait l'autre, et, ensemble, ils hissèrent Samuel hors de la cellule comme un sac à patates avant de le déposer dans l'herbe. Quelques instants plus tard, Simon et Clary aidèrent Jace à remonter : lui, en revanche, était beaucoup moins lourd, et il poussa un juron quand ils lui cognèrent malencontreusement la tête sur le rebord de la fenêtre. Après s'être dégagé d'un geste brusque, il rampa loin d'eux et se laissa tomber dans l'herbe.

— Aïe ! fit-il, les yeux tournés vers le ciel. Je crois que je me suis claqué un muscle.

Après s'être redressé, il jeta un coup d'œil à Samuel.

— Est-ce qu'il va bien ?

Recroquevillé sur le sol, l'homme se balançait d'avant en arrière en se cachant le visage dans les mains.

— J'ai l'impression que ça ne tourne pas rond chez lui, observa Alec.

Il se pencha pour toucher l'épaule de Samuel, qui sursauta et manqua tomber à la renverse.

— Laisse-moi tranquille, gémit-il. Je t'en prie. Laisse-moi, Alec.

Alec se figea.

— Qu'est-ce que vous venez de dire ?

— Il veut que tu le laisses tranquille, intervint Simon, mais Alec ne parut pas l'entendre.

Il s'était tourné vers Jace qui avait blêmi.

— Samuel, reprit Alec d'un ton sévère. Ôtez les mains de votre visage.

— Non, cria Samuel en baissant la tête, les épaules tremblantes. Non, s'il te plaît. Non.

— Alec ! s'écria Simon. Tu ne vois pas qu'il se sent mal ?

Clary agrippa Simon par la manche.

— Simon, qu'est-ce qui se passe ?

Jace s'avança pour examiner la silhouette prostrée de Samuel. Il s'était égratigné les doigts sur le rebord de la fenêtre et, en repoussant ses cheveux de devant ses yeux, il laissa des traînées sanglantes sur sa joue, ce dont il ne parut pas s'apercevoir. Les yeux écarquillés, la bouche barrée par un pli sévère, il ordonna froidement :

— Chasseur d'Ombres, montre-nous ton visage.

Samuel hésita puis baissa les bras. Simon, qui n'avait jamais vu ses traits, fut frappé en le découvrant si vieux, si émacié. Une épaisse barbe grise lui mangeait le visage, il avait les yeux enfoncés et les joues creusées de rides. Et cependant, il lui parut étrangement familier.

Alec ouvrit la bouche mais aucun son n'en sortit. Ce fut Jace qui parla :

— Hodge.

— Hodge ? répéta Simon, désorienté. Mais c'est impossible ! Hodge est... Et Samuel ne peut pas...

— Eh bien, c'est dans son habitude, apparemment, observa Alec d'un ton amer. Il aime bien se faire passer pour ce qu'il n'est pas.

— Mais il m'a dit... bredouilla Simon.

La main de Clary se referma sur sa manche, et les mots moururent sur ses lèvres. L'expression de Hodge en disait suffisamment long. Elle ne trahissait ni la culpabilité ni l'horreur d'avoir été démasqué, mais un immense chagrin.

— Jace, chuchota-t-il. Alec... Je suis vraiment désolé.

Rapide comme l'éclair, Jace dégaina un poignard dont il appuya la pointe sur la gorge de son ancien précepteur. Les flammes alentour se reflétèrent sur la lame.

— Je me fiche de vos excuses. Je veux que vous me donniez une raison de ne pas vous tuer sur-le-champ.

— Jace, attends, intervint Alec, affolé.

Soudain, une explosion déchira le silence, et une partie du toit de la Garde s'enflamma. Une vague de chaleur miroita dans l'air et les flammes illuminèrent la nuit, de sorte que Clary distinguait maintenant chaque brin d'herbe et chaque ride sur le visage hâve et sale de Hodge.

— Non, marmonna Jace.

Le regard inexpressif qu'il posa sur Hodge rappela à Clary quelqu'un d'autre : Valentin.

— Vous savez ce que m'a fait mon père, n'est-ce pas ? Vous connaissez tous ses vilains secrets.

Alec regarda tour à tour Jace et Hodge sans comprendre.

— De quoi tu parles ? Qu'est-ce qu'il y a ?

Le visage de Hodge se décomposa.

— Jonathan...

— Vous saviez depuis toujours, et vous ne m'avez rien dit. Pendant toutes ces années à l'Institut, vous n'avez rien dit !

— Je... je n'étais pas sûr, murmura Hodge. Tu n'étais qu'un bébé la dernière fois que je t'avais vu... Je ne savais pas vraiment qui tu étais... encore moins ce que tu étais.

— Jace ?

Le regard désemparé d'Alec allait de l'un à l'autre, mais aucun d'eux ne prêtait attention à lui. Hodge semblait prisonnier d'un étau qui se resserrait autour de lui ; ses mains tremblaient et il ouvrait de grands yeux effrayés. Clary repensa à l'homme impeccablement vêtu qui lui avait offert du thé et des conseils aimables dans sa bibliothèque tapissée de livres. Cette image lui semblait à des années-lumière.

— Je ne vous crois pas, cracha Jace. Vous saviez que Valentin était toujours en vie. Il vous a tout raconté...

— Il ne m'a rien dit, protesta Hodge. Lorsque les Lightwood m'ont appris qu'ils avaient recueilli le fils de Michael Wayland, je n'avais pas entendu parler de Valentin depuis l'Insurrection. Je croyais qu'il m'avait oublié. J'ai même prié pour qu'il soit mort. Puis, la veille de ton arrivée, Hugo est venu me trouver avec un message de Valentin. « L'enfant est mon fils. » C'est tout ce qu'il y avait d'écrit. J'ignorais si je devais le croire. Je... je me suis convaincu qu'avec un seul regard j'en aurais le cœur net, mais il n'y avait pas l'ombre d'une preuve. Rien ! Alors, j'ai pensé qu'il s'agissait peut-être d'une ruse, mais dans quel but ? Tu ne savais rien, je m'en suis vite aperçu. Quant à l'objectif de Valentin...

Jace parla d'une traite, comme si les mots jaillissaient de sa bouche sans qu'il puisse les contrôler.

— Vous auriez dû me dire ce que j'étais ! J'aurais pu agir ! Me tuer, peut-être.

Hodge leva la tête et regarda Jace à travers ses cheveux sales et emmêlés.

— Je n'étais pas sûr, répéta-t-il à mi-voix, comme pour lui-même. Et quand j'hésitais, je me disais que, peut-être, l'éducation comptait davantage que le sang, qu'on pourrait t'apprendre...

— M'apprendre quoi ? À ne pas devenir un monstre ? s'écria Jace d'une voix tremblante, mais sa main qui tenait le couteau ne bougea pas. Laissez-moi rire ! Il a fait de vous un lâche et un flagorneur ! Vous, vous étiez en âge de comprendre ! Vous auriez pu vous battre !

Le regard de Hodge s'assombrit.

— J'ai fait de mon mieux.

— Jusqu'au retour de Valentin, oui, concéda Jace. Ensuite, vous avez préféré lui obéir. Vous m'avez livré à cet homme comme un chien sur lequel il vous aurait demandé de veiller pendant quelques années...

— Et puis vous vous êtes enfui, renchérit Alec. Vous nous avez abandonnés. Vous croyiez vraiment pouvoir vous cacher ici, à Alicante ?

— Je ne suis pas venu ici dans ce but, protesta Hodge d'une voix blanche. Mon intention était d'arrêter Valentin.

— Vous ne pensez pas qu'on va vous croire ? répliqua Alec avec colère. Vous avez toujours été de son côté. Vous auriez pu lui tourner le dos...

— Jamais je n'aurais pu prendre une telle décision ! s'écria Hodge. Tes parents ont pu démarrer une nouvelle vie, eux... Je n'ai jamais eu cette chance ! J'ai été coincé à l'Institut pendant quinze ans...

— C'était notre foyer ! Était-ce donc si terrible de vivre avec nous, de faire partie de notre famille ?

— Vous n'y êtes pour rien. Je vous ai toujours aimés. Mais vous n'étiez que des enfants. Et un endroit qu'on vous interdit de quitter ne peut pas être un foyer. Je passais parfois des semaines sans parler à un autre adulte. Aucun Chasseur d'Ombres ne se fiait à moi. Même tes parents ne m'aimaient pas beaucoup ; ils me toléraient parce qu'ils n'avaient pas le choix. Je n'ai jamais pu me marier ni avoir des enfants à moi. Je n'ai jamais eu de vie. Un jour ou l'autre, vous seriez partis, et je n'aurais même pas eu cette consolation-là. J'ai vécu dans la peur, pour le peu que j'ai vécu.

— Vous ne voudriez pas qu'on vous plaigne ! s'emporta Jace. Pas après ce que vous avez fait. Qu'est-ce que vous aviez à craindre, enfermé dans votre bibliothèque ? Les mites ? C'est nous qui allions combattre les démons !

— Il avait peur de Valentin, intervint Simon. Tu ne vois pas ?

Jace lui jeta un regard venimeux.

— Ferme-la, vampire. Ça ne te concerne pas.

— Ce n'était pas vraiment Valentin que je craignais, déclara Hodge en regardant Simon pour la première fois depuis qu'il était sorti de sa cellule.

Il y avait dans ce regard une certaine tendresse, ce qui étonna Clary.

— C'était ma propre faiblesse à son égard, reprit-il. Je savais qu'il reviendrait un jour ou l'autre et qu'il essaierait à nouveau de contrôler l'Enclave. Je savais aussi ce qu'il avait à m'offrir : la liberté. Une vie. Une place dans ce monde. J'aurais pu redevenir un Chasseur d'Ombres, dans son monde à lui, alors que c'était impossible dans celui-ci.

Le regret qui perçait dans sa voix était presque douloureux à entendre.

— Je savais que je serais trop faible pour refuser sa proposition.

— Regardez ce que vous y avez gagné ! cracha Jace. Une vie à moisir dans les cachots de la Garde ! Ça valait la peine de nous trahir ?

— Tu connais la réponse. Valentin m'a délivré de ma malédiction, comme il l'avait promis. Je croyais qu'il me réintégrerait dans le Cercle, ou ce qu'il en restait. Il ne l'a pas fait. Même lui ne voulait pas de moi. J'ai compris que je n'avais plus ma place dans ce monde. Tout ce que j'avais, je l'ai vendu pour un mensonge.

Il contempla ses mains sales.

— Il ne me restait qu'une chance de me racheter. En apprenant que Valentin avait massacré les Frères Silencieux et qu'il détenait l'Épée Mortelle, j'ai deviné la suite : il essaierait de mettre la main sur le Miroir Mortel. Il lui fallait les trois Instruments. Or, je savais que le Miroir se trouvait ici, à Idris.

— Attendez ! fit Alec. Vous voulez dire que vous savez où il est et qui l'a en sa possession ?

— Personne, ni les Nephilim ni les Créatures Obscures, ne peut posséder le Miroir Mortel.

— Vous avez vraiment pété les plombs, là-dedans, répliqua Jace en montrant d'un signe de tête les fenêtres du donjon dévoré par les flammes.

Clary observait d'un air anxieux le toit de la Garde nimbé d'un halo rougeoyant.

— Jace, le feu s'étend. On devrait déguerpir d'ici. On parlera en chemin...

— J'ai été prisonnier de l'Institut pendant quinze ans, poursuivit Hodge comme si de rien n'était. Je ne pouvais pas mettre un pied dehors. Je passais tout mon temps dans la bibliothèque à chercher le moyen de me délivrer de la malédiction que l'Enclave avait jetée sur moi. J'ai découvert que seul un Instrument Mortel pouvait la lever. Je dévorais tous les livres ayant trait à la mythologie de l'Ange, qui avait surgi des eaux du lac pour remettre les Instruments Mortels à Jonathan Morgenstern, le premier Nephilim. Ils étaient trois : la Coupe, l'Épée, le Miroir...

— On connaît l'histoire, l'interrompit Jace avec impatience. C'est vous qui nous l'avez racontée.

— Tu crois tout savoir, mais il n'en est rien. En parcourant les différentes versions de la légende, je retombais toujours sur la même illustration. Nous l'avons tous vue : l'Ange sortant du lac avec l'Épée dans une main et la Coupe dans l'autre. Je ne comprenais pas pourquoi le Miroir n'était jamais représenté. Puis, un beau jour, j'ai eu l'illumination : le Miroir, c'est le lac. Ils ne font qu'un.

La main de Jace qui tenait le poignard retomba lentement.

— Le lac Lyn ?

Clary repensa au lac, tel un miroir venant à sa rencontre.

— Je suis tombée dans le lac en arrivant ici. D'après Luke, il possède des propriétés bizarres. Le Petit Peuple l'appelle le Miroir des Rêves.

Hodge acquiesça avec enthousiasme.

— Exactement. Je me suis rendu compte que l'Enclave ignorait tout de cette histoire. Elle est tombée dans l'oubli. Valentin lui-même n'est pas au courant...

Il fut interrompu par un vacarme assourdissant : la tour située de l'autre côté de la Garde venait de s'effondrer en projetant une pluie d'étincelles.

— Jace, intervint Alec d'un ton pressant. On ne peut pas rester ici. Debout, dit-il à Hodge en le tirant par le bras. Vous raconterez tout ça à l'Enclave.

Hodge se releva en chancelant. Comme ce devait être triste, songea Clary avec un pincement au cœur, de vivre une existence entachée par la honte en sachant que, si c'était à refaire, on recommencerait ! Hodge avait renoncé depuis longtemps à mener une vie meilleure ou différente ; il voulait seulement ne plus avoir peur, et par conséquent la peur ne le quittait jamais.

— Venez, ordonna Alec en poussant Hodge devant lui.

Jace s'interposa pour leur barrer le passage.

— Si Valentin l'apprend, que se passera-t-il ?

— Jace, pas maintenant... gémit Alec.

— S'il révèle cette histoire à l'Enclave, nous ne saurons jamais les détails. À leurs yeux, nous ne sommes que des enfants. Hodge nous doit bien ça.

Il se tourna vers son ancien précepteur.

— Vous vouliez arrêter Valentin, c'est bien ce que vous avez dit ? Qu'est-ce qu'il manigance ? Quel pouvoir peut-il retirer de ce Miroir ?

Hodge secoua la tête.

— Je ne peux pas...

— Et je veux la vérité.

Le poignard étincela dans la main de Jace.

— Pour chaque mensonge que vous direz, je vous couperai un doigt. Ou deux.

Hodge recula et l'effroi se peignit sur son visage.

— Jace, non ! s'indigna Alec. Ces méthodes sont dignes de ton père. Ce n'est pas toi, ça.

— Alec, répliqua Jace comme à regret, sans regarder son ami. Tu ne sais pas vraiment qui je suis.

Le regard d'Alec croisa celui de Clary. « Il ne comprend pas l'attitude de Jace, pensa-t-elle. Il n'est pas au courant. »

— Jace, Alec a raison. On n'a qu'à livrer Hodge à l'Enclave ; il leur racontera ce qu'il nous a dit...

— S'il avait eu l'intention de leur en parler, il l'aurait déjà fait depuis longtemps. Le fait qu'il se soit abstenu prouve que c'est un menteur.

— On ne peut pas se fier à l'Enclave ! protesta Hodge, au désespoir. C'est un nid d'espions à la solde de Valentin. Je ne pouvais pas leur révéler où se trouve le Miroir. Si Valentin mettait la main sur lui, il serait...

Il n'eut pas le temps d'achever sa phrase. Un éclair argenté zébra l'obscurité. Alec poussa un cri. Hodge écarquilla les yeux et tituba en se tenant la poitrine. Au moment où il tomba à la renverse, Clary vit le manche d'une dague dépasser de sa cage thoracique. Alec s'élança pour rattraper le vieil homme, le déposa doucement sur le sol et leva des yeux éplorés vers Jace ; le sang de Hodge avait éclaboussé son visage.

— Jace, pourquoi ?

— Ce n'est pas moi...

Jace était devenu livide, et Clary s'aperçut qu'il serrait toujours son poignard dans sa main. Simon fit volte-face et scruta les ténèbres. Soudain, une silhouette familière, aux cheveux noirs ébouriffés, émergea des arbres. Comme elle s'avançait vers eux, l'incendie éclaira son visage et se refléta dans ses yeux sombres.

— Sébastien ? fit Clary.

Médusé, Jace se tourna vers le jeune garçon qui s'était arrêté à la lisière du bosquet, l'air hésitant.

— C'est toi qui as fait ça ?

— Je n'avais pas le choix, protesta Sébastien. Il allait vous tuer.

— Avec quoi ? Il n'était même pas armé.

— Jace, intervint Alec. Viens m'aider.

— Il allait vous tuer, répéta Sébastien. Il...

Jace s'agenouilla auprès d'Alec en rengainant son poignard. Celui-ci tenait Hodge dans ses bras, et du sang maculait sa chemise.

— Prends la stèle dans ma poche, dit-il à Jace. Tente une *iratze*...

Figée d'horreur, Clary sentit Simon remuer près d'elle. Se tournant vers lui, elle s'aperçut qu'il était blanc comme un linge. En revanche, ses joues brûlaient de fièvre. Elle distingua le réseau de veines qui s'étendait sous sa peau comme les branches délicates d'un corail.

— Le sang, chuchota-t-il sans la regarder. Il faut que je m'éloigne.

Clary fit mine de le retenir par la manche, mais il se dégagea d'un geste brusque.

— Non, Clary, je t'en prie. Laisse-moi. Ça ira ; je reviens tout de suite. Il faut juste...

Avant que Clary puisse le rattraper, il disparut dans l'ombre des arbres.

— Hodge, gémit Alec, paniqué. Hodge, tenez bon...

Le vieux précepteur tenta vaguement de se soustraire à la stèle de Jace. Son visage était devenu gris.

Son regard allait de Jace à Sébastien, qui se tenait toujours dans l'ombre.

— Non, Jonathan...

— Appelez-moi Jace, dit Jace dans un murmure.

Hodge posa les yeux sur lui. Clary peinait à déchiffrer l'expression de ce regard ; elle y lut de la supplication mais aussi de la terreur. Il leva la main comme pour se protéger puis chuchota : « Non, pas toi » et un filet de sang s'écoula de sa bouche. La tristesse se peignit sur le visage de Jace.

— Alec, occupe-toi de l'*iratze*... Je crois qu'il ne veut pas que je le touche.

Hodge se cramponna à la manche de Jace, et dit d'une voix à peine audible.

— Tu n'es pas...

Puis il rendit son dernier souffle. Ce moment n'eut rien de paisible, contrairement à ce que Clary avait vu dans les films : la voix de Hodge s'étrangla dans sa gorge, il émit un gargouillis et ses yeux roulèrent dans ses orbites avant qu'il ne s'immobilise, le bras maladroitement replié sous lui. Alec lui ferma les yeux du bout des doigts.

— *Vale*, Hodge Starkweather.

— Il ne mérite pas tant d'honneur ! se récria Sébastien d'un ton outragé. Ce n'était pas un Chasseur d'Ombres mais un traître.

Alec releva brusquement la tête. Après avoir déposé le corps de Hodge dans l'herbe, il se redressa, les yeux étincelant de colère. Ses vêtements étaient constellés de taches de sang.

— Qu'est-ce que tu en sais, toi ? Tu viens de tuer

un homme sans défense, et un Nephilim, qui plus est. Tu es un assassin.

— Tu crois que je ne sais pas qui était ce misérable ? rétorqua Sébastien avec une grimace de mépris. Starkweather faisait partie du Cercle. Il a trahi l'Enclave et, en représailles, elle l'a maudit. Il méritait la mort, or l'Enclave a fait preuve d'indulgence, et regardez où ça l'a menée ? Il nous a tous trahis une seconde fois en échangeant la Coupe Mortelle contre la promesse d'être délivré de sa malédiction. Une malédiction plus que méritée. (Il s'interrompit pour reprendre son souffle.) Je n'aurais peut-être pas dû m'en charger, mais vous ne pouvez pas nier qu'il l'a bien cherché.

— Comment se fait-il que tu en saches autant sur lui ? s'étonna Clary. Et qu'est-ce que tu fabriques ici, d'abord ? Je croyais que tu devais rester dans la Salle des Accords.

Sébastien hésita.

— Vous étiez longs à revenir, répondit-il enfin. Je m'inquiétais. J'ai pensé que vous auriez peut-être besoin de moi.

— Et, pour nous aider, tu as tué l'homme que nous interrogions ? Parce qu'il avait un passé obscur ? Ça n'a aucun sens !

— Il ment, intervint Jace.

Il considéra Sébastien d'un œil glacial.

— Et il ment mal, en plus. Je te croyais capable de mieux retomber sur tes pattes, Verlac.

Sébastien soutint son regard sans ciller.

— Je ne vois pas de quoi tu parles, Morgenstern.

— Ce qu'il veut dire, déclara Alec en s'avançant,

c'est que si ton acte te semble justifié, tu n'auras aucun mal à t'expliquer devant le Conseil, n'est-ce pas ?

Un ange passa, puis Sébastien sourit de ce sourire qui avait charmé Clary par le passé, mais qui lui donnait à présent la même impression d'inadéquation qu'un tableau accroché de guingois sur un mur.

— Évidemment.

Il s'avança vers eux d'un pas nonchalant. À croire que tout allait pour le mieux dans le meilleur des mondes, et qu'il ne venait pas de commettre un meurtre de sang-froid.

— Bon, je trouve un peu bizarre que vous vous mettiez dans un état pareil, tout ça parce que j'ai tué l'homme à qui Jace menaçait de trancher les doigts un par un.

— Il ne serait pas allé jusque-là, objecta Alec.

— Toi... tu parles sans savoir, cracha Jace.

— Et toi, tu es furieux parce que j'ai embrassé ta sœur et qu'elle en pince pour moi.

— C'est faux ! s'écria Clary, à l'indifférence générale. Enfin, la deuxième partie.

— Elle a cette manie, quand on l'embrasse, de pousser un petit hoquet de surprise. C'est charmant. Mais tu as dû t'en apercevoir ?

Sébastien s'était arrêté juste devant Jace, un sourire mielleux sur les lèvres.

— C'est ma sœur... bredouilla Jace.

Il semblait au bord de la nausée.

— Ta sœur ! Vraiment ? Tu crois que les gens n'ont pas remarqué la façon dont vous vous regardiez ? Ça se voit comme le nez au milieu de la figure !

Tout le monde trouve ça malsain et dégoûtant, tu peux me croire !

— Ça suffit, marmonna Jace en lui décochant un regard assassin.

— Sébastien, pourquoi tu racontes des horreurs pareilles ? s'écria Clary.

— Parce que, enfin, je peux dire ce que j'ai sur le cœur ! répliqua-t-il. Vous n'avez pas idée du calvaire que c'était de faire semblant ! Votre seule vue me rend malade. Toi, ajouta-t-il en se tournant vers Jace, quand tu ne baves pas sur ta sœur, tu te plains sans arrêt que ton papa ne t'aimait pas. Franchement, qui pourrait le lui reprocher ? Toi, espèce d'idiote, cracha-t-il en s'adressant à Clary, tu es allée donner un livre inestimable à un sorcier. Un sang-mêlé ! Qu'est-ce qui t'est passé par la tête ? Quant à toi, dit-il à Alec, on connaît tous ton problème. On ne devrait pas accepter les gens comme toi au sein de l'Enclave. Tu me dégoûtes.

Alec blêmit, bien qu'il semblât plus surpris que furieux. Clary ne pouvait pas l'en blâmer : elle-même avait du mal à croire que Sébastien, avec son sourire angélique, puisse proférer des horreurs pareilles.

— Tu faisais semblant ? s'étonna-t-elle. Mais pourquoi ? À moins... à moins que tu nous espionnes pour le compte de Valentin, conclut-elle dans un éclair de lucidité.

Sébastien plissa les yeux et une grimace de mépris déforma ses beaux traits.

— Enfin, ils ont compris ! Franchement, j'ai connu des Voraces plus malins que vous.

— On n'est peut-être pas très futés mais nous, au moins, on est toujours en vie, lâcha Jace.

— Pas moi, peut-être ? rétorqua Sébastien avec dédain.

— Plus pour longtemps.

Le clair de lune se refléta sur son poignard au moment où il se jetait sur Sébastien. Clary n'avait jamais vu quelqu'un se mouvoir aussi vite. Jusqu'à ce que Sébastien riposte.

Rapide comme l'éclair, il évita le coup de son assaillant et le désarma sans difficulté. Le poignard tomba par terre. Après avoir saisi Jace par le dos de sa veste, Sébastien le souleva de terre et le projeta dans les airs avec une force surhumaine. Il alla heurter le mur de la Garde et s'affala sur le sol.

— Jace !

Clary se rua sur Sébastien pour l'étrangler. Mais, après avoir fait un pas de côté, il repoussa ses mains tendues comme on écarte un insecte du revers de la main. Clary reçut un coup à la tête qui l'envoya rouler sur le sol, et s'immobilisa tandis qu'un brouillard rouge lui obstruait la vue.

Alec prit son arc dans son dos, l'arma et visa Sébastien d'un geste sûr.

— Reste où tu es et mets les mains derrière ton dos.

Sébastien éclata de rire.

— Tu n'oseras pas, cracha-t-il.

Il s'avança d'un pas désinvolte vers Alec qui, d'un mouvement gracieux, décocha sa flèche. Elle décrivit un arc de cercle et manqua sa cible. Clary n'aurait su dire si Sébastien s'était baissé ou s'il avait esquissé un pas de côté. La flèche passa près de lui et alla se ficher dans un tronc d'arbre. Alec n'eut que le temps d'ouvrir de grands yeux ébahis ; Sébastien fondit sur lui et lui arracha l'arc des mains, puis le brisa en deux d'un coup sec, et le craquement du bois fit frémir Clary comme s'il s'agissait d'un os. Elle tenta de se redresser en s'efforçant d'ignorer la douleur qui lui vrillait le crâne. Jace gisait à quelques pas d'elle, immobile. Mais elle avait beau faire, ses jambes refusaient de lui obéir.

Après avoir jeté au loin les deux morceaux de l'arc, Sébastien repartit à l'assaut. Alec avait dégainé un poignard séraphique qui étincela dans sa main mais, une fois encore, Sébastien esquiva le coup, saisit son assaillant à la gorge et le souleva de terre. Il serra de toutes ses forces avec un sourire cruel tandis qu'Alec se débattait en suffoquant.

— J'ai déjà réglé son compte à un Lightwood aujourd'hui, murmura Sébastien. Je ne pensais pas avoir l'occasion de recommencer aussi vite.

Soudain, telle une marionnette dont on aurait actionné les fils, il fit un bond en arrière. Libéré, Alec s'affaissa dans l'herbe en se massant le cou. Une fois certaine qu'il était hors de danger, Clary reporta son attention sur Sébastien, et vit une ombre qui s'accrochait à son dos comme une sangsue. Il se tint la gorge en suffoquant et pivota sur lui-même pour se débarrasser de la créature qui essayait de l'étouffer. Comme il se tournait dans la direction de Clary, un rayon de lune éclaira leurs deux corps et elle aperçut le visage de son assaillant.

C'était Simon. Ses mains enserraient le cou de Sébastien et ses incisives blanches luisaient dans la pénombre comme des aiguilles en os. Clary, qui oubliait souvent que Simon était un vampire, ne l'avait pas vu dans pareil état depuis la nuit où il s'était extrait de sa tombe. Incapable de détourner la tête, elle observa la scène, les yeux écarquillés d'horreur. Les lèvres retroussées de Simon découvraient ses crocs acérés comme des dagues. Il les planta profondément dans l'avant-bras de Sébastien, qui poussa un cri de douleur et se jeta par terre, Simon toujours cramponné à lui. Les deux adversaires roulèrent dans l'herbe sans cesser de combattre, en grognant comme des chiens enragés. Sébastien saignait à plusieurs endroits quand il parvint enfin à se relever. Il décocha deux violents coups de pied dans la cage thoracique de Simon.

— Espèce de petite vermine.

Il allait le frapper de nouveau quand une voix calme s'éleva :

— À ta place, j'éviterais.

Clary leva la tête, et un autre élancement fulgurant lui transperça le crâne. Jace se tenait à quelques pas de Sébastien, le visage couvert de sang, un œil enflé et à moitié fermé, un poignard séraphique à la main.

— Je n'ai jamais tué un être humain avec ça, lança-t-il. Mais j'ai bien envie d'essayer.

Sébastien jeta un coup d'œil à Simon, cracha par terre et prononça quelques mots dans une langue inconnue de Clary. Puis il se détourna avec la même rapidité terrifiante que quand il avait attaqué Jace, et disparut dans les ténèbres.

Clary essaya de se relever, mais la souffrance était intolérable, et elle s'affaissa dans l'herbe humide. Quelques instants plus tard, Jace se pencha au-dessus d'elle et l'examina d'un air anxieux. La vue de Clary se brouilla encore une fois, à moins que ce halo blanc, cette lumière étrange qui nimbait Jace ne soit le fruit de son imagination...

Elle entendit la voix de Simon, puis celle d'Alec qui tendit un objet à Jace... Une stèle. Une minute plus tard, la douleur reflua et le brouillard se dissipa.

— Ma tête...

— Tu as une commotion cérébrale, expliqua Jace. L'*iratze* devrait t'aider à te sentir mieux, mais il faut qu'on t'emmène voir un médecin de l'Enclave. Ce genre de blessure, c'est traître. (Il rendit sa stèle à Alec.) Tu crois que tu peux te lever ?

Clary hocha la tête. Mal lui en prit : elle vit trente-six chandelles et Simon accourut pour la soutenir. Reconnaissante, elle s'appuya contre lui et attendit que son vertige se dissipe. Elle avait encore l'impression qu'elle allait s'effondrer à tout instant.

— Tu n'aurais pas dû t'attaquer à Sébastien. Tu n'étais même pas armée. Qu'est-ce qui t'a pris ?

— Qu'est-ce qui nous a pris, tu veux dire, intervint Alec. Il t'a soulevé comme un fétu de paille. Je n'avais jamais vu quelqu'un te donner autant de mal.

— Il m'a eu par surprise, protesta Jace. Il a dû suivre un entraînement particulier. Je ne m'y attendais pas.

— Je crois qu'il m'a cassé une ou deux côtes, gémit Simon en se tâtant la cage thoracique avec une grimace. Ce n'est rien, ajouta-t-il en surprenant le regard inquiet de Clary. Je vais guérir en un clin d'œil. Mais, pas de doute, Sébastien est un adversaire de taille. (Il se tourna vers Jace.) À ton avis, ça faisait longtemps qu'il nous épiait ?

Jace jeta un regard sombre en direction des arbres.

— L'Enclave finira bien par l'attraper, et il sera maudit, probablement. J'aimerais bien qu'ils lui réservent le même châtiment qu'à Hodge. Ce ne serait que justice.

Simon se retourna pour cracher dans les buissons et s'essuya la bouche du revers de la main.

— Son sang a un goût infect.

— Je suppose qu'on peut ajouter ce détail à la liste de ses qualités. Je me demande ce qu'il avait manigancé d'autre pour ce soir.

— Il faut retourner à la Salle des Accords.

Alec semblait tendu, et Clary se rappela que Sébastien avait fait allusion à un autre Lightwood.

— Tu peux marcher, Clary ?

— Oui, répondit-elle. Et Hodge ? On ne peut pas le laisser ici.

— Il faudra bien. On trouvera le temps de revenir le chercher si on survit à cette soirée.

Comme ils quittaient le jardin, Jace s'arrêta pour ôter sa veste et en recouvrit le visage inanimé de Hodge. Clary envisagea d'aller le réconforter, mais quelque chose dans son attitude l'en dissuada. Même Alec renonça à lui proposer une rune de guérison ; pourtant, en descendant la colline, il boitait.

Ils s'engagèrent sur la route sinueuse, l'arme à la main, prêts à riposter, tandis que la Garde en flammes éclairait le ciel. Ils ne croisèrent aucun démon, cependant. Le calme qui régnait alentour et la clarté étrange qui nimbait le paysage troublaient Clary ; elle avait l'impression de marcher dans un rêve. Elle titubait de fatigue. Le seul fait de mettre un pied devant l'autre était une épreuve. Elle entendait Alec et Jace discuter devant elle, et leurs voix lui semblaient très lointaines.

— Jace, tu ne penses pas ce que tu as dit à Hodge, protestait Alec d'un ton presque implorant. Ta parenté ne fait pas de toi un monstre. Quoi que Valentin ait pu te faire quand tu étais petit, quoi qu'il t'ait enseigné, ce n'est pas ta faute...

— Je n'ai pas envie d'en parler, Alec. Ni maintenant ni plus tard. Ne me questionne plus jamais là-dessus, répliqua Jace d'un ton féroce, et Alec se tut.

Clary voyait bien qu'il était blessé. « Quelle nuit ! » songea-t-elle. Une nuit où tout le monde avait eu son lot de souffrances.

Elle chassa de son esprit le visage de Hodge, l'expression pathétique, suppliante qu'il avait eue juste avant de mourir. Si elle n'avait aucune sympathie pour cet homme, il ne méritait pas de finir ainsi. Personne ne méritait cela. Elle repensa à Sébastien, à sa façon de se mouvoir avec la rapidité de la foudre. Hormis Jace, elle n'avait jamais vu quelqu'un se déplacer aussi vite. Elle devait élucider ce mystère : qu'était-il donc arrivé à Sébastien ? Comment ce cousin des Penhallow avait-il pu aussi mal tourner sans que personne ne s'en aperçoive ? Elle avait cru qu'il cherchait à l'aider à sauver sa mère, or, tout ce qui l'intéressait, c'était de retrouver le Livre Blanc afin de le remettre à Valentin. Magnus s'était trompé : ce n'était pas à cause des Lightwood que Valentin était remonté jusqu'à Ragnor Fell. C'était parce qu'elle s'était confiée à Sébastien. Comment avait-elle pu être aussi bête ?

Bouleversée, elle remarqua à peine qu'ils entraient dans la ville. Les rues étaient désertes, les maisons plongées dans l'obscurité. La plupart des réverbères avaient été détruits ; les pavés étaient jonchés de débris de verre. Des voix résonnaient dans le lointain, et l'éclat d'une torche crevait de temps à autre l'obscurité entre deux immeubles.

— C'est très calme, observa Alec en jetant un regard étonné autour de lui.

— Et ça ne sent pas le démon, renchérit Jace en fronçant les sourcils. C'est bizarre. Venez.

Si Clary commençait à se sentir de nouveau d'attaque, ils ne croisèrent pas un seul démon vivant dans les rues de la ville. En passant près d'une ruelle, ils virent un groupe de quatre Chasseurs d'Ombres rassemblés autour d'une créature qui se convulsait à leurs pieds. Ils la transperçaient à tour de rôle avec de longues lances pointues. Clary détourna le regard en frissonnant.

La Salle des Accords était éclairée comme en plein jour ; de la lumière de sort se déversait par ses portes et ses fenêtres. Tandis qu'ils gravissaient en hâte l'escalier, Clary prit garde à ne pas tomber. Ses vertiges avaient empiré. Le monde vacillait autour d'elle comme si elle se trouvait à l'intérieur d'un globe tournant sur lui-même. Au-dessus de sa tête, les étoiles ressemblaient à des traînées blanches peintes sur le ciel noir.

— Tu devrais t'allonger, suggéra Simon. (Et, comme elle ne répondait pas :) Clary ?

Au prix d'un immense effort, elle esquissa un sourire.

— Ça va.

Une fois parvenu à l'entrée de la salle, Jace fit halte et se tourna vers elle sans un mot. Dans la lumière impitoyable, le sang sur son visage avait pris une teinte sombre et son œil enflé était hideux.

Un bourdonnement sourd s'élevait de la salle ; des centaines de personnes conversaient à voix basse, et leur murmure résonnait aux oreilles de Clary comme les battements d'un cœur monstrueux. La clarté aveuglante des torches associée à la lumière surnaturelle lui picotait les yeux et altérait sa vue : elle ne distinguait à présent que des formes et des couleurs indistinctes. Du blanc, de l'or, et le ciel nocturne au-dessus de sa tête qui avait pris une teinte plus claire. Quelle heure pouvait-il bien être ?

— Je ne les vois pas, dit Alec en cherchant sa famille parmi l'assemblée. Ils devraient être rentrés...

Sa voix paraissait lointaine, comme s'il parlait du fond d'un puits. Clary s'appuya à une colonne et sentit la main de Simon dans son dos. Il glissa quelques mots à Jace, l'air anxieux. Sa voix se perdit parmi les douzaines d'autres qui enflaient puis se taisaient comme un ressac.

— Je n'ai jamais vu ça. Les démons ont tous disparu.

— L'aube est proche, c'est probablement ce qui les aura fait fuir. Ils craignent la lumière du soleil.

— Non, il y a autre chose.

— Tu préfères ne pas penser qu'ils reviendront demain soir, ou le soir d'après, c'est ça ?

— Ne dis pas ça. Il n'y a aucune raison pour qu'ils reviennent. On aura rétabli les boucliers d'ici là.

— Et Valentin les désactivera encore une fois.

— Peut-être que c'est tout ce qu'on mérite. Valentin a peut-être raison : en nous alliant avec les Créatures Obscures, nous avons perdu les faveurs de l'Ange.

— Tais-toi. Un peu de respect. Ils sont en train de compter les morts sur la place.

— Les voilà, annonça Alec. Là-bas, près de l'estrade. On dirait...

Il s'interrompit et s'avança vers sa famille en fendant la foule. Clary plissa les yeux. Peine perdue : elle ne discerna que des taches de couleur. Sans un mot, Jace suivit Alec en jouant des coudes. Clary lâcha la colonne pour leur emboîter le pas et trébucha. Simon la rattrapa in extremis.

— Il faut que tu t'allonges, Clary.

— Non, murmura-t-elle. Je veux savoir ce qui s'est passé...

Simon suivit Jace des yeux, et son visage s'assombrit. Appuyée à la colonne, Clary se hissa sur la pointe des pieds pour voir par-dessus la foule...

... et aperçut les Lightwood. Maryse tenait dans ses bras Isabelle qui sanglotait. Assis par terre, Robert Lightwood serrait un corps contre lui. Clary repensa à l'une des premières fois où elle avait vu Max, à l'Institut, endormi sur un canapé, ses lunettes de guingois sur son nez. « Il s'endort partout », avait dit Jace. Or, immobile dans les bras de son père, il semblait dormir, mais Clary savait qu'il n'en était rien.

Alec tomba à genoux et prit la main de l'enfant dans

la sienne. Quant à Jace, il resta en retrait, le regard perdu comme s'il se demandait ce qu'il faisait là. Clary aurait voulu le serrer dans ses bras, mais l'expression de Simon et le souvenir de l'épisode du manoir l'en dissuadèrent. Elle était la dernière personne sur cette terre à pouvoir réconforter Jace.

Ignorant Simon qui l'appelait, elle se détourna et courut vers la porte, malgré son vertige et sa tête qui l'élançait, puis dévala les marches et s'arrêta pour aspirer une grande bouffée d'air glacé. Au loin, l'horizon était zébré de rouge et les étoiles s'éteignaient dans le ciel. La nuit touchait à sa fin. L'aube était là.

13

Un lieu où règne la douleur

Clary s'éveilla en sursaut d'un rêve peuplé d'anges couverts de sang, ses draps enroulés autour d'elle. Dans la chambre d'amis, l'obscurité était totale, et elle se sentit soudain oppressée comme si elle se trouvait dans un cercueil. Elle tendit la main vers la fenêtre, écarta les rideaux pour laisser entrer la lumière, et les referma en clignant des yeux.

Les Chasseurs d'Ombres incinéraient leurs défunts et, depuis l'attaque des démons, le ciel à l'ouest de la ville était noir de fumée. Le seul fait de regarder par la fenêtre lui donnait la nausée, aussi se résigna-t-elle à laisser les rideaux fermés. Dans l'obscurité de la pièce, elle ferma les yeux et tenta de se remémorer son rêve. La rune qu'Ithuriel lui avait montrée ne cessait de clignoter comme un néon derrière ses paupières. Une rune toute simple, dont le tracé évoquait un nœud. Cependant, elle avait beau se concentrer, elle ne parvenait pas à déchiffrer ce qu'elle signifiait. Elle savait seulement qu'elle était incomplète, comme si celui qui l'avait créée n'avait pas eu le temps de l'achever.

« Ce ne sont pas les premiers rêves que je te montre », avait dit Ithuriel. Fouillant sa mémoire, elle revit Simon, les paumes marquées d'une croix, Jace avec des ailes dans le dos, des lacs gelés étincelant comme un miroir. L'ange lui avait-il envoyé aussi ces visions ?

Elle se redressa avec un soupir. Si ses rêves étaient sinistres, la réalité n'était guère plus réjouissante. Les images se bousculaient dans son esprit : Isabelle, en larmes dans la Salle des Accords, tirant sur ses cheveux noirs au point de se les arracher. Maryse s'en prenant à Jia Penhallow. Le garçon qu'ils avaient accueilli sous leur toit, leur propre neveu, était lié au meurtre de son fils. S'il s'était rallié à Valentin, que devait-on penser d'eux ? criait-elle. Alec, s'efforçant de calmer sa mère, et demandant l'aide de Jace, qui restait planté là, les bras ballants, tandis que le soleil se levait sur Alicante et illuminait la verrière de la salle.

— Le jour se lève, avait dit Luke. (Clary ne l'avait jamais vu aussi fatigué.) Il va falloir ramener les morts ici.

Il avait dépêché des patrouilles dans la ville afin qu'elles rassemblent les corps des Chasseurs d'Ombres et des lycanthropes sur la place à l'extérieur de la Grande Salle, cette même place que Clary avait traversée en compagnie de Sébastien en faisant remarquer que la Salle des Accords ressemblait à une église. À ce moment-là, elle avait trouvé l'endroit joli avec ses jardinières et ses devantures de boutiques peintes de couleurs vives. À présent, la place était remplie de cadavres.

Max se trouvait parmi eux. À la pensée du petit garçon qui parlait de mangas avec tant de sérieux, sa gorge se noua. Un jour, elle lui avait promis de l'emmener à Forbidden Planet. « Je lui aurais acheté des livres, songea-t-elle. Tous les livres qu'il voulait. »

« N'y pense pas. » Repoussant ses draps, Clary se leva et, après une douche vite expédiée, elle enfila le jean et le sweat-shirt qu'elle portait en arrivant de New York. Avant d'y glisser la tête, elle enfouit le visage dans le coton de son sweat dans l'espoir que l'odeur de Brooklyn ou un parfum de lessive – n'importe quoi qui puisse lui rappeler sa ville – s'y attarderait encore, mais le vêtement avait été lavé et sentait le savon citronné. Avec un soupir, elle descendit l'escalier.

La maison était vide à l'exception de Simon, qu'elle trouva assis sur le canapé du salon. Derrière lui, le soleil entrait par la fenêtre ouverte. Comme les chats, il cherchait toujours une flaque de lumière pour s'y lover. Cependant, malgré ses expositions quotidiennes, sa peau restait d'une blancheur d'ivoire. Elle prit une pomme dans la corbeille sur la table et s'assit à côté de lui en repliant les jambes sous elle.

— Tu as réussi à dormir ?

— Un peu. (Il la dévisagea un bref instant.) C'est moi qui devrais te poser cette question. Tu as des cernes sous les yeux. Encore des cauchemars ?

Elle haussa les épaules.

— Toujours la même rengaine : des images de mort, de destruction, d'anges noirs.

— Un peu comme dans la vraie vie, quoi.

— Oui mais, au moins, quand je me réveille, c'est fini.

Elle croqua dans sa pomme.
— Laisse-moi deviner, reprit-elle. Luke et Amatis sont partis assister à une autre réunion à la Salle des Accords.
— Oui. Je crois que c'est celle où ils doivent décider des autres réunions à venir.
Simon tira négligemment sur la frange d'un coussin.
— Des nouvelles de Magnus ?
— Non.
Clary s'efforçait d'oublier qu'elle ne l'avait pas revu depuis trois jours, et qu'il n'avait donné aucun signe de vie. Rien ne l'empêchait de disparaître dans la nature avec le Livre Blanc. Elle se demanda comment elle avait pu accorder sa confiance à quelqu'un qui portait autant d'eye-liner.
— Et toi ? lança-t-elle en effleurant le bras de Simon. Tu tiens toujours le coup ici ?
Elle avait insisté pour qu'il rentre à New York, en lieu sûr. Mais, bizarrement, il s'y était fermement opposé. Pour quelque raison mystérieuse, il voulait rester. Elle espérait que ce n'était pas pour prendre soin d'elle ; elle avait failli lui avouer qu'elle n'avait pas besoin de sa protection mais s'était abstenue car, au fond, elle n'aurait pas supporté de le voir partir. Alors il était resté et, en son for intérieur, Clary en éprouvait un soulagement coupable.
— Tu as... tu sais... tout ce qu'il te faut ?
— Tu parles de sang, là ? Oui, Maia m'en apporte tous les jours. Ne me demande pas où elle le trouve.
La première matinée qu'avait passée Simon chez

Amatis, un lycanthrope s'était présenté à la porte, tout sourires, avec un chat vivant dans les bras.

— Du sang frais pour toi ! s'était-il exclamé avec un fort accent.

Simon avait remercié le loup-garou et, après son départ, il avait libéré le pauvre chat, le cœur au bord des lèvres.

— Le sang, il faut bien se le procurer quelque part, avait fait remarquer Luke, amusé.

— Pas question, avait répliqué Simon. J'ai un chat.

Luke avait promis d'en toucher deux mots à Maia. Depuis lors, le sang lui était livré dans des bouteilles de lait. Clary ignorait comment Maia se débrouillait et, à l'instar de Simon, elle n'avait pas envie de le savoir. Elle n'avait pas revu Maia depuis la nuit de la bataille ; les lycanthropes campaient quelque part dans la forêt voisine, et seul Luke restait en ville.

— Qu'est-ce qu'il y a ? demanda Simon en appuyant la tête contre les coussins et en l'observant derrière ses cils baissés. Toi, tu as l'air de quelqu'un qui veut savoir quelque chose.

Clary avait plusieurs questions à lui poser, mais elle se rabattit sur la plus facile.

— Hodge, lança-t-elle après une hésitation. Quand tu étais en prison... tu n'as jamais deviné que c'était lui ?

— Je ne pouvais pas le voir. Je l'entendais à travers un mur. On parlait beaucoup.

— Et tu l'aimais bien ? Je veux dire... il était gentil ?

— Gentil ? Je n'en sais rien. Torturé, triste, intelligent, compatissant, par moments... Oui, je l'aimais bien. Je crois qu'il se voyait un peu à travers moi, d'une certaine manière...

— Ne dis pas ça !

Clary se redressa brusquement et manqua faire tomber sa pomme.

— Tu n'as rien en commun avec Hodge.

— Tu ne me trouves pas torturé et intelligent ?

— Hodge était un sale bonhomme. Pas toi, décréta Clary. Il n'y a rien à ajouter.

Simon soupira.

— Les gens ne naissent pas bons ou mauvais. Peut-être qu'il y a des prédispositions à la naissance, mais l'important, c'est la façon dont tu mènes ta barque. Et les gens que tu fréquentes. Valentin était l'ami de Hodge, et je ne crois pas qu'il ait eu quelqu'un d'autre dans sa vie pour l'aider à s'améliorer ou à se dépasser. Si j'avais mené la même existence, je ne sais pas ce que je serais devenu. Mais j'ai ma famille. Et je t'ai, toi.

Clary lui sourit mais ses mots avaient une résonance douloureuse. « Les gens ne naissent pas bons ou mauvais. » Elle avait toujours été de cet avis et, pourtant, parmi les images que l'ange lui avait montrées, elle avait vu sa mère traiter son propre enfant de monstre. Elle aurait aimé pouvoir se confier à Simon, lui raconter toutes ces visions, mais c'était impossible. Il aurait aussi fallu lui révéler les découvertes qu'elle avait faites au sujet de Jace. Or, c'était son secret, pas celui de Clary. Simon lui avait déjà demandé ce que Jace avait voulu dire quand il s'en était pris à Hodge, et elle s'était contentée de répondre qu'elle avait déjà du mal à comprendre où il voulait en venir la plupart du temps. Si elle n'était pas certaine que Simon l'ait crue, il n'avait pas réitéré sa question.

Des coups frappés à la porte coupèrent court à la conversation. Les sourcils froncés, Clary posa son trognon de pomme sur la table.

— J'y vais.

Un courant d'air glacial s'engouffra dans la maison quand elle ouvrit la porte. Aline Penhallow se tenait sur le seuil, vêtue d'une veste en soie violette presque assortie aux cernes sous ses yeux.

— Il faut que je te parle, dit-elle sans préambule.

Étonnée, Clary ne put que hocher la tête et lui ouvrit grande la porte.

— D'accord. Entre.

— Merci.

Aline se dirigea vers le salon d'un pas décidé et la bouscula au passage. En voyant Simon assis sur le canapé, elle se figea, la bouche ouverte.

— Mais c'est...

— Le vampire ?

Simon sourit et découvrit légèrement ses incisives. Clary n'aimait pas trop quand il avait ce sourire-là. Aline se tourna vers elle.

— Est-ce que je peux te parler seule à seule ?

— Non, répondit Clary en se rasseyant à côté de Simon. Tout ce que tu as à me dire, il peut l'entendre aussi.

Aline se mordit la lèvre.

— Soit. Écoute, il faut que j'aie une conversation avec Alec, Jace et Isabelle, mais j'ignore où les trouver.

Clary poussa un soupir.

— Ils ont fait jouer leurs relations pour obtenir une maison en ville. La famille qui l'occupait est partie à la campagne.

Aline hocha la tête. Depuis les attaques, beaucoup de gens avaient quitté Idris en laissant derrière eux des maisons vides.

— Ils vont bien, si c'est ce que tu veux savoir, reprit Clary. Moi non plus, je ne les ai pas revus depuis la bataille. Je peux leur transmettre un message par le biais de Luke, si tu y tiens…

— Je ne sais pas.

Aline avait recommencé à se mordiller la lèvre.

— Mes parents ont dû annoncer la nouvelle à la tante de Sébastien, qui vit à Paris. Elle était vraiment contrariée.

— Sans blague ! répliqua Simon.

Aline lui lança un regard noir.

— D'après elle, ça ne lui ressemble pas du tout. Elle est persuadée qu'il s'agit d'une erreur, alors elle m'a envoyé des photos de lui.

Aline sortit de sa poche quelques photographies cornées qu'elle tendit à Clary. Les clichés montraient un garçon hilare aux cheveux bruns, d'une beauté atypique, avec un sourire malicieux et un nez un peu trop grand. Il avait une bonne tête et ne ressemblait pas du tout à Sébastien.

— C'est lui ton cousin ?

— C'est Sébastien Verlac. Ce qui signifie…

— Que le garçon qui se faisait appeler Sébastien est quelqu'un d'autre ?

Clary, en proie à une agitation croissante, se remit à examiner les photos.

— J'ai pensé que si les Lightwood apprenaient que Sébastien – ou quel que soit son nom – n'est pas notre cousin, ils consentiraient peut-être à nous pardonner, bredouilla Aline.

— Je suis certaine qu'ils comprendront, dit Clary d'un ton compatissant. Mais ça ne s'arrête pas là. Il faudra prouver à l'Enclave que Sébastien n'est pas qu'un gamin qui a mal tourné. Valentin l'a envoyé ici pour nous espionner.

— Il était tellement convaincant ! gémit Aline. Il savait des détails seulement connus de ma famille. Des anecdotes d'enfance...

— Ce qui nous amène à la question suivante, intervint Simon. Qu'est-il arrivé au vrai Sébastien ? Apparemment, il a quitté Paris pour Idris et n'est jamais arrivé à destination.

Ce fut Clary qui répondit.

— Valentin a dû pourvoir à ce détail. Il avait probablement tout manigancé depuis le début : il devait connaître l'itinéraire de Sébastien, il l'aura intercepté en chemin. Et si c'est arrivé à ce pauvre Sébastien...

— Il doit y en avoir d'autres, conclut Aline. Tu devrais en informer l'Enclave et Lucian Graymark. (Devant l'air surpris de Clary, elle ajouta :) Les gens l'écoutent. C'est ce que m'ont raconté mes parents.

— Peut-être que tu devrais venir avec nous et lui en parler toi-même, suggéra Simon.

Aline secoua la tête.

— Je ne me sens pas capable d'affronter les Lightwood. Surtout Isabelle. Elle m'a sauvé la vie et... je me suis enfuie. Je ne sais pas ce qui m'a pris.

— Tu étais sous le choc. Ce n'est pas ta faute.

Aline ne parut pas convaincue.

— Et maintenant, son frère... (Elle s'interrompit.) Bref. Je te dois aussi une explication, Clary.

— Ah bon ? fit Clary, désarçonnée.

Aline prit une grande inspiration.

— Tu sais, il ne s'est rien passé entre Jace et moi. C'est moi qui l'ai embrassé. C'était un genre... d'expérience. Et ça n'a pas très bien marché.

Clary se sentit rougir. « Pourquoi me raconte-t-elle ça ? »

— Oh, c'est l'affaire de Jace, pas la mienne.

— Et pourtant, tu semblais contrariée sur le moment.

Un léger sourire étira les lèvres d'Aline.

— Et je crois que je sais pourquoi, ajouta-t-elle.

— Ah bon ?

— Écoute, ton frère, il papillonne. Tout le monde le sait ; il est sorti avec beaucoup de filles. Tu as eu peur qu'en batifolant avec moi, il ait des ennuis. Après tout, nos familles sont... étaient proches. Mais tu n'as pas à t'inquiéter. Ce n'est pas mon type.

— C'est bien la première fois que j'entends ça de la bouche d'une fille, intervint Simon. Je croyais que Jace était le genre de garçon qui plaisait à tout le monde.

— Moi aussi, et c'est pour ça que je l'ai embrassé. J'essayais déjà de savoir si un garçon pouvait me plaire.

« Elle a embrassé Jace, songea Clary. Et pas le contraire. » Elle croisa le regard de Simon qui riait sous cape.

— Et alors ? Tu en es arrivée à une conclusion ?

Aline haussa les épaules.

— Je ne suis pas encore décidée. Mais au moins, tu n'as pas à t'inquiéter pour Jace.

« Si seulement ! »

— Il faut toujours que je me fasse du souci pour Jace.

La Salle des Accords avait été réagencée en hâte après la nuit de la bataille. Depuis la destruction de la Garde, elle servait désormais de chambre du Conseil, de lieu de rassemblement pour ceux qui recherchaient des membres de leur famille disparus, et on y échangeait aussi les dernières nouvelles. La fontaine au centre avait été asséchée et, de part et d'autre on avait installé, face à l'estrade, des rangées de bancs sur lesquels étaient assis les participants à la réunion du Conseil tandis que, dans les allées et sous les arcades, des dizaines d'autres Nephilim faisaient les cent pas, l'air anxieux. L'endroit n'avait plus rien d'une salle de bal. Une atmosphère particulière flottait dans l'air, mélange d'attente et de nervosité.

Si l'Enclave s'était regroupée au milieu de la salle, des messes basses se tenaient dans tous les coins. Clary saisit des bribes de conversation alors qu'elle traversait la salle avec Simon. Apparemment, les tours fonctionnaient à nouveau. Les boucliers avaient été rétablis, mais ils étaient moins efficaces que par le passé. Ou plus efficaces, selon les sources. Des démons avaient été repérés sur les collines au sud. Les maisons de campagne avaient été désertées, d'autres familles avaient quitté la ville, et abandonné l'Enclave par la même occasion.

Sur l'estrade, cernés par des cartes d'Alicante, se tenaient le Consul, qui ne cessait de jeter des regards suspicieux autour de lui, et un petit homme grassouillet vêtu de gris, qui gesticulait en parlant. Cependant, personne ne semblait prêter attention à lui.

— Oh mince, c'est l'Inquisiteur, marmonna Simon à l'oreille de Clary. Aldertree.

— Et voici Luke, ajouta-t-elle en l'apercevant parmi la foule.

Debout près de la fontaine asséchée, il était en grande conversation avec un homme en tenue de combat, dont la partie gauche du visage était dissimulée par un bandage. Clary chercha des yeux Amatis et la trouva assise seule au bout d'un banc, le plus loin possible des autres Chasseurs d'Ombres. En voyant Clary, elle ouvrit de grands yeux étonnés et fit mine de se lever.

Luke aperçut Clary à son tour, fronça les sourcils et glissa quelques mots à l'oreille de l'homme au bandage pour s'excuser. Puis, le visage fermé, il se dirigea vers Clary et Simon qui s'étaient réfugiés près d'une colonne.

— Qu'est-ce que vous fabriquez ici ? Vous savez pourtant que les enfants ne sont pas autorisés à assister aux réunions de l'Enclave. Quant à toi... (Il jeta un regard noir à Simon.) Ce n'est pas une très bonne idée de te pavaner devant l'Inquisiteur, même s'il ne peut plus rien contre toi.

Un sourire malicieux étira ses lèvres.

— À moins qu'il ne cherche à compromettre l'éventualité d'une alliance entre l'Enclave et les Créatures Obscures.

— Tu l'as dit !

Simon fit signe de la main à l'Inquisiteur, qui feignit de ne pas l'avoir remarqué.

— Arrête, Simon. On n'est pas venus ici pour rien.

Clary tendit les photographies de Sébastien à Luke.

— Je te présente Sébastien Verlac. Le vrai.

Le visage de Luke s'assombrit. Il examina les photos sans mot dire tandis que Clary lui répétait mot pour mot l'histoire d'Aline. De son côté, Simon se dandinait d'un pied sur l'autre en jetant des regards mauvais à Aldertree, qui mettait un point d'honneur à l'ignorer.

— Alors ? Est-ce que le vrai Sébastien ressemble à l'imposteur ? demanda Luke.

— Pas vraiment, répondit Clary. Le faux Sébastien était plus grand. Et, à mon avis, il était blond. Il se teignait forcément ; personne n'a les cheveux aussi noirs.

« Et après les avoir touchés, j'avais du noir sur les doigts », pensa-t-elle.

— Bref, Aline a insisté pour que je vous montre ces photos, à toi et aux Lightwood. Elle a pensé que, s'ils apprenaient qu'il n'avait pas de lien de parenté avec les Penhallow, alors peut-être...

— Elle ne les a pas encore montrées à ses parents, n'est-ce pas ?

— Non, pas à ma connaissance. J'ai dans l'idée qu'elle est d'abord venue me trouver. Elle voulait que je te mette au courant. Il paraît que les gens t'écoutent.

— Quelques-uns, peut-être, concéda Luke.

Il jeta un coup d'œil à l'homme au bandage.

— J'étais justement en train de discuter avec Patrick Penhallow. Valentin était son ami autrefois, et il a peut-être gardé un œil sur la famille Penhallow par la suite. D'après tes dires, Hodge prétendait qu'il avait des espions ici. (Il rendit les photos à Clary.) Malheureusement, les Lightwood ne participeront pas au Conseil aujourd'hui. Les funérailles de Max avaient lieu ce matin. Ils sont sans doute au cimetière.

Devant l'air décomposé de Clary, il ajouta :

— C'était une cérémonie intime. Seule la famille était conviée.

« Mais je suis la famille de Jace », protesta une petite voix dans sa tête. Une autre voix, plus insistante celle-là, lui souffla : « Et il t'a dit qu'il ne voulait pas de toi ici. Ça vaut sans doute pour les funérailles de Max. »

— Peut-être que tu pourrais leur en toucher deux mots ce soir, suggéra-t-elle. C'est... c'est une bonne nouvelle, non ? Quel que soit ce Sébastien, il n'est pas lié à leurs amis.

— Ce serait une meilleure nouvelle encore si nous connaissions sa véritable identité, marmonna Luke. J'aimerais bien savoir aussi qui sont les autres espions de Valentin. Ils sont forcément plusieurs à s'être occupés des boucliers. Ça ne pouvait être fait que de l'intérieur.

— D'après Hodge, il faut du sang de démon pour les neutraliser, intervint Simon. Or, on ne peut pas en introduire dans la ville. Mais apparemment, Valentin a trouvé un moyen.

— Quelqu'un a peint une rune avec du sang de démon au sommet de l'une des tours, expliqua Luke avec un soupir. Preuve que Hodge avait raison. Malheureusement, l'Enclave a toujours eu une confiance aveugle en ses boucliers. Mais même l'énigme la plus complexe a sa solution.

— C'est avec ce genre de truc qu'on se fait avoir dans les jeux vidéo, observa Simon. À la seconde où tu protèges ta forteresse avec un Sortilège d'Invincibilité Totale, quelqu'un trouve le moyen de la détruire.

— Simon, marmonna Clary. La ferme.

— Il n'est pas loin du compte, admit Luke. On ignore comment ils ont réussi à introduire du sang de démon à l'intérieur de la ville sans déclencher les boucliers. (Il haussa les épaules.) Mais pour l'heure, c'est le cadet de nos soucis. Ils ont été rétablis, mais nous savons déjà qu'ils ne sont pas infaillibles. Valentin pourrait revenir à tout moment avec une armée encore plus puissante, et je doute que nous soyons capables de le repousser. Les Nephilim ne sont pas assez nombreux, et ceux qui restent sont profondément démoralisés.

— Et les Créatures Obscures ? lança Clary. Tu as dit au Consul que l'Enclave devait s'en faire des alliés.

— Je peux le répéter à Malachi et à Aldertree sur tous les tons, ça ne signifie pas qu'ils m'écoutent, répliqua Luke d'un ton las. S'ils me laissent rester, c'est parce que l'Enclave a voté pour qu'on me garde comme conseiller et que ma meute a sauvé la peau de quelques-uns de ses membres. Mais là encore, ça ne veut pas dire qu'ils veulent plus de Créatures Obscures à Idris...

Quelqu'un poussa un hurlement.

Le miroir mortel

Amatis se leva d'un bond en portant la main à sa bouche, les yeux rivés sur l'entrée de la salle. Un homme se tenait sur le seuil, auréolé de la lumière du dehors. Ce n'était qu'une silhouette, et Clary dut attendre qu'il ait fait quelques pas dans la salle pour distinguer son visage.

C'était Valentin.

Pour une raison obscure, le premier détail qui la frappa fut sa barbe rasée de frais. De ce fait, il ressemblait davantage au jeune homme en colère que lui avait montré Ithuriel. Il portait une cravate et un costume à rayures très fines impeccablement coupé. En outre, il n'était pas armé. Il aurait pu être n'importe quel passant dans les rues de Manhattan. Il aurait pu être n'importe quel père anonyme.

Il ne parut pas remarquer la présence de Clary et ne regarda pas dans sa direction. Ses yeux étaient fixés sur Luke tandis qu'il s'avançait dans l'allée étroite entre les bancs.

« Comment ose-t-il se présenter ici sans armes ? » s'étonna Clary. La réponse à sa question ne se fit pas attendre : l'Inquisiteur Aldertree poussa un rugissement d'ours blessé puis, s'arrachant à Malachi qui essayait de le retenir, il dévala maladroitement les marches de l'estrade et se jeta sur Valentin. Il passa à travers le corps de son ennemi comme un couteau traversant une feuille de papier. Celui-ci suivit des yeux avec un intérêt détaché le petit homme qui trébucha, se cogna contre une colonne et s'étala par terre de tout son long. Le Consul accourut pour l'aider à se relever avec une expression de dégoût à peine dissimulée et, l'espace d'un instant, Clary se demanda si c'était Valentin ou Aldertree qui faisait l'objet de son dédain.

Un faible murmure parcourut la salle. Avec un couinement ulcéré, l'Inquisiteur se débattit comme un rat pris au piège tandis que Malachi l'escortait fermement par le bras en haut de l'estrade, et que Valentin traversait la salle sans leur accorder un regard. Les Chasseurs d'Ombres qui s'étaient rassemblés près des bancs s'écartèrent comme les eaux de la mer Rouge devant Moïse. Clary frissonna en le voyant se diriger vers l'endroit où elle se tenait avec Luke et Simon. « Ce n'est qu'une projection, se dit-elle. Il n'est pas vraiment là. Il ne peut pas te faire de mal. »

À côté d'elle, Simon tremblait, lui aussi. Clary lui prit la main au moment où Valentin s'arrêtait au pied de l'estrade. Son regard se posa sur elle, la détailla tranquillement comme pour prendre ses mesures, puis passa sur Simon sans le voir et s'arrêta sur Luke.

— Lucian.

Luke lui rendit son regard sans un mot. C'était la première fois qu'ils se retrouvaient dans la même pièce depuis les événements de Renwick, songea Clary. Sauf que lors de leurs précédentes retrouvailles, Luke était blessé et couvert de sang. À présent, il était plus facile de relever les différences et les similitudes entre les deux hommes : Luke, en veste de flanelle et jean élimé, avait une barbe de trois jours et des cheveux grisonnants. Valentin, en costume élégant et hors de prix, avait à peu près conservé l'apparence de ses vingt-cinq ans, malgré la froideur et la sévérité de ses traits donnant l'impression que, au fil du temps, il se muait peu à peu en statue de pierre.

— Il paraît que l'Enclave t'a nommé membre du Conseil, déclara-t-il. Je ne m'étonne guère, étant donné la corruption et la médiocrité qui sévissent parmi ses rangs, qu'elle tolère la présence de bâtards et de dégénérés.

Il s'exprimait d'un ton placide, voire affable, si bien qu'on en oubliait presque le venin de ses paroles. Son regard se posa sur Clary.

— Clarissa, tu traînes encore avec ce vampire. Quand les choses se seront un peu tassées, il faudra que l'on ait une discussion sérieuse concernant le choix de tes animaux de compagnie.

Un grognement sourd s'échappa de la gorge de Simon. Clary serra fort sa main dans la sienne, mais il ne parut pas s'en apercevoir.

— Tais-toi, souffla-t-elle. Je t'en prie.

Mais Valentin ne prêtait déjà plus attention à eux. Après avoir gravi les marches de l'estrade, il se tourna pour faire face à la foule.

— Tant de visages familiers ! Patrick. Malachi. Amatis.

Amatis se tenait immobile, les yeux étincelant de haine. L'Inquisiteur se débattait encore pour se libérer de la poigne de Malachi. Valentin le considéra d'un air amusé.

— Tiens, toi aussi tu es là, Aldertree. J'ai entendu dire que tu étais indirectement responsable de la mort de mon vieil ami Hodge Starkweather. Quel dommage !

— Tu admets donc que c'est toi qui as désactivé les boucliers, lança Luke, retrouvant enfin sa voix. C'est toi qui as envoyé tous ces démons.

— Oui, et je peux en envoyer encore. Même les membres de l'Enclave, si stupides soient-ils, devaient s'y attendre, non ? Toi, Lucian, tu t'y attendais, n'est-ce pas ?

— Oui. Mais moi, je te connais, Valentin. Alors, tu es venu négocier ou te réjouir de ta victoire ?

— Ni l'un ni l'autre, répondit Valentin en parcourant du regard la foule silencieuse. Je n'ai pas besoin de négocier, ajouta-t-il, et malgré son ton calme, sa voix se répercuta dans la salle comme si elle était amplifiée. Et il n'y a pas lieu de se réjouir. La mort de tous ces Chasseurs d'Ombres ne me procure aucun plaisir ; nous nous faisons déjà assez rares dans un monde qui a désespérément besoin de nous. Mais tout cela, nous le devons encore à l'Enclave, et à ses règles absurdes édictées dans le seul but d'opprimer les Chasseurs d'Ombres. Je n'ai fait que mon devoir. C'était le seul moyen de me faire entendre. Ces Chasseurs d'Ombres ne sont pas morts par ma faute ; ils ont péri parce que l'Enclave m'a ignoré.

Son regard se posa sur Aldertree ; le visage de l'Inquisiteur était livide et déformé par des tics.

— Beaucoup d'entre vous faisaient partie de mon Cercle, jadis, reprit-il. C'est à vous que je m'adresse désormais, et à ceux qui en avaient entendu parler mais se tenaient à l'écart. Vous souvenez-vous de ce que j'avais prédit voilà quinze ans ? À moins que nous nous opposions aux Accords, la cité d'Alicante, notre bien le plus précieux, serait bientôt envahie par des hordes de dégénérés venus piétiner nos chères traditions. Comme je l'avais pressenti, tout cela s'est produit. La Garde n'est plus qu'un tas de cendres, le

Portail a été détruit, nos rues grouillent de monstres. De la racaille à moitié humaine prétend nous imposer sa loi. Aussi, mes amis, mes ennemis, mes frères au nom de l'Ange, je vous le demande : est-ce que vous me croyez, maintenant ? Est-ce que vous me croyez ?

Il balaya l'assemblée du regard comme s'il espérait une réponse. Une mer de visages médusés lui faisait face. Ce fut Luke qui rompit le silence.

— Valentin, tu ne vois donc pas ce que tu as fait ? Ces Accords que tu redoutais tant n'ont pas instauré l'égalité entre les Nephilim et les Créatures Obscures. Ils ne nous ont pas donné le droit de siéger au Conseil. Toutes les vieilles rancœurs sont toujours de mise. Tu aurais dû compter là-dessus mais ça ne t'a pas suffi, et à présent tu nous offres la seule chose susceptible de nous unir. Un ennemi commun.

Les joues pâles de Valentin s'empourprèrent.

— Je ne suis pas l'ennemi des Nephilim. L'ennemi, c'est toi. Tu essaies de les entraîner dans une guerre perdue d'avance. Tu crois peut-être que les démons que tu as vus sont les seuls que j'aie à ma disposition ? Ils ne représentent qu'une infime partie de tous ceux que je peux invoquer.

— Nous aussi, nous sommes plus nombreux que tu ne le penses. Autant du côté des Nephilim que des Créatures Obscures.

— Les Créatures Obscures ? ricana Valentin. Elles prendront la fuite au premier signe de danger. Les Nephilim sont nés pour se battre et pour protéger ce monde qui hait les représentants de ton espèce. Ce n'est pas sans raison que l'argent vous brûle, et que la lumière du jour réduit en poussière les Enfants de la Nuit.

— Moi, elle ne me fait rien, lança Simon d'une voix forte, au mépris des recommandations de Clary.

— Je t'ai vu t'étrangler en voulant prononcer le nom de Dieu, vampire, répliqua Valentin en riant. Quant au fait que tu supportes la lumière du soleil... (Il se tut et sourit.) Tu es une exception, peut-être. Mais tu n'en es pas moins un monstre.

« Un monstre. » Clary se souvint des paroles de Valentin sur le bateau : « Ta mère me reprochait d'avoir fait de son fils un monstre. Elle s'est enfuie avant que je puisse faire de même avec toi. »

Jace. La seule évocation de ce nom lui serra le cœur. « Après tout ce que cet homme a fait, il est là à nous parler de monstres... »

— Le seul monstre ici, c'est vous, cria-t-elle malgré sa résolution de garder le silence. J'ai vu Ithuriel, reprit-elle comme il la dévisageait d'un air surpris. Je sais tout...

— J'en doute. Si c'était le cas, tu tiendrais ta langue, pour le bien de ton frère et le tien.

« Ne venez pas me parler de Jace ! » eut-elle envie de répliquer mais, contre toute attente, une autre voix féminine s'éleva.

— Et mon frère ?

Amatis s'avança au pied de l'estrade, les yeux levés vers Valentin. Luke sursauta et secoua la tête, mais elle ne prêta pas attention à lui. Valentin fronça les sourcils.

— Quoi, ton frère ?

L'intervention d'Amatis le prenait manifestement au dépourvu, à moins que ce ne soit le ton de défi qui perçait dans sa voix. Des années auparavant, il l'avait reléguée parmi les faibles incapables de lui tenir tête. Or, Valentin détestait être surpris.

— Tu m'as dit qu'il n'était plus mon frère. Tu m'as enlevé Stephen. Tu as détruit mon clan. Et tu prétends que tu n'es pas un ennemi des Nephilim ? Tu nous as tous montés les uns contre les autres, familles contre familles, tu as ruiné nos vies sans le moindre scrupule. Tu dis détester l'Enclave, mais c'est par ta faute qu'elle est devenue mesquine et paranoïaque. Nous avions pour habitude de nous faire confiance entre Nephilim. Tu as tout bouleversé. Je ne te pardonnerai jamais cela. (Sa voix se brisa.) À cause de toi, j'ai renié mon frère. Cela non plus, je ne te le pardonnerai pas. Pas plus que je me pardonne de t'avoir écouté.

— Amatis... fit Luke en esquissant un pas vers sa sœur mais, d'un geste, elle lui signifia de s'arrêter. Les yeux brillant de larmes, elle se tenait bien droite, et ce fut d'un ton ferme qu'elle reprit :

— Il fut un temps où nous étions tous prêts à t'écouter, Valentin. Et nous avons tous ce poids sur la conscience. Mais c'est terminé, tu m'entends ? Cette époque est révolue. Y a-t-il quelqu'un dans cette salle qui n'est pas de cet avis ?

Clary leva la tête et parcourut du regard l'assemblée de Chasseurs d'Ombres. Elle eut l'impression de contempler l'ébauche grossière d'une foule, avec des taches blanches en guise de visages. Elle vit Patrick Penhallow, qui serrait les dents, l'Inquisiteur qui tremblait comme une branche frêle agitée par le vent et Malachi, dont l'expression demeurait impénétrable. Personne ne disait mot.

Si elle s'attendait que Valentin s'emporte devant le silence des Nephilim, elle fut déçue. Son visage demeura impassible, comme s'il avait prévu leur réaction.

— Très bien, déclara-t-il. Si vous refusez d'entendre raison, je devrai employer la force. Je vous ai déjà montré que je peux désactiver les boucliers qui protègent votre ville. J'ai vu que vous les aviez rétablis, mais c'est peine perdue. Je peux recommencer quand bon me semble. Accédez à mes exigences ou vous devrez affronter tous les démons que peut invoquer l'Épée Mortelle. Je leur ordonnerai de ne pas épargner un seul d'entre vous, homme, femme ou enfant. À vous de choisir.

Un murmure parcourut la salle.

— Tu vas délibérément anéantir ton propre peuple, Valentin ? demanda Luke, médusé.

— Parfois, les arbres malades doivent être abattus pour préserver la forêt. Si tous sont atteints...

Il se tourna vers la foule horrifiée.

— À vous de choisir, répéta-t-il. Je détiens la Coupe Mortelle. Si j'y suis obligé, je créerai une nouvelle race de Chasseurs d'Ombres. Cependant, je me dois de vous laisser une chance. Si l'Enclave renonce à tous ses privilèges et accepte de reconnaître sans condition mon autorité, je vous épargnerai. Tous les Chasseurs d'Ombres devront prêter un serment d'allégeance et porter une rune permanente de loyauté à mon égard. Ce sont les termes de mon marché.

Le silence tomba sur la foule. Amatis porta la main à sa bouche ; le reste de la pièce se mit à danser autour de Clary. « Ils ne peuvent pas se rendre », s'insurgea-t-elle. Mais quel choix leur restait-il ? « Valentin les tient sous sa coupe, pensa-t-elle, résignée, aussi sûrement que Jace et moi sommes prisonniers de ce qu'il a fait de nous. Nous sommes tous enchaînés à lui par notre propre sang. »

Une éternité sembla s'écouler avant que la petite voix suraiguë de l'Inquisiteur ne rompe le silence.

— Ton autorité ? s'écria-t-il. Quelle autorité ?

— Aldertree...

Le Consul s'efforça de le retenir mais, après s'être dégagé d'un geste brusque, il se rua vers l'estrade, les yeux révulsés, en criant inlassablement les mêmes mots, comme s'il avait perdu l'esprit. Il gravit les marches de l'estrade quatre à quatre en bousculant Amatis au passage, et se planta devant Valentin.

— Je suis l'Inquisiteur, compris ? L'Inquisiteur ! Je fais partie du Conseil ! C'est moi qui édicte les règles, pas toi ! Je ne te laisserai pas faire, espèce d'arriviste, de crapule à la solde des démons...

Avec une expression qui trahissait vaguement l'ennui, Valentin tendit le bras comme pour toucher l'épaule d'Aldertree, ce qui était a priori impossible dans la mesure où il n'était qu'une projection. Sous l'œil horrifié de l'assemblée, sa main transperça la peau, la chair et les os de l'Inquisiteur, et disparut à l'intérieur de sa cage thoracique. Une seconde à peine s'écoula, durant laquelle la salle entière regarda, bouche bée, le bras gauche de Valentin enfoncé jusqu'au poignet dans la poitrine du petit homme. Puis, d'une secousse, il tordit le poignet, comme s'il essayait de tourner un bouton de porte récalcitrant.

L'Inquisiteur poussa un cri et tomba comme une pierre.

Le bras de Valentin était maintenant poissé de sang qui maculait le lainage luxueux de son costume jusqu'au coude. Baissant la main, il parcourut du regard la salle révulsée et ses yeux s'arrêtèrent sur Luke.

— Je vous donne jusqu'à demain soir minuit pour réfléchir à ma proposition. J'attendrai avec mon armée dans la plaine de Brocelinde. Si à minuit, je n'ai pas reçu de message de l'Enclave m'annonçant sa capitulation, je marcherai sur Alicante, et cette fois il n'y aura pas de quartier. Vous avez jusqu'à demain. Usez du temps qu'il reste avec sagesse.

Et, à ces mots, il disparut.

14

La dernière nuit

— Voyez-vous ça, fit Jace sans regarder Clary.

Il ne lui avait pas accordé un regard depuis qu'elle et Simon avaient franchi la porte de la maison qu'occupaient provisoirement les Lightwood. Appuyé à la baie vitrée du salon, il contemplait le ciel qui s'assombrissait à vue d'œil.

— Je pars aux funérailles de mon petit frère et, paf ! je rate la fête.

— Arrête, Jace.

Alec était avachi dans l'un des fauteuils élimés qui figuraient parmi les rares meubles de la pièce. La demeure dégageait cette atmosphère un peu curieuse et inhospitalière qui caractérise les maisons d'étrangers. Ses murs étaient tapissés de papier fleuri dans des tons pastel, et le moindre objet semblait usé jusqu'à la corde. Un bocal en verre rempli de chocolats trônait sur la petite table près d'Alec ; Clary, qui mourait de faim, en avait englouti quelques-uns qu'elle avait trouvés secs et durs sous la dent. Elle se demanda quel genre de personnes avait vécu ici. « Le genre qui tire sa révérence au moindre danger », songea-t-elle avec aigreur. Ces gens-là méritaient qu'on leur prenne leur maison.

— Quoi ? répliqua Jace.

Il faisait assez sombre dehors pour que Clary voie son visage se refléter sur la vitre. Il portait la tenue de deuil des Chasseurs d'Ombres : ils ne mettaient pas de noir à l'occasion des funérailles, puisque c'était la couleur arborée sur le champ de bataille. En pareille circonstance, le blanc était de mise, et la veste qu'avait revêtue Jace était rebrodée de runes rouges au niveau du col et des poignets. Contrairement aux runes de combat, qui touchaient à l'agression et à la protection, elles étaient censées apporter du réconfort. Il portait aussi aux poignets des bracelets en métal frappés de runes identiques. Alec était lui aussi entièrement vêtu de blanc avec les mêmes runes rouge et or brodées sur le tissu de son costume. Par contraste, ses cheveux semblaient d'un noir de jais. Quant à Jace, il faisait penser à un ange avec ses habits blancs. Mais un ange vengeur.

— Pas la peine de passer tes nerfs sur eux ! s'exclama Alec. En tout cas, tu n'as aucune raison d'en vouloir à Simon, ajouta-t-il avec une moue contrariée.

Clary s'attendait à une repartie furieuse de Jace, mais il se contenta de rétorquer :

— Clary sait que je ne suis pas en colère contre elle.

Simon, les coudes appuyés sur le dos d'un fauteuil, leva les yeux au ciel et changea de sujet :

— Ce que je ne comprends pas, c'est comment Valentin s'y est pris pour tuer l'Inquisiteur. Je croyais que les projections étaient inoffensives.

— En temps normal, oui, expliqua Alec. Ce ne sont que des illusions. De l'air coloré, pour ainsi dire.

— Pas cette fois. Il a enfoncé le bras dans sa cage thoracique et il a tourné... (Clary frissonna.) Il y avait beaucoup de sang.

— C'est Simon qui a dû être content, ironisa Jace.

Simon ignora sa remarque.

— Est-ce qu'on a déjà vu un Inquisiteur qui ne soit pas mort dans d'horribles circonstances ? songea-t-il tout haut. C'est un peu comme la malédiction du batteur des Spinal Tap.

Alec se passa la main sur le visage.

— C'est fou que mes parents n'en aient pas été informés ! Je ne suis pas pressé de leur annoncer la nouvelle.

— Où sont-ils, au fait ? demanda Clary. Je les croyais à l'étage.

Alec secoua la tête.

— Ils sont encore à la nécropole. Ils se recueillent sur la tombe de Max. Ils voulaient rester un peu seuls.

— Et Isabelle ? s'enquit Simon. Où est-elle ?

Jace se rembrunit.

— Elle refuse de quitter sa chambre. Elle pense que ce qui est arrivé à Max est sa faute. Elle n'a même pas voulu assister à la cérémonie.

— Vous avez essayé de lui parler ?

— Non, on lui a flanqué des gifles ! Mais merci du conseil.

— Je demandais ça comme ça, protesta Simon d'une petite voix.

— On lui racontera, pour Sébastien, déclara Alec. Ça l'aidera peut-être à se sentir mieux. Elle répète sans arrêt qu'elle aurait dû se méfier de ce type, mais si c'était un espion...

Alec haussa les épaules et reprit :

— Personne n'a rien remarqué. Pas même les Penhallow.

— Je vous avais bien dit que c'était un tocard.

— Oui, mais c'est parce que...

Alec s'interrompit et s'enfonça dans son fauteuil. Il paraissait épuisé : sa peau se détachait, grise, sur la blancheur immaculée de ses vêtements.

— Peu importe. Une fois qu'elle saura ce que mijote Valentin, je ne vois pas ce qui pourrait lui remonter le moral.

— Est-ce qu'il va vraiment lever une armée de démons contre les Nephilim ? songea Clary tout haut. C'est encore un Chasseur d'Ombres, tout de même ! Il ne peut pas anéantir son propre peuple.

— Nous sommes ses enfants, et ça ne l'a pas empêché de nous nuire, observa Jace en plantant son regard dans le sien. Alors comment veux-tu qu'il se soucie de son peuple ?

Alec les dévisagea tour à tour, et Clary comprit à son air ahuri et désemparé que Jace ne lui avait pas encore parlé d'Ithuriel.

— En tout cas, on a au moins résolu une énigme, reprit Jace sans accorder un regard à Alec. Magnus a essayé d'utiliser une rune de filature sur les affaires que Sébastien a laissées dans sa chambre. Or, il n'a récolté aucun indice avec ce que nous lui avons donné. Rien.

— Qu'est-ce que ça signifie ?

— Que ces affaires appartiennent au véritable Sébastien Verlac. Le faux Sébastien les lui a probablement volées. Et si Magnus n'en tire rien du tout, c'est parce que le vrai Sébastien...

— Est mort, conclut Alec. Et le Sébastien qu'on connaît est bien trop malin pour laisser derrière lui le moindre objet susceptible de nous aider à retrouver sa trace. On ne peut pas traquer quelqu'un avec le premier truc qui nous tombe sous la main. Il faut que ce soit un effet personnel : un héritage de famille, une stèle, une brosse avec des cheveux de la personne recherchée...

— Dommage, dit Jace. Si on avait pu le suivre, il nous aurait sans doute menés tout droit à Valentin. Je suis certain qu'il a dû se précipiter ventre à terre chez son maître pour lui rendre un rapport complet. Il lui a peut-être raconté la théorie tordue de Hodge au sujet du lac-miroir.

— Ce n'est peut-être pas si tordu que ça, objecta Alec. Ils ont posté des gardes sur les routes menant au lac, et installé des boucliers qui les avertiront si quelqu'un se téléporte dans les parages.

— Super ! Je me sens beaucoup plus en sécurité maintenant.

— Ce que je ne comprends pas, marmonna Simon, c'est pourquoi Sébastien est resté aussi longtemps dans le coin. Après avoir tué Max, il risquait de se faire prendre ; il ne pouvait plus jouer la comédie. Même s'il croyait s'être débarrassé d'Isabelle alors qu'il l'avait juste assommée, comment allait-il expliquer qu'il s'en était sorti indemne ? Il aurait fini par être arrêté. Alors, pourquoi être resté jusqu'à la fin de la bataille ? Pourquoi est-il venu me chercher à la Garde ? Je suis à peu près sûr qu'il se fichait pas mal de mon sort.

— En fait, je crois qu'il est resté pour moi, annonça Clary.

Les yeux de Jace étincelèrent.

— Pour toi ? Il espérait obtenir un autre rendez-vous torride, tu veux dire ?

Clary se sentit rougir.

— Non. Et ça n'avait rien de torride. D'ailleurs, ce n'était même pas un rendez-vous. Bref, là n'est pas la question. Quand il est venu me trouver dans la Salle des Accords, il a tenté par tous les moyens de m'entraîner dehors sous prétexte de discuter tranquillement. Il avait une idée derrière la tête. J'ignore laquelle.

— Peut-être que c'était vraiment toi qu'il voulait.

Devant la mine exaspérée de Clary, il ajouta :

— Non, ce n'est pas ce que tu crois. Il cherchait peut-être à te conduire auprès de Valentin.

— Valentin se soucie de moi comme d'une guigne. Ç'a toujours été toi qui l'intéressais.

Le regard de Jace s'assombrit.

— C'est comme ça que tu vois les choses ? lâcha-t-il d'un ton glacial. Après ce qui s'est passé sur le bateau, c'est toi qui l'intéresses. Ce qui signifie que tu vas devoir être très prudente. À vrai dire, ce serait une bonne idée de ne pas sortir dans les jours qui viennent. Tu n'auras qu'à t'enfermer dans ta chambre comme Isabelle.

— C'est hors de question.

— Je m'en serais douté. Tu ne cherches qu'à me pourrir la vie, pas vrai ?

— Tout ne tourne pas autour de toi, Jace, répliqua Clary avec colère.

— Peut-être, mais tu dois reconnaître que c'est très souvent le cas.

Clary réprima l'envie de hurler.

— Pour en revenir à Isabelle, intervint Simon après s'être raclé la gorge, je devrais peut-être aller lui parler.

— Toi ? s'exclama Alec. (Puis un peu gêné par sa réaction, il s'empressa d'ajouter :) C'est juste... qu'elle refuse même d'ouvrir à sa propre famille. Pourquoi elle accepterait de te voir, toi ?

— Peut-être parce que, justement, je ne fais pas partie de sa famille, suggéra Simon.

Il se tenait debout au milieu de la pièce, les mains dans les poches. Plus tôt dans la journée, en s'asseyant à côté de lui, Clary avait remarqué les cicatrices blanches au niveau de son cou et de ses poignets, vestiges des blessures que lui avait infligées Valentin. Sa rencontre avec les Chasseurs d'Ombres l'avait transformé, et pas seulement en apparence. Il avait profondément changé. Il se tenait droit, la tête haute, et accueillait les remarques de Jace et d'Alec avec détachement. Le Simon qui jadis les craignait ou était mal à l'aise en leur présence n'était plus.

Son cœur se serra, et elle s'aperçut avec étonnement que ce Simon-là lui manquait.

— Je crois que je vais aller lui parler, annonça-t-il. Ça ne coûte rien d'essayer.

— Mais la nuit va bientôt tomber, protesta Clary. On a promis à Luke et à Amatis de rentrer avant le coucher du soleil.

— Je te raccompagnerai, proposa Jace. Quant à Simon, il saura retrouver son chemin dans le noir. Pas vrai, Simon ?

— Évidemment ! s'écria Alec comme s'il cherchait à s'amender de sa réaction désobligeante. C'est un vampire... Et je viens de comprendre que tu plaisantais, ajouta-t-il. Ne faites pas attention à moi.

Simon sourit. Clary ouvrit la bouche pour protester de nouveau, puis se ravisa, sans doute à cause du regard que posa Jace sur Simon : il trahissait l'amusement mais aussi la gratitude et peut-être même le respect.

Au grand dam de Clary, le nouveau logement des Lightwood n'était pas très éloigné de la maison d'Amatis. Elle ne parvenait pas à se débarrasser de l'idée que chaque instant passé en compagnie de Jace était précieux, et qu'un jour prochain, ils seraient séparés à jamais.

Elle l'observa du coin de l'œil. Il regardait droit devant lui sans se préoccuper d'elle. Son profil se détachait sur la lumière des réverbères. Ses cheveux bouclaient sur sa tempe, dissimulant en partie la cicatrice blanche d'une Marque. L'anneau des Morgenstern, pendu à une chaîne encerclant son cou, étincelait dans le noir. Les doigts de sa main gauche étaient couverts d'égratignures : il cicatrisait comme un Terrestre, conformément aux exigences d'Alec.

Elle frissonna.

— Tu as froid ? demanda-t-il en se tournant vers elle.

Le miroir mortel

— Je réfléchissais. Je m'étonne que Valentin s'en soit pris à l'Inquisiteur plutôt qu'à Luke. C'était un Chasseur d'Ombres, et Luke... Luke est une Créature Obscure. Sans compter que Valentin le hait.

— Oui, mais d'une certaine manière, il le respecte malgré sa nature.

Clary se remémora le regard que Jace avait lancé à Simon un peu plus tôt, et chassa cette pensée de son esprit. Elle détestait comparer Jace à Valentin, même lorsqu'il s'agissait d'un détail aussi insignifiant qu'un regard.

— Luke essaie de convaincre l'Enclave de penser différemment, poursuivit Jace. C'est exactement ce que Valentin essaie de faire, même si son but est différent. Luke est un iconoclaste ; il prône le changement. Aux yeux de Valentin, l'Inquisiteur incarnait la vieille garde étriquée qu'il déteste tant.

— Et puis Luke et Valentin étaient amis autrefois, ajouta Clary.

— Les Marques de ce qui n'est plus, déclara Jace et, au ton moqueur de sa voix, Clary comprit qu'il s'agissait d'une citation. Malheureusement, on est souvent plus enclin à haïr ceux qu'on a aimés jadis. Valentin réserve sans doute un sort particulier à Luke, une fois qu'il aura remporté sa victoire.

— Mais il ne gagnera pas, objecta Clary. (Et comme Jace ne répondait rien, elle reprit d'une voix forte :) Il ne peut pas gagner. Il ne va pas entrer en guerre contre les Chasseurs d'Ombres ET les Créatures Obscures...

— Qu'est-ce qui te fait penser qu'ils accepteront de se battre ensemble ? rétorqua Jace, toujours sans la regarder.

Ils longeaient le canal à présent, et il gardait les yeux fixés sur l'eau, les lèvres serrées.

— C'est Luke qui t'a convaincue ? Luke est un idéaliste.

— Et c'est mal ?

— Non. Mais ce n'est pas mon cas.

La voix atone de Jace glaça le sang de Clary. « Désespoir, colère, haine. Ce sont les caractéristiques des démons. Il se comporte conformément à ce qu'il croit être. »

Ils étaient arrivés devant la maison d'Amatis ; Clary s'arrêta au pied des marches et se tourna vers Jace.

— Peut-être, mais tu n'es pas non plus comme *lui*.

Sa remarque fit sursauter Jace, à moins que ce ne soit le ton définitif de sa voix. Pour la première fois depuis qu'ils avaient quitté la maison des Lightwood, il posa les yeux sur elle.

— Clary... (Il s'interrompit.) Il y a du sang sur ta manche. Tu t'es blessée ?

Il s'approcha d'elle, retourna son poignet dans sa main. Baissant les yeux, Clary constata avec surprise qu'il disait vrai : il y avait une tache écarlate sur la manche droite de son manteau. Elle s'étonna qu'elle soit encore aussi rouge. Le sang n'était-il pas censé noircir en séchant ? Elle fronça les sourcils.

— Ce sang n'est pas le mien.

Jace se détendit un peu.

— C'est celui de l'Inquisiteur ?

Elle secoua la tête.

— Non, je crois que c'est le sang de Sébastien.

— Quoi ?

— Oui... Quand il est venu l'autre soir, souviens-toi, il saignait au visage. Isabelle avait dû le griffer... Bref, j'ai touché son visage et je me suis mis du sang sur la manche. Je croyais qu'Amatis avait lavé mon manteau, ajouta-t-elle en examinant la tache de plus près. Mais apparemment, elle a oublié.

Jace garda son poignet dans sa main un long moment avant de le lâcher, visiblement satisfait.

— Merci.

Elle lui lança un regard interrogateur puis secoua la tête.

— Tu ne vas pas m'expliquer ce que tu as derrière la tête, hein ?

— C'est hors de question.

Elle leva les bras au ciel.

— Je rentre. À plus tard.

Elle gravit les marches du perron d'Amatis, sans se douter qu'à la seconde où elle détournait la tête, le sourire de Jace s'évanouit ; il resta un long moment immobile dans les ténèbres une fois la porte refermée, la guettant à sa fenêtre, un bout de fil entortillé autour des doigts.

— Isabelle, appela Simon.

Il avait essayé plusieurs portes mais en l'entendant crier : « Va-t'en ! » à travers le battant, il comprit qu'il avait fait le bon choix.

— Isabelle, laisse-moi entrer.

Il entendit un bruit sourd et la porte trembla sur ses gonds, comme si Isabelle venait de jeter un objet contre le battant. Une chaussure, probablement.

— Je n'ai pas envie de vous parler, ni à toi ni à

Clary. Je ne veux voir personne. Laisse-moi tranquille, Simon.

— Clary n'est pas là. Et je ne partirai pas tant que tu ne m'auras pas ouvert.

— Alec ! brailla Isabelle. Jace ! Fichez-le dehors !

Simon attendit. Aucun bruit ne lui parvenait du rez-de-chaussée. Soit Alec était parti, soit il se faisait discret.

— Ils ne sont pas là, Isabelle. Il n'y a que moi.

Un moment s'écoula avant qu'elle reprenne la parole. Cette fois, sa voix semblait beaucoup plus proche, comme si elle avait collé l'oreille contre la porte.

— Tu es seul ?

— Oui.

La porte s'entrouvrit. Isabelle apparut sur le seuil, vêtue d'une combinaison noire, ses longs cheveux ébouriffés. Simon ne l'avait jamais vue aussi négligée : pieds nus, dépeignée, sans maquillage.

— Tu peux entrer.

Elle s'effaça pour le laisser passer. Dans la lumière du couloir, il constata que la pièce, pour reprendre la formule de sa mère, avait l'air d'avoir essuyé une tornade. Des vêtements étaient éparpillés sur le sol près d'un sac de sport ouvert. Le fouet scintillant d'Isabelle était noué à un montant du lit ; un soutien-gorge en dentelle blanche était pendu à un autre. Simon ajusta ses yeux à l'obscurité. Les rideaux étaient tirés, les lampes éteintes.

Isabelle s'assit au bord du lit et le considéra d'un air narquois.

— Un vampire qui rougit. On aura tout vu ! (Elle

releva le menton.) Bon, je t'ai laissé entrer. Qu'est-ce que tu veux ?

Malgré sa mine furieuse, Simon lui trouva l'air plus jeune que d'habitude. Ses yeux noirs ressortaient, immenses, sur son visage pâle et fatigué. Il observa les cicatrices blanches qui striaient la peau claire de ses bras nus, de son dos, de sa clavicule, et même de ses jambes. « Si Clary reste une Chasseuse d'Ombres, un jour elle sera, elle aussi, couverte de cicatrices », songea-t-il. Cette pensée le chagrinait moins que par le passé. C'était peut-être la façon qu'Isabelle avait d'arborer les siennes avec fierté.

Elle tenait à la main un petit objet qui brillait faiblement dans la pénombre. Simon crut d'abord qu'il s'agissait d'un bijou.

— Ce qui est arrivé à Max, ce n'est pas ta faute, dit-il.

Isabelle baissa les yeux sur l'objet qu'elle retournait sans cesse entre ses doigts.

— Tu sais ce que c'est ? lança-t-elle en le lui montrant.

Cela ressemblait à un petit soldat de bois. En y regardant de plus près, Simon s'aperçut qu'il s'agissait d'un Chasseur d'Ombres miniature en tenue de combat. La chose qui brillait, c'était la petite épée peinte qu'il brandissait ; la peinture s'était un peu écaillée avec le temps.

— Il appartenait à Jace, expliqua-t-elle sans attendre de réponse. C'est le seul jouet qu'il avait en sa possession en arrivant d'Idris. Je ne sais pas, il en avait peut-être d'autres, là-bas. Je crois qu'il l'a fabriqué lui-même, mais il n'y a jamais fait allusion.

Il l'emmenait partout avec lui quand il était enfant ; il l'avait toujours dans sa poche. Un jour, je me suis aperçue que c'était Max qui l'avait. Jace devait avoir treize ans. Il avait dû l'offrir à Max parce qu'il se trouvait trop vieux pour ça. Bref, Max le serrait dans sa main quand on l'a trouvé. On aurait dit qu'il s'agrippait à ce jouet quand Sébastien...

Elle se tut et fit un effort manifeste pour ne pas fondre en larmes, la bouche déformée par une grimace.

— J'aurais dû être là pour le protéger. C'est à moi qu'il aurait dû s'accrocher, et pas à un vulgaire jouet en bois.

Elle jeta la figurine sur le lit, les yeux brillants.

— Tu étais dans les vapes, objecta Simon. Tu as failli y laisser ta peau, Isa. Tu n'aurais rien pu faire.

Isabelle secoua sa tignasse emmêlée.

— Qu'est-ce que tu en sais ? répliqua-t-elle d'un ton féroce. Le soir de sa mort, Max est venu nous dire qu'il avait vu quelqu'un escalader une des tours, et moi je l'ai renvoyé dans sa chambre. Il avait raison. Je parie que c'est cette ordure de Sébastien qui était allé désactiver les boucliers. Il l'a tué pour ne pas qu'il raconte ce qu'il avait vu. Si j'avais pris une seconde – rien qu'une seconde – pour l'écouter, il serait encore en vie.

— Tu ne pouvais pas savoir. Quant à Sébastien, ce n'est pas le cousin des Penhallow. Il a berné tout le monde.

Isabelle ne parut pas étonnée.

— Je suis au courant. Je t'ai entendu discuter avec Alec et Jace depuis l'escalier.

Le miroir mortel

— Tu nous épiais ?
Elle haussa les épaules.
— Jusqu'à ce que tu manifestes ton intention de monter me parler. Je suis retournée m'enfermer dans ma chambre. Je n'avais pas envie de te voir.
Elle lui jeta un regard en coin.
— Je dois au moins t'accorder ça : tu ne renonces pas facilement.
Simon fit un pas dans sa direction.
— Quand mon père est mort, je savais que ce n'était pas ma faute, mais je passais mon temps à ressasser tout ce que j'aurais dû faire ou dire de son vivant.
— Ouais, eh bien là, c'est ma faute. J'aurais dû l'écouter. Et si je peux encore faire quelque chose pour lui, c'est retrouver cette ordure de Sébastien et le tuer de mes propres mains.
— Je ne suis pas sûr que ça t'aiderait...
— Qu'est-ce que tu en sais ? Tu as tué le meurtrier de ton père, toi ?
— Il est mort d'une crise cardiaque.
— Alors tu parles sans savoir.
Isabelle planta son regard dans le sien.
— Viens ici.
— Quoi ?
D'un geste impérieux, elle lui fit signe d'approcher. Il obéit à contrecœur. L'agrippant par le devant de son tee-shirt, elle l'attira contre elle. Leurs visages étaient à quelques centimètres l'un de l'autre ; il distinguait les traces qu'avaient laissées ses larmes en séchant.
— Tu sais de quoi j'aurais vraiment besoin, là ? dit-elle en détachant chaque syllabe.

— Euh... non.
— De distraction.

Et à ces mots, elle le poussa sur le lit. Il atterrit sur le dos parmi un tas de vêtements.

— Isabelle, protesta-t-il faiblement, tu crois vraiment que ça va t'aider à te sentir mieux ?

— Crois-moi, répliqua-t-elle en posant la main sur son torse, juste en dessous de son cœur qui ne battait plus. Je me sens déjà beaucoup mieux.

Clary était allongée sur son lit, les yeux fixés sur un rayon de lune qui se reflétait sur le plafond. Elle avait encore les nerfs à vif après les événements de la journée et ne trouvait pas le sommeil. Le fait que Simon ne soit pas rentré n'arrangeait rien. Après le dîner, elle avait fait part de ses inquiétudes à Luke. Après avoir enfilé un manteau, il s'était rendu chez les Lightwood. À son retour, un sourire amusé flottait sur ses lèvres.

— Simon va bien, Clary. Va te coucher.

Puis il était reparti avec Amatis assister à l'une de leurs réunions interminables dans la Salle des Accords. Clary s'était demandé s'ils avaient lavé le sang de l'Inquisiteur.

Comme elle n'avait rien d'autre à faire, elle s'était décidée à se mettre au lit, mais le sommeil ne venait pas. Elle revoyait sans cesse Valentin arracher le cœur de l'Inquisiteur. « Tu devrais tenir ta langue. Pour le bien de ton frère et le tien », lui avait-il dit. Mais surtout, c'étaient les secrets que lui avait révélés Ithuriel qui la taraudaient. Pour couronner le tout, elle

Le miroir mortel

vivait en permanence dans la peur que sa mère meure. Où était passé Magnus ?

Soudain, les rideaux bougèrent et un rayon de lune éclaira la pièce. Clary se redressa brusquement dans son lit et chercha à tâtons le poignard séraphique qu'elle gardait sur sa table de nuit.

— Ne t'inquiète pas, c'est moi.

Une main familière, fine et couverte de cicatrices, vint se poser sur la sienne.

— Jace ! Qu'est-ce que tu fais ici ? Quelque chose ne va pas ?

Il garda le silence pendant quelques instants et, se sentant rougir, Clary serra ses draps autour d'elle : elle ne portait pour tout vêtement qu'un bas de pyjama et un mince caraco. Puis, voyant l'expression de son visage, sa gêne se dissipa.

— Jace ? Tu vas bien ?

Immobile près du lit dans ses vêtements de deuil blancs, il l'observait d'un air grave. Il était très pâle et il avait les yeux cernés.

— Je ne sais pas trop, répondit-il d'un ton hébété, comme s'il venait de s'éveiller d'un rêve. Je n'avais pas prévu de venir. J'ai marché toute la nuit, je ne pouvais pas fermer l'œil et mes pas m'ont conduit jusqu'à toi.

— Qu'est-ce qui t'empêche de dormir ? Il est arrivé quelque chose ?

Les mots avaient à peine franchi ses lèvres qu'elle se sentit bête : quelle question ! Mais Jace semblait ne pas l'avoir entendue.

— Il fallait que je te voie, dit-il comme pour lui-même. Je sais que je n'aurais pas dû venir. Mais il le fallait.

— Eh bien, assieds-toi, alors, lança-t-elle en repliant les jambes pour lui ménager un peu de place au bord du lit. Tu m'as fait une de ces peurs ! Tu es sûr qu'il n'y a rien ?

— Je n'ai pas dit ça.

Il s'assit sur le lit, face à elle. Il était si près qu'elle n'avait qu'à se pencher pour l'embrasser... Son cœur se serra.

— Des mauvaises nouvelles ?

— Non, rien de neuf. C'est même tout le contraire. C'est quelque chose que j'ai toujours su et... toi aussi, probablement. Dieu sait que je n'ai pas réussi à le cacher.

Il scruta son visage comme pour le mémoriser.

— Ce qui s'est passé... (Il se tut, parut hésiter.)... C'est que j'ai compris quelque chose.

— Jace, murmura-t-elle et soudain, sans savoir pourquoi, elle eut peur de ce qui allait suivre. Jace, tu n'es pas obligé de...

— J'essayais d'aller... quelque part. Mais mes pas me conduisaient toujours ici. Je ne pouvais plus m'arrêter de marcher, de penser à la première fois où je t'ai vue. Après, je n'ai pas pu t'oublier. J'avais beau faire, c'était plus fort que moi. J'ai insisté auprès de Hodge pour que ce soit moi qui te ramène à l'Institut. Et dans ce café minable, quand je t'ai vue assise à côté de Simon, je me suis dit que c'était moi qui aurais dû être à sa place et te faire rire comme ça. Je n'arrivais pas à m'ôter cette idée de la tête : ç'aurait dû être moi. Plus j'apprenais à te connaître, plus j'en étais convaincu. Je n'avais jamais rien ressenti de tel auparavant. Une fille me plaisait, on faisait connaissance et puis je me lassais. Alors qu'avec toi, mes sentiments ne changeaient pas, au contraire, jusqu'à cette fameuse nuit à Renwick où j'ai su. En apprenant que tu étais ma sœur, j'ai pensé que le destin se fichait de moi. C'était comme si Dieu me crachait dessus. Pourquoi, je n'en sais rien. Pour avoir cru que je méritais d'être heureux, peut-être. Je ne comprenais pas ce que j'avais pu faire pour être puni à ce point.

— Moi aussi, je me suis sentie punie. J'éprouve la même chose que toi, mais c'est impossible... Il faut qu'on se fasse une raison, c'est notre seule chance d'être ensemble. Je ne veux pas que tu sortes de ma vie. Un frère, c'est mieux que rien.

— Et je serai censé rester les bras croisés le jour où tu rencontreras quelqu'un, où tu te marieras... ? J'en crèverai à petit feu !

— Non. Un jour, tu n'en souffriras plus, objecta-t-elle tout en se demandant si elle pourrait supporter cette idée.

Elle ne s'était pas projetée aussi loin que lui, et quand elle s'efforçait de l'imaginer tomber amoureux d'une autre, en épouser une autre, elle ne voyait rien qu'un tunnel s'étendant à l'infini devant elle.

— Je t'en prie. Il suffirait de ne rien dire, de faire semblant...

— Il n'y a pas de semblant qui tienne, répliqua Jace d'un ton définitif. Je t'aime, et je t'aimerai toujours.

Clary retint son souffle. Il avait fini par les dire, ces mots qui ne s'effaçaient pas. Elle chercha une réponse, mais rien ne vint.

— Je sais ce que tu penses, reprit-il. Tu t'imagines que je veux être avec toi pour... pour me prouver que je suis un monstre. C'est peut-être le cas, je n'en sais rien. Mais une chose est certaine : même si du sang démoniaque coule dans mes veines, je ne pourrais pas t'aimer de la sorte s'il ne me restait pas une parcelle d'humanité. Les démons, eux, n'aiment pas. Alors que moi...

Il se leva brusquement et alla à la fenêtre. Il semblait aussi perdu que dans la Grande Salle, quand il s'était penché au-dessus du corps de Max.

— Jace ? fit Clary, inquiète, et comme il ne répondait pas, elle se leva à son tour, le rejoignit à la fenêtre, posa la main sur son bras. Qu'est-ce qui ne va pas ?

Il continua à regarder au-dehors. Deux silhouettes fantomatiques, celles d'un grand garçon et d'une fille menue qui se cramponnait à sa manche, se reflétaient sur la vitre.

— Je n'aurais pas dû te dire ça. Je suis désolé. Je suis peut-être allé trop loin. Tu semblais si... bouleversée.

Sa voix était tendue à l'extrême.

— Oui, c'est vrai. J'ai passé ces quelques derniers jours à me demander si tu me haïssais. Et ce soir, en te voyant, j'en étais arrivée à la conclusion que c'était bien le cas.

— Moi, te haïr ? répéta-t-il, médusé.

Il se pencha pour effleurer son visage du bout des doigts.

— Je te l'ai dit, je n'arrivais pas à dormir. Demain soir, à minuit, nous serons soit en guerre soit sous la domination de Valentin. C'est peut-être la dernière nuit de notre existence. Du moins, la dernière nuit normale où nous pourrions dormir et nous lever le matin comme d'habitude. Et moi, je ne pensais qu'à une chose, la passer avec toi.

Le cœur de Clary s'arrêta.

— Jace...

— Ce n'est pas ce que tu crois. Je ne vais pas te toucher, à moins que tu le veuilles. Je sais que c'est mal, mais je veux juste m'endormir et me réveiller à tes côtés, une seule fois dans ma vie. Juste cette nuit. Dans le grand ordre de l'univers, ce n'est qu'une broutille, non ?

« Pense au matin, songea-t-elle. Pense que ce sera dix fois pire de jouer la comédie devant les autres si on passe la nuit ensemble, même si c'est pour dormir. C'est comme prendre un tout petit peu de drogue ; au final, ça ne sert qu'à en vouloir plus. »

Pourtant, en fin de compte, quoi qu'ils fassent, ça ne pouvait pas être pire ni mieux. Ce qu'il éprouvait pour elle était définitif ; pouvait-elle prétendre qu'il n'en allait pas de même de son côté ? Et même si elle espérait que le temps, la raison ou une lassitude progressive viendraient à bout de ses sentiments pour Jace, en ce moment elle ne désirait rien de plus au monde que cette nuit avec lui.

— Ferme les rideaux avant de te coucher. Je ne peux pas dormir avec de la lumière dans la pièce.

L'incrédulité se peignit sur le visage de Jace. Elle comprit, étonnée, qu'il ne s'attendait pas qu'elle accepte. Il la serra dans ses bras en enfouissant le visage dans ses cheveux.

— Clary...

— Viens te coucher, dit-elle doucement. Il est tard.

Et, s'écartant de lui, elle se remit au lit en rabattant les couvertures sur elle. En le regardant, elle pouvait presque les imaginer tous deux des années plus tard, si la situation avait été différente, ensemble depuis si longtemps qu'ils répéteraient la même scène tous les soirs. Que chaque nuit leur appartiendrait. Le menton dans la main, elle l'observa tandis qu'il fermait les rideaux et ôtait sa veste blanche avant de la suspendre au dos d'une chaise. Il portait un tee-shirt gris pâle en dessous, et les Marques qui s'entrelaçaient sur ses bras nus brillèrent faiblement dans la pénombre comme il détachait sa ceinture et l'abandonnait par terre. Après avoir délacé ses bottes, il vint s'allonger à côté de Clary avec des gestes précautionneux. Dans la faible clarté qui filtrait à travers les rideaux, elle ne distinguait que les contours de son visage et l'éclat de ses yeux.

— Bonne nuit, Clary, murmura-t-il.

Les mains plaquées le long du corps, il respirait à peine. Glissant la main sous le drap, elle effleura la sienne. Jace se raidit à côté d'elle puis se détendit, et ferma les yeux tandis qu'un sourire étirait ses lèvres. Elle se demanda à quoi il ressemblerait au matin – les cheveux ébouriffés, les paupières encore lourdes de sommeil – et cette pensée lui réchauffa le cœur.

— Bonne nuit, chuchota-t-elle.

Et, la main dans la main tels les enfants d'un conte de fées, ils s'endormirent côte à côte dans le noir.

15
DE MAL EN PIS

Luke avait passé la plus grande partie de la nuit dans la Salle des Accords à observer la lune qui progressait dans le ciel au-delà de la verrière, telle une pièce d'argent roulant sur une table en verre. Une fois qu'elle eut atteint son apogée, il sentit sa vue et son odorat s'aiguiser alors même qu'il avait conservé sa forme humaine. À présent, par exemple, il flairait la suspicion dans la salle, mêlée à des relents de peur. Il ressentait l'inquiétude permanente tenaillant les loups de sa meute, restée dans la forêt de Brocelinde, qui faisaient les cent pas sous les arbres dans l'attente de ses nouvelles.

La voix perçante d'Amatis le tira de sa rêverie.
— Lucian !

Au prix d'un effort, Luke reporta son attention sur la situation présente. Un petit groupe hétéroclite s'était rassemblé pour écouter son plan. Ils étaient moins nombreux que ce qu'il avait espéré. La moitié d'entre eux étaient de vieilles connaissances : les Penhallow, les Lightwood, les Ravenscar. Quant aux autres, il venait de les rencontrer, qu'il s'agisse des Monteverde qui dirigeaient l'Institut de Lisbonne et s'exprimaient moitié en anglais moitié en portugais, ou de Nasreen Chaudhury, la responsable peu amène de l'Institut de Bombay. Son sari vert sombre était rebrodé de runes argentées si brillantes que Luke tressaillait chaque fois qu'elle s'approchait trop près de lui.

— Franchement, Lucian ! s'exclama Maryse Lightwood.

Le chagrin et l'épuisement avaient creusé les traits de son petit visage blême. Luke ne s'attendait pas qu'elle et son mari soient présents, mais ils avaient accepté de venir dès qu'il leur avait fait part de son projet. Il leur était reconnaissant d'être là, même si la peine rendait Maryse plus irritable que d'ordinaire.

— C'est toi qui nous as réunis ici. Le moins que tu puisses faire, c'est d'être attentif.

— Il nous écoute.

Amatis était assise en tailleur, dans une posture de jeune fille, mais son visage était celui de la détermination.

— Ce n'est pas sa faute si on tourne en rond depuis une heure.

— Et on continuera à tâtonner jusqu'à ce qu'on soit parvenus à une solution, déclara Patrick Penhallow d'une voix tendue.

— Avec tout le respect que je vous dois, Patrick, il n'existe peut-être pas de solution à notre problème, intervint Nasreen. Tout ce que nous pouvons espérer, c'est un plan.

— Un plan qui n'aboutisse ni à l'assujettissement

de notre peuple ni… s'emporta Jia, l'épouse de Patrick, avant de se mordre la lèvre.

Comme sa fille Aline, qui lui ressemblait beaucoup, Jia était mince et jolie. Luke se souvenait que Patrick avait fui à Pékin pour l'épouser. Son départ avait causé un énorme scandale, car il était censé convoler avec une jeune fille que ses parents lui avaient choisie à Idris. Mais Patrick n'avait jamais aimé qu'on lui dicte sa conduite, et Luke le respectait pour cela.

— Ni à une alliance avec les Créatures Obscures ? lança Luke. J'ai bien peur qu'il n'y ait pas d'autre alternative.

— Ce n'est pas le problème, et tu le sais, répliqua Maryse. C'est cette histoire de sièges au Conseil qui nous préoccupe. L'Enclave n'y consentira jamais. Quatre sièges…

— Non, pas quatre. Un pour chacun de nous : le Petit Peuple, les Enfants de la Lune et les Enfants de Lilith.

— Les fées, les lycanthropes et les sorciers, résuma le senhor Monteverde de sa voix douce. Et qu'en est-il des vampires ?

— Ils ne m'ont rien promis, admit Luke. Et je ne leur ai rien fait miroiter non plus. Ils ne me semblent pas pressés de rejoindre le Conseil ; ils n'aiment pas beaucoup mon peuple, et ne sont pas non plus très adeptes des règles et des réunions. Mais la porte reste ouverte s'ils devaient changer d'avis.

— Malachi et sa clique ne seront jamais d'accord, et nous n'aurons probablement pas assez de voix sans leur appui, marmonna Patrick. En outre, sans les vampires, nous n'avons aucune chance.

— Détrompe-toi ! s'écria Amatis, qui semblait encore plus convaincue par le plan de Luke que lui-même. Il y a beaucoup de Créatures Obscures prêtes à se battre à nos côtés. Elles feront des alliés puissants. Rien que les sorciers...

La senhora Monteverde se tourna vers son mari en secouant la tête.

— Ce plan est insensé. Ça ne marchera jamais. On ne peut pas se fier aux Créatures Obscures.

— Il a bien fonctionné pendant l'Insurrection, objecta Luke.

La femme fit la grimace.

— C'est seulement parce que, alors, Valentin se battait aux côtés d'une armée d'imbéciles. Là, c'est de démons qu'il s'agit. Et qui nous dit que les membres de son ancien Cercle n'accepteront pas de le rejoindre à la seconde où il les appellera ?

— Surveillez vos paroles, senhora, grommela Robert Lightwood.

C'était la première fois qu'il prenait la parole depuis le début de la réunion. Pendant la majeure partie de la soirée, il était resté prostré. Son visage était creusé de rides ; Luke aurait juré qu'elles n'étaient pas là trois jours plus tôt. Chacun de ses gestes, ses épaules raides, ses poings serrés attestaient de son calvaire. Luke n'avait jamais beaucoup aimé Robert Lightwood, et pourtant la vue de cet homme massif ravagé par le chagrin lui serrait le cœur.

— Si vous croyez que je vais me rallier à Valentin après ce qu'il a fait à mon fils...

— Robert, murmura Maryse en posant la main sur le bras de son époux.

— Si nous ne le rejoignons pas, alors tous nos enfants mourront, déclara le senhor Monteverde.

— Si c'est là votre conclusion, alors que faites-vous ici ? lança Amatis en se levant. Je croyais qu'on s'était mis d'accord...

« Moi aussi. » Luke avait la tête lourde. « C'est toujours le même refrain avec ces gens-là, songea-t-il. Un pas en avant, un pas en arrière. » Ils étaient aussi belliqueux que les Créatures Obscures entre elles. Si seulement ils pouvaient s'en apercevoir ! Peut-être aurait-il mieux valu qu'ils règlent leurs luttes intestines par la violence, comme les loups de sa meute...

Soudain, il décela du mouvement du côté de la porte de la Grande Salle. Cela ne dura qu'une seconde, et si la pleine lune n'avait pas été proche, il n'aurait peut-être pas vu ni reconnu la silhouette qui était passée furtivement devant la porte. L'espace d'un instant, il crut que son imagination lui jouait des tours. Parfois, lorsqu'il était fatigué, il croyait voir Jocelyne dans les jeux d'ombre et de lumière sur les murs.

Mais, en l'occurrence, ce n'était pas Jocelyne. Luke se leva.

— Je vais prendre l'air cinq minutes. Je reviens.

Il sentit leur regard peser sur lui tandis qu'il se dirigeait vers la porte. Le senhor Monteverde parla en portugais à l'oreille de sa femme ; Luke saisit le mot *lobo* – « loup » – dans son flot de paroles. « Ils doivent s'imaginer que je vais courir en cercle en hurlant à la lune. »

Dehors, l'air était glacial et le ciel gris ardoise rougeoyait à l'est. L'aube teintait de rose l'escalier de marbre menant à la Grande Salle. Jace l'attendait au milieu des marches. En voyant ses vêtements de deuil, Luke eut un choc ; ils lui rappelèrent les pertes qu'ils venaient de subir et qu'ils subiraient à nouveau.

— Qu'est-ce que tu fais ici, Jonathan ?

Jace ne réagit pas, et en son for intérieur Luke maudit sa négligence : Jace détestait qu'on l'appelle Jonathan et répondait généralement à ce prénom par des protestations véhémentes. Cette fois, cependant, il ne parut pas s'en soucier. L'expression lugubre de son visage reflétait celle des adultes rassemblés dans la salle. Bien qu'il fût encore à un an de la majorité légale instaurée par l'Enclave, il avait déjà été témoin de plus d'horreurs dans sa courte vie que la plupart des grandes personnes.

— Tu cherches tes parents ?

— Tu veux dire les Lightwood ? (Jace secoua la tête.) Non, c'est à toi que je voulais parler.

— C'est au sujet de Clary ? Il lui est arrivé quelque chose ?

— Elle va bien.

— Alors qu'y a-t-il ?

Jace jeta un regard vers la porte.

— Comment ça se passe là-dedans ? On progresse ?

— Pas vraiment, admit Luke. Même s'ils n'ont aucune intention de capituler devant Valentin, la perspective d'accepter des Créatures Obscures au Conseil leur paraît encore moins réjouissante. Et sans la promesse de sièges, mon peuple refusera de se battre.

Les yeux de Jace étincelèrent.

— Cette idée ne va pas du tout plaire à l'Enclave.

— On ne leur demande pas de l'aimer mais de choisir une alternative au suicide.

— Ils essaieront de gagner du temps. À ta place, je leur fixerais un délai pour se décider. L'Enclave adore les délais.

Luke ne put s'empêcher de sourire.

— Tous les combattants que je pourrai rassembler atteindront la Porte du Nord au crépuscule. Si l'Enclave consent à se battre à leurs côtés, ils entreront dans la ville. Le cas échéant, ils rebrousseront chemin. Je ne pouvais pas repousser davantage leur venue ; ça leur laisserait à peine le temps de regagner Brocelinde d'ici minuit.

Jace émit un sifflement.

— Du grand spectacle ! Tu espères que la vue de toutes ces Créatures Obscures va inspirer l'Enclave ou l'effrayer ?

— Un peu des deux, sans doute. Un grand nombre de ses membres vivent dans des Instituts, comme toi : ils sont beaucoup plus habitués à côtoyer des Créatures Obscures. Ce sont les natifs d'Idris qui m'inquiètent. En voyant toutes ces Créatures Obscures à leurs portes, ils risquent de céder à la panique. D'un autre côté, il faut leur rappeler à quel point ils sont vulnérables.

Jace jeta un coup d'œil aux ruines calcinées de la Garde, qui se détachaient telle une grosse cicatrice noire sur la colline dominant la ville.

— Je ne suis pas sûr qu'il soit nécessaire de leur rafraîchir la mémoire.

Puis, fixant Luke d'un air grave, il ajouta :

— J'ai quelque chose à te dire, et je veux pouvoir le faire en toute confiance.

Luke ne put dissimuler sa surprise.

— Pourquoi moi ? Pourquoi pas les Lightwood ?

— Parce que c'est toi qui commandes ici, tu le sais bien.

Luke hésita. Malgré sa propre fatigue, le visage pâle et épuisé de Jace l'émut. Il avait envie de prouver à ce garçon, qui avait été maintes fois trahi et utilisé par les adultes au cours de son existence, qu'il existait des grandes personnes sur lesquelles il pouvait s'appuyer.

— Soit.

— En outre, je compte sur toi pour tout expliquer à Clary.

— Lui expliquer quoi ?

— Les raisons de ma décision.

Les yeux de Jace semblaient immenses dans la lumière du levant ; il paraissait plus jeune, tout à coup.

— Je pars à la poursuite de Sébastien, Luke. Je sais comment le retrouver, et j'ai l'intention de le suivre pour qu'il me mène jusqu'à Valentin.

Luke laissa échapper une exclamation de surprise.

— Tu sais comment le retrouver ?

— Magnus m'a appris à utiliser une rune de filature quand je séjournais chez lui à Brooklyn. On a essayé de retrouver mon père au moyen de sa bague. Ça n'a pas marché, mais...

— Tu n'es pas un sorcier. Tu ne devrais pas recourir à des sortilèges de ce genre.

— C'est de runes qu'il s'agit. C'est par ce biais que l'Inquisitrice m'a suivi quand je suis allé voir Valentin sur son bateau. Tout ce qu'il me fallait pour que ça fonctionne, c'était un objet personnel de Sébastien.

— Mais on a déjà passé la maison des Penhallow au peigne fin ! Il n'a rien laissé derrière lui. Sa chambre était impeccable, probablement pour cette raison-là.

— J'ai trouvé son sang sur un bout de tissu. Ce n'est pas grand-chose mais ç'a suffi. J'ai essayé, ça marche.

— Tu ne peux pas te lancer aux trousses de Valentin tout seul, Jace. Je ne te laisserai pas faire.

— Tu ne pourras pas m'en empêcher. À moins que tu veuilles te battre ici même. Tu n'en sortirais pas vainqueur. Tu le sais aussi bien que moi.

Luke décela une inflexion étrange dans la voix de Jace, mélange de certitude et de dégoût de soi.

— Écoute, tu es peut-être déterminé à jouer les héros solitaires...

— Je n'ai rien d'un héros, l'interrompit Jace d'un ton égal, comme s'il se contentait d'énoncer de simples faits.

— Et les Lightwood ? Et Clary ?

— Tu crois que je n'y ai pas pensé ? À ton avis, pourquoi je fais tout ça ?

— Tu sais, je me rappelle ce que c'est d'avoir dix-sept ans. De s'imaginer qu'on peut sauver le monde, qu'il en va de notre devoir...

— Regarde-moi ! s'exclama Jace. Tu vois un garçon de dix-sept ans comme les autres ?

Luke soupira.

— Tu es unique en ton genre, il faut bien l'admettre.

— Maintenant, vas-y : dis-moi que mon projet est irréalisable.

Comme Luke ne répondait pas, Jace poursuivit :

— Ton plan est bon, jusqu'ici. Lever une armée de Créatures Obscures, affronter Valentin jusqu'aux portes d'Alicante. C'est toujours mieux que de rester les bras croisés. Mais il s'attend à tout ça. Vous ne l'aurez pas par surprise. Moi si. Je... je pourrais. Il ignore peut-être que Sébastien est suivi. C'est une chance, pour commencer, et on doit saisir toutes celles qui se présentent.

— Tu as peut-être raison. Mais même toi, tu ne peux pas porter ce poids tout seul sur tes épaules !

— Tu ne comprends pas... ça ne peut être que moi, protesta Jace d'une voix où perçait le désespoir. Même si Valentin découvre qu'il est suivi, il me laissera sans doute l'approcher d'assez près.

— Et ensuite ? Qu'est-ce que tu comptes faire ?

— Le tuer, bien sûr.

Luke observa Jace. Il aurait aimé être capable de voir Jocelyne dans son fils comme il la voyait dans Clary, mais Jace était encore et toujours lui-même : secret, solitaire, unique.

— Tu t'en sens capable ? Tu pourrais tuer ton propre père ?

— Oui, répondit le garçon, d'une voix lointaine comme un écho. Et c'est là que tu vas me dire que je ne peux pas le tuer parce que, après tout, c'est mon père, et que le parricide est un crime impardonnable ?

— Non. Ma seule objection est la suivante : es-tu sûr d'en être capable ?

Luke s'aperçut, à sa propre stupéfaction, qu'une part de lui-même avait déjà accepté la décision de Jace, et qu'il le laisserait partir.

— Tu ne peux pas pourchasser Valentin tout seul et faiblir au dernier moment.

— Oh, fit Jace, j'en suis capable.

Il baissa les yeux vers la place qui, la veille encore, était jonchée de cadavres.

— Mon père m'a fait tel que je suis. Et je le hais pour ça. Je peux le tuer, crois-moi. Il m'en a donné la capacité.

Luke secoua la tête.

— Quelle qu'ait été ton éducation, tu l'as dépassée, Jace. Il ne t'a pas corrompu...

— Non, il n'a pas eu à le faire.

Jace observa le ciel zébré de bleu et de gris ; dans les arbres qui bordaient la place, les oiseaux commençaient à faire entendre leurs chants matinaux.

— Je ferais mieux d'y aller.

— Tu veux que je transmette un message aux Lightwood ?

— Non, ne leur dis rien. Ils t'en voudraient s'ils apprenaient que tu étais au courant de mes projets et que tu n'as pas essayé de m'arrêter. J'ai laissé un mot. Ils comprendront.

— Alors pourquoi...

— Pourquoi je suis venu te raconter tout ça ? Parce que je veux que tu gardes à l'esprit, tout en établissant le plan de bataille, que je cherche Valentin. Si je le retrouve, je te le ferai savoir. (Un sourire éclaira brièvement son visage.) Tu n'as qu'à me considérer comme un plan de secours.

Luke serra la main du garçon.

— Si ton père était différent, il serait fier de toi.

Jace sembla surpris, ses joues s'empourprèrent pendant une fraction de seconde, et il retira sa main d'un geste brusque.

— Si tu savais... marmonna-t-il avant de se mordre la lèvre. Aucune importance. Bonne chance, Lucian Graymark. *Ave atque vale.*

— Espérons que ce ne sont pas de vrais adieux, observa Luke.

Le soleil se levait à présent et, comme Jace redressait la tête en plissant les yeux à cause de la lumière, Luke fut frappé par l'expression de son visage, où la vulnérabilité le disputait à un orgueil buté.

— Tu me rappelles quelqu'un, dit-il sans réfléchir. Quelqu'un que j'ai côtoyé il y a des années.

— Je sais, répliqua Jace avec amertume. Je te rappelle Valentin.

— Non, fit Luke avec étonnement, mais comme Jace se détournait, la ressemblance se dissipa et les fantômes du passé disparurent. Non, je ne pensais pas à Valentin.

À la seconde où Clary s'éveilla, elle sut que Jace n'était plus là avant même d'avoir ouvert les yeux. Sa main toujours en travers du lit rencontra le vide. Elle se redressa lentement, le cœur serré.

Il avait dû tirer les rideaux avant de s'en aller, car la fenêtre était ouverte et les rayons du soleil zébraient le lit. Clary s'étonna que la lumière du jour ne l'ait pas réveillée. D'après la position du soleil, ce devait être l'après-midi. Elle avait la tête lourde et les yeux qui pleuraient. C'était peut-être parce qu'elle n'avait pas fait de cauchemars la veille pour la première fois depuis longtemps et qu'elle rattrapait son sommeil en retard.

En se levant, elle remarqua une feuille de papier pliée sur la table de nuit. Elle l'ouvrit, le sourire aux lèvres – Jace avait donc laissé un mot ? – et un objet lourd tomba à ses pieds. Surprise, elle sursauta, crut pendant un instant qu'il s'agissait d'une chose vivante. En se baissant pour le ramasser, elle reconnut la chaîne et l'anneau en argent que Jace portait autour du cou. La bague de sa famille. Elle l'avait rarement vu sans. Une bouffée d'angoisse la submergea.

Elle parcourut en hâte les premières lignes du message : *Malgré tout, je ne supporte pas l'idée que cet anneau se perde, de même que je ne peux me résoudre à ne plus jamais te voir. Or, si je n'ai pas le choix sur ce dernier point, je peux au moins prendre une décision concernant le premier.*

Le reste de la lettre se fondit en un amas de mots sans signification ; elle dut la relire plusieurs fois pour la déchiffrer. Quand elle eut terminé, elle resta un long moment les yeux fixés sur la feuille de papier qui tremblait dans ses mains. Elle comprenait maintenant pourquoi Jace avait épanché son cœur. Quoi de plus naturel lorsqu'on croit qu'on ne reverra plus jamais sa confidente ?

Elle ne se souvint pas par la suite d'avoir pris une décision quelconque. Elle se rappela juste avoir dévalé l'escalier, dans sa tenue de Chasseuse d'Ombres, la lettre dans une main, après avoir passé en hâte la chaîne autour de son cou.

Le salon était vide, le feu dans l'âtre n'était plus qu'un tas de cendres, mais des voix et une odeur agréable lui parvenaient de la cuisine éclairée. « Des pancakes ? » songea-t-elle avec étonnement. Elle n'aurait jamais imaginé qu'Amatis sache les préparer.

Et elle avait raison. En entrant dans la cuisine, Clary ouvrit de grands yeux : Isabelle, ses longs cheveux soyeux rassemblés sur la nuque, se tenait devant le fourneau, un tablier noué autour de la taille et une cuillère à la main. Simon était assis sur la table derrière elle, les pieds appuyés sur une chaise, tandis qu'Amatis, qui ne semblait pas disposée à le chasser de son perchoir, était adossée au comptoir, et semblait beaucoup s'amuser.

Isabelle agita sa cuillère en direction de Clary.

— Bonjour ! Un petit-déj', ça te tente ? Bien que ce soit plutôt l'heure du déjeuner.

Muette de surprise, Clary se tourna vers Amatis, qui haussa les épaules.

— Ils viennent de débarquer, ils ont insisté pour s'occuper du petit-déjeuner, et je dois admettre que je ne suis pas très bonne cuisinière.

Clary pensa à la soupe immonde qu'Isabelle avait préparée à l'Institut et réprima un frisson.

— Où est Luke ?

— Dans la forêt de Brocelinde, avec sa meute. Tout va bien, Clary ? Tu as l'air un peu...

— Hagard, intervint Simon. Ça va, tu es sûre ?

Pendant un bref moment, Clary ne trouva pas de réponse. « Ils viennent de débarquer », avait dit Amatis. Cela signifiait donc que Simon avait passé la nuit avec Isabelle. Elle lui jeta un regard incrédule. Il n'avait pas l'air changé.

— Oui, répondit-elle enfin. Il faut que je parle à Isabelle.

Le moment était mal choisi pour se préoccuper de la vie amoureuse de Simon.

— Vas-y, je t'écoute, lança la cuisinière en retournant au fond de la poêle une masse informe que Clary soupçonnait d'être un pancake.

— Je préférerais en privé.

Isabelle fronça les sourcils.

— Ça ne peut pas attendre ? J'ai presque fini...

— Non, décréta Clary et, en entendant le ton de sa voix, Simon se leva brusquement.

— Bon, on vous laisse tranquilles. (Se tournant vers Amatis, il ajouta :) Vous pourriez peut-être me montrer ces photos de Luke quand il était bébé.

— Oui, pourquoi pas ? répondit Amatis en jetant un regard inquiet à Clary avant de quitter la pièce derrière Simon.

Isabelle secoua la tête tandis que la porte se refermait sur eux. Le petit poignard qui retenait ses cheveux sur sa nuque étincela dans la lumière : malgré le tableau vivant qu'elle offrait de la parfaite maîtresse de maison, elle demeurait une Chasseuse d'Ombres.

— Si c'est au sujet de Simon...

— Non, c'est à propos de Jace. Lis ça, dit Clary en tendant la feuille de papier à Isabelle.

Avec un soupir, elle alla s'asseoir avec la lettre à la main. Clary prit une pomme dans la corbeille et s'installa à l'autre bout de la table pendant qu'Isabelle lisait en silence. Au bout de quelques secondes, elle leva les yeux, l'air perplexe.

— C'est assez personnel. Tu es sûre que je devrais la lire ?

« Sans doute pas », songea Clary. Elle-même ne se rappelait même plus du contenu de la lettre. Dans d'autres circonstances, elle ne l'aurait pas montrée à Isabelle, mais son inquiétude au sujet de Jace balayait toute autre préoccupation.

— Lis-la jusqu'au bout.

Isabelle obéit. Quand elle eut terminé, elle reposa la lettre sur la table.

— Ça ne m'étonne pas de lui, tiens.

— Tu vois, hein ? Il n'a pas dû aller bien loin. Il faut qu'on le rattrape et...

Clary s'interrompit.

— Comment ça ? Pourquoi ça ne t'étonne pas ?

Isabelle repoussa une mèche de cheveux derrière son oreille.

— Depuis la disparition de Sébastien, tout le monde ne parle que de partir à sa recherche. J'ai passé sa chambre au peigne fin chez les Penhallow pour trouver un indice... Rien. J'aurais dû me douter que, si Jace mettait la main sur un objet susceptible de l'aider à retrouver la trace de Sébastien, il filerait sans une explication.

Elle se mordit la lèvre.

— Il aurait au moins pu emmener Alec avec lui. Il ne va pas être content.

— Alors tu crois qu'Alec acceptera de le retrouver ? demanda Clary avec un regain d'espoir.

— Clary, fit Isabelle d'un ton où perçait l'exaspération. Comment veux-tu qu'on le retrouve ? On n'a pas la moindre idée de la direction qu'il a prise.

— Il doit exister un moyen de...

— On peut essayer de le traquer. Mais Jace est malin. Il a dû penser à brouiller les pistes.

Une rage froide envahit Clary.

— On dirait que tu t'en moques qu'il se soit lancé dans une mission suicide ! Il ne pourra pas vaincre Valentin tout seul !

— Probablement pas, admit Isabelle. Mais j'imagine que Jace a de bonnes raisons de...

— De quoi ? De vouloir mourir ?

— Clary ! s'exclama Isabelle tandis qu'un éclair de colère traversait son regard. Tu t'imagines que nous, par contre, on est en sécurité ? On risque tous de mourir ou d'être réduits en esclavage. Tu vois Jace rester les bras croisés en attendant la catastrophe ?

— Ce que je vois, moi, c'est qu'il est ton frère au même titre que Max. Et lui, tu te souciais bien de ce qu'il pouvait lui arriver !

Clary regretta ses paroles instantanément. Isabelle devint livide.

— Max était un petit garçon, objecta-t-elle en s'efforçant de maîtriser sa fureur. Jace est un Chasseur d'Ombres, un guerrier. Si on doit combattre Valentin, tu crois qu'Alec ne participera pas à la bataille ? Depuis la nuit des temps, c'est notre lot à tous de mourir pour une cause si elle en vaut la peine. Valentin est le père de Jace. C'est sans doute lui qui a le plus de chances de l'approcher...

— Valentin tuera Jace s'il le doit. Il ne l'épargnera pas.

— Je sais.

— Mais tout ce qui compte, c'est qu'il meure en héros ? Il ne va même pas te manquer ?

— Il me manquera tous les jours de ma vie, qui, si Jace échoue – regardons les choses en face –, ne devrait pas se prolonger plus d'une semaine.

Elle secoua la tête.

— Tu ne comprends pas ce que c'est d'être toujours en guerre et de grandir avec la notion de sacrifice, Clary. Ce n'est pas ta faute, j'imagine. C'est comme ça qu'on nous a élevés...

Clary leva les bras au ciel.

— Mais si, je comprends ! Je sais que tu ne m'aimes pas, Isabelle. Je ne suis qu'une Terrestre à tes yeux.

— Tu penses que c'est ça, la raison ?

Isabelle s'interrompit, les yeux brillants de larmes.

— Décidément, tu n'as rien compris, reprit-elle. Tu connais Jace depuis quoi, un mois ? Moi, ça fait sept ans. Et pendant toutes ces années, je ne l'ai jamais vu tomber amoureux ni même avoir le béguin pour quelqu'un. Il est sorti avec des filles, ça oui. Elles s'amourachaient de lui, mais il s'en fichait. Je pense que c'est pour ça qu'Alec a cru...

Immobile comme une statue, Isabelle se tut de nouveau. « Elle s'efforce de ne pas pleurer », songea Clary, étonnée. Isabelle, qui ne versait pourtant jamais une larme.

— Je m'en suis toujours inquiétée, et ma mère aussi. C'est vrai, ça n'existe pas, un adolescent qui n'a jamais d'amourette ! C'était comme si, en ce qui concernait les autres, il était toujours un peu absent. Peut-être que ce qui s'est passé avec son père l'avait en quelque sorte traumatisé, peut-être qu'il était incapable d'aimer quelqu'un. Si seulement je savais ce qu'il lui est vraiment arrivé... Mais je n'en penserais pas moins, sans doute. Qui ne serait pas traumatisé par un passé pareil ? Puis tu es entrée dans sa vie et il s'est comme réveillé. Tu ne t'en es pas aperçue parce que tu ne le connaissais pas avant. Mais moi, je l'ai vu. Hodge et Alec aussi... À ton avis, pourquoi il te haïssait autant ? Tout a changé dès l'instant où tu as fait irruption dans notre existence. C'était peut-être incroyable que tu puisses nous voir mais, à mes yeux, ce qui l'était encore davantage, c'était que Jace t'ait vue, lui aussi. Il n'a pas cessé de parler de toi pendant tout le trajet du retour à l'Institut ; il a persuadé Hodge de l'envoyer te chercher. Et une fois qu'il t'a ramenée, il n'a plus voulu que tu partes. Dès que tu entrais dans une pièce, il te dévorait des yeux... Il était même jaloux de Simon. Je ne suis pas sûre qu'il s'en soit aperçu, mais il était jaloux. Ça crevait les yeux. Jaloux d'un Terrestre. Il a accepté de t'accompagner à l'hôtel Dumort et d'enfreindre la Loi, tout ça pour sauver un Terrestre qu'il n'appréciait même pas. Il l'a fait pour toi. Parce que, s'il était arrivé quelque chose à Simon, tu en aurais eu le cœur brisé. Tu étais la première personne, en dehors de notre famille, dont le bonheur comptait pour lui. Parce qu'il t'aimait.

— Mais c'était avant...

— Avant qu'il apprenne que tu étais sa sœur. Je sais. Je ne t'en veux pas. Tu ne pouvais pas savoir. Et je suppose que tu ne pouvais pas faire autrement que te jeter au cou de Simon par la suite. J'ai pensé, une fois Jace au courant, qu'il passerait à autre chose, mais j'ai bien vu qu'il en était incapable. Je ne sais pas ce que lui a fait subir Valentin quand il était petit. J'ignore si c'est pour cette raison qu'il se comporte ainsi, ou si c'est seulement sa nature, mais il ne guérira pas de toi, Clary. Il en est incapable. Peu à peu, je ne supportais plus de te voir. Je ne tolérais plus qu'il te voie. C'est un peu comme ces blessures causées par le poison démoniaque : il faut les laisser cicatriser sans y toucher. Chaque fois qu'on ôte les bandages, on rouvre la plaie. Chaque fois qu'il te voit, il souffre à nouveau.

— Je sais, murmura Clary. Tu crois que c'est facile pour moi ?

— Je n'en sais rien. J'ignore ce que tu ressens. Tu n'es pas ma sœur. Je ne te hais pas, Clary. J'ai même appris à t'aimer. Si c'était possible, je ne lui souhaiterais pas d'autre compagne que toi. Mais tu comprendras, j'espère, que, si par quelque miracle on s'en sort, j'aimerais que ma famille s'exile au bout du monde, histoire d'être sûre qu'on ne te reverra plus jamais.

Clary sentit les larmes lui picoter les yeux. Comme c'était bizarre d'être assise à cette table, face à Isabelle, et de pleurer comme elle sur Jace pour des raisons à la fois très différentes et très semblables !

— Pourquoi tu me dis tout ça maintenant ?

— Parce que tu m'accuses de ne pas vouloir protéger Jace. À ton avis, pourquoi j'étais si contrariée quand tu as débarqué chez les Penhallow ? Tu agis comme une étrangère vis-à-vis de notre monde ; tu restes dans les coulisses mais tu en fais partie. Tu es au centre de tout ça. On ne peut pas jouer éternellement les seconds rôles, Clary, pas quand on est la fille de Valentin. Pas quand Jace se mouille comme il le fait, et tout ça à cause de toi.

— À cause de moi ?

— Pourquoi aime-t-il autant prendre des risques ? À ton avis, pourquoi ça lui est égal de mourir ?

Les mots d'Isabelle blessaient Clary comme autant de poignards. « Je sais pourquoi. Il croit qu'il n'est pas vraiment humain... Mais je ne peux pas trahir son secret. »

— Il a toujours pensé que quelque chose clochait chez lui, reprit Isabelle. Désormais, par ta faute, il se croit maudit jusqu'à la fin de ses jours. Je l'ai entendu le dire à Alec. Pourquoi ne pas risquer sa vie si l'on n'y tient pas ? Pourquoi ne pas risquer sa vie si l'on sait qu'on ne sera jamais heureux, quoi qu'il arrive ?

— Isabelle, ça suffit.

La porte s'ouvrit sans un bruit et Simon apparut sur le seuil. Clary avait presque oublié à quel point son ouïe était devenue fine.

— Ce n'est pas la faute de Clary.

Le visage d'Isabelle s'empourpra.

— Reste en dehors de ça, Simon. Tu ne sais pas de quoi tu parles.

Simon entra dans la cuisine et ferma la porte derrière lui.

— J'ai entendu la plus grande partie de votre conversation à travers le mur, lança-t-il d'un ton calme.

Tu prétends ne pas savoir ce que ressent Clary parce que tu ne la connais pas depuis longtemps. Eh bien, moi si. Si tu crois que Jace est le seul à souffrir, tu te trompes.

Un silence s'installa. La colère d'Isabelle retomba peu à peu. Clary crut entendre frapper à la porte d'entrée ; Luke, sans doute, ou Maia venue livrer du sang pour Simon.

— Ce n'est pas à cause de moi qu'il est parti.

Son cœur se mit à battre la chamade. « Ai-je le droit de leur révéler le secret de Jace en son absence ? Est-ce que je peux leur confier la véritable raison de son départ ? » Presque malgré elle, les mots jaillirent de sa bouche.

— Quand Jace et moi, nous sommes allés chercher le Livre Blanc au manoir des Wayland....

Elle s'interrompit au moment où la porte de la cuisine s'ouvrait à la volée. Amatis se planta sur le seuil, une expression étrange sur le visage. L'espace d'un instant, Clary crut y lire de l'effroi, et son sang ne fit qu'un tour. Mais ce n'était pas la peur qui se peignait sur les traits d'Amatis. À vrai dire, elle avait la même tête que le jour où Luke et Clary s'étaient présentés chez elle. La tête de quelqu'un qui a vu un fantôme.

— Clary, dit-elle à voix basse. Il y a une personne qui veut te voir...

Avant qu'elle ait pu finir sa phrase, quelqu'un s'engouffra dans la cuisine en la bousculant. Amatis recula, et Clary put examiner l'intrus : une femme mince, toute vêtue de noir. D'abord, Clary ne vit que sa tenue de Chasseuse d'Ombres, et faillit ne pas la reconnaître jusqu'à ce que ses yeux se posent sur son visage. Alors elle sentit son estomac remonter dans sa gorge comme quand Jace avait précipité leur moto du haut du toit de l'hôtel Dumort.

La femme devant elle était sa mère.

Troisième partie :

Le chemin du paradis

Oh oui, je sais que le chemin du paradis était facile à trouver.

Siegfried SASSOON, *L'Amant imparfait*

16
Articles de foi

Depuis la nuit où elle était rentrée dans l'appartement vide, Clary s'était imaginé tant de fois ses retrouvailles avec sa mère qu'elles avaient, dans sa mémoire, pris la teinte fanée d'une vieille photographie. À présent, ces images défilaient dans son esprit tandis qu'elle l'observait d'un œil incrédule. Des visions de sa mère, l'air heureux, la serrant dans ses bras en lui disant combien elle lui avait manqué mais que tout allait s'arranger désormais.

Sa mère imaginaire n'avait pas grand-chose en commun avec la femme qui se tenait maintenant devant elle. Dans son souvenir, Jocelyne était une artiste d'un tempérament doux, un peu bohémienne avec ses vêtements tachés de peinture et ses cheveux roux négligemment retenus par un crayon. Or, la nouvelle Jocelyne était tirée à quatre épingles. Pas une mèche ne s'échappait de son chignon sévère et le noir de sa tenue contrastait avec la pâleur de son visage, lui donnant une allure hautaine. Même son expression n'était pas celle que Clary s'était représentée maintes fois : ses yeux verts écarquillés la fixaient d'un air horrifié.

— Clary, souffla-t-elle. Tes vêtements.

Clary baissa les yeux. Elle portait la tenue de Chasseuse d'Ombres d'Amatis. Or, toute sa vie, sa mère avait fait des pieds et des mains pour qu'elle n'ait jamais à la revêtir. Clary avala sa salive avec peine et se leva en s'agrippant au bord de la table. Elle contempla ses mains qui, bizarrement, lui semblaient détachées de son corps, comme si elles appartenaient à quelqu'un d'autre.

Jocelyne s'avança vers elle en tendant les bras.

— Clary...

Elle eut un mouvement de recul si brutal qu'elle heurta le comptoir. Ignorant la douleur, elle garda les yeux fixés sur sa mère. Simon la dévisageait, lui aussi, la bouche ouverte. Quant à Amatis, elle semblait frappée de stupeur.

Isabelle se leva à son tour pour s'interposer entre Clary et sa mère. Elle glissa la main sous son tablier, et Clary supposa qu'elle venait de s'emparer de son fouet en électrum.

— Qu'est-ce qui se passe ici ? demanda-t-elle. Qui êtes-vous ?

Elle perdit un peu de son assurance quand Jocelyne la considéra avec étonnement en portant la main à son cœur.

— Maryse, dit-elle dans un murmure.

Isabelle parut stupéfaite.

— Comment connaissez-vous le nom de ma mère ?

Les joues de Jocelyne s'empourprèrent.

— Évidemment. Tu es la fille de Maryse. Tu lui ressembles tellement ! Je m'appelle Jocelyne Fr... Fairchild. Je suis la mère de Clary.

Isabelle sortit la main de dessous son tablier et jeta un regard interloqué à Clary.

— Mais vous étiez à l'hôpital... À New York...

— Oui, répondit Jocelyne d'une voix plus assurée. Mais grâce à ma fille, je vais mieux. Et j'aimerais lui parler en tête à tête.

— Je ne suis pas sûre qu'elle en ait envie, intervint Amatis.

Elle posa la main sur l'épaule de Jocelyne.

— Ce doit être un sacré choc pour elle...

Jocelyne se dégagea d'un geste brusque et fit un pas vers Clary, la main tendue. Celle-ci, qui avait enfin retrouvé sa voix, demanda d'un ton furieux qui la surprit elle-même :

— Comment tu es arrivée ici, Jocelyne ?

Sa mère s'arrêta net, et sembla hésiter.

— Je me suis téléportée jusqu'aux abords de la ville avec Magnus Bane. Hier, il est venu me voir à l'hôpital avec l'antidote. Il m'a raconté tout ce que tu avais fait pour moi. Je ne songeais qu'à une chose depuis mon réveil, te revoir... Clary, quelque chose ne va pas ?

— Pourquoi tu ne m'as jamais dit que j'avais un frère ?

— Je croyais qu'il était mort. J'ai pensé que le savoir ne servirait qu'à te faire souffrir.

— Laisse-moi t'expliquer quelque chose, maman. Quel que soit le cas de figure, c'est mieux de savoir.

— Je regrette...

— Tu regrettes ?

Clary avait l'impression qu'une digue s'était ouverte

en elle, libérant toute la rancœur et la rage qu'elle avait accumulées jusque-là.

— Tu veux bien m'expliquer pourquoi tu ne m'as pas dit que j'étais une Chasseuse d'Ombres et que mon père était toujours en vie ? Oh, et j'oubliais : tu as payé Magnus pour me voler mes souvenirs, c'est bien ça ?

— J'essayais de te protéger...

— Eh bien, tu t'es très mal débrouillée ! À ton avis, qu'est-ce qui m'est arrivé après ta disparition ? Sans Jace et les autres, je serais morte. Tu ne m'as pas appris à me protéger toute seule. Tu ne m'as pas avertie du danger. Qu'est-ce qui t'est passé par la tête ? Tu croyais qu'en me cachant les choses, elles ne m'atteindraient pas ?

Clary sentit les larmes monter.

— Tu savais que Valentin n'était pas mort. Tu as dit à Luke que tu le croyais toujours en vie.

— C'est pour cette raison que je devais te cacher. Je ne pouvais pas risquer qu'il apprenne où tu vivais. Je devais éviter à tout prix qu'il t'approche...

— Parce qu'il a fait un monstre de ton premier enfant et que tu ne voulais pas que je connaisse le même sort, c'est ça ?

Jocelyne resta un long moment sans voix.

— Oui, répondit-elle enfin. Mais ce n'est pas tout, Clary...

— Tu m'as volé mes souvenirs. Tu m'as pris ma vie.

— Mais ta vie n'est pas ici ! s'écria Jocelyne. Je n'ai jamais voulu cela pour toi...

— On s'en fiche, de ce que tu veux ! C'est ma vie ! Tu me l'as volée !

Le visage de Jocelyne devint cendre. Les yeux de Clary se remplirent de larmes : elle ne supportait pas de voir sa mère souffrir ainsi, et cependant elle savait que si elle ouvrait de nouveau la bouche, des mots horribles s'en échapperaient. Bousculant sa mère et Simon qui essayait de la retenir, elle s'enfuit à toutes jambes dans le couloir, poussa la porte et déboula dans la rue. Derrière elle, quelqu'un cria son nom mais elle ne se retourna pas.

Jace s'étonna que Sébastien ait laissé le cheval des Verlac dans son écurie plutôt que de s'enfuir avec. Peut-être craignait-il qu'on retrouve sa trace par le biais de Wayfarer.

Il éprouva une satisfaction certaine à seller l'étalon. Si Sébastien avait vraiment voulu de sa monture, il ne l'aurait pas abandonnée derrière lui. D'ailleurs, elle ne lui appartenait pas en premier lieu. De fait, Jace adorait les chevaux. Il devait avoir dix ans la dernière fois qu'il était monté à cheval mais il constata avec plaisir que la mémoire revenait vite.

Il leur avait fallu marcher pendant six heures pour couvrir la distance séparant Alicante du manoir des Wayland. Il ne mit que deux heures pour y retourner, en chevauchant au petit galop. Quand ils parvinrent au sommet de la colline qui surplombait le domaine, le garçon et le cheval étaient tous deux en sueur.

Les boucliers qui protégeaient le manoir des intrus avaient été détruits avec la bâtisse. Il ne restait de l'élégante demeure qu'un tas de décombres. Malgré l'herbe roussie, les jardins étaient encore chargés de souvenirs d'enfance : les massifs de roses envahis par les mauvaises herbes ; les bancs de pierre près des bassins vides ; et l'endroit où il s'était réfugié avec Clary la nuit où le manoir s'était effondré. Il distinguait les reflets bleus du lac voisin au travers des arbres.

Une bouffée d'amertume l'envahit. Il sortit de sa poche le fil qu'il avait arraché à la manche de Clary et la stèle qu'il avait « empruntée » dans la chambre d'Alec avant de partir afin de remplacer celle que Clary avait perdue ; Alec pourrait toujours s'en procurer une autre. Posé au creux de sa paume, le fil était taché de rouge sombre à une extrémité. Il referma le poing dessus et, de la pointe de sa stèle, traça une rune sur le dos de sa main. Le léger picotement sur sa peau était plus familier que douloureux. Il regarda la rune s'enfoncer dans sa chair, telle une pierre immergée dans l'eau, et ferma les yeux.

La vision d'une vallée s'imprima sous ses paupières. Il se tenait sur une crête dominant la plaine et, comme s'il examinait une carte indiquant sa situation, il savait exactement où il se trouvait. Il se souvint que l'Inquisitrice avait pu localiser le bateau de Valentin au beau milieu de l'East River, et songea : « C'est comme ça qu'elle s'y est prise. » Chaque détail lui apparaissait nettement : le moindre brin d'herbe, la moindre feuille morte à ses pieds ; en revanche, il n'entendait aucun bruit. Un silence inquiétant planait sur le paysage.

La vallée, en forme de fer à cheval, s'étrécissait à un endroit. Un torrent cristallin serpentait en son milieu avant de disparaître dans les rochers. Au bord du cours d'eau s'élevait une maison en pierre grise, dont la cheminée crachait un ruban de fumée blanche. Sous le ciel azur, la scène semblait étrangement bucolique et paisible. Soudain, une silhouette mince apparut. Sébastien. Maintenant qu'il ne se donnait plus la peine de jouer la comédie, son arrogance transparaissait dans sa démarche, le mouvement de ses épaules, l'expression narquoise de son visage. Après s'être agenouillé au bord du torrent, il y plongea les mains et se mouilla le visage et les cheveux.

Jace ouvrit les yeux. Wayfarer s'était mis à brouter tranquillement l'herbe courte. Jace glissa la stèle et le fil dans sa poche puis, après avoir jeté un dernier regard aux ruines de sa maison d'enfance, il tira sur les rênes en éperonnant les flancs du cheval.

Allongée dans l'herbe près de la colline de la Garde, Clary contemplait Alicante d'un œil morne. La vue était pourtant spectaculaire, il fallait bien l'admettre. D'ici, elle dominait les toits de la ville avec leurs sculptures délicates et leurs girouettes ornées de runes. Au-delà des flèches de la Salle des Accords, elle voyait quelque chose miroiter au loin comme une pièce d'argent : le lac Lyn ? Les ruines noircies de la Garde se dressaient derrière elle, et les tours étincelaient comme du cristal. Clary croyait presque distinguer les boucliers scintillant tel un filet invisible tissé aux abords de la cité.

Elle contempla ses mains. Toute à sa colère, elle avait arraché de pleines poignées d'herbe en y laissant un ongle, et ses doigts étaient tachés de terre et de sang. Une fois sa rage apaisée, elle s'était sentie vidée. Elle n'avait pas conscience d'être aussi furieuse envers sa mère jusqu'à ce qu'elle la voie franchir la porte de la maison d'Amatis. Alors, Clary avait oublié ses inquiétudes concernant l'état de santé de Jocelyne et laissé parler sa rancœur. Maintenant qu'elle était calmée, elle se demanda si une part d'elle-même n'avait pas voulu punir sa mère de ce qui était arrivé à Jace. Si on ne lui avait pas menti, le choc causé par la découverte de ce que Valentin lui avait fait subir alors qu'il n'était qu'un bébé aurait été amoindri, et il n'aurait pas pris cette décision que Clary apparentait à un suicide.

— Je peux me joindre à toi ?

Clary sursauta et roula sur le côté. Simon se tenait au-dessus d'elle, les mains dans les poches. Quelqu'un – Isabelle, sans doute – lui avait donné une de ces vestes noires en tissu épais que les Chasseurs d'Ombres portaient au combat. « Un vampire en uniforme, songea Clary, c'est sans doute une première. »

— Je ne t'ai pas entendu approcher, marmonna-t-elle. Il faut croire que je suis une piètre Chasseuse d'Ombres.

Simon haussa les épaules.

— Pour ta défense, je te rappelle que, comme la panthère, je me déplace sans faire de bruit.

Malgré elle, Clary sourit. Elle se redressa en frottant la terre sur ses mains.

— Allez, viens t'asseoir. La séance de déprime est ouverte à tout le monde.

Après l'avoir rejointe dans l'herbe, Simon parcourut des yeux le panorama et siffla entre ses dents.

Le miroir mortel

— Jolie vue !
— N'est-ce pas ? Comment tu m'as retrouvée ?
— Eh bien, il m'a fallu quelques heures, répondit-il avec un sourire en coin. Je me suis souvenu qu'en primaire, après chacune de nos disputes, tu allais bouder sur mon toit, et que ma mère devait monter te chercher.
— Et ?
— Je te connais par cœur. Quand tu es de mauvais poil, tu choisis l'altitude.

Il lui tendit son manteau soigneusement plié. Elle le prit et l'enfila ; le vêtement malmené commençait à montrer des signes d'usure. Il y avait même un trou au niveau du coude, assez large pour y glisser un doigt.

— Merci, Simon, dit-elle en serrant ses genoux contre elle.

Le soleil était bas dans le ciel, et une faible lueur rougeâtre nimbait les tours.

— C'est ma mère qui t'envoie me chercher ?

Simon secoua la tête.

— Non, c'est Luke. Il aimerait que tu rentres avant le coucher du soleil. Quelque chose d'important se prépare.

— Quoi exactement ?

— Luke a donné à l'Enclave jusqu'à la tombée de la nuit pour décider si oui ou non ils acceptent que les Créatures Obscures siègent au Conseil. Elles convergeront toutes vers la Porte du Nord au crépuscule. Si l'Enclave y consent, elles entreront dans Alicante. Dans le cas contraire...

— Elles rentreront chez elles, conclut Clary. Et l'Enclave se rendra à Valentin.

— Oui.

— Elle finira par céder. Il le faut bien. Personne ne choisira Valentin.

— Content de voir que ton idéalisme n'a pas été entamé, répliqua Simon d'un ton détaché.

Soudain, Clary repensa à Jace disant qu'il n'était pas un idéaliste et, malgré son manteau, elle frissonna.

— Simon ? J'ai une question idiote.

— Vas-y.

— Tu as couché avec Isabelle ?

Simon faillit s'étrangler. Clary lui jeta un regard interloqué.

— Tu vas bien ?

— Oui, je crois, répondit-il en retrouvant son sang-froid au prix d'un effort visible. Tu es sérieuse ?

— Eh bien, tu as disparu toute la nuit.

Simon resta silencieux un long moment.

— Je ne suis pas sûr que ça te concerne, mais non, dit-il enfin.

— Tu n'aurais pas profité de sa vulnérabilité, je suppose, observa-t-elle après une pause judicieuse.

Simon ricana.

— Si tu rencontres un homme capable de profiter d'Isabelle, fais-moi signe. J'aimerais lui serrer la main.

— Alors tu ne sors pas avec Isabelle.

— Clary, pourquoi cette conversation ? Tu ne préférerais pas parler de ta mère ? Ou de Jace ? Isa m'a tout raconté. Je sais ce que tu ressens.

— Non, je ne crois pas.

— Tu n'es pas la seule à te sentir abandonnée, rétorqua Simon avec impatience. Je ne t'avais jamais vue aussi furieuse contre ta mère. Et moi qui croyais qu'elle te manquait !

— Bien sûr qu'elle m'a manqué ! s'exclama Clary, prenant soudain conscience de ce qu'avaient dû penser les personnes présentes dans la cuisine, et sa mère en particulier.

Elle s'empressa de chasser cette pensée.

— C'est juste que... je me suis tellement démenée pour la sauver des griffes de Valentin, puis pour trouver un moyen de la guérir que je n'ai pas réalisé à quel point j'étais furieuse qu'elle m'ait menti pendant toutes ces années. Elle ne m'a jamais expliqué qui j'étais vraiment.

— Mais ce n'est pas ce que tu as dit quand elle est entrée dans la cuisine, objecta calmement Simon. Tu as crié : pourquoi ne pas m'avoir révélé que j'avais un frère ?

— Je sais.

Clary arracha un brin d'herbe et l'entortilla autour de ses doigts.

— Je ne peux pas m'empêcher de penser que, si j'avais su la vérité, je ne serais pas tombée amoureuse de Jace.

Simon resta silencieux quelques instants.

— Je ne crois pas t'avoir déjà entendue prononcer ce mot avant.

— Quoi, amoureuse ?

Clary partit d'un rire amer.

— À ce stade, il est inutile de prétendre le contraire : je l'aime. Mais ça n'a peut-être plus d'importance. Je ne le reverrai sans doute jamais, de toute manière.

— Il reviendra.

— Peut-être.

— Il reviendra, répéta Simon. Pour toi.

— Je n'en sais rien.

Le froid s'intensifiait à mesure que le soleil disparaissait à l'horizon. Clary se pencha en plissant les yeux.

— Regarde, Simon.

Au-delà des boucliers, au pied de la Porte du Nord, des centaines de silhouettes minuscules s'étaient rassemblées ; certaines s'étaient regroupées, d'autres se tenaient à l'écart. C'étaient les Créatures Obscures que Luke avait appelées à l'aide, qui attendaient patiemment l'autorisation de l'Enclave pour pénétrer dans l'enceinte de la ville. Un frisson parcourut le dos de Clary. Perchée au sommet de cette colline qui dominait la ville, elle avait conscience d'être à la veille d'un conflit qui bouleverserait le monde des Chasseurs d'Ombres.

— Ils sont là, chuchota Simon comme pour lui-même. L'Enclave s'est décidée, tu crois ?

— Je l'espère.

Le brin d'herbe que Clary retournait dans ses doigts n'était plus qu'une bouillie verte ; elle le jeta au loin et en arracha un autre.

— J'ignore ce que je ferai s'ils optent pour la capitulation. Je pourrais peut-être ouvrir un Portail qui nous emmènera tous loin d'ici, là où Valentin ne pourra jamais nous retrouver. Une île déserte, par exemple.

— Bon, moi aussi j'ai une question idiote. Tu peux créer de nouvelles runes, pas vrai ? Pourquoi ne pas en inventer une capable de détruire tous les démons jusqu'au dernier, ou de tuer Valentin ?

— Ça ne marche pas comme ça. Pour créer une rune, je dois d'abord la visualiser. Elle doit s'imprimer dans mon esprit comme un tableau. Quand j'essaie de visualiser « tuer Valentin » ou « régner sur le monde », je ne vois rien.

— Mais d'où viennent ces images, à ton avis ?

— Je n'en sais rien. Toutes les runes connues des Chasseurs d'Ombres proviennent du Grimoire. C'est pour ça que seuls les Nephilim peuvent s'en servir : elles ont été conçues pour eux. Cependant, il existe d'autres runes plus anciennes. C'est Magnus qui me l'a dit. Comme, par exemple, la Marque de Caïn. C'est une rune de protection qui ne figure pas dans le Grimoire. Donc, quand je pense, disons, à la rune d'intrépidité, j'ignore si je l'ai inventée ou si je m'en souviens, dans le cas où il s'agirait d'une rune antérieure aux Chasseurs d'Ombres. Une rune aussi ancienne que les anges.

Clary repensa à la rune que lui avait montrée Ithuriel, celle qui évoquait un simple nœud. Avait-elle surgi de son esprit ou de celui de l'ange ? À moins qu'elle ait toujours existé, à l'instar de la mer ou du ciel ? Cette éventualité la fit frémir.

— Tu as froid ? s'enquit Simon.

— Oui... Pas toi ?

— Je ne ressens plus le froid, tu as oublié ?

Il passa son bras autour d'elle et lui frictionna doucement le dos.

— Je suppose que ça ne sert pas à grand-chose, sachant que je ne produis plus de chaleur corporelle, observa-t-il tristement.

— Si, ça fait du bien. Continue.

Clary regarda Simon du coin de l'œil. Il avait les yeux fixés sur la Porte du Nord. Les silhouettes n'avaient pas bougé. L'éclat rougeâtre des tours se réfléchissait dans ses prunelles ; on aurait dit une de ces photographies prises avec un flash. Elle discerna le réseau de veines bleues qui couraient sous la peau fine de ses tempes et de son cou. Elle en savait assez sur les vampires pour en déduire qu'il ne s'était pas nourri depuis longtemps.

— Tu as faim ?

— Quoi, tu as peur que je te morde ? répondit-il en se tournant vers elle.

— Tu sais que mon sang est disponible dès que tu en ressentiras le besoin.

Un frisson parcourut Simon et il attira Clary contre lui.

— Jamais je ne ferai une chose pareille.

Puis, d'un ton badin, il reprit :

— Et puis j'ai déjà bu le sang de Jace. Je me suis assez nourri sur le dos de mes amis, tu ne crois pas ?

Clary songea à la cicatrice qui barrait la gorge de Jace.

— Tu crois que c'est pour cette raison que...

— Que quoi ?

— Que la lumière du jour ne te brûle pas ? Ce n'était pas le cas avant cette fameuse nuit sur le bateau, n'est-ce pas ?

Simon hocha la tête à contrecœur.

Le miroir mortel

— Tu as noté d'autres changements ? Ou c'est le simple fait d'avoir bu son sang ?

— Tu penses que parce que c'est un Nephilim... Oui, ç'a peut-être joué, mais il n'y a pas que ça. Jace et toi, vous n'êtes pas tout à fait comme les autres Chasseurs d'Ombres, n'est-ce pas ? Ce qui vous particularise a aussi fait de moi un être différent. Il y a quelque chose d'unique chez vous deux, comme l'a dit la reine de la Cour des Lumières. Vous étiez des expériences.

Il sourit devant l'air médusé de Clary.

— Pas si bête ! J'ai reconstitué le puzzle. Toi et ton pouvoir sur les runes, Jace et... Eh bien, personne ne peut être odieux à ce point, il y a du surnaturel là-dessous.

— Tu le détestes à ce point ?

— Je ne déteste pas Jace, protesta Simon. Enfin, c'est vrai que je l'ai haï au début. Il semblait si arrogant, si sûr de lui, et tu te comportais comme s'il sortait de la cuisse de Jupiter...

— Ce n'est pas vrai.

— Laisse-moi finir, Clary. Je voyais bien qu'il te plaisait beaucoup. J'ai d'abord cru qu'il t'utilisait, qu'à ses yeux tu n'étais qu'une Terrestre idiote qu'il pourrait facilement impressionner avec ses trucs de Chasseur d'Ombres. Au début, je me persuadais que tu ne tomberais jamais dans le panneau et que, même si c'était le cas, il finirait par se lasser de toi et tu me reviendrais. Je n'en suis pas fier, mais quand on est désespéré, on s'accroche à n'importe quoi, j'imagine. Lorsqu'il s'est avéré que Jace était ton frère, j'ai eu la même impression qu'un condamné à mort qui bénéficie d'une grâce à la dernière minute. J'étais heureux. J'en étais même arrivé à me réjouir de sa souffrance, jusqu'à ce que tu l'embrasses à la Cour des Lumières. Là, j'ai compris...

— Compris quoi ? fit Clary, à bout de patience.

— C'était sa façon de te regarder. Il ne s'était pas servi de toi. Il t'aimait sincèrement, et ça le rongeait.

— C'est pour ça que tu es allé à l'hôtel Dumort ?

C'était une question que Clary avait toujours voulu poser sans jamais oser la formuler.

— À cause de Jace et toi ? Pas vraiment, non. Depuis ma première venue à l'hôtel, je brûlais d'y retourner. J'en rêvais la nuit. Je me réveillais au pied de mon lit, voire dans ma rue, habillé de pied en cap. Je n'ai pas pensé une seconde que mon comportement était lié à un phénomène surnaturel ; je croyais que je souffrais de stress post-traumatique. Ce soir-là, j'étais épuisé et furieux, et nous étions très proches de l'hôtel. Il faisait nuit noire... Je me souviens à peine de ce qui s'est passé. Je me rappelle juste être sorti du parc, puis... le vide total.

— Mais si tu n'avais pas été en colère contre moi... Si on ne t'avait pas fait de la peine...

— Ce n'est pas comme si vous aviez eu le choix. Et puis j'étais au courant, tu penses ! On ne peut pas se voiler la face éternellement. L'erreur que j'ai commise, c'est de ne pas m'être confié à toi, de ne pas t'avoir parlé de mes rêves. Mais je ne regrette pas d'être sorti avec toi. Je suis content qu'on ait essayé. Et je te suis reconnaissant d'avoir tenté le coup même si, forcément, ça ne pouvait pas marcher.

— Et pourtant je voulais tellement que ça marche, dit Clary à mi-voix. Je n'ai jamais voulu te faire souffrir.

— Si c'était à refaire, je ne changerais rien. Tu sais ce que m'a dit Raphaël ? Que je ne serai jamais un bon vampire parce que je n'accepte pas l'idée d'être mort. Mais tant que je me souviendrai ce que c'était de t'aimer, j'aurai toujours l'impression d'être en vie.

— Simon...

Il l'interrompit d'un geste, les yeux soudain écarquillés.

— Regarde. Là-bas.

Le soleil n'était plus qu'un point rouge à l'horizon ; sous les yeux de Clary, sa lumière vacilla et il disparut. Les tours d'Alicante s'illuminèrent brusquement. Dans leur clarté aveuglante, Clary distingua la foule qui s'agitait au-delà de la Porte du Nord.

— Qu'est-ce qui se passe ? chuchota-t-elle. Le soleil se couche ; pourquoi la porte ne s'ouvre-t-elle pas ?

Simon s'était figé.

— L'Enclave a dû refuser la proposition de Luke.

— Mais c'est impossible ! Ça signifierait...

— Qu'ils vont se rendre à Valentin.

— Ils ne peuvent pas faire ça !

Mais sous le regard effaré de Clary, les silhouettes regroupées derrière les boucliers se détournèrent et commencèrent à s'éloigner de la ville.

Dans la lumière déclinante, le visage de Simon prit un aspect cireux.

— Il faut vraiment qu'ils nous détestent pour nous préférer Valentin.

— Ce n'est pas de la haine, c'est de la peur. Même Valentin a peur de vous, répliqua Clary sans réfléchir, et elle comprit à cet instant que c'était la simple vérité. Il a peur et il est jaloux.

Simon la dévisagea avec surprise.

— Jaloux ?

Clary repensa au rêve qu'Ithuriel lui avait montré, et la voix de Valentin résonna à ses oreilles. « J'espérais que tu m'expliquerais pourquoi Raziel nous a créés, nous la race des Chasseurs d'Ombres, sans nous accorder les dons des Créatures Obscures : la rapidité des loups, l'immortalité du Petit Peuple, les pouvoirs magiques des sorciers, l'invulnérabilité des vampires. Il nous a laissés nus, sans autre protection contre les hôtes de l'enfer que ces Marques tatouées sur notre peau. Pourquoi leurs pouvoirs devraient-ils être supérieurs aux nôtres ? Pourquoi ne pouvons-nous pas bénéficier de ce qu'ils possèdent ? »

Clary regarda sans la voir la ville en contrebas, vaguement consciente que Simon l'appelait, mais son cerveau bouillonnait. L'ange aurait pu lui montrer n'importe quelle scène, or il avait choisi ce souvenir en particulier dans un but précis. Les mots de Valentin lui revinrent en mémoire : « La perspective d'être enchaînés à ces créatures... »

La rune. Celle dont elle avait rêvé. La rune évoquant un nœud. « Pourquoi ne pouvons-nous pas bénéficier de ce qu'ils possèdent ? »

— C'est une rune d'alliance. Elle nous lie les uns aux autres malgré nos différences.

— Quoi ? fit Simon.

Clary se releva précipitamment en époussetant ses vêtements.

— Il faut que je redescende. Où sont-ils ?

— Qui ça, ils ? Clary...

— L'Enclave. Où se réunit-elle ? Où est Luke ?

Simon se leva à son tour.

— Dans la Salle des Accords. Mais...

Clary dévalait déjà le sentier menant à la ville. Simon la suivit en jurant dans sa barbe.

« Il paraît que tous les chemins mènent à la Salle des Accords. » Tout en parcourant les rues d'Alicante, Clary se répétait sans cesse les mots de Sébastien. Elle espérait qu'il avait dit la vérité, sans quoi elle finirait inévitablement par se perdre. Elle se sentait bien loin de New York, avec son réseau quadrillé de belles avenues rectilignes. À Manhattan, on savait toujours où on était. Tous les bâtiments étaient soigneusement numérotés. En comparaison, Alicante était un véritable labyrinthe.

Clary traversa une place minuscule et s'engagea dans une des rues étroites qui longeaient le canal, sachant qu'en suivant l'eau elle finirait bien par retomber sur la place de l'Ange. À son étonnement, ses pas la conduisirent aux abords de la maison d'Amatis et, pantelante, elle bifurqua dans une rue plus large, d'aspect familier, qui débouchait sur la place au centre de laquelle s'élevait la statue de l'Ange. Posté à côté du monument, Simon l'attendait, les bras croisés, l'air furieux.

— Tu aurais pu m'attendre, marmonna-t-il.

— Tu as... bon dos... de dire ça, lança Clary, hors d'haleine, le corps plié en deux. Tu es... arrivé... avant moi.

— Les vampires vont vite, expliqua-t-il avec une satisfaction certaine. Une fois rentré, je devrais me mettre au marathon.

— Ce serait... de la triche.

Sans cesser de suffoquer, Clary se redressa en repoussant ses cheveux trempés de sueur.

— Viens. Entrons.

Clary n'avait jamais vu autant de Chasseurs d'Ombres rassemblés dans la Grande Salle, même la nuit de l'attaque. Le tumulte de leurs voix évoquait le rugissement d'une avalanche ; la plupart s'étaient réunis en petits groupes et se querellaient bruyamment. Derrière l'estrade vide, la carte d'Idris pendait sur le mur.

Clary chercha Luke des yeux. Il lui fallut un long moment pour le repérer, adossé à une colonne, les yeux mi-clos. Il semblait très abattu. Amatis, debout près de lui, lui tapotait l'épaule, l'air anxieux. Clary jeta un regard autour d'elle mais ne vit pas Jocelyne dans la foule.

Pendant un bref instant, elle hésita. Puis elle pensa à Jace qui s'était lancé seul à la poursuite de Valentin, au risque d'être tué. Il savait où était sa place, et elle comprit qu'elle aussi avait trouvé la sienne. L'adrénaline courait encore dans ses veines, aiguisant ses sens, et tout lui semblait presque trop clair. Elle serra la main de Simon dans la sienne.

— Souhaite-moi bonne chance.

Elle se dirigea vers l'estrade, comme guidée par une volonté étrangère et, après avoir gravi les marches, se tourna pour faire face à la foule. Elle ne savait pas trop à quoi s'attendre. Des chuchotements surpris ? Une mer de visages avides, silencieux ? Personne ne semblait prêter attention à elle. Seul Luke leva la tête, comme s'il sentait sa présence, et se figea d'étonnement en la voyant. Un homme grand et osseux s'avança vers elle en fendant la foule. C'était le Consul Malachi. Avec force gestes, il lui fit signe de descendre de l'estrade et cria quelque chose qu'elle n'entendit pas. Les uns après les autres, les Chasseurs d'Ombres rassemblés tournaient la tête dans sa direction à mesure qu'il se rapprochait.

Clary avait atteint son but : tous les regards maintenant étaient rivés sur elle. Un murmure parcourut la foule : « C'est elle. C'est la fille de Valentin. »

— C'est vrai, cria-t-elle, je suis la fille de Valentin. J'ai appris qu'il était mon père il y a quelques semaines. J'ignorais tout de son existence jusque-là. J'ai conscience que vous êtes nombreux à douter de ma bonne foi, et ce n'est pas grave. Croyez ce que bon vous semble, du moment que je peux vous convaincre que je sais des choses à son sujet que vous ignorez, et que je peux vous aider à gagner cette guerre… Mais pour cela, vous devrez accepter de m'écouter.

— C'est ridicule ! s'exclama Malachi en s'arrêtant au pied des marches. Tu n'es qu'une petite fille…

— C'est la fille de Jocelyne Fairchild, intervint Patrick Penhallow.

Il se fraya un passage jusqu'à l'estrade, la main levée.

— Laisse-la parler, Malachi.

La foule s'agita.

— Vous ! cracha Clary en jetant un regard noir au Consul. Vous et l'Inquisiteur, vous avez jeté mon ami Simon en prison...

Malachi ricana.

— Ton ami le vampire, c'est bien ça ?

— Vous lui avez demandé ce qui s'était passé sur le bateau de Valentin ce soir-là. Vous croyiez qu'il avait eu recours à la magie noire. Eh bien, ce n'est pas le cas. Si vous tenez à savoir qui a détruit ce bateau, c'est moi.

Malachi partit d'un rire incrédule, et plusieurs autres l'imitèrent. Luke, les yeux fixés sur Clary, secoua la tête, mais, loin de se laisser abattre, elle poursuivit :

— J'ai eu recours à une rune si puissante que le bateau s'est disloqué. Je peux créer d'autres runes que celles du Grimoire. Des runes qui n'ont jamais servi jusqu'ici...

— Assez ! rugit Malachi. Personne ne peut créer de nouvelles runes. C'est impossible.

Prenant à partie la foule, il ajouta :

— Cette fille est une menteuse, comme son père.

— Elle dit la vérité, fit une voix au fond de la salle.

Les têtes se tournèrent, et Clary vit Alec, debout entre Isabelle et Magnus. Simon les avait rejoints. Avec Maryse Lightwood, ils formaient un petit groupe déterminé posté près de la porte.

— Je l'ai vue de mes propres yeux. J'ai même servi de cobaye, et ç'a marché.

— Tu mens pour protéger ton amie, répliqua le Consul, mais le doute se peignit sur son visage.

— Franchement, Malachi, intervint Maryse d'un ton cassant. Pourquoi mon fils mentirait-il alors qu'il est si facile de découvrir la vérité ? Donnez donc une stèle à cette fille !

Un murmure d'assentiment parcourut la salle. Patrick Penhallow s'avança vers Clary et lui tendit sa stèle. Elle la prit, le remercia du regard et se tourna de nouveau vers la foule.

Elle avait la bouche sèche. Si l'adrénaline faisait encore effet, elle ne suffisait pas à calmer son trac. Qu'était-elle censée dessiner ? Quelle rune serait susceptible de convaincre la foule ? Qu'est-ce qui pouvait bien leur prouver qu'elle disait la vérité ?

Elle chercha Simon des yeux, et le repéra au côté des Lightwood ; il l'observait. Il avait le même regard que Jace, ce jour-là, dans le manoir. C'était là le seul lien qui reliait ces deux garçons qu'elle aimait tant, leur seul point commun : tous deux croyaient en elle même quand elle avait perdu la foi.

Les yeux rivés sur Simon, et l'esprit toujours tourné vers Jace, elle appliqua la pointe de la stèle sur l'intérieur de son poignet, à l'endroit où battait son pouls et, sans baisser la tête, elle traça des lignes à l'aveuglette, comptant sur son pouvoir et celui de la stèle pour créer la rune dont elle avait besoin. Elle procéda par touches légères mais sans une seconde d'hésitation.

Une fois sa tâche terminée, la première personne qu'elle vit fut Malachi. Livide, il recula de quelques pas, l'air horrifié. Il prononça un mot dans une langue inconnue et, derrière lui, Clary aperçut Luke qui la dévisageait, bouche bée.

— Jocelyne ? murmura-t-il.

Elle secoua imperceptiblement la tête à son intention et observa les visages devant elle ; ils souriaient, regardaient autour d'eux d'un air désorienté ou échangeaient un regard ahuri avec leur voisin. Certains, la main plaquée sur la bouche, semblaient frappés d'horreur ou de stupéfaction. Elle vit Alec jeter un coup d'œil furtif à Magnus puis se tourner de nouveau vers elle, l'air incrédule. Soudain, Amatis se précipita vers les marches en bousculant Patrick.

— Stephen ! cria-t-elle en levant vers Clary un regard hébété. Stephen !

— Oh, Amatis, non ! fit celle-ci et, brusquement elle sentit que la magie de la rune lui échappait, comme un vêtement invisible glissant de ses épaules.

Le visage d'Amatis s'assombrit et elle recula avec une expression mi-stupéfaite mi-déconfite. Un silence de mort planait sur la foule ; tous les regards étaient tournés vers Clary.

— Je sais ce que vous avez vu. Et, vous le savez aussi bien que moi, ce genre de magie n'a rien d'un charme ou d'une illusion. Il m'a suffi d'une seule rune. Cette rune, c'est moi qui l'ai créée. L'origine de mon pouvoir n'a pas d'importance. Ce qui compte, c'est que je peux vous aider à gagner cette guerre contre Valentin, si vous me laissez faire.

— Il n'y aura pas de guerre contre Valentin, objecta Malachi en évitant le regard de Clary. L'Enclave a pris sa décision. Nous sommes prêts à accepter ses conditions. Nous rendrons les armes demain matin.

— Vous ne pouvez pas faire une chose pareille ! s'écria-t-elle, au désespoir. Vous pensez peut-être que

Valentin vous laissera retrouver vos vies d'avant ? Vous croyez qu'il se contentera d'éliminer les démons et les Créatures Obscures ?

Elle balaya la salle du regard.

— La plupart d'entre vous ne l'ont pas vu depuis quinze ans. Vous avez peut-être oublié qui il est. Mais moi, je sais. J'ai entendu ses projets de sa bouche. Vous pensez que vous continuerez à vivre tranquillement sous son règne ? Il vous tiendra à sa merci, car il pourra toujours vous menacer avec les Instruments Mortels. Il commencera par régler leur compte aux Créatures Obscures, évidemment. Puis il s'occupera des membres de l'Enclave, qu'il considère comme faibles et corrompus. Ensuite, il éliminera tous ceux qui comptent une Créature Obscure parmi leurs proches. Un frère lycanthrope. (Son regard se posa tour à tour sur Amatis et sur les Lightwood.) Une fille rebelle qui fréquente un chevalier-elfe à l'occasion... Puis il s'en prendra à tous ceux qui ont eu recours aux services d'un sorcier. Combien parmi vous sont concernés ?

— Sottises ! rétorqua sèchement Malachi. Valentin n'a pas l'intention de s'attaquer aux Chasseurs d'Ombres.

— En revanche, il estime que toute personne s'associant avec les Créatures Osbcures n'est pas digne d'être un Nephilim. Admettons : vous n'êtes pas en guerre contre Valentin mais contre les démons. Protéger le monde contre eux, c'est le devoir que le ciel vous a confié. Or, une telle mission ne peut pas être ignorée. Les Créatures Obscures détestent aussi les démons. Elles aussi n'aspirent qu'à les détruire. Si

Valentin s'en sort vainqueur, il passera le plus clair de son temps à les pourchasser, ainsi que les Chasseurs d'Ombres qui se sont associés avec elles. Il oubliera les démons, et vous aussi : vous serez trop occupés à avoir peur de lui. Ainsi, ils pourront régner tranquillement sur le monde.

— Je vois où tu veux en venir, dit Malachi entre ses dents. Nous ne nous rallierons pas aux Créatures Obscures dans cette guerre perdue d'avance...

— Mais vous pouvez la gagner ! protesta Clary.

Elle avait la gorge sèche, la tête lourde et les visages devant elle semblaient se fondre en un brouillard traversé ici et là d'explosions de lumière blanche. « Tu ne peux pas t'arrêter maintenant. Il faut continuer. Tu dois essayer. »

— Mon père hait les Créatures Obscures parce qu'il est jaloux, reprit-elle. Il leur envie leurs pouvoirs autant qu'il les craint. L'idée qu'ils puissent être plus puissants que les Nephilim dans certains domaines l'effraie, et je parie qu'il n'est pas le seul. La différence fait peur.

Elle prit une grande inspiration avant de poursuivre.

— Mais si vous pouviez les partager, ces pouvoirs ? Si je pouvais créer une rune susceptible de lier chaque Chasseur d'Ombres à une Créature Obscure ? Vous guéririez aussi vite qu'un vampire, vous deviendriez aussi fort qu'un loup-garou ou aussi rapide qu'un chevalier-elfe. Et eux, à leur tour, pourraient bénéficier de votre expérience, de vos talents de combattants. Vous seriez invincibles si vous me laissiez vous marquer et si vous acceptiez de vous battre aux côtés des Créatures Obscures. Car, le cas échéant, les runes ne marcheront pas. S'il vous plaît, ajouta-t-elle après un silence, mais les mots s'étranglèrent dans sa gorge. S'il vous plaît, laissez-moi vous marquer.

Un silence assourdissant accueillit ses paroles. Le monde vacilla autour d'elle, et elle s'aperçut qu'elle avait prononcé la dernière partie de son discours les yeux levés vers le plafond de la Grande Salle, et que les explosions de lumière blanche étaient les étoiles s'allumant une par une dans le ciel nocturne. Le silence se prolongea et, lentement, elle serra les poings. Puis, toujours avec la même lenteur, elle baissa les yeux vers la foule qui la regardait bouche bée.

17

Le récit de la Chasseuse d'Ombres

Assise sur la dernière marche du grand escalier menant à la Salle des Accords, Clary contemplait la place de l'Ange. La lune, qui s'était levée plus tôt, émergeait à peine au-dessus des toits. Les tours reflétaient sa clarté laiteuse. À la faveur de l'obscurité, les plaies et les bosses de la ville avaient disparu ; sans la citadelle en ruine qui se dressait sur la colline, elle aurait pu sembler paisible au clair de lune. Des gardes patrouillaient sur la place, éclairés de temps à autre par la lumière d'un réverbère. Apparemment, ils mettaient un point d'honneur à ignorer la présence de Clary.

Quelques marches plus bas, Simon faisait les cent pas, les mains dans les poches. Quand il se retourna pour la rejoindre, la lune éclaira sa peau blême comme une surface réfléchissante.

— Arrête de t'agiter, marmonna Clary. Tu me rends encore plus nerveuse.

— Désolé.

— J'ai l'impression qu'on est là depuis une éternité.

Clary tendit l'oreille, mais ne discerna guère que le brouhaha monotone d'une centaine de voix au-delà de la porte à double battant.

— Tu entends ce qu'ils disent à l'intérieur ?

Simon ferma les yeux à demi et s'efforça de se concentrer.

— Des bribes, répondit-il après un silence.

— J'aurais voulu participer à la réunion, gémit Clary en donnant des coups de talon dans les marches.

Luke avait exigé qu'elle attende dehors pendant que l'Enclave délibérait ; il avait essayé de renvoyer Amatis avec elle, mais Simon avait insisté pour prendre sa place sous prétexte qu'il valait mieux qu'Amatis reste pour défendre Clary.

— Tu es bien mieux ici, répliqua-t-il.

Clary savait pertinemment pourquoi Luke lui avait demandé de sortir. Elle s'imaginait ce qu'ils étaient en train de raconter sur son compte. Menteuse. Dégénérée. Idiote. Folle. Monstre. Fille de Valentin. Peut-être avait-il eu raison de la chasser, mais la tension liée à l'attente était presque douloureuse.

— Peut-être que je pourrais grimper sur un de ces machins, suggéra Simon en indiquant d'un signe de tête les grosses colonnes blanches qui soutenaient le toit pentu de la Grande Salle.

Hormis les runes qui s'entrelaçaient sur le marbre, il n'y avait aucune prise pour les escalader.

— Ça me défoulera, ajouta-t-il.

— Voyons, fit Clary. Tu es un vampire, pas Spiderman.

Pour toute réponse, Simon gravit les marches d'un pas leste et s'avança vers la colonne la plus proche. Il la considéra d'un air pensif pendant quelques secondes, puis commença son ascension. Clary l'observa, bouche bée, tandis qu'il progressait en trouvant du bout des doigts des prises impossibles sur les reliefs de la pierre.

— OK, tu es Spiderman ! s'exclama-t-elle.

Parvenu à mi-hauteur de la colonne, Simon baissa les yeux vers elle.

— Ça fait de toi Mary Jane. Ça tombe bien, elle a les cheveux roux.

Il balaya du regard la ville alentour et fronça les sourcils.

— J'espérais que je pourrais voir la Porte du Nord d'ici, mais je ne suis pas assez haut.

Évidemment, Clary savait pourquoi il tenait tant à la voir. Des messagers avaient été dépêchés là-bas pour demander aux Créatures Obscures d'attendre pendant que l'Enclave délibérait, et Clary espérait qu'elles accéderaient à sa requête.

Les battants de la grande porte s'ouvrirent dans un craquement. Une forme frêle se glissa au-dehors et, après avoir refermé la porte, se tourna vers Clary. Son visage était dissimulé par la pénombre et, lorsqu'elle s'avança vers l'escalier éclairé par la lumière de sort, Clary entrevit l'éclat d'une tignasse rousse. À cet instant seulement, elle reconnut sa mère.

Jocelyne leva les yeux, l'air surpris.

— Tiens ! Bonsoir, Simon. Ravie de voir que tu... t'adaptes.

Simon se laissa tomber de son perchoir et atterrit gracieusement sur le sol. Il semblait un peu mal à l'aise.

— Bonsoir, madame Fray.

— Je ne vois plus vraiment l'intérêt de m'appeler ainsi. Tu devrais peut-être t'en tenir à Jocelyne. (Elle hésita.) Tu sais, malgré l'étrangeté de la situation, c'est bon de te voir ici, auprès de Clary. Décidément, vous êtes inséparables.

Simon se tortilla d'embarras.

— C'est bon de vous voir aussi.

— Merci, Simon.

Jocelyne se tourna vers sa fille.

— Clary, tu veux bien qu'on ait une petite conversation ? Seule à seule ?

Clary resta immobile un long moment, les yeux fixés sur sa mère. Elle avait l'impression de regarder une étrangère. La gorge serrée, elle jeta un coup d'œil à Simon, qui, visiblement, n'attendait que son signal pour rester ou tourner les talons. Elle poussa un soupir.

— D'accord.

Simon leva les pouces en signe d'encouragement avant de retourner dans la salle. Clary reporta le regard sur la place et fit mine d'observer les gardes en train d'effectuer leur ronde, tandis que Jocelyne s'asseyait à côté d'elle. D'un côté, Clary avait envie de se pencher vers sa mère pour poser la tête sur son épaule. Elle aurait même pu fermer les yeux et prétendre que tout allait bien. Mais, d'un autre côté, elle savait que cela ne ferait aucune différence : elle ne pourrait pas garder les yeux fermés éternellement.

— Clary, dit Jocelyne à mi-voix, je suis vraiment désolée. Je n'aurais jamais cru revoir cet endroit un jour, reprit-elle après un silence.

Clary observa sa mère du coin de l'œil et s'aperçut qu'elle avait les yeux rivés sur les tours, dont la clarté laiteuse se détachait sur l'horizon.

— Il revenait parfois dans mes rêves. J'ai même voulu peindre le souvenir que j'en gardais, mais je craignais qu'en voyant mes toiles tu ne te mettes à poser des questions sur ces paysages. J'avais si peur que tu découvres d'où je venais et qui j'étais vraiment.

— Eh bien, maintenant je sais.

— Oui, tu sais, murmura Jocelyne d'un ton mélancolique. Et tu as toutes les raisons de me haïr.

— Je ne te hais pas, maman. C'est juste...

— Je ne peux pas t'en vouloir. J'aurais dû te révéler la vérité.

Jocelyne effleura l'épaule de Clary et interpréta son absence de réaction comme un encouragement.

— Je pourrais te dire que je l'ai fait pour te protéger, mais je sais que c'est une piètre excuse. J'étais là, tout à l'heure, dans la salle. Je t'observais...

— Ah bon ? fit Clary, étonnée. Je ne t'ai pas vue.

— J'étais tout au fond. Luke m'avait demandé de ne pas venir à la réunion. Il estimait que ma présence mettrait le feu aux poudres, et il avait probablement raison. Mais j'avais tellement envie d'y assister ! Une fois la réunion commencée, je suis entrée en douce et je me suis cachée dans un coin. Mais j'ai tout vu. Et je tenais à te dire...

— Que je me suis ridiculisée ? lâcha Clary avec amertume. Je le sais déjà.

— Non. Je voulais te dire que j'étais fière de toi.

Clary se tourna brusquement vers sa mère.

— Vraiment ?

Jocelyne hocha la tête.

— Ça va de soi. Il fallait te voir tenir tête à l'Enclave comme tu l'as fait. Tu leur as montré ce dont tu étais capable. En te regardant, ils ont vu la personne qu'ils aimaient le plus au monde, n'est-ce pas ?

— Oui. Comment le sais-tu ?

— Parce que je les ai entendus prononcer des noms, expliqua Jocelyne avec douceur. Mais moi, c'était encore toi que je voyais.

— Oh.

Clary regarda ses pieds.

— Eh bien, je ne suis toujours pas sûre qu'ils m'aient crue au sujet des runes. Enfin, j'espère mais…

— Je peux la voir ?

— Quoi ?

— La rune. Celle que tu as créée pour lier les Chasseurs d'Ombres aux Créatures Obscures. (Jocelyne hésita.) Si tu ne peux pas…

— Si, si, bien sûr.

Avec la stèle que lui avait donnée Patrick Penhallow, Clary traça la rune que l'ange lui avait montrée sur le marbre d'une marche, et les lignes scintillèrent comme de l'or. C'était une rune puissante, simple et complexe à la fois, composée de courbes chevauchant une matrice de lignes droites. Clary savait maintenant pourquoi elle lui avait semblé inachevée lorsqu'elle l'avait visualisée la première fois : il lui fallait une rune jumelle pour fonctionner. « Covenant. C'est comme ça que je l'ai baptisé. »

Muette d'étonnement, Jocelyne regarda les lignes noires qu'avait laissées la rune sur la pierre.

— Quand j'étais jeune, dit-elle enfin, je me suis battue de toutes mes forces pour réconcilier les Chasseurs d'Ombres et les Créatures Obscures afin de protéger les Accords. J'avais l'impression de pourchasser un rêve, quelque chose d'à peine imaginable pour la plupart des Chasseurs d'Ombres. Tu as fait de ce rêve une réalité. J'ai compris quelque chose en t'observant dans la salle. Pendant toutes ces années, j'ai tenté de te protéger en t'empêchant de sortir. C'est pour ça que je ne voulais pas que tu ailles au Pandémonium. Je savais que, là-bas, les Créatures Obscures se mêlaient aux Terrestres, et cela signifiait qu'il y avait aussi des Chasseurs d'Ombres. Je m'imaginais que c'était ton sang qui t'attirait dans cet endroit, ton instinct qui reconnaissait le Monde Obscur, alors même que je t'avais privée de la Seconde Vue. Je pensais que tu serais en sécurité si je te cachais l'existence de ce monde. Il ne m'est jamais venu à l'esprit que je pourrais te protéger en t'apprenant à te battre. Pourtant, tu étais assez forte pour supporter la vérité. Tu veux toujours l'entendre ?

— Je ne sais pas.

Clary songea aux visions terribles que l'ange lui avait montrées.

— D'accord, je t'en veux de m'avoir menti. Mais d'un autre côté, je ne suis pas sûre de vouloir entendre d'autres horreurs.

— J'ai parlé à Luke. Il pense que tu devrais connaître toute l'histoire, y compris les détails que je n'ai racontés à personne, même pas à lui. Je ne peux pas nier que la vérité n'est pas toujours agréable à entendre. Mais c'est la vérité.

« La loi est dure mais c'est la loi. » Clary devait autant à Jace qu'à elle-même de connaître le fin mot de l'histoire. Elle serra la stèle dans sa main.

— Je veux tout savoir.

— Tout... (Jocelyne prit une grande inspiration.) Je ne sais même pas par où commencer.

— Pourquoi ne pas m'expliquer pourquoi tu as épousé ce monstre ?

— Ce n'est pas un monstre, c'est un homme. Un homme mauvais, certes. Si tu tiens vraiment à savoir pourquoi, c'est parce que je l'aimais.

— C'est impossible. Qui peut aimer cet homme-là ?

— J'avais ton âge quand je suis tombée amoureuse de lui. Je le trouvais parfait : brillant, intelligent, drôle, charmant. C'est ça, regarde-moi comme si j'avais perdu la tête. Tu ne connais Valentin que depuis peu. Tu ne sais pas comment il était à l'époque. Nous allions à l'école ensemble, et tout le monde l'adorait. Il dégageait une aura incroyable qu'il acceptait de partager avec quelques chanceux. Toutes les filles étaient amoureuses de lui, et j'étais persuadée de n'avoir aucune chance. Je n'avais rien d'extraordinaire. Je n'étais même pas populaire. Luke était l'un de mes plus proches amis, et je passais le plus clair de mon temps avec lui. Pourtant, sans que je parvienne à me l'expliquer, c'est moi que Valentin a choisie.

« Berk ! » songea Clary, mais elle se garda de formuler tout haut sa pensée. Peut-être était-ce la nostalgie qui perçait dans la voix de sa mère, ou ses mots concernant l'aura de Valentin. Clary s'était souvent fait la même réflexion au sujet de Jace. Peut-être que tous les gens amoureux réagissaient de la sorte.

— D'accord, concéda-t-elle, j'ai pigé. Mais tu avais seize ans à l'époque. Rien ne t'obligeait à l'épouser.

— J'avais dix-huit ans lorsqu'on s'est mariés. Lui dix-neuf, précisa Jocelyne d'un ton égal.

— Oh, la la, fit Clary, horrifiée. Tu me tuerais si je décidais de me marier au même âge.

— Sûrement, admit Jocelyne. Mais les Chasseurs d'Ombres ont tendance à convoler plus tôt que les Terrestres. Leur... notre espérance de vie est plus courte ; beaucoup d'entre nous connaissent une mort violente. Pour cette raison, nous sommes plus précoces. Quand bien même, j'étais jeune pour me marier. Pourtant, ma famille était heureuse pour moi. Tout le monde pensait que Valentin était un garçon formidable. Et il n'était qu'un adolescent, lui aussi. La seule à m'avoir mise en garde, c'était Madeleine. Nous nous connaissions depuis l'école, et lorsque je lui ai annoncé mes fiançailles, elle m'a dit que Valentin était égoïste, détestable, et que son charme dissimulait une absence terrible de moralité. J'ai pensé qu'elle était jalouse.

— C'était le cas ?

— Non, elle disait la vérité. Seulement, je ne voulais pas l'entendre.

— Mais, par la suite, tu as regretté de l'avoir épousé, n'est-ce pas ?

— Clary, murmura Jocelyne d'un ton las. Nous étions heureux. Les premières années, du moins. Nous sommes retournés vivre chez mes parents, dans le manoir où j'avais grandi. Valentin ne voulait pas rester en ville, et il tenait aussi à ce que les autres membres du Cercle se tiennent à l'écart d'Alicante et de l'Enclave. Les Wayland habitaient un manoir à quelques kilomètres du nôtre, et nous comptions d'autres amis parmi nos voisins : les Lightwood, les Penhallow. C'était un peu comme être au centre du monde, avec cette effervescence, cette passion autour de nous, et je vivais tout cela au côté de Valentin. Il me donnait une grande place dans sa vie. J'étais même un élément crucial du Cercle. Je faisais partie des rares personnes dont il respectait l'opinion. Il me répétait sans cesse que, sans moi, il n'était rien.

— Ah bon ?

Clary n'arrivait pas à se représenter Valentin sous un jour aussi... vulnérable.

— Il mentait, bien sûr. Valentin était né pour devenir chef, pour être au centre d'une révolution. De plus en plus de gens se ralliaient à sa cause. Ils étaient fascinés par sa passion, son éloquence. Il parlait peu des Créatures Obscures à cette époque. Il ne songeait qu'à réformer l'Enclave, à changer des lois qu'il trouvait obsolètes, rigides et mauvaises. À son sens, il devait y avoir davantage de Chasseurs d'Ombres et d'Instituts. Plutôt que de nous cacher, nous devions concentrer nos efforts sur la lutte contre les démons. Selon lui, il nous fallait marcher au grand jour, la tête haute. Elle était séduisante, sa vision : un monde peuplé de Chasseurs d'Ombres et débarrassé des démons, avec en prime la gratitude des Terrestres. Nous étions jeunes ; pour nous, la reconnaissance était importante.

Jocelyne prit une grande inspiration, comme si elle s'apprêtait à plonger sous l'eau.

— Puis je suis tombée enceinte.

Clary sentit un frisson lui parcourir la nuque et, soudain, sans s'expliquer pourquoi, elle n'eut plus très envie d'entendre la vérité de la bouche de sa mère.

— Maman...

Jocelyne secoua obstinément la tête.

— Tu m'as demandé pourquoi je ne t'ai jamais révélé que tu avais un frère, non ? J'étais tellement heureuse quand je l'ai su ! Quant à Valentin, il avait toujours voulu être père. Il souhaitait faire de son fils un guerrier, lui inculquer ce que son propre père lui avait appris. « Et si c'est une », protestais-je, et il ajoutait en souriant qu'une fille pouvait se battre aussi bien qu'un garçon, et qu'il serait ravi dans l'un ou l'autre cas. J'avais l'impression que tout allait pour le mieux dans le meilleur des mondes.

« Puis Luke a été mordu par un loup-garou. Il paraît qu'il y a une chance sur deux pour que la morsure entraîne un cas de lycanthropie. À mon avis, c'est plutôt trois chances sur quatre. J'ai rarement vu quelqu'un échapper au mal, et Luke ne fut pas une exception. Lors de la pleine lune suivante, il s'est transformé. Au matin, je l'ai trouvé sur le pas de notre porte, couvert de sang, les vêtements en lambeaux. J'ai voulu le réconforter, mais Valentin m'a poussée à l'intérieur. "Jocelyne, m'a-t-il dit. Le bébé." Comme si Luke allait se jeter sur moi pour arracher l'enfant de mes entrailles ! Il était resté le même. Après m'avoir écartée, Valentin l'a emmené dans les bois. Quand il est revenu beaucoup plus tard, il était seul. Lorsque je l'ai questionné, il m'a répondu que Luke s'était suicidé dans un accès de désespoir.

Après toutes ces années, le chagrin dans la voix de Jocelyne était encore perceptible, alors même qu'elle savait Luke toujours en vie. Cependant, Clary se rappelait son propre désespoir quand elle avait tenu dans ses bras un Simon agonisant sur les marches de l'Institut. Certains souvenirs ne s'effaçaient pas.

— Mais il a donné un couteau à Luke, objecta-t-elle d'une petite voix. Il lui a ordonné de se tuer. Il a forcé le mari d'Amatis à demander le divorce parce que son frère était devenu un loup-garou.

— Je n'étais pas au courant. Après la mort de Luke, je suis tombée dans une spirale. Je passais des journées entières enfermée dans ma chambre à dormir. Je ne mangeais que pour le bébé. Les Terrestres auraient diagnostiqué une dépression, mais les Chasseurs d'Ombres ne connaissent pas ce terme. Valentin croyait que je vivais une grossesse difficile. Il racontait à tout le monde que j'étais malade. Et c'était le cas : je ne fermais pas l'œil de la nuit, j'entendais des bruits étranges, des cris déchirants. Valentin me faisait boire des potions pour dormir, mais elles me donnaient des cauchemars. Dans ces rêves, il me maintenait à terre pour me poignarder ou me faire avaler du poison. Au matin, j'étais épuisée et je devais dormir toute la journée. Je n'avais aucune idée de ce qui se passait dehors, j'ignorais qu'il avait forcé Stephen à divorcer d'Amatis pour épouser Céline. J'errais dans un brouillard. Puis...

Jocelyne tordit ses mains qui tremblaient.

— Puis l'enfant est né.

Elle resta silencieuse si longtemps que Clary en vint à se demander si elle achèverait son récit. Les yeux perdus dans le vague, elle pianotait nerveusement sur ses genoux.

— Ma mère était avec moi ce jour-là, reprit-elle enfin. Tu ne l'as pas connue. Ta grand-mère était une femme d'une bonté exceptionnelle. Tu l'aurais aimée, je crois. Elle m'a tendu mon fils, et d'abord j'ai seulement pensé que mes bras étaient faits pour lui, que la couverture dans laquelle il était enveloppé était douce au toucher. Il était si petit, si frêle, avec une touffe de cheveux clairs au sommet du crâne. Puis il a ouvert les yeux.

Jocelyne s'exprimait d'une voix calme, presque monocorde, et pourtant Clary se surprit à trembler et à redouter ce qui allait suivre. « Tais-toi », l'implorat-elle en silence. Mais Jocelyne poursuivit, imperturbable :

— L'horreur m'a submergée. Au prix d'un immense effort, j'ai réprimé l'envie de le jeter au loin en hurlant. Il paraît qu'une mère reconnaît son enfant d'instinct. Je suppose que le contraire est également vrai. Tout mon corps me criait que ce n'était pas mon bébé mais une créature horrible, inhumaine. Comment était-il possible que ma mère ne s'en soit pas aperçue ? Elle me souriait comme si tout était parfaitement normal. « Son nom est Jonathan », a dit une voix du seuil de la chambre. Levant les yeux, j'ai vu Valentin qui contemplait la scène d'un air radieux. Le bébé a rouvert les yeux, comme s'il reconnaissait son prénom. Il avait des yeux noirs comme la nuit, insondables. Ils n'exprimaient aucune humanité.

Un long silence s'installa. Figée d'horreur, Clary considéra sa mère bouche bée. « C'est de Jace qu'elle parle, songea-t-elle. Comment peut-on éprouver un tel dégoût vis-à-vis d'un nouveau-né ? »

— Tu étais peut-être sous le choc, murmura-t-elle. Ou tu étais malade...

— C'est ce qu'il m'a dit, répliqua Jocelyne d'une voix dépourvue d'émotion. Que j'étais malade. Valentin adorait Jonathan. Il ne comprenait pas ce qui m'arrivait. Et je savais qu'il avait raison. J'étais un monstre de ne pas supporter mon propre fils. J'ai pensé mettre fin à mes jours. Je l'aurais peut-être fait si je n'avais pas reçu un message de Ragnor Fell. Ce sorcier avait toujours été proche de ma famille ; c'était à lui que nous faisions appel quand il nous fallait un sortilège de guérison. Il avait découvert que Luke était devenu le chef d'une meute de loups-garous dans la forêt de Brocelinde, près de la frontière orientale. J'ai brûlé son message après l'avoir lu. J'étais sûre que Valentin ignorait tout de cette histoire. Mais ce n'est qu'en arrivant au campement des lycanthropes et en voyant Luke sain et sauf devant moi que j'ai su avec certitude que Valentin m'avait menti. C'est alors que j'ai commencé à le haïr.

— Mais d'après Luke, tu savais déjà que quelque chose ne tournait pas rond chez lui, et qu'il manigançait quelque chose. Il dit que tu le savais avant sa Transformation.

Pendant un moment, Jocelyne ne répondit pas.

— Tu sais, Luke n'aurait pas dû être mordu. Cela n'aurait pas dû se produire. C'était une patrouille de routine dans les bois, il était parti seul avec Valentin...

— Maman...

— Selon Luke, je lui ai dit que j'avais peur de Valentin avant sa Transformation. Je lui ai aussi confié que j'entendais des hurlements à travers les murs du manoir et que j'avais des soupçons. Connaissant Luke, il a dû questionner Valentin à ce sujet le lendemain même. La nuit suivante, Valentin l'a emmené patrouiller avec lui, et il a été mordu. Je crois... Je crois que Valentin, d'une façon ou d'une autre, m'a fait oublier ce que j'avais vu. Il m'a convaincue que ce n'étaient que des cauchemars. Et, à mon avis, il a fait en sorte que Luke soit mordu cette nuit-là. Je crois qu'il a voulu l'éliminer ; ainsi, personne ne pourrait me rappeler que j'avais peur de mon époux. Mais, sur le moment, je ne m'en suis pas rendu compte. Lors de ces retrouvailles, Luke et moi n'avons pas eu beaucoup de temps pour discuter. Je mourais d'envie de lui parler de Jonathan, mais je ne pouvais pas. C'était mon fils malgré tout. Pourtant, le simple fait de voir Luke m'a redonné courage. Je suis rentrée chez moi en me persuadant que je devais fournir de nouveaux efforts avec Jonathan, qu'avec le temps j'apprendrai à l'aimer.

« Cette nuit-là, j'ai été réveillée par des pleurs de bébé. Je me suis redressée brusquement dans mon lit. J'étais seule dans la chambre. Valentin assistant à une réunion du Cercle, je n'avais personne avec qui partager mon étonnement. Car, vois-tu, Jonathan ne pleurait jamais. Son silence était l'une des choses qui me déroutaient le plus chez lui. Je me suis précipitée dans sa chambre : il dormait paisiblement. Et cependant, j'entendais toujours un enfant pleurer. J'en étais certaine. Dévalant l'escalier, j'ai suivi les pleurs qui semblaient provenir de la cave, mais la porte était verrouillée ; cette cave ne servait jamais. Par chance, comme j'avais grandi dans le manoir, je savais où mon père cachait la clé...

Jocelyne ne regardait pas Clary tandis qu'elle parlait. Elle semblait perdue dans ses souvenirs.

— Je ne t'ai jamais raconté l'histoire de Barbe-Bleue quand tu étais petite, n'est-ce pas ? Il avait ordonné à sa femme de ne jamais entrer dans la pièce fermée à clé. Elle a désobéi et trouvé les restes de toutes ses précédentes épouses qu'il avait assassinées. En ouvrant cette porte, je n'avais aucune idée de ce que je trouverais derrière. Si je devais tout recommencer, trouverais-je la force de tourner à nouveau cette clé et d'avancer dans les ténèbres en me guidant avec ma pierre de rune ? Je l'ignore, Clary.

« L'odeur... Oh, l'odeur là-dedans était épouvantable. Une odeur de sang, de mort et de pourriture. Valentin avait creusé un espace sous le sol de cette cave qui servait jadis à entreposer le vin. Ce n'était pas un enfant que j'avais entendu pleurer. Dans les cellules qu'il avait aménagées étaient emprisonnées toutes sortes de créatures : des démons attachés avec des chaînes en électrum se tordaient de douleur en gargouillant. Mais j'ai trouvé bien pire : des cadavres de Créatures Obscures à différents stades de décomposition. Des loups-garous, le corps à moitié dissous par de la poudre d'argent. Des vampires, la tête immergée dans de l'eau bénite. Des elfes dont la peau avait été transpercée de flèches en fer froid.

« Même maintenant, je n'arrive pas à le voir comme un tortionnaire. Il semblait poursuivre un but scientifique. Il y avait des carnets accrochés à l'entrée de chaque cellule, retraçant par le détail ses expériences, combien de temps il avait fallu à chaque créature pour mourir. Il y avait là un vampire dont il avait brûlé la peau de façon répétitive pour déterminer jusqu'à quel point la pauvre créature pouvait se régénérer. Il était difficile de lire ses notes sans tourner de l'œil ou être pris de nausée.

« Il y avait une page consacrée aux expériences qu'il avait faites sur lui. Il avait lu quelque part que le sang démoniaque pouvait décupler les pouvoirs que les Chasseurs d'Ombres acquièrent à leur naissance. Il avait tenté de s'injecter du sang, sans autre résultat que de se rendre malade. Il était donc parvenu à la conclusion qu'il était trop vieux pour que le sang l'affecte et qu'il devait être administré à un enfant pour faire totalement effet, de préférence alors qu'il était encore dans le ventre de sa mère.

« En travers de la page où figuraient ses conclusions, il avait griffonné une série de notes dont le titre attira mon attention. C'était mon nom. Jocelyne Morgenstern.

« Je me souviens que mes doigts tremblaient tandis que je tournais les pages et que les mots s'imprimaient dans mon esprit. "Jocelyne a de nouveau bu ma potion ce soir. Pas de changements visibles, mais là encore c'est l'enfant qui m'inquiète... Avec les infusions d'ichor que je lui ai données à intervalles réguliers, il se pourrait qu'il soit capable de toutes les prouesses... Hier soir, j'ai entendu son cœur battre plus fort qu'aucun cœur humain. J'ai pensé à une énorme cloche sonnant le glas de la vieille garde et annonçant l'avènement d'une nouvelle race de Chasseurs d'Ombres. En mêlant le sang des anges à celui des démons, je pourrai créer des pouvoirs inimaginables, susceptibles de surpasser ceux des Créatures Obscures…"

« Et ainsi de suite, sur des pages entières. Je feuilletais les carnets de mes mains tremblantes tout en énumérant mentalement les potions que Valentin m'avait données à boire chaque soir, les cauchemars dans lesquels il me poignardait, m'étranglait, m'empoisonnait. En réalité, ce n'était pas moi qu'il avait empoisonnée. C'était Jonathan. Jonathan, qu'il avait transformé en une espèce de demi-démon. Et c'est alors, Clary, que j'ai compris qui était vraiment Valentin.

Clary chercha son souffle. Si horrible soit-il, ce récit concordait parfaitement avec la vision qu'Ithuriel lui avait montrée. Elle ne savait plus trop qui elle devait plaindre le plus, sa mère ou Jonathan. Jonathan – qu'elle ne pouvait associer à Jace, pas avec les mots de sa mère encore frais dans son esprit – privé d'humanité par un père plus disposé à assassiner des Créatures Obscures qu'à protéger sa propre famille.

— Pourtant… tu n'es pas partie, n'est-ce pas ? demanda Clary d'une petite voix.

— Je suis restée pour deux raisons, confessa Jocelyne. La première étant l'Insurrection. Ce que j'ai découvert dans la cave cette nuit-là m'a tirée de ma léthargie. J'ai enfin vu ce qui se passait autour de moi. Une fois que j'ai compris ce que manigançait Valentin, c'est-à-dire le massacre systématique de toutes les Créatures Obscures, j'ai décidé de l'en empêcher. J'ai commencé à rencontrer Luke en secret. Je ne pouvais pas lui révéler ce que Valentin nous avait fait subir, à moi et à notre enfant. Cela ne servirait qu'à le rendre fou de rage ; il ne songerait plus qu'à tuer Valentin et y laisserait sans doute la vie. En outre, personne ne devait savoir ce qui était arrivé à Jonathan. Malgré tout, il restait mon fils. Cependant, j'ai parlé à Luke des atrocités que j'avais vues dans la cave et de ma conviction que Valentin avait perdu la tête. Ensemble, nous avons projeté de déjouer l'Insurrection. Je sentais que je le devais, Clary. C'était en quelque sorte une expiation, le seul moyen que j'avais trouvé de payer pour avoir rejoint le Cercle et m'être fiée à cet homme-là.

— Et il n'en a rien su ? Il n'a pas découvert que tu complotais contre lui ?

Jocelyne secoua la tête.

— Quand on aime, on fait confiance. Et puis à la maison, j'essayais d'agir comme si de rien n'était. Je prétendais que le dégoût que m'avait inspiré Jonathan à sa naissance m'était passé. Je l'emmenais chez Maryse Lightwood, je le laissais jouer avec son petit garçon, Alec. Parfois, Céline Herondale se joignait à nous ; elle était enceinte à cette époque. « Ton mari est si gentil, disait-elle. Il s'inquiète beaucoup pour Stephen et moi. Il me donne des potions et des mixtures pour le bébé ; elles sont formidables. »

— Oh, fit Clary. Oh, mon Dieu !

— C'est ce que j'ai pensé, déclara Jocelyne d'un air sombre. J'aurais voulu lui expliquer qu'elle ne devait pas se fier à Valentin ni accepter le moindre de ses cadeaux, mais c'était impossible. Son époux était le plus proche ami du mien, et elle m'aurait trahi dans la seconde. Alors je me suis tue. Par la suite...

— Elle s'est tuée, acheva Clary, se rappelant soudain cette histoire. Mais... c'est à cause de ce que Valentin lui a fait ?

Jocelyne secoua la tête.

— Honnêtement, je ne crois pas. Stephen a été tué lors d'un raid, et elle s'est ouvert les veines en apprenant la nouvelle. Elle était enceinte de huit mois. Elle s'est vidée de son sang... (Elle se tut avant de reprendre :) C'est Hodge qui a découvert son corps. Valentin m'a semblé sincèrement affligé par ces deux pertes. Il a disparu pendant une journée entière, et il est revenu l'œil hagard, la démarche hésitante. D'une certaine manière, je me réjouissais de le voir aussi distrait. Au moins, il ne prêtait pas attention à moi. À mesure que les jours passaient, je tremblais de plus en plus à l'idée qu'il découvre la conspiration dont il était l'objet et qu'il me torture pour obtenir la vérité : qui faisait partie de notre alliance secrète ? Qu'avais-je révélé de ses projets ? Je me demandais si je pourrais endurer la torture. Je craignais fortement de ne pas en être capable. Je me suis finalement résolue à prendre des mesures pour que cela n'arrive pas. J'ai fait part à Fell de mes craintes et il a fabriqué une potion pour moi...

— La potion du Livre Blanc. Comment a-t-il atterri dans la bibliothèque des Wayland ?

— Je l'ai caché là le soir d'une fête, expliqua Jocelyne avec un sourire en coin. Je n'ai pas voulu en parler à Luke ; je savais que cette idée ne lui plairait pas. Le problème, c'est que toutes mes autres connaissances faisaient partie du Cercle. J'ai envoyé un message à Ragnor, mais il s'apprêtait à quitter Idris et refusait de me dire quand il serait de retour. Il prétendait qu'on pourrait toujours le joindre en cas d'urgence... mais par quel moyen ? Pour finir, je me suis aperçue qu'il y avait encore quelqu'un à qui je pouvais me confier, une personne qui détestait assez Valentin pour ne pas me trahir. J'ai donc écrit une lettre à Madeleine pour lui exposer mon projet en précisant que le seul moyen de me ressusciter était de retrouver Ragnor Fell. Je n'ai jamais reçu de réponse, mais je me suis persuadée qu'elle avait compris le message. Je n'avais rien d'autre à quoi me raccrocher, de toute façon.

— Deux raisons, intervint Clary. Tu m'as dit que tu étais restée pour deux raisons. L'une était l'Insurrection. Et l'autre ?

Les yeux verts de Jocelyne trahissaient la lassitude, mais ils brillaient intensément.

— Tu n'as pas deviné ? La seconde raison, c'est que j'étais enceinte de nouveau.

— Oh, fit Clary d'une petite voix.

Les paroles de Luke lui revinrent en mémoire : « Elle attendait un autre enfant, elle le savait depuis des semaines. »

— Et ça ne t'a pas donné encore plus envie de fuir ? reprit-elle.

— Si, répondit Jocelyne. Mais je ne pouvais pas. Si j'avais quitté Valentin, il aurait remué ciel et terre pour me retrouver. Il m'aurait suivie jusqu'au bout du monde ; j'étais sa propriété, il ne m'aurait jamais laissée lui échapper. J'aurais peut-être pris le risque

si j'avais été seule mais je ne voulais pas te mettre en danger.
  Elle repoussa ses cheveux de son visage.
  — Il n'existait qu'une solution pour qu'il me laisse tranquille. Il fallait qu'il meure.
  Clary considéra sa mère avec surprise. Malgré sa fatigue, une lueur féroce brillait dans ses yeux.
  — Je pensais qu'il serait tué au cours de l'Insurrection. Moi-même, je ne pouvais pas m'en charger. Je n'en avais pas la force. Mais je n'aurais jamais imaginé qu'il puisse survivre à la bataille. Plus tard, après l'incendie de la maison, j'ai cherché à me convaincre qu'il était mort. Je me répétais sans cesse que Jonathan et lui avaient péri dans les flammes. Mais au fond de moi, je savais... (Elle s'interrompit.) C'est de là qu'est venue ma décision. Je pensais qu'en te privant de tes souvenirs et en te cachant dans le monde terrestre, je parviendrais à te protéger. C'était stupide, j'en ai conscience à présent. Stupide et mal. Je regrette, Clary. J'espère seulement que tu pourras me pardonner. Peut-être pas maintenant, mais plus tard.
  Clary s'éclaircit la voix. Elle se retenait d'éclater en sanglots depuis au moins dix minutes.
  — Ce n'est rien. Mais... quelque chose m'échappe, dit-elle en triturant le tissu de son manteau. Je savais déjà plus ou moins ce que Valentin avait fait à Jace... enfin, à Jonathan. Mais tu le décris comme un monstre. Or, je t'assure, maman, Jace n'est rien de tout ça. Si tu le connaissais... si tu pouvais seulement le rencontrer...
  — Clary, murmura Jocelyne en prenant la main de sa fille. J'ai d'autres révélations à te faire. Dans mon

récit, je n'ai rien omis jusqu'à maintenant. En revanche, il y a des choses que je viens juste de découvrir. Et elles sont peut-être difficiles à entendre.

« Pires que ce que tu m'as déjà raconté ? » songea Clary. Elle se mordit la lèvre et hocha la tête.

— Vas-y. Je préfère savoir.

— Quand Dorothea m'a révélé que Valentin avait été vu en ville, j'ai su qu'il était venu pour moi... pour la Coupe. J'ai pensé fuir, mais je ne pouvais pas me résoudre à t'expliquer pourquoi. Je ne t'en veux pas du tout d'être partie ce soir-là, Clary. J'étais soulagée que tu ne sois pas présente quand ton père... quand Valentin et ses démons ont fait irruption dans notre appartement. J'ai juste eu le temps d'avaler la potion... Je les entendais s'acharner sur la porte... (Elle se tut, la voix nouée par l'émotion.) J'espérais que Valentin me croirait morte, mais il a décidé de m'emmener à Renwick avec lui. Il a testé en vain diverses méthodes pour me réveiller. J'étais plongée dans une espèce de coma. J'avais vaguement conscience de sa présence, mais je ne pouvais ni bouger ni lui répondre. À mon avis, il n'a pas pensé une seconde que je pouvais l'entendre. Il s'asseyait à mon chevet et me parlait pendant des heures.

— Il te parlait ? De quoi ?

— De notre passé. De notre mariage. Il reconnaissait qu'il m'avait trahie. Qu'il n'avait pu aimer personne d'autre depuis. Je crois qu'il était sincère, dans une certaine mesure. C'était toujours à moi qu'il faisait part de ses doutes, de sa culpabilité et, pendant les années qui ont suivi mon départ, je ne crois pas qu'il ait eu d'autre confident. Il me semble qu'il ne pouvait pas s'empêcher de se confier à moi, même s'il savait qu'il ne le devait pas. Je pense qu'il avait simplement besoin d'épancher son cœur. On pourrait supposer que ses états d'âme portaient sur tous les pauvres gens qu'il avait transformés en Damnés et sur ses projets concernant l'Enclave. Mais il n'en était rien. C'était Jonathan qui le préoccupait.

— Comment ça ?

— Il regrettait ce qu'il avait infligé à notre fils avant sa naissance, car il savait que cela avait bien failli m'anéantir. Il avait compris que j'étais à deux doigts de me suicider à cause de Jonathan. En revanche, il ignorait que je souffrais aussi en raison de ce que j'avais découvert sur son compte. D'une manière ou d'une autre, il avait réussi à se procurer le sang d'un ange. C'est une substance quasi mythique chez les Chasseurs d'Ombres. Celui qui boit ce sang est censé acquérir une force extraordinaire. Valentin l'avait testé sur lui ; il avait découvert que non seulement il décuplait son énergie mais aussi qu'il lui apportait un sentiment de bonheur et d'euphorie chaque fois qu'il l'injectait dans ses veines. Alors il en a réduit une partie en poudre avant de le mélanger à ma nourriture dans l'espoir qu'il atténuerait mon désespoir.

« Je sais où il s'est procuré ce sang », songea Clary avec tristesse.

— Tu crois que ç'a marché ?

— Je me demande maintenant si ce n'est pas cela qui m'a donné la force de tenir et la volonté d'aider Luke à déjouer l'Insurrection. Quelle ironie si c'est le cas, étant donné les raisons qui avaient poussé Valentin à m'administrer ce sang ! Mais ce qu'il ignorait, c'est que j'étais enceinte de toi à cette époque. Si son expérience m'a peut-être affectée dans une moindre mesure, ses conséquences sur toi sont sans doute beaucoup plus importantes. Je crois que c'est de là que vient ton pouvoir sur les runes.

— C'est peut-être aussi pour ça que tu es capable de cacher la Coupe Mortelle dans une carte de tarot, ajouta Clary. Et que Valentin a pu lever la malédiction de Hodge...

— Valentin a mené quantité d'expériences sur lui-même pendant des années. Ses pouvoirs égalent presque ceux d'un sorcier. Mais, malgré tous ses efforts, il ne pouvait pas obtenir des résultats aussi extraordinaires qu'avec toi ou Jonathan, parce que vous étiez des sujets très jeunes. À mon avis, personne avant lui ne s'était servi comme cobaye d'un bébé qui n'était même pas né.

— Alors Jace... Jonathan et moi, on est vraiment des expériences ?

— En ce qui te concerne, ce n'était pas prémédité. Avec Jonathan, Valentin cherchait à créer une espèce de super guerrier, plus fort et plus rapide que les autres Chasseurs d'Ombres. À Renwick, il m'a raconté que, de ce point de vue-là, il avait réussi. Cependant, Jonathan était aussi cruel, dépourvu de morale et d'émotions. Il demeurait loyal à Valentin, mais celui-ci s'était aperçu qu'en essayant de créer un enfant supérieur aux autres, il avait hérité d'un fils incapable de l'aimer vraiment.

Clary revit Jace à Renwick, serrant le fragment de Portail à s'en faire saigner les doigts.

— Non ! s'écria-t-elle. Non, non et non ! Jace n'est pas comme ça. Malgré lui, il aime Valentin. Et il a des émotions. Il est le contraire de ce que tu me décris.

Jocelyne se tordit les mains. Elles étaient couvertes de petites cicatrices blanches, ces vestiges d'anciennes Marques qu'arboraient tous les Chasseurs d'Ombres. Cependant, Clary les voyait pour la première fois. La magie de Magnus les avait effacées de sa mémoire. Il y en avait une, à l'intérieur du poignet, qui avait la forme d'une étoile...

— Ce n'est pas de Jace que je parle, déclara Jocelyne.

— Mais...

Tout sembla se dérouler au ralenti, comme dans un rêve. « Peut-être que je suis bel et bien en train de rêver, songea Clary. Peut-être que ma mère ne s'est jamais réveillée, et que tout ceci n'est qu'une hallucination. »

— Jace est le fils de Valentin, protesta-t-elle. De qui d'autre pourrais-tu bien parler ?

Jocelyne planta son regard dans celui de sa fille.

— La nuit où Céline Herondale est morte, elle était enceinte de huit mois. Valentin lui avait donné des potions et des poudres : il testait sur elle le sang d'Ithuriel dans l'espoir que l'enfant de Stephen deviendrait aussi puissant que Jonathan sans hériter de ses défauts. Comme il ne supportait pas d'avoir déployé tous ces efforts pour rien, avec l'aide de Hodge, il a sorti l'enfant des entrailles de sa mère. Elle n'était morte que depuis quelques minutes...

Clary eut un haut-le-cœur.

— C'est impossible !

Jocelyne poursuivit comme si elle ne l'avait pas entendue.

— Ensuite, il a chargé Hodge de le cacher dans sa maison d'enfance nichée dans une vallée à proximité du lac Lyn. C'est pour cette raison qu'il n'est pas rentré cette nuit-là. Hodge a pris soin du nourrisson jusqu'à l'Insurrection. Ensuite, Valentin s'est fait passer pour Michael Wayland, il a installé l'enfant dans le manoir de ce dernier et l'a élevé comme le fils de Michael.

— Alors Jace n'est pas mon frère ? murmura Clary.

Sa mère serra tendrement sa main dans la sienne.

— Non, Clary.

La vue de Clary s'obscurcit et son cœur se mit à battre la chamade. Une pensée l'effleura : « Ma mère est triste pour moi. Elle croit que c'est une mauvaise nouvelle. » Ses mains se mirent à trembler.

— Alors à qui appartenaient les os qu'on a trouvés dans les ruines calcinées ? D'après Luke, c'étaient ceux d'un enfant...

Jocelyne secoua la tête.

— Au fils de Michael Wayland. Valentin les a tués, lui et son père, puis il a brûlé leurs corps. Il cherchait à convaincre l'Enclave que son fils et lui avaient péri dans l'incendie.

— Mais alors, Jonathan...

— Est toujours en vie, déclara Jocelyne, le visage altéré par la souffrance. Valentin me l'a appris à Renwick. Il a élevé Jace dans le manoir des Wayland et Jonathan dans la maison près du lac. Il a réussi à partager son temps entre les deux enfants, allant et venant d'un endroit à l'autre, laissant parfois seul l'un ou l'autre des garçons, voire les deux, pendant de longues périodes. Il semble que Jace ignore tout de l'existence de Jonathan, mais qu'en revanche ce dernier soit au courant pour lui. Ils ne se sont jamais rencontrés, alors qu'ils vivaient probablement à quelques kilomètres l'un de l'autre.

— Alors Valentin n'a pas donné du sang de démon à Jace ? Il n'est pas... maudit ?

— Maudit ? répéta Jocelyne, surprise. Non, Clary. Valentin s'est servi du même sang sur lui que sur toi et moi. Le sang d'un ange. Jace n'est pas maudit. C'est plutôt l'inverse, a priori. Tous les Chasseurs d'Ombres ont du sang de l'Ange dans les veines. Vous deux, vous êtes un peu mieux pourvus, c'est tout.

Le cerveau de Clary bouillonnait. Elle s'efforça de s'imaginer Valentin élevant deux enfants en même temps, l'un en partie ange, l'autre en partie démon. L'un né de l'ombre et l'autre de la lumière. Il les avait peut-être aimés tous les deux, si tant est qu'il puisse aimer quelqu'un. Jace n'avait jamais su pour Jonathan ; que pouvait savoir celui-ci à son sujet ? Qu'était-il, son complément, son contraire ? L'avait-il haï sans le connaître ? Brûlait-il de le rencontrer ? Était-il indifférent ? Ils avaient tous les deux dû se sentir très seuls. L'un d'eux était son véritable frère, son frère de sang.

— À ton avis, il est resté le même ? Jonathan, je veux dire. Tu penses qu'il aurait pu changer... en mieux ?

— J'en doute, répondit Jocelyne avec douceur.

— Qu'est-ce qui te fait croire ça ? Il a peut-être changé, après tout. De l'eau a coulé sous les ponts.

— Valentin m'a raconté qu'il avait passé des années à montrer à Jonathan comment se montrer agréable et charmant. Il voulait en faire un espion, or c'est impossible quand on terrifie tous ceux que l'on rencontre. Jonathan a appris à utiliser de petits charmes pour gagner la confiance d'autrui, expliqua Jocelyne en soupirant. Si je te raconte ça, c'est pour que tu ne t'en veuilles pas de t'être laissé berner. Clary, tu as rencontré Jonathan sous une autre identité. Il se faisait passer pour Sébastien Verlac.

Clary considéra sa mère d'un air interdit. Sa première pensée fut : « Mais c'est le cousin des Penhallow ! » Évidemment, Sébastien n'était pas celui qu'il prétendait être ; tout ce qu'il leur avait dit n'était que pur mensonge. Elle repensa à sa première impression en le voyant : elle avait eu la sensation de l'avoir toujours connu. Or, elle n'avait pas ressenti cela avec Jace.

— Sébastien est mon frère ?

Les traits délicats de Jocelyne étaient tendus à l'extrême, ses mains crispées sur ses genoux.

— Aujourd'hui, je me suis longtemps entretenue avec Luke de ce qui s'est passé à Alicante depuis ton arrivée. Il soupçonne Sébastien d'avoir détruit les boucliers, bien qu'il ignore comment il s'y est pris. En l'écoutant m'expliquer tout cela, j'ai compris qui était vraiment Sébastien.

— Qu'est-ce qui t'a mise sur la piste ? Le fait qu'il ait usurpé l'identité de Sébastien Verlac et qu'il espionne pour le compte de Valentin ?

— Oui, mais pas seulement. C'est quand Luke m'a raconté que, d'après toi, Sébastien se teignait les cheveux que j'ai deviné. Je peux me tromper, mais un garçon à peine plus âgé que toi, aux cheveux blonds et aux yeux noirs, soi-disant orphelin de père et de mère, et entièrement dévoué à Valentin... Je n'ai pas pu m'empêcher de faire le rapprochement avec Jonathan. En outre, Valentin a toujours cherché le moyen de désactiver les boucliers. En expérimentant du sang démoniaque sur Jonathan, il prétendait le rendre plus fort, mais il y avait peut-être autre chose là-dessous...

— Comment ça ?

— C'était sans doute le moyen qu'il avait trouvé pour neutraliser les boucliers. On ne peut pas faire entrer un démon dans Alicante. Or, il faut du sang de démon pour venir à bout des boucliers. C'est ce sang-là qui coule dans les veines de Jonathan. Et le fait d'être un Chasseur d'Ombres lui ouvrait automatiquement les portes de la ville. Jonathan s'est servi de son sang pour désactiver les boucliers. J'en suis certaine.

Clary revit Sébastien face à elle près des ruines du manoir des Fairchild. Ses cheveux noirs lui fouettaient le visage. Il l'avait prise par les poignets en enfonçant les ongles dans sa chair, et prétendu que Valentin n'avait jamais aimé Jace. Sur le moment, elle avait cru qu'il haïssait Valentin. Mais en réalité, il était jaloux.

Elle songea au prince ténébreux de ses carnets de croquis, qui ressemblait tant à Sébastien. Elle n'avait vu dans cette ressemblance qu'une coïncidence, un tour de son imagination. Maintenant, cependant, elle se demandait si ce n'étaient pas les liens du sang qui l'avaient poussée à donner les traits de son frère au héros malheureux de son histoire. Elle s'efforça de se remémorer le visage du prince, mais son image se fissura puis disparut comme des cendres éparpillées par le vent. Elle ne voyait plus que Sébastien désormais ; le rougeoiement de la ville en flammes se reflétait dans ses yeux.

— Quelqu'un doit prévenir Jace. Il faut qu'il sache la vérité.

Les pensées se bousculaient dans sa tête. Si Jace avait su, il ne se serait peut-être pas lancé à la poursuite de Valentin. S'il avait su qu'il n'était pas son frère...

— Mais je croyais que vous n'aviez aucune idée de sa destination... objecta Jocelyne d'un ton mi-étonné mi-compatissant.

Avant que Clary ait pu répondre, la porte s'ouvrit en grand, inondant les marches de lumière, et Luke sortit. Il semblait à la fois épuisé et heureux. Voire soulagé.

Jocelyne se leva.

— Qu'y a-t-il, Luke ?

Il fit quelques pas dans leur direction et s'arrêta au sommet des marches.

— Jocelyne, excuse-moi de t'interrompre.

— Ce n'est rien, Luke.

Malgré son trouble, Clary pensa : « Qu'est-ce qu'ils ont à s'appeler tout le temps par leur prénom ? » Une certaine maladresse perçait désormais dans leur attitude.

— Quelque chose ne va pas ? s'enquit-elle.

Il secoua la tête.

— Non, au contraire. Pour une fois, les nouvelles sont bonnes.

Il sourit et annonça avec fierté :

— Tu as réussi, Clary. L'Enclave consent à ce que tu marques ses guerriers. Il n'est plus question de se rendre.

18

Ave atque vale

La vallée était plus belle encore dans la réalité que dans la vision qu'en avait eue Jace. C'était peut-être dû aux reflets du clair de lune sur le torrent qui serpentait parmi les herbes hautes. À flanc de montagne s'élevaient des trembles et des bouleaux dont les feuilles frémissaient dans la brise. Il faisait froid à cette altitude, sans protection contre le vent.

C'était sans aucun doute à cet endroit qu'il avait vu Sébastien pour la dernière fois. La distance qui les séparait se réduisait peu à peu. Après avoir attaché Wayfarer au tronc d'un arbre, il sortit le fil de sa poche et répéta son rituel pour en avoir le cœur net.

Il ferma les yeux, s'attendant à voir Sébastien, et pria intérieurement pour qu'il se trouve quelque part dans la vallée. Cependant, il ne vit que des ténèbres. Son cœur se mit à battre plus fort.

Il refit une tentative en changeant le fil de main et, de sa main droite qui était moins agile, traça maladroitement la rune de filature sur son poing gauche. Cette fois, il prit une profonde inspiration avant de fermer les yeux.

Toujours rien. Il se tint immobile pendant une longue minute, les dents serrées, tandis que le vent s'engouffrait dans sa veste, lui donnant la chair de poule. Puis, avec un juron, il rouvrit les yeux et, tout à sa colère, desserra les doigts : le vent emporta le fil si vite qu'il ne put même pas esquisser un geste pour le rattraper.

Son cerveau s'affola. Manifestement, la rune ne fonctionnait plus. S'étant peut-être aperçu qu'il était suivi, Sébastien avait dû faire en sorte de rompre le charme... Mais comment aurait-il pu neutraliser une rune de filature ? Ou alors il se trouvait à proximité d'un point d'eau. Cet élément perturbait la magie.

Ces réflexions n'aidaient pas beaucoup Jace. Il ne pouvait pas écumer tous les lacs du pays. Il était si près du but... Il avait bel et bien vu cette vallée. La maison était là, nichée contre un bouquet d'arbres. Il pouvait toujours en fouiller les alentours dans l'espoir d'y trouver un objet susceptible de lui indiquer l'endroit où se trouvait Sébastien ou Valentin.

Résigné, avec sa stèle il traça sur sa peau une série de Marques de combat aux effets provisoires : une pour se déplacer en silence, une autre pour accroître sa rapidité et une troisième pour marcher d'un pas sûr. Quand il eut terminé, il glissa l'objet dans sa poche, tapota l'encolure de Wayfarer et descendit dans la vallée.

Malgré les apparences, elle était très escarpée et sujette aux éboulements. Tantôt il progressait prudemment tantôt il se laissait porter par la pente, ce qui était à la fois plus rapide et plus dangereux. Quand il eut atteint le fond la vallée, il avait les mains en sang, étant tombé sur le gravier plus d'une fois. Il lava ses égratignures dans l'eau claire et glacée du torrent.

Jetant un coup d'œil autour de lui, il s'aperçut qu'il voyait maintenant la vallée sous un angle tout autre que dans sa vision : les arbres aux branches noueuses se trouvaient devant lui, les montagnes tout autour et la petite maison à quelques pas. Ses fenêtres étaient à présent plongées dans l'obscurité, et la cheminée ne crachait pas de fumée. Le soulagement de Jace était à hauteur de sa déception. Il était plus facile de fouiller une maison inoccupée. Mais justement, où étaient donc passés ses occupants ?

En se rapprochant, il se demanda pourquoi, dans sa vision, l'endroit lui avait paru aussi lugubre. Ce n'était qu'une ferme banale bâtie avec des pierres blanches et grises. Les volets peints en bleu vif avaient besoin d'un sérieux rafraîchissement. La couleur s'était fanée et s'écaillait par endroits.

Jace se hissa sur le rebord d'une fenêtre et jeta un regard à l'intérieur. Il distingua une grande pièce poussiéreuse avec une espèce d'établi poussé contre un mur. Les objets posés sur le plan de travail n'étaient manifestement pas destinés au bricolage. Jace reconnut du matériel de sorcier : des piles de parchemins tachés, des bougies de cire noire, de grosses bassines en cuivre, les bords maculés d'un liquide sombre, un assortiment de couteaux, certains fins comme des poinçons. Un pentagramme aux contours à demi effacés avait été tracé à la craie sur le sol ; chacune de ses pointes était surmontée d'une rune. Le ventre de Jace se noua : ces runes ressemblaient à celles qui étaient gravées aux pieds d'Ithuriel. Étaient-elles l'œuvre de Valentin ? À quoi servait donc cette cachette, dont il n'avait jamais entendu parler ?

Il sauta de son perchoir et atterrit dans l'herbe sèche. À cet instant, une ombre passa sur la lune. « Pourtant, il n'y a pas d'oiseaux par ici », pensa-t-il. Levant les yeux, il eut le temps d'apercevoir un corbeau qui décrivait des cercles au-dessus de sa tête. Il se figea puis courut se réfugier sous un arbre. Une fois à l'abri, il scruta le ciel à travers les branches. Tandis que l'oiseau amorçait sa descente, Jace sut que son instinct ne l'avait pas trompé. Ce corbeau n'était pas n'importe quel volatile : c'était Hugo, qui avait jadis appartenu à Hodge, lequel avait de temps en temps recours à ses services pour envoyer des messages hors de l'Institut. Jace avait appris depuis que Hugo était à l'origine le compagnon dévoué de Valentin.

Le cœur battant d'excitation, il se colla contre le tronc de l'arbre. Si Hugo était dans les parages, cela ne signifiait qu'une chose : il apportait un message, dont le destinataire n'était autre que Valentin. Si seulement il parvenait à le suivre...

Perché sur un rebord de fenêtre, Hugo scruta l'intérieur de la maison. Comprenant apparemment qu'elle était vide, il s'éleva dans les airs avec un croassement furieux et s'éloigna en battant des ailes.

Jace émergea de l'ombre et se lança à la poursuite du corbeau.

— Donc, techniquement, même si Jace et toi, vous n'êtes pas apparentés, tu as embrassé ton frère, résuma Simon.

— Simon ! s'écria Clary, horrifiée. Tais-toi !

Elle jeta un coup d'œil à la ronde pour s'assurer que personne ne les écoutait. Elle était assise dans un siège à haut dossier sur l'estrade de la Salle des Accords, et Simon lui tenait compagnie. Dans un coin de l'estrade, sa mère était en grande conversation avec Amatis.

Tout autour d'eux, la salle était en effervescence. Des Créatures Obscures se déversaient en masse par la porte à double battant et s'agglutinaient contre les murs. Clary reconnut plusieurs membres de la meute de Luke, y compris Maia, qui lui adressa un grand sourire depuis le fond de la salle. Il y avait aussi des elfes à la beauté pâle et froide, ainsi que des sorciers avec des ailes de chauve-souris, des pattes de bouc, voire des antennes pour l'un d'eux, qui faisaient jaillir des flammes bleues de leurs doigts en se déplaçant dans la salle. Les Chasseurs d'Ombres se mêlaient à cette foule étrange, l'air vaguement nerveux.

Serrant sa stèle dans ses mains, Clary lança un regard anxieux autour d'elle. Où était Luke ? Il avait disparu dans la cohue. Il lui fallut un moment pour l'apercevoir. Il discutait avec Malachi, qui ne cessait de secouer la tête vigoureusement. Amatis s'était rapprochée, et fusillait le Consul du regard.

— Ne me fais pas regretter de t'avoir raconté ça, Simon, marmonna Clary.

Elle avait fait de son mieux pour lui résumer à voix basse le récit de Jocelyne tandis qu'il l'aidait à se frayer un passage jusqu'à l'estrade et à trouver un siège. Maintenant qu'elle dominait la salle de son perchoir, elle avait l'impression étrange d'être la souveraine de tous ses occupants. Sauf qu'une véritable reine ne cède jamais à la panique.

— D'ailleurs, il embrassait très mal, ajouta-t-elle.

— Ou peut-être que c'était juste répugnant parce que ce garçon est... tu sais... ton frère.

Cette histoire semblait un peu trop amuser Simon au goût de Clary.

— Si ma mère t'entend, je t'étrangle. J'ai déjà envie de vomir, alors n'en rajoute pas.

Jocelyne, qui s'avançait vers eux, avait dû entendre les derniers mots de Clary – mais, par bonheur, pas le sujet de leur discussion –, car elle posa une main rassurante sur son épaule.

— Ne sois pas si nerveuse, ma chérie. Tu as été formidable tout à l'heure. Il te faut quelque chose ? Une couverture, de l'eau chaude...

— Je n'ai pas froid, répondit Clary, à bout de patience. Et je n'ai pas besoin d'un bain non plus. J'aimerais juste que Luke m'explique ce qui se passe.

Jocelyne fit signe à l'intéressé pour attirer son attention. Ses lèvres formèrent des mots silencieux que Clary ne parvint pas à déchiffrer.

— Maman, arrête, grommela-t-elle, mais il était déjà trop tard.

Luke leva la tête, à l'instar de quelques Chasseurs d'Ombres à proximité. La plupart détournèrent précipitamment les yeux, mais Clary lut de la fascination dans leur regard. Elle avait du mal à s'habituer à l'idée que sa mère puisse être une figure légendaire à Idris. Tout le monde ou presque dans cette salle avait entendu parler d'elle et avait une opinion à son sujet, bonne ou mauvaise. Clary s'étonnait qu'elle ne s'en formalise pas ; elle semblait calme, détachée, dangereuse.

Un moment plus tard, Luke les rejoignit sur l'estrade, Amatis sur les talons. S'il avait toujours l'air fatigué, il était aussi étonnamment alerte, voire excité.

— Attendez encore une seconde, lança-t-il. Tout le monde arrive.

— Malachi te donnait du fil à retordre ? s'enquit Jocelyne sans regarder Luke.

Il fit un geste dédaigneux.

— Il pense qu'on devrait envoyer un message à Valentin pour l'informer de notre décision. Personnellement, je crois qu'on ne devrait pas dévoiler notre jeu. Laissons Valentin marcher sur la plaine de Brocelinde avec toute son armée en s'attendant à notre capitulation. Malachi estime que ce n'est pas fair-play. Quand je lui ai fait remarquer que la guerre n'avait rien à voir avec un match de cricket, il m'a rétorqué qu'au moindre débordement il annulerait tout. Qu'est-ce qu'il s'imagine ? Que les Créatures Obscures ne peuvent pas rester cinq minutes sans se battre ?

— Exactement, lança Amatis. C'est Malachi, ne l'oublie pas. Il doit avoir peur que vous vous entre-dévoriez.

— Amatis, chuchota Luke. On pourrait t'entendre.

Il se retourna au moment où deux hommes gravissaient les marches derrière lui : l'un était un grand elfe élancé avec de longs cheveux noirs encadrant son visage étroit. Il portait une armure blanche faite de minuscules écailles en métal qui se chevauchaient comme celles d'un poisson. Ses yeux étaient vert émeraude.

L'autre homme était Magnus Bane. Sans un sourire pour Clary, il vint se poster près de Luke. Il portait un long manteau noir fermé jusqu'au dernier bouton et ses cheveux étaient tirés en arrière.

— Qu'est-ce que c'est que ce look… passe-partout ! s'exclama Clary en ouvrant de grands yeux.

Il sourit imperceptiblement et choisit d'ignorer sa remarque.

— Il paraît que tu as une rune à nous montrer.

Clary se tourna vers Luke ; il hocha la tête.

— Oui, répondit-elle. Il me faut juste de quoi écrire.

— Je t'ai demandé si tu avais besoin de quelque chose, marmonna Jocelyne.

— Moi, j'ai du papier, intervint Simon en fouillant la poche de son jean.

Il tendit à Clary le flyer froissé de son groupe, sur lequel figurait la date de leur concert au Knitting Factory, en juillet. Avec un haussement d'épaules, elle sortit sa stèle, qui projeta de petites étincelles au contact du papier. L'espace d'un instant, elle craignit que le tract ne s'enflamme, mais il tint bon. Elle se mit à dessiner en s'efforçant de s'abstraire de l'agitation environnante et de l'impression que tous les regards étaient braqués sur elle.

Comme précédemment, la rune apparut sur le papier dans un enchevêtrement de courbes qui semblaient inachevées. Après l'avoir épousseté, elle brandit le flyer avec l'impression ridicule d'être une écolière en train de faire un exposé devant sa classe.

— Voilà. Il en faut une autre pour la compléter. Une… rune jumelle, en quelque sorte.

— Une Créature Obscure, un Chasseur d'Ombres. Chaque élément de la paire devra être marqué, ajouta Luke.

Il recopia la rune sur un coin du tract, déchira le papier en deux et en tendit une partie à Amatis.

— Commence à faire circuler la rune. Montre aux Nephilim comment ça marche.

Après lui avoir adressé un signe de tête, Amatis descendit les marches et se fondit dans la foule. Le chevalier-elfe la regarda s'éloigner d'un air dubitatif.

— J'ai toujours entendu dire que seuls les Nephilim supportaient les Marques de l'Ange, déclara-t-il d'un ton méfiant. Nous autres, nous devenons fous à leur contact ou nous mourons.

— Ce n'est pas une Marque du Grimoire, objecta Clary. Vous ne risquez rien, je vous assure.

Le chevalier-elfe ne parut pas convaincu. Avec un soupir, Magnus releva sa manche et tendit le bras.

— Vas-y, lance-toi.

— Je ne peux pas. Le Chasseur d'Ombres qui te marque devient ton partenaire, et je n'ai pas le droit de prendre part à la bataille.

— Encore heureux, lâcha Magnus.

Il jeta un coup d'œil à Luke et à Jocelyne, qui se tenaient tout près l'un de l'autre.

— Vous deux. Montrez à l'elfe comment ça marche.

— Quoi ? fit Jocelyne.

— Je présume que vous serez partenaires, vu que vous êtes pratiquement mariés.

Les joues de Jocelyne s'empourprèrent et elle prit soin d'éviter le regard de Luke.

— Je n'ai pas de stèle...

— Prends la mienne, suggéra Clary. Vas-y, montre-leur.

Jocelyne se tourna vers Luke, qui semblait désorienté. Il tendit le bras avant même qu'elle le lui demande, et elle marqua sa paume avec des gestes rapides et précis. Visiblement, il était nerveux et elle dut lui tenir le poignet pour l'empêcher de trembler tandis qu'il la dévorait des yeux. Clary repensa à sa conversation avec lui au sujet de sa mère, et une bouffée de tristesse l'envahit. Elle se demanda si Jocelyne avait conscience des sentiments qu'elle inspirait à Luke. Si tel était le cas, les partageait-elle ?

— Voilà, dit-elle en se redressant. C'est fait.

Luke tendit sa paume pour montrer la Marque au chevalier-elfe.

— Satisfait, Meliorn ?

— Meliorn ? s'étonna Clary. On s'est déjà rencontrés, n'est-ce pas ? Vous sortiez avec Isabelle Lightwood.

Si l'elfe demeura impassible, Clary aurait pu jurer qu'il était mal à l'aise. Luke secoua la tête.

— Voyons, Clary, Meliorn est chevalier à la Cour des Lumières. Il est peu probable que...

— Ils sortaient ensemble, intervint Simon, et c'est elle qui l'a plaqué. Du moins elle en avait l'intention. C'est rude, hein, mec ?

Meliorn le toisa d'un air dédaigneux.

— Tu es le porte-parole des Enfants de la Nuit ?

— Non, je suis juste là pour elle, répondit Simon en montrant Clary.

— Les Enfants de la Nuit ont refusé de se rallier à notre cause, annonça Luke après une brève hésitation.

J'ai transmis cette information à votre reine. Ils ont choisi de... mener leur barque seuls.

Le visage délicat de Meliorn s'assombrit.

— Si j'avais su ! Les Enfants de la Nuit sont un peuple prudent et avisé. Tout projet suscitant leur colère éveille mes soupçons.

— Qui a dit qu'ils s'étaient mis en colère ? répliqua Luke en s'efforçant de garder son calme.

Il fallait vraiment le connaître pour s'apercevoir qu'il était exaspéré.

Soudain, ses yeux se posèrent sur la foule. Suivant son regard, Clary aperçut une silhouette familière qui se frayait un chemin parmi la bousculade : Isabelle, ses cheveux noirs dansant autour d'elle, son fouet enroulé comme un bracelet d'or autour de son poignet.

Clary prit Simon par le bras.

— Les Lightwood. Je viens de voir Isabelle.

Il fronça les sourcils.

— Je ne savais pas que tu les cherchais.

— S'il te plaît, va leur transmettre un message, chuchota-t-elle en jetant un regard autour d'elle pour s'assurer qu'on ne les écoutait pas.

Par chance, personne ne prêtait attention à eux. Luke faisait signe à quelqu'un dans la foule pendant que Jocelyne s'adressait à Meliorn, qui la regardait d'un air presque paniqué.

— Il faut que je reste ici, reprit Clary, mais je t'en prie, raconte à Alec et à Isabelle ce que m'a révélé ma mère au sujet de Jace et de Sébastien. Il faut qu'ils sachent. Dis-leur de venir me voir dès que possible. S'il te plaît, Simon.

— D'accord, je reviens tout de suite, répondit-il, visiblement alarmé par le ton désespéré de Clary.

Libérant son bras, il lui caressa la joue d'un geste réconfortant avant de s'éloigner. Se détournant, elle s'aperçut que Magnus l'observait avec un petit sourire.

— Ne t'inquiète pas, répondit-il à Luke. Je connais la plaine de Brocelinde comme ma poche. J'installerai le Portail sur la place. Vu sa taille, il ne devrait pas tenir bien longtemps, aussi je te suggère de me les amener très vite une fois qu'ils auront été marqués.

Luke hocha la tête. Au moment où il se tournait pour parler à Jocelyne, Clary se pencha vers Magnus.

— Au fait, merci pour tout ce que tu as fait.

Magnus sourit de plus belle.

— Tu ne pensais pas que je tiendrais ma promesse, pas vrai ?

— J'ai eu des doutes, admit Clary. Surtout si l'on considère que, quand je t'ai vu chez Ragnor Fell, tu n'as même pas pris la peine de m'informer que Jace avait emmené Simon avec lui par le Portail. Jusqu'ici, je n'ai pas eu l'occasion de t'incendier. Qu'est-ce que tu croyais ? Que ce genre de détail ne m'intéressait pas ?

— Que ça t'intéresserait trop, tu veux dire. Je te voyais déjà tout laisser tomber pour te précipiter à la Garde. Or, j'avais besoin de toi pour retrouver le Livre Blanc.

— C'est cruel ! s'emporta Clary. Et tu as tort : j'aurais...

— Tu aurais agi comme n'importe qui à ta place. Je ne te jette pas la pierre, Clary, et jamais je n'ai pensé que tu étais faible. Si je ne t'ai rien dit, c'est parce que tu es humaine, et l'humanité, je sais comment ça marche. Je ne suis pas né de la dernière pluie.

— Comme si toi, tu ne te laissais jamais guider par ton cœur ! Au fait, où est Alec ? Tu devrais lui proposer d'être ton partenaire.

Magnus fit la grimace.

— Je ne peux pas l'approcher quand ses parents sont dans le secteur, tu le sais bien.

Clary, le menton dans la main, répliqua :

— Agir en fonction de celui qu'on aime, ce n'est pas toujours drôle, hein ?

— Tu l'as dit, marmonna le sorcier.

Le corbeau volait vers l'ouest en décrivant de grands cercles indolents au-dessus des arbres. La lune était haute dans le ciel, si bien que Jace pouvait le suivre sans recourir à sa pierre de rune, pour peu qu'il reste caché dans la pénombre des arbres.

Le flanc de la montagne se dressait devant lui tel un immense mur de pierre grise. Le corbeau semblait suivre le torrent qui serpentait vers l'ouest avant de disparaître dans une fissure de la roche. Jace faillit se tordre la cheville plusieurs fois sur les cailloux humides et regretta de ne pas pouvoir jurer à voix haute, mais Hugo l'entendrait à coup sûr. Il devait progresser plié en deux tout en prenant garde à ne pas se casser une jambe.

Sa chemise était trempée de sueur quand il parvint au pied de la montagne. Pendant un moment, il crut qu'il avait perdu la trace d'Hugo. Il était près de se décourager quand il vit le corbeau descendre en piqué puis s'engouffrer dans la crevasse. Il se mit à courir ;

quel soulagement de ne plus avoir à ramper ! En se rapprochant du trou, il constata qu'il s'élargissait pour former une espèce de caverne naturelle. Après avoir sorti sa pierre de rune de sa poche, il s'élança derrière l'oiseau.

Une faible clarté éclairait l'entrée du passage mais, au bout de quelques pas, Jace se retrouva plongé dans des ténèbres oppressantes. Levant sa pierre de rune, il laissa sa lumière filtrer entre ses doigts.

D'abord, il crut qu'il avait déjà trouvé le chemin de la sortie, et que les étoiles scintillaient au-dessus de sa tête. Elles ne brillaient jamais aussi intensément qu'à Idris, mais cette fois ce n'était pas elles. La pierre de rune éclairait des dizaines d'éclats de mica incrustés dans la roche autour de lui, et de minuscules points lumineux lui montraient le chemin.

Il se trouvait dans un espace étroit creusé au sein de la montagne, lequel se scindait un peu plus loin en deux tunnels obscurs. Il repensa aux histoires que lui racontait son père, où des héros égarés dans des labyrinthes se servaient d'une corde ou d'un bout de ficelle pour retrouver leur chemin. Or, il ne possédait ni l'un ni l'autre. Parvenu à l'embranchement, il se figea et tendit l'oreille. D'abord, il ne perçut qu'un clapotis lointain puis le rugissement du torrent, un froissement d'ailes et, enfin, des voix.

Il sursauta. Elles provenaient du tunnel de gauche, il en était certain. Il passa le pouce sur sa pierre de rune jusqu'à ce qu'elle émette une lueur suffisante pour éclairer son chemin, et s'enfonça dans l'obscurité.

— Tu es sérieux, Simon ? C'est fantastique !

Isabelle prit son frère par le bras.

— Alec, tu entends ça ? Jace n'est pas le fils de Valentin !

— Alors c'est le fils de qui ? s'enquit Alec, mais Simon sentait qu'il avait l'esprit ailleurs.

Il semblait chercher quelqu'un des yeux. Non loin, ses parents froncèrent les sourcils dans leur direction. Simon avait craint d'être obligé de leur raconter à eux aussi toute l'histoire, mais ils acceptèrent de bonne grâce de le laisser seul avec Alec et Isabelle pendant quelques minutes.

— On s'en fiche !

Isabelle leva les bras au ciel pour manifester sa joie, puis se rembrunit brusquement.

— En fait, c'est une bonne question. Qui est son vrai père ? Michael Wayland ?

Simon secoua la tête.

— Stephen Herondale.

— Alors l'Inquisitrice était sa grand-mère, observa Alec. C'est sans doute pour cette raison qu'elle...

Il s'interrompit, le regard fixé sur la foule.

— Qu'elle quoi ? fit Isabelle avec impatience. Alec, sois attentif. Ou alors, dis-nous qui tu cherches.

— Magnus, répondit-il. Je voulais lui proposer d'être mon partenaire, mais je ne l'aperçois nulle part. Tu l'as vu, toi ? demanda-t-il à Simon.

— Il était sur l'estrade avec Clary mais... (Simon tendit le cou pour mieux voir.) Il est parti. Il doit être quelque part dans la foule.

— Vraiment ? Tu vas lui proposer ? s'étonna Isabelle. C'est un peu comme le bal de fin d'année, cette histoire de partenaires, sauf qu'au final, on va massacrer quelques démons.

— Exactement comme au bal de fin d'année, quoi, ironisa Simon.

— Je vais peut-être te proposer d'être mon partenaire, Simon.

Alec fronça les sourcils. À l'instar des autres Chasseurs d'Ombres dans la salle, il était vêtu de noir de pied en cap et d'innombrables armes pendaient à sa ceinture. Un arc était sanglé en travers de son dos ; Simon se réjouissait qu'il ait trouvé de quoi remplacer celui que Sébastien avait cassé.

— Isabelle, marmonna-t-il. Tu n'as pas besoin d'un partenaire puisque tu ne vas pas te battre. Tu es trop jeune. Et si tu fais mine ne serait-ce que d'y songer, je t'étrangle. (Il leva brusquement la tête.) Attendez... ce n'est pas Magnus, là-bas ?

Isabelle suivit son regard et ricana.

— Alec, c'est un lycanthrope. Une lycanthrope, pour être exacte. En fait, c'est Machinchose. May, je crois.

— Maia, intervint Simon.

Elle se tenait non loin d'eux, vêtue d'un pantalon en cuir marron et d'un tee-shirt noir moulant sur lequel était inscrit : « Ce qui ne me tue pas... ferait mieux de déguerpir. » Un élastique retenait ses cheveux tressés. Elle se retourna, comme si elle sentait leurs regards peser sur elle, et son visage s'éclaira. Simon lui rendit son sourire et se figea en voyant Isabelle se renfrogner. Depuis quand la vie était-elle devenue aussi compliquée ?

— Voilà Magnus ! s'écria Alec.

Il s'éloigna sans accorder un regard à ses compagnons et fendit la foule pour rejoindre le sorcier. Même à cette distance, il était impossible de ne pas voir la surprise qui se peignit sur le visage de Magnus quand il l'aperçut.

— Ils sont plutôt mignons même s'ils s'y prennent comme des manches, commenta Isabelle en les observant.

— Comment ça ?

— Alec veut que Magnus le prenne au sérieux alors qu'il n'a jamais parlé de lui à nos parents. Il ne leur a même pas avoué qu'il préfère, tu sais…

— Les sorciers ?

— Très drôle, rétorqua Isabelle en jetant un regard noir à Simon. Tu sais très bien ce que je veux dire. Ce qui se passe…

— Oui, qu'est-ce qui se passe, au juste ? lança Maia en s'avançant. Je ne comprends rien à cette histoire de partenaires. Comment ça marche ?

— Comme ça.

Simon montra du doigt Alec et Magnus qui s'étaient isolés à l'écart de la foule. Alec dessinait sur la main de Magnus, l'air concentré, et ses cheveux noirs lui retombaient sur les yeux.

— Alors on va tous devoir en passer par là ? s'étonna Maia.

— Seulement ceux qui se battent, répliqua Isabelle en toisant l'autre fille. Tu n'as pas l'air d'avoir dix-huit ans.

Maia eut un sourire pincé.

— Je ne suis pas une Chasseuse d'Ombres. Chez les lycanthropes, l'âge adulte, c'est seize ans.

— Alors tu vas y avoir droit. C'est un Chasseur d'Ombres qui doit te marquer. Tu ferais mieux d'en chercher un dès maintenant.

— Mais...

Maia, qui avait toujours les yeux fixés sur Alec et Magnus, s'interrompit en fronçant les sourcils. Simon se retourna à son tour, et resta bouche bée. Alec avait les bras autour du cou de Magnus et l'embrassait à pleine bouche. Celui-ci, apparemment en état de choc, était cloué sur place. Plusieurs petits groupes – Chasseurs d'Ombres et Créatures Obscures confondus – les observaient en chuchotant. Jetant un coup d'œil près de lui, Simon aperçut les Lightwood qui regardaient la scène avec des yeux ronds comme des soucoupes. Maryse avait la main plaquée sur sa bouche.

Perplexe, Maia demanda :

— Attendez une seconde... Ça aussi, il faut qu'on le fasse ?

Pour la énième fois, Clary chercha Simon parmi la foule. Il demeurait introuvable. Chasseurs d'Ombres et Créatures Obscures allaient et venaient dans la salle ou se déversaient par les portes ouvertes jusque sur les marches. Dans tous les coins, des stèles étincelaient : les combattants se regroupaient par deux pour se marquer à tour de rôle. Clary vit Maryse Lightwood tendre le bras à une grande femme à la peau verte, aussi pâle et majestueuse qu'elle. Patrick Penhallow échangeait solennellement des Marques avec un sorcier ; des étincelles bleues illuminaient de temps à autre sa chevelure. Au-dehors, Clary voyait miroiter le Portail sur la place. Les étoiles brillant à travers la verrière donnaient à la scène un aspect irréel.

— Incroyable, n'est-ce pas ? s'exclama Luke.

Il se tenait au bord de l'estrade, d'où il dominait la foule.

— Des Chasseurs d'Ombres et des Créatures Obscures ensemble, dans la même pièce.

Il semblait impressionné. Clary regrettait que Jace ne soit pas là pour voir ça. Malgré tous ses efforts, elle ne pouvait pas s'empêcher d'avoir peur pour lui. L'idée qu'il affronte seul Valentin, qu'il mette sa vie en danger parce qu'il se croyait maudit, qu'il meure sans connaître la vérité...

— Clary, tu m'as entendue ? lança Jocelyne avec une pointe d'amusement dans la voix.

— Oui, c'est incroyable, je sais.

Jocelyne prit la main de sa fille.

— Ce n'est pas ce que j'ai dit. Luke et moi, nous allons combattre. Oui, je sais que tu sais. Tu resteras ici avec Isabelle et les autres enfants.

— Je ne suis pas une enfant.

— Je sais, mais tu es trop jeune pour participer à la bataille. Et, même si ce n'était pas le cas, tu n'as pas suivi d'entraînement.

— Je n'ai pas envie de rester ici les bras croisés.

— Tu en as déjà assez fait ! Sans toi, rien de tout ça n'aurait pu se produire. Nous n'aurions même pas eu l'occasion de nous battre. Je suis très fière de toi. Je te promets que, Luke et moi, nous reviendrons. Tout ira bien, tu verras.

Clary planta son regard dans celui de sa mère.

— Maman. Pas de mensonges.

Jocelyne se leva en soupirant et lâcha la main de sa fille. Avant qu'elle ait pu dire un mot, Clary reconnut un visage familier dans la foule. Le nouveau venu s'avança vers elles d'un pas décidé en se faufilant parmi la cohue avec une aisance surprenante. Il semblait traverser les corps comme de la fumée.

Et c'était bel et bien le cas, comprit-elle au moment où il s'approchait de l'estrade. Il portait les mêmes vêtements que lors de leur première rencontre : une chemise blanche et un pantalon noir. Elle avait oublié à quel point il était frêle. On lui donnait à peine quatorze ans. Avec ses traits fins, angéliques, et son air calme, on aurait dit un enfant de chœur montant les marches de l'autel.

— Raphaël !

La voix de Luke trahissait à la fois la surprise et le soulagement.

— Je ne pensais pas que tu viendrais. Les Enfants de la Nuit ont donc reconsidéré l'idée de se joindre à nous pour repousser Valentin ? Il reste un siège au Conseil pour vous, si vous le voulez.

Il tendit la main à Raphaël, dont les beaux yeux brillants ne trahissaient aucune émotion.

— Je ne peux pas te serrer la main, loup-garou.

Devant l'air offensé de Luke, il sourit juste assez pour découvrir la pointe de ses crocs étincelants.

— Je ne suis qu'une projection, expliqua-t-il en levant la main pour que tous voient la lumière passer à travers. Je ne peux rien toucher.

— Mais...

Luke leva les yeux vers le clair de lune qui se déversait par la verrière.

— Pourquoi... (Il baissa la main.) En tout cas, je suis content que tu sois venu. Quel que soit le moyen que tu aies choisi.

Le regard de Raphaël s'attarda sur Clary pendant quelques instants – elle n'aimait pas ce regard-là –, puis il se tourna vers Jocelyne et sourit.

— Toi, tu es la femme de Valentin. Ceux des miens qui se sont battus à tes côtés lors de l'Insurrection m'ont beaucoup parlé de toi. Je dois admettre que je n'aurais jamais pensé te rencontrer un jour.

Jocelyne le salua d'un signe de tête.

— Beaucoup d'Enfants de la Nuit ont combattu bravement ce jour-là. Ta présence ici signifie donc que nous lutterons de nouveau ensemble ?

Clary trouvait étrange d'entendre sa mère s'exprimer de façon aussi froide et formelle, et cependant Jocelyne semblait trouver cela aussi naturel que de peindre, assise par terre, en vieille salopette.

— Je l'espère, répondit Raphaël, et son regard glissa de nouveau sur Clary comme la caresse d'une main glacée. Nous n'avons qu'une seule exigence – oh ! une broutille. Si vous y accédez, les Enfants de la Nuit vous rejoindront volontiers sur le champ de bataille.

— Le siège au Conseil, lança Luke. Bien sûr... Ce sera bientôt réglé, les documents peuvent être prêts dans l'heure...

— Non, l'interrompit Raphaël. C'est autre chose.

— Autre chose ? répéta Luke, interdit. Quoi donc ? Je t'assure que s'il est en notre pouvoir...

— Oh oui, répliqua Raphaël en souriant de toutes

ses dents. En fait, ce que nous voulons se trouve ici même.

Se détournant, il désigna la foule d'un geste gracieux.

— C'est ce garçon, Simon. Le vampire diurne.

Le tunnel, long et sinueux, s'enroulait sur lui-même ; Jace avait l'impression de ramper dans les entrailles d'un énorme monstre. À l'odeur de pierre humide et de cendre se mêlait un relent étrange qui lui rappelait vaguement l'odeur de la Cité des Os.

Enfin, le tunnel déboucha sur une caverne circulaire. D'immenses stalactites, étincelantes comme des gemmes, pendaient de la voûte dentelée. Le sol, lui, était aussi lisse que s'il avait été poli et, par endroits, la pierre luisante formait d'obscurs motifs. Au centre de la caverne s'élevait une imposante stalagmite en quartz émergeant du sol tel un croc gigantesque, peinte çà et là de signes écarlates. En y regardant de plus près, Jace s'aperçut que ses parois étaient transparentes, et que la peinture était en réalité une substance étrange qui tournoyait comme de la fumée colorée à l'intérieur d'une éprouvette.

Au-dessus de sa tête, un rai de lumière filtrait à travers un trou circulaire dans la pierre, formant une lucarne naturelle. À en juger par les motifs complexes incrustés dans le sol, la caverne n'était pas l'œuvre de la nature. Mais qui avait bien pu creuser cette énorme chambre souterraine, et pour quelle raison ?

Un croassement strident s'éleva, et Jace sursauta. Après s'être baissé derrière une grosse stalagmite, il éteignit sa pierre de rune au moment où deux silhouettes émergeaient de la pénombre à l'autre bout de la caverne. Elles s'avancèrent vers lui, la tête baissée, l'air absorbé dans leur conversation. Comme elles atteignaient le centre de la grotte, la lune éclaira leur visage et c'est alors qu'il les reconnut.

Sébastien. Et Valentin.

Pour gagner l'estrade, Simon contourna la foule en longeant la rangée de colonnes. La tête baissée, il était perdu dans ses pensées. Il trouvait bizarre qu'Alec, qui n'avait qu'un an ou deux de plus que lui, se prépare à partir pour le champ de bataille, alors que le reste du groupe restait à l'arrière. Isabelle semblait l'avoir bien pris : il n'y avait eu ni larmes ni crise d'hystérie. Elle devait s'y attendre.

Il approchait des marches quand, levant les yeux, il vit Raphaël, aussi impassible qu'à son habitude, qui se tenait sur l'estrade face à Luke. Celui-ci, en revanche, semblait agité : il secouait la tête, levait les mains en signe de protestation et, à côté de lui, Jocelyne était scandalisée. Simon ne distinguait pas le visage de Clary, qui lui tournait le dos, mais il la connaissait assez pour s'apercevoir, rien qu'à la tension de ses épaules, que quelque chose ne tournait pas rond.

Pour éviter que Raphaël ne le voie, il se cacha derrière une colonne et tendit l'oreille. Par-dessus les bavardages de la foule, il discerna la voix de Luke.

— C'est hors de question, disait-il. Je n'arrive même pas à croire que tu aies pu le demander.

— Et moi je n'arrive pas à croire que tu refuses, répliqua Raphaël d'un ton glacial. C'est une babiole.

— Ce n'est pas une babiole, intervint Clary, furieuse. C'est une personne.

— C'est un vampire, tu as tendance à l'oublier.

— Et toi, tu n'es pas un vampire, peut-être ? rétorqua Jocelyne du ton qu'elle employait quand Clary et Simon avaient commis une bêtise. Tu sous-entends que ta vie n'a aucune valeur ?

Simon se plaqua contre la colonne. Que se passait-il ?

— Ma vie vaut beaucoup plus que la vôtre, car je suis immortel. Il n'y a pas de limite à ce que je peux accomplir, alors que votre séjour sur terre est de courte durée. Mais là n'est pas le sujet. C'est un vampire, il m'appartient, et je veux qu'on me le rende.

— Il ne t'appartient pas ! s'emporta Clary. Tu ne t'intéressais même pas à lui jusqu'à ce que tu apprennes qu'il pouvait marcher au grand jour...

— Peut-être, lâcha Raphaël, mais pas pour les raisons que tu crois.

Il releva la tête d'un air de défi et ses yeux étincelèrent.

— Aucun vampire ne devrait détenir ce pouvoir, poursuivit-il, de même qu'aucun Chasseur d'Ombres ne devrait posséder les dons dont vous avez hérité, ton frère et toi. Pendant des siècles, on nous a seriné que nous étions des êtres contre nature. Mais là, c'est bel et bien le cas.

— Raphaël, dit Luke d'un ton menaçant. J'ignore ce que tu espérais en venant ici, mais nous ne te laisserons pas faire de mal à Simon.

— En revanche, vous laisserez Valentin et son armée de démons massacrer tous vos alliés, lança Raphaël en embrassant d'un geste la salle. Vous acceptez qu'ils risquent leur vie et vous ne donnez pas à Simon le même choix ? Peut-être que sa décision différera de la vôtre. Vous savez pourtant que nous ne nous battrons pas à vos côtés si vous refusez.

— Nous nous passerons de vous. Je n'achèterai pas votre aide avec la vie d'un innocent. Je ne m'appelle pas Valentin.

Raphaël se tourna vers Jocelyne.

— Et toi, Chasseuse d'Ombres ? Tu vas laisser un loup-garou décider de l'avenir de ton peuple ?

Jocelyne dévisagea Raphaël comme si elle avait affaire à un cafard en train de ramper sur le sol de sa cuisine, puis elle répondit calmement :

— Si tu touches à un cheveu de Simon, vampire, tu finiras en pâtée pour chats, compris ?

Un pli sévère barra la bouche de Raphaël.

— Soit. En rendant ton dernier souffle dans la plaine de Brocelinde, tu te demanderas peut-être si ça valait la peine de sacrifier tant de vies pour une seule.

Et, à ces mots, il disparut. Luke se tourna vers Clary, mais Simon ne les entendait plus. Il regardait ses mains. Il s'était attendu qu'elles tremblent, or il n'en était rien. Lentement, il serra les poings.

Valentin était resté le même, avec son corps robuste sanglé dans son armure de Chasseur d'Ombres et ses épaules larges qui contrastaient avec l'ossature fine de son visage. L'Épée Mortelle pendait d'un baudrier attaché dans son dos, et il portait une large ceinture dans laquelle il avait glissé toutes sortes d'armes : de gros couteaux de chasse, des dagues effilées et de petits poignards servant à dépecer. En observant Valentin depuis sa cachette, Jace éprouva la même émotion qu'à chaque fois qu'il pensait à son père : un mélange d'affection filiale mêlée de désespoir, de déception et de méfiance.

Le voir avec Sébastien était un peu déroutant. Celui-ci s'était métamorphosé. Il portait lui aussi son armure, et une longue épée à pommeau d'argent à la ceinture. Néanmoins, ce n'était pas sa tenue qui frappa Jace mais ses cheveux désormais d'un or pâle. Il portait d'ailleurs mieux le blond que le brun ; en comparaison, sa peau ne semblait plus aussi livide. Il avait dû teindre sa chevelure pour ressembler au véritable Sébastien Verlac. Une bouffée de haine submergea Jace, et il eut toutes les peines du monde à rester caché derrière son rocher ; il n'avait qu'une envie, sauter à la gorge de Sébastien.

Hugo poussa un autre croassement et vint se poser sur l'épaule de Valentin. Jace eut un pincement au cœur en voyant l'animal adopter la posture, si familière, qu'il avait jadis avec Hodge. Hugo vivait pratiquement sur l'épaule de son ancien précepteur, et le voir perché sur celle de Valentin lui semblait étrange, voire contre nature malgré tout le mal qu'il pensait du défunt.

Valentin caressa les plumes lustrées de l'oiseau en hochant la tête comme si tous deux étaient en grande conversation. Sébastien les observait, les sourcils froncés.

— Des nouvelles d'Alicante ? s'enquit-il, comme Hugo s'envolait de nouveau en frôlant de ses ailes les stalactites.

— Ça ne se passe pas comme prévu.

La voix de Valentin, imperturbable comme à son habitude, transperça Jace comme une flèche. Ses mains se mirent à trembler et il les plaqua contre ses hanches.

— Une chose est certaine, reprit Valentin. L'Enclave s'est ralliée aux Créatures Obscures de Lucian.

— Mais Malachi disait...

— Malachi a échoué.

À la stupéfaction de Jace, Sébastien s'avança vers Valentin et posa la main sur son bras. Il y avait quelque chose d'intime et de confiant dans ce contact qui lui souleva le cœur. Personne ne touchait Valentin de la sorte, y compris lui, son propre fils.

— Vous êtes contrarié ? demanda Sébastien, et le ton de sa voix véhiculait cette même impression, bizarre et grotesque, de familiarité.

— L'Enclave est plus avancée que je ne l'aurais cru. Je savais que les Lightwood étaient corrompus jusqu'à la moelle, et la corruption est contagieuse. C'est pourquoi j'ai voulu les empêcher de se rendre à Idris. Mais que les autres se soient laissé bourrer le crâne par Lucian, alors que ce n'est même pas un Nephilim...

Si le dégoût se peignait sur le visage de Valentin, Jace constata avec une incrédulité croissante qu'il n'avait toujours pas repoussé la main de Sébastien.

— Je suis déçu. Je pensais qu'ils finiraient par entendre raison. Je ne voulais pas que cela se termine ainsi.

Sébastien eut un sourire amusé.

— Je ne suis pas d'accord. Imaginez-les, prêts à se battre, déjà gonflés de leur victoire, et s'apercevant en fin de compte que toute résistance est inutile. Imaginez la tête qu'ils feront !

Valentin soupira.

— Jonathan... Seule l'horrible nécessité nous pousse à agir ainsi. Il n'y a pas de quoi se réjouir.

« Jonathan ? » Jace s'agrippa à la paroi rocheuse, les mains soudain moites. Pourquoi Valentin avait-il appelé Sébastien par son propre nom ? Sa langue avait-elle fourché ? Cependant, Sébastien ne paraissait pas s'en étonner.

— Tant qu'à faire, autant s'amuser, non ? rétorqua-t-il. En tout cas, je ne me suis pas ennuyé à Alicante. Les Lightwood sont de meilleure compagnie que ce que vous m'aviez laissé croire, surtout cette Isabelle. Nous nous sommes séparés en beauté. Quant à Clary...

Le sang de Jace ne fit qu'un tour.

— Elle n'est pas du tout comme je l'avais imaginé, poursuivit Sébastien avec colère. Elle ne me ressemble en rien.

— Tu es unique en ton genre, Jonathan. Quant à Clary, c'est tout le portrait de sa mère.

— Elle ne sait pas ce qu'elle veut. Pas encore, en tout cas. Elle reviendra vers nous.

Valentin leva un sourcil.

— Qu'entends-tu par là ?

Le sourire de Sébastien mit Jace hors de lui. Il se mordit la lèvre jusqu'au sang.

— Oh, vous savez bien, lança le garçon. Elle finira par rejoindre notre camp. J'ai hâte. Je me suis beaucoup amusé à la rouler dans la farine.

— Tu n'étais pas là-bas pour te divertir, mais pour mettre la main sur ce qu'elle cherchait. Et quand elle l'a trouvé – sans ton aide, me dois-je de te rappeler –, tu l'as laissée en faire cadeau à un sorcier. En outre, tu n'as pas réussi à la ramener avec toi, malgré la menace qu'elle représente pour nous. Ce n'est pas à proprement parler un succès fracassant, Jonathan.

— J'ai fait de mon mieux. Ils ne la lâchaient pas d'une semelle, et je ne pouvais décemment pas la kidnapper au beau milieu de la Salle des Accords, répliqua Sébastien d'un ton maussade. Et puis, comme je vous l'ai déjà expliqué, elle ne sait pas se servir de son pouvoir. Elle est trop naïve pour poser problème...

— Elle est au cœur des projets de l'Enclave, quels qu'ils soient. C'est du moins ce que prétend Hugin. Il l'a vue là-bas sur l'estrade, dans la Salle des Accords. Si elle montre à l'Enclave l'étendue de son pouvoir...

Jace éprouva une bouffée d'inquiétude pour Clary, à laquelle se mêlait une étrange fierté : bien sûr qu'elle était au premier plan ! Il la reconnaissait bien là !

— Alors ils se battront, déclara Sébastien. C'est ce que nous voulions, non ? Ce n'est pas Clary qui nous intéresse, c'est la guerre.

— Tu la sous-estimes, à mon avis, dit calmement Valentin.

— Je l'ai observée. Si son pouvoir était aussi illimité que vous semblez le croire, elle s'en serait servie pour faire évader son ami le vampire ou sauver cet imbécile de Hodge...

— Le pouvoir n'a pas besoin d'être illimité pour se révéler dangereux. En ce qui concerne Hodge, tu devrais peut-être te tenir sur la réserve, étant donné que c'est toi qui l'as tué.

— Il allait leur parler de l'Ange. Je n'avais pas le choix.

— Bien sûr que si.

Valentin sortit une paire de gants en cuir de sa poche et les enfila lentement.

— Il aurait peut-être tenu sa langue. Pendant toutes ces années, il s'est occupé de Jace à l'Institut en se demandant à qui il avait affaire. Il était l'un des rares à savoir qu'il y avait un autre garçon. J'avais bon espoir qu'il ne me trahirait pas ; il était trop lâche pour cela.

« Un autre garçon ? » De quoi parlait Valentin ?

Sébastien fit un geste dédaigneux.

— Quelle importance ? Il est mort, bon débarras !

Une lueur mauvaise s'alluma dans ses yeux.

— Vous partez pour le lac ?

— Oui. Tu sais ce que tu as à faire, n'est-ce pas ?

D'un signe de tête, Valentin montra l'épée pendue à la ceinture de Sébastien.

— Tu t'en serviras pour le Rituel. Ce n'est pas l'Épée Mortelle, mais l'alliage de sa lame devrait suffire.

— Je ne peux pas vous accompagner ? demanda Sébastien d'une voix geignarde. Vous n'avez qu'à leur envoyer votre armée dès maintenant.

— Il n'est pas encore minuit. Ils changeront peut-être d'avis d'ici là.

— Ils ne risquent pas...

— J'ai donné ma parole. Je la tiendrai, déclara Valentin d'un ton définitif. Si tu n'as pas de nouvelles de Malachi d'ici minuit, ouvre la porte.

Devant l'air hésitant de Sébastien, Valentin perdit patience.

— J'ai besoin de toi, Jonathan. Je ne peux pas attendre ici jusqu'à minuit ; il me faudra presque une heure pour gagner le lac par les tunnels, et je n'ai pas l'intention de laisser la bataille s'éterniser. Ainsi, nous pourrons raconter aux générations futures que nous avons écrasé l'Enclave en très peu de temps et que notre victoire a été décisive.

— Je regrette seulement de ne pas pouvoir assister à l'invocation. J'aurais aimé être là pendant que vous accomplirez le Rituel.

Derrière la mine déçue de Sébastien, Jace décela du calcul, de la sournoiserie et une froideur étrange. Mais Valentin ne parut pas s'en inquiéter. À la stupéfaction de Jace, il effleura le visage de Sébastien d'un geste ouvertement affectueux, puis il se dirigea vers le fond de la caverne. Avant de disparaître dans les ténèbres, il se retourna.

— Jonathan !

Malgré lui, Jace leva les yeux.

— Un jour, tu verras le visage de l'Ange. Après tout, c'est toi qui hériteras des Instruments Mortels quand je ne serai plus là. Un jour peut-être, toi aussi tu invoqueras Raziel.

— Ça me plairait, dit Sébastien.

Immobile, il regarda Valentin s'éloigner, puis il reprit dans un murmure :

— Oui, ça me plairait de lui cracher à la figure.

Il fit volte-face ; son visage blême se détachait sur l'obscurité tel un masque de plâtre.

— Tu ferais mieux de sortir, Jace. Je sais que tu es là.

Jace se figea. Puis, sans réfléchir, il courut vers l'entrée de la caverne. Coûte que coûte, il fallait transmettre un message à Luke.

Mais Sébastien lui barrait déjà le passage, l'air triomphant.

— Vraiment ? Tu te croyais plus rapide que moi ?

Jace s'arrêta net. Son cœur battait comme un métronome déréglé, et cependant il parvint à maîtriser sa voix :

— Comme je te surpasse dans tous les autres domaines, ça me semblait logique.

Sébastien se contenta de sourire.

— J'entendais ton cœur battre pendant que je discutais avec Valentin, susurra-t-il. Ça te contrarierait ?

— Quoi ? Que tu sortes avec mon père ? (Jace haussa les épaules.) Honnêtement, je te trouve un peu jeune pour lui.

Pour la première fois depuis qu'ils se connaissaient, Sébastien parut désarçonné. Jace n'eut pas le temps de savourer sa victoire. Ravalant sa colère, Sébastien reprit d'un ton suave :

— Je me suis posé des questions sur ton compte. De temps en temps, je croyais déceler une étincelle dans tes yeux, une lueur d'intelligence, contrairement à ta famille adoptive, cette bande de dégénérés et d'imbéciles. Mais ce n'était qu'une pose, en fin de compte. Tu es aussi bête que les autres, malgré l'éducation que tu as reçue pendant les dix premières années de ta vie.

— Que sais-tu de mon éducation ?

— Plus que tu ne le crois. C'est le même homme qui nous a élevés, après tout. Seulement voilà, il ne s'est pas lassé de moi au bout de dix ans.

— Qu'est-ce que tu racontes ? dit Jace dans un murmure puis, alors qu'il observait le visage impassible de Sébastien, il eut l'impression de le voir pour la première fois : les cheveux d'un blond presque blanc, les yeux anthracite, les traits sévères, comme ciselés dans la pierre, auxquels vint se superposer le visage de son père tel que l'ange le lui avait montré, jeune, impatient, alerte. Alors, seulement, il comprit.

— Valentin est ton père. Tu es mon frère.

Mais Sébastien avait disparu de son champ de vision. Il se tenait maintenant derrière lui, et ses bras se resserrèrent autour de ses épaules comme pour l'enlacer.

— *Ave atque vale*, mon frère, cracha-t-il, et soudain, Jace eut le souffle coupé.

Clary était épuisée. Une douleur persistante – effet secondaire des efforts fournis pour visualiser la rune d'alliance – avait élu domicile dans son lobe frontal. Elle avait l'impression d'avoir un marteau-piqueur dans la tête. Jocelyne posa la main sur son épaule.

— Ça va ? Tu n'as pas l'air dans ton assiette.

Baissant les yeux, Clary observa la rune noire tracée sur le dos de la main de sa mère ; sa jumelle s'épanouissait sur la paume de Luke. Son cœur se serra. Elle ne pouvait pas se résoudre à l'idée que, d'ici à quelques heures, sa mère partirait affronter une armée de démons.

— Je me demande où est passé Simon. Je vais le chercher, annonça-t-elle en se levant.

— Au milieu de tout ce monde ? fit Jocelyne en posant un regard inquiet sur la foule qui commençait à se disperser : ceux qui avaient été marqués se pressaient vers la sortie.

Posté près de la porte, Malachi, impassible, orientait Chasseurs d'Ombres et Créatures Obscures.

— Ne t'inquiète pas, lança Clary en se dirigeant vers les marches de l'estrade. Je reviens tout de suite.

Tandis qu'elle descendait les marches pour se mêler à la cohue, elle sentit tous les regards converger dans sa direction. Elle chercha des yeux les Lightwood et Simon, mais ne vit aucun visage familier. Avec un soupir, elle se réfugia dans un coin de la salle, où la foule était moins compacte.

À la seconde où elle eut atteint la rangée de colonnes en marbre, une main jaillit de derrière l'une d'elles et l'entraîna dans la pénombre. Clary poussa un cri de surprise et se retrouva plaquée contre le mur.

— Ne hurle pas, dit Simon. C'est seulement moi.

— Qu'est-ce qui te prend de jouer les espions ? J'allais justement te chercher.

— Je sais. J'ai attendu que tu descendes de l'estrade. Je voulais te parler seul à seul. Voilà. J'ai surpris votre conversation avec Raphaël.

— Oh, Simon ! Écoute, il ne s'est rien passé. Luke l'a envoyé paître...

— Il n'aurait peut-être pas dû. Il fallait donner à Raphaël ce qu'il voulait.

— Ne sois pas bête. Il n'est pas question...

Simon resserra sa main autour de son bras.

— Et si moi, je suis d'accord ? Je veux que Luke aille annoncer à Raphaël que le marché est conclu. Ou j'irai le lui dire moi-même.

— Je te vois venir. Et j'admire ta décision, mais tu n'es pas obligé d'en arriver là, Simon. La requête de Raphaël est irrecevable, et personne ne te demande de te sacrifier pour une guerre qui n'est pas la tienne...

— Mais Raphaël a raison. Je suis un vampire, et tu passes ton temps à l'oublier. Ou bien tu ne veux pas t'en souvenir. Je suis une Créature Obscure, tu es une Chasseuse d'Ombres : cette guerre nous concerne tous les deux.

— Tu n'es pas comme eux...

— Je suis l'un des leurs, trancha Simon en détachant délibérément chaque syllabe. Et l'on n'y changera rien. Si les Créatures Obscures se battent aux côtés des Chasseurs d'Ombres sans Raphaël et son clan, il n'y aura pas de siège au Conseil pour les Enfants de la Nuit. Ils ne feront jamais partie du monde que Luke essaie de créer, un monde où Chasseurs d'Ombres et Créatures Obscures se serrent les coudes. Les vampires seront tenus à l'écart. Ils seront vos ennemis. Je serai ton ennemi.

— Jamais je ne te tournerai le dos.

— Moi non plus, ça me tuerait. Mais je ne peux pas vous aider si je ne m'implique pas. Je n'ai pas besoin de ta permission. C'est ton soutien qu'il me faut. De toute manière, si tu refuses de me venir en aide, je demanderai à Maia de me conduire au campement des vampires et je me livrerai à Raphaël. Compris ?

Clary le considéra bouche bée. Il lui serrait si fort le bras qu'elle sentait son pouls battre dans sa main. Elle passa sa langue sur ses lèvres sèches ; elle avait un goût amer dans la bouche.

— Que faut-il faire pour t'aider ? murmura-t-elle.

Simon exposa son plan et, à mesure qu'il parlait, les yeux de Clary s'agrandissaient d'effroi. Elle secoua la tête avant même qu'il ait fini son explication.

— Non ! C'est une idée complètement folle, Simon. Ce n'est pas un don ; c'est une punition...

— Peut-être pas pour moi.

Il jeta un coup d'œil vers la foule, et Clary vit Maia qui les observait avec une curiosité manifeste. À l'évidence, elle attendait Simon. « Ça va trop vite, songea Clary. Tout ça va beaucoup trop vite. »

— C'est toujours mieux que l'alternative, Clary.

— Non...

— Peut-être que je ne sentirai rien. Après tout, j'ai déjà été puni, pas vrai ? Je n'ai plus le droit de pénétrer dans une église ou une synagogue, je ne peux pas prononcer les noms sanctifiés, je ne vieillirai plus, je suis déjà privé d'une vie normale. Peut-être que ça ne changera rien.

— L'inverse est possible aussi.

Simon glissa la main dans la poche de Clary et en sortit la stèle de Patrick Penhallow.

— Clary, s'il te plaît. Fais ça pour moi.

Les doigts engourdis, Clary prit la stèle et en appuya la pointe sur le front de Simon, juste au-dessus des yeux. « La première Marque », avait dit Magnus. Elle se concentra et la stèle s'anima dans sa main comme un danseur au son de la musique. Les lignes noires s'épanouirent telle une fleur sur la peau de Simon. Quand Clary eut terminé, sa main droite l'élançait mais, en contemplant son œuvre, elle comprit qu'elle avait dessiné quelque chose d'unique qui remontait à la nuit des temps. La rune scintillait comme une étoile sur le front de Simon. Il l'effleura des doigts, l'air perplexe.

— Je la sens qui me brûle.

— J'ignore ce qui va se passer, chuchota Clary. Je ne sais pas quels seront les effets à long terme.

Un pâle sourire étira les lèvres de Simon.

— Espérons qu'on aura l'occasion de le découvrir, dit-il en lui effleurant la joue.

19
Peniel

MAIA RESTA SILENCIEUSE pendant la plus grande partie du trajet. Elle ne levait que rarement la tête pour jeter un regard autour d'elle en plissant le nez, l'air concentré. Simon, qui la soupçonnait de flairer l'atmosphère pour se repérer, décida que ce don, quoiqu'un peu bizarre, était fort utile. Il s'aperçut aussi qu'il n'était pas obligé de presser le pas pour la suivre, quelle que soit la vitesse à laquelle elle se déplaçait. Même lorsqu'ils eurent atteint le chemin défoncé qui menait à la forêt et que Maia se mit à courir, le corps penché en avant, il n'eut aucun mal à tenir le rythme. C'était l'un des rares aspects de sa nouvelle vie de vampire qu'il appréciait.

Leur course à travers bois s'acheva trop vite à son goût. La forêt s'épaississait et le sol était jonché de racines et de feuilles mortes qui ralentissaient leur progression. Les branches au-dessus de leur tête formaient une voûte masquant le ciel étoilé. Ils émergèrent dans une clairière parsemée de gros rochers qui luisaient comme des dents blanches sous la lune. Ça et là, des feuilles étaient rassemblées en tas comme si quelqu'un avait ratissé la terre.

Maia mit ses mains en porte-voix et cria assez fort pour effrayer les oiseaux perchés sur la cime des arbres.

— Raphaël, montre-toi !

Silence. Puis un froissement à peine perceptible, pareil au crépitement de la pluie sur un toit de tôle, résonna dans la clairière. Les feuilles s'éparpillèrent. Maia toussa et leva les mains pour se protéger les yeux.

Soudain, le vent retomba aussi vite qu'il s'était levé. Raphaël se tenait devant eux, à deux pas de Simon. Il était entouré d'un groupe de vampires immobiles comme des arbres sous la lune. Malgré leur air impassible, il émanait d'eux une hostilité presque palpable. Simon reconnut parmi eux quelques occupants de l'hôtel Dumort : la petite Lily et Jacob, le garçon blond aux yeux perçants. Mais la plupart lui étaient inconnus.

Raphaël s'avança ; il avait le teint cireux et les yeux cernés. Il adressa un sourire à Simon.

— Tu es venu.

— Oui, je suis venu. Tu es content ? C'est fini.

— C'est loin d'être terminé. Toi, lança Raphaël en se tournant vers Maia. Retourne auprès de ton chef et remercie-le d'avoir changé d'avis. Dis-lui que les Enfants de la Nuit combattront à vos côtés dans la plaine de Brocelinde.

Le visage de Maia se ferma.

— Luke n'a pas...

Simon l'interrompit précipitamment.

— C'est bon, Maia. Tu peux y aller.

Une lueur de tristesse s'alluma dans les yeux de la jeune lycanthrope.

— Réfléchis, Simon. Tu n'es pas obligé de faire ça.

— Si, répondit-il d'un ton décidé. Merci de m'avoir emmené jusqu'ici. Maintenant, va-t'en.

— Simon...

— Si tu ne pars pas maintenant, ils nous tueront tous les deux, et tout ça n'aura servi à rien. Va-t'en. S'il te plaît.

Maia hocha la tête et se détourna. L'instant d'après, la jeune fille menue aux cheveux tressés s'était transformée en un énorme loup qui s'élança, rapide et silencieux, et disparut dans les ténèbres.

Simon se tourna vers les vampires et faillit pousser un cri de frayeur. Raphaël se tenait à présent tout près de lui. Sa peau accusait les signes avant-coureurs de la faim. Simon se rappela cette fameuse nuit à l'hôtel Dumort – les visages émergeant de l'ombre, les rires lointains, l'odeur du sang – et il frissonna.

Raphaël le saisit par les épaules d'une poigne de fer malgré ses mains trompeusement frêles.

— Tourne la tête et garde les yeux fixés sur les étoiles. Ce sera plus facile.

— Alors tu vas me tuer, lâcha Simon.

À son étonnement, il n'éprouva aucune peur. Le temps semblait s'être arrêté et tout lui apparaissait soudain avec une netteté parfaite, de la moindre feuille sur les branches au-dessus de sa tête au plus petit caillou sur le sol, en passant par chaque paire d'yeux rivée sur lui.

— Qu'est-ce que tu croyais ? rétorqua Raphaël, et Simon crut déceler une pointe de tristesse dans sa voix. Ça n'a rien de personnel, je t'assure. Comme je l'ai déjà expliqué, tu es trop dangereux. Si j'avais su...

— Tu ne m'aurais jamais laissé sortir de ma tombe, je m'en doute.

Raphaël planta son regard dans le sien.

— C'est notre instinct de survie qui guide nos actes. En cela, nous sommes comme les humains.

Il découvrit ses crocs effilés comme des rasoirs.

— Tiens-toi tranquille. Ce ne sera pas long, ajouta-t-il en se penchant.

— Attends une seconde, dit Simon, et comme Raphaël reculait en se renfrognant, il répéta d'une voix plus forte : Attends. J'ai quelque chose à te montrer.

— Si tu essaies de gagner du temps, c'est peine perdue, siffla le vampire.

— Non, ça pourrait t'intéresser, répliqua Simon en écartant ses cheveux de son front.

Son geste lui parut un peu ridicule, voire théâtral, mais au moment où il s'exécutait, il revit le petit visage blême de Clary qui le regardait, la stèle à la main, et pensa : « Eh bien, pour elle, au moins, j'aurai essayé. »

La réaction de Raphaël fut immédiate. Les yeux écarquillés d'horreur, il recula comme si sa victime avait brandi un crucifix sous son nez.

— Qui t'a fait ça ? cracha-t-il.

Simon ne répondit pas. S'il ne savait pas trop à quoi s'attendre de la part de Raphaël, il n'avait pas prévu cela.

— C'est Clary, reprit le chef des vampires. Évidemment. Seul son pouvoir peut accomplir ce genre de miracle : un vampire marqué, et une rune comme celle-ci...

— Qu'est-ce qu'elle a, cette rune ? demanda Jacob, qui se tenait juste derrière Raphaël.

Le reste des vampires observaient la scène, eux aussi, et sur leur visage la confusion le disputait à la peur. Ce qui était susceptible d'effrayer Raphaël ne pouvait que les alarmer.

— Cette Marque, expliqua-t-il sans quitter Simon des yeux, ne figure pas dans le Grimoire. Elle est antérieure. C'est l'une des plus anciennes, tracées de la main même du Créateur.

Il fit mine de toucher le front de Simon, sa main s'attarda quelques instants au-dessus de la rune, puis retomba.

— Il est question de ces Marques dans les Textes, reprit-il, mais pour ma part, je n'en avais jamais vu.

— « Si quelqu'un tuait Caïn, Caïn serait vengé sept fois, récita Simon. Et l'Éternel mit un signe sur Caïn pour que quiconque le trouverait ne le tuât point. » Tu peux toujours essayer de me nuire, Raphaël. Mais je ne te le conseille pas.

— Tu portes la Marque de Caïn ? s'étonna Jacob.

— Tue-le, lança une femme rousse avec un accent russe très prononcé. Tue-le quand même.

La fureur se peignit sur le visage de Raphaël.

— Non ! s'écria-t-il. Le mal qu'on lui fera rejaillira sept fois sur nous. C'est là le pouvoir de la Marque. Mais si l'un de vous veut prendre le risque, qu'il s'avance.

Personne ne réagit.

— C'est bien ce que je pensais, lâcha Raphaël. (Il jaugea Simon du regard.) Comme la méchante reine du conte de fées, Lucian m'a envoyé une pomme empoisonnée. Il espérait que je le débarrasserais de toi, je suppose, pour qu'ensuite il puisse prendre sa revanche sur nous.

— Non, protesta vivement Simon. Non... Luke n'est même pas au courant. Il a agi en toute bonne foi. Tu dois honorer son geste.

— Alors c'était ta décision ?

Pour la première fois, le regard que posa Raphaël sur Simon trahissait autre chose que du mépris.

— Ce n'est pas un simple sortilège de protection que tu as invoqué. Tu sais ce que le châtiment de Caïn signifie ? « Maintenant tu seras maudit. Tu seras errant et vagabond sur la terre », récita-t-il à mi-voix, sur le ton de la confidence.

— Alors j'errerai pour l'éternité, s'il le faut, déclara Simon.

— Tout ça pour des Nephilim...

— Non, pas seulement. Je le fais aussi pour vous. Même si vous n'êtes pas d'accord.

Élevant la voix pour être entendu de tous les vampires qui les entouraient, Simon poursuivit :

— Vous avez peur qu'en apprenant ce qui m'est arrivé, les autres vampires s'imaginent que le sang des Chasseurs d'Ombres leur permettra de sortir au grand jour. Mais mon pouvoir ne vient pas de là. C'est une expérience de Valentin qui en est la cause, pas Jace. Et ça ne se reproduira pas.

— Je pense qu'il dit la vérité, marmonna Jacob, à la stupéfaction de Simon. J'ai déjà rencontré des Enfants de la Nuit qui avaient un faible pour les Chasseurs d'Ombres. Aucun d'eux n'a développé un goût particulier pour le soleil.

— Jusqu'ici, vous pouviez refuser d'aider les Chasseurs d'Ombres, mais puisqu'ils m'ont envoyé vous voir...

Simon laissa le reste de sa phrase en suspens.

— N'essaie pas de me faire du chantage, lâcha Raphaël. Quand les Enfants de la Nuit acceptent un marché, ils s'engagent à l'honorer quoi qu'il advienne.

Il esquissa un sourire, et ses canines étincelèrent dans l'obscurité.

— J'y mets une dernière condition, pour me prouver que tu es venu ici en toute bonne foi.

Il insista sur les deux derniers mots.

— Laquelle ? s'enquit Simon.

— Nous ne serons pas les seuls vampires à nous battre aux côtés de Lucian Graymark. Tu te joindras à nous.

Jace ouvrit les yeux et, autour de lui, tout se mit à tourner. Un liquide amer lui emplissait la bouche. Il fut pris d'une quinte de toux et, pendant quelques instants, crut qu'il se noyait puis sentit la terre ferme sous ses pieds. Il était adossé à une stalagmite, les mains liées derrière le dos. Il toussa de nouveau, la bouche pleine de sel, et comprit qu'il s'étouffait avec son propre sang.

— On est réveillé, petit frère ?

Sébastien s'agenouilla devant lui, une corde à la main, et lui sourit d'un air féroce.

— Bien. Pendant un moment, j'ai eu peur de t'avoir tué trop tôt.

Jace détourna la tête pour cracher un jet de salive ensanglantée. Il avait l'impression d'avoir la tête enflée comme un ballon. Au-dessus de lui, les étoiles visibles à travers le trou creusé dans la voûte de la caverne avaient cessé de tournoyer.

— Tu attends une occasion spéciale pour te débarrasser de moi ? Noël approche, tu sais.

Sébastien le considéra d'un air pensif.

— Tu ne sais pas la fermer, hein ? Ce n'est pas de Valentin que tu as hérité ce travers. Qu'est-ce qu'il t'a enseigné, à propos ? Je n'ai pas l'impression qu'il t'ait sérieusement initié au maniement des armes. (Il se pencha vers Jace.) Tu sais à quoi j'ai eu droit pour mes neuf ans ? À une leçon. Il m'a appris qu'en plantant un couteau dans le dos d'un homme à un endroit précis, on peut à la fois lui percer le cœur et lui trancher la moelle épinière. Et toi, qu'est-ce que tu as eu pour ton neuvième anniversaire, petit ange ? Un biscuit ?

Au prix d'un immense effort, Jace avala sa salive.

— Dis-moi, lança-t-il, dans quel trou t'a-t-il caché pendant toute mon enfance ? Je ne me rappelle pas t'avoir vu au manoir.

— J'ai grandi dans la vallée. (D'un signe de tête, Sébastien montra l'entrée de la caverne.) Je ne me souviens pas de t'avoir vu non plus, en y réfléchissant. Mais j'étais au courant de ton existence. Tu ne peux pas en dire autant.

Jace secoua la tête.

— Valentin ne m'a jamais fait ton éloge. J'ignore pourquoi.

Les yeux de Sébastien étincelèrent. Sa ressemblance avec Valentin frappa Jace : ils avaient les mêmes cheveux blond clair, les mêmes yeux noirs, le même visage à l'ossature fine et aux traits accusés.

— Moi, je sais tout de toi, dit Sébastien en se levant. Toi, tu ne sais rien, pas vrai ? Je voulais te garder en vie pour que tu voies ça, petit frère. Regarde bien.

Et, d'un geste fulgurant, il dégaina son épée de son fourreau. Telle l'Épée Mortelle, elle avait un pommeau d'argent et dispensait un halo de lumière noire. Une série d'étoiles étaient gravées sur sa lame ; au moment où Sébastien la retournait dans sa main, elle refléta l'éclat pâle des étoiles au-dessus de leurs têtes et parut s'embraser.

Jace retint son souffle. Sébastien l'aurait sans doute déjà tué s'il en avait eu intention. Il le suivit des yeux tandis qu'il s'avançait au centre de la caverne en tenant son épée d'un geste nonchalant, bien qu'elle parût très lourde. Les pensées se bousculaient dans sa tête. Valentin avait donc un autre fils ? Qui était sa mère ? Avait-elle fait partie du Cercle, elle aussi ? Était-il plus jeune ou plus âgé que lui ?

Sébastien s'était planté devant l'énorme stalagmite. Elle semblait battre comme un pouls, et la fumée à l'intérieur tournoyait de plus en plus vite à mesure qu'il se rapprochait. Les yeux mi-clos, il prononça un mot dans une langue démoniaque aux sonorités sifflantes, fit tournoyer son épée et trancha la pointe de la stalagmite. La fumée en jaillit comme du gaz s'échappant d'un ballon crevé. Une explosion pareille à un rugissement retentit dans la caverne. Les oreilles de Jace bourdonnèrent et il eut soudain du mal à respirer.

Sébastien était à demi dissimulé par la colonne de fumée rouge et noir qui s'élevait en tourbillonnant.

— Regarde ! cria-t-il, extatique.

Ses yeux brillaient d'une lueur folle, et le vent qui s'était levé fouettait ses cheveux clairs. Jace se demanda si son père avait la même physionomie, à la fois terrible et fascinante, du temps de sa jeunesse.

— Regarde l'armée de Valentin !

La voix de Sébastien fut couverte par un fracas semblable au déferlement d'une vague gigantesque transportant avec elle un amoncellement de détritus, les gravats de villes entières, un déluge de pouvoir malfaisant. Une monstrueuse masse noire et tourbillonnante s'échappait maintenant de la stalagmite décapitée et jaillissait dans le ciel par le trou dans la voûte de la caverne. Des centaines de démons rugissant, un magma de griffes, de serres, de crocs et d'yeux perçants. Jace se revit allongé sur le pont du bateau de Valentin tandis qu'autour de lui le ciel, la terre et les eaux se peuplaient de créatures de cauchemar. Or cette fois, c'était pire. On aurait dit que l'enfer se déversait des entrailles de la terre. Les démons empestaient comme des milliers de corps en putréfaction. Jace frotta ses mains l'une contre l'autre ; les liens qui emprisonnaient ses poignets lui entaillaient la chair. Un goût de bile et de sang lui emplit la bouche tandis que les dernières créatures disparaissaient dans le ciel en masquant les étoiles.

Il lui sembla qu'il s'était évanoui pendant une minute ou deux. En tout cas, il sombra momentanément dans un trou noir alors que les cris perçants au-dessus de lui s'éloignaient, et il resta suspendu entre ciel et terre avec une impression de détachement qui ressemblait presque à de la sérénité.

Son absence fut de courte durée. Soudain, il regagna son corps et la douleur dans ses poignets devint intolérable. La puanteur des démons était suffocante si bien que, détournant la tête, il vomit un flot de bile. Il leva les yeux en entendant un ricanement près de lui, et refoula une autre remontée acide.

— C'est fini, petit frère, susurra Sébastien. Ils sont partis.

Jace avait la gorge sèche et les yeux qui pleuraient.

— Il avait dit d'ouvrir la porte à minuit, protesta-t-il d'une voix éraillée. Ça ne peut pas être l'heure.

— J'ai toujours considéré que, dans ce genre de situation, il valait mieux essayer de se faire pardonner que demander la permission.

Sébastien leva les yeux vers le ciel à présent vide.

— Il leur faudra cinq minutes pour atteindre la plaine de Brocelinde, soit un peu moins de temps qu'il n'en faudra à père pour rejoindre le lac. Je veux voir couler le sang des Nephilim. Je veux qu'ils meurent dans d'atroces souffrances. Ils méritent les pires humiliations avant de sombrer dans l'oubli.

— Tu penses donc qu'ils n'ont aucune chance contre les démons ? Ils sont pourtant bien préparés...

Sébastien chassa d'un geste dédaigneux l'argument de Jace.

— Tu nous épiais, non ? Tu ne sais pas ce que mon père projette de faire ?

Jace se garda de répondre.

— C'était gentil de ta part de me conduire jusqu'à Hodge l'autre soir, reprit Sébastien. S'il ne vous avait pas raconté que le Miroir et le lac Lyn ne font qu'un, je ne suis pas sûr que nous aurions pu continuer. Sais-tu que celui qui détient les deux premiers Instruments Mortels peut invoquer l'ange Raziel au bord du lac, comme Jonathan Shadowhunter une dizaine de siècles avant lui ? Lorsque l'Ange paraît, on peut lui réclamer une faveur.

Jace frissonna.

— Et que va lui demander Valentin ? La défaite des Chasseurs d'Ombres dans la plaine de Brocelinde ?

— Ce serait du gâchis. Non, il exigera que tous ceux qui refusent de boire dans la Coupe Mortelle et donc de se soumettre à sa loi soient privés de tous leurs pouvoirs. Ils ne seront plus des Nephilim et, à cause de leurs Marques... (Sébastien sourit.) Ils se transformeront en Damnés, des proies faciles pour les démons. Quant aux Créatures Obscures qui n'auront pas fui, nous n'aurons aucun mal à les éliminer.

Les oreilles de Jace bourdonnaient et il avait le vertige.

— Même Valentin ne ferait jamais une chose pareille...

— Arrête, tu crois vraiment que mon père n'ira pas jusqu'au bout ?

— Notre père.

Sébastien baissa les yeux vers lui. Avec son halo de cheveux clairs, il ressemblait à un ange maléfique.

— Pardon, tu priais ? ironisa-t-il.

— Je parlais de Valentin. Notre père.

Pendant quelques secondes, Sébastien resta impassible ; puis un sourire narquois étira ses lèvres.

— Petit ange, tu n'es qu'un idiot. Mon père avait raison à ton sujet.

— Arrête de m'appeler comme ça ! s'emporta Jace. Qu'est-ce qui te prend de me parler d'anges sans arrêt...

— Bon sang, mais tu ne sais donc rien ! s'exclama Sébastien. Est-ce que mon père t'a raconté autre chose que des mensonges ?

Jace secoua la tête. Il tirait toujours sur les liens qui retenaient ses poignets mais, à chaque nouvelle tentative, il avait l'impression qu'ils se resserraient un peu plus. Il sentait son pouls battre dans chacun de ses doigts.

— Et toi, comment tu sais qu'il ne t'a pas menti ?

— Parce que nous sommes du même sang. Je suis comme lui. Après sa disparition, je lui succéderai à la tête de l'Enclave.

— À ta place, je ne me réjouirais pas de lui ressembler.

— Ça aussi, ç'a dû jouer, observa Sébastien d'une voix dépourvue d'émotion. Je ne prétends pas être différent de ce que je suis. Je ne prends pas l'air horrifié parce que mon père prend les mesures qui s'imposent pour sauver son peuple, même si celui-ci refuse son aide... et ne la mérite pas, si tu veux mon avis. Quel fils préférerais-tu ? Celui qui est fier de t'avoir pour père ou celui qui se ratatine de honte et de peur devant toi ?

— Je n'ai pas peur de Valentin.

— Tu n'as aucune raison de le craindre. C'est devant moi que tu devrais trembler.

Jace cessa de tirer sur ses liens et leva les yeux. Sébastien tenait toujours à la main son épée nimbée d'un halo sombre. Jace ne put s'empêcher d'admirer l'arme, même quand Sébastien en appuya la pointe sur sa gorge, au niveau de la pomme d'Adam.

— Et maintenant ? fit Jace en s'efforçant de maîtriser sa voix. Tu vas me tuer sans me détacher ? L'idée de m'affronter te fait peur à ce point ?

Le visage blafard de Sébastien ne trahissait aucune émotion.

— Tu ne représentes pas une menace pour moi. Tu n'es qu'une nuisance. Un vague désagrément.

— Alors pourquoi tu ne me détaches pas les mains ?

Immobile, Sébastien le considéra quelques instants. En ce moment même, il évoquait la statue de cire d'un prince mort depuis des siècles dans la force de l'âge après avoir gâché sa jeunesse. C'était là que résidait la différence entre Sébastien et Valentin, même s'ils avaient le même visage de marbre : Sébastien portait en lui le gâchis comme quelque chose qui le rongeait de l'intérieur.

— Je ne suis pas si bête et tu ne m'auras pas comme ça. Je t'ai laissé vivre assez longtemps pour voir les démons s'abattre sur Idris. Quand tu auras rejoint tes ancêtres les anges, tu pourras leur expliquer qu'il n'y a plus de place pour eux en ce bas monde. Ils ont trahi l'Enclave, et elle n'a plus besoin d'eux. Maintenant, nous avons Valentin.

— Tu vas me tuer pour que je transmette un message à Dieu de ta part ?

Jace secoua la tête et la pointe de l'épée érafla sa gorge.

— Tu es encore plus fou que ce que je croyais.

Sébastien se contenta de sourire et enfonça plus profondément la lame ; chaque fois que Jace déglutissait, il la sentait entailler sa chair.

— Si tu veux réciter une prière, c'est le moment, petit frère.

— Je n'ai pas envie de prier. En revanche, j'ai un message pour notre père. Tu le lui donneras ?

— Évidemment, répondit Sébastien d'un ton suave, mais Jace perçut une inflexion hésitante dans sa voix, qui confirma ce qu'il pensait déjà.

— Tu mens. Tu ne lui transmettras rien du tout. Il ne t'a jamais demandé de me tuer, et il sera furieux quand il l'apprendra.

— Sottises ! Tu ne l'intéresses pas.

— Tu crois qu'il n'en saura rien si tu me tues ici même ? Tu peux toujours prétendre que je suis mort sur le champ de bataille, mais il finira par apprendre la vérité.

— Tu parles sans savoir, répliqua Sébastien, mais soudain, il paraissait tendu.

Jace reprit la parole pour ne pas perdre l'avantage.

— Tu ne pourras pas le lui cacher bien longtemps. Il y a un témoin.

— Un témoin ? répéta Sébastien, manifestement surpris, et Jace considéra sa réaction comme une première victoire. Comment ça ?

— Le corbeau. Il te surveillait dans l'ombre. Il ira tout répéter à Valentin.

— Hugin ?

Sébastien leva les yeux, et bien que l'oiseau demeure introuvable, quand il se tourna de nouveau vers Jace, il semblait rongé par le doute.

— Si Valentin découvre que tu m'as assassiné alors que j'avais les mains liées, il te méprisera.

Jace reconnut dans sa propre voix les inflexions suaves que prenait Valentin quand il cherchait à convaincre son interlocuteur.

— Il te traitera de lâche et il ne te pardonnera jamais.

Sébastien ne répliqua pas. Sa bouche tremblait et il fixait Jace d'un regard brûlant de haine.

— Détache-moi et affronte-moi comme un homme. C'est le seul moyen.

Un autre spasme déforma la bouche de Sébastien, et cette fois Jace crut qu'il était allé trop loin. Sébastien brandit son épée, et les étoiles sur la lame étincelèrent au clair de lune. Avec un rictus de colère, il l'abattit sur Jace.

Assise sur les marches de l'estrade, Clary retournait la stèle dans ses mains. Jamais elle ne s'était sentie aussi seule. La Salle des Accords s'était complètement vidée. Elle avait cherché en vain Isabelle une fois que les combattants avaient tous franchi le Portail. D'après Aline, elle était sans doute retournée chez les

Penhallow, où Aline et quelques autres étaient censés s'occuper d'une douzaine d'enfants trop jeunes pour se battre. Clary avait refusé de l'accompagner. Si elle ne pouvait pas mettre la main sur Isabelle, elle préférait encore la solitude à la compagnie d'étrangers. Du moins, c'était ce dont elle avait fini par se convaincre. Mais à mesure que le temps passait, elle trouvait le silence autour d'elle de plus en plus oppressant. Pourtant, elle ne se décidait pas à se lever. Elle s'efforçait tant bien que mal de ne pas penser à Jace, à Simon, à sa mère, à Luke ou à Alec, et le seul moyen qu'elle avait trouvé pour ne pas réfléchir, c'était de rester immobile, les yeux fixés sur la même dalle en marbre dont elle recomptait sans cesse les craquelures. Il y en avait six au total. Une fois qu'elle avait le compte, elle recommençait : une... deux...

Soudain, le ciel explosa au-dessus de sa tête. Ou du moins, c'est ce qu'il lui sembla. Elle leva les yeux. Au-delà de la verrière, là où, quelques instants plus tôt, on ne distinguait que l'obscurité de la nuit, une masse noire et mouvante venait de surgir en projetant des éclairs orangés. Des créatures émergeaient de temps à autre dans la lumière ; elles étaient si laides que Clary remercia le ciel qu'il fasse nuit. Le peu qu'elle en voyait lui soulevait déjà le cœur.

La verrière se mit à onduler au passage de la horde de démons, comme déformée par une onde de chaleur infernale. Un bruit pareil à un coup de feu résonna dans toute la salle, et une énorme craquelure se forma sur le verre. Clary enfouit la tête dans ses mains tandis qu'une pluie de débris s'abattait sur elle.

Ils avaient presque atteint le champ de bataille quand un bruit assourdissant déchira la nuit. Puis le ciel s'embrasa. Simon perdit l'équilibre, se rattrapa à un tronc d'arbre et leva la tête. D'abord, il crut qu'il avait la berlue. Autour de lui, les autres vampires scrutaient eux aussi le ciel, leur visage blême levé vers le clair de lune, tandis que d'innombrables créatures de cauchemar pleuvaient du firmament.

— Tu n'arrêtes pas de tourner de l'œil, c'est lassant, lâcha Sébastien.

Jace ouvrit les yeux. Sa tête l'élançait. En levant machinalement la main pour se tâter le visage, il s'aperçut que Sébastien l'avait détaché. Un bout de corde était encore noué autour de son poignet. Il examina sa main ; elle était noire de sang sous le clair de lune.

Il jeta un regard à la ronde. Il était étendu dans l'herbe, non loin de la petite maison en pierre. Il entendait l'eau du torrent ruisseler près de lui. La voûte formée par les branches des arbres au-dessus de sa tête dissimulait en partie le clair de lune, mais il faisait encore assez clair.

— Debout, ordonna Sébastien. Tu as cinq secondes, ou je te tue ici même.

Jace s'exécuta avec des gestes lents. La tête lui tournait encore un peu. Pour ne pas perdre l'équilibre, il planta les talons dans la terre molle.

— Pourquoi tu m'as emmené ici ?

— Pour deux raisons, répondit Sébastien. D'abord, j'ai pris beaucoup de plaisir à te jeter dehors. Ensuite, on n'aurait rien à gagner, toi et moi, à répandre ton sang sur le sol de cette caverne. Crois-moi sur parole.

Jace tâta sa ceinture, et sentit son courage l'abandonner. Soit il avait perdu la plupart de ses armes lorsque Sébastien l'avait traîné hors de la caverne, soit, plus probablement, il l'avait désarmé. Il ne lui restait qu'une dague dont la lame, très courte, ne pourrait pas rivaliser avec une épée.

— Ce n'est pas une arme, ça, fit remarquer Sébastien avec un sourire moqueur.

— Je ne peux pas me battre avec ça ! protesta Jace en forçant le tremblement de sa voix.

— C'est bien dommage.

Sébastien s'avança, l'air ostensiblement détaché, en pianotant du bout des doigts sur le pommeau de son épée. Jace comprit que c'était le moment ou jamais et il le frappa de toutes ses forces au visage. Il sentit les os de Sébastien craquer sous ses phalanges. Il tomba en arrière dans la boue et lâcha son épée. Jace s'élança pour la ramasser et, un instant plus tard, il se dressait au-dessus de son ennemi, l'arme à la main.

Sébastien saignait du nez. D'un geste rageur, il écarta le col de son vêtement pour dénuder sa gorge.

— Vas-y. Finissons-en.

Jace hésita ; il répugnait à achever quelqu'un qui gisait sans défense à ses pieds. Il se souvint que Valentin, à Renwick, l'avait mis au défi de le tuer, et qu'il n'en avait pas eu le courage. Cependant, Sébastien était un meurtrier. Il avait assassiné Max et Hodge.

Jace leva son épée...

Rapide comme l'éclair, Sébastien se redressa d'un bond, roula sur lui-même et atterrit gracieusement dans l'herbe à un pas de Jace. Au passage, il envoya valser l'épée d'un coup de pied, s'en empara avant qu'elle ait touché le sol et, dans un éclat de rire, repartit à l'assaut. Jace recula au moment où la lame fendait l'air, entaillant le tissu de sa chemise et son torse, qui se mit à saigner abondamment.

Avec un gloussement, Sébastien fondit sur lui. Jace tâta sa ceinture pour dégainer sa pauvre dague et chercha désespérément des yeux un objet susceptible de lui servir d'arme – un bout de bois, n'importe quoi – mais ne vit que l'étendue d'herbe, le torrent et les arbres qui déployaient leurs branches épaisses au-dessus de sa tête comme un filet de verdure. Soudain, il se rappela la Configuration de Malachie dans laquelle l'avait emprisonné l'Inquisitrice. Sébastien n'était pas le seul à savoir sauter haut.

Celui-ci tenta une nouvelle attaque, mais Jace avait déjà bondi dans les airs. Il se rattrapa à la branche la plus basse d'un arbre et, au moyen d'une pirouette, se jucha dessus. À genoux sur son perchoir, il vit Sébastien faire volte-face. Avant qu'il ait pu lever les yeux, il jeta sa dague et l'entendit pousser un cri. Puis, pantelant, il se redressa...

Et s'aperçut que Sébastien l'avait rejoint sur la branche. Son visage, d'ordinaire pâle, était rouge de colère, et son bras dégoulinait de sang. L'épée gisait dans l'herbe, bien en évidence. Cependant, Jace ne se sentait pas pour autant en position de supériorité, étant donné que sa dague était hors d'atteinte, elle aussi. Il constata avec plaisir que, pour la première fois, Sébastien semblait furieux et dépassé par la tournure des événements, comme si l'animal qu'il croyait dressé venait de le mordre.

— On a bien ri, cracha-t-il, mais maintenant c'est terminé.

Il se jeta sur Jace et le fit basculer de la branche. Agrippés l'un à l'autre, ils tombèrent dans le vide et atterrirent lourdement par terre. Si Jace vit trente-six chandelles, il se ressaisit rapidement et planta les ongles dans le bras blessé de Sébastien, qui poussa un cri de douleur. Il riposta en le frappant au visage du revers de la main. Un goût salé emplit la bouche de Jace, et il cracha un flot de bave sanglante tandis qu'ils roulaient ensemble dans la boue. Ils dégringolèrent ainsi jusqu'au bord de la rivière sans cesser de se donner des coups de poing. Au contact de l'eau glacée, Sébastien suffoqua de surprise ; profitant de sa distraction, Jace noua les mains autour de sa gorge et serra de toutes ses forces. S'étranglant à demi, Sébastien trouva néanmoins la force de lui tordre le poignet jusqu'à en faire craquer les os. Jace s'entendit hurler comme de très loin. Tirant parti de son avantage, son ennemi continua à malmener impitoyablement son poignet cassé jusqu'à ce qu'il lâche prise et s'affale dans la boue glacée, à l'agonie.

À califourchon sur lui, un genou enfoncé dans ses côtes, Sébastien grimaça un sourire. Ses yeux noirs ressortaient sur son visage qui n'était plus qu'un masque de sang et de boue. Un objet étincela dans sa main droite : c'était la dague de Jace. Il avait dû la ramasser pendant leur corps à corps. Il en pointa la lame sur son cœur.

— Et nous voilà exactement au même stade qu'il y a cinq minutes, dit-il. Je t'ai donné ta chance, Wayland. Quelles sont tes dernières paroles ?

Jace leva les yeux vers lui, la bouche en sang. Il n'éprouvait rien d'autre qu'une extrême fatigue. Était-ce vraiment ainsi qu'il allait mourir ?

— Wayland ? fit-il. Ce n'est pas mon nom, tu le sais bien.

— Pas plus que celui de Morgenstern.

Sébastien se pencha vers Jace et il sentit la pointe de la dague lui transpercer la peau. Une douleur fulgurante se propagea dans tout son corps. Sébastien, le visage tout près du sien, poursuivit dans un murmure :

— Tu t'es vraiment pris pour le fils de Valentin ? Tu croyais qu'une pauvre chose pleurnicharde comme toi méritait d'être un Morgenstern ?

D'un mouvement de tête, il repoussa ses mèches blondes poissées de sueur et de boue.

— Tu es un orphelin. Mon père a mutilé le corps d'une femme pour t'arracher à ses entrailles. Il a tenté de t'élever comme son fils, mais tu étais trop faible pour lui être d'un quelconque usage. Tu n'aurais jamais pu devenir un guerrier. Comme tu n'étais bon à rien, il t'a abandonné aux Lightwood dans l'espoir qu'un jour, peut-être, tu lui servirais d'appât. Il ne t'a jamais aimé.

— Alors toi, tu...

— Moi, je suis le fils de Valentin. Jonathan Christopher Morgenstern. Tu n'as aucun droit sur ce nom. Tu es un fantôme. Un imposteur.

Les yeux noirs de Sébastien luisaient comme la carapace d'un insecte et, soudain, Jace entendit, comme dans un rêve, la voix de sa prétendue mère : « Jonathan n'est plus un être humain ; c'est un monstre. »

— C'est toi qui as du sang de démon dans les veines, hoqueta-t-il.

— C'est exact.

La dague s'enfonça encore d'un millimètre dans la chair de Jace. Le sourire de Sébastien avait laissé place à un rictus féroce.

— Et toi, tu es l'ange blond. Qu'est-ce que je n'ai pas entendu sur ton compte ? Toi et ton joli minois, tes jolies manières et ta sensibilité ! Tu ne pouvais même pas voir un oiseau mort sans te mettre à pleurer. Pas étonnant que Valentin ait eu honte de toi.

Jace en oublia la douleur.

— C'est toi qui le déshonores. Tu t'imagines peut-être qu'il n'a pas voulu t'emmener au lac avec lui parce qu'il fallait quelqu'un pour ouvrir la porte à minuit ? Comme s'il n'avait pas prévu que tu ne pourrais pas attendre ! S'il n'a pas voulu que tu l'accompagnes, c'est parce qu'il a honte de se présenter devant l'Ange avec la créature qu'il a conçue. Toi.

Jace leva vers Sébastien un regard empreint de pitié et de triomphe.

— Il sait qu'il n'y a aucune humanité en toi. Il t'aime peut-être, mais il ne te hait pas moins...

— Tais-toi !

Sébastien plongea la dague dans le torse de Jace en faisant tourner le manche entre ses doigts. Jace se voûta avec un hurlement, et la souffrance explosa derrière ses paupières en une multitude d'étincelles. « Je vais mourir, pensa-t-il. Ça y est, c'est la fin. » Il se demanda si son cœur avait déjà été transpercé. Il était paralysé comme un papillon épinglé sur une planche. Il ouvrit la bouche pour prononcer un nom, et un flot de sang s'échappa de sa bouche.

Et cependant, Sébastien parut lire dans ses yeux.

— Clary, murmura-t-il. Je l'avais presque oubliée. Tu es amoureux d'elle, n'est-ce pas ? Ta honte face à tes vilaines pulsions incestueuses a dû te mettre au supplice. C'est dommage que tu n'aies pas su avant qu'elle n'est pas ta sœur. Tu aurais pu passer le reste de ta vie à ses côtés, si tu n'avais pas été si bête.

Il se pencha pour glisser à l'oreille de Jace :

— Elle t'aime, elle aussi. Garde ça en tête quand tu passeras de l'autre côté.

Des taches sombres obscurcirent la vision de Jace comme de l'encre se répandant sur une photographie. Soudain, la douleur disparut. Il ne sentait plus rien, pas même le poids du corps de Sébastien. Il avait l'impression de flotter. Le visage de son ennemi, blanc sur l'obscurité de la nuit, sembla s'éloigner lentement. Tout à coup, un éclair doré déchira les ténèbres, et quelque chose vint s'enrouler comme un bracelet autour du poignet de Sébastien. Surpris, il baissa les yeux sur sa main, et la dague tomba à ses pieds avec un tintement audible. Puis la main elle-même, tranchée net, vint rejoindre l'arme dans la boue.

Jace regarda sans comprendre le morceau de chair s'immobiliser devant une paire de bottes noires. Levant les yeux, il discerna de longues jambes fines, une taille mince, un visage familier encadré par une masse de cheveux sombres, et reconnut Isabelle à travers un brouillard. Son fouet à la main, elle toisait Sébastien qui observait son moignon ensanglanté d'un air médusé.

— Ça, c'est pour Max, espèce de salaud, cracha-t-elle.

— Garce, siffla-t-il en se relevant d'un bond au moment où elle abattait de nouveau son fouet sur lui à une vitesse prodigieuse.

Il esquiva le coup et disparut. Jace entendit un bruissement de feuilles ; Sébastien avait dû se cacher dans les arbres, mais il souffrait tant qu'il n'avait pas le courage de tourner la tête pour le vérifier.

— Jace !

Isabelle s'agenouilla, sa stèle à la main. Ses yeux étaient remplis de larmes. Il devait être mal en point pour qu'elle soit si bouleversée.

— Isabelle, marmonna-t-il.

Il aurait voulu la supplier de fuir car, malgré sa bravoure et ses talents de guerrière, elle n'était pas de taille à lutter contre Sébastien : il ne se laisserait jamais arrêter par un détail aussi insignifiant qu'une main en moins. Mais Jace ne parvint qu'à émettre un gargouillis incompréhensible.

— Ne parle pas, lui dit Isabelle, et il sentit la pointe de la stèle lui picoter la peau. Tout ira bien, reprit-elle avec un sourire tremblant. Tu te demandes sans doute ce que je fais ici. J'ignore ce que Sébastien t'a raconté, mais tu n'es pas le fils de Valentin.

Elle avait presque fini de tracer l'*iratze* ; Jace sentait déjà la douleur refluer. Il hocha imperceptiblement la tête, comme pour lui répondre : « Je sais. »

— Bref, je n'avais pas l'intention de partir à ta recherche à cause du mot que tu as laissé, mais il était hors de question que tu meures en pensant que tu n'étais pas normal... D'ailleurs, comment tu as pu t'imaginer une chose pareille ?

Isabelle, qui faisait de grands gestes en parlant, s'immobilisa pour ne pas rater sa rune.

— Et il fallait que tu saches que Clary n'est pas ta sœur, poursuivit-elle plus calmement. Bref, j'ai demandé à Magnus de m'aider à retrouver ta trace. Il s'est servi du petit soldat de bois que tu as donné à Max. Je ne crois pas qu'il aurait accepté en temps normal, disons juste qu'il était particulièrement de bonne humeur. Je lui ai peut-être glissé au passage que c'était une idée d'Alec, même si ce n'est pas tout à fait vrai, mais il lui faudra un peu de temps pour le découvrir. Quand j'ai su où tu étais... eh bien, il avait déjà ouvert le Portail, et comme je suis très douée pour me faufiler en douce...

Isabelle poussa un cri. Jace essaya de la retenir, mais elle fut projetée en arrière et son fouet glissa de ses mains. Elle tomba à genoux et Sébastien se dressa devant elle, les yeux étincelant de rage ; un mouchoir ensanglanté était noué autour de son moignon. Elle voulut se jeter sur son fouet, mais il fut plus rapide qu'elle et lui décocha un violent coup de pied dans la cage thoracique. Jace crut entendre ses côtes craquer et elle tomba en arrière. Elle, pourtant solide comme un roc, poussa un hurlement comme il la frappait de nouveau. Puis Sébastien ramassa son fouet et le brandit dans sa direction.

Jace roula sur le flanc. Grâce à l'*iratze* inachevée, il se sentait un peu mieux, mais sa blessure le faisait encore souffrir, et il supposa avec un certain détachement que le fait qu'il crachât du sang signifiait qu'il avait un poumon perforé. Il ignorait combien de temps il lui restait à vivre. Quelques minutes, sans doute. À tâtons, il parvint à retrouver la dague que Sébastien avait abandonnée par terre, près de sa main tranchée, et se releva en titubant. L'odeur du sang était omniprésente. Il pensa à la vision de Magnus – les rivières de sang – et sa main se resserra autour du manche de la dague.

Il fit un pas, puis un autre, chaque fois avec l'impression que ses pieds pesaient une tonne. Isabelle accablait d'injures Sébastien, qui répondit par un éclat de rire et fit claquer le fouet. Poussé par les hurlements de la jeune fille, Jace se rapprocha tant bien que mal. Le monde tournoyait autour de lui comme dans un manège de fête foraine.

« Un pas de plus », se dit-il. Encore un. Sébastien lui tournait le dos ; il était accaparé par Isabelle. Il devait probablement s'imaginer que son rival était mort. D'ailleurs, ce serait bientôt le cas. « Un pas de plus. » Mais Jace n'avait plus la force d'avancer. Les ténèbres envahissaient son champ de vision ; plus épaisses encore que celles du sommeil, elles effaçaient tout ce qu'il avait vu jusque-là et l'entraînaient vers le repos éternel. La paix. Il songea soudain à Clary, à la dernière fois qu'il avait posé les yeux sur elle alors qu'elle dormait, les cheveux épars sur l'oreiller, la joue dans sa main. Il s'était alors fait la réflexion qu'il n'avait jamais vu tableau si paisible. Cependant, ce n'était pas son calme à elle, propre à tous les dormeurs, qui l'avait surpris, mais le sien. Le sentiment de paix qu'il éprouvait à ses côtés en cet instant, il ne l'avait jamais connu jusque-là.

La douleur remontait le long de son épine dorsale, et il s'aperçut, à son étonnement, que ses jambes l'avaient porté malgré lui. Sébastien avait levé le bras ; le fouet étincelait dans sa main. Isabelle gisait, recroquevillée dans l'herbe, inconsciente.

— Espèce de petite garce, disait-il. J'aurais dû te réduire le visage en bouillie avec ce marteau quand j'en avais l'occasion...

Jace brandit sa dague et la planta dans le dos de Sébastien.

Celui-ci recula en titubant ; le fouet tomba à ses pieds. Alors qu'il se tournait lentement vers lui, Jace pensa avec un vague sentiment d'horreur : « Et s'il n'était pas vraiment humain... S'il était invincible ? » Son visage n'exprimait plus rien et le feu sombre qui brûlait dans ses yeux s'était consumé, laissant place à la peur. Il ne ressemblait plus à Valentin.

Il ouvrit la bouche comme pour protester, et ses genoux se dérobèrent sous lui. Puis il s'affaissa par terre et roula jusqu'au torrent. Là, il s'immobilisa sur le dos, les yeux levés vers le ciel qu'il ne voyait déjà plus, tandis que le courant emportait de grandes traînées rouges.

« "Il m'a appris qu'en plantant un couteau dans le dos d'un homme à un endroit précis, on peut à la fois lui percer le cœur et lui trancher la moelle épinière", avait dit Sébastien. J'ai l'impression que nous avons eu le même cadeau d'anniversaire cette année-là, grand frère », songea Jace.

Isabelle, le visage couvert de sang, se redressa à grand-peine.

— Jace ! cria-t-elle.

Il voulut lui répondre mais les mots s'étranglèrent dans sa gorge. Il tomba à genoux. Un poids énorme pesait sur ses épaules, et la terre semblait l'appeler à elle. Bientôt, il n'entendit plus les appels frénétiques d'Isabelle et les ténèbres se refermèrent sur lui.

Simon était le vétéran d'innombrables guerres. Enfin, si l'on comptait celles qu'il avait menées en jouant à Donjons et Dragons. Son ami Éric était un passionné d'histoire militaire, et, d'habitude, c'était à lui qu'incombait de préparer les batailles avec des dizaines de petites figurines se déplaçant en ligne droite sur des paysages plats méticuleusement dessinés sur du papier sulfurisé.

C'était sa seule vision de la guerre, avec celle des films : deux armées marchant l'une vers l'autre sur une étendue de terre plate. Des lignes droites et des déplacements d'hommes méthodiques.

Or, la réalité était tout autre.

Cette guerre-là n'était qu'un vaste chaos, une mêlée confuse, et le paysage, masse instable de boue et de sang, n'avait rien de plat. Simon s'était figuré qu'en arrivant sur les lieux les Enfants de la Nuit seraient accueillis par un responsable ; il s'était représenté observant la bataille de loin dans un premier temps, alors que les deux camps s'apprêtaient à donner l'assaut. Mais il n'y eut ni paroles de bienvenue ni campements. La guerre éclata soudain devant ses yeux comme si, débouchant d'une rue déserte, il se retrouvait pris dans une émeute au beau milieu de Times Square. La foule surgissait de toutes parts, des mains l'agrippaient, l'écartaient du passage et, bientôt, les vampires s'éparpillèrent pour se jeter à corps perdu dans la bataille sans lui accorder un seul regard.

Quant aux démons, ils étaient partout, et jamais il ne s'était imaginé pareil vacarme : hurlements, sifflements, grognements et, pire encore, le bruit des griffes et des crocs qui lacèrent, taillent en pièces et la satisfaction du corps repu. Simon aurait bien renoncé à son ouïe fine de vampire : les sons lui transperçaient les tympans comme des poignards.

Trébuchant sur un corps à moitié enfoui dans la boue, il se retourna pour lui venir en aide, et s'aperçut que le Chasseur d'Ombres qui gisait à ses pieds avait été décapité. Ses ossements se détachaient, blancs sur la terre noire et, malgré sa nature de prédateur, Simon fut pris de nausée. « Je dois être le seul vampire au monde à ne pas supporter la vue du sang », songea-t-il. Soudain, il reçut un coup violent sur la nuque et dégringola le long d'une pente boueuse avant d'atterrir dans un trou. Il n'était pas le seul à avoir échoué là. Il roula sur le dos au moment où le démon qui l'avait attaqué se dressait au-dessus de lui. Il lui évoqua ces représentations de la mort qu'on voyait sur les gravures médiévales : c'était une espèce de squelette animé qui tenait dans sa main osseuse une hache ensanglantée. Simon fit un bond de côté au moment où la hache s'abattait sur lui. Le squelette émit un sifflement furieux. Alors qu'il brandissait de nouveau son arme, un coup de massue le fit voler en éclats ; ses os s'éparpillèrent dans un bruit de castagnettes avant de disparaître dans la nuit.

Un Chasseur d'Ombres s'avança vers Simon. L'homme, grand, barbu et couvert de sang, l'observa en se frottant le front de sa main sale, qui laissa une traînée noire sur sa peau.

— Ça va ? lança-t-il.

Un peu sonné, Simon hocha la tête et fit mine de se relever. L'étranger se pencha pour lui offrir sa main, qu'il accepta de bonne grâce... et il eut l'impression de voler dans les airs. Il atterrit sur ses pieds au bord du trou, en équilibre précaire dans la boue. L'homme lui adressa un sourire piteux.

— Désolé. C'est la force des Créatures Obscures... Mon partenaire est un loup-garou. J'ai du mal à m'y faire.

Il scruta le visage de Simon.

— Tu es un vampire, n'est-ce pas ?

— Comment le savez-vous ?

L'homme sourit de nouveau.

— Tes crocs. Ils sortent quand tu te bats. Je le sais parce que...

Il s'interrompit. Simon aurait pu achever sa phrase à sa place : « Je le sais parce que j'ai tué pas mal de vampires. »

— Bref. Merci de te battre à nos côtés.

Simon allait répliquer qu'il n'avait pas encore eu l'occasion d'apporter sa contribution quand une gigantesque créature ailée tomba du ciel et planta ses serres dans le dos du Chasseur d'Ombres.

L'homme ne laissa pas même échapper un cri. Il leva des yeux surpris, l'air de se demander ce qui lui arrivait, puis disparut dans un tourbillon d'ailes. Sa massue retomba aux pieds de Simon.

L'épisode, depuis le moment où il était tombé dans le trou, avait duré moins d'une minute. Hébété, il regarda autour de lui et distingua des points de lumière qui, pareils à des lucioles, surgissaient çà et là des ténèbres. Il mit du temps à comprendre qu'il s'agissait du halo des poignards séraphiques.

Il ne vit ni les Lightwood, ni les Penhallow, ni Luke. Il n'était pas un Chasseur d'Ombres, et pourtant cet homme l'avait remercié. Ce qu'il avait confié à Clary était la stricte vérité : cette guerre était aussi la sienne, et on avait besoin de lui ici. Ce n'était pas sa part humaine qu'on sollicitait, Simon le gentil garçon qui défaillait à la vue du sang, non, c'était Simon le vampire, une créature que lui-même connaissait à peine.

« Un vrai vampire accepte d'être mort », avait dit Raphaël. Pourtant, Simon ne s'était jamais senti aussi vivant. Il se retourna au moment où un autre démon surgissait devant lui : une espèce de lézard au corps recouvert d'écailles et aux dents de rongeur.

Simon se jeta sur l'énorme bête et lacéra sa peau squameuse de ses ongles. La Marque sur son front se mit à battre comme il enfonçait ses crocs dans le cou du monstre. Sa chair avait un goût atroce.

Lorsque la pluie de verre eut cessé, un trou de plusieurs mètres de large s'était formé dans la verrière, comme si une météorite était passée à travers. Un vent glacial s'engouffra par la brèche. Tremblante, Clary se releva en époussetant les débris sur ses vêtements.

La Grande Salle était désormais plongée dans l'obscurité. La faible clarté émanant du Portail sur la place entrait par la porte ouverte. Clary jugea qu'elle n'était sans doute plus en sécurité ici. Il valait mieux rejoindre Aline chez les Penhallow. Elle avait traversé la moitié de la salle quand elle perçut un bruit de pas sur le sol en marbre. Le cœur battant, elle se retourna et vit Malachi s'avancer vers l'estrade dans la semi-pénombre. Que faisait-il ici ? Il n'était pas censé être sur le champ de bataille avec les autres Chasseurs d'Ombres ?

Comme il se rapprochait de l'estrade, elle étouffa un cri de surprise. Un oiseau noir était perché sur l'épaule du Consul. Un corbeau, plus précisément.

Hugo.

Clary se baissa derrière une colonne, tandis que l'homme gravissait les marches de l'estrade en jetant un regard furtif de part et d'autre de la salle. Apparemment rassuré, il sortit un anneau de sa poche et le glissa à son doigt. Clary revit Hodge, dans la bibliothèque de l'Institut, prenant la bague sur la main de Jace...

L'air devant Malachi miroita comme sous l'effet d'une onde de chaleur. Une voix familière, calme et distinguée, où perçait une pointe d'agacement, résonna soudain dans la salle.

— Qu'y a-t-il, Malachi ? Je ne suis pas d'humeur à bavarder.

— Seigneur Valentin.

L'hostilité coutumière du Consul avait laissé place à une obséquiosité sirupeuse.

— Hugin est venu me trouver à l'instant pour m'apporter les dernières nouvelles. Je suppose que vous étiez déjà parti pour le lac, aussi il est venu me voir à votre place. J'ai pensé que vous aimeriez être vous aussi informé.

— Bon, je t'écoute, répondit Valentin d'un ton cassant.

— C'est votre fils, seigneur. L'autre. Hugin a repéré sa présence dans la vallée. Apparemment, il vous aurait même suivi dans les tunnels.

Clary s'agrippa à la colonne. Ils étaient en train de parler de Jace.

Valentin poussa un grognement.

— Est-ce qu'il a vu son frère, là-bas ?

— Hugin est parti alors qu'ils se battaient.

Clary sentit son estomac se nouer. Jace s'était donc mesuré à Sébastien ? Elle repensa à la façon dont il l'avait soulevé comme un fétu de paille devant la Garde en flammes, et elle fut prise d'une telle panique que ses oreilles se mirent à bourdonner. Quand elle eut recouvré ses esprits, elle s'aperçut qu'elle n'avait pas entendu la réponse de Valentin.

— Ce sont surtout ceux, assez vieux pour être marqués sans avoir l'âge de se battre, qui m'inquiètent, disait Malachi. Ils n'ont pas voté la décision du Conseil. Il me semble qu'ils ne méritent pas le même châtiment que les autres.

— J'y ai réfléchi. Dans la mesure où les adolescents sont moins affectés par les Marques, il leur faut au moins plusieurs jours pour devenir des Damnés. Et j'ai dans l'idée que leur Transformation est réversible.

— Mais ceux qui auront bu dans la Coupe Mortelle ne seront pas menacés, n'est-ce pas ?

— Je suis occupé, Malachi. Je t'ai déjà expliqué que tu ne risquais rien. Fais-moi confiance.

Malachi inclina la tête.

— J'ai une totale confiance en vous, seigneur. Pendant toutes ces années, elle ne s'est pas effritée, et je vous ai toujours servi dans l'ombre.

— Tu seras récompensé.

Malachi leva les yeux.

— Seigneur...

Mais l'air avait cessé de miroiter. Valentin avait disparu. Les sourcils froncés, Malachi descendit de l'estrade et se dirigea vers la sortie. Clary se recroquevilla derrière la colonne en priant pour ne pas être vue. Son cœur battait la chamade. Qu'est-ce que c'était que cette histoire de Damnés ? La réponse à sa question trottait dans un coin de sa tête, mais elle était trop horrible pour être sérieusement envisagée. Même Valentin n'oserait pas...

Soudain, quelque chose lui sauta au visage. À peine s'était-elle protégé les yeux de ses bras que la créature lui lacéra le dos des mains en poussant un croassement féroce.

— Hugin ! Assez ! cria Malachi. Hugin !

Un autre croassement retentit, suivi d'un bruit sourd. Clary baissa les bras et vit le corbeau immobile aux pieds du Consul. Elle n'aurait su dire s'il était mort ou simplement sonné. Avec un rugissement de colère, Malachi écarta le volatile d'un coup de pied et s'avança vers Clary au pas de charge. Il l'agrippa par un de ses poignets ensanglantés et la releva sans ménagement.

— Petite idiote ! cracha-t-il. Depuis combien de temps tu nous épiais ?

— Depuis assez longtemps pour savoir que vous faites partie du Cercle, cracha-t-elle en essayant de se dégager, mais il la maintint fermement. Vous êtes dans le camp de Valentin.

— Il n'y a qu'un seul camp, siffla-t-il. L'Enclave est dirigée par des gens stupides et malavisés qui se prêtent aux caprices de demi-humains. Elle doit être purgée pour retrouver son ancienne gloire. Tous les Chasseurs d'Ombres devraient se ranger à mon avis, or ils préfèrent écouter des sots et des adorateurs de démons comme Lucian Graymark. Et voilà que vous envoyez la fine fleur des Nephilim se faire massacrer pour une cause ridicule ; c'est un geste vain qui ne résoudra rien. Valentin a déjà commencé le Rituel ; bientôt l'Ange s'élèvera des eaux, et les Nephilim deviendront des Damnés. Tous, sauf la poignée d'entre eux qui bénéficie de la protection de Valentin...

— C'est du meurtre ! Il assassine son peuple !

— Non, protesta le Consul de la voix passionnée des fanatiques. C'est une purge. Valentin s'apprête à créer une nouvelle race de Chasseurs d'Ombres, un monde débarrassé des faibles et des corrompus.

— Il y aura toujours des faibles ! Ce dont le monde a besoin, ce n'est pas d'une purge, c'est de gens bien pour équilibrer la balance. Et vous voulez les massacrer !

Malachi la dévisagea pendant quelques instants avec une surprise sincère, comme si la force de ses convictions le déconcertait.

— De bien belles paroles venant d'une fille prête à trahir son père.

Sans lui lâcher le poignet, il la poussa brutalement devant lui.

— Je me demande si Valentin m'en voudrait beaucoup de te donner une...

Clary ne sut jamais la suite. Le corbeau s'interposa entre eux, les ailes déployées, et creusa de ses serres un sillon sanglant sur la joue de Malachi. Le Consul lâcha Clary en poussant un hurlement et se couvrit la tête de ses bras, mais l'oiseau revint à la charge en lui donnant de méchants coups de bec. Malachi recula en agitant les bras et heurta le coin d'un banc qui tomba par terre en l'entraînant avec lui. Privé de son équilibre, il s'étala de tout son long avec un cri étranglé qui mourut brusquement sur ses lèvres.

Clary accourut. Une mare de sang se formait déjà autour de la tête de Malachi. Il était tombé sur un amas de débris provenant de la verrière, et un fragment de verre cassé lui avait tranché net la gorge. Hugo décrivait des cercles au-dessus du cadavre en poussant des croassements triomphants ; apparemment, il n'avait pas pardonné au Consul ses coups de pied. Malachi n'aurait pas dû s'attaquer à une créature de Valentin, songea Clary avec aigreur. Le corbeau n'était guère plus clément que son maître.

Mais Clary n'avait pas le temps de penser à Malachi. D'après Alec, des boucliers cernaient le lac et, si quelqu'un se téléportait dans les parages, il déclencherait l'alarme. Valentin était probablement déjà sur les lieux, il n'y avait donc pas une minute à perdre. Après s'être prudemment éloignée à reculons du corbeau, Clary s'élança vers la porte de la Grande Salle et le chatoiement du Portail au-delà.

20

L'équilibre de la balance

Le contact de l'eau glaciale lui fit l'effet d'une gifle. Tandis qu'elle coulait à pic, sa première pensée fut que le Portail s'était déréglé et qu'elle resterait à jamais prisonnière des limbes obscurs qui s'étendaient entre les deux mondes. Sa deuxième pensée fut qu'elle était déjà morte.

Elle ne resta probablement inconsciente que quelques secondes, et pourtant elle crut que tout était fini. Lorsqu'elle revint à elle, elle gisait sur la terre humide et les étoiles brillaient comme une poignée de pièces d'argent éparpillées dans le ciel nocturne. Un liquide saumâtre lui emplissait la bouche. Tournant la tête, elle toussa et cracha jusqu'à ce qu'elle ait retrouvé son souffle.

Lorsque les spasmes de son estomac se furent calmés, elle roula sur le côté. Ses poignets étaient emprisonnés par un halo lumineux, elle avait les jambes lourdes, étrangement engourdies, et sa peau la démangeait comme si elle subissait l'assaut d'un millier d'aiguilles. Elle se demanda si c'était un effet secondaire de son séjour dans l'eau. Sa nuque l'élançait comme si une guêpe l'avait piquée à cet endroit. Elle se redressa avec un gémissement, les jambes étendues devant elle, et jeta un regard à la ronde.

Elle se trouvait sur la berge sablonneuse du lac Lyn. Derrière elle se dressait une falaise en roche noire, qu'elle se rappelait avoir vue la première fois avec Luke. Le sable, lui-même d'une teinte sombre, scintillait à la lumière des torches disposées çà et là, qui projetaient des lignes lumineuses sur la surface du lac.

À quelques mètres de l'endroit où elle avait échoué se trouvait un autel de fortune fait de pierres plates empilées en hâte et cimentées avec du sable humide, sur lequel trônait un objet que Clary reconnut du premier coup d'œil : la Coupe Mortelle. Posée en travers du précieux récipient, l'Épée Mortelle brillait telle une flamme noire dans la lumière. Tout autour de l'autel, on avait tracé des runes dans le sable. Clary les examina pendant quelques instants sans parvenir à en déchiffrer le sens...

Une ombre s'étira soudain sur le sable : la silhouette allongée d'un homme tremblotait à la lueur vacillante des torches. Quand Clary leva la tête, il se dressait au-dessus d'elle.

Valentin.

En voyant son père, elle n'éprouva aucune émotion. Son visage se détachait sur l'obscurité telle une lune pâle, austère, avec deux yeux noirs et perçants enfoncés comme les cratères d'une météorite. Sur sa veste, des sangles de cuir retenaient une bonne dizaine d'armes émergeant de son dos tels les piquants d'un porc-épic. Il lui semblait immense tout à coup, semblable à la statue terrifiante d'un dieu guerrier affamé de destruction.

— Tu as pris un risque en te téléportant jusqu'ici, Clarissa, lança-t-il. Une chance que je t'aie aperçue dans l'eau. Sans moi, tu te serais noyée. À ta place, je ne compterais pas trop sur les boucliers que l'Enclave a disposés tout autour du lac. Je les ai neutralisés dès mon arrivée. Personne ne sait que tu es ici.

« Je ne vous crois pas ! » : Clary ouvrit la bouche pour lui cracher ces mots à la figure ; aucun son n'en sortit. Elle eut soudain l'impression de revivre l'un de ces cauchemars où elle essayait en vain d'appeler à l'aide.

Valentin secoua la tête.

— Ne te fatigue pas. J'ai appliqué sur ta nuque une rune de silence, une des Marques qu'utilisent les Frères Silencieux. Je me suis servi d'une autre rune pour te lier les poignets et d'une troisième pour paralyser tes jambes. Si j'étais toi, je n'essaierais pas de me lever : tes jambes ne te portent plus, et tu te ferais mal.

Clary lui jeta un regard haineux, mais il ne parut pas s'en apercevoir.

— Cela aurait pu être pire, tu sais. Quand je t'ai traînée sur le rivage, le poison du lac avait déjà commencé son œuvre. Je t'ai guérie, au fait. Surtout, ne me remercie pas. (Il ébaucha un sourire.) Toi et moi, nous n'avons jamais eu de vraie conversation, n'est-ce pas ? Tu dois te demander pourquoi je ne t'ai jamais témoigné d'intérêt. Après tout, je suis ton père. Si je t'ai blessée, je m'en excuse.

Sur le visage de Clary, la haine laissa place à l'incrédulité. Comment pouvaient-ils avoir une conversation si elle était privée de l'usage de la parole ? Elle tenta de formuler sa pensée, mais seul un faible soupir s'échappa de ses lèvres.

Valentin se tourna vers l'autel et posa la main sur l'Épée Mortelle. Un halo de lumière noire émanait de la lame comme si elle aspirait la lumière autour d'elle.

— J'ignorais que ta mère était enceinte quand elle m'a quitté, poursuivit Valentin.

Clary songea qu'il ne lui avait jamais parlé ainsi. Il s'exprimait d'un ton calme et semblait d'humeur loquace, mais il y avait autre chose qui détonnait chez lui.

— J'avais remarqué qu'elle n'allait pas bien. Elle s'imaginait pouvoir me cacher qu'elle était malheureuse. J'ai pris du sang à Ithuriel, j'en ai fait de la poudre et je l'ai mélangée à sa nourriture dans l'espoir qu'il la guérirait de sa mélancolie. Si j'avais su qu'elle attendait un enfant, je me serais abstenu. J'avais déjà résolu de ne plus tenter d'expérience sur ma progéniture.

« Menteur ! » voulait crier Clary. Cependant, le doute s'insinuait en elle : et si, pour une fois, il disait la vérité ? Il semblait différent.

— Après son départ d'Idris, je l'ai cherchée sans relâche pendant des années. Et pas seulement parce qu'elle détenait la Coupe Mortelle. Je l'aimais. J'étais persuadé qu'il me suffirait de lui parler pour lui faire entendre raison. Cette nuit-là, à Alicante, j'avais agi dans un accès de rage : je voulais la détruire, anéantir tout ce que nous avions vécu ensemble. Mais après coup, j'ai...

Il secoua la tête et se tourna vers le lac.

— Quand j'ai enfin retrouvé sa trace, j'ai ouï dire qu'elle avait eu un autre enfant, une fille. J'ai d'abord supposé que tu étais de Lucian. Il l'a toujours aimée, il ne pensait qu'à me l'enlever. J'en ai conclu qu'elle avait dû finir par lui céder. Qu'elle avait consenti à procréer avec une Créature Obscure. (Sa voix se durcit.) Quand je l'ai découverte dans votre appartement de New York, elle était à demi consciente. Elle m'a reproché d'avoir fait un monstre de notre premier enfant ; elle m'avait quitté avant que j'inflige le même sort au second. Puis elle s'est évanouie dans mes bras. Après toutes ces années passées à la chercher, je n'avais partagé avec elle que ces quelques secondes au cours desquelles elle m'avait dévisagé avec, dans le regard, toute la haine du monde. J'ai compris quelque chose à ce moment-là.

Il leva Maellartach dans sa main. Clary se souvint à quel point elle était lourde, et vit les muscles du bras de Valentin saillir comme des cordes sous sa peau.

— J'ai compris, reprit-il, qu'elle m'avait quitté pour te protéger. Jonathan, elle le haïssait, mais toi... Elle aurait fait n'importe quoi pour t'éloigner de moi, y compris vivre au milieu des Terrestres alors qu'elle avait le mal du pays, j'en suis convaincu. Elle a dû regretter de ne pas pouvoir t'élever dans nos traditions. Tu aurais pu accomplir de grandes choses. Tu es douée pour les runes, mais ton talent a été gâché par ton éducation terrestre.

Il abaissa l'Épée, dont la pointe se trouvait maintenant à quelques centimètres du visage de Clary.

— J'ai su alors que Jocelyne n'accepterait jamais de revenir à cause de toi. Tu es la seule personne au monde qu'elle ait aimée plus que moi. Par ta faute, elle me hait. Et, pour cette raison, le seul fait de te voir m'est insupportable.

Clary détourna la tête. S'il devait la tuer, elle ne voulait pas voir la mort venir.

— Clarissa, dit Valentin. Regarde-moi.

« Non. » Elle fixa obstinément le lac. Au-delà de l'étendue d'eau, elle distingua une faible lueur rouge, telles les cendres d'un feu mourant. La lueur de la bataille. Sa mère et Luke étaient là-bas. Elle se réjouit qu'ils soient ensemble, même si elle n'était pas auprès d'eux.

« Je ne quitterai pas des yeux cette lumière. Quoi qu'il arrive, c'est la dernière chose que je verrai. »

— Clarissa, répéta Valentin. Tu lui ressembles trait pour trait, tu le sais ? Tu es le portrait craché de Jocelyne.

Elle sentit le métal froid de l'Épée sur sa joue. Il en appuya la pointe sur sa peau pour la forcer à tourner la tête.

— Je vais invoquer maintenant, et je veux que tu voies cela.

Clary sentit un goût amer sur sa langue. « Je sais pourquoi tu es obsédé par ma mère. Tu croyais la contrôler corps et âme, et elle t'a tourné le dos. Tu croyais la posséder et il n'en était rien. Tu aimerais tant qu'elle soit à tes côtés en ce moment même pour assister à ta victoire. Alors, comme elle n'est pas là, tu te contentes de moi. »

Valentin enfonça plus profondément la pointe de l'Épée dans sa joue.

— Regarde-moi, Clary.

Malgré elle, Clary leva la tête ; la douleur était trop vive, de grosses gouttes de sang perlaient sur son visage avant d'éclabousser le sable.

Valentin examina la lame de Maellartach, maculée de sang. Lorsqu'il reporta le regard sur sa fille, une lueur étrange brillait dans ses yeux.

— Il faut du sang pour compléter le Rituel. J'avais l'intention de me servir du mien, mais en te voyant émerger du lac, j'ai compris que Raziel m'ordonnait à sa manière d'utiliser celui de ma fille. C'est pourquoi je l'ai purgé de son poison. Tu es purifiée à présent. Purifiée et prête. Merci pour ton sang, Clarissa.

Et, d'une certaine manière, il était reconnaissant. Il avait depuis longtemps cessé de faire la distinction entre volontarisme et coercition, amour et torture. À la lumière de ce constat, à quoi bon le haïr puisqu'il ne s'apercevait même pas qu'il était un monstre ?

— Et maintenant, ajouta-t-il, il m'en faut un peu plus.

« Un peu plus de quoi ? » pensa Clary au moment où il brandissait Maellartach. « Bien sûr. Ce n'est pas seulement mon sang qu'il veut, c'est ma vie. » L'Épée Mortelle s'était assez rassasiée ; elle avait sans doute le même penchant pour le sang que son propriétaire. Clary vit la lame se rapprocher d'elle...

Puis voler dans les airs et disparaître dans l'obscurité. Valentin écarquilla les yeux, contempla sa main à présent vide et couverte de sang puis, levant la tête, il vit, au même moment que Clary, Jace qui se tenait à deux pas de lui, une épée à la main. Clary comprit à l'expression sidérée de son père que lui non plus ne l'avait pas entendu approcher.

Elle sentit son cœur se serrer. Du sang séché maculait le visage du jeune garçon, et une vilaine marque rouge zébrait sa gorge. Ses yeux étincelaient comme des miroirs et, à la lumière des torches, ils semblaient aussi noirs que ceux de Sébastien.

— Tu vas bien, Clary ? demanda-t-il sans quitter Valentin des yeux.

« Jace ! » Le cri de Clary s'étrangla dans sa gorge.

— Elle ne peut pas te répondre.

— Qu'est-ce que vous lui avez fait ? cracha Jace en menaçant Valentin de son arme.

Il recula d'un pas. Son visage ne trahissait pas la peur ; Clary y lut de la dissimulation. Loin de savourer ce retournement de situation, elle était encore moins rassurée que quelques instants plus tôt. Elle s'était faite à l'idée qu'elle allait mourir de la main de Valentin et voilà que Jace surgissait de nulle part. À présent, son inquiétude portait aussi sur lui. En outre, il semblait... anéanti. Sa chemise en lambeaux laissait voir les restes d'une *iratze* qui n'était pas venue à bout de l'horrible balafre sur sa poitrine. Ses vêtements étaient tachés comme s'il s'était roulé par terre. Mais par-dessus tout, c'était la fixité de son visage qui effrayait Clary.

— Je l'ai marquée avec une rune de silence. Elles sont totalement inoffensives.

Valentin fixa Jace d'un air presque avide, comme s'il se repaissait de sa vue.

— J'imagine que tu n'es pas venu ici pour être béni par l'Ange à mes côtés, lança-t-il.

L'expression de Jace ne changea pas. Ses yeux rivés sur son père adoptif ne trahissaient aucune émotion, pas le moindre vestige d'affection ou de nostalgie. Clary n'y lut même pas de la haine. « Seulement du dédain, pensa-t-elle. Un mépris glacial. »

— Je connais vos projets, annonça-t-il. Je sais pourquoi vous voulez invoquer l'Ange et je ne vous laisserai pas faire. J'ai déjà envoyé Isabelle avertir les autres...

— À quoi bon les mettre en garde ? Ils ne pourront pas fuir.

Valentin baissa les yeux sur l'épée de Jace.

— Pose cette arme, que l'on discute. (Il s'interrompit.) Cette épée n'est pas à toi. Elle appartient aux Morgenstern.

— Elle était à Jonathan, lança Jace avec un sourire mielleux. Il est mort.

Valentin se figea.

— Tu veux dire...

— Je l'ai ramassée après l'avoir tué, reprit Jace, impassible.

— Tu as tué Jonathan ? répéta Valentin, sidéré. Comment tu as pu...

— C'était lui ou moi. Je n'avais pas le choix.

— Ce n'est pas ma question.

Valentin secoua la tête. Il semblait toujours sonné, comme un boxeur juste avant de s'effondrer sur le ring.

— J'ai élevé Jonathan... Je l'ai formé moi-même. Il n'y avait pas meilleur guerrier.

— Apparemment, si.

— Mais...

La voix de Valentin se brisa. C'était la première fois que Clary percevait de la faiblesse dans la faconde lisse, imperturbable de cet homme.

— Mais c'était ton frère.

— Non.

Jace fit un pas vers Valentin, l'épée toujours pointée sur son cœur.

— Qu'est-il arrivé à mon véritable père ? D'après Isabelle, il est mort au cours d'un raid. Est-ce bien la vérité ? Est-ce que vous l'avez tué comme ma mère ?

Valentin ne semblait pas s'être remis de sa stupéfaction. Clary sentait qu'il luttait pour reprendre le contrôle de lui-même. Refoulait-il son chagrin ou avait-il simplement peur de mourir ?

— Je n'ai pas tué ta mère. Elle s'est suicidée. Je t'ai sorti de son ventre, sans quoi tu serais mort avec elle.

— Mais pourquoi avoir fait ça ? Vous n'aviez pas besoin d'un fils, vous en aviez déjà un !

Sous le clair de lune, Jace avait une expression étrange, implacable. Clary avait l'impression de regarder un étranger. Sa main qui tenait l'épée pointée sur Valentin ne tremblait pas.

— Dites-moi la vérité, poursuivit-il. Je ne veux plus entendre vos salades. Nous ne sommes pas du même sang. Les parents mentent à leurs enfants mais vous... vous n'êtes pas mon père. Et je veux la vérité.

— Ce n'était pas un fils qu'il me fallait, expliqua Valentin. C'était un soldat. Je pensais que Jonathan serait ce soldat, mais sa nature démoniaque avait pris le dessus. Il était trop féroce, trop brutal, pas assez subtil. Je craignais même, alors qu'il n'était pas sorti de la petite enfance, qu'il n'ait pas la patience ni la compassion nécessaires pour me succéder à la tête de l'Enclave. J'ai donc refait une tentative avec toi. Et avec toi, j'ai eu le problème inverse. Tu étais trop doux. Trop empathique. Tu ressentais la souffrance d'autrui comme si c'était la tienne. Tu ne supportais même pas la perte de tes animaux de compagnie. Ne te méprends pas, mon fils : je t'aimais pour cela. Mais du fait de ces qualités que je chérissais par ailleurs, tu devenais inutile.

— Alors je suis trop *gentil* ? Vous risquez d'avoir un choc quand je vous aurai tranché la gorge !

— Nous sommes déjà passés par là. Tu n'en es pas capable. Tu n'as pas pu le faire à Renwick et tu ne réussiras pas davantage ici.

Valentin s'exprimait d'un ton ferme, mais Clary crut voir de la sueur perler sur ses tempes et à la base de son cou.

— Vous vous trompez, objecta calmement Jace. Depuis que je vous ai laissé filer, il ne s'est pas passé un jour sans que je le regrette. Mon frère Max est mort parce que je n'ai pas eu la force de vous tuer ce jour-là. Des dizaines, voire des centaines ont péri parce que je me suis laissé attendrir. Je sais que vous avez prévu de massacrer presque tous les Chasseurs d'Ombres d'Idris. J'en suis à me demander combien de morts il faudra avant que je me décide. Je n'ai aucune envie de vous tuer, conclut-il. Mais cette fois, je ne flancherai pas.

— Je t'en prie, dit Valentin. Je ne veux pas...

— Mourir ? Personne ne veut mourir, père. Une dernière parole ?

Le visage de Jace était serein. C'était le visage d'un ange prêt à accomplir la justice divine.

— Jonathan...

Du sang tachait la chemise de Valentin à l'endroit où reposait la pointe de l'épée, et Clary revit Jace à Renwick, les mains tremblantes, tandis que son père le provoquait. Cette fois, c'était différent. La main de Jace ne tremblait plus. Et Valentin avait peur.

— J'attends, siffla Jace. Quelles sont vos dernières paroles ?

Valentin leva la tête et considéra le garçon devant lui d'un air grave.

— Je suis désolé. Je suis vraiment désolé.

Il tendit la main comme pour toucher Jace, ouvrit les doigts et, soudain, il y eut un éclair argenté. Quelque chose frôla Clary comme une balle de pistolet. Elle sentit un déplacement d'air contre sa joue, puis Valentin rattrapa l'objet au vol.

C'était l'Épée Mortelle. Elle dessina une traînée de lumière noire dans l'air au moment où Valentin la plantait dans le cœur de Jace. Il ouvrit de grands yeux. Une expression incrédule passa sur son visage, puis il contempla Maellartach, dont le manche dépassait grotesquement de sa poitrine. C'était une vision plus bizarre qu'effrayante, qui semblait tout droit sortie d'un cauchemar sans queue ni tête dans lequel l'épée aurait été un accessoire de théâtre. Puis Valentin ôta la lame de la poitrine de Jace comme il aurait dégainé une dague d'un fourreau. Le garçon tomba à genoux.

Son arme glissa de sa main et atterrit dans le sable humide. Il la considéra d'un air hébété, ouvrit la bouche comme pour poser une question. Un filet de sang s'écoula le long de son manteau sur sa chemise en lambeaux.

La suite sembla se dérouler au ralenti. Clary vit Valentin s'agenouiller pour prendre Jace dans ses bras. Il le berça contre lui comme un petit enfant en appuyant la tête contre son épaule et, l'espace d'un instant, Clary crut qu'il pleurait. Mais quand il releva la tête, ses yeux étaient secs.

— Mon fils, murmura-t-il. Mon garçon.

Le temps s'étirait interminablement. Valentin serrait Jace contre lui en écartant de son front ses cheveux poissés de sang. Il attendit que ses yeux se voilent puis le déposa délicatement par terre et croisa ses bras sur sa poitrine, comme pour masquer l'horrible blessure qui n'en finissait pas de saigner. «*Ave...*» lança-t-il, mais sa voix se brisa et les mots d'adieu s'étranglèrent dans sa gorge. D'un mouvement brusque, il se détourna et rejoignit l'autel.

Immobile, Clary pouvait à peine respirer. Elle percevait les battements de son cœur, et le raclement de son souffle dans sa gorge sèche. Du coin de l'œil, elle regarda Valentin, debout au bord du lac, faire couler le sang qui maculait la lame de Maellartach dans la Coupe Mortelle en psalmodiant des mots dans une langue inconnue. Bientôt, tout serait fini, et Clary s'en réjouissait presque. Elle se demanda si elle aurait assez d'énergie pour se traîner jusqu'à l'endroit où Jace reposait et se serrer contre lui en attendant la fin. Elle contempla son visage immobile, ses yeux clos, son corps étendu sur le sable souillé de sang. N'eût été l'entaille sur sa poitrine, elle aurait pu se convaincre qu'il dormait.

Jace était un Chasseur d'Ombres. Il était mort au combat. Il méritait de recevoir une dernière bénédiction. *Ave atque vale.* Les lèvres de Clary formèrent les mots en silence. Adieu, Jace Wayland. Elle songea avec tristesse à ce patronyme qui n'était pas vraiment le sien. Valentin lui avait donné le nom d'un enfant mort parce qu'à l'époque cela servait ses objectifs. Il y avait tant de pouvoir dans un simple nom...

Elle tourna les yeux vers l'autel. Tout autour, les runes s'étaient mises à luire. Elles n'étaient pas très différentes de celles qui retenaient Ithuriel prisonnier sous le manoir des Wayland. Malgré elle, elle pensa au regard que lui avait lancé Jace à ce moment-là, à la confiance qui brillait dans ses yeux. Il avait toujours cru en elle. Elle le sentait dans chacun de ses gestes, dans chacun de ses regards. Simon lui faisait confiance, lui aussi, et pourtant il la serrait toujours dans ses bras comme un objet fragile, une figurine en verre. Jace, lui, la serrait de toutes ses forces sans jamais se poser de question. Il la savait aussi solide que lui.

À présent, Valentin trempait l'Épée ensanglantée dans l'eau du lac en récitant des incantations. Des ridules se formaient sur les flots, comme si une main gigantesque promenait ses doigts sur la surface.

Clary ferma les yeux. En se remémorant le regard de Jace cette nuit-là, elle ne pouvait s'empêcher d'imaginer ce qu'il penserait maintenant en la voyant se traîner jusqu'à lui pour mourir à ses côtés. Il ne serait

Le miroir mortel

pas ému par son geste. Il serait furieux contre elle d'avoir abandonné. Il serait... déçu.

Elle tomba à plat ventre et rampa sur le sable en s'aidant de ses genoux et de ses mains liées. Le halo lumineux qui encerclait ses poignets lui brûlait la peau. Quand elle eut enfin atteint le bord du cercle de runes, elle haletait si fort qu'elle craignit que Valentin ne l'entende.

Pourtant, il ne se retourna même pas. Tenant la Coupe Mortelle dans une main et l'Épée dans l'autre, il prononça quelques mots ressemblant à du grec, et jeta la Coupe au loin. Elle étincela comme une étoile filante dans l'obscurité avant d'être engloutie par les eaux du lac.

Une légère chaleur émanait du cercle de runes. Clary dut se tortiller dans tous les sens pour atteindre la stèle glissée dans sa ceinture. Quand ses doigts se refermèrent sur l'objet, elle poussa un soupir de soulagement. Tenant maladroitement la stèle dans ses deux mains, elle se hissa sur les coudes pour examiner les runes. Elle sentait leur chaleur contre son visage. Valentin s'apprêtait à jeter l'Épée dans l'eau ; il récitait les derniers mots du sortilège d'incantation. Au prix d'un ultime effort, Clary enfonça la pointe de la stèle dans le sable et, prenant garde à ne pas effacer les symboles que Valentin avait tracés, se mit à dessiner par-dessus celui qui représentait le nom de son père. Elle semblait dérisoire, cette rune, de même que le changement qu'elle y apporta. À des années-lumière de la rune d'alliance ou de la Marque de Caïn, au pouvoir phénoménal.

Enfin, épuisée, elle roula sur le dos au moment où Valentin jetait l'Épée Mortelle dans les eaux du lac. Soudain, un immense geyser s'éleva à l'endroit où elle était tombée. Il y eut un bruit assourdissant, pareil au craquement d'un glacier, le lac sembla s'ouvrir en deux, et l'Ange émergea de la brèche. Clary ne savait pas vraiment à quoi s'attendre, si ce n'est à une réplique d'Ithuriel. Or, il avait été ravagé par des années de captivité et de torture. En revanche, cet ange-là était au faîte de sa gloire. Elle détourna la tête, éblouie comme si elle avait essayé de regarder le soleil.

Les mains de Valentin étaient retombées le long de son corps. Il avait les yeux levés et sur le visage l'air extasié de l'homme qui voit son plus grand rêve se réaliser. « Raziel », murmura-t-il.

L'Ange continuait à s'élever et le lac refluait sous lui, révélant une haute colonne de marbre en son milieu. Après la tête auréolée d'une masse de cheveux d'or et d'argent, les épaules de l'Ange émergèrent, blanches comme la pierre, puis son torse nu. Clary s'aperçut alors qu'à l'image des Nephilim il avait la peau couverte de runes, sauf que les siennes brillaient d'un éclat doré et s'animaient sur sa peau pâle comme les étincelles d'un feu. Étrangement, l'Ange semblait à la fois immense et pas plus grand qu'un homme ordinaire. Au moment où il terminait son ascension, ses ailes se déployèrent au-dessus du lac ; elles aussi semblaient faites d'or, et chacune de leurs plumes était ornée d'un œil ouvert.

C'était une vision à la fois magnifique et terrifiante. Malgré elle, Clary n'arrivait pas à détourner la tête.

Elle regarderait donc jusqu'au bout, pour Jace, qui lui ne le pouvait pas.

« C'est exactement comme sur les images », songea-t-elle. L'Ange émergeant du lac avec l'Épée dans une main et la Coupe dans l'autre. Si les deux précieux objets ruisselaient d'eau, Raziel quant à lui demeurait entièrement sec. Ses pieds blancs et nus formaient des ridules sur la surface du lac. Il tourna son beau visage inhumain vers Valentin, et prit la parole. Sa voix évoquait tout à la fois une série de cris aigus et des notes de musique. Il ne formulait pas des mots, et cependant il était parfaitement intelligible. La puissance de son souffle fit presque tomber Valentin à la renverse ; il enfonça les talons de ses bottes dans le sable et tourna la tête comme s'il affrontait un vent violent. Clary sentit elle aussi le souffle de l'Ange passer sur elle, chaud comme l'air s'échappant d'une fournaise, avec une odeur d'épices inconnues.

La dernière fois que l'on m'a invoqué ici même, c'était il y a mille ans. Ce jour-là, Jonathan Shadowhunter m'a imploré de mêler mon sang à celui des mortels dans une coupe afin de créer une race de guerriers susceptibles de débarrasser cette terre de ses démons. Après avoir accédé à sa requête, j'ai décrété que je ne lui accorderais rien de plus. Que veux-tu à présent, Nephilim ?

— Mille ans se sont écoulés, ô Glorieux, répondit Valentin avec empressement, et les démons sont toujours là.

Que puis-je y faire ? Pour un ange, mille ans représentent à peine un battement de cils.

— Les Nephilim que tu as créés étaient une grande race d'hommes. Pendant de nombreuses années, ils ont combattu bravement pour éradiquer les démons. Mais ils ont fini par échouer, car la faiblesse et la corruption avaient gagné leurs rangs. J'ai l'intention de leur restituer leur ancienne gloire...

Gloire ? répéta l'Ange, vaguement intrigué. *La gloire n'appartient qu'à Dieu.*

Valentin ne se laissa pas impressionner.

— L'Enclave que les premiers Nephilim ont créée n'existe plus. Ils se sont alliés aux Créatures Obscures, ces demi-démons qui infestent le monde comme de la vermine sur le cadavre d'un rat. J'ai l'intention de le purger en détruisant toutes les Créatures Obscures et tous les démons...

Les démons n'ont pas d'âme, contrairement aux créatures dont tu parles. Il me semble que tes lois concernant l'appartenance au genre humain sont plus strictes que les nôtres.

Clary crut percevoir de l'agacement dans la voix de l'Ange.

Essaierais-tu de défier les puissances célestes comme cette autre Étoile du Matin dont tu portes le nom, Chasseur d'Ombres ?

— Non, seigneur Raziel. Au contraire, je veux m'allier à elles...

Pour mener ta propre guerre ? C'est au ciel que tu t'adresses, Chasseur d'Ombres. Nous ne nous mêlons pas de vos luttes terrestres.

Lorsque Valentin reprit la parole, il semblait presque vexé.

— Seigneur Raziel, tu n'aurais pas permis l'existence de ce Rituel si tu n'acceptais pas d'être invoqué. Nous autres Nephilim sommes tes enfants. Nous avons besoin de tes conseils.

Mes conseils ?

À présent, l'Ange paraissait ouvertement amusé.

Ce n'est pas pour cela que tu m'as appelé, il me semble. C'est ta propre renommée qui t'intéresse.

— Ma renommée ? répéta Valentin d'une voix rauque. J'ai tout sacrifié à cette cause. Ma femme. Mes enfants. Je n'ai pas épargné mes fils. J'ai donné tout ce que je possédais. Tout !

L'Ange toisa Valentin de ses yeux étranges, inhumains. Ses ailes s'agitèrent lentement comme des nuages traversant le ciel.

Dieu a exigé d'Abraham qu'il sacrifie son fils sur un autel à peu près identique à celui-ci dans le but de savoir qui il aimait le plus. Personne ne t'a demandé de sacrifier ton fils, Valentin.

Valentin baissa les yeux vers l'autel éclaboussé du sang de Jace.

— S'il le faut, je t'y obligerai. Mais je préférerais que tu m'exauces mon souhait de ton plein gré.

Quand Jonathan Shadowhunter m'a appelé, je lui ai offert mon assistance parce que son rêve d'un monde sans démons me semblait légitime. Il s'imaginait le paradis sur terre. Mais tu n'es motivé que par la gloire, et tu ne vénères pas les puissances célestes. Mon frère Ithuriel peut en témoigner.

Valentin blêmit.

— Mais...

Tu croyais peut-être que je ne le savais pas ?

L'Ange sourit. C'était le sourire le plus terrible que Clary ait jamais vu.

C'est vrai, le maître du cercle que tu as tracé peut me contraindre à lui obéir. Mais ce maître, ce n'est pas toi.

Valentin ouvrit de grands yeux.

— Seigneur Raziel, il n'y a personne d'autre...

Si, répliqua l'Ange. *Ta fille.*

Valentin fit volte-face. Étendue sur le sable, à demi consciente, Clary le défia du regard. Et pour la première fois elle eut l'impression qu'il la voyait vraiment.

— Clarissa ! Qu'est-ce que tu as fait ?

Clary tendit la main et traça du doigt, non pas des symboles, mais des mots dans le sable. C'étaient ceux que son père avait prononcés en voyant la rune qui avait détruit son bateau.

MENE MENE TEKEL UPHARSIN.

Il écarquilla les yeux, comme Jace juste avant de mourir. Blanc comme un linge, il se tourna lentement vers l'Ange et, d'un geste implorant, leva les mains.

— Seigneur Raziel...

L'Ange ouvrit la bouche et cracha. Ou du moins c'est l'impression qu'eut Clary. Un rayon de lumière blanche, pareil à une flèche enflammée, jaillit de ses lèvres et traversa la poitrine de Valentin, comme une pierre transperçant une feuille de papier, en laissant un trou fumant gros comme le poing. Pendant quelques secondes, Clary put voir à travers le lac et, au-delà, le halo aveuglant de l'Ange. Puis, Valentin s'effondra, droit comme un arbre, et s'immobilisa sur le sol, la bouche ouverte sur un cri inarticulé, une expression incrédule figée à jamais dans le regard.

La justice divine a été rendue. J'espère que tu es satisfaite.

Clary leva les yeux. L'Ange se dressait au-dessus d'elle telle une colonne de feu pâle masquant le ciel.

Ses mains étaient vides ; la Coupe et l'Épée étaient posées sur la berge.

Je peux accéder à une seule de tes exigences, Clarissa Morgenstern. Quel est ton souhait ?

Clary ouvrit la bouche mais aucun son n'en sortit.

Ah oui, fit l'Ange avec douceur. *La rune.* Les innombrables yeux de ses ailes clignèrent. Un souffle plus léger qu'un murmure ou que le frôlement d'une plume passa sur Clary. Il transportait avec lui une odeur agréable, entêtante et sucrée.

La douleur dans ses poignets se calma et ses mains retombèrent le long de son corps. Le picotement dans sa nuque disparut lui aussi, ainsi que la lourdeur dans ses jambes. Elle se redressa à demi. Elle n'avait qu'un souhait, ramper sur le sable jusqu'au cadavre de Jace et s'étendre à côté de lui, les bras autour de son cou. Mais la voix de l'Ange la rappela à l'ordre ; immobile, elle leva les yeux vers sa lumière.

La bataille dans la plaine touche à sa fin. Morgenstern n'a plus d'empire sur ses démons. La plupart ont déjà fui ; ceux qui restent seront bientôt anéantis. En ce moment même, des Nephilim sont en route vers le lac. Si tu as une requête, Chasseuse d'Ombres, parle maintenant. (L'Ange marqua une pause.) *Et souviens-toi que je ne suis pas le génie de la lampe. Choisis avec sagesse.*

Clary n'hésita qu'un bref moment, mais il lui sembla une éternité. La tête lui tournait : elle aurait pu demander n'importe quoi, mettre un terme à toutes les souffrances, aux maladies ou à la faim, exiger la paix sur terre. Mais là encore, peut-être qu'il n'était pas du ressort des anges d'exaucer pareils vœux, ou ils auraient déjà été accordés. Peut-être que les hommes étaient censés trouver les solutions par eux-mêmes.

Ça n'avait aucune importance, de toute manière. Il n'y avait qu'un seul choix qui s'imposait à elle.

Elle leva les yeux vers l'Ange et dit :

— Jace.

Raziel demeura un long moment impassible. Clary n'aurait su dire si sa requête avait trouvé grâce à ses yeux et, surtout, pensa-t-elle dans un accès de panique, s'il avait l'intention d'y accéder.

Ferme les yeux, Clarissa Morgenstern, dit-il enfin.

Clary s'exécuta. On ne disait jamais non à un ange, quelles que soient ses exigences. Le cœur battant, elle se laissa dériver dans les ténèbres qui s'étendaient derrière ses paupières en s'efforçant de ne pas penser à Jace. Pourtant, son visage s'imprima sur l'écran vide de ses rétines. Il l'observait du coin de l'œil, le visage grave. Elle détailla la cicatrice sur sa tempe, le pli au coin de sa bouche, la balafre sur sa gorge, à l'endroit où Simon l'avait mordu, bref, toutes les petites imperfections qui le caractérisaient. Une lumière éblouissante teinta l'écran de rouge, et elle retomba dans le sable, sans savoir si elle allait tourner de l'œil ou rendre son dernier souffle. Or, elle ne voulait pas mourir, non, pas maintenant qu'elle voyait Jace devant elle. Elle pouvait presque l'entendre l'appeler dans un murmure, répéter, encore et encore, comme à Renwick, son seul prénom. *Clary. Clary. Clary.*

— Clary. Ouvre les yeux.

Clary obéit. Elle gisait sur le sable dans ses vêtements déchirés, trempés, couverts de sang. Rien n'avait changé, en apparence. Sauf que l'Ange avait disparu, et avec lui la lumière éblouissante qui éclairait le ciel comme en plein jour. Levant les yeux vers les étoiles pâles scintillant comme des miroirs dans l'immensité noire, elle vit, penché au-dessus d'elle, Jace qui la contemplait, et son regard brillait plus intensément que tout le firmament.

Clary observa avidement les moindres détails de son apparence : ses cheveux emmêlés, son visage sale et barbouillé de sang, ses yeux étincelants sous la couche de crasse, ses bleus visibles à travers ses manches en lambeaux et le devant de sa chemise déchirée. Rien, pas la moindre égratignure.

— Tu es vivant, murmura-t-elle.

Il effleura son visage et répondit à mi-voix :

— J'errais dans le noir. J'étais une ombre parmi les ombres. Je savais que j'étais mort, que tout était fini. Et soudain, je t'ai entendue prononcer mon nom. Tu m'as ramené.

— Non, dit Clary, la gorge nouée. C'est l'Ange.

— Parce que tu le lui as demandé.

Du bout des doigts, il suivit le contour de son visage, comme pour s'assurer qu'elle était bien réelle.

— Tu aurais pu avoir n'importe quoi.

Elle sourit.

— Mais je ne voulais rien d'autre que toi.

À ces mots, le regard de Jace s'éclaira. Clary songea à l'Ange, à la lumière, éblouissante comme l'éclat d'un millier de torches, qui émanait de lui. À n'en pas douter, le même sang incandescent coulait dans les veines de Jace.

« Je t'aime, voulait-elle dire. Et s'il fallait recommencer, c'est encore et toujours toi que je réclamerais à l'Ange. » Pourtant, ce furent d'autres mots qui franchirent ses lèvres.

— Tu n'es pas mon frère, annonça-t-elle avec un peu trop d'empressement. Tu le sais, non ?

Sous son masque de crasse et de sang, Jace eut un petit sourire.

— Oui. Je sais.

Épilogue

Des étoiles dans le ciel

Je t'aimais ; c'est pourquoi, tirant de mes mains ces marées d'hommes, j'ai tracé en étoiles ma volonté dans le ciel.

T.E. Lawrence

LA FUMÉE S'ÉLEVAIT en spirales indolentes, zébrant le ciel limpide de lignes délicates. Assis seul sur la colline qui surplombait le cimetière, Jace regardait le mince ruban noir monter dans l'azur. L'ironie de la situation ne lui avait pas échappé. C'étaient les restes de son père, après tout.

De là où il se trouvait, il voyait la bière voilée par un rideau de flammes et de fumée, ainsi que le petit groupe qui s'était rassemblé tout autour. Il repéra la chevelure incandescente de Jocelyne, et Luke qui se tenait près d'elle, une main posée sur son dos. Elle avait détourné la tête du bûcher funéraire.

Jace aurait pu se joindre à eux s'il l'avait voulu. Il avait passé les deux derniers jours à l'infirmerie, et on l'avait laissé sortir dans la matinée pour qu'il puisse assister aux funérailles de Valentin. Mais, à mi-chemin du bûcher, il avait compris qu'il n'irait pas plus loin. Alors il avait fait demi-tour et s'était réfugié au sommet de la colline, à l'écart du cortège funèbre. Luke l'avait appelé de loin, mais Jace ne s'était pas retourné.

Il les avait regardés s'assembler autour de la bière tandis que Patrick Penhallow, dans son habit de deuil blanc, enflammait le bûcher. C'était la seconde fois cette semaine que Jace voyait un cadavre brûler. L'incinération du petit corps de Max avait été un spectacle déchirant ; Valentin, lui, en imposait encore, même étendu sur le dos, les bras croisés sur la poitrine, un poignard séraphique fiché dans son poing fermé. Un bandeau de soie blanche lui recouvrait les yeux, comme l'exigeait la coutume. Ils s'étaient bien occupés de lui, malgré tout.

Sébastien n'avait pas eu de funérailles. Un groupe de Chasseurs d'Ombres avait été dépêché dans la vallée, sans pouvoir retrouver son corps. Emporté par les flots, avaient-ils expliqué à Jace. Il nourrissait quelques doutes à ce sujet.

Il avait vainement cherché Clary dans la foule réunie autour de la bière. Cela faisait maintenant presque deux jours qu'il ne l'avait pas vue, et il ressentait le manque presque physiquement. Cette séparation n'était pas le fait de Clary. Ce soir-là, elle avait craint qu'il n'ait pas la force de rentrer à Alicante par le biais du Portail, et elle avait raison. À l'arrivée des premiers Chasseurs d'Ombres, il avait déjà glissé dans un semi-coma. Il s'était réveillé le lendemain dans l'hôpital de la ville. Assis à son chevet, Magnus Bane l'observait d'un air étrange. Difficile de dire, avec Magnus, si c'était de l'inquiétude ou de la simple curiosité. Le sorcier lui avait expliqué que, même si l'Ange l'avait sauvé, il avait été tellement éprouvé psychologiquement que seul le repos l'aiderait à guérir. En tout cas, il se sentait mieux, à présent. Pile à temps pour les funérailles.

Le vent s'était levé, éloignant la fumée. Au loin, il distinguait les tours scintillantes d'Alicante, dont la gloire avait été restaurée. Il ignorait au juste ce qu'il espérait en restant assis là à regarder le corps de son père partir en cendres. Qu'aurait-il dit au moment de prononcer quelques mots d'adieu, s'il s'était joint au cortège ? « Tu n'as jamais été mon père » ou : « Tu es le seul père que j'aie jamais eu » ? Les deux phrases, bien que contradictoires, étaient aussi vraies l'une que l'autre.

Quand il avait ouvert les yeux au bord du lac, sachant confusément qu'il était mort et que, soudain, on lui avait rendu la vie, sa première pensée avait été pour Clary, étendue près de lui sur le sable poissé de sang, les yeux clos. Paniqué, il avait rampé jusqu'à elle, pensant qu'elle était blessée, voire morte, et quand elle avait ouvert les yeux à son tour, il avait éprouvé un immense soulagement. Pas une seconde, il n'avait songé à Valentin. Il avait fallu que les autres arrivent en poussant des exclamations de surprise pour qu'il remarque son corps recroquevillé au bord du lac. Il avait eu l'impression de recevoir un coup de poing dans l'estomac. Il savait déjà que Valentin était mort, il l'aurait tué lui-même s'il l'avait fallu, et cependant, la vue de son cadavre lui avait serré le cœur. Clary l'avait observé tristement, et il avait senti à cet instant que, malgré sa haine justifiée pour Valentin, elle avait de la peine pour lui.

Il ferma les yeux à demi et un flot d'images défila derrière ses paupières : Valentin le soulevant dans ses bras, Valentin le tenant par les épaules à l'avant d'une barque voguant sur un lac et lui montrant comment garder l'équilibre. D'autres souvenirs, moins heureux, resurgirent : Valentin le frappant au visage, le faucon mort, l'ange enchaîné dans la cave des Wayland.

— Jace.

Il leva les yeux. La silhouette de Luke se détachait sur le ciel limpide. Il portait un jean et son éternelle chemise en flanelle ; pas question pour lui de sacrifier à la tenue blanche de deuil.

— La cérémonie est terminée, annonça-t-il. Ça n'a pas traîné.

— J'imagine. Quelqu'un a dit quelque chose ?

— Juste les formules habituelles.

Luke s'assit par terre en tressaillant de douleur. Jace ne lui avait pas demandé comment s'était déroulée la bataille ; cela ne l'intéressait pas vraiment. Il savait juste qu'elle s'était finie plus tôt que prévu : après la mort de Valentin, les démons qu'il avait invoqués avaient disparu dans la nuit comme de la brume dispersée par le soleil. Cela ne signifiait pas pour autant qu'il n'y avait pas eu de pertes. Le corps de Valentin n'avait pas été le seul à brûler ces derniers jours.

— Et Clary… Elle n'est pas venue ?

— Non, elle n'en avait pas envie.

Jace sentit que Luke l'observait à la dérobée.

— Tu ne l'as pas vue ? s'enquit-il.

— Non, pas depuis le lac. Ils m'ont laissé sortir de l'hôpital aujourd'hui pour assister aux funérailles.

— Tu n'étais pas obligé de venir.

— Peut-être, mais j'en avais envie, admit Jace. Quoi qu'on en dise.

— Les funérailles sont pour les vivants, Jace, pas pour les morts. Valentin était plus ton père que celui de Clary, malgré les liens du sang. C'est toi qui devais lui dire adieu, pas elle. C'est à toi qu'il va manquer.

— J'ai l'impression que je n'ai pas le droit d'avoir de la peine.

— Tu n'as pas connu Stephen Herondale. Et quand Robert Lightwood est entré dans ta vie, tu n'étais déjà plus vraiment un enfant. C'est Valentin qui t'a élevé. C'est normal qu'il te manque.

— Je n'arrête pas de penser à Hodge. Cette nuit-là, à la Garde, je lui ai demandé pourquoi il ne m'avait jamais révélé qui j'étais – à ce moment-là, je croyais encore que j'étais en partie démon – et il m'a répondu qu'il n'était pas au courant. J'étais persuadé qu'il mentait. Mais maintenant, je pense qu'il était sincère. Il était l'un des rares à savoir que l'enfant des Herondale avait survécu. À mon arrivée à l'Institut, il ne savait pas qui j'étais, des deux fils de Valentin. Le fils biologique ou le fils adoptif. J'aurais pu être autant l'un que l'autre, après tout. L'ange ou le démon. À mon avis, il ne l'a su qu'en voyant Jonathan à la Garde. C'est alors qu'il a compris. Bref, pendant toutes ces années, il a essayé de faire de son mieux jusqu'à ce que Valentin se manifeste de nouveau. Cela requérait une certaine confiance, tu ne crois pas ?

— Si, répondit Luke.

— D'après Hodge, l'éducation faisait parfois la différence, au mépris du sang. Je n'ai pas pu m'empêcher de penser que, si j'étais resté avec Valentin, s'il ne m'avait pas envoyé vivre avec les Lightwood, j'aurais peut-être fini comme Jonathan.

— Est-ce que c'est si important ? Si tu veux mon avis, Valentin t'a confié aux Lightwood parce qu'il savait que c'était la meilleure solution pour toi. Peut-être qu'il avait d'autres raisons. Mais tu ne peux pas nier qu'il t'a confié à eux en sachant qu'ils te chériraient. C'est peut-être l'un des rares beaux gestes qu'il ait eus pour quelqu'un. À ta place, je m'en souviendrais.

À ces mots, Luke lui donna une claque sur l'épaule. Son geste était si paternel que Jace réprima un sourire.

Postée devant la fenêtre de la chambre d'Isabelle, Clary regardait le ruban de fumée s'élever dans le ciel d'Alicante. Aujourd'hui, on incinérait le corps de Valentin, son père, dans la nécropole à l'écart de la ville.

— Tu es au courant pour la fête de ce soir, n'est-ce pas ?

Se retournant, Clary vit Isabelle s'avancer en tenant deux robes devant elle, l'une bleue et l'autre gris acier.

— À ton avis, laquelle je devrais porter ? reprit-elle.

Pour Isabelle, les vêtements seraient toujours une thérapie.

— La bleue.

Isabelle posa les robes sur le lit.

— Et toi, qu'est-ce que tu comptes mettre ?

Clary songea à la robe en tulle argenté rangée au fond de la malle d'Amatis. Elle n'accepterait sans doute jamais de la lui prêter.

— Je ne sais pas. Probablement un jean et mon manteau vert.

— C'est nul, répliqua Isabelle.

Elle jeta un coup d'œil à Aline qui lisait, assise dans un fauteuil près du lit.

— Tu ne trouves pas ça nul, toi ?

— Je crois que tu devrais laisser Clary porter ce qu'elle veut, répondit celle-ci sans lever les yeux de son livre. Et puis, ce n'est pas comme si elle devait s'habiller pour quelqu'un.

— Et Jace ? lança Isabelle comme si c'était une évidence.

Aline leva les yeux, l'air confus, puis sourit.

— Ah oui. J'oublie sans arrêt. Ça a dû te faire bizarre, non, d'apprendre qu'il n'était pas ton frère.

— Non, répondit Clary d'un ton ferme. C'était l'inverse qui était bizarre.

Elle reporta le regard vers la fenêtre.

— Le hic, c'est que je ne l'ai pas revu depuis que j'ai appris la nouvelle.

— C'est curieux, observa Aline.

— Pas du tout ! s'exclama Isabelle en jetant à Aline un regard lourd de sous-entendus, ce dont celle-ci ne parut pas s'apercevoir. Il était à l'hôpital. Il n'est sorti qu'aujourd'hui.

— Et il n'est pas venu te voir aussitôt ? demanda Aline à Clary.

— Il ne pouvait pas. Il devait assister aux funérailles de Valentin.

— Peut-être... lança Aline d'un ton jovial. À moins qu'il ne s'intéresse plus à toi maintenant que ce n'est plus interdit. Certains garçons ne s'intéressent qu'à ce qu'ils ne peuvent pas avoir.

— Jace n'est pas de ceux-là, répliqua Isabelle.

Aline se leva et jeta son livre sur le lit.

— Je devrais aller m'habiller. À ce soir, les filles.

Sur ces mots, elle sortit tranquillement de la pièce en fredonnant.

Isabelle la suivit des yeux et secoua la tête.

— Tu crois qu'elle est jalouse ? Jace lui plaisait, j'ai l'impression.

— Bah ! fit Clary, un rien amusée. Non, Aline ne s'intéresse pas à lui. Elle fait juste partie de ces gens qui disent tout ce qui leur passe par la tête, à mon avis. Peut-être qu'elle a raison.

Isabelle ôta l'épingle qui retenait ses cheveux et rejoignit Clary devant la fenêtre. À présent, le ciel était dégagé au-delà des tours ; la fumée s'était dissipée.

— Et toi, tu penses qu'elle a raison ?

— Je n'en sais rien. Il faudra que je pose la question à Jace. J'imagine que je le verrai ce soir à la fête. Qu'est-ce qu'il y a de prévu ?

— Un défilé et un feu d'artifice, probablement. De la musique, des danses, des jeux, ce genre de truc. Ce sera un peu comme une grande fête de quartier à New York.

Isabelle regarda par la fenêtre d'un air mélancolique.

— Max aurait adoré.

Clary caressa ses cheveux d'un geste tendre.

— J'en suis sûre.

Jace dut frapper plusieurs fois à la porte de la vieille maison située au bord du canal. En entendant enfin des pas se rapprocher, il sentit son cœur bondir dans sa poitrine. Mais son excitation retomba dès l'instant où la porte s'ouvrit et qu'Amatis Herondale s'encadra sur le seuil, l'air surpris. Elle semblait prête à partir pour la fête : elle portait une longue robe gris tourterelle et des boucles d'oreilles qui faisaient ressortir les mèches argentées de sa chevelure.

— Clary, bredouilla-t-il avant de s'interrompre.

Où était donc passée son éloquence ? Il avait toujours possédé un don pour les mots mais, ces derniers temps, il avait l'impression qu'on lui avait ouvert le crâne pour le vider de tout son contenu.

— Clary est là ? se reprit-il. J'aimerais lui parler.

Amatis secoua la tête et le dévisagea avec une insistance qui le mit mal à l'aise.

— Elle est sortie. Je crois qu'elle est avec les Lightwood.

Il fut étonné d'être aussi déçu.

— Oh... Désolé de vous avoir dérangée.

— Ce n'est rien. Je suis contente que tu sois venu, en fait, dit-elle brusquement. Je voulais te parler de quelque chose. Entre, je reviens tout de suite.

Jace s'exécuta et elle disparut dans le couloir. Il se demanda ce qu'elle pouvait bien avoir à lui dire. Peut-être que Clary ne voulait plus avoir affaire à lui et qu'elle avait chargé Amatis de lui transmettre le message.

Elle revint quelques instants plus tard. Au soulagement de Jace, elle tenait dans ses mains non pas une lettre mais une petite boîte en fer finement ouvragée, sur laquelle étaient gravés des oiseaux.

— Luke m'a raconté que tu... que Stephen Herondale est ton père. Il m'a expliqué tout ce qui s'était passé.

Le miroir mortel

Ne sachant que répondre, Jace hocha la tête. La nouvelle se propageait lentement, et il s'en accommodait très bien. Avec un peu de chance, il serait rentré à New York avant que tout le monde à Idris ne se mette à le dévisager en permanence.

— Tu sais que j'ai été mariée à Stephen avant ta mère, poursuivit Amatis, la voix tendue comme si elle parlait à contrecœur.

Jace la considéra d'un air perplexe. Était-ce donc sa mère, le sujet de cette conversation ? Amatis lui en voulait-elle de raviver le souvenir d'une femme qui était morte avant même qu'il voie le jour ?

— Parmi ceux qui sont encore en vie, je crois être celle qui connaissait le mieux ton père.

— Oui, dit Jace, qui regrettait déjà d'être venu. J'en suis sûr.

— Je sais que tu éprouves des sentiments mêlés à son égard. Tu ne l'as jamais connu. Ce n'est pas l'homme qui t'a élevé. Vous n'avez pas grand-chose en commun, hormis la couleur de cheveux... Tes yeux, j'ignore de qui tu les tiens. Bref, je suis peut-être folle de t'ennuyer avec ça. Tu ne veux probablement pas entendre parler de lui. Pourtant, c'était ton père, et s'il t'avait connu...

D'un geste brusque, elle lui tendit la boîte.

— Voici quelques-unes de ses affaires que j'ai gardées au fil des ans. Des lettres qu'il a écrites, des photographies, un arbre généalogique. Sa pierre de rune. Peut-être que tu n'as pas de questions pour le moment, mais un jour, qui sait ? Ce jour-là, jettes-y un coup d'œil.

D'un geste solennel, elle lui mit la boîte dans les mains comme si elle lui confiait un trésor précieux. Jace l'accepta sans un mot ; elle était lourde, et le contact du métal froid sur sa peau.

— Merci, dit-il, à court de mots. (Puis il hésita et reprit :) Il y a une question que je me pose.

— Oui ?

— Si Stephen est mon père, alors l'Inquisitrice... Imogène... C'était ma grand-mère.

— Oui... (Amatis se tut un instant.) Une femme peu commode. Mais, oui, c'était ta grand-mère.

— Elle m'a sauvé la vie. Enfin, au début, elle me haïssait. Et puis, avant de mourir, elle a vu ça.

Il écarta le col de sa chemise et montra à Amatis la cicatrice blanche en forme d'étoile sur son épaule.

— À votre avis, qu'est-ce que ça signifiait pour elle ?

Amatis écarquilla les yeux.

— Valentin m'a raconté que je m'étais blessé, mais que j'étais trop jeune pour m'en souvenir, reprit Jace. Je crois qu'il m'a menti.

— Ce n'est pas une cicatrice, c'est une tache de naissance. Il existe une vieille légende familiale à son sujet. L'un des premiers Herondale à devenir un Chasseur d'Ombres aurait été visité par un ange dans un rêve. L'ange l'aurait touché à l'épaule et, à son réveil, il avait une marque semblable à la tienne. Tous ses descendants en auraient hérité. (Amatis haussa les épaules.) J'ignore si cette histoire est vraie, mais tous les Herondale avaient cette marque, y compris ton père. Apparemment, cela signifie que tu aurais été en contact avec un ange. C'est une bénédiction, en quelque sorte.

En voyant ta marque, Imogène a dû deviner ta véritable identité.

Jace regarda Amatis sans la voir : il repensait à cette nuit-là sur le bateau. Le pont noir détrempé, l'Inquisitrice agonisant à ses pieds.

— Avant de mourir, elle m'a dit : « Ton père aurait été fier de toi. » J'ai cru qu'elle se moquait de moi. Je pensais qu'elle faisait allusion à Valentin.

Amatis secoua la tête.

— Elle parlait de Stephen. Et elle avait raison. Il aurait été fier.

En poussant la porte, Clary s'étonna que la maison d'Amatis lui soit devenue aussi familière en si peu de temps. Elle n'était plus obligée de se concentrer pour se rappeler le chemin, et elle savait désormais que la porte résistait un peu avant de s'ouvrir. Le soleil se reflétant sur le canal faisait lui aussi partie de son quotidien, ainsi que la vue de sa fenêtre. Elle pouvait presque s'imaginer vivre ici, tout en se demandant ce qui viendrait à lui manquer en premier : les plats chinois à emporter ? Les films ? Les bandes dessinées ?

Elle se dirigeait vers l'escalier quand la voix de sa mère lui parvint du salon. Elle semblait agitée. Qu'est-ce qui pouvait bien contrarier Jocelyne à ce point ? Tout était rentré dans l'ordre, non ? Sans réfléchir, Clary se colla contre le mur mitoyen du salon et tendit l'oreille.

— Comment ça, tu restes ? disait Jocelyne. Tu ne rentres plus à New York ?

— On m'a demandé de m'installer à Alicante pour représenter les loups-garous au Conseil, expliqua Luke. Je me suis engagé à leur donner ma réponse ce soir.

— Quelqu'un ne pourrait pas s'en charger à ta place ? L'un des chefs de meute d'Idris, par exemple ?

— Je suis le seul d'entre eux à avoir été un Chasseur d'Ombres. C'est moi qu'ils veulent. (Il poussa un soupir.) Je suis à l'origine de ce projet, Jocelyne. Je dois rester ici pour le mener à terme.

Il y eut un bref silence.

— Si ça te semble la meilleure solution, alors, bien sûr, tu devrais rester, déclara Jocelyne sans conviction.

— Je vais devoir vendre la librairie et mettre de l'ordre dans mes affaires, annonça Luke d'un ton bourru. Je ne vais pas déménager tout de suite.

— Je peux m'en occuper. Après tout ce que tu as fait...

À l'évidence, Jocelyne n'avait plus la force de feindre le détachement. Elle se tut, et le silence dura si longtemps que Clary envisagea de manifester sa présence pour mettre fin à son supplice. Un instant plus tard, elle se réjouit de s'être abstenue.

— Écoute, dit Luke. Ça fait longtemps que j'ai quelque chose sur le cœur ; je n'ai jamais osé t'en parler. Ça n'aurait rien changé que je te le dise, à cause de ce que je suis. Tu ne voulais pas de ça dans la vie de Clary. Mais maintenant elle sait tout, alors ça ne fera pas une grande différence. Bref, autant te l'avouer : je t'aime, Jocelyne. Je t'aime depuis vingt ans.

Le cœur battant, Clary attendit la réponse de sa mère. Mais Jocelyne garda le silence. Au prix d'un effort manifeste, Luke reprit la parole :

— Il faut que je retourne au Conseil pour leur annoncer ma décision. Ne t'inquiète pas, on n'est pas obligés d'en reparler. Je me sens mieux de m'être confié après tout ce temps.

Clary se plaqua contre le mur tandis que Luke sortait du salon, la tête baissée. Il la frôla sans la voir et ouvrit la porte d'entrée. Il resta un long moment sur le seuil à regarder distraitement le soleil se refléter sur les eaux du canal. Puis il s'avança au-dehors et la porte se referma derrière lui.

Clary se tint immobile, dos au mur. Elle se sentait terriblement triste pour Luke et pour sa mère. Apparemment, Jocelyne n'était pas amoureuse de lui, et ses sentiments ne changeraient probablement pas. C'était un peu comme entre elle et Simon, sauf qu'elle ne voyait pas comment Luke et sa mère pourraient redresser la situation. Pas s'il avait l'intention de rester à Idris. Les larmes lui montèrent aux yeux. Elle s'apprêtait à entrer dans le salon quand elle entendit la porte de la cuisine s'ouvrir. Une autre voix, lasse et un peu résignée, s'éleva dans la pièce. Amatis.

— Désolée, j'ai tout entendu, et je suis contente qu'il reste. Ce n'est pas seulement pour le garder près de moi. Ici, au moins, il arrivera peut-être à t'oublier.

— Amatis... protesta Jocelyne, soudain sur la défensive.

— Ça fait trop longtemps, Jocelyne. Si tu ne l'aimes pas, laisse-le partir.

Jocelyne se tut. Clary aurait voulu voir l'expression de sa mère. Était-elle triste ? Furieuse ? Résignée ?

Amatis eut un hoquet de surprise.

— Quoi... Tu l'aimes ?

— Amatis, je ne peux pas...

— Tu l'aimes ! Tu l'aimes ! Je le savais. Je l'ai toujours su !

— Ça n'a pas d'importance, murmura Jocelyne d'un ton las. Ce ne serait pas juste vis-à-vis de Luke.

— Je ne veux rien entendre !

Il y eut un remue-ménage, et Jocelyne poussa un grognement de protestation. Clary soupçonna Amatis d'avoir agrippé sa mère par le col.

— Si tu l'aimes, va le lui dire maintenant. Rattrape-le pendant qu'il en est encore temps.

— Mais ils ont besoin de lui au Conseil ! Et lui veut...

— Tout ce que veut Lucian, c'est toi, l'interrompit Amatis d'un ton ferme. Il n'a jamais voulu que toi. Maintenant, ouste !

Avant que Clary ait pu esquisser un mouvement, Jocelyne se précipita dans le couloir... et vit sa fille, aplatie contre le mur. Pantelante, elle la dévisagea bouche bée.

— Clary ! fit-elle d'une voix qui se voulait enjouée, mais elle échoua lamentablement. J'ignorais que tu étais là.

Clary traversa le couloir et ouvrit la porte en grand. La lumière éblouissante du soleil s'engouffra à l'intérieur. Éblouie, Jocelyne cligna des yeux.

— Si tu ne le rattrapes pas, je te tue, dit Clary en détachant chaque syllabe.

Pendant un bref moment, Jocelyne la regarda, ébahie. Puis elle sourit.

— Bon, si tu insistes.

Quelques instants plus tard, elle se hâtait le long du canal en direction de la Salle des Accords. Clary referma la porte derrière elle et s'y adossa. Émergeant du salon, Amatis se précipita vers la fenêtre et jeta un regard inquiet au-dehors.

— Tu crois qu'elle parviendra à le rejoindre avant qu'il arrive là-bas ?

— Ma mère a passé sa vie à me courir après, ironisa Clary. C'est une bonne sprinteuse.

Amatis sourit.

— Oh, tant que j'y pense. Jace est passé. Je crois qu'il espère te voir à la fête de ce soir.

— Ah bon ? fit Clary d'un air songeur.

« Autant demander. Qui ne tente rien n'a rien. »

— Amatis ?

La sœur de Luke se détourna de la fenêtre.

— Oui ?

— La robe argentée dans la malle ? Je peux te l'emprunter ?

Les rues commençaient déjà à se remplir quand Clary prit le chemin de la maison des Lightwood. Le soir tombait, et les lumières s'allumaient progressivement, nimbant l'obscurité d'une pâle clarté. Des bouquets de fleurs blanches disposés dans des corbeilles accrochées aux murs saturaient l'air de senteurs épicées. Des runes flamboyantes, symbolisant la victoire et la fête, brillaient sur les portes des maisons.

Une foule de Chasseurs d'Ombres déambulait dans les rues. Ils avaient troqué leurs vêtements de combat contre de belles toilettes, certaines au goût du jour, d'autres tout droit sorties d'un film historique. La nuit s'annonçait étonnamment chaude, aussi voyait-on peu de manteaux, et beaucoup de femmes portaient de longues robes de bal dont la jupe traînait par terre. Une silhouette mince passa devant Clary au moment où elle tournait au coin de la rue des Lightwood, et elle reconnut Raphaël, main dans la main avec une grande femme brune en robe de cocktail rouge. Avec un rapide coup d'œil, il sourit à Clary. Elle réprima un frisson.

La porte de la maison des Lightwood était ouverte, et la plupart des membres de la famille se trouvaient déjà sur le trottoir. Maryse et Robert Lightwood bavardaient avec deux autres adultes ; quand ils se retournèrent, Clary reconnut avec surprise les Penhallow. Maryse sourit en la voyant ; elle portait un tailleur élégant en soie bleu sombre, et ses cheveux étaient retenus par un bandeau argenté. Elle ressemblait tant à Isabelle que Clary faillit poser la main sur son épaule. Elle semblait terriblement triste, même quand elle souriait, et Clary songea : « Elle pense à Max et, comme Isabelle, elle se dit qu'il aurait adoré cette soirée. »

— Clary ! Tu es splendide !

Isabelle dévala les marches du perron en faisant voler ses cheveux noirs autour d'elle. Elle ne portait aucune des tenues qu'elle avait montrées à Clary plus tôt dans la journée, ayant finalement opté pour une robe improbable en satin or qui moulait son corps comme les pétales fermés d'une fleur. Elle était chaussée de sandales à talons aiguilles ; Clary se souvint de sa passion pour les chaussures et rit intérieurement.

— Merci. Toi aussi, répondit-elle.

D'un geste nerveux, elle tira sur le tissu diaphane de sa robe argentée. C'était probablement le vêtement le plus féminin qu'il lui ait été donné de porter. Elle avait les épaules nues, et chaque fois qu'elle sentait ses cheveux lui chatouiller le dos, elle devait se retenir de ne pas courir chercher un gilet chez Amatis.

Isabelle se pencha pour lui glisser à l'oreille :

— Jace n'est pas là.

— Alors où est-il ?

— D'après Alec, il est sur la place où se tiendra le feu d'artifice. Je suis désolée... je ne sais pas ce qu'il a.

Clary haussa les épaules et s'efforça de cacher sa déception.

— Ce n'est rien.

Aline et Alec sortirent à leur tour de la maison, Aline vêtue d'une robe rouge vif qui faisait ressortir ses cheveux noirs, et Alec, comme à son habitude, d'un pull et d'un pantalon de couleur sombre. Cependant, Clary dut reconnaître que cette fois, au moins, le pull en question n'était pas troué. Il lui sourit et elle nota que quelque chose avait changé dans son apparence. Il semblait plus léger, d'une certaine manière, comme si on lui avait ôté un poids des épaules.

— Je ne suis jamais allée à une fête où il y avait des Créatures Obscures, déclara Aline en jetant un regard nerveux vers le bas de la rue.

Une fée aux longs cheveux tressés de fleurs était en train de cueillir des fleurs blanches dans une corbeille. Après les avoir examinées d'un air pensif, elle se mit à les manger l'une après l'autre.

— Tu vas adorer ! s'exclama Isabelle. Ces gens-là savent faire la fête.

Elle fit un signe de la main à ses parents, et ils prirent la direction de la place. Clary se retenait de croiser les bras sur sa poitrine. Sa robe virevoltait à chacun de ses pas.

— Hé ! cria Isabelle et, levant les yeux, Clary vit Simon et Maia s'avancer vers eux dans la rue.

Elle n'avait pas vu Simon de la journée ; il était allé assister à la première réunion du Conseil, curieux, disait-il, de savoir quel vampire serait choisi pour y siéger. Clary ne pouvait pas imaginer Maia en robe et, de fait, elle portait un pantalon baggy taille basse et un tee-shirt noir avec l'inscription : « Choisis ton arme », surmontée d'un dé à jouer. « C'est un tee-shirt de *gamer* ! » songea Clary. Elle se demanda si Maia était, elle aussi, passionnée de jeux vidéo ou si elle avait opté pour cette tenue dans le seul but d'impressionner Simon. Si c'était le cas, elle avait vu juste.

— Vous allez sur la place de l'Ange ?

Maia et Simon acquiescèrent et le petit groupe se remit en route. Après un moment, Simon régla son pas sur celui de Clary, et tous deux marchèrent côte à côte en silence. Comme c'était bon de retrouver Simon ! Il était la première personne qu'elle avait eu envie de voir après son retour à Alicante. Elle l'avait serré fort contre elle, heureuse de le voir sain et sauf, puis elle avait touché la Marque sur son front.

— Alors, elle t'a sauvé la vie ?
— Oui, avait-il répondu sans autre explication.
— J'aimerais pouvoir l'effacer. J'aimerais savoir ce qui va t'arriver à cause d'elle.

Il avait gentiment repoussé son bras.

— Attendons. On verra bien.

Même en l'examinant de près, elle avait dû admettre que la Marque ne semblait pas l'affecter visiblement. Il était resté le même, à la différence près que, désormais, il devait se coiffer différemment pour la cacher. Si on ignorait son existence, il était impossible de la deviner.

— Comment s'est passée la réunion ? Qui ont-ils choisi ? demanda Clary en détaillant Simon de la tête aux pieds.

Il ne s'était pas habillé pour la circonstance, mais elle ne pouvait pas lui en vouloir : le jean et le tee-shirt qu'il portait étaient les seuls vêtements qu'il possédait à Idris.

— Pas Raphaël, répondit-il d'un air satisfait. Un autre vampire. Il a un nom prétentieux. Nightshade ou quelque chose comme ça.

— Tu sais, ils m'ont proposé de dessiner le symbole du nouveau Conseil, annonça Clary. C'est un honneur, non ? J'ai accepté. J'ai déjà ma petite idée ; la rune du Conseil entourée des symboles des quatre familles de Créatures Obscures : une lune pour les loups-garous, un trèfle à quatre feuilles pour les fées, un livre de sortilèges pour les sorciers... Mais je n'ai pas d'idée pour les vampires.

— Un croc ? suggéra-t-il. Ou du sang qui dégouline.

Il découvrit ses dents.

— Merci. Tu m'aides beaucoup.

— Je suis content qu'ils t'aient choisie, déclara Simon, redevenu sérieux. Tu mérites cet honneur. À vrai dire, tu mérites même une médaille pour tout ce que tu as fait.

Clary haussa les épaules.

— Je ne sais pas. La bataille n'a pas duré plus de dix minutes, après tout. J'ignore dans quelle mesure j'ai été utile.

— J'ai participé à cette bataille, Clary. Elle a peut-être duré dix minutes, mais c'étaient les pires de ma vie. Je n'ai même pas envie de t'en parler. Je dirai seulement que, même en dix minutes, il y aurait eu beaucoup plus de morts sans ton intervention. Et puis il n'y a pas que la bataille. Si tu n'avais pas inventé cette rune, il n'y aurait pas de nouveau Conseil. Les Chasseurs d'Ombres et les Créatures Obscures passeraient leur temps à se détester plutôt qu'à faire la fête ensemble.

Clary sentit sa gorge se nouer d'émotion et regarda droit devant elle pour ne pas fondre en larmes.

— Merci, Simon.

Elle hésita.

— Qu'est-ce qui ne va pas ? s'enquit-il.

— Je me demande ce qu'on fera à notre retour. Je sais que Magnus s'est occupé de ta mère pour ne pas qu'elle s'inquiète de ton absence, mais... l'école. On a manqué plein de cours. Et...

— Tu n'y retournes pas, la coupa Simon d'un ton tranquille. Tu crois que je ne l'ai pas deviné ? Tu es une Chasseuse d'Ombres, désormais. Tu finiras ton éducation à l'Institut.

— Et toi ? Tu es un vampire. Tu vas retourner au lycée comme si de rien n'était ?

— Bien sûr, répondit-il, à la surprise de Clary. Je veux une vie normale, dans la mesure du possible. Continuer le lycée, puis m'inscrire à l'université, tout ça.

Clary serra sa main dans la sienne.

— Alors tu y arriveras. (Elle sourit.) Évidemment, tout le monde va halluciner en te voyant.

— Pourquoi ?

— Parce que tu es beaucoup plus sexy qu'avant. (Elle haussa les épaules.) C'est la vérité. Ce doit être un truc de vampire.

Simon parut perplexe.

— Je suis plus sexy maintenant ?

— Carrément ! Regarde-moi ces deux-là. Elles sont sous le charme.

Elle montra, à quelques pas devant eux, Isabelle et Maia, qui marchaient côte à côte. Elles semblaient en grande conversation. Simon observa les deux filles. Clary aurait pu jurer l'avoir vu rougir.

— Ah bon ? fit-il. Parfois, elles chuchotent en me regardant. Je me demande de quoi elles parlent.

— C'est ça, lança Clary en riant. Pauvre chéri, tu as deux jolies filles qui se battent pour gagner tes faveurs. C'est dur, la vie.

— Bon. Dis-moi laquelle choisir, alors.

— Pas question. C'est ton problème.

Clary baissa la voix.

— Écoute, tu peux sortir avec qui tu veux, je te soutiendrai de À à Z. Le soutien, ça me connaît. Soutien, c'est mon deuxième prénom.

— Ah, c'est pour ça que tu n'as jamais voulu me l'avouer ! Je savais bien que c'était un nom à coucher dehors.

Clary ignora sa boutade.

— Mais fais-moi une promesse, d'accord ? Je sais comment sont les filles. Elles n'aiment pas les amies de leur petit copain. Promets-moi que tu ne m'excluras jamais de ta vie et qu'on pourra se voir de temps en temps.

Simon secoua la tête.

— Jamais je ne sacrifierai notre amitié pour une fille. Ce n'est pas négociable. Tu veux un bout de cette merveille, chérie ? ajouta-t-il en se désignant d'un grand geste. Eh bien, ma meilleure copine fait partie du lot. Je ne t'exclurai jamais de ma vie, Clary, pas plus que je n'irai me couper la main droite pour l'offrir à quelqu'un en cadeau de Saint-Valentin.

La place de l'Ange était presque méconnaissable. La Grande Salle scintillait à l'autre bout, en partie dissimulée par un rideau d'arbres immenses qui avaient poussé au beau milieu de l'esplanade. Manifestement, la magie y était pour quelque chose, même s'il se pouvait bien qu'ils soient vrais, songea Clary, se souvenant que Magnus avait le pouvoir de subtiliser toutes sortes de choses aux quatre coins de Manhattan. Ces arbres s'élevaient presque à hauteur des tours ; leurs troncs argentés étaient noués de rubans et des loupiotes colorées ornaient le feuillage de leurs branches. Le parfum des fleurs blanches embaumait la place, se mêlant à l'odeur de la fumée. Autour des tables et des bancs disposés çà et là s'étaient rassemblés des groupes de Chasseurs d'Ombres et de Créatures Obscures qui buvaient, riaient et bavardaient. Malgré les rires et l'atmosphère de fête, une certaine tristesse flottait dans l'air. Le chagrin se mêlait à la joie.

De la lumière se déversait sur les trottoirs par les portes ouvertes des boutiques bordant la place. Les fêtards allaient et venaient en portant des assiettes chargées de nourriture et des verres remplis de vin ou de liquide coloré. Simon regarda passer un kelpie qui tenait à la main une coupe pleine d'un liquide bleu, et leva un sourcil.

— Ce n'est pas comme à la fête de Magnus, le rassura Isabelle. Normalement, ici, tu peux boire sans risque.

— Normalement ? répéta Aline, l'air inquiet.

Alec scruta la forêt miniature, dont les lumières colorées se reflétaient dans ses iris bleus. Magnus se tenait dans l'ombre d'un arbre ; il discutait avec une jeune fille en robe blanche, les cheveux châtain clair. Elle se retourna au moment où Magnus regardait dans leur direction, et ses yeux se posèrent sur Clary. Il y avait quelque chose de familier chez l'inconnue, bien qu'elle ignorât quoi.

Magnus vint à leur rencontre, et sa mystérieuse interlocutrice disparut dans la pénombre. Il portait, tel un gentleman de l'époque victorienne, une longue redingote noire sur un gilet en soie violette. Un mouchoir rebrodé des initiales M.B. dépassait de sa poche.

— Joli, ton gilet, lança Alec en souriant.
— Tu voudrais le même ? s'enquit Magnus. Dans la couleur de ton choix, évidemment.
— Je ne m'intéresse pas beaucoup à la mode.
— Et c'est ce que j'aime chez toi, mais j'aimerais aussi que tu aies au moins un costume de créateur. Qu'est-ce que tu en dis ? Dolce ? Armani ?

Alec protesta en bafouillant tandis qu'Isabelle éclatait de rire, et Magnus en profita pour glisser à l'oreille de Clary :

— Les marches de la Salle des Accords. Vas-y.

Elle aurait voulu lui demander ce qu'il entendait par là, mais il s'était déjà tourné de nouveau vers Alec et le reste du groupe. En outre, Clary pensait avoir deviné. Elle serra le bras de Simon en s'éloignant, et il lui sourit avant de reprendre sa conversation avec Maia.

Pour traverser la place, elle dut couper par la forêt artificielle qui s'étendait jusqu'au pied des marches, raison pour laquelle il n'y avait personne à cet endroit. Personne ou presque. Jetant un coup d'œil vers la porte, Clary aperçut une silhouette familière assise dans l'ombre d'une colonne. Son cœur se mit à battre plus vite.

Jace.

Elle gravit les marches en relevant les pans de sa robe de peur de se prendre les pieds dans le tissu. En s'avançant vers Jace, qui, adossé à la colonne, gardait les yeux fixés sur un point au-delà de la place, elle regretta presque de ne pas avoir opté pour ses vêtements habituels. Il portait sa tenue de Terrestre, un jean, une chemise blanche et une veste noire. Et pour la première fois depuis leur rencontre, il n'était pas armé. Brusquement, elle se sentit ridicule dans sa robe du soir. Elle s'arrêta à quelques pas de lui, ne sachant trop comment lui adresser la parole.

Comme s'il sentait sa présence, Jace leva les yeux. Il tenait, en équilibre sur ses genoux, une petite boîte en métal argenté. Il semblait fatigué ; il avait les yeux cernés et les cheveux en désordre. Il parut étonné de la voir.

— Clary ?
— Qui veux-tu que ce soit ?

Sa repartie ne le fit pas sourire.

— J'ai failli ne pas te reconnaître.
— C'est la robe.

Mal à l'aise, elle tritura le tissu.

— D'habitude, je suis beaucoup moins apprêtée.
— Tu es toujours belle, protesta-t-il, et elle se souvint de la première fois où il avait employé cet adjectif pour la décrire, dans la serre de l'Institut.

Sa remarque n'avait rien d'un compliment, il l'avait formulée comme un fait acquis, au même titre que la couleur de ses cheveux ou son goût pour le dessin.

— Mais là, tu as l'air... distant. Comme si je ne pouvais pas te toucher, reprit-il.

Clary vint s'asseoir à côté de lui sur la dernière marche de l'escalier. La pierre était froide à travers le tissu fin de sa robe. Elle tendit la main vers Jace ; elle tremblait légèrement.

— Tu peux me toucher si tu veux.

Il prit sa main et la pressa un moment contre sa joue avant de la repousser doucement. Clary frissonna et les mots d'Aline lui revinrent en mémoire : « Peut-être qu'il ne s'intéresse plus à toi maintenant que ce n'est plus interdit. » Il l'avait trouvée distante mais, à en juger par l'expression de son regard, il semblait à des années-lumière d'elle.

— Qu'est-ce qu'il y a là-dedans ? s'enquit-elle.

Il serrait toujours le petit coffret en argent dans une main.

— Je suis venu te voir chez Amatis aujourd'hui. Tu n'étais pas là, alors on a discuté. Elle m'a remis cette boîte. Elle appartenait à mon père.

Clary le dévisagea sans comprendre pendant quelques instants. « Cette boîte appartenait à Valentin ? » songea-t-elle, puis la lumière se fit dans son esprit.

— Bien sûr ! Amatis a été mariée à Stephen Herondale.

— J'ai épluché son contenu, lu les lettres, le journal intime. Je pensais que ça m'aiderait à me sentir plus proche de lui. Je m'étais persuadé qu'au détour d'une page j'aurais une illumination et que je pourrais me dire : « Oui, c'est bien mon père. » Mais je ne ressens rien. Ce ne sont que des mots. N'importe qui aurait pu écrire ça.

— Jace... chuchota Clary.

— Et ce n'est pas tout. Je n'ai même plus de nom. Je ne suis pas Jonathan Christopher... c'était quelqu'un d'autre. Et pourtant, je m'y suis habitué.

— Qui a trouvé le surnom de Jace ? C'est toi ?

Jace secoua la tête.

— Non. Valentin m'a toujours appelé Jonathan. Et c'est le nom qu'on m'a donné à mon arrivée à l'Institut. Je n'étais pas censé savoir que je me prénommais Jonathan Christopher... Je l'ai appris par accident, en feuilletant le journal de mon père. Sauf que ce n'était pas à moi qu'il faisait allusion. Ce n'étaient pas mes progrès qu'il répertoriait. C'étaient ceux de Séb… de Jonathan. Quand j'ai révélé mon deuxième prénom à Maryse, elle a cru que sa mémoire lui jouait des tours et que Jonathan Christopher était bien le nom du fils de Michael Wayland. Dix ans s'étaient écoulés, après tout. C'est à cette époque qu'elle a commencé à m'appeler Jace ; à croire qu'elle avait besoin de me trouver un nom qui aille avec ma nouvelle vie. Je l'ai tout de suite adopté. Je n'ai jamais aimé « Jonathan », de toute façon. (Il retourna la boîte dans ses mains.) Maintenant, je me demande si elle n'avait pas deviné la vérité. Elle aura préféré se voiler la face. Elle m'aimait… et elle refusait de le croire.

— C'est pour ça qu'elle a piqué une colère noire en apprenant que tu étais le fils de Valentin. Elle s'est dit qu'elle aurait dû s'en douter, voire que, d'une certaine manière, elle le savait déjà. Mais quand on aime quelqu'un, on n'a pas envie de croire ce genre de choses. Et tu sais quoi, Jace ? En fin de compte, elle ne s'était pas trompée sur ton identité. Tu as un prénom. Ce prénom, c'est Jace. Ce n'est pas Valentin qui te l'a donné, c'est Maryse. La seule chose qui compte, c'est qu'il te vienne de quelqu'un qui t'aime.

— Jace quoi ? Jace Herondale ?

— Oh, je t'en prie. Tu es Jace Lightwood. Tu le sais bien.

Il leva les yeux vers elle et lui parut soudain moins lointain.

— Tu es peut-être différent de ce que tu croyais, reprit-elle en espérant qu'il comprenait ce qu'elle entendait par là. Mais on ne peut pas changer radicalement en une nuit. Ce n'est pas parce que tu as découvert que Stephen Herondale était ton père biologique que tu dois l'aimer automatiquement. Rien ne t'y oblige. Valentin n'était pas ton père, mais ça n'a rien à voir avec les liens du sang. Il n'était pas ton père parce qu'il ne s'est jamais comporté comme tel. Il n'a pas pris soin de toi. Ce sont les Lightwood qui s'en sont chargés. Ils sont ta famille, au même titre que maman et Luke pour moi. Pardon, poursuivit-elle en lui effleurant l'épaule. Je suis là à te faire la leçon alors que tu étais peut-être venu ici pour trouver un peu de tranquillité.

— Tu as raison, admit-il.

Clary en eut le souffle coupé.

— Très bien, je te laisse.

Elle se leva d'un bond. Dans sa précipitation, elle oublia de relever les pans de sa robe et faillit se prendre les pieds dans l'ourlet.

— Clary !

Posant la boîte par terre, Jace se leva à son tour.

— Clary, attends ! Ce n'est pas ce que je voulais dire. Je n'ai pas envie d'être seul. Tu as raison au sujet de Valentin et des Lightwood...

Clary se tourna vers lui. Il se tenait à moitié dans la pénombre, et les lumières vives et colorées de la fête projetaient des motifs étranges sur sa peau. Elle pensa à leur première rencontre. Il lui avait fait penser à un lion. Beau et dangereux à la fois. À présent, elle ne le voyait plus du même œil. Il avait abandonné sa cuirasse et portait fièrement ses blessures en étendard. Il ne s'était même pas servi de sa stèle pour guérir les bleus sur son visage. Et pourtant, il lui semblait plus beau que jamais, car il se montrait dans toute son humanité.

— Tu sais, murmura-t-elle, Aline prétend que je ne t'intéresse peut-être plus, maintenant que ce n'est plus interdit et qu'on peut être ensemble si tu le souhaites. (Elle frissonna dans sa robe légère et croisa les bras sur sa poitrine.) C'est vrai, tu n'es plus intéressé ?

— Intéressé ? Comme si tu étais un livre ou une pièce de théâtre ?

Il s'interrompit pour trouver les mots exacts, comme quelqu'un qui tâtonne dans le noir à la recherche d'un interrupteur.

— Tu sais, je n'ai jamais vraiment cru que tu étais ma sœur. Ça me minait, mais je refusais d'y croire. Je n'ai jamais eu de sentiments fraternels pour toi. En revanche, j'ai toujours eu l'impression que tu faisais partie de moi. (Devant l'air perplexe de Clary, il grogna d'impatience.) Je m'exprime mal ! Je détestais l'idée que tu sois ma sœur. Je détestais me sentir coupable. Mais...

— Mais quoi ?

Le cœur de Clary battait si fort qu'elle en avait le tournis.

— Je voyais la joie mauvaise qu'en retirait Valentin. Il s'en est servi contre nous. Et pour ça, plus encore que pour le reste, je l'ai détesté. En même temps, j'avais besoin d'une raison de le haïr. Par moments, je ne savais plus si je devais ou non le suivre. J'ai dû faire un choix difficile... plus difficile que je ne veux l'admettre.

— Un jour, tu m'as dit qu'on avait toujours le choix, lui rappela Clary. Au final, tu as choisi l'autre camp, et c'est tout ce qui compte.

— Je sais. Je dis seulement que, si j'ai bien choisi, c'est en partie grâce à toi. Je ne peux pas me passer de toi, Clary. Et je ne le veux pas.

Il fit un pas dans sa direction, les yeux rivés sur elle.

— J'ai toujours pensé que l'amour rendait bête et faible. Aimer, c'est détruire, tu te souviens ? Je croyais que, pour être un bon guerrier, il fallait se moquer de tout. J'ai pris des risques insensés. Je crois que j'ai donné des complexes à Alec sur ses talents de combattant, tout ça parce que lui tenait à la vie. Et puis je t'ai rencontrée. Tu étais une Terrestre. Tu ne savais pas te battre. Tu n'avais jamais reçu d'entraînement. J'ai vu à quel point tu aimais ta mère et Simon ; tu serais allée jusqu'en enfer pour les sauver. Tu t'es précipitée dans cet hôtel infesté de vampires. Je connais des Chasseurs d'Ombres qui, même avec dix ans d'expérience, ne s'y seraient pas risqués. L'amour ne te rendait pas faible, il te donnait de la force. Alors, j'ai compris que le faible, c'était moi.

— Non, protesta Clary avec véhémence, tu n'es pas faible.

— Plus maintenant, peut-être.

Jace fit un autre pas vers elle ; à présent, il était assez près pour la toucher.

— Si Valentin n'arrivait pas à croire que j'avais tué Jonathan, c'est parce que j'étais le faible et qu'il était mieux entraîné. En toute logique, c'est lui qui aurait dû me tuer. Il a bien failli, d'ailleurs. Mais j'ai pensé à toi. Je t'ai vue de mes yeux comme si tu te tenais devant moi, et j'ai compris que je voulais vivre, plus que jamais, ne serait-ce que pour revoir ton visage une dernière fois.

Clary l'écoutait, incapable de bouger. Son visage était si près de celui de Jace qu'elle distinguait son reflet dans ses pupilles.

— Et maintenant je te regarde, poursuivit-il, et tu me demandes si je veux encore de toi ? Comme si je pouvais cesser de t'aimer ! Je n'ai jamais osé distribuer des marques d'affection autour de moi... Je l'ai un peu fait avec les Lightwood, Alec, Isabelle, mais il m'a fallu des années. Et pourtant, dès que je t'ai vue, Clary, je t'ai appartenu corps et âme. C'est toujours le cas, si tu veux de moi.

Pendant une fraction de seconde, Clary se figea. Puis, soudain, elle saisit Jace par le devant de sa chemise et l'attira contre elle. Il l'enlaça en la soulevant presque de terre et l'embrassa. En sentant ses lèvres sur les siennes, elle eut l'impression de recevoir une décharge électrique. Elle agrippa ses bras pour se serrer contre lui, grisée par les battements frénétiques de son cœur. Aucun cœur ne battait jamais aussi fort que celui de Jace.

Quand il desserra son étreinte, elle dut reprendre son souffle ; elle en avait presque oublié de respirer. Il prit son visage dans ses mains, et frôla ses joues du bout des doigts. Ses yeux brillaient de nouveau comme cette nuit-là au bord du lac, mais cette fois elle crut y déceler une lueur de malice.

— Voilà, lança-t-il. Ce n'était pas si mal même si ce n'est plus interdit, non ?

— J'ai connu pire, répliqua-t-elle en riant.

— Tu sais, murmura-t-il en effleurant ses lèvres des siennes, si c'est le manque d'interdit qui t'inquiète, tu peux me fixer des limites. Me refuser des trucs.

— Comme quoi, par exemple ?

Il sourit et l'embrassa à pleine bouche.

— Comme ça.

Après un moment, ils descendirent les marches et regagnèrent la place, où une foule compacte s'était rassemblée en vue du feu d'artifice. Isabelle et les autres s'étaient réunis autour d'une table un peu à l'écart. Comme ils s'approchaient du groupe, Clary se prépara à lâcher la main de Jace, puis se ravisa. Ils pouvaient se donner la main s'ils en avaient envie. Il n'y avait rien de mal à cela. Cette pensée lui donna des ailes.

— Vous voilà !

Isabelle sautilla vers eux, l'air ravi, en brandissant un verre plein d'un liquide fuchsia, qu'elle tendit à Clary.

— Est-ce que je vais me transformer en rongeur ? demanda celle-ci en examinant le verre d'un air suspicieux.

— Merci pour la confiance ! Je crois que c'est du jus de fraise. En tout cas, c'est délicieux. Jace ? fit-elle en lui mettant le verre sous le nez.

— Je suis un homme, lâcha-t-il, et les hommes ne boivent pas de boissons roses. Va donc me chercher une bière brune, femme.

— Brune ?

Isabelle fit la grimace.

— C'est une couleur virile, non ? reprit Jace en tirant sur une mèche de cheveux d'Isabelle. Tiens, regarde : Alec en porte.

Alec jeta un coup d'œil morne à son sweat-shirt.

— Il était noir mais il a déteint au lavage.

— Tu pourrais rehausser ta tenue avec un bandeau, suggéra Magnus en sortant de sa poche un bout d'étoffe bleue à paillettes. C'est juste une idée.

— Résiste à la tentation, Alec. À moins que tu aies envie de ressembler à une reine du disco.

Simon était assis sur un muret à côté de Maia, qui semblait en grande conversation avec Aline.

— Il y a pire, comme comparaison, observa Magnus.

Après s'être levé d'un bond, Simon s'avança vers Clary et Jace. Les mains enfouies dans les poches de son jean, il les examina d'un air pensif.

— Tu parais heureuse, dit-il à Clary. (Puis, se tournant vers Jace, il ajouta :) Il valait mieux pour toi.

Jace leva un sourcil.

— Et c'est là que tu me dis : « Si tu lui fais du mal, je te tue » ?

— Non, rétorqua Simon. Clary est tout à fait capable de t'étriper toute seule. Elle aurait probablement recours à tout un arsenal.

Cette pensée amena un sourire sur les lèvres de Jace.

— Écoute, reprit Simon, je voulais juste te dire que ce n'est pas grave si tu ne m'aimes pas. Tant que tu rends Clary heureuse, ça me va.

Il tendit la main et Jace la serra, l'air médusé.

— C'est justement parce que je t'aime bien que je vais te donner un conseil, dit-il.

— Un conseil ? répéta Simon d'un ton méfiant.

— J'ai vu que tu travaillais ton image de vampire avec un certain succès, déclara Jace en montrant Isabelle et Maia d'un signe de tête. Félicitations. Le coup du vampire sensible, ça marche auprès d'un tas de filles. Mais à ta place, je laisserais tomber l'histoire du musicien. Les vampires rock stars, c'est surfait, et puis je parie que tu ne sais pas aligner trois accords.

Simon poussa un soupir.

— Je préférais quand tu ne pouvais pas me voir.

— Ça suffit, tous les deux, intervint Clary. Vous n'allez pas vous comporter comme ça jusqu'à la fin des temps.

— Techniquement, moi je peux, ironisa Simon.

Jace réprima un gloussement.

— Je t'ai eu ! s'exclama Simon en souriant de toutes ses dents.

— Eh bien, on vient de vivre un grand moment d'émotion, commenta Clary.

Elle chercha Isabelle des yeux. Elle aussi serait sans doute ravie d'apprendre que Jace et Simon finissaient par s'entendre, à leur manière. C'est alors qu'elle aperçut au loin une silhouette familière.

Debout à l'orée de la forêt artificielle, à l'endroit où l'ombre laissait place à la lumière, se tenait une femme mince en robe vert feuillage, dont les longs cheveux rouges étaient retenus par un cercle d'or.

La reine de la Cour des Lumières. Elle avait les yeux fixés sur Clary et, lorsque leurs regards se croisèrent, elle lui fit signe de la rejoindre.

Sans savoir si elle obéissait à son propre désir ou au charme étrange du Petit Peuple, Clary marmonna une excuse et se dirigea vers la forêt en fendant la foule bruyante des fêtards. En y regardant de plus près, elle s'aperçut qu'un certain nombre de fées et d'elfes postés à une distance respectable formaient un cercle autour de leur souveraine. Même si elle voulait donner l'impression d'être seule, la reine ne se déplaçait pas sans ses courtisans.

Elle leva la main d'un geste impérieux.

— N'approche pas davantage.

Clary, qui se trouvait à quelques pas d'elle, s'arrêta.

— Votre Majesté, dit-elle, se souvenant des manières formelles de Jace à la Cour. Que me vaut l'honneur ?

— J'ai une faveur à te demander, répondit la reine sans préambule. Et, bien sûr, je t'en promets une en retour.

— Une faveur ? s'étonna Clary. Mais... vous n'avez aucune sympathie pour moi.

La reine effleura pensivement ses lèvres d'un long doigt blanc.

— Contrairement aux humains, le Petit Peuple ne s'embarrasse guère de ce genre de chose. Nous aimons, peut-être, et nous haïssons. Voilà des émotions utiles. Quant à la sympathie...

Elle haussa les épaules d'un geste gracieux.

— Le Conseil n'a pas encore choisi celui ou celle qui nous représentera à sa table, reprit-elle. Je sais que Lucian Graymark est comme un père pour toi. Il écoutera ton avis. J'aimerais que tu lui recommandes mon chevalier Meliorn pour cette tâche.

Clary se souvint que, dans la Salle des Accords, Meliorn avait déclaré qu'il ne se battrait pas sans les Enfants de la Nuit.

— Je ne crois pas que Luke ait beaucoup de sympathie pour lui.

— Encore !

— Quand je vous ai rencontrée, à la Cour des Lumières, vous vous êtes adressée à Jace et à moi comme à un frère et à une sœur. Pourtant, vous saviez que nous n'étions pas liés par le sang, n'est-ce pas ?

La reine sourit.

— Le même sang coule dans vos veines. Celui de l'Ange. Tous ceux qui partagent ce sang sont frères et sœurs.

Clary frémit.

— Vous auriez pu nous dire la vérité, malgré tout.

— Je t'ai donné la mienne. On dit toujours sa vérité, non ? T'es-tu jamais demandé quels mensonges a pu glisser ta mère dans ce qu'elle t'a raconté pour servir son but ? Penses-tu réellement connaître tous les secrets de ton passé ?

Clary hésita. Soudain, les paroles de Mme Dorothea lui revinrent en mémoire. « Tu tomberas amoureux de la mauvaise personne », avait dit la sorcière à Jace. Clary en avait conclu que Dorothea faisait allusion aux difficultés que créeraient les sentiments de Jace pour elle. Cependant, il existait encore des zones d'ombre dans sa mémoire, même maintenant, des détails et des événements qui ne lui étaient pas revenus. Des secrets qui ne lui seraient jamais dévoilés. Elle s'était faite à cette idée, mais peut-être...

Non. Elle serra les poings. Le venin que distillait

la reine était insidieux mais puissant. Existait-il quelqu'un en ce bas monde qui pût prétendre tout savoir sur son compte ? Et ne valait-il pas mieux que certains secrets restent enfouis ?

Elle secoua la tête.

— Peut-être que vous n'avez pas menti ce jour-là, mais vous n'avez pas été très charitable. Et j'ai assez fait les frais de la méchanceté d'autrui.

— Tu ne vas pas refuser une faveur de la reine de la Cour des Lumières ! s'indigna la souveraine. Rares sont les mortels qui ont eu droit à un tel honneur.

— Je n'ai pas besoin de vos faveurs, lâcha Clary. J'ai déjà tout ce que je souhaite.

À ces mots, elle tourna le dos à la reine et s'éloigna.

À son retour, Robert et Maryse Lightwood avaient rejoint leur groupe. À sa stupéfaction, ils échangèrent une poignée de main avec Magnus Bane, qui avait rangé son bandeau à paillettes. Il était devenu un modèle de bienséance. Maryse avait passé son bras autour des épaules d'Alec. Le reste de leurs amis s'étaient assis en rang sur le muret ; Clary allait les rejoindre quand elle sentit quelqu'un lui taper sur l'épaule.

— Clary !

Se retournant, elle vit sa mère et Luke, main dans la main. Jocelyne n'avait pas fait d'effort vestimentaire : elle portait un jean et une chemise ample qui, pour une fois, n'était pas tachée de peinture. Cependant, à en juger par la façon dont Luke la regardait, elle n'était rien de moins que parfaite.

— Enfin, on te retrouve ! s'exclama-t-elle.

Clary adressa un grand sourire à Luke.

— Alors, tu ne restes pas à Idris, finalement ?

— Non, répondit-il. Les pizzas sont immangeables ici.

Clary ne l'avait jamais vu aussi heureux. Jocelyne éclata de rire et rejoignit Amatis, qui s'extasiait devant une bulle en verre flottante remplie de fumée aux couleurs changeantes.

Clary lança un coup d'œil à Luke.

— Tu avais réellement l'intention de quitter New York ou c'était juste pour qu'elle se décide enfin à réagir ?

— Clary, je suis choqué par tes insinuations.

Il sourit puis, retrouvant brusquement son sérieux, ajouta :

— Dis-moi, ça ne te pose pas problème ? Je sais que c'est un gros changement dans ta vie mais... j'envisageais de vous proposer, à ta mère et à toi, de vous installer chez moi, puisque votre appartement est inhabitable dans l'immédiat...

Clary ricana.

— Un gros changement ? Ma vie a déjà été chamboulée, Luke. Plusieurs fois.

Du coin de l'œil, Luke regarda Jace qui les observait de son perchoir. Il leur fit un signe de tête, un sourire amusé sur les lèvres.

— Je vois ce que tu veux dire, déclara Luke.

— Le changement, ç'a du bon.

Luke leva la main ; la rune d'alliance s'était estompée, mais sa peau en portait la cicatrice, qui ne disparaîtrait jamais complètement. Il examina la Marque d'un air songeur.

— Oui, c'est vrai.
— Clary ! cria Isabelle. Le feu d'artifice !

Clary tapota gentiment l'épaule de Luke et alla rejoindre ses amis. Ils étaient assis les uns à côté des autres sur le muret : Jace, Isabelle, Simon, Maia et Aline. Elle s'arrêta à côté de Jace.

— Je ne vois pas de feu d'artifice, protesta-t-elle avec une moue faussement indignée.

— Minute, papillon, répliqua Maia. Tout vient à point à qui sait attendre.

D'un geste absent, comme s'il s'agissait d'un simple réflexe, Jace attira Clary contre lui. Elle s'appuya contre son épaule et leva les yeux vers le ciel d'encre faiblement éclairé par la lumière laiteuse des tours.

— Où étais-tu passée ? demanda-t-il à voix basse.

— La reine de la Cour des Lumières m'a réclamé une faveur, répondit Clary. Et elle voulait m'en accorder une en retour.

Elle sentit Jace se raidir.

— Détends-toi. J'ai refusé.

— Je n'en connais pas beaucoup qui oseraient décliner une offre de la reine des fées.

— Je lui ai dit que j'avais déjà tout ce que je souhaitais.

Jace rit tout bas et sa main remonta le long du bras de Clary. Ses doigts jouèrent distraitement avec la chaîne autour de son cou, et elle baissa les yeux vers l'anneau qui étincelait sur le tissu de sa robe. Elle portait la bague des Morgenstern depuis que Jace l'avait laissée sur sa table de chevet, et parfois elle se demandait pourquoi. Voulait-elle réellement garder un souvenir de Valentin ? Et d'un autre côté, était-il bon d'oublier ?

Elle ne pouvait pas effacer les souvenirs sous prétexte qu'ils faisaient mal. Elle n'avait pas envie d'oublier Max, Madeleine, Hodge, l'Inquisitrice ou même Sébastien. Tous les souvenirs étaient précieux, même les mauvais. Valentin s'était toujours efforcé d'oublier. Oublier que le monde devait changer, et les Chasseurs d'Ombres avec lui. Oublier que les Créatures Obscures possédaient une âme, et que chacune avait sa place sur cette terre. Il n'avait pensé qu'à ce qui différenciait les Chasseurs d'Ombres des Créatures Obscures sans s'intéresser à ce qui les rassemblait, et c'est ce qui avait causé sa perte.

— Clary, murmura Jace, l'arrachant à sa mélancolie. Regarde.

Il resserra son étreinte, et elle leva la tête ; la foule acclamait la première fusée qui s'élevait dans l'air.

Elle la regarda exploser en une pluie d'étincelles qui retombèrent en peignant des nuées d'or et de feu, comme des anges venus du ciel.

Remerciements

La genèse d'un livre est un travail d'équipe, et sans l'aide de mes amis, mon projet aurait coulé comme le *Titanic*. À la lumière de ce constat, merci à la NB Team et au Massachusetts All-Stars : à Elka, Emily et Clio pour avoir manigancé un soutien intensif, et à Holly Black qui a relu patiemment les mêmes scènes pendant des heures. À Libba Bray qui a fourni les bagels et le canapé pour écrire, à Robin Wasserman pour m'avoir détournée de mon travail avec des extraits de *Gossip Girl*, à Maureen Johnson qui me surveillait d'un œil sévère pendant que j'essayais d'avancer, à Justine Larbalestier et à Scott Westerfield qui m'ont virée du canapé en m'ordonnant d'aller écrire ailleurs. Merci également à Ioana d'avoir corrigé mon roumain (inexistant). Merci, comme toujours, à mon agent, Barry Goldblatt ; à mon éditrice, Karen Wojtyla ; aux équipes de Simon & Schuster et de Walker Books qui sont derrière toute cette aventure, et à Sarah Payne pour avoir procédé à des modifications bien après l'échéance. Et, enfin, merci à ma famille, évidemment : ma mère, mon père, Jim et Kate, le clan Eson et Josh, qui persiste à croire que le personnage de Simon est inspiré de lui. Il a peut-être raison.

Ouvrage composé par
PCA - 44400 Rezé

Cet ouvrage a été imprimé
au Canada par
Marquis

Dépôt légal : mars 2012
Suite du premier tirage : avril 2013
Suite du deuxième tirage : juillet 2013

Pocket Jeunesse, une marque d'Univers Poche,
est un éditeur qui s'engage pour
la préservation de son environnement
et qui utilise du papier fabriqué à partir
de bois provenant de forêts gérées
de manière responsable.

PKJ • POCKET JEUNESSE   www.pocketjeunesse.fr

12, avenue d'Italie – 75627 PARIS Cedex 13

YA FRENCH CLARE CASSANDRA
La cité des ténèbres.3,Le miroir mortel /
33772000971866
ANGUS   3Mar14